위대한 유혹 1

위대한 유혹 1

이지연 장편소설

[Contents]

Vol.1

신랑이 안 오다니!	7
이 결혼, 꼭 해야 하나?	34
이제부터 여기가 내 자리입니다	87
원해서 하는 겁니다	117
질투하는 건가?	175
숨이 막혀서	203
그러면 같이 잘래요?	241
처음이었어요?	275
이번엔 끝까지 갈 겁니다	347
립스틱, 새로 발라	379
나랑 할래요?	446
밤까지 못 기다릴 것 같아	472
이건 미친 짓이야!	512

Vol. 2

내가 괴롭혀서 싫었어요?	7
혼자 밤에 잠이 와?	65
침대로 가요	101
안아줘요	160
참지 말아요	196
어차피 복수하려고 했잖아	234
난 시작도 안 했어	294
언제든지 돌아와	323
왜 이렇게까지?	360
하나도 빠짐없이	398
약속한 거 잊었어?	430
사랑에 눈먼 죄	462
에필로그	486
외전 01. 성깔도 있단 말이지!	496
외전 02. 꼭 같이 살 필요는 없잖아	512
외전 03. 사랑한다고 고백해	519
작가 후기	534

Chapter 1

신랑이 안 오다니!

"율리야!"

현경이 사색이 된 얼굴로 신부 대기실에 뛰어들자, 다소곳하게 앉아 신부 입장 순서를 기다리던 율리가 고개를 들었다. 새하얀 웨딩드레스에 감싸인 그녀는 세상 누구보다 아름다웠지만, 굳게 다문 입술은 보일 듯 말 듯 파르르 떨렸고, 현경을 마주 보는 눈빛은 부서지는 파도처럼 흔들렸다.

"이게 대체 무슨 일이야? 신랑이 안 오다니!"

율리는 대답 대신 하얀 은방울꽃 부케를 말없이 내려다보았다. 잠시 침묵을 지키던 그녀는 불현듯 웨딩드레스 자락을 거머쥐며 몸을 일으켰다.

"현경아, 뒤처리 좀 해줘."

말을 마친 율리는 불쑥 손을 들어, 휴지통을 향해 힘껏 부케를 던졌다. 부케는 큰 포물선을 그리며 하얀 꽃잎을 허공에 흩날렸다. 부케가 툭, 소리와 함께 정확히 휴지통의 한가운데로 들어가자, 율리는 은빛 티아라와 면사포마저 벗어 던졌다. 그리고 그대로 신부 대기실을 걸어

나갔다.

"야! 어디 가는 건데?"

뒤에서 현경이 애타게 불렀지만, 신경 쓰지 않았다. 한시라도 빨리 이곳을 벗어나야 한다는 생각뿐이었다. 그렇지 않으면 속이 터져버릴 것만 같았다. 걸음이 빨라질수록 웨딩드레스 자락을 움켜쥔 손끝에 힘이 들어갔다.

식장을 빠져나오고서도 율리는 걸음을 멈추지 않았다. 과부하된 머리를 식히려면 찬바람이 필요했다. 웨딩드레스 차림인 그녀를 힐끔 쳐다보는 이도 있었지만, 행인 대부분은 개의치 않고 제 갈 길을 걸어갔다. 얼마나 걸었을까? 걸음을 멈추며 하늘을 향해 고개를 들자, 눈 시린 파란색이 시야를 가득 채웠다. 무심한 듯 식어버린 율리의 눈동자가 싸늘하게 일렁거렸다.

수개월 전.

[뭐라고? 너 혼자 웨딩 플래너를 만난다고?]

블루투스 이어폰을 타고 쩌렁쩌렁한 현경의 목소리가 흘러나왔다. 율리는 대답을 뒤로한 채, 막 도착한 엘리베이터에 올라탔다.

[민우는 어쩌고?]

당사자인 율리보다 현경이 더 흥분한 것 같았다. 오늘 율리는 약혼자 권민우와 웨딩 플래너를 만날 예정이었다. 하지만 아침 일찍 민우에게서 전화가 걸려 왔다.

─ 정말 미안한데…… 급한 제주도 출장이 잡혔어.

미안해서 죽을 것 같아 하는 민우에게 뭐라고 할 순 없었다. 업무와 관련된 거니까.

"바쁘대."

[아무리 바빠도 그렇지, 이건 결혼식이잖아!]

"됐어. 결혼식이 뭐 별거라고……."

율리는 무심한 얼굴로 중얼거리며 전망용 엘리베이터 유리 벽 너머로 시선을 돌렸다. 밝은 햇살이 율리의 매끈한 피부 위로 쏟아지며 또렷한 이목구비를 따라 깊은 음영을 만들었다. 촉촉한 눈빛과 조화를 이루는 우아한 얼굴선은 보는 이로 하여금 절로 감탄사를 흘리게 했다. '아름답다'는 표현만으론 부족한, 독특한 분위기가 타인의 시선을 사로잡았다. 하지만 결혼을 앞둔 예비 신부의 행복과 설렘은 느껴지지 않았다. 그럴 수밖에 없었다. 율리에게 앞으로 다가올 결혼식은 마치 타인의 것처럼 멀고 낯설었으니까.

우웅, 소리와 함께 엘리베이터가 상승하자, 북적거리는 아카디아 몰 내부가 한눈에 들어오기 시작했다. 국내 최대 규모를 자랑하는 아카디아 몰은 쇼핑몰과 백화점, 호텔과 극장 등이 어우러진 복합 쇼핑몰로, 민우가 공을 들인 곳이었다. 부지 선정부터 완공까지 그의 손길이 안 거친 곳이 없었다. 덕분에 아카디아 몰은 오픈하자마자 방문객이 몰려들어, 1년 만에 수도권 3대 복합 쇼핑몰 중 하나로 선정되었다.

이번 성공으로 KG그룹 권건철 회장은 차남 권우식 전무가 아닌, 손자 권민우 실장에게 경영권을 넘길 것이라는 말이 돌았다. 그래서인지 민우는 미친 듯 일에 매달렸고, 덕분에 결혼식 준비는 대부분 율리의 차지가 돼버렸다.

[년 화도 안 나니?]

항상 덤덤하게 나오는 율리가 현경은 도통 이해되지 않았다. 역시나 무덤덤한 율리의 대답이 뒤따랐다.
"응, 안 나."
거짓말이 아니다. 율리는 전혀 화나지 않았다. 화날 게 뭐 있나? 사랑으로 맺어진 사이도 아닌데……. 지긋지긋한 가족에게서 벗어날 수 있다면 이런 정략결혼쯤 수십 번도 할 수 있었다.
오래전부터 독립하고 싶었지만, 아버지의 완강한 반대로 뜻을 이룰 수 없었다. 네 번이나 국회의원에 당선된 채형식 의원은 첫째인 율리를 너무나 사랑한 나머지, 그녀가 결혼해 가정을 꾸릴 때까진 옆에 끼고 있을 거라고 말했다. 물론 새빨간 거짓말이다. 율리를 옆에 잡아두는 이유는 채 의원, 본인의 치부를 감추는 동시에, 화목한 가족 이미지를 연출해 한 표라도 더 얻기 위함이다.
딱 한 번 무작정 집을 나온 적이 있었다. 하지만 일주일도 못 가서 본가로 끌려갔다. 이후로 몇 번 더 시도했지만, 번번이 실패로 돌아갔고, 결국 집에서 벗어날 방법은 결혼밖에 없다는 사실을 깨달았다.
KG그룹 권민우 실장과의 정략결혼을 받아들인 것도 그래서다. 민우는 대학 시절, 현경과 동행한 자선 행사에서 처음 만났다. 동갑에다 전공까지 비슷하다 보니, 자연스럽게 연락하는 사이가 되었다. 그랬던 사이에 변화가 생긴 건 작년 크리스마스 파티에서다. 난데없이 민우가 정략결혼을 제안했다. 집에서 정략결혼을 강요당하는 중인데 반드시 해야 한다면 적어도 상대가 마음 편한 친구였으면 한다고 했다.
─ 결혼해도 변하는 건 없을 거야. 우리 서로 룸메이트라고 생각하자.
율리는 '형식적인 결혼'이란 말에 제안을 받아들였다. 서로에게 익숙하니까, 결혼하더라도 크게 불편하진 않을 것이다. 하지만 절친 현경은 펄쩍 뛰며 반대했다.

― 민우, 너에게 친구 이상으로 집착하는 거 몰라? 다 꿍꿍이가 있어서 저러는 거야.

물론 율리도 민우가 어떤 감정으로 자신을 대하는지 알았다. 하지만 걱정할 필요는 없었다. 잠시 그러다 말 테니까. 어차피 사랑이란 감정 따윈 믿지 않았다. 활활 불타올라도 언젠가는 재가 되는 게 사랑이다. 영원할 것만 같던 부모님의 사랑 역시 얼마나 처참하게 깨졌던가!

율리는 쓴웃음을 삼키며 지그시 입술을 깨물었다. 통화를 끝내고 엘리베이터에서 내려서는데, 발코니 건너편에 있는 정장 차림의 무리 중에서 익숙한 얼굴이 눈에 들어왔다.

"……민우?"

제주도에 있어야 할 그가 누군가와 심각한 얼굴로 대화를 나누고 있었다.

출장이 거짓말이었어?

율리는 미간을 찌푸리며 민우 옆에 선 상대에게로 시선을 옮겼다. 반쯤 등진 자세여서 얼굴을 제대로 볼 순 없었지만, 남자는 모델처럼 완벽한 몸매를 자랑했다. 홍보 모델을 섭외 중이라고 했으니, 어쩌면 진짜 모델일지도 모르겠다.

그런데 뭔가 느낌이 달랐다. 모델이라기엔 남자의 태도가 너무나 불량했다. 진지한 표정의 민우와 달리, 남자는 대화 자체에 관심이 없는 모습이었다. 한쪽 바지 주머니에 손을 꽂고 비스듬히 고개를 기울인 자세하며…….

도대체 누군데 간이 배 밖으로 나왔지?

대한민국에서 권민우 실장을 불성실하게 대할 수 있는 이는 많지 않았다. 역시나 남자의 태도가 못마땅한지, 민우의 미간이 점점 좁아졌다. 뒤에서 지켜보는 수행원들의 표정 역시 난처하게 변해갔다. 어째 분위기가 심상치 않았다.

알은 체해야 하나, 말아야 하나? 율리는 잠시 갈등에 빠졌다. 그때 돌연 남자가 율리 쪽으로 고개를 돌렸고, 피할 새도 없이 정면으로 시선이 부딪쳤다. 떨어져 있어서 윤곽을 뚜렷이 볼 순 없었지만, 위험할 정도로 아름답다는 건 짐작할 수 있었다. 투명할 정도로 하얀 피부, 멀리서도 선명한 날카로운 콧대, 짙은 입술. 남자에게 '아름답다'는 말이 어울릴지 모르겠으나, 그 표현밖엔 떠오르지 않았다.

율리가 자신을 쳐다본다는 것을 눈치챘는지, 남자는 살며시 입매를 뒤틀더니 그녀를 향해 고개를 까닥거렸다. 어째서일까? 비아냥거리는 것 같은 몸짓이 왠지 모르게 익숙했다. 자연스럽게 그 남자가 떠올랐지만, 율리는 그럴 리 없다고 부정했다.

남자가 계속해서 딴 곳을 바라보자 민우도 남자의 시선을 따라 옆으로 고개를 돌렸다. 그리고 곧 건너편에 있는 율리를 발견했다. 당황한 듯 멀리서도 알아챌 수 있을 정도로 민우의 얼굴이 곤혹스럽게 일그러졌다. 더는 모른 척 지나칠 수 없어 율리는 민우를 향해 한 발 내디뎠다. 그런데 그때, '빼애애애앵—' 날카로운 화재경보음이 울려 퍼졌다. 동시에 스프링클러에서 물이 쏟아져 눈앞이 뿌옇게 흐려졌다.

"꺄아아악."

순식간에 아수라장이 된 아카디아 몰 안에서 겁에 질린 쇼핑객들이 우왕좌왕 출입구를 찾아 뛰었다. 흠뻑 젖어버린 율리는 손등으로 눈의 물기를 훔치며 민우를 찾았지만, 그새 사라지고 보이지 않았다.

"아……."

 어이가 없어 한탄이 흘러나왔다. 이런 상황에 약혼녀를 놔두고 혼자 가버렸다고? 하지만 지금은 사소한 일에 기막혀할 때가 아니다. 불이 난 것이라면, 한시라도 빨리 이곳에서 빠져나가야 한다.
 율리는 서둘러 비상계단으로 뛰어갔다. 물기 어린 대리석 바닥은 걷기 어려울 정도로 미끄러웠다. 비상계단을 향해 달리는 사람 중 넘어지는 이들이 속속들이 생겨났다. 그중 한 명이 넘어지며 이벤트 장식 구조물에 세게 부딪혔고, 둔탁한 소리와 함께 구조물이 위태롭게 흔들렸다. 마침 그 아래엔 보호자의 손을 놓친 아이가 울먹이며 서 있었다.
 위험해!
 율리가 몸을 날려 아이를 껴안는 순간, 어떤 강력한 힘이 그녀와 아이를 옆으로 끌어당겼다. 동시에 '쾅!' 소리와 함께 구조물이 바닥으로 쓰러졌다. 율리는 본능적으로 아이를 감싸고 최대한 몸을 웅크렸다.
 어떻게 된 일이지? 분명 쓰러진 구조물이 몸을 덮쳤을 텐데 아무런 고통도 느껴지지 않았다.
 "괜찮아요?"
 그때 귓가에 속삭이는 듯한 중저음의 목소리가 흘러들었다. 율리는 살며시 눈을 떠보았다.
 ……당신은?
 조금 전 눈이 마주쳤던 남자가 율리를 내려다보고 있었다.
 "괜찮은 것 같군요."
 율리가 무사하다는 것을 확인한 남자는 이번엔 아이의 상태를 살폈다. 다행히 놀란 것 빼곤 멀쩡해 보였다. 어디선가 달려온 아이의 보호자가 고맙다는 인사와 함께 아이를 데려갔다.

"일어설 수 있겠어요?"

그 말에 율리는 자신이 아직도 바닥에 주저앉아 있다는 걸 깨달았다. 당황해서 몸을 일으켰지만, 그대로 다시 무너졌다. 충격으로 다리에 힘이 빠진 모양이다.

"안 되겠군……."

혼잣말을 중얼거린 남자는 율리의 어깨를 끌어안더니 단번에 바닥에서 일으켰다. 중심을 잡으려 비틀거리던 율리는 그대로 남자의 품에 쓰러졌다. 어쩔 수 없는 상황이지만, 당혹스러운 건 어쩔 수 없었다. 몸을 감싸는 체온에 머릿속이 텅 비어버렸다. 낯설지만 익숙하고, 불편하지만 편한, 이율배반적인 묘한 감정이 그녀를 휩쓸었다. 남자의 품에 안긴 찰나의 순간이 마치 영원처럼 길게 느껴졌다.

쉭— 쉬이식—.

쉴 새 없이 물을 뿜어내던 스프링클러가 어느새 소리를 내며 서서히 멈춰갔다. 율리는 남자의 품에서 벗어나며 한 손으로 젖은 머리카락을 쓸어 올렸다. 남자는 말 없이 율리를 바라만 보았다. 살짝 뺨이 붉어진 율리와 반대로 그는 아무런 동요나 감정이 느껴지지 않는 얼굴이었다. 너무나 고요해서 잠시 지금의 상황을 잊을 만큼…….

"화재경보는 설계 결함에 의한 오작동일 겁니다."

이윽고 남자가 입을 열었다.

"그래도 안전을 위해 건물 밖으로 나가죠."

남자의 큼직한 손에 이끌려 비상계단으로 향했다. 쇼핑객 대부분은 이미 건물을 빠져나간 듯 비상계단은 텅 비어 있었다. 5층에서 1층까지 내려갈 때까지 남자는 율리의 어깨를 한쪽 팔로 끌어안듯 감쌌다.

아카디아 몰을 빠져나오니, 바깥 역시 아수라장이었다. 여러 대의 소방차와 응급차, 경찰차, 건물에서 빠져나온 수많은 쇼핑객이 빼곡히 도로를 채우고 있었다.
"여기서부턴 혼자 갈 수 있을 겁니다."
고맙다고 인사할 새도 없이 남자는 그녀에게서 등을 돌렸다. 하지만 몇 걸음 떼지 않고 다시 돌아서고는 재킷을 벗어 율리의 몸을 감쌌다.
"입어요."
그제야 율리는 젖은 옷감이 살결에 달라붙어, 속옷이 훤히 비치고 있다는 사실을 깨달았다. 하지만 당황스러움은 잠시, 그녀의 시선은 재킷을 벗자 드러난 남자의 붉게 물든 어깨로 옮겨갔다.
……피?
"다쳤어요?"
율리가 놀란 듯 외치자, 남자는 힐끗 자신의 어깨를 내려다보았다.
"별거 아닙니다. 신경 쓸 거 없어요."
남자는 율리가 대꾸할 틈도 주지 않고 그대로 등을 돌렸다. 급히 따라갔지만 남자의 걸음이 너무 빨라, 거리는 점점 멀어져갔다.
"저기요, 잠시만요!"
율리는 남자를 부르며 손을 뻗었지만, 남자의 모습은 군중 속으로 사라졌다. 율리는 곤혹스러운 표정을 지으며 우뚝, 자리에 멈춰 섰다.
― 별거 아니니까, 신경 쓸 거 없어.
과거의 속삭임이 귓속에서 들리는 것만 같았다.
"권……제호."
이름 세 글자가 율리의 입에서 느릿하게 흘러나왔다.
오래전 자리에서 물러난 KG그룹 권제웅 부회장의 아들이며, 율리의 첫 정혼 대상이 될 뻔했던 남자, 권제호. 또 다른 이름은 'Jay K'. 그는 전 세계를 무대로 활동하는 유명한 건축가였다. 얼마 전, 프리츠커상을 수상한 건축계의 거장인 토마스 하이디가 수상 소감에서 제자이자 파트너인 'Jay'에게 영광을 돌릴 정도로 천재적인 재능을 자랑했다.

율리가 제호를 처음 만난 것은 대학에 갓 입학했을 때였다. 그때는 지금의 분위기와 달랐다. 부드러운 인상에 눈꼬리를 휘며 웃던 사람이었다. 하지만 현재의 그는 웃기는커녕 쳐다만 봐도 베일 듯이 날카롭게 변해 있었다.

― 별거 아니니까, 신경 쓸 거 없어.

10년 전, 제호는 그렇게 말하며 환하게 웃었었다. 반달 모양으로 휘는 눈꼬리에 마음이 설레지 않았다면 그건 새빨간 거짓말이었다. 우습게 들릴지 모르겠지만, 첫사랑이라면 첫사랑인 아름다운 추억이었다.

이젠 희미해진 10년 전의 일들이 율리의 머릿속에 서서히 떠올랐다.

국회의원 채형식의 지지도가 하늘 높게 치솟던 시절이었다. 채 의원의 정치 영향력이 커질수록 연을 닿으려는 기업이 늘어났고, 그들 모두 채형식의 첫째 딸인 율리를 주목했다. 이제 갓 대학에 들어간 신입생임에도 율리에겐 끊임없는 청혼이 밀려들었고, 채 의원은 그중에서 재계 서열 상위인 KG그룹을 선택했다. 그 당시 KG그룹의 후계자는 차남 권우식 전무가 아닌, 장남 권제웅 부회장이었다. 그러다 보니, 정략결혼 상대 역시 지금의 권민우가 아닌 권제호였다.

율리는 얼굴도 모르는 상대와 혼인하라는 아버지의 말에 말문이 막혔다. 절친인 현경을 찾아가 하소연을 늘어놓자, 그녀는 놀란 듯 입을 벌렸다.

"KG그룹 권제호라고? 와, 대박! 나도 말만 들었지, 본 적은 없어."

청아그룹 막내딸인 현경이라면 권제호에 관해 알고 있지 않을까 했는데 본 적도 없단다. 베일에 싸인 인물이란 대답만 돌아왔다.

결국 율리는 권제호를 찾아가 직접 담판을 짓기로 했다. 그런데 만나기가 쉽지 않았다. 그러던 어느 날, 정보통인 채 의원 보좌관에게 제호가 있는 곳을 알아냈다는 연락을 받았다.

― 오후 내내 야외 테니스장에 있을 거랍니다.

회원이 아니면 들어갈 수 없는 스포츠 클럽이었지만, 불행 중 다행으로 야외였다. 담만 넘으면 볼 수 있다는 생각에 율리는 스커트 차림임에도 낑낑 담을 타고 올랐다. 홈이 팬 곳을 짚어가며 조심조심 내려가는데 멀리서 '삑!' 호루라기 소리와 함께 경비원의 목소리가 들렸다.

"거기 뭐 하는 겁니까?"

악! 흠칫하는 바람에 그만 발을 헛디디고 말았다. 이대로 떨어진다고 생각하는데 누군가의 손이 율리의 허리를 움켜잡아, 사뿐히 땅에 내려놓았다.

그새 경비원 아저씨가 달려온 거야?

율리는 놀란 얼굴로 뒤를 돌아보았다. 그리고 곧 제 생각이 틀렸다는 걸 깨달았다. 그녀를 도와준 상대는 테니스복 차림의 남자였고, 그 뒤로 헉헉대며 뛰어오는 경비원의 모습이 보였다.

그런데…… 와……! 일촉즉발의 상황이었지만, 율리는 넋을 잃을 수밖에 없었다. 뭐 이리 눈이 부셔? 평소에 꿈꾸던 이상형을 하나로 조합한 외모로, 상황만 이렇지 않다면 번호를 얻고 싶을 정도의 완벽남이었다. 하지만 지금 그녀에겐 더 중요한 일이 있었다.

"도와줘서 고마워요."

율리는 재빨리 감사 인사를 하고 등을 돌렸다. 그러나 한 걸음 떼기도 전에 남자의 손에 어깨를 붙잡혔다. 반항할 새도 없이 남자에게 반쯤 안긴 자세로 뛰어오는 경비원을 향해 몸이 틀어졌다.

"뛰어오실 필요 없습니다. 제 일행입니다."

남자의 말에 경비원은 숨을 헐떡거리며 자리에 멈춰 섰다. 하지만 의심스럽다는 눈길을 거두진 않았다. 남자는 환하게 웃으며 율리를 조금 더 제 쪽으로 가깝게 끌어당겼다.

"제 약혼녀예요. 정문까지 돌아갔다가 오는 게 귀찮다고 담을 넘었네요. 죄송합니다."

남자가 고개 숙여 사과하자, 경비원은 당황한 얼굴로 따라서 고개를 숙였다.

"아닙니다, 권제호 회원님."

경비원의 입에서 나온 이름에 율리의 눈이 동그랗게 커다래졌다. 권제호 회원님? 남자의 얼굴을 확인하려 고개를 들었지만, 상대의 키가 워낙 크다 보니 쉽지 않았다.

경비원이 완전히 가버리고 나서야 제호는 율리의 어깨에서 손을 거두었다. 드디어 몸이 자유로워진 율리는 황급히 뒤로 물러서며 고개를 들었다. 다시 보니 더 잘생겼다. 이렇게 아름다운 생명체를 코앞에서 보는 건 태어나서 처음이었다. 이것은 조각인가, 사람인가?

"채 의원 보좌관이 일정에 관해 묻더라니……."

그때 나직한 목소리가 율리를 현실 세계로 끌어냈다. 상념에서 깨어나 눈을 깜빡거리자, 차가운 표정이 시야에 들어왔다.

"이러려고 그랬나? 직접 찾아와서 애원하려고?"

경비원과 있을 때 보여주던 환한 미소는 흔적도 없이 사라지고, 오로지 경멸의 눈빛만이 남아 있었다. 율리는 오늘 제호를 처음 봤지만 그는 이미 율리를 알고 있는 듯했다. 채 의원의 선거 유세에 자주 동원된 까닭에 쉽게 그녀의 사진을 온라인상에서 찾을 수 있었을 것이다.

"난 결혼할 생각 없으니까, 헛된 수고 말고 포기해. 알았지, 꼬마야?"

제호는 정말로 꼬마를 대하듯 율리의 머리를 손으로 쓰다듬었다. 어리둥절했던 율리는 곧 상황을 이해했다. 그도 이 결혼이 탐탁지 않은 것이다. 율리는 눈살을 찌푸리고 돌아서는 제호 앞을 가로막으며 두 팔을 활짝 벌렸다.

"애원하긴 뭘 애원해요? 나도 그쪽만큼 정략결혼 싫다고요!"

"그렇다면 다행이네. 오늘 이후로 서로 얼굴 볼 일 없겠네."

말을 마친 그는 손가락으로 앞을 가로막은 율리의 팔을 옆으로 밀어냈다. 허리를 움켜잡고, 어깨를 끌어안는 등등, 먼저 신체를 접촉한 사람이 누군데, 지금은 그녀와 조금도 닿기 싫다는 듯 행동했다.

하, 얼굴이 잘생기면 뭐해? 완전 재수탱이잖아! 이상형, 완벽남, 어쩌고 한 거 다 취소다!

짧은 순간이었지만 마음이 흔들렸다는 사실에 짜증이 밀려왔다. 그래도 다행이라면 그도 결혼을 원치 않는다는 것이다. 율리는 다신 얼굴 볼 일 없을 거라며 언짢은 기분을 달랬다.

그러나 그녀의 바람은 한 달도 지나지 않아 물거품이 되고 말았다. 전공 지도 교수의 소개로 참여한 소외 계층을 위한 주택 수리 봉사 모임에서 그녀는 제호와 다시 마주치게 되었다. 외나무다리에서 원수를 만난다면 이런 느낌일까? 교수님 앞에선 어쩔 수 없이 예의를 지켰지만, 뒤에선 서로를 노려보기에 바빴다. 그러니 봉사 활동이 제대로 될

리 없었다. 저번엔 선수를 빼앗겼으니까, 율리는 이번엔 자신이 먼저 나서야겠다고 다짐했다. 기회를 엿보던 율리는 쓰레기를 버리러 밖으로 나가는 제호를 재빨리 따라 나갔다.

"다음 봉사 모임엔 오지 말죠?"

말을 들었으면서도 제호는 못 들은 척, 집 앞에 놓인 계단을 내려갔다. 할 수 없이 율리는 졸졸 뒤따르며 설명을 덧붙였다.

"서로 얼굴 보지 말자면서요. 이러면 둘 다 불편하잖아요."

"그런데 모임에서 빠질 사람이 왜 네가 아니라 나여야 하지?"

제호는 계단 아래에 설치된 수거함에 쓰레기를 넣은 후에야 율리에게 눈길을 주었다.

"그럼 나보고 빠지라고요?"

그 말에 제호는 어깨를 으쓱거리더니 계단을 올라갔다. 이번에도 율리는 뒤따라가며 설명을 보탰다.

"마음 같아선 그러고 싶지만, 난 그쪽처럼 쉽게 빠질 수가 없다고요. 왜냐하면……."

"채 의원 장녀, 하루 만에 봉사 포기했다는 말이라도 돌까 걱정돼?"

제호의 말에 율리는 우뚝, 자리에 멈춰 섰다. 그의 말이 맞았다. 시작과 동시에 봉사 활동을 그만두면 안 좋은 소리가 나올 게 뻔했다. 율리가 따라오지 않자, 제호 역시 걸음을 멈추고 뒤를 돌아보았다.

"얼굴을 잔뜩 찡그린 걸 보니 맞나 보네?"

"네, 그래요. 맞아요."

아니라고 둘러댈 생각은 없었다. 이쯤 말하면 그가 먼저 그만두겠다며 한발 물러서겠지. 그런데 그에게선 아무런 반응도 없었다. 다시 등을 돌리더니 계단을 올라갈 뿐이었다.

"저기요!"

제호와의 거리가 멀어지자, 율리는 서둘러 그를 따라 계단을 올라갔다. 그런데 마음이 급해서인지 그만 발을 헛디디고 말았다. 제때 난간을 붙들었지만, 급하게 손을 휘두르다 목걸이를 잡아당기고 말았다. 툭, 고리가 끊긴 목걸이가 계단 옆 낭떠러지로 날아갔다. 목걸이를 잡으려 손을 뻗었지만, 찰나의 엇갈림으로 목걸이는 낭떠러지 아래로 떨어졌다.

"안 돼!"

율리는 창백하게 질린 얼굴로 난간을 넘으려 몸을 구부렸다. 하지만 곧 제호의 손에 붙들렸다.

"너 미쳤어?"

"목걸이가 떨어졌단 말이에요."

율리는 낭떠러지 중간 지점에 떨어진 목걸이를 손으로 가리켰다. 제호는 황당하다는 듯 미간을 찌푸렸다.

"이게 무슨 담벼락 넘어가는 건 줄 알아? 그깟 목걸이 때문에 저길 내려가겠다고?"

"그깟 목걸이 아니에요. 엄마 유품이라고!"

말하는 순간, 눈에서 눈물이 뚝 떨어졌다. 제호의 말대로 저 아래로 내려간다는 건 무모한 짓일지도 모른다. 하지만 이대로 하나뿐인 엄마의 유품을 잃을 순 없었다. 이럴 줄 알았으면 하고 다니지 말고 보석함에 얌전히 보관할걸. 자신의 잘못이라고 생각하니 더욱더 서글퍼져 눈물이 앞을 가렸다. 그렇다고 울고만 있을 순 없었다. 어서 눈물을 그치고 조심스럽게 낭떠러지로 내려가서······.

그때였다.

"제길."

훌쩍거리는 율리를 바라보던 제호가 짧게 욕설을 내뱉더니 훌쩍 난간을 뛰어넘어 낭떠러지 아래로 내려가기 시작했다. 잠시 후, 돌아온 그의 손에는 목걸이가 쥐어 있었다. 율리는 믿을 수 없다는 듯 제호와 다시 돌아온 목걸이를 바라보았다. 그러다 낭떠러지를 내려가다 긁힌 듯 피가 흐르는 제호의 팔에 시선이 멈췄다.

제호도 힐끗 다친 팔을 내려다보았다. 그러더니 눈물을 글썽거리는 율리를 향해 싱긋 웃어 보였다. 괜히 사람 가슴 설레게 눈꼬리까지 휘면서 말이다. 그녀가 미안해할까 봐, 상냥하게 태도를 바꾼 것 같았다.

"별거 아니니까, 신경 쓸 거 없어."

별말 아닌 말 같지만, 율리에게는 위로가 되는 말이었다. 그래서일까? 다시금 눈물이 펑펑 쏟아져 내렸다.

"신경 쓰지 말라니까."

울음을 그치기는커녕 더 많은 눈물을 쏟아내자, 제호는 미간을 찌푸리며 낮게 투덜거렸다. 그러곤 쓰윽 손을 뻗어 뺨에 흐르는 눈물을 닦아주었다. 그 무심한 듯한 행동에 율리는 태어나서 처음으로 심장이 쿵, 떨어지는 느낌을 받았다.

그날 이후로 율리는 혼란스러웠다. 정략결혼은 결사반대지만, 제호를 떠올리면 자꾸 결심이 흔들렸다. 이대로 못 이기는 척 결혼해버릴까, 하는 유혹에 밤잠을 설쳤다.

그런데 다행일까, 불행일까? 얼마 후, 불미스러운 사건이 터졌다. 해외 건설 사업에 문제가 생기자, 비난의 화살이 권제웅 부회장에게로 향했다. 결국 그는 모든 사태에 책임을 지며 자리에서 물러났다.

권 부회장은 가족과 함께 해외로 나갔고, 두 사람의 혼담은 흐지부지 끝나버렸다. 그 뒤로 또 무슨 일이 있었는지는 모르겠지만, 주위에선 부회장 가족 모두 한국으로는 영영 돌아오지 않을 것이라고 말했다. 그렇게 그녀의 첫사랑은 시작도 해보지 못하고 끝났다.

그 이후 율리의 인생은 폭풍 같은 혼란에 휩싸였고, 어느덧 사랑은 아주 먼 나라 이야기가 돼버렸다. 촉촉했던 감정은 메말라갔고, 힘차게 뛰던 심장은 죽은 듯 멈춰버렸다.

그랬는데……. 회상에서 깨어난 율리는 이마에 주름을 잡았다. 왜 갑자기 돌아온 걸까? 타인을 대하듯 담담하게 쳐다보던 것으로 봐선 그는 율리를 기억 못하는 것처럼 보였다.

10년이면 강산도 변한다는데, 오랜 시간이 흐른 뒤에도 서로를 기억하기엔 두 사람의 인연이 너무 짧긴 했다. 게다가 정신없는 상황이었고, 둘 다 흠뻑 젖은 모습이었다. 아니면 알아봤으면서도 그냥 모른 척한 것일 수도 있겠다. 아는 척하며 인사하기에도 두 사람의 인연은 극히 짧았으니까. 시작과 함께 끝났으니, 솔직히 인연이랄 것도 없었다.

차에 타 막 시동을 걸려는데 핸드백 안에서 띵똥, 문자 알람음이 울렸다. 민우에게서 온 문자였다.

> 율리야, 미안해. 화 많이 났어?

이제야 본인이 저지른 잘못을 깨달았나? 율리는 문자에 답하는 대신 도로 핸드백에 휴대폰을 집어넣었다. 오늘 사고로 곤란할 테니까. 괘씸한 행동을 언젠가는 말해야겠지만, 당장은 말할 기분이 아니었다.

문자 알람음은 몇 번 더 울리다 이내 잠잠해졌다.
 율리의 시선은 핸드백 옆에 놓인 제호의 재킷으로 옮겨갔다. 율리는 손을 뻗어 짙은 색상의 재킷을 살며시 쓰다듬었다.
 상처가 꽤 깊어 보였는데…… 바로 병원으로 갔겠지?
 마치 주인을 연상시키듯 차가우면서도 부드러운 재킷의 촉감이 손바닥에 느껴졌다.

 딩동─ 딩동─ 딩동─.
 야옹, 야옹, 야옹.
 계속되는 초인종 소리에 고양이의 울음소리가 더해졌다.
 "알았어, 나간다고, 나가!"
 급히 샤워를 마친 우결이 현관으로 향했다. 초인종 소리를 따라 야옹거리던 눈처럼 하얀 고양이 재스민도 꼬리를 살랑거리며 뒤따랐다.
 "아악!"
 아무 생각 없이 현관문을 연 우결은 짧게 비명을 질렀다. 문 앞에 피로 범벅된 어깨를 손으로 누른 제호가 서 있었기 때문이다. 휘둥그레진 눈으로 쳐다보는 우결을 향해 제호가 싱긋 웃어 보였다.
 "그동안 잘 지냈어?"
 "야, 권제호! 너 지금 이게 무슨 꼴이야?"
 "설명하자면 길고. 지압해서 출혈은 멈췄으니까, 상처 소독이나 좀 해줘."
 "미친놈!"

말은 그렇게 하면서도 우결은 부리나케 의료용 구급상자를 가지고 돌아와 거실에 자리를 잡았다.

"안 되겠다, 꿰매야겠어."

어깨에 난 상처를 심각하게 들여다보며 우결이 말했다.

"마취제 없으니까 따끔거리더라도 참아."

의료 도구를 꺼낸 우결은 능숙한 솜씨로 벌어진 상처를 봉합하기 시작했다. 봉합침이 살을 뚫자, 제호는 아랫입술을 깨물며 미간을 찡그렸다.

"하여간 독종은 독종이다."

제호를 흘겨보며 우결은 혼잣말처럼 투덜거렸다.

"마취 안 하고 꿰매는데 앓는 소리 한 번 안 내네."

어째 제호의 입에서 신음이 흘러나오길 원하는 말투였다. 제호는 고통을 참기 위해 두 눈을 감으며 천천히 숨을 내쉬었다.

잠시 후, 잠긴 듯 나지막한 목소리가 흘러나왔다.

"……의사란 녀석이 집에 마취제 하나 없고."

"야, 내가 병원에서만 의사지, 집에서도 의사냐? 집에선 그냥 집사일 뿐이라고. 그렇지, 재스민?"

우결은 동의를 구하려는 듯 옆에 딱 달라붙어 있는 고양이에게로 고개를 돌렸다. 재스민의 커다란 초록색 눈이 우결의 눈과 마주쳤다.

야옹.

그런데 동의는커녕, 재스민은 한눈팔지 말라는 듯 우결의 팔을 할퀴었다.

"앗, 재스민, 너!"

우결은 서운하다는 눈으로 재스민을 흘겨보았다. 원래 낯선 사람이 오면 어디론가 숨어버리는 녀석인데, 어찌 된 일인지 오늘은 제호를 보자마자 그의 다리에 몸을 비비며 애교를 떨었다. 서로 하얗다고 동지애라도 느꼈나? 지금도 재스민은 고통에 아랫입술을 깨문 제호를 동정 어린 눈으로 지켜보았다.

"쳇, 권제호. 하다 하다 이젠 고양이까지 홀리냐?"

우결은 불만스럽다는 듯 인상을 썼지만, 그래도 손으로는 한 땀 한 땀 아주 정성스럽게 매듭지었다. 이래 봬도 난다 긴다 하는 성형외과 전문의이다. 자신의 손을 거친 상처에 어떤 흉터라도 남겨둘 순 없었다. 게다가 권제호의 살결이 어디 보통인가! 잡티 하나 없는 완전무결한 하얀 피부에 흔적을 남기다니! 성형외과 전문의로서 절대로 용납할 수 없는 일이었다.

"피투성이가 돼서 찾아오지 말고 병원부터 들렀어야지."

"고작 한두 바늘 꿰맬 상처에 뭐 하러 병원까지 가."

"야, 진단은 환자가 아니라 의사가 내리는 거야. 그리고 이거 한두 바늘로 대충 꿰매면 나중에 흉 생긴다고."

슬슬 통증이 견딜 만하게 잦아들자, 제호는 감았던 눈을 뜨고 우결을 쳐다보았다. 자신을 바라보는 시선을 느낀 우결은 꿰매던 손길을 멈추며 제호에게로 고개를 틀었다. 눈이 마주치는 순간, 제호의 입가에 싱긋 미소가 떠올랐다.

"그래서 아무한테 안 가고, 명의한테 왔잖아."

"아이고, 말은 잘한다."

투덜거리면서도 '명의'란 말이 듣기 좋은지 우결의 입꼬리가 슬쩍 올라갔다.

"그나저나 뭐가 그리 급해? 비행기에서 내리자마자 곧장 아카디아 몰로 간 거야? 직접 본 소감은?"

아카디아 복합 쇼핑몰 사업을 계획한 이는 권우식 전무가 아닌 권제웅 부회장이었다. 너무 일찍 자리에서 물러나지만 않았다면 아카디아 몰은 그의 작품이 되었을 것이다.

그런 이유로 제호는 아카디아 몰 부지 선정부터 매우 주의 깊게 지켜보았었다. 아카디아 몰이 들어선 곳은 이전부터 교통 체증이 문제 되던 곳이었는데, 아카디아 몰을 오픈하고부터는 교통 체증이 몇 배로 심각해졌다. 하지만 매스컴에선 그 일을 문제 삼지 않았다. 순조롭게 건축 허가를 내준 시나, 일제히 입을 다문 매스컴이나. 누군가 뒤에서 힘을 쓴 게 분명했다. 그리고 그게 누구인지 어렴풋이 짐작 갔다.

"겉은 화려하지만, 속은 어떨지……. 글쎄, 애써 강해 보이려고 발버둥 치는 것 같았어. 그래도 예전보단 성숙해진 것 같기도 하고……."

'성숙'이란 표현에 우결이 눈꼬리를 움찔거렸다. 건축물에 관해 말하는데 왜 '성숙'이란 단어가 튀어나오지?

"뭔 말이냐? 우리 지금 같은 대상에 관해 이야기하는 거 맞아?"

제호는 긍정도 부정도 하지 않은 채 살며시 입매를 비틀었다.

공항에서 바로 아카디아 몰로 향한 건, 우결의 말대로 한시라도 빨리 아카디아 몰을 보기 위해서였다. 그런데 아카디아 몰에 도착하니 어떻게 연락을 받았는지, 민우가 수행원을 끌고 나타나 앞을 막았다. 오랜만에 만나는 사촌 형에게 민우는 사무적인 미소를 지으며 경계하는 태도를 보였다. 이미 예상했던 반응이라 놀랄 필요는 없었다.

하지만 그런 제호도 전혀 생각하지 못했던 상대를 발견하곤 잠시 제 눈을 의심했다.

……율리?

엄마의 하나뿐인 유품이라며 자신의 앞에서 펑펑 울음을 터뜨렸던 율리가 10년이란 시간이 흐른 지금, 어엿한 여인이 되어 눈앞에 서 있었다.

제호가 율리와 민우의 결혼 소식을 듣게 된 건 얼마 전이다. 원래는 원활한 그룹 합병을 위해 태민그룹 장녀와 혼담이 오갔다고 했다. 그런데 민우가 채율리 아니면 절대로 안 된다고 고집을 부렸단다. 권 회장 앞에서 머리만 숙이던 민우였지만, 결혼만큼은 양보할 수 없었나 보다.

민우가 율리 주변을 얼쩡거린다는 사실은 정보원을 통해서 보고받고 있었다. 얼핏 보면 평범한 친구 사이 같지만, 조금만 관심 있게 지켜본다면 민우가 율리에게 완전히 빠져 있다는 사실을 알 수 있었다.

민우는 그렇다 치고, 제호는 율리의 결정에 의문이 생겼다. 정략결혼이라면 펄쩍 뛰며 반대했던 그녀니까. 어째서지? 민우를 좋아하기라도 하나? 궁금증은 무심한 얼굴의 율리와 재회하는 순간 풀렸다. 그를 만나겠다고 스커트 차림으로 담벼락을 넘던 율리는…… 조그마한 얼굴에 수많은 감정을 한꺼번에 떠올리던 여자는 이제 세상에 없었다.

그동안 도대체 무슨 일이 있었는지, 율리는 모든 감정이 씻겨 내려간 건조한 얼굴을 하고 있었다. 정략결혼이든 뭐든, 세상 아무것에도 관심 없는 듯 체념한 표정으로. 그래서일까? 율리를 본 이후엔 아카디아 몰의 구조가 눈에 들어오지 않았다. 화재경보가 울리며 난리가 난 상태에도 그의 시선은 오롯이 한곳을 향했다. 하지만 그게 다 무슨 상관일까?

"후."

제호의 입에서 쓴웃음이 흘러나왔다. 그녀는 이제 곧 민우와 결혼할 여자인데……. 권민우와 같은 배를 탄 그녀는 이제 그에겐 적군일 뿐이다. 반드시 침몰시켜야 할 적.

오늘 일을 되짚던 제호의 눈빛이 서서히 짙은 어둠으로 가라앉았다.

"그런데……."

상처 봉합을 마친 우결이 의료용 테이프를 붙이며 물었다.

"정말 계획대로 밀고 갈 생각이냐?"

"변동 사항은 없어."

재고할 필요도 없다는 듯 빠른 대답이 돌아오자, 우결은 그럴 줄 알았다는 듯 고개를 끄덕였다.

"확고하게 결심이 섰으니, 네가 모든 일을 제쳐두고 왔겠지. 하여간 되도록 오른팔은 사용하지 마. 내일까지 뻐근할 거다. 진통제 줄까?"

"됐어."

제호는 셔츠에 팔을 꿰며 고개를 내저었다. 견딜 수 있는 고통이라면 얼마든지 환영이다. 그를 깨어 있게 하는 원동력이 되어주니까.

셔츠의 단추를 잠그며 창가로 다가서니, 창밖으로 펼쳐지는 바쁜 오후의 풍경이 눈에 들어왔다. 언제나 그렇듯 서울은 변한 듯 변하지 않은 모습이었다. 가까운 것 같으면서도 가깝지 않은 가족을 보는 것처럼, 낯설면서도 전혀 낯설지 않았다.

따리링— 따리링—.

율리가 문자를 확인하지 않자, 참다못한 민우가 전화를 걸었다. 받을까 말까 고민하던 율리는 현관에 들어서며 통화 버튼을 눌렀다.

"여보세요?"

[율리야!]

한껏 고조된 민우의 목소리가 흘러나왔다.

[지금 어디야? 회사야? 아니면 집?]

"집이야."

원래는 웨딩 플래너를 만난 후, 회사로 출근할 예정이었다. 하지만 도저히 이런 꼴론 갈 수 없어서 반차를 월차로 바꾸었다. 다행히 가족 모두 외출한 덕분에 집 안은 텅 비어 있었다.

[아직도 화 안 풀렸어?]

솔직히 말하자면, 화가 풀리고 말고 할 것도 없었다. 그녀를 내버려 두고 혼자 사라진 행동에 실망하긴 했지만…….

"아까는 어떻게 된 거야?"

[아, 그게, 그러니까…….]

잠시 머뭇거리던 민우는 빠르게 해명에 들어갔다.

[비행기 안에서 아카디아 몰에 문제가 생겼다는 연락을 받았어. 그래서 제주 공항에 내리자마자 다시 비행기 타고 돌아왔어. 아카디아 몰 점검하던 중에 화재경보 오작동으로 사고가 난 거고.]

"……."

자세한 설명에도 율리는 침묵을 지켰다. 민우가 저지른 가장 큰 실수는 제주도 출장이라고 말했는데 서울에 있던 게 아니라 아수라장 속에 그녀를 내버려두고 사라진 건데, 아직도 깨닫지 못하는 것 같았다. 한참 후에야 민우가 풀 죽은 목소리로 덧붙였다.

[율리야, 너부터 챙기지 못해서 미안해. 그게 말이지…… 스프링클러부터 잠가야 했거든. 그게 수동으로만 잠글 수 있는데, 내가 직접 지시를 내려야 해서…….]

변명이 길어지려고 하자, 율리는 민우의 말을 도중에 끊었다.

"알았어, 그만해."

사실 처음부터 민우에게 기대한 게 없으니, 따지고 보면 크게 실망할 일은 아니었다. 아카디아 몰 사업 최고 관리자니까, 어쩌면 그게 최선의 결정이었을지도 모르고.

"사고 처리하기 바쁘지 않아?"

[바쁘긴 하지만 밥 먹을 시간은 있어. 차 보낼 테니까 준비하고 있어. 같이 저녁 먹자.]

딱딱하던 율리의 목소리가 나긋해지자, 민우는 흥분한 듯 목소리를 크게 했다. 율리는 전화를 끊으며 '픽', 웃음을 터뜨렸다. 가끔은 철없는 어린애처럼 굴지만, 어쩌면 그래서 상대하기가 편했다. 독립을 원하는 그녀에게 민우는 자유로운 삶을 약속했다. 그렇게 서로 원하는 바가 맞아떨어져 합의한 결혼이었다. 그러니까 민우가 어떻게 행동하든 크게 신경 쓸 필요는 없다.

준비를 끝내고 약속 장소에 도착하니, 먼저 온 민우가 로비에서 그녀를 기다리고 있었다.

"어, 왔어?"

민우가 환하게 웃으며 앞으로 다가왔다. 하지만 율리의 시선은 민우가 아닌 뒤쪽을 향했다. 그녀의 눈동자가 미세하게 일렁거렸다. 어째서……? 온종일 그녀를 걱정하게 했던 남자가 민우의 뒤에 서 있었다. 제호를 여기서 보게 될 것이라곤 전혀 예상치 못했기에 당황스러웠다.

그는 목선이 파인 검은 스웨터를 입고서 바지 주머니에 오른손을 찔러 넣고 비스듬히 벽에 기대서 있었다. 왼손엔 호박색 액체를 담은 유리잔이 들려 있었다. 율리의 등장에도 그는 별 관심 없다는 표정으로 천천히 잔을 입으로 가져갔다.

그녀를 바라보는 시선에는 어떤 감정도 담겨 있지 않았다. 메마른 눈동자 위로 눈꺼풀이 느릿하게 감겼다 열리기만을 반복했다. 그런데도 율리는 얼어붙은 것처럼 제호에게서 눈을 뗄 수 없었다.

그는 율리를 마주 보며 천천히 한 모금을 들이켰다. 목선을 따라 음료가 내려가며 목울대가 위아래로 꿈틀거렸다. 입에서 잔을 떼자, 촉촉해진 입술이 황금빛 조명에 반사되어 반짝거렸다. 위험할 정도로 매혹적인 모습이었다. 그저 바라보는 것뿐인데도, 마치 그녀가 위스키를 마신 것처럼 목구멍이 타들어갔다. 제호는 무심한 시선을 율리에게 고정한 채로, 살며시 입술을 벌려 긴 숨을 토해냈다.

"하아."

그가 바로 옆에 있는 것처럼 나지막한 소리가 율리의 귓속으로 파고들었다. 거리가 있어 숨소리가 들릴 수 없을 텐데도…… 율리는 파르르 떨리는 입술을 지그시 깨물었다. 심장이 두근거리고, 저 깊은 곳에서부터 묘한 설렘이 퍼져 나가기 시작했다.

권, 제, 호.

쿵쿵, 쿵쿵, 입 속으로 천천히 그의 이름을 되뇌자 멈췄던 심장이 전기 충격에 다시 뛰게 되는 것처럼, 말라버린 감정이 과거에서 온 추억에 움찔, 경련을 일으켰다. 아찔하게 몰아치는 감정의 소용돌이 속에서 율리는 질끈 두 눈을 감아버렸다.

착각이 아니다. 분명 그녀의 표정에 변화가 있었다.

제호는 다시금 잔을 입에 가져가며 율리의 얼굴을 유심히 살펴보았다. 하지만 감겼던 율리의 눈이 다시 떠졌을 땐, 방금 보였던 혼동의 빛은 사라지고 없었다. 율리는 민우를 향해 생긋 웃어 보이곤 그를 따라 걸음을 옮겼다.

제호는 벽에 기댄 채, 멀어지는 그녀의 뒷모습을 말없이 지켜보았다.

후, 재밌어지는걸.

짧게 웃음을 토해낸 제호는 단숨에 잔을 비우고 두 사람의 뒤를 따랐다.

Chapter 2

이 결혼, 꼭 해야 하나?

"미리 얘기해줬어야지."

단순한 저녁 약속인 줄 알았는데 권 회장과 권 전무도 자리를 함께 하자 율리는 귓속말로 민우에게 항의했다. 하지만 민우는 그녀를 향해 씩, 웃어 보인 게 전부였다. 어른들과 함께라는 걸 알았다면 바로 거절했을 것이다. 바늘방석에 앉은 것처럼 불편한 나머지, 입에 있는 음식이 무슨 맛인지도 몰랐다.

기계적으로 음식을 씹던 율리는 힐끔 건너편에 앉은 제호를 훔쳐보았다. 자리에 앉고 지금까지, 그는 시선을 내리깐 채 어떤 대화에도 끼어들지 않았다. 더 이상한 건 아무도 율리에게 권제호를 소개해주지 않았다는 것이다.

물론 한때 정혼자가 될 뻔한 사이였으니, 구면인 건 맞다. 당시 권 회장의 주도로 이루어졌던 까닭에, 혼담이 깨지자 권 회장이 많이 아쉬워했다고 들었다. 그래서인지 민우가 율리를 결혼 상대로 원하자, 이미 제호와 혼담이 오고 간 과거가 있음에도 흔쾌히 승낙했다.

아무리 그래도 한때 정혼자였던 사람끼리 아무렇지 않게 동석시킨 것은 무례하다면 무례한 처사였다. 그러나 제호는 상관하지 않는 것 같았다. 가면을 쓴 것 같은 무표정으로 묵묵히 식사에 열중했다.

힐끗 자신을 훔쳐보는 시선이 느껴지자, 제호는 고개를 들어 율리를 쳐다보았다. 흠칫 놀라는 게 느껴졌다. 그녀는 고개를 숙이며 재빨리 시선을 피했다. 율리는 지금 매우 불편한 상태일 것이다. 아무리 그래도 제호와 그녀는 한때 정혼했던 사이니까.

제호는 묵묵히 스테이크 조각을 입으로 가져가며 한 시간 전에 있었던 권 회장과의 만남을 떠올렸다.

"바쁘다더니, 드디어 시간이 났구나."

권건철 회장이 장손인 제호를 불러들이기로 마음먹은 것은 작년 초였다. 당시 두바이에 머물던 제호는 일 핑계를 대며 권 회장의 부름을 미뤘고, 1년 가까이 되는 줄다리기 끝에야 귀국을 단행했다.

그동안 잘 지냈냐는 인사도 없이, 권 회장은 곧바로 본론에 들어갔다. 비서실장이 제호 앞으로 태블릿 PC를 내려놓았다.

"본사 사옥을 한번 제대로 세워볼 계획이야. 건축사에 큰 획을 그을 작품으로 말이다."

KG그룹은 건설 기업을 모체로 시작하여 대기업으로 성장했다. 지금은 다른 분야에서 벌어들이는 수익이 건설 분야를 넘어섰지만, 건설에 관한 권 회장의 사랑은 여전했다. 그랬기에 본사 사옥 건설에 거는 기대가 컸다.

"제호, 네가 그걸 해줘야겠다."

매우 파격적인 제안이었다. 규모로 보나, 의미로 보나, 세계적인 거장 건축가들도 욕심낼 만한 프로젝트였다. 하지만 제호는 흘끗 화면만 내려볼 뿐, 태블릿 PC엔 손도 대지 않았다.

"왜 하필 접니까?"

한동안 침묵을 지키던 그가 툭 내뱉듯 물었다. 권 회장은 질문이 이해되지 않는다는 듯 인상을 찡그렸다.

"왜 너라니? 넌 권씨 집안의 핏줄 아니냐. 이미 건축가로서 명성도 있고. 네가 아니면 누가 해!"

'권씨 집안 핏줄'이란 말에 제호는 눈꼬리를 휘며 환하게 웃었다.

"권씨 집안 핏줄이요? 기업이 무슨 개인 소유인 줄 아십니까? 회장님은 대주주일 뿐입니다. 그룹을 소유한 게 아니고."

"지금 어디서 버르장머리 없이!"

불쾌하다는 듯 권 회장 옆에 앉은 권우식 전무가 얼굴을 붉혔다. 그는 처음부터 이 자리가 마음에 들지 않았다. 곧 있으면 제 아들인 권민우 실장이 후계자로 내정될 텐데, 마음을 바꾼 제호가 불쑥 귀국해 버리다니. 도대체 무슨 꿍꿍이속인지 모르겠다.

태블릿 PC 화면을 툭툭 건드리던 제호는 옆에 둔 재킷을 챙기며 자리에서 일어섰다.

"제게 설계를 맡기고 싶으시면 제대로 절차를 밟으세요. 저 말고도 다른 건축가 후보들을 정해서, 그중에서 선정하셔야 합니다. 그래야 공정할 테니까요."

"네가 선정되면 할 마음은 있는 게냐?"

권 회장의 물음에 제호는 치아를 드러내며 웃었다.

"글쎄요, 그건 일정에 따라 달라지겠죠. 제가 좀 바쁜 편이라서."

"너! 감히 할아버님께!"

더는 불손한 태도를 참을 수 없다는 듯 권 전무가 벌떡 일어났다. 그러나 권 회장은 손을 들어 권 전무를 제지했다.

"됐다. 그만해라."

차남인 권우식 전무는 능력은 둘째 치고, 감정을 억제하는 법을 모른다. 경영인으로선 최악의 자질이었다. 불미스러운 일만 아니었다면 경영권은 장남에게 돌아갔을 것이다. 지금 눈앞에 있는 손자는 힘없이 자리에서 물러난 제 아비와 달랐다. 눈빛만 봐도 알 수 있다. 결코 호락호락한 상대가 아니기에 더 탐이 났다.

"오랜만에 봤으니 가족끼리 밥이나 먹자."

권 회장은 자리에서 일어나며 무뚝뚝하게 말했다. '가족끼리'란 말에 제호는 별생각 없이 식사 제의를 받아들였다. 그런데 그 자리에 율리가 있을 줄이야. 회상에서 깨어난 제호는 씁쓸하게 웃으며 힘을 주어 스테이크를 썰었다.

"그래서 오늘 사고는 잘 처리 중인 게냐?"

식사가 끝나갈 무렵 권 회장이 민우에게 질문을 던졌고, 그때까지만 해도 화기애애하던 분위기가 급속도로 냉각되었다.

"네, 할아버지. 심려를 끼쳐서 죄송합니다."

민우가 권 회장님을 향해 깊게 고개를 숙였다.

"하필 결혼식을 앞두고 이런 사고가 일어나서……."

"죄송합니다, 할아버지."

민우는 굳은 표정을 지으며 다시금 고개를 숙였다. 제 아들이 궁지에 몰린 것으로 보이자, 권 전무는 재빨리 제호에게 공격의 화살을 돌렸다.

"제호, 너. 아직도 왼손 쓰는 버릇 못 고쳤구나."

권 전무는 왼손을 사용하는 제호를 못마땅한 눈길로 쳐다보았다.

"쯧쯧쯧, 권씨 집안에서 왼손잡이라니……."

순간, 율리의 시선이 젓가락질하는 제호의 왼손으로 향했다.

왼손잡이라고? 그런데 왼손잡이라기엔 젓가락을 잡은 손이 아주 편해 보이지 않았다. 아까 다친 어깨가 오른쪽 아니었나? 어쩌면 그는 오른쪽 어깨를 다쳤기 때문에 왼손을 사용한 것일지도 모른다.

"……저……."

율리가 한마디를 꺼내려는데, 제호가 내리깐 시선을 들고 그녀를 바라보았다. 시선이 정면으로 마주친 순간, 그녀를 향한 눈빛이 위험스럽게 반짝거렸다. 마치 잠자코 있으라고 경고하는 것 같았다. 당황한 율리는 입을 다물며 황급히 시선을 피했다.

"지금은 21세기로 알고 있는데요."

느릿한 동작으로 젓가락을 내려놓은 제호는 의자 등받이에 등을 기대었다.

"그런데 아직도 전무님은 고리타분하게 왼손잡이 타령이십니까?"

"나 때는 밥상머리에서 왼손 사용하면 곧바로 회초리 맞았어."

"아…… 라떼. 훗, 그러니까 전무님이 꼰대 소리를 듣는 겁니다."

"뭐? 꼰대? 이게 어디서 감히 어른한테……."

"흠."

폭발한 권 전무가 자리에서 벌떡 일어서자, 권 회장이 진정하라는 듯 헛기침을 내뱉었다. 기침 한 번에 권 전무는 얼굴을 붉히며 도로 의자에 앉았다. 아무리 화가 난들 권 회장의 심기를 거스를 순 없었다.

"난 이만 일어날 테니, 마저 식사해라."

권 회장이 일어나자, 권 전무도 급히 권 회장을 따라나섰다. 두 사람이 나가고 잠시 어색한 침묵이 흘렀다. 먼저 입을 연 사람은 민우였다.

"형, 살살 좀 해. 오랜만에 만난 자리에서 꼭 이런 식으로 나와야겠어?"

"글쎄, 이런 식이라는 게 뭘까 궁금한데?"

제호의 물음에 민우는 비릿한 미소를 떠올렸다.

"형, 아직도 큰아버지가 후계자라고 착각하는 건 아니겠지? 콩고물이라도 주워 먹고 싶다면 말조심해. 빈손으로 돌아가고 싶지 않다면."

권 회장이 몇 번이나 연락해 겨우 불러들였다는 사실을 알면서도 민우는 모르는 척 제호의 신경을 긁었다. 하지만 제호는 얼굴을 붉히기는커녕 부드럽게 입매를 휘었다.

"마치 네가 후계자라도 된 듯 말하는구나."

어떤 상황에서도 제호는 쉽게 흥분하지 않는다. 타고난 기품이랄까? 몸에 밴 황태자의 여유랄까? 어릴 때부터 비교되며 자란 탓에 민우는 그런 제호의 여유가 싫었다.

"후계자라도 된 듯이 아니라, 이미 후계자야. 보면 모르겠어?"

발끈한 민우는 팔을 뻗어 보란 듯 율리의 어깨를 끌어안았다. '너의 정혼자가 이젠 내 여자다.'라는 걸 과시하기라도 하듯이. 별안간 자신이 두 남자의 경쟁에 끼어든 모양새가 되자 율리는 미간을 찌푸렸다.

이래서 날 부른 거야? 눈앞에서 과시하려고?

유치한 대결 구도에 자신을 끌어들이려는 민우가 불쾌하기만 했다.

율리는 어깨를 감싼 민우의 손을 슬그머니 뿌리치며 앞에 놓인 접시에서 인삼 절편을 집어 입에 넣었다. 음미하듯 천천히 씹자, 달콤하면서도 씁쓸한 맛이 입 안을 가득 채웠다.

"이야기 좀 해."

식사가 끝나고 율리는 앞서가는 민우의 팔을 잡았다. 한마디 상의도 없이 자신을 불편한 식사 자리에 끌어들인 것에 관해 대화를 나눌 필요가 있었다.

"다음에 하면 안 될까? 다시 회사로 들어가야 해서……."

민우가 난처한 표정을 지으며 말했다.

"알았어. 그럼 나중에 이야기해."

다음을 기약하며 민우를 보내준 율리는 택시를 타기 위해 로비로 향했다. 택시를 부르려 휴대폰을 꺼내는데, 전화가 걸려왔다.

[괜찮아? 너 있을 때 사고 난 거야?]

전화를 받자마자 현경의 다급한 목소리가 흘러나왔다. 오늘 율리에게 제일 먼저 안부를 물은 이는 가족이 아닌 현경이었다. 이쯤 되면 가족 모두 뉴스를 보았을 텐데 말이다. 다시 한번 가족과의 거리감을 확인한 율리의 얼굴에 어두운 그림자가 내려앉았다.

"응, 괜찮아. 물에 빠진 생쥐 꼴 된 거 빼곤."

[다친 사람도 있다고 해서 얼마나 걱정했는데…….]

"걱정하게 해서 미안해."

솔직히 다칠 뻔하긴 했다. 제때 제호가 나타나지 않았더라면 타박상으로 시퍼렇게 멍이 들었을 것이었다.

[당장 널 보러 가고 싶지만, 아직 행사가 안 끝났어.]

현경은 볼멘소리로 투덜거렸다.

"내일 보면 되지. 나, 너밖에 없는 거 알지?"

괜히 하는 소리가 아니라, 항상 제 편이 돼주는 현경이 율리에겐 세상에서 가장 소중한 존재였다. 가족이나 연인보다 소중하고, 더 가까운 존재.

[그럼, 잘 알지. 사랑한다, 채율리.]

"나도 사랑해. 행사 잘 끝내고, 이따 집에 가서 통화하자."

율리는 환하게 웃으며 전화를 끊었다. 다시 택시 앱을 켜려는데 옆에서 인기척이 느껴졌다. 고개를 돌리니 언제 왔는지 제호가 옆에 서 있었다. 식사가 끝나자마자 그대로 간 줄 알았다. 밖으로 나갔다 다시 돌아왔는지, 그의 몸에선 찬 기운이 느껴졌다. 또 볼 것이라곤 생각하지 못한 율리는 놀란 얼굴로 제호를 쳐다보며 흘러내린 머리카락을 귀 뒤로 쓸어 넘겼다.

"차 안 가지고 왔어요?"

불편하고 어색한 분위기에서 식사를 마쳤지만, 제호는 자연스럽게 말을 건넸다.

"민우가 집까지 바래다주지 않습니까?"

"다시 회사로 들어가봐야 해서요. 오늘 아카디아 몰에서 일어난 사고 때문에……."

율리는 경황이 없어 제대로 고맙다는 인사도 못 했다는 사실을 깨달았다.

"아깐 정말 고마웠습니다. 어깨는 좀 어때요? 치료는 받으셨나요?"

오른손을 쓰지 못하는 것으로 보아, 상처가 깊은 게 틀림없었다. 검은 스웨터를 입은 것도 혹시라도 붕대가 비칠까 그런 걸까?

제호는 생각에 잠긴 얼굴로 침묵을 지켰다. 그리고 한참 후에야 굳게 닫힌 입술이 열렸다.

"질문이라면 내가 먼저 하죠."

내게 질문이라니? 무슨?

의아한 표정으로 고개를 돌리는데 귀 뒤로 넘겼던 머리카락이 흘러내렸다. 그러자 제호는 그녀보다 먼저 손을 뻗어 머리카락을 넘겨주었다. 뜻밖의 접촉에 멍한 표정을 짓는 율리의 귓속으로 나직한 목소리가 흘러들었다.

"이 결혼, 꼭 해야 하나?"

율리는 잠시 자신의 귀를 의심했다. 그가 건넨 질문은 지극히 개인적이고도 사적이었기 때문이다.

"불쾌한 질문이네요."

기분 나쁜 티를 감출 필요는 없었다. 아카디아 몰에서 도와준 건 도와준 거고, 지금의 질문은 한참 예의에서 벗어났으니까.

"불쾌했다면 사과하죠."

입으론 사과했지만, 표정은 날 선 반응이 재미있다는 투였다. 그녀에게 시선을 고정한 채로 제호가 낮게 속삭였다.

"내일 보면 되지. 나, 너밖에 없는 거 알지?"

예상하지 못한 내용에 율리는 당혹스러운 듯 미간을 찡그렸다. 전화 통화를 듣고 있었던 거야? 나직한 속삭임은 계속해서 이어졌다.

"……나도 사랑해."

그녀를 향한 사랑 고백은 물론 아니다. 현경에게 했던 말을 그대로 따라 하고 있을 뿐이었다. 그런데도 미묘한 어감의 차이가 있어서일까? 왠지 모르게 가슴이 떨렸다. '사랑'이란 단어가 이리도 묵직한 느낌이었나?

율리가 짧게 숨을 들이켜자, 제호의 얼굴에 보일 듯 말 듯 연한 미소가 떠올랐다. 서로 최대한 표정 변화를 자제했지만, 둘 사이에 도는 은근한 긴장감마저 숨길 순 없었다.

"행사 어쩌고 하는 걸 보면 통화 상대가 민우였을 리는 없고……. 아닙니까?"

제호는 마치 해명을 기대하는 것처럼 율리를 물끄러미 쳐다보았다.

"그래서요?"

해명하는 대신 율리는 차갑게 쏘아붙였다. 그의 선 넘은 태도가 몹시도 거슬렸다. 민우와 불편한 식사 자리를 가졌다고 해서, 그가 그녀에게까지 가시를 드러낼 필요는 없었다.

"남의 통화나 엿듣는 나쁜 취미를 가지셨네요."

통화한 상대가 여자 친구였다고 정정할 수도 있지만 하지 않았다. 할 필요를 느끼지 못했다. 율리의 냉담한 대응에 제호는 '피식', 입꼬리를 올렸다.

"나쁜 취미라기보단, 청각이 뛰어난 편이라서……. 뭐, 애인 있으면서 다른 남자와 결혼하든 말든, 내가 상관할 바는 아니죠. 이젠 그쪽이 내 정혼자도 아니고."

끝까지 모른 척할 줄 알았는데 그가 아는 척하자, 가라앉았던 기분이 조금은 나아졌다. 하지만 율리는 차가운 말투를 유지하며 물었다.

"아깐 완전 남 보듯 하더니, 이제야 아는 척하시네요?"

"늦게 아는 척해서 미안하군요."

제호는 입가에 나른한 미소를 띠며 가볍게 고개를 끄덕였다. 그때나 지금이나 그의 웃는 모습을 보고 있노라면 가슴 한쪽이 간지럽다. 그는 태어나서 처음으로 마음을 흔들리게 했던 이성이었고, 첫사랑 같지 않은 첫사랑이었으니까. 시작도 해보지 못하고 끝나버렸지만…….

그땐 처음 보는 순간부터 말을 놓았는데, 지금은 깍듯하게 존대하는 것만 봐도 과거보다 더욱더 멀어진 거리가 실감 났다.

"하여간, 아까는 고마웠어요."

"됐습니다. 인사받으려고 한 일도 아닌데……. 아직도 한남동에 살죠? 어차피 가는 길이니까, 바래다줄게요."

제호는 대답을 기다리지 않고 주차장을 향해 걸어갔다. 그러나 율리는 제자리에서 움직이지 않았다. 그녀가 따라오지 않자, 제호는 걸음을 멈추고 뒤를 돌아보았다. 그가 의아한 눈빛을 보내자, 율리는 담담히 물었다.

"술 마시지 않았어요?"

질문의 형태였지만, 말투는 확신에 차 있었다. 분명 그의 손에는 술잔이 들려 있었고, 식사가 끝날 즘엔 거의 비어 있었다.

"술?"

잠시 얼굴을 찡그리던 제호가 '피식', 웃음을 터뜨렸다.

"안 보는 척하면서 관찰하고 있었나요?"

"관찰이라니요? 나는 단지……."

"무알코올이었습니다. 어깨가 찢어져서 꿰맸는데, 술 마시는 바보짓은 하지 않아요."

꿰맬 정도로 어깨가 찢어진 거야? 피로 빨갛게 물들었던 하얀 셔츠가 머릿속에 떠오르자, 마치 그녀가 다친 것처럼 어깨가 욱신거렸다.

율리가 제자리에 선 채 가만히 있자, 제호가 성큼성큼 다가왔다.
"정 믿지 못하겠다면 확인해볼래요?"
말이 끝나기도 전에 그가 그녀를 향해 상체를 숙였다. 얼굴이 닿을 듯 가까이 다가왔고, 달콤하면서도 시원한 향이 훅, 코끝에 느껴졌다.
갑작스러운 행동에 율리의 눈이 당혹스러움으로 커다래졌다. 품에 안기다시피 한 상태로 아카디아 몰을 빠져나왔지만, 그때와는 전혀 다른 느낌이었다. 아까는 미처 몰랐던 은은한 체취가 느껴지자, 뺨이 화끈하게 달아올랐다. 바보처럼 왜 이래? 그는 그저 술 냄새가 나는지 직접 확인하라고 고개를 숙인 것뿐이다. 과민하게 반응할 필요는 없었다. 피곤해서 그런 거겠지? 상대가 '권제호'라서는 아닐 것이다.
"무알코올이었다는 말, 믿어요."
율리는 재빨리 무표정으로 돌아가며 무뚝뚝한 목소리로 말했다.
"하지만 전 택시가 더 편해서요. 그럼 전 이만."
말을 마친 그녀는 그대로 뒤를 돌아 반대쪽으로 걸어갔다.
"흠……."
율리의 뒷모습을 바라보던 제호는 바지 주머니에 손을 꽂으며 살며시 고개를 기울였다.
확실히 그녀의 태도는 아카디아 몰에서 만났을 때와 달랐다. 과거 인연 때문인 것 같지는 않았고, 그가 민우의 적수라는 걸 아까 식사 자리에서 확실하게 알게 돼서인 것 같았다. 그녀는 민우 편이니까.
말이 좋아서 사촌지간이지, 제호와 민우 사이엔 언제나 보이지 않는 벽이 존재했다. 세월이 지날수록 벽은 두꺼워졌고, 듬성듬성 가시가 돋아났다. 어느새 가시는 서로를 찌를 수 있을 만큼 견고해지고 날카로워졌다. 언젠가는 한쪽의 심장을 관통해서 피를 흘리게 할 것이다.

피하려고 했지만, 피할 수 없는 운명. 모든 것을 돌이키기엔 너무 멀리 와버렸다.

"훗."

멀어지는 율리를 바라보는 제호의 입가에 건조한 미소가 떠올랐다.

"율리야, 너 오늘 아카디아 몰에 간다고 하지 않았니?"

현관에 들어서는 율리에게 안 여사가 기다리고 있었다는 듯 다가왔다. 뉴스를 봤지만, 현경처럼 전화로 확인할 정성까진 없었나 보다. 그렇지만 서운하거나 하진 않았다. 율리와 안 여사의 관계는 딱 거기까지니까. 예의 바르게 서로를 대하지만, 그 이상도 그 이하도 아닌. 그저 '전처 딸'과 '새엄마'라는, 가까운 것도 먼 것도 아닌, 그럭저럭 상생하는 관계.

물론 처음부터 그런 관계는 아니었다. 한때는 아주 가까운 적도 있었다. 고민을 털어놓고, 기대고, 의지하고. 여느 모녀 관계와 크게 다르지 않았다. 뒤틀린 거짓이 모습을 드러내기 전까진…….

"네, 거기서 웨딩 플래너 만나기로 했었어요."

구두를 벗으며 율리가 무덤덤하게 대답했다.

"뉴스에서 보니까 난리 났던데. 너, 그때 거기 있었니?"

"네."

"다친 곳은 없고?"

걱정스럽다는 듯 안 여사의 목소리가 가늘게 떨렸다. 정말로 걱정돼서 떨리는 건지, 반복된 학습의 결과로 떨리게 된 건지, 사실은 알 수 없었다. 솔직히 알고 싶지도 않다. 진심으로 걱정해주든지 말든지, 그게 뭐라고.

"네, 괜찮아요."

"휴, 정말 다행이다."

안 여사는 안도의 숨을 내쉬며 손으로 가슴을 쓸어내렸다. 모르는 사람이 보면 정말로 한숨이라도 놓은 줄 알 것이다. 그만큼 안 여사의 연기는 훌륭했다. 저 뛰어난 연기로 어머니를 속였고, 나를 속였고, 모두를 속였겠지. 그렇게 보좌관이던 그녀는 어느새 채 의원의 연인이 되었고, 결국엔 아내의 자리를 차지했다.

아버지와 안 여사의 숨겨진 관계를 알고 난 후, 엄청난 배신감으로 눈물을 흘렸었는데 이젠 아무렇지도 않았다. 눈물이 나기는커녕 뻑뻑할 정도로 눈이 말랐다. 율리는 건조해진 눈을 느리게 깜빡거렸다.

"의원님도 소식 듣고 걱정돼서 전화하셨었어."

채 의원은 지금 긴급으로 열린 국회 본회의에 참여하느라, 며칠째 귀가하지 못하고 있었다. 본회의가 끝나서야 집에 돌아올 수 있을 것이다. 직접 뉴스를 봤을 리는 없고, 아마도 보좌관이 보고했을 것이다.

과연 소식을 들은 아버지는 놀라셨을까? 아니면 놀란 척하셨을까?

율리는 씁쓸하게 웃으며 벗어놓은 구두를 가지런히 정리했다.

"근데 민우 오빠 어떡해? 아카디아 몰, 오빠 책임 아냐?"

거실을 지나치는 율리에게 TV를 보던 유리가 건성으로 물었다. 율리가 걸음을 멈추고 고개를 돌리자, 세 살 터울 동생인 유리가 그녀를 향해 활짝 웃었다. 그러나 율리는 동생을 따라 웃을 수 없었다.

"알아서 잘 처리하겠지."

"그렇다면 다행이고. 결혼식 앞두고 액땜한 걸로 쳐."

"응."

율리는 짧게 대답하고 계단을 향해 걸음을 옮겼다. 오늘은 평소보다 긴 하루였고, 많은 일이 있었다. 지금 상태론 유리를 대할 수 없었다. 유리를 상대하려면 큰 인내심이 필요했다.

한때는 세상 그 누구보다 소중했던 동생이지만, 이젠 아니다. 어머니가 세상을 떠나는 날, 율리는 언니로서 유리를 보살피겠다고 약속했었다. 그러나 유리가 이복동생이라는 출생의 비밀을 알게 된 날, 그 약속은 휴지 조각이 되어버렸다.

물론 유리의 잘못이 아니라는 건 안다. 그녀가 원해서 태어난 것도 아니고, 부모를 선택한 것도 아니니까. 동생을 미워하는 것 역시 아니었다. 하지만 혼외 자식인 유리의 존재가 불편한 것은 어쩔 수 없었다. 가끔은 아무 말도 해주지 않고 하늘나라로 간 엄마가 원망스러웠다.

아카디아 몰에서의 사고, 예상하지 못한 제호와의 재회, 숨 막혔던 식사 자리 등등, 많은 일이 있었던 오늘 같은 날은 더더욱 그렇다. 그래도 원망하면 안 되겠지. 가장 상처 입은 사람은 엄마였을 테니까.

방에 도착한 율리는 손등으로 건조한 눈을 문지르며 욕실로 향했다. 세면대로 걸어가던 그녀의 눈에 욕실 벽에 걸린 낯선 옷이 들어왔다. 아카디아 몰에서 제호가 그녀에게 입혀줬던 재킷이었다.

재킷에 피가 묻어 우선 찬물로 피가 묻은 부분만 씻은 후, 말리려고 욕실에 걸어놓았었다. 출근길에 세탁소에 들러 드라이클리닝을 보낼 생각이었는데, 아무래도 수선부터 맡겨야 할 것 같았다. 어깨를 꿰맬 정도로 상처가 났다면 재킷도 찢어졌을 테니까.

"……어?"

수선할 부분을 찾던 율리는 이상하다는 듯 미간을 찌푸렸다. 재킷을 아무리 둘러봐도 찢어진 곳을 찾을 수 없었다.

― 어깨가 찢어져서 꿰맸는데, 술 마시는 바보짓은 하지 않아요.

그는 분명히 그렇게 말했었다. 그런데 어째서 재킷은 멀쩡한 거지? 율리는 재킷을 뚫어지게 바라보며 곰곰이 궁리해보았다. 하지만 적절한 이유가 떠오르지 않았다. 그래, 재킷 돌려줄 때 물어보면 되겠지. 끝내 이해할 만한 답을 찾지 못한 그녀는 재킷을 고이 접어 쇼핑 가방에 집어넣었다.

다음 날, 율리는 세탁소에 들러 재킷을 맡기고 평소보다 일찍 회사로 출근했다. 어제 월차를 내느라 뒤로 미룬 업무를 찬찬히 살펴볼 시간이 필요해서다.

그녀가 다니는 회사, '바우하우스'는 직원이 열 명도 채 되지 않아 '아틀리에'라고 불리는 작은 규모의 설계 사무소로, 율리는 그곳에서 인테리어 디자이너로 수년째 근무 중이다.

처음엔 대기업 설계 사무소가 아니라며 탐탁지 않게 여겼던 채 의원도 소외 계층 노후 주택 수리로 바우하우스가 유명해지자, 이제는 적극적으로 딸의 직장이라고 홍보하기에 바빴다. 지지율 상승에 관계되는 일이라면 뭐든 상관없는 모양이었다.

사무실 안에 들어서자 경리와 일반 사무를 맡은 선영의 모습이 보였다. 그녀는 심각하게 모니터를 노려보느라, 율리가 들어온 것도 알아차리지 못했다.

"선영 씨, 일찍 왔네요?"

율리가 말을 걸자, 그제야 선영은 모니터에서 고개를 들었다. 빨갛게 충혈된 선영의 눈이 한눈에 들어왔다.
"네. 정확하겐 새벽에 출근했어요. 어젯밤에 소장님이 갑자기 급한 일이라고 연락하셔서……."
자리에서 일어난 선영은 힐끗 주위를 훑어보더니 재빨리 율리를 옆으로 끌어당겼다.
"아직 소식 못 들었죠?"
"무슨 소식이요?"
"소장님이 드디어 투자받을 파트너를 찾으셨대요."
바우하우스는 회사 초기부터 자금난에 시달렸다. 소외 계층 주택 수리를 주로 하다 보니, 수익을 내기보단 손해를 보지만 않아도 다행이긴 했다. 지금까진 KG건설의 기부로 그럭저럭 이끌어나갔는데, 재작년 합병 제의를 거절하고 나서는 모든 도움이 끊겨버렸다.
"오늘 파트너 될 분이 둘러보러 오실 거래요. 그래서 거기에 필요한 자료를 준비하느라……."
그때 문 열리는 소리와 함께 김 소장의 목소리가 들렸다.
"어, 율리 씨도 출근했네?"
"네, 소장님."
아무 생각 없이 뒤를 돌아보던 율리는 김 소장 옆에 서 있는 제호를 발견하곤 잠시 멍한 표정을 지었다. 처음엔 잘못 본 것이라고 생각했지만, 아니다. 눈앞에 선 남자는 권제호가 맞았다.
당신이 왜 여기에? 파트너 될 사람이라는 게, 혹시……?
율리의 눈동자가 혼란스럽게 흔들렸다.
"율리 씨에겐 소개 안 해도 되겠지?"

뒤죽박죽 뒤엉킨 율리의 머릿속으로 김 소장의 목소리가 흘러들었다. 하지만 불행하게도 과부하가 걸린 그녀의 뇌는 김 소장의 말을 해석하지 못할뿐더러 그가 자신에게 말하고 있다는 사실조차 깨닫지 못했다.

"율리 씨?"

두 번 이름이 불리고 나서야, 율리는 퍼뜩 정신을 차리고 김 소장에게 고개를 돌렸다.

"아, 네. 소장님."

"율리 씨는 권제호 건축가, 잘 알지?"

민우의 대학 선배이기도 한 김 소장은 제호와 민우가 사촌지간이란 사실을 알고 있었다. 그러니 율리와 제호의 관계 또한 모를 리 없었다. 물론 10년 전, 혼담이 오고 간 사이라는 것은 모를 테지만.

"두 사람은 이제 곧 친척이 될 사이니까, 당연히 서로 잘 알겠지. 그렇지?"

율리는 어색하게 웃으며 제호에게서 시선을 옮겼다.

그도 나만큼 당혹스럽겠지? 내가 여기서 근무한다는 사실을 알고 있었을까?

율리와 눈길이 마주치자, 그는 가볍게 고개를 끄덕였다. 그녀와 달리 그는 놀라거나 당혹스러워 보이진 않았다. 그녀를 바라보는 표정엔 아무런 변화도 없었다.

"권제호 건축가, 한국에 머무는 동안 바우하우스와 함께하기로 했어."

역시 예상한 대로 그는 바우하우스의 파트너가 되었다. 하지만 왜? 도저히 이해할 수 없는 행보였다. KG그룹 사옥 건설 건으로 귀국한 줄 알았는데, 난데없이 바우하우스 파트너라니……. 세계적인 건축가인 그에겐 '규모가 작고 수수한'이 아니라 '세계 최대 규모'란 수식어가 어울렸다.

번아웃이라도 왔나? 올해가 안식년이라도 되는 거야?

하지만 그가 내린 결정에 관해 그녀가 왈가불가할 순 없었다. 파트너라도 투자자 쪽에 가까운, 그저 이름만 올려놓은 형태겠지. 그가 이곳으로 출근하거나 하진 않을 것이다. 그래, 그럴 거야. 하지만 왠지 모르게 불안한 마음에 율리는 저도 모르게 얼굴을 찌푸렸다.

"규모는 작지만, 그래도 한번 둘러보자고."

제호는 김 소장의 안내를 받으며 사무실 안을 둘러보았다. 김 소장이 말한 대로 그가 평소 일하는 작업 환경과 비교하면 수준 차이가 컸다. 하지만 그에겐 전혀 고려할 사항이 아니었다. 어젯밤 그는 중대한 결심을 내렸기 때문이었다.

어제 저녁 식사가 끝난 후, 지하 주차장.

덜컥, 차 문이 열리고 제호가 조수석에 올라탔다.

"Okay, I'll let him know. Talk to you later."

통화 중이던 우결은 전화를 끊고 조수석으로 고개를 돌렸다. 제호는 말없이 안전벨트를 잡아 빼 버클에 꽂았다. 시동을 걸기에 앞서, 우결은 제호의 표정을 살폈다.

"분위기 많이 불편했어?"

제호는 대답 대신 '피식' 웃어 보였다. 이글거리는 눈길로 적대감을 드러내던 작은아버지와, 제호가 가졌던 모든 것이 이젠 자기 것이라고 으스대는 사촌 동생, 삐걱거리는 관계를 알면서도 모르는 척 눈감는 할아버지까지. 불편한 것을 떠나서 숨 막히게 무거운 분위기였다.

"밥이 목구멍으로 넘어가던? 소화제 줄까?"

"아니, 됐어."

제호는 고개를 저으며 두 눈을 감았다. 지금 그에겐 소화제보단 두통약이 필요했다. 미미한 두통이 몰려오고 있었다. 머릿속이 복잡할 때마다 일어나는 현상이라, 이젠 제법 익숙했다.

하지만 왜 이리도 마음이 착잡한 걸까? 귀국을 결심했을 때 이미 각오한 것 아니었나? 어색한 분위기에서 식사 좀 했다고 두통이 몰려오다니……. 후, 그건 아니잖아. 앞으로 더 뒤틀린 자리가 이어질 텐데.

두통의 원인이 누구인지 알면서도 제호는 애써 모르는 척 외면하고 싶었다. 채율리. 마음이 복잡한 이유는 그녀 때문이다.

― 어차피 가는 길이니까, 바래다줄게요.

"훗."

자신이 한 말을 떠올린 제호는 헛웃음을 터뜨렸다. 그녀가 한두 살 먹은 어린애도 아니고, 어련히 알아서 집에 갈까.

돌이켜보면 10년 전에도 그랬다. 그때도 그녀를 위해 위험을 무릅쓰면서까지 목걸이를 찾아줄 필요는 없었다. 어머니의 하나뿐인 유품이든 말든, 그와는 상관없는 일이었다. 이미 결혼할 생각 없다고 어른들께 못을 박아놓은 상태였다.

그런데 율리를 만나게 되면 마음이 흔들렸다. 자신을 보겠다고 담까지 넘는 모습이 귀엽게 느껴졌고, 목걸이를 잃고 눈물 흘리는 모습에 가슴이 아팠다. 그녀에 관해 좀 더 알고 싶다는 생각이 들었다. 얼마

지나지 않아 혼담이 깨지는 탓에 덧없는 바람이 되고 말았지만…….

이젠 민우의 약혼녀가 되어 나타난 그녀. 민우 옆에 다소곳이 앉은 율리를 보고 있자니, 명치끝이 타는 듯한 통증과 함께 목구멍으로 신물이 넘어왔다. 왜 그토록 눈에 거슬리는지. 딱히 이유는 없었지만, 그냥 보기 싫었다.

"방금 브랜든이 보낸 메일을 확인했어."

우결의 말에 제호는 감았던 눈을 떴다.

"……이건……."

메일을 읽어 내려가는 제호의 표정이 서서히 어두워졌다.

"응. 짐작한 대로야. 사고 나기 전 부회장님이 만난 인물, 민우가 확실해. 호텔에서 민우와 헤어지고 30분쯤 후에 사고가 났어."

우결이 침통한 얼굴로 말했다.

바쁜 일정을 뒤로하고 제호가 한국행을 결심한 데에는 이유가 있었다. 권 회장의 부름 때문은 아니었다. 오랜 세월 연을 끊다시피 했던 권 회장이 갑자기 제호를 불러들인 이유가 과연 KG그룹 사옥 건설을 위해서일까? 내심 제호를 후계자 자리에 앉히려는 것 아닐까? 차남 권우식 전무를 회장 자리에 올릴 순 없을 테니까.

경영인으로서 권 전무의 무능함은 누구나가 아는 일이었다. 게다가 그는 리더로서의 인격마저 별로였다. 권우민 실장 역시 권 전무와 비교해서 크게 나은 점은 없었다. 그걸 권 회장이 모를 리 없었다. 그런 그의 눈에 세계적인 명사가 된 제호가 들어왔을 것이다. 하지만 제호는 후계자 자리 따윈 관심 없었다. 아버지, 권제웅 부회장을 병상에 눕게 한 이들을 찾아내 고스란히 갚아주는 것에만 관심 있을 뿐이다.

부회장 자리에서 물러난 아버지는 미국으로 건너간 후, 교통사고로 혼수상태에 빠졌다. 다량의 알코올 성분이 혈액에서 검출되었고, 미국 경찰은 아버지의 음주 운전이라고 결론지었다. 하지만 아버지는 술을 아예 입에조차 대지 않았다.

더불어 아버지가 아카디아 몰 사업 배경을 조사하던 중이었다는 사실을 알게 되면서, 누군가가 꾸민 사고일지 모른다는 의혹이 생기기 시작했다. 한국 본가로부터는 아무런 연락이 없는 것도 그랬다. 혹시 권 회장에게까지 소식이 전달되지 않은 건 아닐까 하는 의심에 건축 사업으로 친분을 쌓은 세계적인 대부호 손튼에게 도움을 요청했다.

손튼의 비서인 브랜든이 보낸 보고서에는 해외 건설 문제부터 모두, 누군가가 뒤에서 꾸민 계략일 가능성이 크다고 적혀 있었다. 그 배후로 작은아버지와 사촌 동생 권민우가 강력히 거론되었다.

그때 마침 권 회장으로부터 한국으로 들어오란 연락을 받은 제호는 고민 끝에 한국행 비행기에 몸을 실었다.

브랜든이 보낸 메일에는 교통사고가 나기 30분 전, 호텔 로비에서 민우를 만난 아버지의 사진이 들어 있었다.

"원래 아카디아 몰은 부회장님이 처음 기획하신 사업이잖아. 당연히 관심이 갔을 테고. 그런데 부지 선정부터 껄끄러우니까, 민우에게 물어보신 모양이야."

사진을 노려보는 제호에게 우결이 설명했다.

"그러다가 민우가 미국으로 출장 오니까, 아버지가 직접 찾아가신 거란 말이지?"

제호의 물음에 우결은 침통한 표정으로 고개를 끄덕였다. 사진을 들여다보는 제호의 눈빛이 위험할 정도로 날카롭게 번뜩였다.

"기가 막힌 게 뭔 줄 알아? 회장님은 아직도 자신의 첫째 아들이 어떤 상태인지 모르고 계신다는 거야."

짓씹듯 말을 뱉은 제호의 입가에 허탈한 웃음이 배어들었다.

처음엔 권 회장이 감정을 숨기고 있다고 믿었다. 하지만 식사 중 대화가 길어질수록, 그는 교통사고에 관해 전혀 모르고 있다는 확신이 들었다.

권 전무와 민우의 태도는 달랐다. 언제 제호의 입에서 폭탄이 튀어나올 줄 몰라 식사 내내 긴장을 늦추지 않았다. 거절하지 않고 제호가 권 회장의 식사 제안을 받아들인 이유 역시 조금이라도 그들을 불편하게 하기 위함이었다. 하지만 제호가 사실을 말한다고 하더라도, 그들이 변명할 거리는 많았다. 자신들도 몰랐다고 하면 그만일 테니까.

물론 제호 쪽에서 사고 소식을 알리지는 않았다. 그러나 KG그룹 정보팀에서 사고 자체를 모르고 지나갔다는 건, 뭔가 꺼림칙했다. 누군가 권 회장 귀에 정보가 들어가지 못하도록 막고 있는 게 분명했다.

한참 동안 메일을 들여다보던 제호는 이윽고 생각을 정리했는지 우결에게 휴대폰을 돌려주었다.

"출발해."

제호는 한 손으로 목덜미를 감싸며 창밖으로 시선을 돌렸다. 잠시 긴장했다고 그새 목이 뻐근해졌다. 실낱같은 희망이라도 가족만큼은 연관되어 있지 않기를 바랐는데, 마침내 마주한 현실은 예상한 것보다 더 잔인했다.

"……우선……."

침묵을 지키며 앞을 바라보던 제호가 이윽고 느릿하게 입을 열었다.

"민우부터 흔들어야겠어."

"어떤 방식으로?"

우결이 물었다. 제호는 대답을 미룬 채, 창밖으로 시선을 돌렸다. 차가 지하 주차장을 나가는 순간, 반대쪽에서 택시에 올라타는 율리의 모습이 눈에 들어왔다.

"채율리."

제호가 입술을 달싹이며 혼잣말처럼 중얼거렸다.

민우가 사랑하는 여자 그리고 곧 민우와 결혼할 여자 채율리는 민우가 그룹 후계자가 되려고 혈안이 된 가장 큰 이유였다.

율리의 어깨를 껴안으며 의기양양하게 쳐다보던 민우의 표정이 아직도 눈에 선했다. 물론 그녀를 진심으로 좋아하겠지만, 그녀가 제호의 옛 정혼자였기에 더욱더 원하는 것일 수도 있다.

민우는 어렸을 때부터 그랬다. 제호가 가진 모든 것을 탐냈었다. 그렇다면, 차지했다고 생각한 율리를 다시 빼앗아온다면, 과연 민우는 어떻게 나올까?

마음에 내키지 않더라도, 그것보다 더 확실한 공격은 없을 것이다. 또한 어쩌면 율리의 아버지, 채 의원도 과거의 사건과 연관되어 있을지 몰랐다. 일석이조, 한 개의 돌로 두 마리의 새를 잡는다.

한시라도 빨리 시야에서 벗어나기라도 하려는 것처럼, 율리를 태운 택시는 빠르게 속도를 올렸다. 보이지 않는다고 존재가 사라지는 건 아닌데. 멀어지는 택시를 바라보는 제호의 눈빛이 싸늘하게 식어갔다.

사무실을 둘러본 제호는 다른 직원들이 출근하기 전에 사무실을 떠났다. 김 소장은 율리와 선영에게 서류 절차가 모두 끝날 때까지 다른 직원들에겐 비밀을 지켜달라고 부탁했다.
 예상하지 못한 상태에서 제호를 만난 탓일까? 오전 내내 일이 손에 잡히지 않았다. 그래도 어제 미뤘던 업무까지 끝내야 했던 율리는 점심도 건너뛰고 작업에 열중했다.
 퇴근 시간이 가까이 되었을 때, 현경에게서 전화가 걸려 왔다.
 [곧 퇴근이지? 같이 저녁 먹자.]
 "일이 좀 남아서 야근해야 할 것 같아. 저녁 먼저 먹어. 나랑은 끝나고 술 한잔하자."
 [알았어. 끝나면 연락해.]
 컴퓨터를 끄고 자리에서 일어나자, 직원 모두 퇴근한 텅 빈 사무실이 눈에 들어왔다. 작업에 열중하느라 직장 동료들의 퇴근 인사도 대충 흘려들었나 보다.
 막 사무실을 나서는데 복도 끝에서부터 걸음 소리가 들렸다. 소장님? 늦은 시간에 다시 사무실에 올 사람은 김 소장밖에 없었다. 복도 끝으로 시선을 옮기던 율리는 저도 모르게 얼어붙었다.
 "아……."
 몇 번이나 봤다고, 이젠 멀리서 윤곽만 봐도 알아볼 수 있게 됐다.
 왜 이 시간에……?
 율리는 걸어오는 제호를 바라보며 가늘게 눈을 모았다. 어두운 복도의 조명이 그의 하얀 얼굴에 깊은 음영을 드리우고 있었다.
 채 하루도 지나지 않아 다시 보는 모습인데 뚜벅뚜벅, 그와의 거리가 좁혀질수록 쿵쿵, 쿵쿵, 메말라버린 감정이 경련을 일으켰다. 율리는 짧게 숨을 들이마시며 문손잡이를 잡아당겼다. 그런데 무슨 일인지, 문이 제대로 닫히지 않았다. 힘을 주어 다시 힘껏 잡아당기는데 어느새 다가온 제호가 그녀의 손 위로 제 손을 겹쳤다.
쿵—.
문이 닫히는 소리일까, 심장이 떨어지는 소리일까?
"오늘은 퇴근이 늦었네요?"
율리는 물음에 대답하는 대신, 제 손에 겹쳐진 커다란 손을 말없이 노려보았다. 도와주려 한 행동이었지만, 적잖이 당황스러웠다.
"왜 이 시간에 여길 왔죠?"
날카롭게 물을 생각은 아니었다. 하지만 제 손을 감싸는 낯선 감촉에 신경질적인 말투가 되고 말았다. 왜 이 남자 앞에선 자꾸만 삐끗하게 되는지 모르겠다. 다행히 기분 나쁘게 받아들이지 않은 듯, 제호는 잡았던 손을 놓으며 느긋이 손목시계를 들여다보았다.
"정확히 8시 27분이군요."
몇 시냐고 물어본 것도 아닌데 그는 시간부터 확인해주었다.
띠리링—.
그리고 다음 말을 이으려는 듯 그가 입을 열려는데, 휴대폰 소리가 울려 퍼졌다. 현경으로부터 온 전화일 것이다. 휴대폰을 꺼내려 가방을 여는데, 통화 버튼을 누르는 제호의 모습이 눈에 들어왔다.
"어, 선배. 지금 막 사무실에 도착했습니다."
[벌써? 아이고, 이거 미안해서 어쩌지?]
휴대폰으로부터 김 소장의 걸걸한 목소리가 흘러나왔다.
[갑자기 둘째가 열이 올라서 응급실 가는 중이야. 오늘 사무실에서 보기로 한 거 미뤄야겠다.]
스피커 모드로 통화한 건 아니었지만, 김 소장의 목소리가 워낙 큰 탓에 내용을 파악할 수 있었다. 율리는 자신의 실수를 깨닫고 살며시

아랫입술을 깨물었다. 두 사람의 시선이 마주쳤다.

"괜찮습니다. 내일 보도록 하죠."

[고맙다.]

제호는 이제 알겠냐는 듯 율리를 바라보며 통화 종료 버튼을 눌렀다.

"대답이 된 것 같은데……."

"그러네요."

율리는 패드에 지문을 인식하며 담담히 말했다. 띠릭, 경쾌한 소리와 함께 사무실 문이 잠기자, 그에게 고개를 숙여 인사하고 엘리베이터를 향해 걸었다.

"내 질문에는 대답 안 할 겁니까?"

뒤에서 따라오며 그가 말을 걸었다. 무슨 소릴 하는 건지 싶어 율리는 걸음을 늦추었다.

"난 분명히……."

제호가 말을 멈추자, 율리는 무엇에 홀린 것처럼 뒤를 돌아다보았다.

"'오늘은 퇴근이 늦었네요?'라고 물었는데……."

그게 무슨 뜻이냐는 표정을 짓자, 제호는 눈높이를 맞추려는 듯 그녀를 향해 상체를 숙였다. 순간 심장이 쿵, 떨어지며 눈앞이 하얗게 변했다. 흠칫 놀라며 뒤로 물러섰지만, 복도가 좁은 탓에 곧바로 벽에 등이 닿았다. 제호는 율리에게로 시선을 고정한 채 비스듬히 벽에 몸을 기대었다.

"평소에도 퇴근이 늦나, 물어본 겁니다. 선배 말로는 대부분 정시 퇴근이라고 해서."

"오늘만 늦은 거예요."

조금만 움직이면 몸이 닿을 만큼 가까웠지만, 율리는 꼼짝도 하지 않았다. 이미 뒷걸음치는 모습을 보였기에 더는 도망치고 싶지 않았다. 하지만 빤히 쳐다보는 제호의 눈길을 아무렇지 않게 받아내기란 쉽지 않았다. 자꾸만 얼굴이 화끈 달아올라 비스듬히 시선을 내리깔아야만 했다.

"대부분 정시 퇴근 맞아요. 어제 월차를 내서 작업이 밀렸거든요."

"혼자 남아서 작업하기, 위험하지 않아요?"

그가 속삭이듯 다정한 목소리로 물었다. 진심으로 그녀를 걱정해 주는 말투였다. 율리는 울렁거리는 마음을 숨긴 채, 무뚝뚝하게 대답했다.

"위험할 게 뭐 있나요."

그 말에 제호는 천천히 주위를 둘러보았다.

월세가 저렴한 곳을 찾느라, 바우하우스는 번화가에서는 조금 떨어진 허름한 5층짜리 건물에 자리를 잡고 있었다.

"누구나 건물에 출입할 수 있게 되어 있던데. 명색이 설계 사무소인데 문도 제대로 닫히지 않고. 흠, 사무실 위치부터 바꿔야 하나······."

질문이라기보단 혼잣말에 가까웠다. 벌써 그는 마치 바우하우스가 자신의 회사인 것처럼 말하고 있었다. 의아해하는 율리와 시선이 마주치자, 그가 눈매를 휘며 물었다.

"아직 식사 전이죠? 약속 없으면 같이 저녁이나 할까요?"

"전 이미 약속이 있는데······."

율리가 거절의 말을 꺼내는 순간, 띵, 소리와 함께 엘리베이터 문이 열렸다. 동시에 현경이 환한 얼굴로 안에서부터 뛰어나왔다.

"율리야!"

당황해할 사이도 없이 현경은 두 팔을 벌려 율리를 와락 끌어안았다. 그러곤 어린아이를 대하듯 혀 짧은 목소리로 말하며 율리의 등을 토닥거렸다.
"우리 아가, 많이 배고프지? 이 언니가 맛있는 거 사줄게."
"그만해라."
율리가 자신을 품에서 밀어내자, 현경은 어리둥절한 표정을 지었다. 그러다 뒤에 서 있는 제호를 발견하곤 고개를 갸우뚱거렸다.
"새로 오신 분? 내가 여기 직원 얼굴 다 아는데……."
그 말에 제호가 어두운 복도에서 나와, 밝은 조명 아래서 모습을 드러냈다.
"처음 뵙겠습니다. 권제호라고 합니다."
권제호라면……. 헐! 율리의 첫사랑?
현경의 눈이 튀어나올 정도로 커다래졌다. 현경이 아무 말도 못 하고 입만 벌리자, 율리는 빠르게 현경의 팔에 팔짱을 꼈다.
"이만 가볼게요."
어색하게 엘리베이터를 같이 타느니, 계단으로 내려갈 생각이었다. 그런데 발을 떼기도 전에 현경이 골치 아픈 일을 만들었다. 그녀는 율리의 팔을 슬그머니 뿌리치더니 제호를 향해 물었다.
"혹시 식사하셨어요?"
"아직입니다."
"그럼 우리랑 같이 식사하실래요?"
현경의 제안에 율리는 자리에서 펄쩍 뛸 뻔했다. 율리는 현경과 시선을 마주치며 그러지 말라는 눈빛을 보냈다. 그러자 현경은 씨익, 웃더니 다시 제호에게 시선을 돌렸다.

"빠에야 좋아하시죠? 같이 가요."

야, 그게 아니잖아!

율리는 청개구리처럼 행동하는 현경을 매섭게 흘겨보았다.

아, 할 수만 있다면 한 대 때려주고 싶었다.

땡땡—.

주문한 음식이 나왔는데도 통화하고 오겠다던 현경이 돌아오지 않았다. 무슨 일인가 알아보려는데 문자가 날아왔다.

> 첫사랑이랑 좋은 시간 보내셔.
> 언니는 이만 빠져줄게.

율리는 잠시 제 눈을 의심했다.

얘가 미쳤나?

> 그런 거 아니야! 좋은 말 할 때 돌아와라.

재빨리 문자를 보냈지만, 현경은 확인조차 하지 않았다. 전화를 걸어보았지만 전원을 꺼놨는지 신호음 한 번에 곧바로 음성 사서함으로 넘어갔다.

"주문하신 상그리아 나왔습니다."

음성 메시지를 남기려는데 주문한 와인 칵테일이 나왔다. 직원이 디캔터(decanter)를 내려놓자, 율리는 음성 메시지를 남기는 대신 전화를 끊고 잔 가득 술을 채웠다. 바짝 속이 타서 우선 술부터 마셔야겠다. 단번에 잔을 비운 율리는 흐트러진 정신을 한곳에 모으며 두 눈에 힘을 주었다. 돌발적인 상황이 당황스럽긴 하지만, 괜찮을 거라며 자신을 달랬다.

그래, 단둘이 밥 먹는 게 뭐 그리 큰일이라고. 도움받은 것도 있으니 어차피 도리상 밥 한 번은 사야 했잖아?

"일이 생겨서 현경이는 먼저 가야 한다네요."

율리가 상황을 설명하자, 제호는 상관없다는 얼굴로 가볍게 고개를 끄덕였다.

띠리링—.

그때 테이블 위에 놓아둔 휴대폰이 울렸다. 현경이라고 생각한 율리는 발신자를 확인하지 않고 바로 통화 버튼을 눌렀다.

"응."

[주위가 시끄럽네? 집 아니야?]

휴대폰에선 현경이 아닌 민우의 목소리가 흘러나왔다.

"……어, 민우야……."

잘못한 것도 없는데 한순간 긴장하고 말았다. 율리는 휴대폰을 꽉 움켜쥐며 미간을 찌푸렸다.

"레스토랑에서 저녁 먹는 중이야."

평소처럼 담담히 말하려 노력했지만, 희미하게 목소리가 떨렸다. 다행히도 민우는 미묘한 떨림을 눈치채지 못하는 것 같았다.

[지금이 몇 신데, 이제 저녁을 먹어?]

"야근하느라. 어제 월차 내서 일이 밀렸거든."

[현경이랑 같이 있어?]

"아, 현경이는 일이 있어서 먼저 갔고……."

제호와 함께 있다고 하려는데 민우가 말을 도중에 끊었다.

[어디야? 주소 찍어줘. 내가 지금 거기로 갈게.]
"지금 여기로 온다고?"
율리의 목소리가 저도 모르게 커졌다. 말없이 디캔터를 내려다보던 제호가 힐긋 시선을 들어 율리를 바라보았다. 순간적으로 두 사람의 눈길이 허공에서 마주쳤다. 몰래 나쁜 짓을 하다 들킨 것처럼 가슴이 뜨끔했다.
그럴 일이 전혀 아닌데, 왜 이러지?
그녀와 달리 제호는 느긋하게 웃으며 휴대폰을 달라는 듯 손을 내밀었다. 율리는 잠자코 휴대폰을 건네었다.
"30분 내로 올 수 있어?"
별안간 들려온 제호의 목소리에 놀랐는지, 몇 초간 침묵이 흘렀다.
[······형?]
잠시 후, 믿을 수 없는 듯한 목소리로 민우가 물었다.
"30분 후에 오면 우린 여기 없을 거니까, 서둘러."
제호는 할 말만을 끝내고 전화를 끊었다. 휴대폰을 돌려받은 율리는 재빨리 레스토랑 주소를 문자로 찍어 민우에게 전송했다. KG그룹 본사에서 레스토랑까지는 차로 20분 거리지만, 주차하는 시간까지 계산한다면 30분은 빠듯했다. 정말로 30분만 기다리려는 건 아니겠지?
"30분 내로 못 올 수도 있어요."
"압니다."
"그런데 왜······?"
"내 알 바 아니니까."
'피식', 입매를 비틀며 제호가 대답했다. 뭔가 무례한 반응 같은데. 어제 식사 자리에서 보인 태도를 생각해보면, 제호와 민우 사이엔 심상치 않은 적대감이 존재했다. 하지만 그게 과연 어떤 적대감인지는 정확히 알 수 없었다.

"식기 전에 먹어요."

제호는 빠에야를 그릇에 덜어 율리 앞에 놓아주었다. 하지만 이런 분위기에선 도저히 음식이 목구멍으로 넘어가지 않을 것 같았다. 그와 단둘이 식사한다는 것도 부담이었고, 민우가 지금 이곳으로 오고 있다는 사실도 마음을 껄끄럽게 했다.

율리는 식사하는 둥 마는 둥, 홀짝홀짝 술잔을 비워나갔다. 어느새 디캔터가 바닥을 드러내기 시작했다. 상그리아의 알코올 도수가 낮은 편이라고도 해도 빈속에 마신 탓에 취기가 올랐다. 후끈, 열이 오르자, 율리는 재킷을 벗어 의자 뒤에 걸쳤다. 말없이 지켜만 보던 제호는 옅은 미소를 떠올리더니 율리 쪽으로 상체를 기울였다. 그리고 낮게 속삭였다.

"이런, 깜빡한 게 있군요."

별 뜻 아닌 말 같지만, 율리는 반사적으로 긴장하고 말았다. 그녀를 바라보는 눈동자가 순간 짓궂게 반짝거렸으니까.

"그날, 내가 입혀준 옷은 어떻게 했습니까?"

입혀준 옷이라면 재킷을 말하는 건가?

"그건……"

대답하려는 찰나, 갑자기 뒤에서 흥분한 민우의 목소리가 들렸다.

"무슨 소리야? 입혀준 옷이라니?"

율리가 뒤를 돌아보자, 뛰어왔는지 민우가 벌겋게 달아오른 얼굴로 숨을 헐떡이며 서 있었다.

"생각보다 일찍 왔네. 앉아라."

대답 대신 제호는 손목시계로 시간을 확인하고는 맞은편을 향해 고개를 까닥거렸다.
"방금 그게 무슨 소리냐고!"
자리에 앉으며 민우가 재차 묻자, 율리는 곤혹스러운 눈으로 제호를 바라보았다. '옷이 젖어 속옷이 비치는 바람에'라고 말하려니까 뭔가 느낌이 야릇해서다. 그런데 폭탄을 던진 당사자는 관심 없다는 얼굴로 디캔터만 쳐다보고 있었다. 제호의 자리에선 민우가 오는 모습이 빤히 보였을 텐데……. '입혀준 옷'이라고 말한 건 민우를 도발하려는 의도가 분명했다.
"재킷은 드라이클리닝 맡겼어요. 찾는 대로 돌려드릴게요."
율리는 우선 제호의 질문에 대답하고, 곧이어 민우에게 어제 일을 간략히 설명했다.
"어제 아카디아 몰에서 다칠 뻔했는데, 덕분에 무사했어. ……옷은 그때 빌린 거고."
"아, 난 또 뭐라고."
그제야 민우는 표정을 풀며 괜한 상상을 했었다는 듯 '피식' 웃어 보였다.
"율리 도와주다 다친 거였어? 의외인데, 형?"
"뭐가 의외지?"
고개를 기울이며 제호가 물었다.
"그럼 율리가 다치는 걸 보고만 있어?"
목소리는 나긋했지만, 민우를 바라보는 눈빛엔 날이 서려 있었다.
"뭐? 율리가?"
친근한 호칭이 불쾌한 듯 민우가 눈살을 찌푸렸다. 그러나 제호는 민우를 똑바로 응시할 뿐, 아무 말도 하지 않았다.

"왜? 기분 나빠?"

팽팽한 공기가 둘 사이를 감싸며 잠시 어색한 침묵이 흐르다, 이윽고 제호가 툭 내뱉듯 물었다. 질문은 민우에게 하면서도 시선은 옆에 앉은 율리를 향했다. 마치 자신에게 묻는 것 같아, 순간 율리의 표정이 굳어졌다.

"아직 결혼 전인데 제수씨라고 불러야 하나?"

율리에게 시선을 고정한 채로 제호가 한쪽 입꼬리를 끌어 올렸다.

제수씨? '제수씨'란 말에 저절로 율리의 눈살이 찌푸려졌다. 틀린 표현은 아니지만, 소름이 돋을 정도로 어색해서. 민우와 결혼한다는 건 제호와는 아주버님과 제수씨 사이가 된다는 것이다. 모르던 사실도 아닌데, 새삼 왜?

미묘한 표정 변화를 알아챘는지, 율리를 바라보는 제호의 눈빛이 진해졌다. 왠지 속마음을 들킨 것 같아, 율리는 살며시 눈을 내리깔아 그의 시선을 피했다.

"아니야, 형."

그때 민우가 비릿하게 웃으며 태연하게 입을 열었다.

"한때 정혼자였던 사람인데, 제수씨란 말이 쉽게 나오진 않겠지."

일부러 제호의 신경을 긁으려는 것 같았다. 그러나 제호는 싱긋 웃을 뿐, 노골적인 도발에 아무런 반응을 보이지 않았다. 오히려 무시당한 느낌을 받은 쪽은 민우였다. 순식간에 민우의 표정이 일그러졌다.

율리는 한 치의 양보도 없이 기 싸움을 펼치는 두 남자를 가만히 지켜보았다. 10년 전이나 지금이나, 둘 다 사랑 없는 정략결혼인 건 변함없는데 왜 난데없는 치정극 흉내인지……. 분명 기 싸움을 하는 건 두 남자인데 왜 제삼자인 그녀가 가시방석에 앉은 것처럼 불편한지 모르겠다. 율리는 속으로 한숨을 내쉬며 빈 잔에 술을 채웠다.
"그런데 말이지…… 궁금한 게 하나 있어."
이번에도 제호는 율리에 시선을 둔 채로 민우에게 질문을 던졌다.
"왜 하필 율리지? 나와 결혼할 사이였다는 거 잘 알면서…… 굳이?"
"큭."
너무나도 직설적인 물음에 그만 사레가 걸리고 말았다. 율리는 황급히 잔을 내려놓고 냅킨으로 입을 막으며 당혹스러운 눈으로 제호를 바라보았다. 그러나 민우는 아닌 모양이다. 질문을 예상하기라도 한 듯, 씩 웃으며 율리의 어깨를 감싸 자신 쪽으로 끌어당겼다. 율리는 뿌리칠 새도 없이 민우 품에 안긴 자세가 되어버렸다.
"결혼했다가 이혼한 것도 아닌데, 안 될 건 또 뭐야?"
빈정거리듯 내뱉은 민우는 율리를 안은 손에 힘껏 힘을 주었다. 너무 힘을 준 탓에 감싸인 어깨가 아플 정도였다. 저절로 미간이 찌푸려졌지만 제호가 관찰하듯 유심히 바라보았기에, 율리는 고통을 참으며 그대로 있었다. 자신을 전리품 취급하는 민우의 행동이 불쾌해도 제호 앞에서 민우를 밀어낼 순 없었다. 결혼 상대는 권제호가 아닌 권민우니까.
율리의 고통을 눈치채서일까? 아니면 끌어안은 민우의 행동이 강압적으로 느껴져서일까? 제호의 시선은 계속해서 율리의 팔을 세게 움켜쥔 민우의 손에 머물렀다. 민우는 율리를 차지했다는 승리감에 취해 알아차리지 못했지만, 매우 화난 듯 이글거리는 눈빛이었다. 당장에라도 민우의 손을 그녀에게서 떼어낼 것만 같은 살벌한 분위기였다.
할 수 없이 율리는 제호를 향해 아무렇지 않다는 듯 살며시 미소를 지어 보였다. 이름만 부부인 형식적인 관계라 할지라도 민우의 체면을 지켜줄 필요는 있었으니까.

율리의 미소에 뚫어지듯 강렬히 바라보던 제호의 눈빛에 균열이 일었다. '피식', 입매를 비틀더니, 고개를 옆으로 돌리며 의자 등받이에 몸을 기대었다. 한쪽으로 다리를 꼰 모습이 마치 연극을 관람하는 것처럼 느긋해 보였다.

"원래 네 상대는 태민그룹 장녀였다고 들었어. 그런데 율리 아니면 안 된다고 회장님께 고집 부렸다면서."

"하, 그건 또 누구에게 들은 거야?"

제호가 생각보다 많은 것을 알고 있자, 짜증이 난 민우는 언성을 높였다.

잠시 잡은 손이 느슨해진 틈을 타, 율리는 재빨리 민우의 품에서 빠져나왔다. 얼마나 세게 끌어안았는지, 손에 잡혔던 부분이 눈물이 핑 돌 정도로 시큰거렸다.

민우는 가끔 자신이 어떻게 행동하는지 모를 정도로 욱할 때가 있는데, 바로 지금이 그때인 것 같았다. 율리는 욱신거리는 팔을 손바닥으로 문질렀다. 아마도 피부에 빨간 손자국이 생겼을 것이다. 이런 적이 벌써 몇 번 있었다. 주의하라고 몇 번이나 경고했는데도 민우는 그새 또 까먹은 모양이었다.

두 남자의 언쟁은 계속해서 이어졌다.

"누구한테 들었느냐가 중요한 게 아니라, 내 귀에까지 들어왔다는 사실이 중요하지 않을까 싶은데……."

"뒤에서 실컷 수군거리라고 해. 난 상관 안 하니까. 어차피 정략결혼을 해야 하는 거라면, 한 번도 만난 적 없는 태민그룹 장녀보단 10년 넘게 친구인 율리와 하고 싶었어. 할아버지께도 그렇게 말씀드렸고."

"율리와 10년 넘게 친구였다고?"

제호가 의외라는 듯 미간을 좁히자, 민우는 의기양양한 표정으로 턱을 치켜들었다. 조금만 기분이 우쭐하면 나타나는 어릴 적부터의 버릇이다.

"몰랐어? 내가 형보다 먼저 율리를 만난 거? 우린 이미 고등학교 때부터 알고 지내던 사이였어. 그 이후에 형이랑 혼담이 오간 거고."

시기로만 따지자면 민우의 말이 맞았다. 하지만 그 당시 율리는 민우에 관해 잘 알지 못했다. 그저 현경이네 청아그룹 주최 자선 파티에서 스쳐 지나간 적이 있다고 기억하는 정도?

현경의 소개로 친구 사이가 된 것은 제호가 미국으로 떠나고 한참이 지나서였다. 민우는 율리를 처음 만날 날 대화를 나눴다고 했지만, 미안하게도 율리는 기억하지 못했다. 자선 파티 때마다 워낙 많은 사람을 만나다 보니, 그 모두를 기억하긴 무리였다. 그러나 민우가 실망할까 봐, 지금까지 사실을 말한 적은 없었다.

"형이랑 한때 정혼한 사이였는지는 몰라도, 그건 아주 잠시뿐이었어. 반대로 나와 율리는 지난 10년 동안 항상 함께였다고."

민우가 다시 끌어안으려 하자, 율리는 그의 손길을 피하며 슬쩍 흘겨보았다. 율리가 불편해한다는 걸 눈치챈 민우는 할 수 없이 그녀의 의자 등받이에 손을 얹었다. 그리고 사랑의 밀어를 속삭이듯 다정하게 말했다.

"율리야, 우리 말라위로 함께 여행 갔던 거, 기억나?"

민우는 율리와 친구 이상으로 꽤 가까운 사이라는 것을 제호에게 으스대고 싶은 것 같았다. 율리는 말없이 고개를 끄덕였다. 민우 혼자

꾸며낸 말은 아니었다. 둘이 함께 말라위에 간 것은 사실이니까. 하지만 현경이도 함께였고, 봉사 활동을 위한 여행이었다.
"우리 같은 룸에 묵었었잖아. 그때 함께 본 밤하늘, 지금도 생각난다. 와, 까만 밤하늘의 별빛이 다이아몬드처럼 반짝거렸는데……."
민우의 말만 들으면 황홀한 밀월여행이 따로 없었다. 이번에도 율리는 반박하지 않았다. 어차피 결혼할 사이인데 무슨 상관일까 싶어서다.
"응, 그랬지."
짧게 동의한 율리는 와인을 들이켰다. 한 모금 마시고 잔을 내려놓는데, 제호와 눈이 마주쳤다. 천천히 깜빡이는 눈꺼풀 아래로 뭔가 싸늘한 빛이 번뜩거렸다. 정말로 민우와 깊은 관계냐고 추궁하는 것만 같은 눈빛이랄까. 순간 율리의 심장이 쿵, 내려앉았다. 시선을 피하려 서둘러 와인을 마시는 와중에도 잔을 든 손이 희미하게 떨렸다. 확실한 이유는 모르겠다. 그가 오해할지도 모른다고 생각하니까 가슴이 조이는 것처럼 뻐근해졌다.
"정략결혼인 줄로만 알았는데……."
그때까지 잠자코 듣기만 하던 제호가 입을 열었다.
"서로에게 마음이 있는 것도 같네."
"그거야 당연히 마음이……."
속마음을 그대로 털어놓던 민우는 아차, 하는 표정을 지으며 황급히 입을 다물었다. 결혼식이 코앞인데 혹시라도 율리가 부담을 느끼면 안 되니까. 철저히 감정을 배제하고 서로가 원하는 바를 가지려 합의한 결혼이었다.
"서로에게 마음이 있든 없든, 정략결혼에서 그게 뭐 그리 중요하겠어."

 민우는 재빨리 자신의 말실수를 수습했다.
 "그래?"
 민우가 얼마나 율리를 좋아하는지를 아는 제호는 모호한 표정을 지으며 율리에게로 고개를 돌렸다.
 "결혼이 무슨 기업끼리 합병하는 것도 아니고……."
 "솔직히 크게 다를 것도 없잖아요?"
 기업 합병이란 비유에 율리는 미간을 찌푸렸다.
 "민우와 저는 서로 조건이 맞아서 결혼하는 거고, 좋은 동반자가 될 거라고 믿어요."
 민우의 편을 들려고 한 말은 아니다. 하지만 괜히 핀잔을 듣는 것 같았고, 그가 비웃는 것만 같아서 참을 수가 없었다. 아무것도 모르는 민우는 율리가 자신을 감싼다고 착각했는지 크게 입을 벌리며 환하게 웃었다.
 "지금 조건이라고 했습니까? 사랑이 아니라?"
 "네, 맞아요. 조, 건."
 율리는 '조건'이란 단어를 힘주어 강조했다. 그러다 보니, 말꼬리가 여리게 떨렸다. 미묘한 변화를 눈치챈 제호가 잠시 눈썹 끝을 움찔거렸지만, 곧 잠잠해졌다.
 "사랑이란 찰나의 감정 따윈 믿지 않아요. 그런 것보단 적어도 서로가 필요해서 맺어지는 결혼이 훨씬 더 강한 구속력이 있다고 믿어요."
 제호는 뭐라고 반박하지 않았다. 지그시 그녀를 바라만 볼 뿐이었다. 아무런 감정도 담기지 않은 담담한 눈빛이었다. 그런데도 율리는 더는 눈길을 받아낼 수 없어, 옆으로 고개를 돌렸다. 희미하긴 했지만,

그 안에 담긴 경멸의 빛을 느낄 수 있었기 때문이다.

곰곰이 생각해보니, 슬그머니 화가 치밀어 올랐다. 그동안 그녀에게 어떤 일이 일어났는지 전혀 모르면서, 지금 그는 섣부른 판단을 내리고 있으니까.

"왜 그런 눈으로 보죠?"

율리는 감정을 숨기지 않고 직설적으로 물었다. 그녀의 반응이 재미있는지, 제호는 눈꼬리를 휘며 짧게 웃었다.

"지금 앞에 있는 사람과 10년 전 정략결혼은 싫다며 얼굴 붉히던 채율리가 같은 사람인가 싶어서요."

그 말에 율리는 차갑게 제호를 쏘아보았다.

"10년이면 강산도 변해요. 당연히 사람도 바뀌고, 결혼관도 바뀌겠죠."

부모님의 영향 때문이었을까? 남자를 몇 명 사귀긴 했지만, 대부분 오래가지 못했다. 우선 그녀부터 상대를 온전히 믿을 수 없었고, 그들 역시 그녀보다는 그녀의 배경, 즉 채 의원의 권력에 관심이 있었다. 그러다 보니, 어느 순간 사랑이란 감정을 믿지 못하는 사람이 되어버렸다. 그랬기에 처음부터 감정을 배제한 상태로 시작하는 정략결혼이 오히려 마음 편했다. 적어도 배신당할 일은 없을 테니까.

"그러는 형은?"

언쟁을 펼치는 두 사람을 지켜보던 민우가 슬그머니 끼어들었다.

"과연 형은 그때나 지금이나 같다고 할 수 있어? 정략결혼 절대로 하지 않을 건가?"

"물론."

그제야 제호는 율리에게서 시선을 거두고 민우에게 눈길을 돌렸다.

"난 결혼만큼은 꼭 사랑하는 사람과 해야 한다고 생각해. 결혼은 비즈니스가 아니니까."

"그렇게 말하는 거 보니…… 형, 혹시 사귀는 사람이라도 있어?"

"……글쎄……."

제호는 대답하지 않고 생각에 잠긴 듯 침묵을 지켰다. 그리고 잠시 후, 입을 열었다.

"자꾸만 눈길이 가고, 마음이 쓰이게 하는 여자는 있어."

율리는 관심 없는 척 딴 곳을 보고 있었지만, 귀가 솔깃해지는 것은 막을 수 없었다. 자꾸만 눈길이 가고, 마음이 쓰이게 하는 여자라고? 어떤 여자길래? 단순한 호기심을 넘어, 이상한 기분이 들었다. 바늘에 찔린 것처럼 심장이 따끔거렸다.

율리는 그런 자신에게 당황하고 말았다. 조금 전까지 사랑이란 감정 따윈 믿지 않는다고 하고선, 얼굴도 모르는 여자 때문에 무거운 돌덩어리에 짓눌리는 듯 답답함을 느끼다니. 지나친 음주로 인해 일시적으로 감정선이 무너진 게 분명하다.

"그 여자, 한국에 있어? 아니면 미국에?"

"지금 어디에 있는지는 중요하지 않아. 왜냐면……."

잠시 말을 멈춘 제호는 율리에게로 시선을 돌렸다. 그리고 느긋하게 말을 이었다.

"이제 곧 내 여자가 될 테니까."

속삭이듯 중얼거리는 제호의 입가에 보일 듯 말 듯 옅은 미소가 떠올랐다.

"물론 쉽지는 않겠지만……."

자신에게 하는 말도 아닌데, 율리는 순간 긴장하며 짧게 숨을 들이

마셨다. 그때, 테이블 위에 놓인 휴대폰이 울렸다.

"잠시만."

발신자를 확인한 제호는 휴대폰을 들고 자리에서 일어섰다. 그가 통화를 위해 밖으로 나가자, 민우는 기다렸다는 듯 율리에게 물었다.

"그런데 왜 형이랑 같이 있는 거야?"

"퇴근하다가 우연히 만났어."

"우연히 만났다고?"

민우는 믿기 어렵다는 표정을 지었다. 그러고 보니, 이상하긴 했다. 정말 우연히 그가 바우하우스의 투자 파트너가 되었고, 우연히 그녀가 퇴근하는 시간에 사무실에 나타난 걸까? 우연히 늦게까지 저녁을 먹지 않았고?

"그래도 단둘이 식사할 필요까진 없었잖아."

"현경이도 있었어. 갑자기 일이 생겨서 먼저 갔지만."

첫사랑과 오붓한 시간을 보내라며 알아서 빠져주었다는 말은 생략했다. 제호가 첫사랑이란 사실은 오직 현경만 알고 있었다.

"날 도와주다 다쳤는데 저녁이라도 대접해야지, 그럼 가만히 있어?"

"나한테 먼저 말했어야지. 내가 따로 자리를 마련하면 되는데……."

"어제 그래서 할 말 있다고 했잖아. 바쁘다고 미룬 건 너야."

맞는 말이라, 민우도 더는 뭐라고 할 수 없었다. 더 대화를 끌었다간 큰소리가 나올 것 같아 민우는 혀끝을 깨물었다. 율리 앞에선 언제나 순한 양처럼 행동했는데, 자칫 가면이 벗겨지기라도 한다면 큰 낭패다. 민우는 부글부글 끓어오르는 속을 가라앉히려 마지막 남은 술을 잔에 가득 부었다.

"안 돼."

하지만 한 모금 마시기도 전에 율리에게 잔을 빼앗겼다.

"운전해야 하잖아. 마시지 마."

다른 사람이었다면 뭐 하는 짓이냐고 화냈을 테지만, 상대는 율리였다. 민우는 소리 지르는 대신 얌전히 잔을 내려놓았다. 하지만 봐주는 건 여기까지다. 결혼하게 되면 모든 것이 바뀔 것이다. 율리는 쇼윈도 부부를 꿈꾸겠지만, 절대로 그럴 일은 없을 것이라 장담한다.

훗, 같이 살게 되면 기회야 많겠지.

민우는 물을 마시는 척하며, 곁눈질로 율리를 훔쳐보았다. 사람들 시선 때문에라도 밖에선 취한 모습을 보이지 않는데 오늘은 무슨 까닭인지 조금은 흐트러진 모습을 보이고 있었다. 좀 더 취한다고 해도 상관없었다. 아니, 그러길 바랐다. 율리의 볼이 빨갛게 물들수록 지켜보는 민우의 입꼬리가 서서히 올라갔다.

[한 시간 내로 돌아온다고 나가더니, 안 와서…….]

휴대폰 너머로 우결의 목소리가 흘러나왔다.

"미안하다. 갑자기 그렇게 됐어."

레스토랑 건물을 바라보며 제호가 대답했다. 왁자지껄한 실내 속에서 창가에 앉은 율리와 민우의 모습이 눈에 들어왔다. 민우에게서 잔을 낚아채는 율리를 보며 제호는 미간을 찌푸렸다.

두 사람은 가까운 듯 가깝지 않은 듯 가늠하기 힘든 사이였지만, 서로에게 편한 존재라는 것만은 확실했다. 함께 지낸 10년이란 시간이 결코 짧은 기간은 아닐 테니까.

이 결혼, 꼭 해야 하나?

[어디야? 내가 데리러 갈게.]

우결의 말에 제호는 상념에서 깨어났다.

"그러지 마. 택시 타면 돼."

통화를 끝낸 제호는 가로등에 등을 기대며 위로 시선을 돌렸다.

휘황찬란한 불빛 탓일까? 밤하늘에 뜬 별이 하나도 눈에 들어오지 않았다. 마치 화려한 거짓에 가려진 진실처럼……. 말라위의 밤하늘은 다르겠지?

─ 그때 함께 본 밤하늘, 지금도 생각난다. 와, 까만 밤하늘의 별빛이 다이아몬드처럼 반짝거렸는데…….

"훗."

제호는 조금 전 민우가 한 말을 떠올리며 쓰게 웃었다.

10년 넘게 알고 지낸 사이라면, 그보다 더한 추억도 많을 텐데…….

율리는 민우를 흔들 수 있는 좋은 미끼였다. 만약 그녀의 마음을 빼앗는다면 쉽게 원하는 것을 얻을 수 있을 것이다. 그런데 왜 이토록 기분이 무겁게 가라앉는지 모르겠다. 머릿속이 복잡했다. 자꾸만 빤히 쳐다보는 율리의 얼굴이 눈앞에 아른거렸다. 사연을 담은 듯한 눈빛 때문일까? 도저히 떨쳐낼 수가 없었다.

"후, 마음에 안 들어."

제호는 건조한 얼굴로 중얼거리며 레스토랑으로 걸음을 돌렸다.

식사를 끝내고 나니, 어느새 10시가 훌쩍 넘어 있었다. 계산하려던 율리는 제호가 이미 계산을 끝냈다는 매니저의 말에 당황했다. 아까 잠시 통화를 위해 밖으로 나갔을 때 하고 온 모양이다.

"왜 먼저 계산하셨어요? 제가 내려고 했는데……."

"아닙니다. 음식엔 거의 손도 대지 않았잖아요."

"하지만……."

뭐라고 말하려는데 민우가 중간에 툭 끼어들었다.

"그래, 많이 먹은 사람이 내는 거지. 잘 가, 형."

민우는 율리의 어깨를 한쪽 팔로 감아 제호로부터 뒤돌게 했다. 자칫 무례한 행동으로 보일 수 있었지만, 제호는 딱히 신경 쓰지 않는 것 같았다.

"가자. 내가 바래다줄게."

보란 듯이 율리를 안은 팔에 힘을 주며 민우가 말했다.

"아!"

날카로운 통증에 율리는 인상을 찡그리며 걸음을 멈추었다. 아까 민우가 움켜쥔 부분이었기 때문이다. 민우가 무슨 일이냐는 듯 의아한 표정으로 쳐다보는데, 그의 손에 들린 휴대폰이 울리기 시작했다. 발신자를 확인한 민우는 당황한 얼굴로 율리를 놓아주며 재빨리 통화 버튼을 눌렀다.

"네, 할아버지."

[넌 도대체 뭐 하는 놈이냐!]

전화를 받자마자, 권 회장의 노한 목소리가 흘러나왔다.

[윗사람이란 녀석이 아랫사람들에게 일 다 맡기고 먼저 퇴근해?]

사고 처리를 위해 어제에 이어서 오늘도 밤샘 근무 중이란 보고에 권 회장이 직접 와본 것 같았다. 그런데 책임자인 민우가 자리를 비웠으니…….

"퇴근한 게 아니라, 잠시 저녁 먹으러 나온 겁니다."

민우는 다급하게 둘러댔다. 그러나 권 회장의 분노는 쉽사리 가라앉지 않았다.

[당장 회사로 돌아오지 못해!]

"할아버지, 지금 제호 형도 함께 있어요. 어제 아카디아 몰에서 율리 다칠 뻔한 거, 형이 구해줬거든요. 그래서 식사라도 같이하려고 잠깐 나온 거예요."

민우는 표정 하나 바꾸지 않고 천연덕스럽게 거짓말을 내뱉었다. 제호를 끌어들이면 권 회장의 노기가 조금은 가라앉지 않을까 기대하면서.

[제호도 함께 있다고?]

다행스럽게도 예상이 맞았는지, 권 회장의 목소리가 조금은 누그러들었다.

"네, 할아버지. 율리만 집에 바래다주고 곧장 회사로 돌아갈게요."

[율리는 제호더러 바래다주라고 하고, 넌 당장 회사로 돌아와.]

용건을 마친 권 회장은 툭 전화를 끊었다.

"노인네가 밤잠도 없나?"

혼잣말처럼 투덜거리던 민우는 제호와 함께 있다는 말을 괜히 한 건 아닐까 후회했다. 혹 떼려다가 혹 달게 된 건 아니겠지?

그때 뒤에서 제호의 목소리가 들렸다.

"난 30분 줬지만, 회장님은 10분 이상은 안 주실걸?"

제길! 열받지만 사실이었다.

"율리야, 나 먼저 갈게."

다급하게 인사를 마친 민우는 그대로 주차장으로 뛰었다. 민우의 모습이 시야에서 사라지자, 율리는 제호를 향해 뒤돌았다.

"바래다주실 필요 없어요. 대리운전 부르면 돼요."

"대리운전 부를 거면 내가 운전하죠."

"아니에요. 그러실 필요 없어요."

"어차피 같은 방향입니다."

권 회장은 분명히 제호에게 바래다주라고 했기에 딱히 거절할 이유는 없었다. 솔직히, 그와 잠시 단둘이 있길 바라긴 했었다. 긴히 물어보고 싶은 것도 있고 해서……. 하지만 식사 중에 벌인 언쟁 때문에 쉽게 입이 떨어지지 않았다. 별것도 아닌 말에 아까 왜 그리 흥분했는지, 후회되기 시작했다.

"그날은 경황이 없어서 미처 몰랐는데……."

결국 집에 거의 다다를 즈음에야, 율리는 말을 꺼낼 수 있었다.

"사고가 났을 때, 재킷 안 입고 있었던 거죠?"

꿰맬 정도로 상처가 났는데도 재킷엔 피만 묻어 있지, 찢어진 곳이 없었다. 그렇다면 다친 후, 재킷을 입었다는 뜻이었다. 충격으로 당시엔 몰랐지만, 되짚어보니 처음엔 분명 재킷을 손에 들고만 있었다. 짙은 색상의 재킷이라서 흰 셔츠만큼 피가 눈에 띄진 않았을 것이다.

"혹시 다친 거 숨기려고 재킷을 입은 건가요?"

제호는 율리를 바라보지 않은 채, 고개를 끄덕거렸다.

"왜죠?"

다친 걸 알았다면 넋 잃고 멍하니 있지만은 않았을 텐데……. 정신을 바짝 차리고, 적어도 짐이 되진 않으려 노력했을 것이다.

"……울리기 싫어서……."

잠시 침묵을 지키던 제호가 천천히 입을 열었다. 울리기 싫어서라고? 그 말에 율리의 심장이 미치도록 날뛰기 시작했다. 술기운으로 빨개진 뺨이 더욱더 빨개지려 하자, 율리는 손등으로 뺨을 꾹 눌렀다.
정신 차리자, 채율리! 고작 와인 몇 잔에 약한 모습이라니…….
10년 전, 제호의 다친 모습에 울음을 터뜨렸기에, 이번에도 울지 모른다고 생각했을 것이다. 별 뜻은 아닐 거야. 그 상황에서 울어버리기라도 했다면 정말로 난감했을 테니까. 율리는 길게 숨을 들이마시며 떨리는 가슴을 진정시켰다.
이윽고 집 앞에 도착하자 제호는 차를 세우고 시동을 껐다.
"쉬어요, 그럼."
"잠깐만요."
제호가 차 문을 열려고 하자, 율리는 급히 그를 제지했다.
"차는 이대로 몰고 가셨다가, 내일 소장님 만나러 올 때 가져다주세요."
그는 진심이냐는 듯 율리를 바라보다, 가만히 고개를 끄덕였다.
"좋아요. 그렇게 하죠."
"바래다주셔서 감사해요. 조심해서 들어가세요."
율리는 작별 인사를 하며 문손잡이를 잡았다. 차 문을 열려는데, 이번엔 제호가 그녀를 제지했다.
"고맙다면 부탁 하나만 들어주겠습니까?"
"부탁이요?"
"재킷, 잠깐만 벗어봐요."
"네?"
"잠깐이면 됩니다."
율리가 어리둥절한 표정으로 천천히 재킷을 벗기 시작하자, 제호의 표정이 서서히 일그러졌다.

"민우 자식, 이럴 줄 알았어."

율리는 아무 생각 없이 제호의 시선이 닿은 곳을 내려다보았다. 반소매 밑으로, 빨갛게 부어오른 팔이 눈에 들어왔다. 아까 민우가 세게 잡은 곳이었다.

"이건 민우가 몰라서 그런 거예요. 제가 피부가 좀 약한 편이라서 쉽게 멍이 들거든요."

율리는 재빨리 변명했지만, 제호는 굳은 표정을 풀지 않았다.

"10년도 넘게 알고 지낸 친구라면서, 쉽게 멍 드는 걸 몰랐다는 게 말이 돼?"

흥분했는지 말꼬리가 짧아지고, 운전대를 움켜쥔 손등 위로 핏줄이 도드라졌다. '그렇다고 화낼 필요까진 없잖아요?'라고 말하려던 율리는 생각을 바꿔 가만히 입을 다물었다. 누군가 자신을 걱정한다고 생각하니, 기분이 나쁘지만은 않았다.

"아파서 울 줄 알았는데……."

잠시 후, 평정을 되찾은 듯 제호가 낮은 목소리로 말했다.

"그렇게 되고도 안 울었네. 칭찬해줘야 하나?"

"아니거든요."

졸지에 울보가 된 것 같아, 율리의 목소리가 저도 모르게 커졌다.

"저 이제 웬만해선 잘 안 울어요."

"그래요?"

높낮이가 없는 건조한 목소리였다. 마치 믿지 못하겠다는 뉘앙스로 들려, 율리는 서둘러 말을 덧붙였다.

"네. 10년 전과는 다르다고요. 그땐 어렸으니까, 아무것도 모를 때고."

 아무것도 모를 때니까 별거 아닌 일에 감동했고, 가슴이 뛰었고, 의미를 부여했었지. 하지만 새엄마와 아버지의 숨겨진 관계, 유리가 이복동생이라는 걸 알고 난 후, 모든 것이 변했다. 그 모든 일은 제호가 미국으로 떠나고 한 달도 지나지 않아서 일어났다.

 가족으로부터의 배신이 그녀에게 얼마나 깊은 상처를 남겼는지, 그는 상상도 하지 못할 것이다. 하염없이 흐르던 눈물은 결국엔 말라버렸고, 말랑했던 감정 역시 딱딱하게 굳어버렸다.

 마음의 고통에 비하면 육체의 고통 따윈 아무것도 아니었다. 아팠던 그날의 기억을 떠올리던 그녀의 눈동자가 불안하게 흔들렸다.

 그때였다. 제호가 손을 들어, 그녀의 뺨을 감쌌다. 율리는 흠칫 놀라며 황급히 뒤로 물러났다. 하지만 손길을 피하기에 차 안이란 공간은 너무나 좁았다. 등 뒤로 차가운 유리창의 감촉이 느껴졌다.

 "이런, 안 운다더니……."

 그녀의 눈을 들여다보며 제호가 나직이 속삭였다. 율리는 그제야 눈가에 눈물이 그렁그렁 맺혔다는 사실을 깨달았다. 거짓말처럼 눈물 한 방울이 뺨을 타고 툭, 떨어졌다. 당황한 얼굴로 입술을 깨무는 율리를 바라보며 제호는 미간을 찌푸렸다.

 "10년 전이나, 지금이나……."

 가라앉은 목소리로 그가 혼잣말처럼 중얼거렸다.

 "변한 게 없네."

 그가 고개를 숙이며 뚫어지듯 율리의 눈을 들여다보았다. 지그시 바라보는 것뿐인데 속을 내보인 것처럼 부끄러움이 밀려왔다.

 율리가 부모님의 비밀을 알게 된 건 순전히 우연에 의해서였다. 이모가 유럽으로 떠나며 주고 간 화분을 실수로 깨뜨렸는데, 깨진 조각 속에서 밀봉된 플래시 드라이브를 발견했다. 파일 안에는 돌아가신 어머니가 남긴 일기장이 있었고, 상상도 하지 못한 진실이 담겨 있었다.

아버지 채 의원과 보좌관이었던 안 여사는 율리가 태어난 해부터 연인 사이였다는 것, 어머니는 모든 걸 알고도 용서해주었다는 것, 유리가 생기자 산부인과 의사인 이모의 도움으로 감쪽같이 유리를 친딸로 둔갑시켰다는 것 등등, 도저히 받아들일 수 없는 내용이었다.

처음엔 기막혀서 눈물도 나오지 않았다. 며칠이 지나고 나서야, 펑펑 눈물이 쏟아졌다. 하지만 아무에게도 털어놓을 수 없었다. 절친인 현경에게도 끝까지 숨겼다. 너무나 수치스러운 가족의 치부였으니까.

— 별거 아니니까, 신경 쓸 거 없어.

그런데 그때 율리의 머릿속에 제호가 해준 말이 떠올랐다. 그는 이미 한 달 전 미국으로 떠나버렸는데……. 그가 옆에 있어주면 좋겠다는 생각이 들었다. 별거 아니라고 말하며 웃어준다면 조금이나마 위로가 될 것 같았다.

그때부터 율리는 제호를 떠올리며 그 앞에서 펑펑 우는 장면을 상상하곤 했었다. 아마도 다시는 만날 수 없는 인연이라고 여겼기에, 마음속으로나마 아픔을 털어놓았던 것 같다. 그래서다. 그때 일이 떠올라서…… 술기운에 마음이 약해진 것도 있을 것이다. 하지만 순식간에 거짓말쟁이가 된 율리는 당황스럽기만 했다.

"……이, 이건 진짜로 우는 게 아니라……."

뭐라도 말하지 않으면 안 될 것 같아, 떨리는 목소리를 가다듬었다.

"술 때문에 그런 거예요."

물고 늘어질 수 있는 건 술뿐이었다. 율리는 뿌리치듯 고개를 돌리며 재빨리 차에서 내렸다. 다행히 그는 잡지 않았다.

"조심해서 들어가세요."

짧게 인사한 율리는 서둘러 대문으로 향했다. 율리를 지켜보던 제호는 그녀가 대문 안으로 사라지고 나서야 차에 시동을 걸었다.

"잘 안 운다고 하더니……."

혼잣말을 중얼거린 제호는 짙은 어둠 속을 향해 힘껏 액셀을 밟았다.

Chapter 3

이제부터 여기가 내 자리입니다

새벽 5시, 육중한 대문이 열리며 권 회장과 경호원들이 아침 운동을 위해 집을 나섰다. 여든이 넘은 나이지만, 다부진 체격을 가진 권 회장은 경호원과 겉모습을 비교해도 모자람이 없었다.

산책로에 도착한 권 회장 앞으로 짙은 회색의 윈드점퍼를 입은 남자가 다가왔다.

"안녕하십니까, 회장님."

순식간에 경호원들이 앞을 가로막자, 남자는 느릿한 동작으로 후드를 벗었다.

"괜찮으니까, 저만치 뒤로 물러가 있게."

남자의 얼굴을 확인한 권 회장은 손을 들어 경호원을 물렸다.

"미국 가서도 쭉 아침 운동하는 게냐? 아비와 함께?"

제호는 대답하는 대신, 권 회장의 표정을 살폈다.

"무소식이 희소식이라고 했으니, 잘 지내고 있을 거라 믿는다."

권 회장은 정말로 아무것도 모르고 있었다. 수행 비서들은 권 전무 수하로 들어간 지 오래여서, 중간에서 보고 사항을 가로챘다. 오히려 권 회장의 일거수일투족이 권 전무에게 보고되는 탓에, 아침 운동 시간에만 권 전무의 감시에서 벗어날 수 있었다.

"회장님이나 저나 시간이 없으니, 본론으로 들어가죠."

제호는 아버지의 근황을 알리지 않고, 말머리를 돌렸다. 아직은 권 회장이 충격을 받아선 안 된다. 자칫 충격으로 쓰러지기라도 한다면, 권 전무의 손에 칼자루를 쥐여주는 셈이 된다.

"사옥 건축 건 하나 맡기려고 귀국을 종용한 건 아닐 겁니다."

"물론이다."

권 회장이 힘 있는 목소리로 대답했다.

"검증되지 못한 놈에게 회사를 넘길 생각은 없다. 우식이 녀석, 10년도 안 돼 외국 사모 펀드로 회사를 넘길 거다. 민우도 마찬가지고. 하지만 넌 다르지."

"그러지 말고 전문 경영인을 구하세요."

권 회장은 눈살을 찌푸렸지만, 예상했던 대답이었기에 받아들였다.

"전문 경영인을 구한다고 해도, 옆에서 지켜볼 사람이 필요해. 그걸 네가 해줘야겠다. 최대 주주가 돼서 이사회 의장 자리에 앉아."

"제안을 받아들인다면 제게 뭘 주시겠습니까?"

남들은 그 자리를 얻으려고 피 튀겨 싸우는데 제호는 대신 무엇을 주겠느냐고 물었다. 괘씸해야 정상인데, 권 회장은 제호의 그런 태도가 마음에 들었다. 어렸을 때부터 그랬다. 제호는 단 한 번도 권 회장을 무서워하지 않았다. 눈도 제대로 마주치지 못하고 움츠러들던 민우와는 그릇부터 달랐다.

"좋다. 원하는 게 뭐지? 말해보거라."

"할아버지."

재회 후 처음으로 권 회장을 '회장님'이 아닌 '할아버지'라고 부르며 제호는 입가에 미소를 떠올렸다.

"율리 씨, 제호가 이거 전해주라고 하던데?"
율리의 자리에 다가온 김 소장이 차 키를 건넸다. 제호는 사무실로 올라오지 않고, 밖에서 김 소장을 만나고 헤어진 모양이었다.
"아, 네."
어떤 얼굴로 제호를 봐야 하나? 초조해하던 율리는 탁, 맥이 풀리고 말았다. 조금 전까지만 해도 어떻게 하면 제호를 피할 수 있을까 머리를 굴렸으면서 막상 그가 가버렸다고 하니까 서운한 감정마저 들었다. 율리는 그런 자신에 황당해하며 서둘러 차 키를 서랍에 집어넣었다.
어처구니없게 눈물을 보이는 바람에 꼴이 우습게 돼버렸는데…… 흔한 술주정이었다고 넘겨주면 고맙겠지만, 그래도 마음이 편치 않은 건 사실이었다. 아무래도 될 수 있으면 그와는 안 부딪치는 게 좋을 것 같다. 그와 만나면 자꾸만 감정 기복이 심해지니까. 뭐든 위험한 건 미리 알아서 피하는 게 상책이다. 그러면 재킷은 어떻게 돌려주지?
잠시 머리를 굴리던 율리는 민우를 통해서 돌려주면 될 거라고 결론 내렸다. 두 남자 사이에 묘한 경쟁의식이 있는 것 같지만, 그래도 두 사람은 원수지간이 아닌 사촌지간이니까 큰 문제는 없을 것이다.
퇴근 시간이 가까워질 무렵, 웨딩 플래너에게서 문자가 왔다.

> 오늘, 6시 반, 웨딩드레스 피팅 예약 잊지 마세요.

문자를 보고서야 율리는 오늘의 일정을 기억해냈다. 웨딩 플래너가 상기시켜주지 않았다면 아마도 깜빡 잊고 그대로 집에 갔을 거다. 그 정도로 민우와의 결혼에 관심이 없었다. 뒤틀린 가족에게서 벗어나 숨이나 한번 제대로 쉬어보자는 기대 외에 아무것도 바라는 게 없었다. 그래도 명색이 결혼인데 말이다.

"후."

왠지 입맛이 씁쓸해 율리는 작게 한숨을 내쉬었다. 이상하다. 이제까지 정략결혼에 물음표를 던진 적 없었는데 왜 자꾸만 마음이 싱숭생숭한지 모르겠다. 애써 우울한 기분을 달래려는데, 민우에게서 전화가 걸려 왔다.

[오늘 예복 맞추는 날이지?]

"응. 방금 리마인드 문자 받았어."

[난 오늘 못 갈 것 같은데 어떡하냐? 어제 집에 먼저 갔다고 할아버지한테 엄청나게 깨졌잖아. 당분간 하늘이 무너져도 10시 전엔 퇴근 못 해.]

"알았어. 오늘은 나 혼자 갈게."

전화를 끊은 율리는 하던 작업을 마저 정리하고 자리에서 일어났다. 평소보다 조금 일찍 퇴근하고 지하 주차장으로 향했다. 오늘 아침에 제호가 몰고 온 자동차는 그녀의 지정 자리에 세워져 있었다.

운전석에 오르니, 차 안에 은은하게 배인 시트러스 향이 느껴졌다. 묵직하면서도 시원한 향은 어제 제호가 사용한 향수가 틀림없었다. 어제는 미처 느끼지 못했던 향을 왜 그가 없는 오늘에야 느끼는 걸까? 율리는 크게 숨을 들이마시며 두 손으로 운전대를 꽉 움켜쥐며 잡생각이 떠오르기 전에 서둘러 시동을 걸었다.

"이 드레스인가요?"

"네."

웨딩드레스 디자이너인 낸시 송이 율리의 안색을 살피며 대답했다. 두 사람 앞엔 골동품 수준의 초라한 드레스가 놓여 있었다. KG그룹 나도희 여사가 집안의 전통이라며, 시할머니의 웨딩드레스를 수선해 예식에 사용하라고 해서다. 보통 신부였다면 한숨만 내쉴 수준의 낡은 드레스였지만, 율리는 무덤덤하게 받아들였다.

"전통이라면 따라야죠."

낸시 송은 가슴을 쓸어내리며 웨딩 촬영에 입을 드레스를 준비했다. 본식 드레스는 그렇다 쳐도, 촬영 드레스만큼은 화려해야 하니까.

"머리 올려드릴까요?"

"아뇨, 괜찮아요."

"그럼 먼저 안에 들어가 계시면 직원이 도우러 올 거예요."

예비 신부 대부분은 신부 머리를 하고 웨딩드레스를 입어보지만, 율리는 평소 머리 그대로 피팅 룸으로 들어갔다.

본식 드레스가 고리타분한 디자인이라는 것에 반발하듯, 웨딩 촬영 드레스는 어깨가 드러나고, 목선도 제법 깊게 파인 디자인이었다. 너무 파인 건 아닐까 염려된 율리는 직원이 오기 전, 먼저 살짝 입어 보기로 했다. 가슴골이 드러나는 게 조금 걸렸지만, 수선하거나 볼레로로 가리면 괜찮을 것 같았다. 혼자선 끝까지 지퍼를 올릴 수 없어, 율리는 도움을 청하려 피팅 룸을 나왔다.

"지퍼 좀 올려주실래요?"

이제부터 여기가 내 자리입니다

어째서인지 낸시 송이 있어야 할 자리에 그녀 대신 제호가 서 있었다. 깜짝 놀란 율리는 잠시 제자리에 얼어붙었다. 제호도 그녀를 여기서 보게 될 것이라곤 생각하지 못했는지 미간을 찌푸렸다. 그러다 곧 평정을 되찾은 얼굴로 물었다.

"지금 내게 부탁하는 겁니까, 지퍼 올려달라고?"

그 말에 율리는 번쩍 정신을 차렸다. 넋 놓고 있을 때가 아니다. 그녀는 지금 가슴골이 훤히 드러난 야한 드레스를 입고 있었다. 두 손으로 황급히 가슴을 가리려던 율리는 생각을 바꾸고 제호를 향해 등을 돌렸다.

"네, 좀 도와주세요."

당황한 티를 드러내며 허겁지겁 드러난 가슴을 가리고 싶진 않았다. 지퍼를 올려달라고 하면서 자연스럽게 등을 돌리면, 구태여 가슴을 가릴 필요는 없을 것이다.

"원하신다면……."

느긋한 걸음으로 다가오며 제호가 응했다.

"그런데 여긴 어쩐 일이세요?"

어젯밤 신경질 부리는 실수를 저질렀기에 율리는 일부러 아주 차분히 물었다.

"회장님 지시로 예복 맞추러 왔습니다."

제호 역시 차분한 목소리로 답하며 율리의 머리카락을 목 옆으로 넘겼다. 드러난 목덜미에 스치듯 손끝이 닿자, 예상하지 못했던 짜릿짜릿한 감각이 온몸에 번져 나갔다. 지퍼를 올려주려면 신체 접촉이 생긴다는 걸 왜 미처 생각하지 못했을까? 애석하게도 안일한 선택을 후회하기엔 너무 늦어버렸다.

은은한 시트러스 향과 함께 닿을 듯 말 듯 지퍼를 올리는 손길이 신경을 자극하자, 율리의 얼굴은 어느새 빨갛게 달아올랐다. 그나마 다행인 것은 등을 돌린 상태라 그는 그녀의 이런 모습을 볼 수 없다는 것이었다.

그런데 별생각 없이 고개를 돌리던 율리는 옆에 놓인 전신 거울에 제 모습이 훤히 비치고 있다는 사실을 깨달았다. 거울을 바라보는 건 그녀 혼자만이 아니었다. 빨려들어갈 것 같은 짙은 눈빛이 오롯이 그녀를 향하고 있었다.

하지만 그의 시선은 훤히 드러나는 가슴골이 아닌, 팔 위쪽에 머물고 있었다. 제호의 손이 늘어진 레이스를 들어 올리자, 푸르스름하게 멍든 부위가 드러났다. 어제까지만 해도 빨갛게 부었던 부분이다.

"아프지 않아요?"

그가 엄지손가락으로 멍든 부분을 조심스럽게 매만지자, 율리는 저도 모르게 흠칫 몸을 떨었다.

"……아, 아뇨. 보기에만 그래요."

착잡한 눈으로 멍든 부분을 바라보던 그가 천천히 고개를 들었다.

"다시 한번 더 묻죠."

율리의 귓가에 입술을 가까이 가져가며 그가 속삭이듯 물었다.

"이 결혼, 꼭 해야 합니까?"

거울 속에서 두 사람의 시선이 뜨겁게 마주쳤다.

율리가 피팅 룸 안으로 들어가기 조금 전, 웨딩드레스 숍 프런트 데스크.

"어떻게 오셨습니까?"

안으로 들어서는 제호를 보며 프런트 데스크를 지키던 직원이 자리에서 일어났다.

"KG그룹에서 예약해놓았다고 하던데요."

외모만큼이나 멋진 음성에 직원은 잠시 홀린 것처럼 제호를 바라보았다. 그러다 곧 정신을 차리고, 제호를 안쪽으로 안내했다.

"저를 따라오시면 됩니다."

'KG그룹'이란 말에 직원은 확인할 생각도 없이 제호가 예비 신랑인 '권민우'라고 단정했다. 직원을 따라가는 제호 옆으로 휴대폰을 손에 쥔 낸시 송이 지나쳤다. 그녀는 직원에게 중요한 전화라는 손짓을 하고는 사무실로 향했다.

"잠시만 기다리세요. 예복을 준비해오겠습니다."

직원은 드레스 룸 문을 열어준 후, 총총걸음으로 사라졌다. 안에 들어선 제호는 의아한 표정을 지었다. 다른 고객이 사용하고 그대로 방치했는지, 여기저기에 웨딩드레스가 널려 있었다.

"저건?"

주변을 둘러보던 제호는 중앙에 놓인 낡아빠진 드레스를 발견했다. 화려한 웨딩드레스 사이에 있어서인지 초라한 드레스는 고물에 가까운 넝마처럼 보였다.

"이런 게 왜 여기에……."

드레스를 만지려 손을 뻗는데, 덜컥, 피팅 룸 문 열리는 소리가 들리고 익숙한 목소리가 뒤를 따랐다.

"지퍼 좀 올려주실래요?"

뒤를 돌아보자 율리가 앞에 서 있었다. 그녀가 이곳에 있다는 사실도 놀라웠지만, 더 놀라운 건 웨딩드레스를 입은 그녀의 모습이었다. 숨이 멎을 만큼 아름다웠다. 놀란 듯 동그랗게 커다래진 눈도 예뻤고, 살짝 벌어진 윤기 어린 입술도 깨물고 싶을 만큼 예뻤다. 머리끝에서 발끝까지 어느 한구석 사랑스럽지 않은 곳이 없었다.

목선이 깊게 파인 웨딩드레스는 율리의 가는 목선과 투명할 만큼 하얀 피부를 더욱 두드러져 보이게 했다. 풍만한 가슴에 머물렀던 시선은 잘록한 허리를 지나, 완만한 곡선을 이루는 아래로 서서히 내려갔다. 저 웨딩드레스를 입은 율리의 옆을 곧 민우가 차지하리라 생각하니, 저절로 주먹이 쥐어졌다. 하지만 제호는 이내 평정을 되찾고 무심한 목소리로 물었다.

"지금 내게 부탁하는 겁니까, 지퍼 올려달라고?"

"네, 좀 도와주세요."

율리가 등을 돌리자, 가녀린 등이 눈앞에 나타났다. 그 모습이 얼마나 유혹적인지 당사자는 모르는 모양이었다. 순간 만지고 싶다는 생각이 들었다. 손바닥으로 쓰다듬으면 어떤 느낌일까? 녹아들 것처럼 매끄러울까? 여린 살결에 입술을 가져간다면, 못 견디게 달콤하겠지?

마음대로 할 수 있다면 지퍼를 올리는 게 아니라, 드레스를 끌어 내리고 싶었다. 하지만 그건 어디까지나 위험한 충동일 뿐이었다.

"원하신다면……."

제호는 짧게 숨을 들이마시며 느릿하게 다가갔다.

"그런데 여긴 어쩐 일이세요?"

"회장님 지시로 예복 맞추러 왔습니다."

지퍼를 올리기 전에 긴 머리카락을 옆으로 넘기자, 율리의 하얀 목덜미가 시야를 가득 채웠다. 손끝에 스치듯 닿은 그녀의 살결은 사르르 녹아버릴 것처럼 부드러웠다. 또다시 원인을 알 수 없는 통증이 가슴팍을 관통했다.

지퍼를 올리는 제호의 눈에 거울에 비친 율리의 모습이 들어왔다. 그의 손길이 신경 쓰이는 듯 초조한 표정을 짓고 있었다. 혹시, 하는 생각에 닿을 듯 말 듯 손끝으로 살갗을 쓸었다. 그러자 그녀의 두 뺨이 발갛게 물들었다. 자신만 긴장한 게 아니라는 사실에 저절로 미소가 떠올랐다. 그러나 미소는 얼마 가지 못하고 사라졌다. 율리의 팔 한쪽에 파란 멍이 들어 있었다. 어젯밤 흥분한 민우가 우악스럽게 움켜잡은 곳이 분명했다. 멍을 본 순간, 저도 모르게 손이 나갔다.

"아프지 않아요?"

엄지손가락으로 살며시 쓰다듬자, 그녀의 몸이 가늘게 떨렸다.

"……아, 아뇨. 보기에만 그래요."

그 말에 제호의 얼굴 위로 어두운 그림자가 내려앉았다. 민우를 감싸는 율리를 이해할 수 없었다. 아니, 정략결혼을 받아들인 것 자체를 이해할 수 없었다. 게다가 도대체 왜, 왜 하필 권민우지?

"다시 한번 더 묻죠."

이번엔 정말, 진심으로 그녀에게 묻고 싶었다. 제호는 율리의 얼굴에 가까이 고개를 숙이며 속삭이듯 물었다.

"이 결혼, 꼭 해야 합니까?"

거울 속에서 두 사람의 시선이 뜨겁게 마주쳤다.

이 결혼을 꼭 해야 하냐니? 율리는 또다시 같은 질문을 받을 것이라곤 생각하지 못했다. 저번이나 지금이나 당황스러운 건 마찬가지였다. 그녀라고 사랑하지 않는 상대와의 결혼이 마음에 드는 건 아니었다.

하지만 자신이 처한 상황에선 제일 나은 선택이라고 믿었다. 그런데 제호를 다시 만나고 나서부터 자신이 내린 결정에 의문이 생기기 시작했다. 과연 이 방법밖에 없을까? 해답 없는 질문만이 끊임없이 그녀를 괴롭혔다. 그리고 지금 제호의 질문이 또다시 그녀를 강하게 흔들었다.
 어색한 침묵이 흐르고, 율리가 천천히 입을 열었다.
 "대답하기 전에, 먼저 하나만 물을게요."
 그를 바라보는 그녀의 시선이 차갑게 반짝거렸다.
 "내가 민우와 결혼하지 말아야 할 이유라도 있나요?"
 "물론."
 "그게 뭐죠?"
 율리는 도발하듯 눈꼬리를 치켜올렸다.
 "민우를 사랑하지 않으니까. 지금 당신은 다른 사람을 마음에 두고 있으니까."
 내가 다른 사람을 마음에 두고 있다고? 나도 모르는 감정을 눈치채기라도 한 거야? 마치 캐묻듯 집요히 바라보는 제호의 시선에 율리는 떨리는 심장을 억눌렀다. 그러다 곧 제호가 현경과의 통화를 들었다는 사실을 기억해냈다.
 ─ 뭐, 애인 있으면서 다른 남자와 결혼하든 말든, 내가 상관할 바는 아니죠. 이젠 그쪽이 내 정혼자도 아니고.
 그는 아직도 그녀에게 숨겨진 애인이 있다고 오해하고 있는 게 분명했다. 하지만 이번에도 율리는 변명하지 않았다. 싸늘한 눈으로 그를 노려볼 뿐이었다.
 "그리고 또요?"
 제호를 살피며 상체를 숙이며 그녀와 눈높이를 맞추었다.

"글쎄…… 뭐가 더 있을까?"

그는 잠시 고민에 빠졌다. 율리는 민우의 과격한 인성에 관해 모르고 있을지도 몰랐다. 아니면 자신이 충분히 통제할 수 있다고 착각하고 있을 수도 있었다. 물론 지금 민우는 율리에게 애가 탄 상태다. 그녀가 원한다면, 하늘의 별이라도 따다 줄 수 있을 만큼 빠져 있었다.

그러나 그런 마음이 얼마나 오래갈까? 초등생 시절, 민우는 아끼던 강아지에게 애정이 식어버리자 잔인하게 학대하기 시작했다. 보다 못한 제호가 강아지를 빼앗다시피 제집으로 데려갈 때까지 학대는 계속되었다. 민우는 항상 그랬다. 살아 있는 존재나 살아 있지 않은 사물이나 관심이 끝나는 즉시 괴롭히며, 파괴하는 행동에서 쾌감을 느꼈다.

권 회장의 지시로 민우는 아동 심리학자와 상담을 받았지만, 부모의 안일한 대체로 상담이 흐지부지 끝을 맺은 것으로 안다.

그에게서 아무 말이 없자, 율리는 마른침을 삼키며 입을 뗐다.

"사랑하지 않는 게 이유라면, 이미 설명한 것 같은데요. 조건이 맞아서 결혼하는 거예요. 난 사랑보단 조건을 믿어요."

그녀 딴에는 진지하게 대답했건만, 제호는 비웃 듯 입매를 비틀었다.

"정말 그럴지는 두고 보면 알 수 있겠죠."

"그게 무슨 뜻이죠?"

"후."

짧은 웃음을 내뱉으며 제호가 말을 이으려는 순간이었다.

"오래 기다리시게 해서 죄송합니다."

문이 열리며, 전화 통화를 끝낸 낸시 송과 남자 예복을 든 직원이 동시에 나타났다.

"모두 준비되었습니다."

환하게 웃으며 다가오던 낸시 송은 율리 옆에 선 제호를 발견하고 놀란 듯 제자리에 멈추었다.
"저, 누구신지······?"
"권제호입니다. 오늘 7시에 예약되어 있죠."
"아, 네."
당황스러워하는 낸시 송의 모습에 율리는 직원의 실수로 제호가 이곳에 들어왔다는 사실을 깨달았다. 낸시 송은 직원이 제호를 민우로 착각했다는 사실을 정중히 사과하며 다른 룸으로 제호를 안내했다. 그러나 율리는 제호가 눈앞에서 사라진 후에도 전혀 집중할 수 없었다. 결국 다음에 다시 오겠다며 가봉을 뒤로 미룰 수밖에 없었다.
 복도로 나왔는데 제호가 들어간 맞은편 드레스 룸에 저절로 시선이 끌렸다. 무슨 이유에서인지 문을 열어놓은 상태였다.
 예복을 입고 거울 앞에 선 제호의 모습이 열린 문틈으로 보였다.
"······아······."
 너무나도 멋진 모습에 저절로 감탄사가 흘러나왔다.
 결혼식을 올릴 상대가 제호가 아닌 민우가 아니란 현실에 새삼 허탈한 기분이 들 정도로······. 헐, 내가 지금 무슨 생각을?
 자신의 황당한 마음을 깨닫는 순간, 율리는 한 손으로 입을 틀어막았다.
 미쳤어. 미친 게 분명했다.
 재빨리 숍을 빠져나온 그녀는 달리듯 주차장으로 향했다.
 차에 오른 율리는 양손으로 뺨을 감싸며 운전대에 얼굴을 묻었다. 그와 멀어지면 감정도 이내 가라앉을 줄 알았는데 머릿속에서 떨쳐내려고 하면 할수록, 그의 잔상은 오히려 짙어져갔다. 도대체 왜 이리도 가슴이 두근거리는지 모르겠다. 한때 그가 첫사랑이었다고 해도, 이미 지난 일인데 이렇게까지 흔들리는 저 자신을 이해할 수 없었다. 한여름 밤의 꿈 같은, 그런 덧없는 추억쯤으로만 여기면 그만인데 말이다.

그때, 누군가 똑똑, 차 유리창을 두드렸다. 고개를 들자, 제호가 창밖에서 그녀를 내려다보고 있었다. 몰랐는데 숍을 나온 후, 제법 시간이 지난 모양이었다.

"괜찮아요?"

그가 걱정스러운 얼굴로 물었다. 물론 괜찮지 않았다. 그리고 괜찮지 않은 이유는 바로 그 때문이었다. 하지만 율리는 갈라진 목소리를 가다듬으며 무뚝뚝하게 대답했다.

"아무것도 아니에요. 통화할 일이 있어서 출발하지 않고 있었어요."

제호가 뭐라고 말하려고 했지만, 율리는 재빨리 시동을 걸었다.

"그럼 전 이만 가볼게요."

짧게 인사를 마친 그녀는 곧장 차를 출발했다.

룸 미러로 제호를 바라볼 수도 있었지만, 그러지 않았다. 당분간 볼일 없기를 간절히 바라며 목에 깁스라도 한 것처럼 앞만을 뚫어지게 바라보았다. 입 안이 씁쓸해지며 가슴 한쪽이 싸하게 저렸지만, 율리는 애써 무시하며 힘껏 액셀을 밟았다. 몇 달만 참으면 결혼식인데 과거의 추억을 돌아볼 여유 따윈 그녀에겐 없었다.

밤새도록 뜬 눈으로 잠을 설친 율리는 평소보다 일찍 일어나 회사로 향했다. 이런 기분으론 도저히 아침 먹을 기분이 들지 않았다.

사무실에 들어서자, 일찍 출근한 선영이 퀭한 얼굴로 앉아 있었다.

"일찍 출근했네요?"

"네. 준비할 게 많아서……."

선영이 일찍 출근한 이유는 곧 밝혀졌다. 모든 절차를 끝낸 김 소장이 아침 회의에서 권제호가 파트너가 되었다는 사실을 알렸다.

"권제호라면 'Jay K'?"

사무실 분위기가 들썩거렸다.

"왜 하필 우리 회사를 골랐지?"

"소장님이랑 예전부터 가까운 사이였대."

"그래도 뭔가 더 있는 거 아냐?"

율리는 대화에 끼어드는 대신 모르는 척 작업에 열중했다. 그녀도 왜 제호가 바우하우스를 골랐는지 알 수 없었고, 그와 김 소장이 얼마나 친분이 있는지 알지 못했다.

"율리 씨는 아는 거 없어요?"

옆자리에 앉은 건축사 진만이 물어봤지만, 율리는 고개만 내저었다.

"이름만 걸어놓을 뿐, 출근하거나 하진 않겠죠?"

"당연하지."

"그래도 가끔은 나오지 않을까?"

정확한 대답은 퇴근 시간이 돼서야 나왔다.

"오늘 회식 괜찮은 사람?"

김 소장이 싱글벙글 웃으며 묻자, 율리는 모니터에 시선을 고정한 채로 손을 들었다. 밤잠을 설쳐 피곤했지만, 집에 가는 것보단 직장 동료들과 술 한잔 걸치는 게 덜 힘들었으니까.

"좋아. 모두 OK인 거지?"

김 소장의 걸걸한 목소리에 이어, 웅성거리는 소리가 들렸다. "와! 대박!"이란 감탄사도 연달아 들렸다. 갑자기 들뜬 분위기에 율리는 모니터를 보던 눈을 들어 올렸다. 이유는 곧 밝혀졌다. 김 소장 뒤에 서 있는 남자, 권제호 때문이었다.

율리는 멍하니 눈앞에 놓인 맥주잔을 내려다보았다. 회식의 주된 목적이 제호를 위한 환영회란 것을 알았다면, 그냥 집에 갔을 텐데…….
 그녀를 제외하고 다른 직원들은 웃고 떠드느라 정신이 없었다. 오랜만에 가지는 회식의 분위기는 더할 나위 없이 좋았다. 항상 무한 리필 돼지갈빗집이나 전전하던 회식 장소가 오늘은 무려 투뿔 한우 전문점이기에 당연했다.
 "오늘 회식은 제가 한턱내는 거니까, 마음껏 주문하세요."
 제호의 한마디에 모두의 입꼬리가 귀에 걸렸다. 율리만 무표정으로 앞에 놓인 맥주잔을 만지작거렸다.
 먹는 걸로 점수라도 따겠다는 건가?
 율리는 불만스러운 눈으로 옆 테이블에 앉은 제호를 힐끗, 바라보았다. 불행 중 다행이라면 그는 다른 테이블에 앉아 있다는 것이었다. 형식적인 첫 소개 이후엔 짤막하게 대화할 기회도 없었다. 그의 곁은 호기심 가득한 직원들이 차지했다.
 "한국에는 얼마나 머무를 예정이세요?"
 "소장님과는 언제부터 알고 지내셨나요?"
 "정말 출근해서 작업하실 건가요?"

테이블은 떨어져 있었지만, 대화는 옆에 앉은 것처럼 또렷이 들렸다.

"확실한 건 아니지만, 적어도 1년은 머무를 예정입니다."

물이 쏟아지듯 이어지는 질문에 제호는 차분하게 대답했다.

"소장님과는 고등학교 때부터 알고 지냈습니다. 그리고 내일부터 출근할 생각입니다."

내일부터 출근한다고? 곧이곧대로 믿을 수 없는 율리는 눈살을 찌푸렸다. KG그룹 사옥 건으로 잠시 귀국한 거 아니었어? 그런데 바우하우스로 출근한다니? 사무실을 개인 사무실로 사용하겠다는 건가?

순간 머릿속이 복잡해졌다.

"왜 통 안 드세요?"

그때 옆에 앉은 진만이 율리의 접시에 쇠고기를 내려놓으며 물었다. 오늘 회식의 다른 목적은 진만을 환송하기 위함이다. 그는 내일부터 부산으로 내려가 1년 동안 협력 기업체에서 근무하게 된다.

"웨딩드레스 안 맞을까 봐 그래요?"

"에이, 여기서 어떻게 더 날씬해진다고."

"내 말이. 그냥 맘 편히 먹어요."

그녀가 곧 결혼할 걸 아는 직원들이 저마다 말을 보탰다. 율리는 멋쩍게 웃으며 진만이 건네준 쇠고기를 입에 넣었다. 쇠고기의 고소한 맛만큼이나 씁쓸함이 입 안에 돌았다.

어젯밤부터 지금까지 단 한 번도 앞으로 있을 결혼식을 머릿속에 떠올리지 않았다. 웨딩드레스도, 청첩장 문구도, 함께 살 신혼집도, 그 아무것도……. 그녀를 가족으로부터 해방하게 할 수 있는 결혼이 코앞인데 너무 안일한 것 아닌가? 아무리 첫사랑이었던 남자가 다시 나타났어도 그렇지, 이리도 흔들리다니. 그러면서도 그녀의 눈길은 자꾸만 제호 쪽으로 향했다. 직원들과 대화하며 간간이 미소 짓는 모습에 괜스레 마음이 울렁거렸다.

후, 채율리. 너, 아직도 정신 못 차리지.

율리는 쓰게 웃으며 잔을 입으로 가져갔다. 잔에 술만 받아놓으려고 했는데, 어느새 계속해서 잔을 비우는 자신을 발견했다. 회식이 끝날 무렵엔 약간 어지러움이 느껴질 정도로 취한 상태가 돼버렸다. 많이 마신 것은 아니었지만, 어젯밤 잠을 설친 게 원인인 것 같았다.

율리는 대리운전을 부르는 대신, 차를 두고 대중교통을 이용하기로 했다. 직원 모두와 인사한 후, 지하철역을 향해 걸어갔다. 마음이 복잡할 때는 택시를 타는 것보단 멍하니 지하철에 앉아서 가는 게 편했다.

그런데 몇 발자국 옮기기도 전에 누군가 그녀와 어깨를 나란히 한 채 걷고 있다는 사실을 깨달았다. 익숙한 시트러스 향이 코끝으로 흘러들었다. 설마, 하는 마음에 옆으로 고개를 돌리자, 제호가 그녀를 내려다보고 있었다.

"지금 뭐 하고 있는 거예요?"

"집에 가고 있는 거 안 보입니까?"

그래, 그가 그녀를 따라왔을 리는 없었다. 지금 어디에서 지내고 있는지는 모르지만, 그는 분명히 그녀의 집과 같은 방향이라고 말했었다. 하지만 지하철을 타고 간다고?

"택시 안 타요?"

"그러는 당신은 대리운전 왜 안 부릅니까?"

"전 지하철이 편해요."

"나도 지하철이 편합니다."

"노선을 알긴 해요?"

함께 간다고 생각하자, 그녀도 모르게 뾰족한 말이 나왔다. 하지만 제호는 아무렇지 않은 표정으로 자신의 휴대폰을 보여주었다.
"네이버 지도에 다 나오는데……."
방금 지하철이 편하다고 했는데, 마음을 바꿔 택시를 탄다고 해버리면 꼴이 우습겠지? 그렇다고 그와 함께 지하철을 타야 하나? 제호가 보여준 노선은 그녀의 것과 일치했다. 택시 탈걸, 하고 후회하기엔 너무 늦어버렸다. 율리는 입을 꼭 다물고 빠른 걸음으로 앞서 걸었다. 그러다 마음을 바꿔 제호를 향해 등을 돌렸다.
"정말 내일부터 출근할 거 아니죠?"
"왜 아닐 거라고 생각합니까?"
"KG그룹 사옥 건으로 귀국한 거 아니었나요?"
"누가 그럽니까? 민우가?"
민우의 이름이 제호의 입에서 흘러나오자, 율리는 미간을 찌푸렸다. 그러고 보니, 민우에게 제호가 바우하우스의 파트너가 되었단 말을 하지 않았다. 민우는 어떻게 받아들일까? 그저 우연이라고만 생각할까? 먼저 말해야 하나? 아니면 민우가 알게 될 때까지 가만히 있어야 할까? 우습다. 이게 뭐 숨길 일이라고 걱정하는 거지?
머릿속은 혼란스러웠지만, 덕분에 제호가 옆에 있다는 사실을 덜 의식하게 되었다. 하지만 지하철에서 내린 후, 그가 계속해서 자신을 따라오자 율리는 더는 참지 못하고 걸음을 멈추었다.
"여기까지 같은 방향이라곤 생각하지 않는데요."
"맞아요. 같은 방향 아닙니다."
"그런데 왜 이리로 오는 거죠?"
"당신을 집 앞까지 바래다줘야 하니까."

예상하지 못한 대답이어서 율리는 잠시 놀라고 말았다.
"왜 나를 집 앞까지 바래다줘야 하는 거죠?"
"제수씨가 될 사람이라서 그러는 건 아니니까, 부담 갖지 말아요."
'제수씨'란 말에 율리는 저도 모르게 인상을 찡그렸다. 다른 사람이라면 몰라도 제호의 입에서 나오는 '제수씨'란 말은 날카로운 칼처럼 그녀의 속을 베었다. 정략결혼을 받아들였을 때, 한 번이라도 민우와 제호의 관계를 재고해봤어야 했다. 하지만 그때는 채 의원의 손아귀에서 벗어나겠다는 생각밖에 없었다.
진퇴양난이 따로 없었다. 제호와 함께라는 사실에 마음이 편하지 않았지만, 집에 가까워지면 질수록 커다란 바위에 몸이 짓눌린 것처럼 가슴이 답답해지기 시작했으니까.
"나 혼자서 갈 수 있으니까, 이만 가보세요."
"그러기 싫은데……."
제호는 발길을 돌리는 대신 오히려 율리에게 가까이 다가왔다. 그녀가 화난 얼굴로 흘겨보자 그가 '피식', 입꼬리를 올렸다.
"자꾸만 눈길이 가고, 마음이 쓰이게 하는 여자를 밤길에 혼자 걷게 할 순 없죠."
"네?"
율리는 방금 그의 입에서 나온 말이 이해되지 않았다.
"농담이 지나치시네요."
"왜 농담이라고 생각하는 거죠?"
"전에 분명 좋아하는 여자가 있다고 했으면서……."
그 여자가 자신일 리는 없었다.
제호는 지금 그녀가 술에 취했다고 생각해, 선 넘는 농담을 하는 것이었다. 민우와 삐걱거리는 사이라는 것은 알겠으나, 그렇다고 그녀에게까지 무례하게 나올 필요까진 없었다. 아니면 물론 그럴 리야 없겠지만 그녀가 그에게 흔들린단 사실을 알아차리고, 짓궂게 놀리는 건 아니겠지?

"그만 따라오세요. 저 혼자 충분히 갈 수 있으니까."

울컥한 감정 때문일까? 급하게 몸을 돌리던 율리는 그만 중심을 잃고 비틀거렸다. 몸이 한쪽으로 기운다고 느낀 순간, 커다란 손에 어깨를 붙잡혔다. 그리고 그대로 담벼락에 등이 기대어졌다.

정신을 수습했을 땐, 뒤로는 담벼락과 앞으론 널찍한 품 사이에 갇혀 있었다. 당황한 율리는 고개를 들어 제호를 올려다보았다. 조금은 갈라진 듯 탁한 목소리가 그의 입에서 흘러나왔다.

"내가 이럴까 봐, 집 앞까지 바래다준다고 한 거야."

코끝에 밀려드는 시트러스 향과 부드럽게 온몸을 감싸는 따뜻한 체온 때문일까? 두근두근, 심장이 세차게 뛰기 시작하는 동시에 방금까지 멀쩡했던 눈앞이 핑 돌았다.

"괜찮아? 다치지 않았어?"

진심으로 걱정하는 듯한 나직한 음성에 율리는 가만히 고개를 끄덕거렸다. 괜찮다는 걸 확인한 후에도 제호는 그녀를 품에서 놓아주지 않았다. 술기운 때문일까? 맞닿은 가슴으로 찌르르 전기가 통하는 것만 같았다. 커다란 손은 그녀의 등과 허리를 감쌌고, 그의 얼굴은 호흡이 닿을 정도로 가까웠다. 이러면 안 된다는 것을 알면서도, 그녀는 그를 밀어낼 수 없었다. 그의 따뜻한 품이 너무나도 좋았다.

그때, 강렬한 불빛과 함께 자동차가 두 사람을 옆을 지나쳤다. 차는 곧 끼익, 소리를 내며 멈춰 섰다.

"지금 거기 있는 사람, 율리 아니냐?"

얼마 후, 차 문이 열리는 소리가 들렸다. 이어진 익숙한 목소리에 율리는 화들짝 놀라며 제호의 품에서 벗어났다. 잠시나마 느꼈던 꿈처럼 행복했던 기분은 순식간에 형체도 없이 산산이 부서졌고, 율리의 얼굴에는 다시금 어두운 그림자가 내려앉았다. 세워진 차 옆에는 그녀의 아버지, 채형식 의원이 보좌관과 함께 서 있었다.

"이야기 좀 하자."

집에 도착하자마자, 채 의원은 율리를 서재로 불렀다. 넘어질 뻔한 그녀를 부축했다는 제호의 설명에 가만히 고개를 끄덕였지만, 율리에게 따로 할 말이 남아 있는 것 같았다. 왜 아니겠는가? 결혼식이 코앞으로 다가온 상황에서 다른 남자 품에 안겨 있었으니까. 아무리 상대가 과거의 정혼자라 할지라도 좋은 소리가 나오진 않을 것이다. 그런데 놀랍게도 채 의원의 입에선 다른 말이 흘러나왔다.

"오늘 권 회장님한테 연락을 받았다. 요즘 권 실장이 아카디아 몰 사고 처리로 매우 바쁘다고 하더구나. 그래서 너 혼자 결혼식 준비하느라, 어려운 점이 많을 거라고 걱정하시더구나."

율리는 잠자코 채 의원의 말에 귀를 기울였다.

"아직 신혼집도 정하지 못했으니, 시간이 촉박하긴 하겠지. 그래서 신혼집만큼은 회장님이 신경 써서 최고로 해주겠다고 하시더군."

"그렇게 하세요."

어떤 신혼집이든 상관없었다. 어차피 형식적인 결혼인데⋯⋯. 이곳에서만 벗어날 수 있다면 방 한 칸짜리 지하 방이라도 군소리 없이 받아들일 수 있었다.

"그런데……."

역시나 채 의원의 입에서 기다렸던 물음이 흘러나왔다.

"어째서 제호가 널 집에까지 바래다준 거냐?"

"오늘 회사에서 회식이 있었거든요."

"회식?"

그게 무슨 상관이냐는 듯 채 의원이 되물었다. 율리는 짤막하게 제호가 회사의 새로운 파트너가 된 사실을 설명했다. 채 의원은 의외라는 표정을 지었지만, 더는 물어보지 않았다.

"그래, 알았으니 그만 가봐라."

서재를 나서던 율리가 걸음을 멈추고 뒤를 돌아보았다.

"아버지……."

서류를 검토하던 채 의원이 고개를 들었다.

"그날 괜찮았냐고 안 물어보세요? 사고 났을 때 저도 아카디아 몰 안에 있었는데."

딸의 질문이 곤혹스러운 듯 채 의원은 미간을 좁혔다.

"괜찮다고 들었다만……. 왜? 어디 다치기라도 한 거냐?"

"아뇨. 그런 건 아니지만, 물어보지 않으셔서……."

채 의원은 율리의 말이 이해되지 않는 것 같았다. 솔직히 율리도 자신이 무슨 말을 하는지 알지 못했다. 다만 속에 품고 있을 수만은 없기에, 뭐라도 토해내야 했다.

"제가 아니라 유리가 아카디아 몰에 있었어도 그러셨을까, 갑자기 궁금해지네요."

당신은 날 자식이라고 생각하긴 하나요? 우리가 가족이긴 한가요?
"무슨 대답을 듣고 싶은 게냐?"
기대한 건 아니지만 막상 무뚝뚝한 대답만 돌아오자, 율리의 입가엔 쓴 조소가 떠올랐다. 바보처럼 뭘 기대한 걸까?
"글쎄요? 저도 잘 모르겠네요."
그 말을 끝으로 율리는 조용히 서재를 나섰다.

율리는 또 밤잠을 설치고 말았다. 마음 같아선 월차를 내고 싶었지만, 결혼식을 준비하려면 앞으로도 빼야 할 시간이 많았기에 묵묵히 회사로 향했다. 어차피 집에선 쉰다고 해도 쉴 것 같지도 않을 테니까.
사무실 안에 들어서자, 율리의 자리 부근에서 직원들이 서성이고 있었다. 아니, 정확히 말하자면 그녀의 옆자리에 직원들이 몰려 있었다.
진만 씨 자리인데…… 무슨 일이지?
율리가 자리에 앉자, 직원 중 한 명이 고개를 돌렸다.
"율리 씨, 소식 들었어요?"
"무슨 소식이요?"
그때 문이 열리며 제호가 모습을 드러냈다. 동시에 진만의 자리를 에워쌌던 직원들이 모두 제자리로 돌아갔다. 바로 소장실로 향할 거라고 예상했는데 제호는 율리 쪽으로 다가오더니, 그녀의 옆자리에 가방을 내려놓았다. 어제까지 진만이 사용하던 자리였다. 의아한 눈으로 바라보는 율리를 향해, 제호가 눈꼬리를 올리며 말했다.
"이제부터 여기가 내 자리입니다."

진짜로 출근했다는 사실도 믿기 어려운데, 바로 옆자리를 차지하다니. 율리는 눈앞에서 벌어지는 일을 있는 그대로 받아들일 수 없었다. 파트너인 제호는 당연히 김 소장과 함께 사무실을 사용하리라 생각했었다. 소장실은 두 사람이 충분히 사용할 수 있을 정도로 넓었다. 간이 막을 설치하면 넉넉하게 두 개의 사무실로 나눌 수도 있었다. 그런데도 그는 왜 굳이 직원들과 함께 사무실을 사용하려는 걸까?

하지만 그가 그러고 싶다면 그런 것이다. 그녀가 뭐라고 태클을 걸 순 없었다. 하필 옆자리인 진만의 자리를 차지한 것 역시 마음에 들지 않았지만, 또한 그녀가 항의할 순 없었다. 그래, 며칠 출근하다 말겠지. 계속 출근할 거라곤 기대하지 않았다.

불편함은 오로지 그녀만의 몫인지, 제호는 아주 오래전부터 바우하우스에서 작업한 사람처럼 곧바로 적응했다. 오전 내내 그는 출력한 설계 도면을 훑어보고는, 직원들의 의견을 수렴해 수정이 필요한 곳을 일일이 손으로 표시해나갔다.

작업에 몰입하는 집중력은 그저 대단하다고밖에 할 수 없었다. 제호는 주위를 잊은 듯, 모니터와 설계 도면만을 뚫어지게 들여다보았다.

그와는 반대로 율리는 작업에 집중할 수가 없었다. 걷어 올린 셔츠 소매 아래로 드러난 제호의 단단한 팔근육과 적당히 힘줄이 돋은 손등으로 자꾸만 시선이 빼앗겼다. 심지어 그는 세밀한 부분을 검토할 때는 안경도 착용했다. 생각해보면 작업에 몰두하는 모습은 지금 처음으로 보는 것이었다.

누군가 그랬었지. '남자는 일에 열중할 때가 가장 멋져 보인다'고. 완전히 맞는 말이다. 예복을 입은 모습도 멋있었지만, 작업에 빠진 모습과는 비교도 할 수 없었다. 어떻게 된 게 그는 만나면 만날수록 더욱

더 멋진 모습을 보이는 걸까?

"후우."

힐끔힐끔, 그를 바라보는 자신이 실망스러워 율리는 짧게 한숨을 내쉬었다. 어쩌면 그녀의 이런 행동이 그에게 짓궂은 농담을 던지게 했는지도 모르겠다.

─ 자꾸만 눈길이 가고, 마음이 쓰이게 하는 여자를 밤길에 혼자 걷 게 할 순 없죠.

농담이겠지, 농담일 거야. 율리는 아랫입술을 깨물며 고개를 흔들었다. 선을 넘은 농담에 불쾌한 마음이 들어야 하는데, 그와 반대로 가슴이 두근거리는 건 밤잠을 설쳐 정신이 오락가락하기 때문일 것이다.

이럴 때는 에스프레소 샷이 추가된 진한 커피를 마셔줘야 한다. 율리는 커피 타임을 가지기 위해 벌떡 자리에서 일어났다. 그리고 자신의 뒷모습을 제호가 빤히 바라본다는 사실을 모른 채, 빠른 걸음으로 사무실을 걸어 나갔다.

제호는 율리의 뒷모습을 말없이 지켜보며, 어젯밤의 일을 떠올렸다. 갑자기 채 의원이 나타난 바람에 율리와 헤어지게 된 그는 택시를 타는 대신 걸어서 우결의 집으로 돌아갔다. 차를 타면 10분이면 될 거리였지만, 걸으니 제법 시간이 걸렸다. 그래도 걷는 동안 차분히 생각을 정리할 수 있어 좋았다.

자꾸만 눈길이 가고, 마음이 쓰이게 하는 여자. 적어도 거짓은 아니었다. 실제로 그녀에게 눈길이 갔고, 마음이 쓰였으니까. 그리고 이젠 슬슬 그녀가 걱정되기 시작했다.

채 의원과 마주친 율리의 얼굴은 순식간에 백지장처럼 하얗게 질려 버렸다. 아무리 두 사람이 오해할 만한 모습으로 있었다고 해도 아버지를 만난 율리의 반응은 정상이 아니었다.

제호가 기억하는 10년 전 부녀 사이와는 너무나도 동떨어진 모습이었다. 그동안 율리와 채 의원 사이에 무슨 일이 있었던 걸까? 혹시 꼭 알아야 하는 사항이 있는 건 아닐까?

자신의 말 한마디 한마디에 반응하던 그녀가 채 의원을 만나자, 시들어버린 꽃처럼 축 늘어져버렸다. 생기 있던 두 눈이 일순간 먹먹해진 율리는 말없이 채 의원을 따라 차에 올라탔다. 제호는 그런 율리의 팔을 잡아 차에서 끌어 내리고 싶은 충동과 싸워야 했다.

우결의 집에 거의 다다랐을 즘, 한 통의 전화가 걸려 왔다. 모르는 번호였지만 굳이 발신자를 확인할 필요는 느끼지 않았다. 누구인지 감이 잡혔으니까.

"권제호입니다."

[오랜만이군.]

휴대폰 너머로 채 의원의 목소리가 흘러나왔다. 권 회장과는 다른, 채 의원만의 권위가 느껴지는 굵은 목소리였다.

[아까는 경황이 없어서 제대로 인사도 못했네. 귀국했다는 말은 권 회장님께 듣고 알고 있었지만……. 그나저나 회장님께 꽤 재밌는 부탁을 했더군. 솔직히 난 이해하기 어려웠어.]

제호는 입을 다물고 채 의원의 말을 듣기만 했다.

[게다가 아까 율리가 그러던데, 바우하우스의 파트너가 되었다고.]

"네, 들으신 대로입니다."

[……흠…….]
 짧게 한숨을 내쉰 채 의원은 곧 말을 이어나갔다.
 [자네와 한 번 단둘이 만났으면 하는데, 괜찮겠나?]
 무슨 이유로 채 의원이 만나려는지는 알 수 없었지만, 피할 이유는 없었다. 채 의원은 그가 거쳐야 할 걸림돌 중 하나였으니까.
 "그러죠. 의원님이 편한 시간을 정해서 알려주세요."
 채 의원과의 통화를 끝낸 제호는 잠시 휴대폰을 내려다보았다. '율리는 괜찮습니까?'라고 묻고 싶었지만 물을 수 없었다. 어쩌면 그의 질문이 그녀를 곤란하게 할지 모르니. 그리고 오늘 아침, 제호는 평소와 다름없는 율리를 보며 속으로 안도의 숨을 내쉬었다.
 "어째서…….."
 사무실을 걸어 나가는 율리를 바라보며 제호는 혼잣말을 했다.
 "네가 걱정되었을까?"

 "그게 지금 무슨 말씀이세요? 노인네, 노망이라도 났답니까?"
 "목소리 좀 낮춰라. 남들이 들으면 어쩌려고."
 민우가 큰 소리로 외치자, 권 전무는 곤혹스러운 얼굴로 문 쪽을 바라보았다. 방음이 된 방이고, 대화가 밖으로 흘러나간다고 해도 비서 밖에 들을 사람은 없지만, 그래도 조심해서 나쁠 건 없었다.
 "들으면 어때서요? 아마 다들 저처럼 반응할 겁니다."
 방금 민우는 권 전무에게서 믿기 어려운 말을 들었다. 권 회장이 제호에게 율리와 민우의 신혼집 건축을 맡겼다는 내용이었다. 제호가 설계한 집에 살게 된다고 생각하니, 등줄기에 소름이 돋았다. 하지만 권 전무는 아들과 생각이 다른 모양이었다.

"세계적인 건축가를 사촌으로 두고 다른 사람에게 맡기는 것도 이상하긴 하다. 할아버지도 그렇게 생각하신 모양이고."

"그래도 싫습니다, 싫다고요."

민우가 강렬히 반대하자, 옆에서 듣기만 하던 나 여사가 불쑥 끼어들었다.

"잔소리 말고 할아버지 말씀 들어. 태민그룹과 혼담 깨면서 너, 뭐라고 했어? 율리와 결혼하게만 해주면 뭐든 다 하겠다고 하지 않았니? 근데 왜 인제 와서 딴소리야?"

"엄마, 그래도 이건 다르죠."

"다를 게 뭐 있어? 누가 설계하든 그게 무슨 상관이라고. 아니면 이참에 결혼을 깨든지 해."

나 여사는 처음부터 이 결혼이 마음에 들지 않았다. 정치인과 엮여서 잘되는 경우를 별로 보지 못했다. 돈은 있는 대로 갖다 바치고, 정권 바뀌자마자 쪽박 찬 기업이 어디 한둘이던가! 만날 때마다 눈웃음치며 애교를 부리는 태민그룹 딸과 달리, 데면데면하게 대하는 율리의 태도 역시 못마땅했다.

"채형식 의원, 내년에 선거야. 만약 당선 안 되면 넌 썩은 동아줄 잡는 거라고. 무사히 후계자 자리 물려받으려면 지금부터라도 처신 잘해."

불만스러운 듯 부모를 노려보던 민우는 자리를 박차고 나갔다.

전무실을 나온 민우는 울분을 풀기 위해 곧장 기획팀으로 향했다. 민우가 사무실 안으로 들어서자 직원 모두 긴장한 얼굴로 자리에서 일어섰다.

"아주 그냥, 처자빠져들 있지!"

권민우 실장의 대외 이미지는 선하고 이해심 많은 상사였지만, 실제로는 미쳐도 단단히 미친, 한마디로 또라이 상사 새끼였다. 허구한 날 소리 지르고, 집기를 집어 던지고, 욕을 퍼붓고, 간헐적 폭발 장애로 악명 높은 권 전무보다 더하면 더했지, 덜하진 않았다.

"도대체 무슨 일을 이따위로 처리하는 거야? 내가 적당히 아끼라고 했지, 이렇게까지 날림으로 하라고 했어?"

직원들을 쭉 둘러본 민우는 큰소리로 욕설을 내뱉으며 서류 파일을 집어 던졌다.

곧 경영권을 물려받을 것이란 말이 나왔을 땐 하늘을 나는 기분이었지만, 상황이 180도 변해버렸다. 아카디아 복합 쇼핑몰 사업 진행을 검토해본 후, 최종 결정을 내리겠단다.

청천벽력 같은 소리였다. 아버지 권 전무가 먼저 회장 자리에 오를 것이라 생각해, 후일을 위해 비자금을 마련했기 때문이다. 아카디아 몰 공사 내내 뇌물도 찔러줬고, 뒷돈도 받았고, 공사비도 빼돌렸고 등등. 결혼식 준비도 중요하지만, 우선 자신이 벌인 일들을 수습해야 했다.

게다가 난데없이 사촌 형 제호까지 나타났다. 제호에게 신혼집 건축을 맡긴 권 회장의 저의를 알 길이 없었다.

도대체 뭐가 어떻게 돌아가는 거야?

민우는 인상을 찌푸리며 거칠게 넥타이를 풀어 헤쳤다.

Chapter 4

원해서 하는 겁니다

첫날이란 말이 무색하게 퇴근 시간이 훌쩍 넘을 때까지 제호는 설계 도면에서 눈을 떼지 않았다. 김 소장이 쉬엄쉬엄하라고 말했지만, 그는 정해놓은 작업을 모두 끝내야 직성이 풀리는 모양이었다. 덩달아 율리도 퇴근 시간을 넘기고 말았다. 그만 퇴근하려고 자리를 정리하는데, 민우에게서 전화가 걸려 왔다.
[율리야, 신혼집 이야기 들었어?]
그는 인사도 생략한 채, 곧장 본론으로 들어갔다.
"응, 어젯밤에 아버지한테 들었어."
[……넌 그래도 괜찮아? 전혀 반대하지 않았어?]
정확하진 않았지만, 애써 화를 참는 듯 민우의 목소리가 여리게 떨리고 있었다.
왜 그러지? 회장님이 직접 신혼집을 마련해주신다는데, 반대하면서 화낼 일인가?
"괜찮지 않으면…… 왜? 무슨 문제라도 있어?"
[후우.]

율리의 물음에 민우는 대답 대신 길게 한숨을 내쉬었다.

"뭔데 그래?"

[아니다. 누가 지은 집이든…… 그래, 너는 아무 상관없겠지. 됐어. 나중에 이야기하자.]

율리는 마지막 민우의 말이 이해되지 않았다.

누가 지은 집이든 상관없다고?

그녀가 채 의원에게 들은 이야기는 권 회장이 직접 신혼집을 마련해 주겠다는 내용뿐이었다.

그 외에 더 다른 것도 있었나?

고개를 갸웃거리며 자리에서 일어나는데 제호와 시선이 마주쳤다. 아, 이래서 옆자리 불편한 거다.

"아직도 퇴근하지 않고 뭐 합니까?"

"그래서 지금 하려고요."

율리는 억지로 웃어 보이며 어깨에 가방을 둘렀다. 제호도 이제야 퇴근하려는지, 컴퓨터를 끄고 자리에서 일어났다.

"중요한 이야기는 저녁 먹으면서 천천히 하기로 하죠."

무슨 중요한 이야기? 혹시 다른 누구에게 이야기하는 건가?

율리는 재빨리 주위를 둘러보았다. 하지만 아무도 가까이에 없었다. 제호가 지금 이야기하는 상대는 자신이 틀림없었다.

"중요한 이야기라뇨? 무슨 말이에요?"

"어제 채 의원님께 들은 걸로 아는데……."

율리가 전혀 감이 안 잡힌다는 표정으로 바라보자, 제호는 '피식' 짧게 웃었다.

"신혼집 내가 설계해줄 거라고, 채 의원님이 말씀 안 하시던가요?"

"네?"

누가 뭘 설계해준다고?

율리는 잠시 제자리에 얼어붙고 말았다. 얼마 후에야, 다시금 머릿속이 회전하기 시작했다.

아, 그래서 민우가…….

그제야 율리는 통화 중 민우가 보인 반응을 이해할 수 있었다. 채 의원이 왜 제호가 신혼집을 설계해줄 계획이란 말을 빼먹었는지는 알 수 없었다. 하지만 권 회장이 전한 말에 포함된 사항은 맞는 것 같다. 권 회장 딴에는 제호에게 신혼집 건축을 맡기는 것이 최고의 선택이라고 여겼을 테니까.

사실 말만 들어도 환상적이지 않은가! 세계적인 건축가가 보금자리를 직접 설계해준다는데, 과연 마다할 사람이 있을까 싶다. 물론 그녀는 할 수만 있다면 거절하고 싶었다. 지금 누구 때문에 정략결혼이란 것 자체에 회의를 갖게 되었는데, 제호가 설계한 집에서 신혼 생활을 시작한다니…….

"많이 바쁘실 텐데, 일부러 우리 때문에 시간 낼 필요 없어요."

율리는 억지로 웃으며 에둘러 거절했다. 물론 그가 순순히 받아들일 거라곤 기대하지 않았다.

"아주 바쁜 건 사실이지만……."

역시나 거절의 말이 돌아왔다.

"회장님이 특별히 부탁하신 거라서."

지그시 바라보며 제호의 눈꼬리가 활처럼 휘어지자, 율리는 순간 가슴에 통증을 느끼며 급히 숨을 들이마셨다. 그깟 눈웃음이 뭐라고. 율리는 갑자기 치고 들어오는 상대보다, 제대로 방어하지 못하는 자신에게 더 짜증이 났다. 차갑게 표정을 굳힌 채로 율리가 가만히만 있자, 제호는 계속해서 말을 이었다.
"부담돼서 그런 거라면, 걱정 말아요. 나도 원해서 하는 겁니다."
"어째서요?"
선뜻 그의 말이 이해되지 않은 율리는 미간을 찌푸렸다.
"……흠……."
제호는 곧바로 대답하는 대신 부드럽게 입꼬리를 끌어 올렸다. 그리고 상체를 숙여 율리와 눈높이를 맞추었다.
"정말 몰라서 묻는 겁니까?"
"네, 모르겠어요."
"이런, 서운하군요. 내 딴에는 용기 내서 말한 거였는데…… 그새 다 까먹었어요?"
"그게 무슨……?"
율리는 황당하다는 듯 제호를 흘겨보았다. 수수께끼 같은 말을 던진 후, 반응을 지켜보는 태도가 마음에 들지 않았다. 그런데 불현듯 제호가 했던 말이 떠올랐다.
— 자꾸만 눈길이 가고, 마음이 쓰이게 하는 여자를 밤길에 혼자 걷게 할 순 없죠.
설마, 그게 이유라는 건 아니겠지? 그건 그저 술김에 나온 짓궂은 농담이었잖아.
속마음을 꿰뚫은 것처럼 그녀를 바라보는 제호의 입꼬리가 서서히 올라갔다.
"맞아요. 지금 생각하는 그거."
"……그거라뇨?"

"자꾸만 눈길이 가고, 마음이 쓰이니까……."

제호는 곱씹는 듯 천천히 말을 내뱉으며 한 걸음 가까이 다가왔다. 율리는 반사적으로 주춤, 뒤로 물러섰다.

"그러면 당연히……."

잠시 말을 끊고, 짧게 숨을 내쉰 그는 율리의 눈을 빤히 들여다보며 느긋이 다음 말을 이었다.

"원하게 되죠."

어느새 질문의 의도가 묘하게 변해버렸다. 지금 그가 말하는 원한다는 것은 단지 집을 설계해주고 싶다는 뜻만은 아닌 건 같았다. 율리를 향하는 짙은 눈빛이 모호한 감정을 담은 채 날카롭게 반짝거렸다.

"아주 간절히 원해본 적 없어요? 잠을 못 이룰 정도로?"

누가 듣기라도 하면 어쩌려고! 당황한 율리는 재빨리 주위를 둘러보았다. 다행히도 그새 모두 퇴근했는지, 사무실 안에는 율리와 제호밖에 남아 있지 않았다. 아무도 없다는 걸 알고 일부러 놀리는 걸까?

율리는 숨을 깊게 들이마시며 어깨에 걸친 가방끈을 꽉 움켜쥐었다.

"하여간 신혼집 설계 일은 없던 걸로 하죠. 회장님께는 제가 따로 말씀드릴게요."

빠르게 말을 마친 그녀는 곧장 뒤돌아 사무실을 빠져나왔다. 무례한 행동일 수도 있겠지만, 상관없었다. 조금이라도 더 시간을 끈다면 그에게 휘말리고 말 테니까. 내일이면 다시 얼굴을 맞대야 하지만, 우선 지금만이라도 그에게서 멀어지고 싶었다. 도망치듯 사무실을 나온 율리는 그대로 엘리베이터를 향해 뛰었다. 다행히도 앞에 다다르자, 바로 문이 열렸다.

엘리베이터가 아래로 향하고서야 율리는 안도의 숨을 쉬며 벽에 등을 기대었다. 반대편에 설치된 거울 속에 창백한 얼굴이 비쳤다. 누군가에게 쫓기기라도 한 듯 겁에 질린 것 같은 표정이었다. 솔직히 겁이 난 건 사실이다. 하지만 제호가 아닌 우왕좌왕하는 그녀 자신이 무서웠다. 어떻게 반응할지, 그녀도 알 수 없었다. 원한다는 말이 정확히 무슨 뜻인지도 모르면서 머릿속이 까맣게 타버렸고, 심장 박동이 걷잡을 수 없이 빨라져버렸다. 설상가상으로 얼굴마저 붉어지려고 했다.
"너, 진짜 맘에 안 들어."
율리는 바보 같은 자신을 꾸짖으며 아랫입술을 깨물었다. 제호 앞에서 자꾸만 흔들리는 자신에게 화가 났다.
왜 당당히 맞설 수 없지? 첫사랑이라서?
율리는 쓴웃음을 흘리며 고개를 내저었다. 그리고 다시금 거울 속 자신을 들여다보았다. 거울 속 여자는 혹시라도 감춰진 진실이 드러날까, 무척이나 불안해 보였다. 10년 전이나, 지금이나, 아직도 권제호란 남자에게 끌리고 있다는 아주 불편한 진실 말이다.

"하아."
긴 한숨을 내쉰 율리는 힘없이 운전석에 몸을 기대었다. 몇 번이나 시동을 걸었지만 걸리지 않았다. 어째서인지 오늘은 뭐 하나 제대로 되는 일이 없었다. 출근할 때만 해도 멀쩡했던 차가 왜 갑자기 말썽을 부리는지 모르겠다. 마지막으로 한 번 더 시도해 보았지만, 역시나 마찬가지였다. 할 수 없이 율리는 문을 열고 차에서 내려섰다. 제호가 내려오기 전에 빠져나가려고 했는데, 애석하게도 한발 늦은 것 같았다.

엘리베이터가 열리며 제호가 지하 주차장에 내려섰다.

"무슨 일입니까?"

그가 빠른 걸음으로 다가왔다. 아무 일도 아니라고 둘러댈 수도 있지만, 온종일 긴장한 탓에 기운이 빠져서일까? 율리는 순순히 상황을 설명했다.

"시동이 안 걸려요."

"내가 잠깐 봐도 될까요?"

율리는 대답 대신 그가 차에 올라탈 수 있게 뒤로 물러섰다. 운전석에 앉아 잠시 계기판을 살펴본 제호는 차내에 장착된 서비스 버튼을 눌렀다. 삐, 소리와 함께 서비스 센터와 연결이 되며 스피커에서 상냥한 목소리가 흘러나왔다.

[이십사 시간 긴급 출동 서비스 센터입니다. 어떻게 도와드릴까요?]

"갑자기 시동이 걸리지 않는데, 현재 차의 상태 진단 가능합니까?"

[네, 잠시만 기다리십시오.]

서비스 센터 직원과 차 상태에 관해 대화를 나누던 제호는 유리창을 내리고 율리에게 물었다.

"서비스 센터로 차를 가져가야 하는데, 견인차는 한 시간 후에나 올 수 있다고 하네요. 그때까지 기다릴까요? 아니면 내일 아침에 오라고 할까요."

"오늘은 됐고, 내일 아침에 오라고 해주세요."

고개를 끄덕인 제호는 서비스 센터 직원과 대화를 마치고 차에서 내렸다.

"내일 아침 8시 반에 견인하러 오기로 했습니다."

"네, 고마워요."

율리는 어색하게 웃으며 스마트키로 차 문을 잠갔다.

바보, 서비스 버튼을 누를 생각을 왜 못 한 거지?

제대로 조치하지 못하고 허둥지둥 시간을 낭비한 자신이 어처구니없게 느껴졌다. 평소의 그녀였다면 침착하게 대처했겠지만, 오늘은 급히 서두르느라 오히려 망치고 말았다.

혹시 바래다준다고 말하기 전에 슬그머니 주차장을 빠져나가려고 했지만, 몇 걸음 옮기기도 전에 그에게 팔을 붙잡혔다.

"그쪽이 아니라, 이쪽입니다."

제호는 고갯짓으로 자신의 차가 세워진 쪽을 가리켰다.

"괜찮아요, 택시 타면 돼요."

"그럴 필요 있습니까? 어차피 같은 방향인데."

더 거절하기도 그래서, 율리는 고개를 끄덕이고는 차가 주차된 곳으로 제호를 따라갔다. 차에 올라타자, 은은하고 차분한 남성의 향수 냄새가 맡아졌다.

잠시 후, 그가 차 문을 열고 운전석에 올라탔다.

이상하게도 그가 그녀의 차를 몰았을 때와 그녀가 그의 차에 탔을 때의 분위기가 어딘지 모르게 다르게 느껴졌다. 홈그라운드 게임과 원정 게임의 차이랄까? 차 얻어 타는 게 뭐 그리 대단한 일이라고 가슴이 두근거리는 건지…….

율리는 티 나지 않게 가만히 숨을 골랐다. 그런데 차가 출발하길 기다렸지만, 어째서인지 아무 일도 일어나지 않았다. 율리가 의아한 표정으로 옆으로 고개를 돌렸다. 그와 동시에 그가 그녀에게로 상체를 기울였다. 찰나의 순간, 입술 위에서 따뜻한 숨결이 느껴졌다. 당황한 율리는 저도 모르게 질끈 두 눈을 감아버렸다.

"후."

한숨 같은 나직한 웃음이 귓가에 흘러들었고, 이어서 달칵, 안전벨트의 버클이 잠기는 소리가 들렸다. 조심스럽게 눈을 뜨자 그는 이미 운전석으로 돌아가 있었다.

"아무리 기다려도 안전벨트를 안 하길래⋯⋯."

그러니까 그의 말은 친절하게 손수 안전벨트를 채워줬다는 거였다. 그런데 그녀가 고개를 돌리는 바람에⋯⋯.

율리는 혼란스러운 표정으로 제호의 옆얼굴을 힐끗 쳐다보았다. 방금 서로 입술이 닿았다고 생각했는데, 너무 짧은 순간이라서 확실하지 않았다. 아무렇지 않은 표정을 보면 아닌 것 같기도 하고⋯⋯.

"다음부턴⋯⋯."

그때 머릿속이 복잡한 율리의 귀에 나직한 목소리가 흘러들었다.

"그렇게 눈 감지 말아요. 괜히 오해하게 되니까."

"네?"

율리는 황당하다는 얼굴로 입을 벌렸다. 그러자 제호는 시동을 걸려던 동작을 멈추며 그녀에게로 고개를 돌렸다.

"아, 미안. 오해가 아니었나? 그쪽도 원했던 겁니까? 이런, 내가 눈치가 없었군요."

차에 시동을 걸며 놀리듯 그가 말했다. '원하긴 뭘 원해요?'라고 쏘아붙이는 대신, 율리는 입을 꾹 다물고 창밖으로 고개를 돌려버렸다. 이런 상태에서 대꾸했다간 그에게 말려들 테니까.

집에 도착할 때까지 두 사람은 한마디도 대화를 나누지 않았다. 제호는 묵묵히 운전했고, 율리는 애꿎은 가방끈을 꽉 움켜쥔 채 창밖만 노려보았다. 차가 멈추자 율리는 혹시라도 그가 안전벨트를 풀어줄까,

서둘러 안전벨트를 풀었다.

"오늘 고마웠어요. 조심히 들어가세요."

서둘러 인사하고 차에서 내린 그녀는 제호의 인사를 기다리지도 않고 재빨리 차의 문을 닫았다. 뛰듯이 집 안으로 들어가는 율리의 뒷모습을 바라보던 제호의 입가에 '피식', 마른 웃음이 피어올랐다.

그녀가 완전히 시야에서 사라지자, 그는 엄지손가락으로 천천히 입술을 쓸었다. 아직도 입술이 불에 덴 듯 얼얼했다. 너무나도 짧았지만, 몹시도 강렬한 감촉이었으니까. 믿을 수 없게 달콤한 입술이었다.

"후."

굳게 닫힌 대문을 뚫어지게 응시하던 제호의 입에서 씁쓸한 웃음이 흘러나왔다. 그는 어두운 얼굴로 고개를 저으며 천천히 차를 출발시켰다.

그날 밤, 율리는 심장 박동이 너무 거센 탓에 쉽게 잠들 수 없었다. 새벽이 다 돼서야 겨우 눈을 붙였던 것 같았다.

아침도 생략하고 일찍 회사로 향한 율리는 서비스 센터에서 나온 직원에게 차를 맡긴 후, 사무실로 올라갔다. 모든 일이 일사천리로 진행된 덕분에 출근이 늦진 않았지만, 일을 시작하기도 전에 녹초가 되어 버렸다. 그래도 불행 중 다행이라면, 오늘 제호는 그녀를 건드리지 않고 가만히 내버려두었다.

실수라도 그와 입술이 부딪친 게 아닐까 밤새도록 걱정했었는데, 제호의 덤덤한 반응으로 유추하자면 입술이 아니라 살짝 뺨이 스친 정도였나 보다. 만약에 입술이 스친 것이었다면, 이렇게 가만히 있진 않았을 테니까. 분명 짓궂게 뭐라고 한마디 했을 것이다.

"아침에 차는 잘 견인했습니까?"

퇴근 시각이 돼서야, 제호가 말을 걸어왔다. 율리는 혹시라도 그가 집에 바래다준다고 할까 봐 빠르게 책상을 정리했다.

"네, 덕분에 잘 견인했어요. 아까 서비스 센터 직원이랑 통화했는데, 엔진에 문제가 있다고 수리에 일주일 정도 걸릴 거라고 하네요. 그럼 내일 봐요."

대꾸할 틈도 없이 속사포처럼 말을 끝낸 율리는 그대로 가방을 들고 사무실을 나와 곧장 엘리베이터를 향해 뛰었다. 오늘도 다행히 엘리베이터 앞에 다다르자 곧바로 문이 열렸다. 율리는 불안한 눈으로 뒤를 돌아보며 서둘러 엘리베이터에 올랐다. 문이 느릿느릿하게 닫히자 연속해서 닫힘 버튼을 눌렀다. 비겁해 보일지도 모르겠지만, 어쩔 수 없었다. 지금 그녀의 컨디션은 최하였다. 충분히 자서 컨디션이 정상으로 돌아오면 꽁무니를 빼지 않아도 될 것이었다.

"그래. 달아나는 건 오늘까지만이야."

율리는 혼잣말을 중얼거리며 자신을 달랬다.

"……어?"

갑자기 환하게 밝았던 엘리베이터 불빛이 깜빡거리기 시작했다. 율리는 의아한 얼굴로 천장에 달린 전등을 바라보았다. 왜인지 불길했다. 이러다 중간에 서버리는 건 아니겠지?

그때 지하 주차장에 도착한 엘리베이터의 문이 스르륵 열렸다. 율리는 안도의 숨을 쉬며 서둘러 문 쪽으로 향했다. 그런데 율리는 문 앞에 서 있는 제호를 발견하고 걸음을 멈췄다. 분명히 먼저 사무실을 빠져나왔는데, 어떻게 된 일인지 제호는 이미 지하 주차장에 내려와 있었다. 내릴 틈도 없이, 그가 먼저 엘리베이터 안으로 성큼 들어섰다.

"끝까지 모른 척할 겁니까?"

율리를 바라보는 제호의 눈빛 속에는 짙은 어둠이 내려 있었다. 무언가에 기분이 상한 것 같았고, 어딘가 모르게 슬퍼 보이기도 했다. 율리는 흠칫 뒷걸음을 쳤다. 하지만 곧 차가운 벽이 등 뒤로 느껴졌다. 더는 뒤로 물러날 수 없게 된 상황에서 그가 다가오자, 율리는 꿀꺽 마른침을 삼켰다.

그때, 띵, 소리와 함께 엘리베이터 문이 스르르 닫혔다. 몇 평 되지 않는 좁은 엘리베이터 안에는 그와 그녀, 단둘뿐이었다. 묘한 설렘과 함께 묵직한 긴장감이 저 아래에서부터 스멀스멀 피어올랐다. 제호로부터 흘러나온 머스크가 섞인 시트러스 향이 그녀의 몸을 에워쌌다.

"그렇게 끝까지 외면할 겁니까?"

외면한다고? 그가 지금 어제 일을 말하고 있는 걸까? 온종일 아무렇지 않게 대해서 잠시 착각했다고 생각했었다. 그런데 정말로 입술이 부딪쳤던 거야? 율리는 머릿속이 너무나 혼란스러웠다.

"내가 뭘 원하는지, 정말 모르겠어요?"

그의 입술에서 한숨과도 같은 속삭임이 흘러나왔다. 율리는 자신을 뚫어져라 바라보는 강렬한 시선을 피해 옆으로 고개를 돌렸다. 솔직히 말하면, 그가 원하는 게 무엇인지 알 것 같아서 두려웠다. 농담이 아닐 것 같아서. 진심으로 다가오는 것만 같아서…….

심장 박동처럼 느릿느릿 깜빡이던 조명이 빠른 속도로 깜빡거리기 시작했다. 그가 손을 들어 조심스럽게 그녀의 뺨을 감쌌다. '하아', 뺨으로 전해지는 온기에 가슴이 두근거렸고, 숨이 탁 막혔다. 조금이라도 편히 숨을 쉬려 그녀의 입술이 살며시 벌어졌다. 그러자 그가 엄지손가락으로 벌어진 입술을 부드럽게 쓸었다. 은근히 내리누르는 압박감에 율리는 혀가 굳은 것처럼 아무 말도 할 수 없었다.
어느새 불안하게 깜빡거리던 조명이 꺼지고 어둠이 주위에 내렸다. 그러나 욕망으로 짙어진 눈빛은 흐트러짐 없이 오롯이 그녀에게 닿았다.
"율리야."
그저 이름을 불렀을 뿐인데, 어째서인지 눈물이 핑 돌게 가슴이 뭉클해졌다. 율리는 저도 모르게 스르르 두 눈을 감고 말았다. 그를 밀쳐버리고 밖으로 나가야 하는데, 그럴 수 없었다. 그러고 싶지 않았다. 제정신이 아닌 게 분명했다. 그렇지 않고서야 그의 나직한 숨소리에 오소소 소름이 돋을 리 없었다.
"벌써 잊었어? 내가 분명 그렇게 눈 감지 말라고 했을 텐데……."
잊지 않았다. 생생하게 기억했다. 하지만 율리는 눈을 뜰 수 없었다.
"그렇게 눈을 감고 있으면…… 내가 오해한다고 했지."
낮게 가라앉은 목소리 끝은 탁하게 갈라져 있었다. 눈을 감고 있어도 그녀를 빤히 쳐다보는 그의 모습이 선명하게 그려졌고, 쿵쿵, 쿵쿵, 커져만 가는 심장 소리에 귀가 먹먹해졌다. 이윽고 말없이 바라만 보던 그가 천천히 고개를 숙여 입술을 겹쳤다.
"하아."
부드러운 감촉에 한숨이 입술을 비집고 흘러나왔다. 율리는 저도 모르게 그의 옷깃을 움켜쥐었다.

 입 안을 가득 채우는 달콤함은 잠시였고, 곧 타는 것만 같은 뜨거운 불길이 밀려들었다. 그는 율리의 허리를 손으로 움켜쥐며, 뭉그러뜨릴 듯 그녀를 벽 쪽으로 밀어붙였다. 안으로 강하게 밀려드는 낯선 감각에 짜릿한 전율이 일었다. 입술뿐만 아니라 온몸이 타들어가는 것만 같아, 율리는 저도 모르게 그에게 매달리듯 발돋움했다.

 허리에 머물렀던 손이 매끄러운 곡선을 찾아 위로 향하고 거칠게 입술을 뒤덮던 입술이 서서히 아래로 향하자 율리는 흘러나오는 신음을 애써 삼켜야만 했다. 어느새 셔츠의 단추가 풀렸고, 차가운 공기 중에 드러난 하얀 살결 위에 뜨거운 입술이 내려앉았다. 온몸에 퍼지는 열기에 숨이 막힐 것만 같았다. 깜깜한 어둠 속에서 날 선 본능은 서로를 거침없이 채워 나갔다.

 웡-.

 그때 머리가 울리는 것처럼, 커다란 이명이 귓속에 퍼졌다. 이명은 누군가의 웅얼거리는 목소리로 서서히 변하기 시작했다.

 "……언니, 언니?"

 소리가 명확해지는 순간, 차가운 손길이 어깨를 눌렀다. 순식간에 열기가 사라졌고, 서늘한 정적이 내려앉았다.

 "……으음……."

 힘겹게 눈꺼풀을 들어 올리자, 흐릿한 시야로 유리의 얼굴이 들어왔다.

 "언니, 왜 그래? 악몽이라도 꿨어?"

 율리는 멍한 표정으로 눈을 깜빡거렸다. 어떻게 된 거지? 주위를 둘러보며 천천히 몸을 일으키자, 낯선 풍경이 눈에 들어왔다. 지금 그녀가 있는 곳은 엘리베이터가 아닌 그녀의 침실이었다.

"……아……."

율리는 허망한 표정을 지으며 양손으로 얼굴을 감쌌다. 집에 돌아오고 잠시 침대에 누웠는데, 그새 깜빡 잠이 든 모양이었다.

"어우, 언니, 식은땀 좀 봐."

유리는 걱정스러운 얼굴로 헝클어진 율리의 머리카락을 넘겨주었다. 그녀의 말대로 이마에 땀이 송골송골 맺혀 있었다.

그럼 그 모든 게 꿈이었다고? 입술에 느껴지는 감촉이 아직도 생생하기만 한데, 모두 꿈이었다는 사실이 도저히 믿어지지 않았다. 꿈이라지만 격렬한 행위는 꽤 위험한 수위까지 도달했었다. 얼굴이 붉어질 만큼 화끈한 장면이 머릿속에 떠오르자, 율리는 미간을 찌푸렸다. 욕구불만도 아니면서 왜 그런 꿈을 꾸었는지, 몹시도 당혹스러웠다.

"아빠 들어오셨어."

유리의 말에 율리는 잠자코 벽시계로 시간을 확인해 보았다. 잠든 시간은 30분도 채 안 되었다. 짧은 시간에 꾼 꿈이라기엔 꽤 극적이었다. 어제 의도치 않은 피부 접촉이 있었고, 또 요 며칠 연속으로 밤잠을 설친 까닭에 몸이 허해졌다. 아마도 그래서 이상한 꿈을 꾸었나 보다. 그래, 별거 아니야. 아직도 심장이 미친 듯이 뛰었지만, 긴 심호흡으로 자신을 달랬다. 잠시 후, 율리는 천천히 침대에서 몸을 일으켰다.

"아버지는 지금 어디에 계셔?"

"서재에 계셔."

어젯밤, 채 의원은 국회 일로 귀가하지 못하고, 의사당에서 밤을 새웠다. 그 탓에 물어보고 싶은 질문을 하지 못했다.

침실을 나선 율리는 곧장 서재로 향했다. 노크하고 안으로 들어서니, 보좌관과 통화 중인 채 의원이 눈에 들어왔다. 통화가 끝나길 기다린 율리는 통화가 끝나자, 바로 질문을 던졌다.
"신혼집을 누가 설계하는 건지, 왜 제게 말씀 안 하셨어요?"
"내가 말 안 했던가?"
채 의원은 의아한 표정을 지었다.
"그런데 왜? 그게 무슨 문제라도 되는 거냐?"
"권제호는 과거에 제 정혼자였던 사람이에요. 어떻게 아무렇지 않을 수 있죠?"
"아무렇지 않을 건 또 뭐냐? 그때나 지금이나, 사랑해서 결혼하는 것도 아닌데……."
채 의원은 별일 아니라는 듯, 검토하던 서류로 시선을 돌렸다. 어쩌면 그의 말이 맞을 수도 있겠다. 사적인 감정은 전혀 없는 형식적인 결혼일 뿐이었다. 조건과 상황이 변하면서 자연스럽게 결혼 상대도 바뀌었다. 어쩌면 율리 역시, 반대 없이 담담히 받아들였을지도 모른다. 하지만 상대는 '권제호'였다. 조금 전에도 불쑥 꿈에 나와 그녀를 당황하게 했다.
"싫어요."
율리는 주먹을 불끈 쥐며 목소리에 힘을 주었다.
"제가 살 집이에요. 그가 설계한 집에 살게 된다면 불편할 게 뻔해요. 허락하신다면 제가 권 회장님을 직접 찾아뵙고 사양하고 싶어요."
"그래라. 정 싫다면 할 수 없지."
채 의원은 서류에서 시선을 떼지 않은 채 무뚝뚝하게 대답했다. 그는 이 결혼에 그다지 관심이 없는 것 같았다. 처음부터 그랬다. 민우에게 정략결혼을 제안받아 하고 싶다고 하자, 채 의원은 '왜 하필?'이라고 물어본 게 전부였다.
"그런데 말이다······."
율리가 서재를 나가려고 하자, 채 의원은 서류에서 시선을 들며 그녀를 불러 세웠다.
"내가 너라면, 불필요한 일로 권 회장 심기를 건드리진 않을 거다."
율리는 걸음을 멈추고 뒤를 돌아보았다.
"시댁에서 누가 진정으로 네 편이 되어줄 수 있는지 곰곰이 생각해 봐라."
과연 노련한 정치가다운 말이었다. 율리는 뭐라고 대꾸하는 대신, 잠자코 채 의원의 말에 귀를 기울였다.
"괜한 일로 긁어 부스럼 만들지 말고, 정 내키지 않는다면 민우 편으로 거절하도록 해. 네가 중간에 나서는 거, 보기 안 좋으니까."
잠시 침묵을 지킨 율리는 천천히 고개를 끄덕였다.
"그렇게 할게요."
채 의원의 말이 맞았기에 굳이 반대할 필요는 없었다. 서재를 나선 율리는 제자리에 선 채, 휴대폰을 내려다보았다. 잠시 망설이던 율리는 민우에게 전화하기로 마음먹었다. 깊게 생각할 것 없이 그냥 거절하는 게 마음 편할 것 같다.
그러나 몇 번이나 전화를 걸었지만, 무슨 일인지 민우는 전화를 받지 않았다. 시각은 9시에 가까워지고 있었으나, 통화를 내일로 미루고 싶진 않았다. 묘한 꿈을 꾼 것도 어쩌면 제호가 설계한 집에서 살아야 한다는 부담 때문일지도 몰랐다.
어차피 민우는 10시 전엔 퇴근하지 못하니까, 회사에 가면 만날 수 있을 거란 기대에 율리는 동생 유리의 차를 빌려 무작정 KG그룹 본사로 향했다.

회사 건물로 들어서자, 율리를 알아본 경비원이 반갑게 인사했다.

"권 실장님 만나러 오셨군요. 잠시만 기다리십시오."

경비원은 내선 전화로 율리의 방문을 알리고는 친절히 게이트를 열어주었다.

"실장님은 잠시 자리를 비우신 것 같습니다. 우선 올라가 계십시오. 제가 다시 연락해보겠습니다."

경비원의 말대로 집무실 문은 잠겨 있었다. 소파에 앉아서 기다리려는데, 가방에 넣어둔 휴대폰이 울렸다.

[율리야, 지금 어디야? 로비에 있어?]

통화 버튼을 누르자, 민우의 목소리가 흘러나왔다. 아마도 경비원에게 연락을 받은 모양이었다.

"아니, 위로 올라왔어. 지금 집무실 앞이야."

[뭐? 집무실 앞이라고?]

매우 당황한 듯 민우의 목소리가 한 옥타브 높아졌다. 이런 반응은 처음이었다. 그녀가 회사로 찾아오기라도 하면 그는 세상 다 가진 사람처럼 마냥 행복해했었다. 그뿐만이 아니었다. 분명 휴대폰에서 민우의 목소리가 흘러나왔지만, 집무실 너머에서도 들리는 것 같은 착각이 들었다. 율리는 휴대폰을 손에 쥔 채, 굳게 닫힌 집무실 문으로 고개를 돌렸다.

"응, 집무실 앞이야. 너, 지금 안에 있어?"

[어? 아니, 아니…… 나, 지금 아래층 회의실에 있어.]

집무실 앞이라는 그녀의 말에 민우의 목소리가 속삭이는 것처럼 작아졌다.

[잠깐만 기다려. 여기 정리하고 바로 올라갈게.]

전화는 그대로 툭 끊겼다. 율리는 휴대폰을 가방에 넣고 그를 맞이하러 복도로 나섰다. 바로 올라온다고 했지만, 민우는 20분이나 지난 후에야 숨을 헐떡이며 나타났다.

"헉, 헉, 연락도 없이 갑자기 무슨 일이야?"

급히 뛰어왔는지 민우는 그녀 앞에서 가쁜 숨을 몰아쉬었다.

"꼭 하고 싶은 말이 있어서……. 그런데 계속 전화했는데도 안 받더라?"

"아, 그래? 회의하느라 꺼놨었어."

"그랬구나. 회사로 오면 볼 수 있을 것 같아서 왔어."

"어, 그래. 잘 왔어. 들어가자."

숨을 되찾은 민우는 그제야 환하게 웃으며 한 손으로 율리의 어깨를 끌어안았다. 순간 상큼한 레몬 향이 코끝을 스쳤다. 향수처럼 진한 향이 아니고, 갓 샤워를 마치고 나왔을 때 맡을 수 있는 은은한 향이었다. 자연스럽게 율리의 시선이 민우의 머리카락에 닿았다. 급히 말리고 왔는지, 머리카락 끝이 살짝 젖은 상태였다.

회의를 끝내고 오는 길이라면서 샤워를 했다고?

율리가 살며시 미간을 찌푸리는데, 복도 뒤편으로부터 또각또각, 하이힐 소리가 울려 퍼졌다. 소리가 나는 쪽으로 고개를 돌리자, 가까이 다가오는 긴 머리의 여자가 보였다.

여자는 평범한 사무 정장 차림이었지만, 한눈에 보기에도 화려한 외모였다. 특히 새빨간 립스틱이 발라진 도톰한 입술이 눈길을 끌었다. 민우를 발견한 여자는 상냥하게 웃어 보였다.

"실장님, 회의도 끝났는데 퇴근 안 하세요?"

"어, 신 대리. 나도 슬슬 퇴근해야지."
"네, 너무 무리하지 마시고 그만 퇴근하세요."
 말을 마친 신 대리는 힐끔 율리를 쳐다보았다. 기분 탓일까? 그녀를 바라보는 신 대리의 눈빛이 뭔가 의미심장하게 느껴졌다.
"그럼 저는 먼저 들어가보겠습니다."
 깊이 고개를 숙여 깍듯하게 인사한 신 대리는 스치듯 율리의 옆을 지나쳐갔다. 순간 코끝을 스치는 익숙한 향에 율리는 살며시 미간을 찌푸렸다. 이 향은……? 방금 민우에게서도 느꼈던 똑같은 향, 바로 레몬 향이었다. 하지만 확실하진 않았다. 어쩌면 민우에게서 흘러나오는 레몬 향을 착각한 것일 수도 있겠다. 묘하게 신경에 거슬렸지만, 율리는 별말 하지 않고 민우를 따라 집무실로 들어갔다.
"오늘 꼭 말해야 하는 중요한 일이었어?"
 소파에 앉으며 민우가 물었다.
"그런 건 아니지만, 내일로 미루긴 싫었어."
 그를 따라 맞은편에 앉으며 율리는 계속해서 말을 이었다.
"너랑 전화 끊고서야 알게 됐어. 제호 씨가 신혼집 설계해주기로 했다는 거."
"……아, 그거……."
 떠올리는 것만으로도 불쾌하다는 듯, 민우는 표정을 일그러뜨렸다.
"먼저 알았다면 반대했을 거야. 나도 불편해. 그러니까 정 내키지 않으면 네가 회장님께 말씀드려서 거절해."
"어?"
 거절해도 좋다는 율리의 말에 민우는 잠시 당황했다. 그녀는 누가 지은 집이든 상관하지 않거나, 아니면 오히려 좋아하리라 생각했었다.

그랬는데 그녀도 불편하다고 하니, 갑자기 머릿속이 복잡해졌다.

　제호가 설계해준 집에서 신혼을 시작하긴 싫지만, 권 회장을 찾아가서 거절하는 건 다른 차원의 이야기였다. 권 회장 앞에 서는 모습을 상상하는 것만으로도 기가 꺾였다.

"저기, 율리야."

민우는 율리에게로 상체를 기울이며 조심스럽게 말을 꺼냈다.

"제호 형이 워낙 유명한 건축가잖아."

율리도 원하지 않는다니까, 반대로 안심이 됐다. 혹시라도 제호에게 끌리는 건 아닐까 불안했는데 그녀 입에서 불편하다는 말이 나오자 괜한 기우였나? 라는 생각이 들었다.

"우리를 위해서 할아버지가 특별히 부탁하신 건데, 싫다고 거절하면 기분 상하실 거야."

"뭐?"

180도 달라진 민우의 태도에 율리는 잠시 당황했다. 분명 아까 통화할 때 민우는 세상이 끝난 것처럼 긴 한숨을 내쉬었었다.

"그냥 형에게 맡기자. 우리 집, 아주 멋지게 설계해줄 거야."

자신을 향해 환하게 웃어 보이는 민우에 더는 할 말이 없었다. 예전부터 그는 아주 변덕이 심했다. 이번에도 무슨 이유에서인지 마음을 바꾼 모양이었다. 그렇다면 민우와 아무리 대화를 길게 끌어봤자 시간 낭비였다.

"네 뜻은 알았어."

율리는 건조하게 말하며 자리에서 일어났다.

어떡하지? 집무실을 나선 율리는 엘리베이터에 올라타며 고민에 빠졌다. 채 의원 말대로 권 회장을 찾아가서 거절하는 건 모양새가 좋지 않다. 하지만 그렇다고 제호가 설계한 집에서 신혼 생활을 시작할 순 없었다. 지금도 이렇게 흔들리는데, 그가 설계한 집에 살게 되면 계속해서 같은 꿈을 꾸게 될지도 모른다. 상상하는 것만으로 덜컥 겁이 날 지경이었다.

그때 로비로 향하던 엘리베이터가 중간층에서 멈춰 섰다. 문이 열리며, 아까 복도에서 보았던 신 대리가 모습을 드러냈다. 아마도 퇴근길인 것 같았다. 인사를 나누진 않았지만, 율리와 눈이 마주친 신 대리는 생긋 웃어 보이며 알은체했다. 율리도 그녀를 따라 살며시 미소 지었다.

신 대리가 엘리베이터에 올라타 익숙한 향기가 좁은 공간을 채우자, 율리는 살며시 숨을 들이마셨다. 역시 착각이 아니었다. 옆에 선 신 대리에게서도 민우와 똑같은 레몬 향을 맡을 수 있었다. 힐끗, 곁눈질하니, 그녀도 민우와 마찬가지로 머리카락 끝부분이 살짝 젖어 있었다. 아까는 빠르게 스치고 지나간 탓에 미처 알아차리지 못했다.

잠시 후, 로비에 도착한 엘리베이터의 문이 열렸다. 신 대리는 율리를 향해 고개를 살짝 끄덕이고는 서둘러 엘리베이터를 빠져나갔다. 율리는 멀어지는 신 대리의 뒷모습을 말없이 바라보았다. 왜 민우가 통화를 안 받았는지, 회사로 찾아온 자신을 보고 왜 크게 당황했는지 이제야 알 것 같았다. 감추려고 했다면 신경 쓰지 않고 지낼 수 있게 완벽히 숨겨주길 바랄 뿐이다.

"훗."

'피식', 조소를 흘린 율리는 손가락으로 닫힘 버튼을 꾹 눌렀다. 그 순간, 지난밤 꿈속에서 느꼈던 달콤하고 시원한 향이 떠올랐다. 머스크와 시트러스가 뒤섞인, 그 남자만의 체취가……. 엘리베이터 안을 가득 채운 건 레몬 향인데, 왜 갑자기 그 향이 생각나는지 모르겠다. 엘리베이터 안이라서? 꿈 때문에? 자연스럽게 서로의 입술이 겹쳐지던 모습이 떠오르자, 율리는 살며시 아랫입술을 깨물었다. 그저 꿈일 뿐인데, 심장 박동이 빨라지기 시작했다.

집으로 차를 몰며 율리는 현경에게 전화를 걸었다. 밤늦은 시각임에도 현경은 신호음 한 번만에 바로 전화를 받았다.

"현경아, 나야."

[율리야!]

율리의 전화를 기다리고 있었던 듯 현경의 목소리는 한층 고조돼 있었다. 요 며칠 현경이 싱가포르를 방문한 바람에 두 사람은 통화할 새가 없었다.

[목소리가 왜 그래? 무슨 걱정이라도 있어?]

목소리만 듣고도 현경은 율리가 어떤 상태인지 바로 알아차렸다. 현경은 언제나 그랬다. 가족에게서는 받지 못한 위로를 그녀는 율리에게 아낌없이 퍼부었다.

"걱정까진 아니고, 좀 곤란한 일이 생겼어."

율리는 짤막하게 사정을 설명했다. 처음에 현경이 보인 반응은 채 의원과 같았다.

[그게 뭐 어때서? 세계적인 건축가가 설계해준다는데, 네가 손해 볼 건 없잖아?]

"제호 씨는 예전에 나와 결혼할 뻔했었잖아."

[그렇긴 하지. 네 첫사랑이기도 했고.]

첫사랑이기만 하면 다행이게? 지금도 불쑥불쑥 치고 들어온다. 하지만 아무리 친한 친구라지만, 오늘 꾼 꿈에 관해선 솔직히 털어놓을 수 없었다. 다른 이들은 사적인 이야기를 가볍게 화제로 삼는다지만, 율리는 그럴 수 없었다.

"하여간, 그래서 불편해. 모두가 괜찮다고 해도 난 싫어."

[흠.]

현경은 율리와 언쟁하는 대신, 길게 숨을 내쉬었다. 현경의 좋은 점은 율리가 아니라고 하면 대부분 그대로 받아들인다는 것이었다. 충분히 율리를 존중하며 그녀 편에 서 문제를 해결하려고 노력했다.

[아무리 그래도 네가 권 회장님을 찾아가서 거절하는 건 좀 그렇다. 그래서 말인데……]

율리는 숨을 죽이며 현경의 다음 말을 기다렸다.

[이건 어떨까? 그러니까……]

다음 날 아침, 율리는 단단히 마음먹고 회사로 향했다. 현경의 조언대로 권 회장을 만나서 거절하는 것보단 제호를 설득하는 게 나을 것 같아서였다.

처음엔 그럴 필요까지 있을까? 하며 회의적이었지만, 어젯밤 또다시 비슷한 꿈을 꾸게 되자 마음이 바뀌었다. 두 번째 꿈은 진도가 더 나간 상태로 끝난 탓에, 아침에 눈을 뜨고 나서도 한참이나 심장이 두근거렸다. 끊임없이 흘러나오던 신음이 아직도 머릿속에서 울려 퍼지는 것만 같았다. 한 번도 겪어보지 못한 행위를 꿈속에선 어쩌면 그리도 능숙하게 해내는지, 율리는 자신의 대담함에 충격받을 정도였다.

차가운 물줄기 아래서 한참 동안 샤워를 마치고서야, 어지러웠던 정신이 조금은 맑아졌다. 벌써 이런데, 그가 설계한 집에서 살게 된다면……. 율리의 표정이 급속도로 어두워졌다.

꿈은 이성으로 통제할 수 없는 영역이라고 해도, 욕망 앞에서 쉽게 무릎을 꿇는 자신이 한심스럽게만 느껴졌다. 오늘은 무슨 일이 있어도 제호와 담판을 지어야 했다. 그가 어떤 농담을 던져도 절대로 당황하지 않고 끝까지 상대하고, 필요하다면 거침없이 뾰쪽하게 말할 각오였다. 재수 없다고 여겨도 좋고, 무례하다는 소리를 들어도 상관없었다.

율리는 전투적 사기를 북돋우며 사무실로 들어섰다. 하지만 가는 날이 장날'이라고, 점심시간이 지나도록 그는 출근하지 않았다.

"참 열심이에요. 그렇게까지 할 필요 없는데, 그렇죠?"

점심을 마치고, 율리에게 테이크아웃 커피 컵을 건네며 선영이 재잘거렸다.

"누구요?"

"누구긴 누구예요? 권제호 씨죠. 오늘 출근하자마자 소장님 따라서 창원에 내려갔잖아요."

"창원에요?"

"네. 마을 회관 재건축 건으로 가셨어요. 그건 순전히 봉사 프로젝트인데……."

창원에 내려갔다면 퇴근 전에 돌아올 수 있을까?

"아마, 두 분 다 현장에서 바로 퇴근하실 거예요."

율리의 속마음을 읽은 것처럼 선영이 말했다.

정말로 퇴근 시간이 지나서도 제호는 사무실에 나타나지 않았다. 율리는 실망한 마음을 애써 달래며 집으로 향했다. 물론 그녀가 실망한 이유는 하루라도 빨리 결판내고 싶은데, 내일로 연기되었기 때문이었다.

그날 밤, 율리는 또 다른 악몽에 시달렸다. 불행하게도 세 번째 꿈은 두 번째 꿈보다 수위가 높았다. 꿈이 계속해서 이어진다면 결국엔 끝까지……. 안 돼!

셔츠 안으로 파고들던 매우 열정적인 손길을 떠올리던 율리는 세차게 고개를 내저었다. 그렇다고 뜬눈으로 밤을 지새울 순 없었다. 이건 모두 일을 제때 해결하지 못한 초조함으로 인한 부작용일 것이다. 제호를 만나 대화를 나누면 자연스럽게 사라질 현상이라고 믿고 싶었다. 담판 짓는 김에, 이상한 농담도 그만하라고 정중히 부탁해야겠다.

그러나 애석하게도 그다음 날이 되어도 제호는 출근하지 않았다. 일이 늦어져서 창원에서 하룻밤을 보냈다고 선영이 귀띔해줬다. 오후 늦게나 서울로 올라올 것 같단다. 그렇다면 오늘도 볼 수 없는 건가? 심란한 마음에 율리는 울고만 싶었다. 계획한 일이 자꾸만 미뤄져서 심란한 걸까, 아니면 그를 볼 수 없어서 심란한 걸까? 율리는 뜨겁게 달아오른 눈덩이를 손등으로 누르며 텅 빈 옆자리를 힐끗 쳐다보았다.

퇴근하려고 책상을 정리하는데, 김 소장에게서 전화가 걸려 왔다. 율리는 아직도 창원이냐고 묻고 싶은 걸 꾹 참았다.

[율리 씨, 퇴근 시간에 부탁해서 미안한데, 내가 말하는 도면 프린트

해서 책상에 좀 놓아줄래? 급한 거라서…….]

"네, 그러세요."

율리는 김 소장이 부탁한 도면의 넘버를 종이에 받아 적었다. 퇴근하는 그녀를 붙잡고 부탁한다는 것은 밤늦게라도 김 소장이 사무실로 돌아온다는 뜻이다. 그렇다면 제호도 김 소장과 함께 서울에 올라올 것이란 말이다.

적어도 내일이면 그를 볼 수 있다는 기대에 율리는 기쁜 마음으로 김 소장의 부탁을 들어주었다. 하지만 까다로운 도면이다 보니 프린트 설정에 제법 시간이 걸렸다. 작업을 모두 마쳤을 땐, 그녀 혼자 사무실에 남게 되었다.

율리는 다시 한번 더 꼼꼼하게 도면을 살펴본 후, 김 소장의 책상에 내려놓았다. 그리고 막 소장실에서 걸어 나가려는데, 문이 열리며 제호가 들어왔다. 못 본 지 고작 하루밖에 지나지 않았으면서 그를 본 순간 심장이 쿵, 내려앉았다. 마치 오랫동안 보지 못했던 것처럼 눈물이 핑 돌았다. 자신의 반응에 당황한 율리는 재빨리 옆으로 시선을 피했다. 제호는 예의상 살짝 고개를 끄덕여 인사하고는 곧바로 책상으로 걸어갔다. 그리고 방금 율리가 내려놓은 도면을 집어 들었다.

"아까 소장님 전화, 제가 부탁한 겁니다. 나 때문에 퇴근이 많이 늦어졌군요. 미안합니다."

"……아, 네……."

율리는 시선을 피한 채로 짧게 대답했다. 하루라도 빨리 담판을 짓자고 결심한 주제에 쉽게 입이 떨어지지 않았다. 이틀 연속으로 이상한 꿈을 꾸었기 때문일까? 자꾸만 꿈속에서의 이미지와 겹쳐지는 바람에 그를 바라보는 것만으로도 얼굴이 달아올랐다.

방금 올라와서 피곤할 텐데, 그런 사람을 붙잡고 이야기할 순 없어.
율리는 그럴싸한 변명을 자신에게 둘러대며 다음을 기약했다.
"전 이만 들어가볼게요."
도면을 훑어보는 제호에게 인사를 건넨 율리는 문 쪽으로 향했다. 하지만 제호는 인사를 받는 대신 질문을 던졌다.
"그런데 회장님께 아직 말씀 안 드렸더군요?"
뒤돌아보자, 제호는 도면을 책상에 내려놓고 그녀에게로 걸어왔다.
"신혼집 설계 건 말입니다."
"회장님이 바쁘셔서, 당장 말씀드릴 순 없었어요."
"……그런 겁니까?"
그는 실망했다는 듯 입매를 비틀었다.
"난 생각을 바꾼 줄 알고, 은근히 설렜는데……."
지금이다. 지금이 바로 그를 설득할 기회였다.
율리는 천천히 숨을 들이마시고는 불쑥 내뱉듯 물었다.
"혹시 오늘 시간 좀 내줄 수 있나요?"
"시간이요?"
"네, 할 말이 있어요."
율리는 호기심 가득한 제호의 눈을 빤히 쳐다보며 힘주어 말을 이었다.
"단둘이."
"단둘이 할 말이라……."
제호는 혼잣말을 중얼거리며 고개를 기울였다. 신혼집 설계에 관해 말하고 싶은 것일 테지만, 뭐라고 말을 꺼낼지 은근히 호기심이 생겼다.

그에게 지난 며칠은 꽤 힘든 시간이었다. KG그룹 해외 건설 사업 관리를 맡았던 윤 부장이 경남에 있다는 소식을 듣고 무작정 김 소장을 따라 지방 출장을 나섰었다. 윤 부장은 주로 핵심적인 정보를 관리했는데, 해외 건설 사업에 문제가 생기자 사직서를 내고 홀연히 사라졌었다.

곤혹스러운 얼굴로 제호를 맞이한 윤 부장은 간곡한 설득에도 끝까지 입을 열지 않았다. 빈손으로 돌아오면서 제호의 몸과 마음은 바윗덩어리에 눌린 것처럼 무거웠다. 하지만 사무실에서 율리와 마주치는 순간, 온몸을 내리누르는 답답함이 사라져버렸다. 그래서일까?

"원하신다면……."

무척이나 피곤한 상태였지만, 제호는 기꺼이 율리의 제안을 받아들였다.

"회사 앞에 조용한 카페 있어요. 거기로 가요."

"아니, 그러지 말고. 아직 차 수리 안 끝났죠? 내가 바래다줄게요. 가면서 차 안에서 이야기하고."

"좋아요."

율리는 반대 없이 제호의 의견에 따랐다. 별생각 없이 엘리베이터에 타려던 율리는 흠칫 걸음을 멈췄다. 그와 함께 엘리베이터를 탔다가 혹시라도 야릇했던 꿈 내용이 떠오를까 두려웠다. 하지만 뒤에서 오는 제호를 피하려다 보니, 어영부영 엘리베이터 안으로 들어가고 말았다.

하, 긴장하지 말자.

율리는 깊숙이 숨을 들이마시며 아래층으로 향하는 불빛만을 뚫어지게 응시했다. 그러나 자꾸만 뜨겁게 키스하던 꿈속의 장면이 떠올라, 심장이 터질 것처럼 부풀어 올랐다.

"안색이 안 좋아요."
"네?"
율리는 화들짝 놀라며 황급히 옆으로 물러섰다. 제호가 의아한 듯 쳐다보자, 저도 모르게 진실이 튀어나왔다.
"아, 꿈을 꿨거든요. 엘리베이터 안에서……."
헐, 나 지금 뭐라는 거야?
다시 정신을 차린 율리는 서둘러 말을 바꾸었다.
"……추락하는 꿈이었어요. 그래서……."
다행히도 제호는 있는 그대로 받아들였다. 안심하라는 듯 율리의 어깨를 손으로 감싸며 말했다.
"걱정하지 말아요. 실제로는 그런 일 거의 없으니까."
"맞아요. 꿈에서 일어났던 일이 현실로 나타날 리 없죠."
우습게도 제호의 현실적인 조언에 떨리던 마음이 진정되기 시작했다. 그래, 꿈은 그냥 꿈일 뿐인데…….
지하 주차장에 도착했다. 제호는 율리를 위해 조수석 문을 열었고, 그녀가 차에 오르자 문을 닫아주었다.
"그래서 할 말이라는 건 뭡니까?"
차가 골목을 빠져나올 때쯤, 제호가 먼저 말을 꺼냈다.
"내가 생각하는 거였으면 좋겠는데……."
선뜻 말을 꺼내지 못하자, 그가 혼잣말처럼 중얼거렸다.
"자꾸만 눈길이 가고, 마음이 쓰이게 하는 남자가 있다. 뭐, 그런 말 아닙니까?"
동시에 빨간불이 켜졌고, 제호는 차를 세우며 율리를 향해 고개를 돌렸다. 맞닿은 시선을 피하지 않으며 율리는 어색하게 웃어 보였다.

"반은 맞고, 반은 틀려요."

"그래요?"

제호의 눈꼬리가 살짝 올라갔다.

"마음 쓰이게 하는 사람은 있어요."

"그래요? ……누굴까?"

이미 다 알고 있으면서 모른 척하는 제호를 율리는 불만스러운 눈으로 힐끔 흘겨보았다. 이어서 애써 담담한 목소리로 대답했다.

"요 며칠, 권제호 씨에게 마음이 쓰여요. 그래도 한때 결혼할 뻔했던 사이니까."

그는 그녀에게 사적인 감정이 없었는지 몰라도, 그녀는 아니었다. '권제호'란 존재를 떠올릴 때마다 가슴이 두근거렸고, 정략결혼 자체는 반대해도 정혼자인 그를 밀어내고 싶지는 않았다. 솔직히 말하자면 지금도 마음이 흔들렸다. 사정이 이런데 권제호가 설계한 집에서 신혼 생활을 시작하라는 건 절대적으로 무리였다.

"신혼집 설계 건, 없던 일로 해주면 안 되겠어요? 간절하게 부탁할게요."

단도직입적으로 나올 것이라곤 예상하지 못했는지, 장난으로 일관하던 제호의 표정이 딱딱하게 굳어졌다.

"어째서죠? 내가 불편할 것 같아요?"

"불편하다기보다는……."

띠리링—.

적당한 단어를 고르는데 손에 쥐고 있던 휴대폰이 울렸다. 민우에게서 걸려 온 전화였다.

"잠시만 실례할게요."

율리는 양해를 구하고, 통화 버튼을 눌렀다.

"응, 민우야."

[지금 어디야? 집? 회사?]

율리는 대답을 미루고 제호를 쳐다보았다. 그는 통화 내용에는 관심이 없는지 파란불로 바뀌자, 무심한 얼굴로 차를 출발시켰다.

"집에 가는 길이야."

[그래? 퇴근이 늦었네?]

"응, 조금. 왜? 무슨 일이야?"

불필요한 통화로 시간 낭비하고 싶지 않은 율리는 곧바로 용건을 물었다.

[아, 아니. ……저, 내일 예복 피팅 예약, 몇 시인가 해서…….]

터무니없는 말에 율리는 미간을 찌푸렸다. 이미 웨딩 플래너가 메일과 문자로 알려줬을 텐데. 그런데도 일부러 전화해서 묻는 걸 보면, 어제처럼 그녀가 갑작스레 회사로 찾아올까 떠보는 것일 테다. 민우는 연락 없이 회사로 찾아온 행동에 적잖이 놀란 모양이었다. 하마터면 나쁜 짓을 들킬 뻔했으니, 그럴 만도 하겠다.

"7시 반. 내일은 피팅하러 올 수 있을 것 같아?"

[그럼. 내일은 꼭 가야지.]

그녀가 오지 않는다는 것을 확인한 민우는 한층 톤이 올라간 밝은 목소리로 대답했다. 통화를 끝내고 다시 대화를 시도하려 했지만, 오늘따라 차가 밀리지 않아 어느새 집에 도착하고 말았다.

"답은 내일 하고 싶은데, 괜찮겠습니까?"

율리의 집 앞에 차를 세우며 제호가 낮은 목소리로 말했다.

"오늘은 내가 좀 피곤해서……."

"물론이죠. 그렇게 하세요."

마음 같아선 당장 대답을 듣고 싶었지만, 억지로 조를 수는 없었다. 율리가 순순히 차에서 내리자, 제호는 바로 차를 출발시켰다. 율리는 제자리에 선 채 멀어지는 차의 뒷모습을 바라보았다. 그리고 차가 완전히 시야에서 사라지자 몸을 틀어 집과는 반대 방향으로 발을 돌렸다. 조금이라도 걸으면서 복잡해진 속을 정리할 필요가 있었다. 뒤숭숭한 기분으로 잠들었다가, 또다시 이상야릇한 꿈을 꾸게 될까 두려웠다.

율리는 골똘히 사색에 잠긴 채 무작정 걸음을 옮겼다. 얼마나 걸었을까? 어느새 한적한 주택가를 벗어나, 번화한 주상 복합 아파트 단지에 다다라 있었다.

이제는 슬슬 집에 돌아가야겠다고 생각하며 건물 모퉁이를 도는데, 초등학생으로 보이는 아이가 스치듯 옆을 지나갔다. 서로의 팔이 살짝 부딪쳤지만, 아이는 휴대폰 게임에 정신이 팔렸는지 깨닫지 못하는 것 같았다. 깊숙이 고개를 숙이고 휴대폰 화면에만 열중하고 있었다.

저러고 걸으면 위험한데······.

주의시키려 아이에게 다가서는데, 어디에선가 굉음과 함께 오토바이가 빠르게 다가왔다. 율리는 반사적으로 몸을 피했지만, 아이는 휴대폰을 보느라 오토바이가 다가오는 것을 알아차리지 못했다.

"얘, 위험해!"

율리는 손을 뻗어 재빨리 아이를 감쌌다. 그 반동으로 그녀의 몸이 오토바이를 향해 틀어졌다. 충돌을 예상하며 긴장하는데, 누군가의 손이 그녀를 건물 쪽으로 밀어냈다. 너무 찰나의 일이라 정확히 어떤 상황인지는 알 수 없었다. 정신을 차리고 보니 그녀는 아이를 꼭 끌어안은 채 건물 벽에 웅크리고 앉아 있었다. 위협적이었던 오토바이는 이미 사라지고 보이지 않았다.

"괜찮아? 다치지 않았어?"

머리 위에서 들리는 익숙한 목소리에 율리는 천천히 고개를 들어 위를 올려다보았다. 놀랍게도 미간을 찌푸린 제호가 화난 표정으로 그녀를 내려다보고 있었다. 당신이 왜? 전혀 생각하지 못한 그의 등장에 율리는 순간 당황했다. 피곤하다며 가버렸던 사람이 돌연히 돌아와 눈앞에 서 있으니까.

"여기서 지금 뭐 하는 거예요?"

"지금 그게 중요해? 다친 데 없어? 괜찮은 거야?"

힘겹게 화를 억누르는 것처럼 떨리는 목소리로 그가 물었다.

"⋯⋯네, 괜찮아요."

그제야 제호는 안도의 숨을 내쉬고는 양손으로 율리의 어깨를 감싸며 자리에서 일으켰다. 딱딱하게 굳은 표정이었지만, 일으키는 손길은 조심스럽고 부드러웠다.

그녀가 무사하다는 것을 재차 확인하고서야 제호는 휴대폰을 꼭 쥐고 덜덜 떨고 있는 아이에게로 관심을 돌렸다.

"꼬마야, 넌 다친 데 없어?"

아이는 겁에 질린 얼굴로 빠르게 고개를 끄덕거렸다.

"한 번만 더 걸으면서 게임하면 휴대폰 빼앗아버린다."

"네."

아이도 자기 잘못을 아는지 꾸벅, 고개 숙여 인사하고는 재빨리 아파트 단지 안으로 뛰어 들어갔다. 다람쥐처럼 잽싸게 뛰는 걸 보면 정말로 다친 곳은 없어 보였다. 아이가 아파트 단지 안으로 사라지자 율리는 다시금 제호에게로 시선을 돌렸다. 그가 왜 여기 있는지 물을 차

례였다. 하지만 그녀가 묻기도 전에, 제호는 불쑥 휴대폰을 내밀었다.
"차에 놓고 내려서……."
율리는 제호 손에 놓인 자신의 휴대폰을 발견했다. 민우와 통화를 끝내고는 깜박 잊고 차에 놓고 내렸나 보다.
"……고마워요."
제호는 휴대폰을 건네받는 율리를 못마땅한 표정으로 바라보았다. 집에 도착하고 나서야 옆 좌석에 놓인 율리의 휴대폰을 발견한 제호는 휴대폰을 돌려주려고 다시금 차를 돌렸다. 그녀의 집으로 향하던 도중 길을 걷는 율리를 보게 되었고, 근처에 차를 세우고 율리를 따라간 순간, 눈앞에서 위험한 사고가 일어났다. 조금만 늦었어도 어떻게 되었을까! 상상하는 것만으로 오싹, 소름이 돋았다.
오늘이 처음이 아니었다. 그녀는 아카디아 몰에서도 똑같이 행동했었다. 어른으로서 당연히 해야 하는 일이겠지만, 그래도 자칫 그녀가 다칠 뻔했다는 데 생각이 미치자 울화가 치밀었다.
"그거 버릇입니까? 앞뒤 재지 않고 뛰어드는 거? 본인이 다칠 거 뻔히 알면서."
율리는 미묘한 표정을 지으며 경직된 제호의 얼굴을 바라보았다.
이상했다. 매우 비슷한 말인데도 그가 말할 때와 채 의원이 말할 때는 그 느낌이 전혀 달랐다.
— 당신, 그거 버릇이야? 다칠 걸 알면서도 뛰어드는 거?
채 의원이 자신의 아내이자 율리의 생모인 소연에게 했던 말이다. 채 의원은 아내의 행동을 자랑스럽게 여겼다. 그녀의 선행 덕분에 선거 득표율이 치솟듯 올라갔으니까. 아내의 부상보다는 그 여파로 얻게 되는 민심에 더 마음을 쓰는 것 같았다.

하지만 제호의 반응은 달랐다. 아이를 위해 몸을 내던지는 율리가 못마땅한 것처럼, 표정이 딱딱하게 굳어 있었다. 걱정해서 그러는 건 아닐 텐데…… 번거로워지는 게 싫어서일까? 안타깝지만, 표정만 봐서는 그의 속내를 알 수 없었다.

그때 율리의 눈에 하얀 셔츠 위로 번져가는 빨간 얼룩이 들어왔다.

"……피 나는 거예요?"

율리의 커다래진 목소리에 제호는 힐끗, 제 어깨를 내려다보았다. 피로 물든 셔츠가 눈에 들어오자, 그제야 욱신거리는 통증이 뒤따랐다. 저번 사고로 생겼던 상처가 미처 아물지 못하고 도로 벌어진 것 같았다.

"제호 씨야말로 다쳤어요?"

"됐습니다."

율리가 가까이 다가오려 하자, 제호는 손을 들어 제지했다.

"별거 아닙니다. 상처가 조금 벌어진 것뿐이니까."

상처라면 저번에 아카디아 몰에서 다쳤던……? 공교롭게도 아카디아 몰에서와 같은 상황이었다. 그땐 경황이 없어서 그를 다친 채로 보냈지만, 이번엔 다르다. 재빨리 가방에서 손수건을 꺼낸 율리는 지혈하기 위해 피가 번진 어깨를 꾹 눌렀다.

"피가 멈출 때까지 누르고 있어요. 그리고 차 키 줘봐요. 내가 집까지 운전해줄게요."

제호에게서 아무런 대답이 없자, 율리는 목에 힘주어 말했다.

"나 때문에 일어난 일이니까, 그 정도는 하게 해줘요."

말없이 바라만 보던 제호는 할 수 없다는 듯 고개를 저으며 율리에게 차 키를 넘겼다.

그의 집은 차로 불과 10분밖에 떨어지지 않은 거리였다. 내비게이션의 안내로 아파트 주차장까지 도착한 율리는 재빨리 차에서 내리고는 제호를 위해 조수석 문을 열었다.

"저번처럼 병원 안 갈 거죠? 그럼 내가 소독해줄게요. 혼자선 힘들잖아요."

이번에도 그녀는 물러설 의사가 없다는 듯 단호한 목소리였다.

제호는 차에서 내리지 않고 조수석에 앉은 채로 미간을 찌푸렸다. 경황이 없어서인지, 율리는 치료를 위해선 집 안까지 따라 들어가야 한다는 사실을 인지하지 못하는 것 같았다. 그런 그녀를 두고서 잠시 고민에 빠졌다.

"그래요, 그럼."

이윽고 차에서 내린 제호가 느긋하게 입을 열었다.

"우리 집으로 가죠."

'우리 집'이란 단어에 율리의 눈썹이 잠시 움찔거렸다. 하지만 곧 담담히 그의 뒤를 따랐다.

띠리리링, 경쾌한 소리와 함께 현관문이 열렸다. 제호를 따라 아파트 안으로 들어선 율리는 조심스럽게 낯선 장소를 둘러보았다. 동시에 쿵, 소리를 내며 그녀 등 뒤에서 문이 닫혔다. 현관문이 닫히는 소리가 들린 순간, 눈앞에 놓인 현실을 자각하게 되었다.

나, 지금 남자 혼자 사는 집에 덜컥 따라 들어온 거야?

'소독을 위해선 당연히 집으로 가야지. 차 안에서 할 일은 아니잖아.'라 여겼다. 하지만 보다 심각한 상황이었다. 이런, 망치로 한 대 얻어맞은 것처럼 머리가 멍해졌다.

심장이 쿵쾅거리며 세차게 뛰자, 율리는 저도 모르게 양손으로 가방을 꽉 움켜쥐었다. 제호는 그녀의 변화를 눈치채지 못한 듯 뚜벅뚜벅, 거실로 걸어갔다. 율리는 현관 앞에 선 채로 잠시 고민에 빠졌다. 지금이라도 문을 열고 나가버리면 되지 않을까? 율리는 슬그머니 뒷걸음치며 천천히 현관문에 손을 뻗었다. 그러나 문고리를 잡는 순간, 꼴이 우습다는 생각이 들었다.

권제호는 약혼자인 권민우의 사촌 형이었다. 곧 민우와 결혼하게 되면 그는 시댁 식구가 된다. 그렇다. 미래의 시댁 식구를 챙기지 않으면 누굴 챙기겠는가! 여기서 나가버리면 그게 더 이상하게 보일 것이다.

마음을 정한 율리는 짧게 숨을 들이마시고는, 집 안으로 발을 들여놓았다. 제호는 지친 얼굴로 눈을 감은 채, 소파 등받이에 기대 있었다. 율리가 가까이 다가오는 기척이 느껴지자, 제호는 손짓으로 거실 벽면 장식장을 가리켰다.

"구급상자는 두 번째 서랍에 있습니다."

장식장으로 다가간 율리는 구급상자가 든 서랍을 열었다. 옆으로 기다란 형태의 서랍은 그 자체로 무거워서 양손을 사용해야만 열 수 있었다. 지금 제호의 상태로는 서랍 열기조차 쉽지 않을 것이다. 구급상자를 꺼낸 율리는 서둘러 제호 옆으로 다가갔다. 그녀가 옆에 자리를 잡자, 그가 천천히 눈을 뜨고 그녀를 바라보았다.

"……그런데……."

시선이 그녀를 향한 채, 그는 한 손으로 셔츠 단추를 풀기 시작했다.

"남자 혼자 사는 집에 이렇게 따라 들어와도 되는 겁니까? 겁이 없는 건가, 무모한 건가?"

도발하는 듯, 상대를 놀리는 말투였다. 하지만 율리의 귀에는 그 말이 제대로 들어오지 않았다. 단추를 푸는 모습을 보는 순간, 깜빡 잊고 있었던 사실을 깨달았기 때문이었다. 치료하려면 셔츠를 벗어야 한다! 옷을 입은 채 소독약을 부을 수는 없는 일이니까. 남자 혼자 사는 집에 덜컥 들어온 것도 곤혹스러운데, 옷을 벗는 남자를 바라봐야 한다니……. 게다가 그는 바로 눈앞에서 옷을 벗고 있었다. 하나둘씩 단추가 열릴 때마다, 보일 듯 말 듯 맨살이 드러났다. 온 신경이 쏠렸다. 당황한 걸 숨기려, 율리는 티 나지 않게 꿀꺽 마른침을 삼켰다.

열린 셔츠 사이로 보이는 가슴은 마치 정교히 세공된 조각상을 연상시켰다. 과하지 않게 균형 잡힌 탄탄한 가슴팍 아래로는 선명한 근육의 복부가 이어져 있었다. 보고만 있어도 저절로 감탄사가 나오는 몸이었다. 저도 모르게 얼굴이 화끈 달아오르려고 하자, 율리는 황급히 시선을 돌렸다.

잠시 후, 셔츠를 벗었는지 부스럭거리는 소리가 그쳤다. 조심스럽게 옆을 바라보니, 그녀로부터 등을 돌리고 앉은 제호의 모습이 보였다. 셔츠는 오른쪽만 끌어 내려 다친 어깨를 드러내고 있었다. 율리는 구급상자를 열고 소독에 필요한 의료용품을 꺼냈다.

"그런데 셔츠, 다 안 벗어도 돼요?"

오해가 없도록 율리는 재빨리 다음 말을 이었다.

"그렇게 입고 있으면 약이 번져서 옷 버릴 거예요."

제호는 율리의 말에 따라 순순히 셔츠를 벗기 시작했다. 왼손으로 다친 오른쪽을 마저 내렸고, 왼쪽은 팔을 곧게 펴 율리가 셔츠를 벗기기 쉽게 도왔다. 이어서 피가 묻은 셔츠는 세탁 바구니에 넣고, 새로 갈아입을 셔츠를 가져왔다. 모든 준비가 끝나자, 율리는 거즈에 소독약을 묻혀 조심스럽게 상처에 가져갔다.

"조금 쓰라릴지도 몰라요."

"욱."

역시나 환부에 거즈를 댄 순간, 제호의 입에서 신음이 흘러나왔다.

"왜요? 참기 어려울 만큼 쓰라려요?"

율리는 놀란 듯 동작을 멈추고 손으로 부채질을 시도했다. 그리고도 성이 차지 않는지, 급기야 상처 위에 입술을 대고 '호호' 불기 시작했다.

"······음······."

율리의 숨결이 상처에 닿자, 제호는 다시 한번 낮은 신음을 흘렸다. 통증 때문은 아니었다. 소독약으로 인한 통증보다, 환부에 닿는 간질간질한 느낌이 더 견디기 어려웠다. 제호가 입을 다문 채 주먹을 쥐자, 율리는 그가 극심한 통증을 느낀다고 해석했다.

"미안해요. 내가 너무 서툴러서······ 많이 아파요?"

서툰 건 맞다. 그런데 그 서툰 손길이 오히려 자극적으로 느껴졌다. 하지만 그녀가 그런 느낌을 알 리 없었다. 그녀는 너무 치료에 열중한 나머지, 거의 껴안다시피 등 뒤에 바짝 붙은 상태라는 것도 깨닫지 못한 것 같았다. 상처로 인한 통증보다는 맨살에 내려앉는 숨결과 움직일 때마다 닿을 듯 말 듯 살짝살짝 스치는 그녀의 머리카락 감촉이 더 참기 어려웠다.

"그러니까······."

한마디 말없이 침묵을 지키는 제호를 향해 율리가 혼잣말처럼 투덜거렸다.

"아직 다 낫지도 않았으면서 왜 무모하게 뛰어들어요, 뛰어들긴."

"하, 먼저 앞뒤 재지 않고 뛰어든 게 누군데?"

율리는 반박하는 대신 '피식', 웃고 말았다. 그가 말을 놓을 때마다 왠지 과거로 돌아간 느낌이 났다. 첫 만남에서부터 그는 당연하다는 듯 말을 놓았었다.

"그런데 한 가지만 물어봐도 됩니까?"

"네, 물어보세요."

제호의 물음에 율리는 가볍게 고개를 끄덕였다.

"위험한 상황에 빠진 사람을 보면 아무 때나 달려듭니까?"

"그건 아니에요. 아이들에게만 그래요. ……음, 아마도 엄마를 닮아서 그런가 봐요. 엄마가 곧잘 그러셨거든요."

율리는 무덤덤하게 답하며 소독약으로 어깨에 번진 피를 닦아냈다.

"혹시 우리 아빠가 어떻게 처음 국회의원으로 당선됐는지 알아요?"

그가 고개를 젓자, 율리는 소독을 끝낸 환부에 거즈를 올려놓으며 말을 이었다.

"상대 후보는 지역구에서 터줏대감이란 소리를 듣는 중견 정치인이었어요. 아빠는 막 정치를 시작한 초년생이었고요. 모두 승산 없는 게임이라고 했대요. 그런데 선거 운동 도중, 사고가 일어났어요."

어린이 보호 구역인데도 불구하고, 과속으로 달리던 차가 횡단보도를 걷는 어린아이를 향해 돌진했다. 바로 앞에서 그 광경을 목격한 율리의 엄마 소연은 순간적으로 아이를 밀쳐내고 대신 차에 치였다.

공교롭게도 그 현장에는 상대 후보의 아내도 함께였다. 하지만 소연처럼 달려가는 대신, 못 본 척 고개를 돌리며 뒤로 물러섰다. 당시 현장에 있던 기자는 재빨리 그 모습을 카메라에 담았다.

그 사건은 크게 화제가 되었고, 연일 뉴스와 신문을 장식했다. 그 당시 채형식 의원의 선거 구호는 '말로만 하는 정치는 이젠 그만. 직접 몸으로 뛰겠습니다!'였다. 그 말대로 소연은 위험을 보고 달려들었고, 상대 후보 아내는 멀리서 지켜만 보았다. 소연의 선행과 채 의원의 구호는 맞아떨어졌고, 하나둘씩 유권자들의 마음을 움직이기 시작했다.
"그 사고로 엄마는 크게 다치셨어요. 하지만 덕분에 아버진 상대 후보와 큰 표 차이로 당선되셨고요."
모두 아내 소연 덕분에 국회의원이 되었다고 입을 모았다. 소연은 지역구 안에서 남편인 채 의원보다 더 큰 신뢰를 얻었고, 선거마다 유권자의 표를 쓸어모았다.
"하지만 엄마는 그때 그 사고로 합병증을 얻으셨어요. 갈비뼈가 부러지면서 폐를 깊숙이 찔렀거든요. 수술하고 입원하고 수술하고 입원하고를 반복하시다 결국 몇 년 후, 돌아가셨어요."
아내를 잃고 1년이 지난 후, 채 의원은 보좌관이었던 안미숙을 아내로 맞아들였다. 예상보다 너무나 빠른 재혼이었기에 못마땅한 시선이 유권자로부터 쏟아졌다.
채 의원 측은 부랴부랴 죽은 소연을 쏙 빼닮은 율리를 선거에 이용했다. 유권자들은 율리의 모습에서 소연을 떠올렸고, 결과는 성공적이었다. 그러다 보니, 선거 운동마다 채 의원 옆에 서는 이는 안 여사가 아닌 장녀 채율리가 되고 말았다.
율리는 돌아가신 어머니를 떠올리며 목에 걸린 유품인 목걸이를 내려다보았다. 그녀가 아무 말도 하지 않자, 제호는 고개를 돌려 뒤를 돌아보았다. 율리는 생각에 잠긴 듯 목걸이를 바라보며 느릿하게 눈을 깜빡거리고 있었다. 목걸이는 제호의 눈에 낯익은 모습이었다.
"그거, 아직도 하고 있네."
제호가 혼잣말처럼 중얼거리자, 율리는 상념에서 깨어나 현실로 돌아왔다. 그리고 그의 시선이 닿는 곳으로 눈길을 돌렸다.
"아, 이거요."

율리는 희미하게 웃으며 한 손으로 목걸이를 만지작거렸다. 잃어버릴 뻔한 이후로 한동안은 보석함에 소중히 보관만 하고 있었다. 하지만 아버지의 불륜을 알게 된 이후론 보석함에서 꺼내 목에 걸었다. 이렇게라도 돌아가신 어머니와 항상 함께하고 싶어서였다.
"그런데 이 목걸이, 아직도 기억해요?"
"그럼요. 영광의 상처까지 얻으면서 겨우 찾아온 목걸이인데……."
제호는 당연하다는 듯 입꼬리를 올렸다. 그때 그는 위험을 무릅쓰고 낭떠러지를 내려가서 율리가 떨어뜨린 목걸이를 찾아왔었다. 율리는 낭떠러지 어딘가에 긁힌 듯 피가 흘렀던 제호의 팔을 떠올렸다.
"그때, 정말 고마웠어요. 제호 씨 아니었으면 영영 잃어버렸을지도 몰라요."
"후."
그러자 그의 입에서 웃음인지 한숨인지 구별하기 어려운 소리가 흘러나왔다.
"눈물을 펑펑 쏟으면서 서럽게 우는데, 도저히 가만히 있을 순 없었죠."
그랬었다. 그때는 쉽게 울음을 터뜨리는, 눈물이 많았던 시절이었다. 율리는 쓸쓸한 미소를 지었다. 그때 갑자기 머릿속에 의문이 떠올랐다. 목걸이를 찾아다 준 이유는 단지 울음을 터뜨려서일까? 아니면 제호가 여자의 눈물에 쉽게 마음이 약해지는 남자일까?
"그렇다고……."
잠시 뜸을 들이던 그가 무뚝뚝한 목소리로 말을 이었다.
"모두에게 그런 친절을 베푸는 건 아니고."
그게 무슨 뜻이지?

율리는 환부에 반창고를 붙이며 이어지는 말에 귀를 기울였다.
"내가 원하는 상대에게만 그런 거니까."
'원하는 상대'라는 표현에 율리의 손이 움찔 떨렸다. 별거 아닌 말에 왜 가슴이 두근거리는 걸까? 그저 친절을 베풀고 싶은 상대라는 뜻일 텐데…….
"다 됐어요."
치료를 끝낸 율리는 제호의 셔츠를 끌어 올리며 뒤로 물러났다. 제호는 묵묵히 벌어진 셔츠의 단추를 잠갔다. 하지만 한 손으로 단추를 잠그려니 쉽지 않은 모양이었다. 자꾸만 헛손질을 반복했다.
"……부탁인데……."
대신 잠가주고 싶은 충동을 누르며 율리가 옆으로 고개를 돌리려는데, 낮게 속삭이는 제호의 목소리가 들렸다.
"단추 좀 잠가줄래요?"
그 말이 율리의 기분을 묘하게 했다. 꿈속에선 주로 단추를 풀었는데, 현실에선 단추를 잠가주다니.
"네."
율리는 고개를 끄덕이고는 조심스럽게 손을 뻗었다.
그런데 어째서일까? 단추에 손을 대는 순간부터 바짝 긴장하고 말았다. 마주 보고 앉은 자세라서 그런 걸까? 치료할 땐 등을 돌리고 앉은 자세라 눈길이 마주치진 않았으니까. 빤히 바라보는 시선 탓인지, 제대로 단추를 잠그지 못하고 자꾸만 헛손질을 거듭했다.
쳐다보지 말라고 하기도 그렇고, 눈을 감으라고 할 수도 없고. 그래, 그냥 빨리 끝내는 게 최선이다.
율리는 자신에게 속삭이며 재빨리 손을 놀렸다. 그러다 마음이 앞선 나머지, 손이 미끄러져 매끄러운 살결을 건드렸다. 손끝이 불에 덴 것처럼 화끈거렸으나 동요하는 티를 숨기려 율리는 표정을 굳히며 아랫입술을 깨물었다.

"다 됐어요."

드디어 마지막 단추까지 잠근 율리는 재빨리 뒤로 물러났다. 어색함을 피하려 주위를 둘러본 그녀의 시야에 그제야 깔끔한 실내 장식이 눈에 들어왔다. 아파트 안은 주로 흰색과 회색을 사용해 현대적인 감각으로 꾸며져 있었다.

"헤링본이네요."

율리가 마룻바닥 패턴을 손으로 가리키자, 제호는 소파 등받이에 기대며 마룻바닥으로 시선을 돌렸다.

"내 취향은 아닙니다. 녀석 취향이지."

"녀석 취향이요?"

"친구 집이에요. 난 잠시 신세 지는 중이고."

"아……."

그 말은 즉, 남자 혼자 사는 집은 아니라는 뜻이다. 후, 속으로 안도의 숨을 내쉰 율리의 귓가로 의미심장한 말이 흘러들었다.

"그리고 지금은 이곳에 당신과 나, 둘뿐이네요."

그러네, 우리 둘뿐이네. 농담이라는 것을 알면서도 당혹스러운 건 어쩔 수 없었다. 화제를 돌리려 율리는 재빨리 주위를 둘러보았다. 그런 그녀의 눈에 구석에 놓인 캣 타워가 들어왔다.

"고양이가 있나 봐요?"

낯선 사람을 경계해서 숨은 걸까? 고양이의 모습은 어디에서도 찾을 수 없었다. 딱히 동물을 좋아하는 것은 아니지만, 그래도 단둘이 있는 것보단 고양이라도 있으면 덜 불편할 것 같았다. 하지만 곧 실망스러운 대답이 돌아왔다.

"본가에 갔습니다. 고양이도, 친구도. 주말에나 돌아올 거예요."

그러니까 결국, 오늘 밤엔 그 혼자라는 뜻이네. 그렇다면……?

"전 이만 가볼게요."

율리는 옆에 놓아둔 가방을 챙기며 재빨리 소파에서 몸을 일으켰다. 하지만 미처 다 일어나지도 못하고 제호에게 손목을 잡혔다. 서지도 앉지도 못한 어정쩡한 자세로 율리는 제호를 쳐다보았다. 마주 바라보며 그가 손가락을 조였다.

"조금만 더 있다 가면 좋겠는데……."

목소리 끝이 갈라져서일까? 왠지 바라보는 눈빛이 아련해 보였다. 얼굴빛 역시 창백하게 느껴졌다. 한 번도 약한 모습을 보인 적 없던 남자가…….

율리는 낯선 기분에 사로잡혔다. 보호 본능을 자극했다고 해야 하나? 뭔가 가슴이 조이는 듯 먹먹해졌으며, 목구멍이 간질거렸고, 발걸음이 떼어지질 않았다.

결국 율리는 도로 소파에 앉았다. 그녀가 자리에 앉자 제호는 손목을 놓아주고는 뒤로 물러났다. 물론 기분 탓에 그렇겠지만, 잡혔던 손목이 불에 덴 듯 화끈거리며 열기가 서서히 온몸으로 퍼져 나가는 것만 같았다. 왜 이러는지 모르겠다. 단지 손목 한 번 잡혔을 뿐인데 그게 뭐 큰일이라고.

율리는 애써 평정을 유지하며 살며시 손목을 감싸 쥐었다.

"저녁은 먹었어요?"

어색한 침묵을 깨고 먼저 말을 꺼낸 건 율리였다.

"……아뇨, 아직……."
"그러면 간단하게나마 밥 차려줄까요? 다친 어깨로 혼자 하긴 힘들잖아요."

제호는 대답하는 대신 소파 등받이에 머리를 기대며 말없이 두 눈을 감았다. 허락의 뜻으로 받아들인 율리는 곧바로 주방으로 향했다.

냉장고 안은 텅 비어 있었다. 집주인이나 제호나, 집에서 식사하는 스타일은 아닌가 보다. 생수병 외에는 멸치볶음이나 김치 같은 흔한 반찬 하나 보이지 않았다. 다행히 찬장 안에서 레토르트 제품 몇 개와 참치 통조림을 발견할 수 있었다. 그중에서 버섯 죽과 매운 참치 통조림을 골라 그릇에 덜었다. 전자레인지에 죽을 데워 간소하게나마 상을 차리고 거실로 돌아갔다.

10분도 채 걸리지 않은 시간이었는데, 그새 제호는 소파에 기댄 채 잠들어 있었다. 지방에서 막 올라온 터라 몹시도 피곤했나 보다. 깨우지 않고 몰래 아파트를 빠져나가려던 율리는 현관 앞에서 마음을 바꿨다. 다친 몸이니 아무래도 따뜻한 곳에서 자야 할 것 같았기 때문이다. 다시 소파로 돌아간 율리는 살짝 제호의 어깨를 건드렸다.

"으응."

그는 깨어나는 대신 미간을 찌푸리며 중얼거렸다.

"……조금만 더 잘게……."

꿈이라도 꾸는 걸까? 그녀에게 하는 말 같진 않았다.

"여기서 이러지 말고 방으로 들어가요."

율리는 다시금 제호의 어깨를 건드렸다. 그런데 그때였다. 그가 갑자기 손을 뻗더니, 그녀를 자신 쪽으로 끌어당겼다. 갑작스러운 행동에 율리는 반항 한 번 못 하고 그에게 안기고 말았다.

"하, 재스민."

율리를 껴안은 제호의 입에서 달콤한 한숨이 흘러나왔다.

"……그만……."

깰 생각이 없는지 제호가 눈을 감고만 있자, 그를 내려다보는 초록색 눈동자에 실망의 빛이 떠올랐다.

"……으응, 조금만 더 잘게……."

야옹.

야속한 거절에 재스민은 서글프게 울었다. 집사인 우결이 주말이라고 늦잠 자느라 식사를 챙겨주지 않자, 재스민은 옆방에 있는 제호를 찾아왔다. 하지만 제호 역시 우결과 마찬가지로 일어날 생각을 하지 않았다.

야옹.

그래도 재스민은 포기하지 않고 제호를 괴롭혔다. 툭툭, 꼬리로 얼굴을 쳤고, 팡팡, 솜방망이로 가슴을 때렸다.

"하, 재스민."

그러자 제호는 할 수 없다는 듯, 눈을 감은 채로 재스민을 품에 끌어당겼다. 껴안고 머리를 쓰다듬어주면 재스민은 야옹, 야옹 앙탈을 부리면서도 10분 더 수면을 허락해주니까. 그런데 오늘따라 웬일이지? 재스민의 몸이 평소보다 따뜻하고 부드럽게 느껴졌다. 뭔가 이상했지만, 못 견디게 피곤한 탓에 쉽게 눈을 뜰 수 없었다.

재스민을 더 가까이 끌어당기자, 반항하듯 꿈틀거리는 부드러운 몸체로부터 달콤하고 상큼한 향이 흘러나왔다.

이 향기는? 재스민이 아닌데…….

순간 눈이 번쩍 떠졌다.

"……아……."

흐르드는 밝은 불빛 속에서 붉게 물든 율리의 얼굴이 시야를 가득 채웠다. 그새 깜빡 잠들었던 걸까? 제호는 미간을 찌푸리며 천천히 눈을 깜빡거렸다. 아직도 꿈속에서의 부드러운 감촉과 달콤한 향이 느껴지는 것 같았다. 그가 천천히 몸을 일으킴과 동시에 율리는 황급히 뒤로 물러섰다.

"소파에서 그러지 말고, 방에 들어가서 자요."

제호가 뭐라고 말하기도 전에 율리는 가방을 가슴에 안고 서둘러 현관으로 향했다.

"아, 맞다."

현관문을 열던 그녀는 잠시 동작을 멈추고 뒤를 돌아보았다.

"식탁에 밥 차려놨어요. 이따가 깨면 먹어요."

할 말을 마친 그녀는 그대로 현관문을 열고 아파트를 빠져나갔다. 쿵, 거칠게 닫히는 문소리가 뒤를 따랐다.

다음 날 아침, 선영은 자신보다 먼저 출근한 율리를 발견하고 놀란 표정을 지었다.

"율리 씨, 일찍 출근했네요. 이거 마실래요?"

율리에게 다가온 선영은 양손에 쥐고 있던 테이크아웃 잔 중 하나를 불쑥 내밀었다.

"요 앞 카페에서 오픈 기념으로 플러스 이벤트 하더라고요. 재스민 아이스티예요."

아무 생각이 없이 테이크아웃 잔을 받으려던 율리는 '재스민'이라는 말에 재빨리 손을 거두었다.

"아뇨, 전 괜찮아요."

"사양하지 말아요. 저, 두 개 다 못 마셔요."

"음, 제가 재스민은 별로 안 좋아해서……."

"어, 그래요?"

"네. 향이 너무 인위적이거든요."

지금까지 딱히 불호를 밝히지 않던 율리가 거듭 강조해서 싫다고 하자, 선영은 의외라는 듯 고개를 갸웃거리며 자신의 책상으로 걸어갔다. 선영이 자리에 앉는 걸 확인한 율리는 모니터로 시선을 돌렸다.

사실은 속도 타고 목도 말라서, 음료수를 사러 나갈까? 고민 중이었다. 그런데 하필 선영이 보너스로 받아온 음료가 재스민 아이스티라니! 율리는 입술을 자근자근 깨물며 화면에 뜬 도면을 노려보았다.

― 하, 재스민.

선영이 잔을 내미는 순간, 속삭이듯 중얼거리던 제호의 목소리가 귓가에 떠올랐다. 그가 보인 행동으로 봐서 재스민이란 여자는 연인이 분명했다. 헤어진 사이인지 아니면 지금도 진행 중인 사이인지는 모르겠으나, 꿈에 나타날 정도라면 큰 부분을 차지한 존재임이 틀림없다.

그에게 재스민이란 연인이 있다는 사실을 알게 돼서일까? 어젯밤에도 야한 꿈을 꾸게 될까 걱정했는데 오히려 아무 꿈도 꾸지 않고 아침까지 숙면할 수 있었다.

"후."

다른 여자를 마음에 둔 남자에게 설레다니…….

율리는 저도 모르게 짧은 실소를 내뱉었다. 지금까지 괜히 혼자 가슴을 졸인 꼴이었다.

진심 어린 고백도 아닌 그저 지나가는 가벼운 농담이었는데, 알면서도 바보처럼 마음이 흔들렸다. 권제호란 존재 자체가 부담되어서일까? 그러나 이젠 혼자만의 상상이 깨졌으니, 이유 없는 설렘도 사라질 것이다. 그렇다면 그가 신혼집을 설계해도 크게 문제 될 건 없다고 본다.

그래, 그러니 오늘 어떤 대답을 들어도 크게 동요하지 말자!

생각을 정리하자 한결 마음이 가벼워진 것 같았다. 율리는 한층 밝아진 얼굴로 마우스를 클릭해 도면을 넘겼다.

무슨 일일까? 10시가 넘었는데도 제호는 출근하지 않았다. 슬쩍 선영에게 물어보자, 오후에 출근할 거라는 대답이 돌아왔다.

"어디 몸이 안 좋대요?"

"그런 건 아니고, 지방 출장으로 피곤해서 그러시겠죠. 소장님도 오늘은 하루 쉬시잖아요."

상처가 덧났나 걱정됐지만, 어차피 오후에 나온다고 했으니까 그때 물어보면 될 것이다. 하지만 점심시간이 지나서도 제호는 나타나지 않았다. 그래서인지 걱정으로 일이 손에 잡히지 않았다.

결국 전화해보기로 마음먹은 율리는 휴대폰을 집어 들었다. 하지만 곧 멍한 표정을 짓고 말았다. 그녀는 그의 전화번호를 알지 못했다. 한 번도 물어볼 생각을 하지 않았고, 그 역시 알려주지 않았다. 전화번호조차 모르는 사이. 어쩌면 이것이 그녀와 그의 진정한 관계인지도 모르겠다.

회사 비상 연락망을 찾아보았지만, 모든 서류 절차가 끝난 게 아니기에 아직 권제호의 연락처는 기재되어 있지 않았다.

상태가 나빠진 건 아니겠지? 율리는 불안한 마음을 털어내며 작업에 집중하려 노력했다. 그러나 곧 모니터 위로 빨갛게 물들었던 셔츠가 떠오르며 고통으로 미간을 찌푸리던 제호의 얼굴이 떠올랐다. 가지 말라며 손목을 잡던 아련한 눈빛이 그 뒤를 따랐다.

"저, 오늘은 먼저 들어가볼게요."

결국 율리는 퇴근 시간보다 한 시간 정도 일찍 사무실을 나섰다. 무작정 제호가 머무는 아파트로 차를 몰았다. 그럴 리는 없겠지만, 만에 하나라도 그 혼자 고통스러워하고 있다면…….

"안 돼."

마치 그녀 자신이 다친 것처럼, 욱신거렸다. 그리고 아픈 것도 아픈 것이지만, 챙겨주는 사람 없이 혼자 집에서 굶고 있는 건 아닐까 걱정되었다. 텅 빈 냉장고와 찬장을 떠올린 율리는 가는 길에 잠시 죽 전문점에 들러서 삼계죽도 샀다. 어젯밤에 정신없이 따라가 호수가 가물가물했지만, 건물에 들어서자 다행스럽게도 바로 기억이 떠올랐다.

딩동―.

벨을 누르고 얼마 지나지 않아, 현관문이 열리고 앳된 얼굴의 여자가 얼굴을 쑥 내밀었다. 동글동글한 인상에 새하얀 피부를 가진 여자는 밖에 선 율리를 보고 의아한 표정을 지었다.

"누구시죠?"

순간 율리는 잘못 찾아온 게 아닌가, 생각하며 재빨리 주위를 둘러보았다. 하지만 기억이 맞는다면 이 집은 제호의 친구 집이 분명했다.

"권제호 씨, 지금 여기 계신가요?"

"제호 오빠요?"

율리의 물음에 여자의 눈이 커다래졌다. 어떻게 제호가 이곳에 있는지 아느냐는 분위기였다. 그때 뒤쪽에서 익숙한 목소리가 들렸다.

"재스민."

동시에 여자가 뒤를 돌아보며 말했다.

"제호 오빠, 누가 오빠 찾아왔는데?"

이 여자가 재스민?

여자를 바라보는 율리의 표정이 딱딱하게 굳었다.

"하아, 하아, 하아."

거칠게 숨을 내쉬며 차에 올라탄 율리는 시동을 걸고 서둘러 차를 출발했다. 쉬지 않고 뛰어온 탓에 목구멍까지 숨이 찼지만, 한시도 지체할 순 없었다. 우선은 이곳을 빠져나가야만 했다.

제호와 그의 연인 앞에서 우스꽝스러운 모습을 보일 순 없었다. 율리는 운전대를 움켜쥐며 눈살을 찌푸렸다.

"하, 바보같이."

무턱대고 찾아오는 게 아니었는데……. 물론 번호를 모르니 전화할 수 없었고, 그렇다고 가만히 앉아서 걱정만 할 수 없었다고 변명할 수도 있었다. 그래도 선을 넘은 행동은 분명했다. 낼모레 결혼할 여자가 거기가 어디라고 찾아가! 거기가 어디라고! 아무리 정략결혼이라도 결혼은 결혼이었다. 율리는 경솔했던 제 행동을 탓하며 거칠게 차를 몰았다.

불행 중 다행이라면 한 가지 얻어낸 것이 있다는 점이었다. 그와 재스민이 현재 진행 중인 사이라는 것을 확인한 것이 그것이었다. 그 말은 즉, 이제부터 그가 하는 말은 한 귀로 듣고 한 귀로 흘려도 된다는 뜻이며, 괜한 상상으로 가슴이 두근거리지 않아도 된다는 뜻이었다.

어찌 보면 지금까지 무겁게 짓누르던 고민거리에서 벗어날 기회였다. 하지만 한편으론 소중한 무언가를 잃은 것처럼 쓸쓸했고 먹먹했다. 쉽게 설명할 수 없는 기분이었다. 날카로운 칼날에 베인 것만 같은 통증이랄까.

빨간불에 차를 세운 율리는 공허한 눈으로 창밖을 바라보았다. 빠른 속도로 지나치는 차들이 느리게 보이는 건, 엉망진창인 기분 탓일 것이다.

일찍 회사를 나온 탓에 약속 시간까지 한 시간 정도 남아 있었다. 율리는 딱히 목적지를 정하지 않은 채 차량 흐름을 따라 차를 몰았다. 그러다 보니 어느새 KG그룹 본사 근처까지 와버렸다. 순간 민우를 보러 올라갈까? 그런 생각이 들었다. 그의 집무실에서 커피를 마시고 함께 예복을 피팅하러 간다면 얼추 공백을 메울 수 있었다.

율리는 도로변에 차를 세우고 하늘 높게 치솟은 건물을 바라보았다.

어젯밤 늦은 시각, 우결은 예정보다 일찍 본가에서 돌아왔다.

"주말에나 온다더니?"

제호는 현관으로 들어서는 우결을 의아한 표정으로 바라보았다.

"피를 철철 흘리고 있다는데, 내가 어떻게 가만히 있냐?"

"과장은…… 누가 피를 흘렸다고."

통화 중, 지나가는 듯 상처가 벌어졌다고 언급했는데 우결은 심각하게 받아들인 모양이었다. 우결 뒤에는 여동생인 우경도 함께 있었다.

"좀 보자. 다시 꿰매야 하는지, 아닌지."

우결은 재스민이 든 고양이 이동 가방을 내려놓고 곧장 제호의 상처부터 살폈다.

"오늘은 회사 나가지 마라. 덧나지 않으려면 조심해야 해."

그렇게 신신당부한 우결은 아침 일찍 병원으로 출근했다. 하지만 제호는 회사로 갈 준비를 서둘렀다. 자신이 출근하지 않는다면, 율리는 어제 다친 것 때문이라고 걱정할 테니까. 또한 오늘은 답을 주겠다고 약속한 날이기도 했다. 막 집을 나서려는데, 우경이 양팔을 벌리며 막아섰다.

"안 돼, 오빠. 정 출근하고 싶으면, 오후에 해. 그래야 나도 우리 오빠에게 면목이 서지, 응?"

결국 늦게 출근하겠다고 회사에 알리고 잠시 눈을 감았는데, 진통제에 수면제 성분이 있었는지 오후 늦게야 잠에서 깨어났다. 서둘러 침실을 나서는데, 소파 등받이에 늘어져 있던 재스민이 제호의 품 안으로 폴짝 뛰어들었다.

"재스민."

동시에 현관에 서 있던 우경이 휙, 뒤를 돌아보았다.

"제호 오빠, 누가 오빠 찾아왔는데?"

날 찾아왔다고? 급히 현관문을 나섰을 때는 텅 빈 복도만이 그를 기다리고 있었다.

"어, 방금까지 있었어. 어디 갔지?"

우경은 이상하다는 표정으로 복도를 두리번거렸다. 제호를 부르느라 잠시 뒤돌았을 뿐인데, 그새 상대는 흔적도 없이 사라졌다.

"누구였어?"

"그건 나도 모르지."

우경은 빠르게 고개를 내저었다. 그러다 뭔가 머릿속에 떠오른 듯 눈동자를 굴렸다.

"하여간 되게 예쁘게 생긴 여자였어."

예쁘게 생긴? ……혹시?

텅 빈 복도를 바라보던 제호는 황급히 엘리베이터 쪽으로 걸음을 옮겼다. 알 수 없는 기대감으로 심장 박동이 빨라지기 시작했다. 더불어 발걸음도 빨라지고 있었다. 어느새 그는 전속력으로 뛰고 있었다.

"실장님."

민우가 제대로 집중하지 못하고 자꾸만 한눈을 팔자, 다희는 두 손으로 민우의 얼굴을 감쌌다. 며칠 전, 약혼녀가 갑자기 회사로 찾아오고부터 권민우 실장은 무척이나 몸을 사렸다.

"그만할까요?"

"……아, 아니야, 신 대리. 계속해."

참새가 방앗간을 그냥 지나치랴. 다희가 그만할까라고 물으니, 이번엔 민우가 적극적으로 나왔다. 입술을 겹쳐오자, 다희는 민우의 넥타이를 풀고 셔츠 단추를 하나씩 풀었다.

이미 한 번 급한 불은 끈 후였지만 아직 두 사람은 옷을 입은 상태였기에, 두 번째는 제대로 즐길 계획이었다.

두 사람은 원래 회사 근처 호텔을 이용하곤 했으나, 비상이 걸린 후론 민우의 집무실이 밀회 장소가 되었다. 샤워 시설까지 갖춘 화려한 집무실이라, 크게 불편한 점은 없었다. 또한 별도의 출입문이 따로 있어, 다른 이의 눈을 피해서 몰래 빠져나가기에도 수월했다.

율리가 찾아온 날도 두 사람은 막 관계를 끝내고 함께 샤워하며 여운을 즐기던 참이었다. 하지만 집무실 밖에 약혼녀가 있다는 걸 알게 된 민우는 사색이 된 얼굴로 허겁지겁 뒤처리하기에 바빴다.

권민우 실장이 약혼녀인 채율리를 얼마나 좋아하는지는 대충 알았지만, 그 정도일 줄은 몰랐다. 하지만 사랑은 사랑이고, 욕망은 욕망이다. 민우에게 수도승 같은 금욕과 절제는 먼 나라 이야기일 뿐이었다.

"채율리 씨, 가까이서 보니까 훨씬 더 미인이던데요?"

바지에서 셔츠 자락을 빼내던 다희가 율리를 언급하자, 민우는 불편하다는 듯 눈살을 찌푸렸다.

"아이, 걱정하지 마세요. 전혀 눈치채지 못했을 거예요."

"알아. 하지만 조심해야 해."

"그럼요."

다희는 웃으며 윙크를 보냈다. 아직은 둘의 관계를 들켜선 안 됐다. 진정한 재미는 이제부터 시작이니까. 남의 남자를 빼앗는 것보다 짜릿한 건 없고, 뺏긴 이의 얼굴을 감상하는 것처럼 신나는 일도 없다. 다희는 곧 일어날 일을 상상하며 환하게 미소 지었다. 두 사람의 관계를 알게 되었을 때, 상대가 과연 어떤 표정을 지을지 너무나 기대됐다.
"오늘 결혼 예복 피팅하러 가신다고 했죠? 그러면 서둘러야겠네."
다희는 단단한 허벅지 위에 올라앉으며 두 팔로 민우의 목덜미를 끌어안았다. 막 입술을 겹치려는 순간, 책상 위에 놓인 휴대폰이 울리기 시작했다. 발신자를 확인한 민우의 눈이 튀어나올 것처럼 커다래졌다. 그는 허둥지둥 다희를 옆으로 밀쳐내고 재빨리 통화 버튼을 눌렀다.
"어, 율리야, 무슨 일이야?"
[회사 앞이야. 지금 올라갈게.]
"어? 어…… 그래……."
당황한 탓일까? 민우, 자신이 듣기에도 불안할 정도로 목소리가 떨렸다.

Chapter 5

질투하는 건가?

"율리야, 시간 좀 남았는데, 뭐라도 먹고 갈까?"

"아니, 생각 없어."

창밖을 바라보며 율리가 짧게 대답했다.

"그래, 그럼 피팅 끝나고 먹자."

말은 그렇게 했지만, 솔직히 민우는 죽을 맛이었다. 아까부터 율리가 굳은 표정이었기 때문이다. 혹시라도 눈치챈 건 아닐까? 초조함에 입 안이 바짝 말라갔다. 율리가 회사로 올 줄 알았으면 오늘은 얌전히 있을 걸, 욕망에 눈이 멀어서 그만 실수하고 말았다.

제길!

민우는 속으로 욕설을 내뱉고 힘껏 액셀을 밟았다. 부앙, 굉음을 내며 차가 속도를 올리고서야 율리는 민우에게로 시선을 돌렸다. 하지만 속도를 줄이라고 말하는 대신 좌석 등받이에 몸을 기댔다. 머릿속이 너무 복잡한 까닭에 현실감 있게 속도가 와닿지 않았기 때문이다.

어째서일까?

민우에게 시선을 고정한 채로 율리는 천천히 눈을 깜빡거렸다.

왜 아무렇지 않은 거지?

저번에 이어 오늘도 약혼자의 부정행위를 목격했다. 정확한 물증은 아니었지만, 느낌으로 알 수 있었다.

하지만 조금도 화가 나지 않았다. 실망도, 짜증도, 하다못해 아무런 감정도 일지 않았다. 율리는 그런 자신에게 충격을 받았다.

제호에게 연인이 있다는 사실보다 곧 결혼할 사이인 민우에게 내연녀가 있다는 사실에 동요해야 하는 것 아닌가? 아무리 정략결혼이라도 민우는 곧 남편이 될 사람이었다. 바람피우는 걸 들키지만 않는다면 대충 눈감아주리라고 마음먹었지만, 그래도 무덤덤하게 넘어갈 사항은 아니었다.

신 대리라는 여자보다 재스민이란 여자에게 날을 세우다니 절대로 정상적인 반응은 아니었다. 어쩌다 보니 모든 게 엉망진창이 된 것만 같다. '계속 결혼을 진행해야 하나?'라는 회의마저 슬그머니 들기 시작했다.

스튜디오에 도착해 준비된 본식 드레스를 보게 되자, 더더욱 그런 마음이 강해졌다. 공들여 수선했다지만 초라한 건 여전했다.

"아무리 전통이라지만, 꼭 저걸로 해야 해?"

그러다 보니 말이 날카롭게 나오고 말았다. 민우는 잠시 당황한 얼굴로 율리와 웨딩드레스를 번갈아 보더니 급히 휴대폰을 꺼냈다.

"내가 엄마에게 한번 물어볼게."

"물어보긴 뭘 물어봐. 말이라도 알아서 하겠다고 하면 안 돼?"

지금까지 격한 감정을 힘겹게 누르고 있었기 때문일까? 걷잡을 수 없는 짜증이 밀려왔다. 아무래도 이런 기분으로 웨딩드레스를 입어보는 건 무리일 것 같았다.

"오늘은 너 혼자 피팅해. 난 다음에 올게."

율리는 서둘러 드레스 룸을 빠져나왔다. 하지만 몇 걸음도 떼지 못하고 우뚝 서고 말았다. 복도 저편에서 제호가 걸어오고 있었다. 다급한 얼굴로 율리를 따라 나왔던 민우도 자리에 멈춰 섰다.

"형이 여긴 웬일이야?"

민우가 놀란 표정으로 물었다. 율리 역시 민우만큼이나 놀랐지만, 애써 표정을 가다듬었다.

"나도 오늘 예약이 있거든."

느긋하게 두 사람을 바라보며 제호가 말했다.

"그래? 잘됐네! 룸 따로 쓸 필요 없이 우리랑 같이 써."

제호가 함께한다면 율리도 어쩔 수 없이 화를 수그러야 할 테니까. 타인의 시선이 있을 때 조심하는 것은 국회의원의 딸로서 몸에 밴 몸가짐이었다.

"그래도 될까요?"

민우가 예상한 대로, 제호의 물음에 율리는 묵묵히 고개를 끄덕였다. 제호 덕분에 율리와 드레스 룸으로 돌아온 민우는 안도의 숨을 쉬며 가슴을 쓸어내렸다. 그렇다면 이젠 나도희 여사에게 전화해서 저 망할 놈의 본식 드레스를 처리해야 한다.

"잠깐만, 나 통화 좀 하고 올게."

민우는 휴대폰을 들고 룸을 빠져나가자, 제호가 말을 건넸다.

"혹시 아까……"

"네, 맞아요. 아까 집에 찾아갔었어요."

말이 끝나기도 전에 율리가 재빨리 대답했다. 먼저 말해버리는 게 나을 것이다. 어차피 알게 될 테니까.

"어제 일로 많이 아픈 건 아닌지 걱정됐어요. 마침 근처를 지날 일이 있기도 했고."

"그런데 왜 그냥 갔죠?"

"혼자 있는 줄 알았는데 친구분이 계시기에, 그럴 필요 없다는 생각이 들어서요. 괜찮은 거 알았으니까."

제호는 비스듬히 고개를 기울이며 율리를 바라보았다. 그러다 잠시 후, 혼잣말처럼 중얼거렸다.

"친구 아닌데……."

친구가 아니라 애인이라고 말하고 싶은 건가? 율리는 동요하지 않으려고 노력했지만, 눈빛이 흔들리는 것을 막을 순 없었다. 빤히 쳐다보는 시선이 버거워 그녀는 고개를 돌려 시선을 피했다.

"뭐, 친구든 뭐든. 혼자 아닌 거 알았으니까 된 거죠."

"지금이라도 물어보면 되는데……."

비웃는 걸까? 구태여 얼굴을 보지 않고 목소리만 들어도 그가 지금 웃음을 참고 있다는 사실을 알 수 있었다.

"그럴 필요는 없을 것 같네요. 괜찮으니까 예약 취소하지 않고 왔겠죠."

"……그건 진통제 덕분이죠."

그 말은 약의 힘을 빌릴 만큼 통증이 크다는 뜻이다. 순간 가슴이 뜨끔했지만, 율리는 애써 마음을 다잡았다. 그에겐 보살펴줄 연인이 있으니까.

"후."

그때 툭, 내뱉는 제호의 숨결이 간지럽히듯 가깝게 느껴졌다. 반사적으로 고개를 돌리자, 어느새 그가 가까이 다가와 있었다.

"질투하는 건가?"

"뭐라고요? 내가 왜?"

율리는 피하지 않고 그와 시선을 마주했다. 시선을 피하면 인정하는 꼴이 될 것 같아서였다. 하지만 곧 후회하고 말았다. 이대로 강렬한 시선에 빨려들어갈 것 같은 착각이 들었다. 말없이 그녀를 바라보던 그가 '피식', 입꼬리를 올렸다.

"맞네, 질투."

질투라니, 그럴 리가! 질투는 상대를 좋아할 때나 나타날 수 있는 현상이다. 첫사랑의 추억으로 싱숭생숭할 순 있어도, 그를 좋아하는 건 아니었다. 연인이 있으면서도 사람 헷갈리게 하는 그의 행동에 조금 기분이 상한 것뿐이었다.

"오늘 예약은 취소하지 그랬어요?"

복잡한 감정을 정리하며 율리는 자연스럽게 화제를 돌렸다.

"진통제를 복용해야 할 정도면 통증이 큰 것 같은데……"

걱정해주는 척 눈매를 좁히는 율리를 보며 제호는 비스듬히 입꼬리를 올렸다. 그런 서툰 연기에 누가 넘어간다고. 그녀 딴에는 티 내지 않으려 노력하나 본데, 고슴도치처럼 가시를 세운 게 한눈에 보였다.

아까도 그랬다. 혹시나 하는 마음에 달려가보았더니, 서둘러 엘리베이터에 올라타는 율리의 뒷모습이 보였다. 그녀가 얼마나 당황한 상태인지는 멀리서도 느낄 수 있었다. 우경을 함께 사는 친구로 오해한 걸까? 원한다면 그녀를 붙잡을 수도 있었다. 하지만 그러지 않았다. 너무 몰아붙이기만 해선 안 된다. 숨 고를 틈은 남겨둬야지.

"걱정해줘서 고맙군요."

제호의 목소리는 담담했지만, 바라보는 눈빛은 속을 훤히 꿰뚫어 보는 것처럼 강렬했다. 그렇다고 피하고 싶진 않았다. 시선을 돌리는 대신 율리는 양손을 꽉 움켜쥐었다.
"저로 인해 그렇게 됐는데, 당연히 걱정해야죠."
다른 건 몰라도 그건 진심이었다. 그가 자신 때문에 다친 게 이번이 처음도 아니었고, 그럴 때마다 미안하고 빚진 기분이 들었다. 그때 문이 덜컥 열리고 민우가 들어왔다. 바짝 붙어 서 있는 두 사람을 본 민우는 불쾌한 듯 인상을 찌푸렸다.
"둘이서 무슨 이야기를 그리 심각하게 하는 거야?"
그 말에 율리를 바라보던 제호가 천천히 민우에게로 고개를 돌렸다.
"글쎄?"
힐끗 민우를 쳐다본 제호는 다시 율리에게로 시선을 돌렸다. 그의 입가에 부드러운 미소가 떠올랐다.
"우리가 지금 무슨 이야기를 하고 있었을까?"
"별거 아니야."
제호의 말이 끝나기 무섭게 율리가 황급히 대답해버리자, 민우의 눈빛이 예리하게 번들거렸다. 뭔가 께름칙한데, 정확하게 그게 뭔지는 알 수 없었다. 그래서 더욱더 신경이 곤두섰다.
에이씨…… 도대체 뭐야? 가뜩이나 엄마와의 통화도 생각대로 흘러가지 않아서, 짜증 나 미치겠는데…….
나 여사는 통화 내내, 민우에게 잔소리를 퍼부었다.
─율리랑 결혼하게만 해주면 뭐든지 다 한다며? 그런데 뭔 말이 많아! 너, 지금 집안 전통을 무시하겠다는 거니?
집안 전통은 무슨 얼어죽을 놈의 집안 전통! 애초에 물려받은 웨딩드레스 자체가 없었다. 율리가 마음에 들지 않아 골탕 먹이려는 걸 누가 모를 줄 아나? 하지만 섣불리 항의한 대가는 참혹했다. 혹 떼려다 혹 하나 더 붙인 꼴이 되고 말았다.
― 듣기 싫어! 드레스 입은 사진이나 찍어서 보내!
인증 샷을 보내라니…… 하, 돌아버리겠네.
율리와 제호 사이에 감도는 미묘한 분위기가 마음에 걸렸지만, 우선 발등에 떨어진 불을 끄는 게 먼저였다. 그러려면 괜히 율리의 신경을 건드려선 안 된다.
"……저기, 율리야……."
민우는 곤혹스러운 얼굴로 어색하게 웃으며 율리에게 다가갔다.
"우선 한번 입어보기나 하자. 엄마가 입은 거 보고 영 아니면, 그때 다른 걸로 하자고 하시네."
민우는 조심스럽게 율리의 표정을 살폈다.
그러니까 결국 입어보라는 거잖아. 율리는 거절하고 싶었지만, 제호가 지켜보는 탓에 할 수 없이 고개를 끄덕였다. 가뜩이나 질투니 뭐니 하면서 속을 긁는 남자 앞에서 민우와 다투는 모습을 보이긴 싫었다.
"알았어."
잠시 후, 드레스 착용을 돕기 위해 낸시 송과 직원이 드레스 룸에 들어왔다. 넝마 같은 드레스와 함께 율리는 두 사람을 따라서 피팅 룸으로 들어갔다.

"흥, 허둥지둥 달려 나가는 꼴이라니."
율리의 전화를 받자마자 허겁지겁 뛰어나가던 민우를 떠올린 다희는 눈을 가늘게 모았다. 화난 속을 식히기 위해선 찬바람이 필요했다.

옥상으로 올라간 다희는 유리 난간에 기대며 담배를 꺼내 입에 물었다. 불을 붙이려던 그녀는 잠시 생각에 잠긴 듯 인상을 쓰다, 주머니에서 휴대폰을 꺼냈다. 전화는 신호음 몇 번 만에 바로 연결되었다.

"유리니? 나야, 나. 신다희. 그동안 잘 지냈니?"

[다희 선배님?]

유리는 갑작스러운 연락에 잠시 당황한 듯싶었지만, 이내 깍듯이 대답했다.

[네, 선배님도 잘 지내셨죠?]

"응. 나도 잘 지냈지. 유리야, 이번 동문회에 참석할 거지?"

[……아, 그게…….]

"꼭 나와. 오랜만에 얼굴 좀 보자. 재식인 해외 출장이라 못 온대."

재식이란 이름에 흠칫하는 유리의 반응이 느껴졌다.

"그러니까 부담 갖지 말고 꼭 참석해. 그거 알려주려고 전화했어."

[네, 선배님. 고마워요.]

"그럼 동문회에서 보자."

전화를 끊은 신다희 대리는 '피식' 웃으며 담배에 불을 붙였다.

흥, 누가 가만히 앉아서 순순히 뒷방으로 물러날 줄 알고?

어차피 누구 하나 가슴 뻥 뚫리게 상처 주려고 시작한 일이다.

원래 화풀이 대상은 남친을 빼앗아간 상대였지만, 하다 보니 주위 사람이 되고 말았다. 하지만 상관없으려나? 누구든 아파하면 그만이다. 그녀 혼자만 아파하긴 억울하니까.

"후."

다희는 허공을 향해 길게 담배 연기를 내뿜었다.

"천이 낡아서 조심하셔야 합니다."

등 뒤 지퍼를 아주 천천히 올리며 낸시 송이 설명했다.

"특히 지퍼 주위는 조금만 힘을 가해도 쉽게 찢어지거든요."

굳이 말로 하지 않아도 그냥 보기에도 그랬다. 좋게 말하면 고전미를 물씬 풍기는 드레스였고, 사실대로 말하면 골동품이었다. 목에서부터 손목에 이르기까지 천으로 가릴 수 있는 부분은 모두 가린 드레스는 수녀복을 연상시켰다. 하지만 덕분에 가늘고 풍만한 곡선이 강조돼 목선이 깊숙이 파인 드레스보다 어떤 면에선 한층 몸매가 돋보였다.

"와, 역시!"

본식 드레스로 갈아입은 율리가 피팅 룸에서 나오자, 민우는 감탄한 듯 입을 벌렸다. 휴대폰으로 인증 샷을 찍느라 바쁜 민우와 달리, 제호는 위아래로 드레스를 훑어보더니 마음에 들지 않는 듯 미간을 찌푸렸다.

"생각보다 괜찮네, 그렇지?"

민우의 말에 율리는 작게 한숨을 내쉬었다. 단둘이었다면 '괜찮긴 뭐가 괜찮아!'라고 쏘아붙였을 것이다. 하지만 불평이야 나중에 해도 늦지 않는다. 우선은 피팅을 되도록 빨리 끝내는 게 중요했다.

"민우야, 너도 입어봐야지."

"어, 그래."

민우가 예복으로 갈아입으려 피팅 룸으로 들어가자, 제호는 낸시 송에게 양해를 구했다.

"남자 예복은 도움이 필요 없을 것 같군요."

"그러면 필요하실 때 벨을 눌러주세요."

낸시 송은 벽에 부착된 벨을 가리키고는 직원과 룸을 빠져나갔다.

율리는 피팅 룸에 민우가 있다곤 해도, 모습이 보이지 않으니 제호와 단둘이 남겨진 것 같았다. 어색한 기분에 그녀는 저도 모르게 치맛자락을 움켜쥐었다. 하지만 곧 후회하고 말았다. 낡아빠져서 그런지 작은 힘에도 레이스가 축 늘어졌다. 당황하며 얼른 손에서 놓았지만, 늘어난 부분은 제 상태로 돌아오지 않았다. 제호도 눈치챘는지 미간을 찌푸렸다.

"이 넝마는 도대체 뭡니까?"

늘어난 레이스 자락을 손에 쥐며 그가 물었다.

"지금 뭐 하는 거예요?"

레이스 자락을 잡아끌려던 율리는 흠칫, 동작을 멈췄다. 잘못하면 찢어질지도 모른다. 도중에 동작을 멈춰 어정쩡한 자세가 되어버렸다. 넘어지지 않게 제호는 자연스럽게 율리의 허리에 팔을 감았다.

"이런 걸 본인이 골랐을 리는 없고……."

어째서인지 짜증을 억누르는 것처럼 보였다.

집안 전통이라면서 왜 불쾌해하는 걸까?

"넝마라뇨? 이거, 할머님 드레스잖아요. 대대로 수선해서 입는 게 집안 전통이라면서요."

그 말에 제호는 다시 한번 찬찬히 드레스를 훑어보았다.

잠시 후, 입꼬리가 비스듬하게 올라갔다.

"그래서, 집안 전통이면 군말 없이 따라야 하나? 이런 쓰레기 조각 따위를 입고 식장에 들어가겠다고? 제정신이야?"

빈정거리는 말투에 기분은 상했지만, 그의 말이 맞았다. 아무리 형식적인 정략결혼이라고 해도 이렇게 허름한 드레스를 입고 결혼하고 싶진 않았다. 하지만 속마음을 털어놓을 필요가 있을까? 그는 어차피 제삼자인데······.

"걱정해주는 건 고맙지만, 내가 알아서 결정해요. 아, 아니다. 민우와 결혼하는 거니까, 민우와 상의해서 결정해야죠."

민우와 상의할 것이란 말에 제호의 눈동자가 잠시 흔들렸다. 하지만 그뿐이었다. 그는 입을 다물고 묵묵히 바라만 보았다. 어째서일까? 빈정거리는 것보다 가만히 쳐다보는 눈길이 더욱 견디기 힘들었.

속마음을 들여다보는 것만 같은 눈빛, 뭔가 할 말이 있는 것 같은 눈빛. 고개를 돌려 시선을 피하면 그만인데, 그럴 수 없었다. 아까는 지기 싫어서 시선을 피하지 않았지만, 이번엔 쇠붙이가 자석에 끌려가듯 시선을 피할 수가 없었다. 왜 이 남자 앞에선 어느 것 하나 마음대로 되지 않는 걸까? 결국 율리는 패배를 인정했다.

"그래요, 드레스 마음에 안 들어요. 나중에 민우한테 이야기할 거예요. 됐나요?"

그제야 제호는 만족스러운 미소를 떠올리며 손에 쥔 레이스 자락을 놓았다. 동시에 문이 열리며 예복으로 갈아입은 민우가 걸어 나왔다.

"어? 다들 어디 갔어?"

민우는 낸시 송과 직원을 찾는 듯 주위를 둘러보았다. 혼자선 맬 수 없었는지, 나비넥타이가 목 주위에 걸린 채 풀려 있었다.

"이리 와. 내가 해줄게."

율리가 상냥하게 손을 뻗어오자, 민우는 어리둥절한 표정을 지었다. 조금 전만 해도 쌀쌀맞던 그녀가 갑자기 나긋나긋해졌으니까. 어떻게 된 거지? 하지만 손수 넥타이를 매준다는 데 사양할 이유는 없었다.

질투하는 건가?

"턱, 위로 들어봐."

셔츠의 깃을 바로 세우려 율리는 양손으로 깃을 잡았다. 그때 뭔가 눈에 들어왔다. 자세히 보기 위해 율리는 눈을 가늘게 모았다. 민우의 목덜미 옆쪽으로 희미한 손톱자국이 나 있었는데, 당사자는 전혀 모르는 눈치였다. 누가 만들었는지, 어떻게 생긴 건지, 고민할 필요는 없었다. 율리는 진한 립스틱이 인상적이었던 신 대리를 머릿속에 떠올렸다. 오늘도 민우에게선 연한 레몬 향이 흘러나왔다.

기회를 봐서 경고하든지 해야지, 아무래도 안 되겠다. 들키지 않고 몰래 하는 일탈이라면 눈감아줄 수 있어도, 노골적으로 티를 내는 건 용납할 수 없었다. 율리는 내색하는 대신 민우를 향해 웃어 보였다.

"다 됐어."

능숙한 손길로 넥타이를 매준 율리는 손바닥으로 민우의 어깨를 탁탁 두드렸다.

"이렇게 차려입으니까 멋지다."

"정말?"

생각하지도 못한 칭찬에 민우의 입꼬리가 말려 올라갔다. 율리에게 '멋지다'는 말을 들은 것은 오늘이 처음이었다. 특히, 제호 앞에서 칭찬받았다고 생각하니 기쁨은 배가되었다. 말로 표현할 수 없는 쟁취감에 하늘을 나는 것처럼 감격스러웠다. 흥분한 민우는 율리를 자신 쪽으로 와락 끌어당겼다. 평소와 다르게 율리는 거부하지 않고 순순히 끌려와 품에 안겼다.

아, 아파.

언제나 그렇듯 민우의 손길은 우악스럽고 거칠었다. 확 밀어내고 싶은 것을 참으며 율리는 아랫입술을 깨물었다.

조금만 참으면 돼. 피팅만 끝나면……
"요즘 결혼식은 신랑만 멋있으면 되나?"
그때 건조한 제호의 목소리가 들렸다. 율리와의 오붓한 순간을 방해받은 게 불쾌한 듯 민우는 눈살을 찌푸렸다.
"무슨 소리야?"
민우가 볼멘소리로 묻자 제호는 갸우뚱, 옆으로 고개를 기울였다.
"정말로 몰라서 묻는 거라면, 넌 역시 머리가 나빠."
뭐, 머리가 나빠?
순식간에 민우의 표정이 험악하게 일그러졌다. 그건 어릴 때부터 지겹게 듣던 소리였다. 또래에 비하면 그리 뒤떨어진 편이 아니었지만, 제호와 비교하면 하늘과 땅 차이였다.
하지만 이젠 상관없었다. 자신은 곧 KG그룹의 후계자가 될 터였고, 지금 율리를 손안에 쥐고 있는 것은 제호가 아닌 자신이었다. 보란 듯이 율리를 끌어안은 손에 더욱더 힘이 들어갔다.
"형이 신경 쓸 일은 아니지 않나? 웬 오지랖이야?"
"물론 내가 신경 쓸 일은 아니지."
제호는 순순히 동의하며 고개를 끄덕였다.
"좋아, 그건 그렇고……."
의미심장한 눈길이 율리를 안고 있는 민우의 손에 닿았다.
"커프스단추 단속이나 해."
"뭐?"
제호를 따라 시선을 내리던 민우의 눈이 커다래졌다. 재킷 밖으로 나온 커프스단추가 웨딩드레스의 레이스와 뒤엉켜 있었다.
"앗!"

당황한 민우는 얼른 손을 뗐다. 하지만 이미 엉켜버린 레이스는 쉽게 풀리지 않았다.

"왜, 도와줄까?"

제호가 손을 내미는 순간, 율리는 조심해서 다루라는 낸시 송의 말을 떠올렸다. '잠깐만요.'라고 하려는데 쫘악, 천이 찢어지는 소리가 들렸다.

"아……."

제호는 감정 없는 얼굴로 종이처럼 찢어진 레이스를 바라보았다. 레이스 일부는 아직도 커프스단추에 감겨 있는 상태였다.

충격으로 민우가 아무 말도 하지 못하는 사이, 제호는 다시금 힘 있게 레이스를 잡아당겼다. 쫘악, 날카로운 소리가 한 번 더 크게 울려 퍼졌다. 이번엔 레이스뿐만 아니라, 드레스 치마까지 길게 찢어지며 하얀 맨살이 드러났다. 실내의 찬 공기가 살갗에 느껴지자, 율리의 눈이 당혹감으로 커다래졌다.

"이런……."

제호는 느긋하게 중얼거리며 맨살이 드러난 허리에 팔을 감았다. 율리는 반사적으로 제호의 팔을 붙잡았다. 순간, 두 사람의 시선이 마주쳤다.

"다 보이는데 괜찮겠어요? 나야 상관없지만."

그 말에 율리의 얼굴이 빨갛게 달아올랐다. 팔을 붙잡고 있는 손이 느슨해지자, 제호는 천천히 재킷을 벗어 율리의 허리를 끌어안듯 감쌌다. 혼돈으로 흔들리는 그녀의 눈빛이 그를 바라보았다. 제호는 안심하라는 듯 그녀를 향해 부드럽게 미소를 지었다. 이어서 할 말을 잃은 채 멍하니 서 있는 민우에게로 고개를 돌렸다.

"뭘 멀뚱히 보고만 있어? 숙모님께 전화하지 않고."

제호가 나 여사를 언급하자, 민우는 곤혹스러운 듯 눈살을 찌푸렸다. '후', 제호는 비웃는 듯한 한숨을 내뱉었다. 그리고 민우의 어깨를 툭 내리치며 귓가에 비아냥거리듯 말했다.

"집안 대대로 내려오는 웨딩드레스가 찢어졌잖아."

"에이씨……."

입에서 욕이 쏟아지려는 순간, 민우는 흠칫하며 입을 다물었다. 율리와 시선이 마주쳤기 때문이다. 그녀 앞에서까지 성질을 부릴 순 없었다. 대신 민우는 율리의 허리를 감싼 제호의 손을 매섭게 쳐냈다. 내 여자에게 손대지 말라는 듯, 이글거리는 눈으로 노려보면서.

"옷 좀 갈아입고 올게요."

민우가 휴대폰을 들고 밖으로 나가자, 율리는 제호의 재킷을 입은 채 피팅 룸에 들어갔다. 공간이 좁아서 그런지, 재킷에서 흘러나오는 시트러스 향이 바깥에서보다 강하게 느껴졌다. 마치 제호의 품에 안긴 것 같은 착각이 들 정도였다.

미쳤어, 내가 지금 무슨 상상을 하는 거야?

율리는 기가 막힌다는 듯 웃고는 서둘러 찢어진 드레스를 벗었다.

"이게 다 무슨 소리야?"

민우의 연락을 받은 나 여사는 그길로 전화를 끊고 달려왔다.

"낸시 송, 도대체 관리를 어떻게 한 거야?"

화가 머리끝까지 난 얼굴로 나 여사가 크게 소리 질렀다.

"죄송합니다, 여사님."
"죄송하다고 하면 다 되는 줄 알아?"
"정말, 정말로 죄송합니다, 여사님."
잘못한 것 하나 없지만, 낸시 송은 나 여사를 향해 연신 허리를 굽혔다. 화를 삭이듯 혼자 씩씩대던 나 여사는 이번에는 율리에게 서슬 퍼런 눈길을 보냈다.
"율리야, 넌 이게 어떤 드레스인지 알고는 있니?"
율리는 입을 다문 채 고개를 숙였다.
"도대체 우리 집안을 얼마나 우습게 알았으면 이따위로 행동하는 거니? 이 드레스, 내가 분명히……."
그때 덜컥, 소리와 함께 피팅 룸 문이 열렸다. 아무 생각 없이 소리가 난 쪽으로 고개를 돌리던 나 여사는 예복으로 갈아입고 나오는 제호를 보고 흠칫 놀랐다.
"제호, 네가 왜 여기에……?"
"오랜만이네요, 숙모님."
나 여사를 마주 보는 제호의 입가에 미묘한 미소를 떠올랐다. 제호가 이곳에 있다는 것을 까맣게 몰랐던 나 여사는 왜 말하지 않았냐고 민우를 흘겨보았다. 그러나 사실은 모두 그녀 탓이었다. 드레스가 찢어졌다는 말에, 자초지종을 들을 새도 없이 곧바로 달려왔으니까.
제호의 등장으로 나 여사는 표독스러운 표정을 거둘 수밖에 없었다. 민우는 모른 척 거짓말을 눈감아준다고 해도, 제호는 아닐 테니까.
"한국 들어온 지가 언제인데, 이제야 얼굴을 보게 되는 거니."
"죄송하게 됐군요, 숙모님."
말은 그렇게 했지만, 별로 죄송하지 않다는 표정이었다. 웃어른을 대하는 제호의 태도가 영 거슬렸지만, 지금은 그런 걸 따질 때가 아니다. 나 여사는 서둘러 율리와 민우를 향해 억지웃음을 지어 보였다.

"이미 찢어졌는데 뭐 어쩌겠니. 이걸 꿰매 입겠니? 됐다. 너희 둘이 알아서 하려무나."

말을 마친 나 여사는 제호를 힐끗 노려보고는 그대로 등을 돌려 드레스 룸을 나가버렸다. 민우는 율리에게 먼저 가보겠다는 손짓을 해 보이고 급히 나 여사 뒤를 따랐다. 두 사람이 나가자, 시끌벅적하던 실내가 일순간에 조용해졌다.

"소란스럽게 해서 미안해요."

잘못한 것도 없으면서 가슴을 쓸어내리는 낸시 송과 직원에게 율리가 나 여사를 대신해 사과했다.

"어머, 아닙니다."

낸시 송은 별거 아니라는 듯 손을 내저었지만, 그래도 마음이 편치 않았다. 갑질에 진상 짓하는 사람이 미래 시어머니라니! 가식적일지는 모르겠지만, 그래도 새엄마 안 여사는 유권자의 시선을 의식해서 항상 매사에 조심했다. 부부는 일심동체라고, 권 전무만 성질이 고약한 게 아닌가 보다.

하, 결혼 전부터 이런데 결혼한 후에는 어떻게 나올까.

율리는 씁쓸한 미소를 지으며 행거에 걸린 화려한 웨딩드레스들로 눈길을 돌렸다. 골치 아프게 하던 낡은 드레스도 사라졌겠다, 이젠 마음에 드는 드레스를 고르기만 하면 되는데, 가라앉은 분위기 탓인지 쳐다보는 것만으로도 지쳐버렸다.

"본식 드레스는 다음에 고를게요. 오늘은 여기까지만 하죠."

"네, 편한 대로 하세요."

낸시 송은 이해한다는 듯 고개를 끄덕이고는 직원과 함께 웨딩드레스가 걸린 이동식 행거를 끌고 물러났다.

"이런……."

그때까지 아무 말 없이 지켜만 보던 제호가 기대고 있던 벽에서 몸을 일으켰다.

"난 아직 피팅 안 끝났는데……."

그제야 율리는 나 여사가 부린 소동 탓에 제호가 제대로 피팅하지 못했다는 사실을 깨달았다. 당황한 율리는 벽에 설치된 벨 앞으로 걸어갔다.

"미안해요. 다시 부를게요."

"아뇨."

벨을 누르려는데 그가 율리의 손목을 살며시 잡았다. 율리가 의아한 표정으로 쳐다보자, 그는 가볍게 고개를 저었다.

"나도 오늘은 그만할게요. 슬슬 약효가 떨어지고 있어서……."

지금 보니 제호의 안색이 아까보다 창백해 보였다. 그러면 지금까지 진통제로 버티었다는 건가?

"많이 아파요?"

"후, 그럭저럭 견딜 만해요."

제호는 괜찮다는 듯 씩 웃으며 다치지 않은 쪽 손으로 나비넥타이를 풀었다. 한 손으로 힘겹게 푸는 모습을 보다 못한 율리는 손을 뻗어 대신 나비넥타이를 풀어주었다.

"고마워요."

"아뇨, 내가 더 고맙죠."

"뭐가 말입니까?"

무슨 뜻인 줄 알면서도 그는 딴청을 부렸다. 율리는 나비넥타이의 매듭을 풀며 제호의 눈을 빤히 들여다보았다. 통증을 참느라 미간을 찌푸린 상태였지만, 눈빛 어딘가에 웃음이 배어 있었다. 엉킨 레이스를 풀어주려다 실수로 찢은 게 아니라, 작정하고 찢어버린 게 분명했다.

"드레스, 찢어줘서 고마워요."

사실은 그녀가 찢어버리고 싶었는데, 속마음을 눈치챈 그가 그녀 대신 과감하게 실천에 옮겼다.

"후, 옷을 찢어줘서 고맙다는 여자는 그쪽이 처음이라서……. 앞으로도 필요하면 언제든지 말해요. 깔끔하게 찢어줄 테니까."

"옷을 찢어줘서 고맙다고 하는 여자가 내가 처음이라면……?"

"왜? 지금까지 내가 얼마나 많은 여자의 옷을 찢었는지 궁금해요?"

짓궂은 농담에 율리의 얼굴이 확 붉어졌다. 그런 뜻으로 물어본 게 아니었는데, 그는 다르게 받아들였나 보다. 당황한 율리가 아무 말도 못하자 제호는 '피식' 웃고는 옷을 갈아입으러 피팅 룸으로 들어갔다.

이미 옷을 갈아입은 율리는 소파에 앉아 제호를 기다렸다. 짧은 시간이었지만, 많은 생각이 머릿속에 떠올랐다. 만약 그 옛날, 정략결혼이 그대로 진행되었다면 어떻게 되었을까? 그는 좋은 남편이 되었을까? 그랬다면 아버지와 새어머니의 불륜을 알게 되었어도 덜 충격받았을까? 그는 슬퍼하는 날 위로해주었을까? 든든한 버팀목이 되어주었을까?

가보지 못한 미래를 상상 속에 그려보던 율리는 씁쓸히 웃으며 고개를 내저었다. 좋은 쪽으로만 상상해선 안 되겠지. 어쩌면 남보다 못한 사이로 서먹하게 지냈을 수도 있다.

잠시 후, 옷을 갈아입은 제호가 피팅 룸에서 나오자 율리는 소파에서 일어나 그에게 다가갔다.

"차 가지고 왔어요? 지금 그 상태로는 운전 힘들 텐데……."

"택시 타고 왔어요."

"그럼 제 차로 가요. 바래다줄게요."

민우는 본인 차를 회사에 놓고 율리의 차를 운전해 웨딩 스튜디오로 왔다. 이미 나 여사와 가버렸으니, 바래다줄 필요는 없었다.

제호가 대답하려는데, 휴대폰이 울리기 시작했다. 발신자를 확인한 제호는 잠시 양해를 구하고 통화 버튼을 눌렀다.

"응, 무슨 일이야? ……재스민이 왜?"

제호의 입에서 흘러나온 '재스민'이란 이름에 율리의 미간에 주름이 잡혔다. 엿듣고 싶진 않았지만, 자꾸만 신경이 그쪽으로 몰렸다. 율리는 숨죽여 다음 말을 기다렸다.

"알았어. 그렇게 할게."

전화를 끊은 제호는 율리에게 고개를 돌렸다.

"미안하지만, 집에 가기 전에 잠깐 어디 들렀다 가도 될까요? 이 근처인데."

"그래요."

제호가 들러야 한다는 곳은 한 블록 떨어진 곳에 있는 애완동물 전용 상점이었다.

"좋아하는 간식이 떨어졌다고 아까부터 계속 운답니다."

율리는 그가 사는 집에 고양이가 있었다는 것을 기억해냈다. 간식 종류를 둘러보던 제호는 확인을 위해 다시 전화를 걸었다.

"응, 우경아. 재스민이 좋아하는 게 뭐라고 했지? 츄르?"

잠깐만! 지금 고양이 이름이 재스민이라는 거야?

통화 내용에 귀를 기울이던 율리의 표정이 미묘하게 변했다.

"특별히 찾으시는 게 있나요?"

상점 직원이 도와주려고 다가오자, 제호는 직원도 들을 수 있게 스피커 기능으로 바꾸었다.

[냥냥이에서 나온 츄르 있죠?]

휴대폰에서 익숙한 여자의 목소리가 흘러나왔다. 율리는 아까 오후에 문을 열어줬던 여자의 목소리라는 걸 깨달았다.

그럼 그 여자 이름은 재스민이 아니라 우경?

직원이 제품을 찾으러 간 사이, 우경의 목소리가 끊임없이 흘러나왔다.

[참, 제호 오빠, 오늘 우리 오빠가 많이 늦는다고 기다리지 말래. 난 재스민 저녁만 주고 집에 갈게.]

율리는 재빨리 머리를 굴렸다. 그러니까 제호가 잠결에 불렀던 재스민이란 이름의 주인공은 연인이 아니라 고양이였다는 것이고, 아까 문 열어준 여자는 지금 함께 사는 친구의 동생이라는 건가? 잠시 오빠 집에 들렀던 거고? 그럼 지금까지 나 혼자 오해하고 있었던 거야?

율리는 양손으로 뺨을 감싸며 재빨리 뒤돌아섰다. 혼자 북 치고 장구 치고 착각한 게 얼굴 빨개질 정도로 창피했다. 그런데 무겁게 가라앉았던 기분은 서서히 나아지기 시작했다. 어째서인지 이유는 모르겠지만…….

그날, 집으로 돌아간 민우는 어머니와 한바탕 전쟁을 치렀다. 아들다 키워놓았더니 여자에 미쳐서 간, 쓸개를 다 내줬다는 소리를 들으며 나 여사에게 욕을 바가지로 얻어먹었다.

하지만 쏟아지는 잔소리를 들으면서도 속으론 날아갈 듯이 기뻤다. 오늘 율리는 그를 보며 상냥하게 웃어주었다. 어디 그뿐인가? 나비넥타이도 매줬고, 예복 차림이 멋지다고 칭찬하며 어깨를 두드려줬다. 그런데 뭘 더 바라겠는가! 결혼식 날짜가 다가오니, 율리도 이제 슬슬 그를 남자로 받아들이고 있는 게 분명했다. 겉으로 티를 내지 않는 것일 뿐, 그녀도 두근두근 설레고 있을 것이다.

다음 날에도 민우는 나비넥타이를 매주던 율리의 손길이 느껴졌다. 가느다란 손가락이 닿았던 목덜미가 간질간질해 미칠 것만 같았다. 게다가 웨딩드레스를 입은 모습은 얼마나 예뻤던가? 자꾸만 율리의 모습이 눈앞에 어른거려 도통 업무에 집중할 수 없었다. 결국, 율리도 자신과 같을 거라고 단정 짓고 그녀에게 전화를 걸었다.

"율리야, 오늘 저녁 같이 먹자."

당연히 동의할 것이란 예상을 깨고 거절의 대답이 돌아왔다.

[오늘은 안 돼. 회식 있어.]

"회식? 그거 꼭 가야 해?"

[한 달마다 있는 정기 회식이라서, 나 혼자 빠지긴 그래.]

"그럼 나도 같이 가. 내가 선배한테 전화해서 물어볼게."

민우와 김 소장과는 대학 선후배 사이다. 원래 친분 있는 사이다 보니, 율리가 바우하우스에 근무하기 전부터 종종 회식에 끼곤 했었다. 얼마 전까지만 해도 바우하우스는 KG그룹으로부터 지원받던 입장이니, 문제 될 건 없었다.

[알았어, 그럼 네가 소장님께 여쭤봐.]

"응, 이따 보자."

싱글벙글 웃으며 전화를 끊는데, 신 대리로부터 문자가 날아왔다.

오늘은 언제 볼까요?

만약 어제였다면 바로 집무실로 올라오라고 했겠지만 민우는 인상을 쓰며 꾹꾹 자판을 눌렀다.

선약 있으니까 다음에.

어제도 아슬아슬했는데, 오늘까지 그러면 안 된다. 오늘만큼은 경건한 마음과 몸으로 기다릴 생각이었다. 사랑은 사랑이고, 욕망은 욕망이지만 그래도 오늘은 예외다. 골칫거리였던 넝마 드레스도 없어졌으니, 어쩌면 율리는 어제보다 오늘 마음의 문을 더 열어줄지도 몰랐다. 민우는 환하게 웃으며 비서를 호출하기 위해 인터폰을 눌렀다.

아, 맞다! 민우는 제호 씨가 바우하우스 파트너라는 사실을 알고 있을까? 만약 모르고 있다면 놀랄지도 모른다.

전화를 끊은 율리는 제호에게 물으려 옆자리로 고개를 돌렸다. 하지만 주인 없는 빈자리가 눈에 들어왔다. 그제야 제호가 지금 외근 중이라는 사실을 깨달았다. 전화하려고 했지만, 아직도 그의 번호를 몰랐다. 할 수 없이 대신 민우에게 전화하려는데 갑자기 급한 디자인 수정 건이 생겼다. 그걸 처리하다 보니, 어느새 퇴근 시간이 되고 말았다.

걱정했던 일은 결국 일어나고 말았다. 외나무다리에서 원수가 만나

듯, 외근에서 돌아오는 제호와 막 도착한 민우가 바우하우스 문 앞에서 맞닥뜨렸다.
"네가 여긴 웬일이야?"
"그러는 형이야말로 여기서 뭐 하는 거야?"
"내가 말 안 했었나?"
민우를 쳐다보는 제호의 입꼬리가 살며시 올라갔다.
"나, 바우하우스 공동 대표야."
"뭐?"
방금 뭐라고 한 거야? 민우는 믿지 못하겠다는 눈으로 제호를 노려보았다. 하지만 곧 상황을 깨달은 듯 인상을 찌푸렸다.
"그러면 김 선배가 합병을 거절했던 이유가 형 때문이었어?"
아틀리에 운영에 어려움을 겪던 김 소장이 KG건설의 합병 제안을 거절했을 때, 민우는 그저 알량한 자존심에 객기를 부린다고 넘겨버렸었다. 기부를 끊으면 바로 백기를 들 것이라고 예상했는데, 위태위태해도 계속해서 운영해나가는 걸 보면서 의아해하던 참이었다. 그런데 그게 모두 권제호가 뒤에 있었기 때문이라니. 권 회장의 부름으로 귀국한 줄 알았는데, 그게 아니라 오래전부터 계획된 거였나? 제호를 바라보는 민우의 눈빛이 어둡게 가라앉았다.
"형, 도대체 무슨 속셈인 거야?"
그때 문이 열리며 율리가 걸어 나왔다. 바깥 복도가 시끄러워 무슨 일인가 싶어 나와보는 길이었다.
"민우야, 왜 그래?"
목까지 빨개진 얼굴로 화를 주체하지 못하는 민우를 본 율리는 놀란 얼굴로 다가갔다.

"율리야, 너 왜 내게 형이 여기 대표라는 말 안 했어?"

"응?"

권제호가 공동 대표라는 사실에 조금 놀랄 수는 있어도, 이렇게까지 화낼 일은 아니었다. 율리는 의아한 얼굴로 제호에게로 시선을 돌렸다. 도대체 둘이 무슨 이야기를 나눈 거지? 하지만 제호는 아무 설명 없이 그대로 두 사람을 지나쳐 사무실 안으로 들어가버렸다.

"나 아직 말 안 끝났어. 어디 가는 거야?"

흥분한 민우가 제호를 따라가려고 하자, 율리는 황급히 민우의 팔을 잡아당겼다. 어제는 나 여사가 난동 부리더니, 오늘은 민우 차례인가?

"그만해. 너 지금 남의 회사 앞에서 뭐 하는 짓이야?"

"남의 회사?"

"안 되겠다. 어디 가서 이야기 좀 해."

"가긴 어딜 가?"

아무리 잡아당겨도 민우가 한 발짝도 움직이지 않으려고 하자, 하는 수 없이 율리를 껴안다시피 그의 허리에 팔을 둘렀다. 순간 깜짝 놀란 듯 민우의 눈이 커다래졌다. 그리곤 더는 반항하지 않고 순순히 율리를 따라서 회사 건물을 빠져나왔다. 율리는 건너편에 있는 카페로 민우를 데려갔다.

"왜 이렇게 화가 난 거야?"

자리에 앉자마자 율리는 질문을 던졌다. 오랜 시간 민우를 알고 지냈지만, 오늘처럼 화내는 모습을 본 적 없었다. 물론 지인에게 들어서 알고는 있었다. 그러나 목덜미까지 빨개질 정도로 흥분할 것이라곤 꿈에도 생각하지 못했다.

"몰라서 물어? 그동안 회사 출근하면서 나 몰래 계속 형이랑 얼굴

마주쳤다는 소리잖아."

민우는 율리가 마치 자신 몰래 바람피우다 들킨 것처럼 묘사했다. 진짜로 한눈판 사람이 누군데? 적반하장으로 나오는 민우의 태도에 율리는 헛웃음이 나왔지만, 지금은 그걸 따질 때가 아니었다.

"숨기긴 뭘 숨겼다는 거야? 난 당연히 너도 알고 있을 거라고 생각했어. 가족이잖아."

"가족은 무슨! 10년 만에 얼굴 보는 사촌인데. 에이씨……."

말 끝머리가 뭉개져 잘 들리진 않았지만 민우의 입에서 심한 욕설이 흘러나오자, 결국 율리도 참고 있던 불만을 터뜨렸다.

"넌 회사에 일하러 가지 않고 딴짓하러 가나 본데, 난 아니야. 그러니까 이상한 트집 잡지 말고, 너나 행동 똑바로 해."

"행동 똑바로 하라니, 뭘?"

"넌 내가 아무것도 모른다고 생각하니? 하려면 제대로 해. 나한테 들키지나 말고."

민우는 신 대리와의 관계를 들켰다고는 전혀 상상도 하지 못했다. 그랬기에 지금 율리가 하는 말 역시 이해할 수 없었다.

"그게 무슨 뜻이야?"

주위 시선도 아랑곳하지 않고 민우는 계속해서 큰 소리로 말했다.

"목소리 좀 낮춰."

율리가 불쾌한 듯 눈살을 찌푸리자, 그제야 민우의 표정에 '아차!' 하는 후회가 떠올랐다.

제길! 잠시 눈이 돌았던 게 분명하다. 율리 앞에서 그대로 성질을 드러내다니!

순간 등줄기로 식은땀이 흘러내렸다. 결혼식 때까진 순한 양인 척해야 했는데, 그만 맹수의 이빨을 들키고 말았다.

"네게 미리 말하지 않은 건 미안하게 됐어."

흥분이 가라앉은 듯 민우가 입을 다물자, 율리는 차분하게 상황을 설명했다.

"하지만 제호 씨가 바우하우스 공동 대표가 된 지 얼마 되지 않았고, 그동안 나도 결혼식 준비로 바빠서 너에게 말하는 걸 깜빡했어."

"그거야 그렇지만……."

"하여간, 이번 일은 내가 잘못한 걸로 해."

율리는 여기서 그만하자는 눈으로 민우를 쳐다보았다. 여기서 한마디만 더 하면 그녀도 참지 않고 신 대리에 관해 구체적으로 말할 작정이었다. 다행히 민우는 크게 숨을 내쉬더니, 천천히 고개를 끄덕였다.

"제호 형을 네 회사에서 보는 순간, 너에게 배신당한 것만 같아서 그만 울컥했어."

배신이라면 네가 지금 나에게 하는 게 배신이겠지. 하지만 괜한 말로 다시금 언쟁의 불을 지피고 싶진 않았다. 율리는 자연스럽게 화제를 돌렸다.

"어제 집에 가고 나서 어떻게 됐어? 어머니가 뭐라고 안 하셔?"

"당연히 뭐라고 하셨지. 그게 어떤 드레스인데 망쳐놨냐고. 제호 형이 찢은 거라고 했는데도 계속 소리소리 지르면서…… 하, 말도 마라."

그러니까 결국 나 여사는 집에 가서도 난리를 피웠다는 뜻이다. 흥분을 가라앉힌 후, 본인의 잘못된 행실을 깨닫고 미안해할지도 모른다고 생각한 건 큰 착각이었다. 결혼하고 나면 어떤 시댁이 될지 눈에 훤히 보였다. 룸메이트처럼 살 수 있다는 민우의 말을 곧이곧대로 믿는 게 아니었는데……. 하지만 민우를 탓할 수만은 없었다. 정략결혼을 너무 쉽게 받아들인 그녀 자신의 잘못이기도 했다.
무거운 바위에 눌린 듯 가슴이 답답해지려 하자, 율리는 테이블에 놓인 계산서를 들고 자리에서 일어났다.
"계산은 내가 할게. 이제 그만 가."
"그만 가라니? 회식 같이 안 가?"
회식에 참석하기를 바라는 민우를 향해 율리는 어이없다는 표정을 지었다.
"지금 회식 가면 좋은 소리 나오겠니? 정 가고 싶으면 너 혼자 가."
말을 마친 율리는 민우의 답을 기다리지 않고 그대로 등을 돌려 계산대로 걸어갔다. 민우가 어떤 눈으로 쳐다보는지 상관하지 않은 채.
계산을 마치고 카페를 나가는 율리를 지켜보며 민우는 신 대리에게 전화를 걸었다. 도저히 이런 기분으로 집에 들어갈 수는 없으니까. 얼마나 가슴 졸이며 오늘 저녁을 기다렸는데, 이런 식으로 끝나버리다니 머리끝까지 화가 치밀어 올랐다. 할 수만 있다면 아무거나 닥치는 대로 집어 던지고 싶었다. 하지만 보는 눈이 있기에 컵에 담긴 얼음을 깨무는 것으로 대신했다.
잠시 후, 신호음과 함께 통화가 연결되었다.
"어, 신 대리? 지금 볼 수 있지? ……아니, 호텔 말고. 주소 찍어줘. 내가 집으로 갈게."
엉망이 된 기분을 화끈하게 풀어줄 사람은 신 대리밖에 없었다. 민우는 유리창 너머를 노려보며 입 안에 남은 얼음을 마저 깨물었다.

Chapter 6

숨이 막혀서

"오늘 회식 있어서 늦는다더니?"
현관문을 열고 들어오는 율리를 안 여사가 미소로 맞이했다.
"피곤해서 안 가고 그냥 왔어요."
"그러면 아직 저녁 안 먹었겠구나. 같이 먹자. 아버지는 지금 유리랑 테라스에 계신다. 저녁 준비됐다고 전해주겠니?"
"네."
가만히 고개를 끄덕인 율리는 테라스로 향했다.
사람 감정이란 게 참 웃겼다. 어제 나 여사가 갑질하는 모습을 본 이후로 안 여사가 덜 껄끄럽게 느껴졌다. 적어도 안 여사는 나 여사처럼 약자에게 행패를 부리진 않으니까.
테라스와 연결된 문을 열자, 깔깔거리는 유리의 웃음소리가 들렸다. 율리가 다가온다는 것을 모르는 채 유리는 뒤쪽에서 채 의원의 목을 끌어안고 애교를 부리고 있었다.
"아빠, 아빠. 여행 가기로 한 거 안 잊었지? 언제 가?"
"네 언니 결혼식은 끝내고 가야지."

"그러면 한 달 넘게 기다려야 하잖아. 그전에 가면 안 돼? 올해는 가족 여행, 아직 한 번밖에 못 갔잖아."

올해는 한 번밖에……?

흠칫, 걸음을 멈춘 율리는 혹시나 모습이 보일까 기둥 뒤로 몸을 숨겼다. 결혼식이 끝나면 가족끼리 여행 갈 거라는 소리도 금시초문인데, 분명 유리는 올해 이미 가족끼리 여행을 다녀왔다고 말했다.

왜 난 몰랐던 거지?

"이번엔 율리도 함께 가자고 할까? 결혼하고 나면 함께 가기 어려울 텐데."

"그러면 엄마가 불편해할 거잖아. 엄마를 위해서 가는 여행인데, 엄마가 불편한 건 싫어."

"유리야."

"아빠도 알잖아. 언니가 어떤 눈으로 엄마를 바라보는지. 가끔은 나한테도 그런 눈길 준다고. 오죽하면 친구들이 신데렐라 언니 같대."

잠시 침묵이 흘렀다. 더 잔인한 소리가 나올까 두려워 율리는 쿵, 소리 나게 테라스 문을 여닫았다. 그리고 기둥에서 걸어 나와 두 사람에게 다가갔다.

"저 왔어요."

율리의 목소리에 두 사람은 동시에 뒤를 돌아보았다.

"회식 있어서 늦는다더니 일찍 왔구나."

"네, 그렇게 됐어요."

자신을 보자마자 변하는 두 사람의 얼굴을 보면서 율리는 아랫입술을 깨물었다. 그녀의 등장에 화목했던 분위기는 사라지고 어색함만이 남았다. 언젠가부터 그랬다. 가족이지만 가족이 아닌 느낌.

"어머니가 저녁 준비됐다고 오시래요."

말을 마친 율리는 그대로 등을 돌려 테라스를 나왔다. 그녀가 주방을 지나쳐 현관으로 향하자, 안 여사가 의아한 얼굴로 따라왔다.

"율리야, 저녁 준비가 다 됐는데 어디 가니?"

"먼저 드세요. 전 다시 나가봐야 해서……."

율리는 안 여사를 바라보지 않고 현관문을 열었다. 밖으로 나오자 대문을 향해 뛰었다. 숨이 막혀서 더는 이곳에 있을 수 없었다.

"하아, 하아."

대문을 열고 밖으로 나오고서야 제대로 숨을 쉴 수 있었다. 율리는 손바닥으로 가슴을 누르며 비틀거리듯 거리로 발을 내디뎠다. 호흡이 정상으로 돌아오자, 이젠 눈물샘이 고장 났는지 눈앞이 뿌옇게 변하기 시작했다. 율리는 손바닥으로 눈가를 문지르며 걸음을 재촉했다.

모르겠다. 정말 모르겠다. 가족으로 인정해주지도 않을 거면서, 왜 채 의원은 그녀를 놓아주지 않을까? 옆에 두고 감시하지 않으면 혹시 그녀가 자신의 치부를 발설할지 모른다고 걱정하는 걸까? 민우와의 결혼을 승낙한 것은 KG그룹에서 알아서 관리할 거라고 믿어서일까?

"하아."

또다시 숨이 막혔다. 남은 시간 동안 가족과 지낼 걸 생각해도 숨이 막혔고, 앞으로 다가올 결혼 생활을 상상해도 숨이 막혔다.

도대체 어쩌라는 거야?

율리는 눈물을 훔치며 가방 안에서 휴대폰을 꺼냈다. 이럴 때 그녀를 위로해줄 사람은 현경밖에 없었다. 전화는 신호음 한 번만에 연결되었다.

[응, 율리야.]

현경의 밝은 목소리를 듣자, 다시금 눈물이 핑 돌았다. 율리는 떨리는 목소리를 가다듬으며 입을 열었다.
"현경아, 지금 볼 수 있니?"
[어머, 내가 말 안 했니? 나, 지금 오사카야. 낼모레 돌아가. 왜, 급한 일이야? 비행기 타고 지금 갈까?]
현경이라면 그러고도 남는다. 하지만 그렇게까지 할 순 없었다.
"아니, 급한 건 아니고…… 그냥 금요일 밤이라서 전화한 거야. 돌아오면 그때 보자."
율리는 애써 밝은 목소리로 대답하며 서둘러 전화를 끊었다. 통화가 길어지면 현경은 율리의 목소리가 평소와 다르다는 것을 눈치챌 것이다. 휴대폰을 가방 속에 집어넣으며 율리는 길게 한숨을 내쉬었다.
이럴 줄 알았으면 회식에 참석하는 건데…….
집에 들어가기는 싫었고, 그렇다고 마땅히 갈 곳도 없었다. 율리는 걸음이 이끄는 대로 정처 없이 걷기 시작했다. 주택가를 빠져나오자 화려한 네온사인으로 물든 거리가 나왔고, 상점가를 지나자 다시금 주택가가 시작되었다. 아무 생각 없이 걷기만 하던 율리의 눈에 왠지 낯익은 풍경이 보이기 시작했다. 그녀는 천천히 걸음을 멈추고 주위를 둘러보았다.
"……아……."
눈앞의 건물을 올려다본 율리는 작게 탄성을 흘렸다. 발걸음이 다다른 곳은 제호가 친구와 지내고 있다는 아파트였다. 율리는 어처구니없는 자신에 놀라고 말았다.
여기가 어디라고 왔을까. 여기가 어디라고.
"……율리?"

그때 나직한 목소리가 그녀를 불렀다. 목소리의 주인공이 누구인지는 굳이 확인할 필요 없었다. 율리는 천천히 뒤를 돌아보았다. 차에서 내린 제호가 그녀를 향해 걸어오고 있었다.

"왜 벌써 와요? 회식 안 갔어요?"

그가 입을 떼기 전, 율리가 먼저 질문을 던졌다. 그녀 앞에 멈춰 선 제호는 비스듬히 고개를 기울였다.

"그보단 내가 먼저 물어봐야 할 것 같은데……."

"아, 그냥 걷다 보니까 여기까지 온 거예요. 그쪽을 만나러 온 게 아니라…… 아……."

애써 변명을 늘어놓는 율리의 뺨을 제호가 손을 들어 부드럽게 감쌌다. 깜짝 놀란 눈으로 바라보자, 그는 그녀에게로 고개를 숙였다.

"울었어?"

"……아……."

순간 할 말을 잃고 머릿속이 멍해졌다. 눈에 띌 정도로 눈물 자국이 남았던 걸까? 당황한 율리는 황급히 고개를 돌렸다. 하지만 곧 커다란 손이 그녀의 턱을 감싸 쥐고 앞을 향하게 했다. 눈가에 맺힌 눈물을 재차 확인한 제호는 미간을 찌푸렸다.

"민우 때문에 운 거야?"

높낮이 없이 가라앉은 목소리였지만, 힘겹게 감정을 억제하고 있다는 건 느낄 수 있었다. 율리는 대답을 미룬 채, 가만히 그의 얼굴을 올려다보았다. 어쩌면 무의식적으로 이곳을 향해 걸어왔을지도 모른다는 생각이 들었다. 이유는 알 수 없지만, 그를 보는 것만으로도 상처받아 울렁이던 마음이 잔잔히 가라앉기 시작했다. 오래전, 그 앞에서 펑펑 우는 걸 상상하며 마음을 달랬던 것처럼.

"녀석이 어떻게 한 겁니까?"

재차 묻는 제호의 눈빛이 오싹할 정도로 서늘했다. 애써 화를 참고 있는 눈빛이었다. 그래, 어쩌면 저 눈빛 때문일지도 모르겠다. 날 걱정해주고 있다는 착각이 들게 하거든.

"난 남자 때문에 울지 않아요."

짧은 침묵이 흐르고, 이윽고 율리의 입에서 대답이 흘러나왔다.

"후."

제호는 잡았던 턱을 놓으며 낮게 웃음을 터뜨렸다.

"듣던 중 마음에 드는 소리군."

하지만 그렇다고 의문의 눈초리를 거두진 않았다.

"민우 때문에 운 게 아니라면, 왜……?"

"운 거 아니에요. 걸을 때 찬바람에 눈이 시려서…… 그래서 눈물이 난 거예요."

뻔하고도 궁색한 변명이었지만, 제호는 더 물고 늘어지지 않았다. 믿어주겠다는 듯이 가볍게 고개를 끄덕였다. 그리고 율리가 던진 질문에 대답해주었다.

"회식은 5분 정도 앉아 있다가, 법인 카드 넘겨주고 왔어요. 어차피 회식 자리에 윗사람이 오래 있으면 다들 불편해할 테니까."

대답을 끝낸 제호는 이번엔 율리에게 물었다.

"민우와 나가서 뭐 했습니까? 같이 저녁 먹었어요?"

"아뇨, 그냥 차 한잔 마시고 헤어졌어요."

"그럼 아직 저녁 안 먹었겠군요. 잘됐네. 혼자 먹기 싫었는데……. 들어와서 저녁 먹고 가요."

"아뇨, 전……."

거절의 말을 꺼내려는 율리에게 제호가 빠르게 말을 보탰다.

"입맛은 통 없는데, 진통제를 복용하려면 뭔가 먹긴 먹어야겠고."

제호는 아직도 통증이 심하다는 듯, 어깨를 손으로 가리키며 얼굴을 찌푸렸다. 그녀를 돕다가 상처가 다시 벌어졌으니, 책임지라는 뜻이 은연하게 깔린 것도 같았다.

그렇다 해도 남자 혼자 사는 집에 또다시 들어가라고? 율리는 곤혹스러운 얼굴로 입술을 깨물었다. 정중히 사양하고 돌아가는 게 맞았다. 하지만 집에 가긴 싫었고, 그렇다고 마땅히 갈 곳도 없었다. 오랜 시간 걸어서 발도 아팠고, 쌀쌀한 밤 기온에 으슬으슬 추워지기 시작했다. 물론 커피숍이라도 들어가서 시간을 보내면 된다. 그러나…….

율리는 가만히 선 채로 대답을 기다리는 제호를 바라보았다. 그를 본 순간, 혼자 남겨지기 싫다는 생각이 들었다. 홀로 있게 된다면 별의별 생각이 무겁게 그녀를 내리누를 것 같았다. 벌써 상상하는 것만으로 숨이 막힐 것처럼 가슴이 답답해졌다. 결국 율리는 고개를 끄덕이고 제호를 따라 안으로 들어갔다.

불과 며칠 만에 다시 온 것인데, 집 안 분위기는 처음 방문 때와 조금 다른 것 같았다.

야옹.

커다란 눈을 가진, 눈처럼 하얀 고양이가 있기 때문일까? 고양이 특성상 낯선 사람을 보면 어디론가 숨기 마련인데, 재스민은 스스럼없이 다가왔다. 율리의 발에 몸을 비비며 꼬리를 감는 모습이 마치 자신을 봐달라고 종알거리는 아이 같았다. 율리가 허리를 굽혀 머리를 쓰다듬어주자, 재스민은 기분 좋은 듯 눈을 반쯤 감으며 고개를 뒤로 젖혔다.
"준비되면 부를 테니까, 거실에서 재스민이랑 기다려요."
"아니요, 저도 도울게요."
율리는 제호를 따라서 주방으로 들어갔다.
"할 거 별로 없어요. 죽만 데우면 되니까."
"그럼 상이라도 차릴게요."
제호는 좋을 대로 하라는 듯, 고갯짓으로 냉장고를 가리켰다. 엊그제까지만 해도 텅 비었던 냉장고는 온갖 반찬을 담은 용기로 꽉 채워져 있었다.
"친구가 본가에서 이것저것 받아온 겁니다. 빈손으로 가버리면 어머님이 서운해하셔서…… 이것도 친구 어머님이 해주신 거예요."
전복죽이 담긴 냄비를 가스레인지에 올리며 제호가 말했다.
잠시 후, 간단하게 상을 차리고 두 사람은 마주 보며 식탁에 앉았다. 정성이 담긴 음식이어서일까? 한 입도 먹기 힘들 줄 알았는데, 고소한 전복죽이 부드럽게 넘어갔다. 하지만 제호는 그녀와 달리 어려움을 겪었다.
"……윽……."
숟가락을 들던 중, 갑자기 미간을 좁히며 다친 어깨를 감쌌다. 손을 들어 올릴 때마다 통증이 따랐다. 왼손으로 바꿨지만, 숟가락질이야 그렇다 쳐도 젓가락질은 쉽지 않았다. 그 모습을 지켜보던 율리는 젓가락으로 장조림을 집어, 제호의 죽 그릇에 놓아주었다.
"돌아가신 엄마가 이렇게 반찬을 올려주곤 하셨어요."
"후, 갑자기 애가 된 기분이네."

그 말에 율리는 '피식' 웃으며 이번엔 오이무침을 젓가락으로 집었다.

돌이켜보면 어머니가 돌아가신 후로는 한 번도 이런 보살핌을 받지 못했다. 나중에 새엄마로 들어온 안 여사는 표면적으론 자상한 어머니 노릇을 했지만, 언제나 두 사람 사이에 놓인 벽을 느끼곤 했었다. 처음엔 친모가 아니라서 그런 거라고 여겼는데 동생인 유리에게는 다르게 행동했다. 유리는 자신보다 더 어리니까, 그래서 안 여사가 더 챙겨준다고만 생각했다. 친딸이기에 그런다고는 상상도 하지 못했다.

끝까지 아버지의 불륜을 알아차리지 못했다면 어떻게 됐을까? '눈 가리고 아웅' 하는 식으로 가족이라고 착각하면서 살았을까?

멀리 떨어져서 보면 제대로 된 그림이 보인다고 제삼자의 눈으로 바라보니, 채 의원에게 자신이 어떤 존재인지 이해되기 시작했다. 자신은 죽은 아내의 딸일 뿐이고 가족이 아닌, 단지 선거 운동에 필요한 소모품일지도 모르겠다. 밖에 버리자니 불안하고 안에 품자니 껄끄러운 존재일 뿐 진정한 가족은 아니다.

제호는 시시각각 어둡게 변하는 율리의 얼굴을 말없이 지켜보았다.

얼마 전에도 느꼈지만 율리와 채 의원과의 사이는 그가 알던 부녀 사이가 아니었다. 채 의원과 부딪치자 눈에 띌 정도로 생기를 잃어버렸던 그녀. 율리와 민우의 정략결혼에 혹시라도 자신이 모르고 지나친 부분이 있는 건 아닐까? 하는 의구심이 들었다.

그때 땡땡, 문자 알림 소리가 들렸다. 모르는 번호로 온 문자였다. 아무 생각 없이 문자를 열어 본 율리는 잠시 제 눈을 의심했다. 간결한 문자와 함께 사진 한 장이 첨부되어 있었다.

30분 전, 권민우 실장.

사진엔 발가벗은 민우가 슬립 차림의 여자를 끌어안고 있는 모습이 담겨 있었다. 술에 취한 듯 널브러진 민우가 상대 여자의 목덜미에 얼굴을 파묻고 있는 셀카였다. 율리는 휴대폰을 들고 황급히 자리에서 일어섰다.

"잠시만요."

교묘하게 가장자리를 잘라낸 사진이라, 셀카를 찍은 여자의 얼굴을 볼 순 없었다. 하지만 누구인지 짐작해내기 어렵지는 않았다. 슬라이딩 도어를 열고 발코니로 나간 율리는 곧바로 민우에게 전화를 걸었다. 신호 한 번만에 전화를 받던 그가 오늘은 오랫동안 받질 않았다. 포기하고 끊으려는 순간, 전화가 연결되었다.

[……율리야?]

혀끝이 마비된 듯 어눌한 말투가 흘러나왔다.

"너, 지금 어디야?"

[나, 어…… 나…… 지금 어디지?]

침대에서 몸을 일으키는지 부스럭거리는 소리가 들렸다. 잠시 침묵이 흐른 후, 민우의 목소리가 이어졌다.

[……아, 그보다 율리야…… 네 목소리 듣고 싶었어.]

'미쳤니?'라는 말이 나오려는 걸 간신히 참으며 율리는 길게 숨을 들이마셨다.

"흐음, 도대체 얼마나 많이 마신 거야?"

[……많이 안 마셨어. 그냥 속상해서 조금 마셨어. 율리야…… 아까 내가 흥분했던 것 같아.]

그가 띄엄띄엄 말을 이었다.

[내가 잠시…… 어떻게 됐었나 봐. 요즘 계속해서 야근하느라, 신경

이 곤두섰어. ……결혼식도 다가오고…….]

말이 끝나기를 기다리는데, 어디선가 들릴 듯 말 듯, 웃음소리가 들렸다. 정확하게 말하면 웃음소리라기보다는 신음에 가까운 소리였다.

"옆에 누구 있어?"

[어? 어……. 아, 아냐, 나 혼자야. 아마도 TV 소리일 거야. 볼륨 줄일게.]

율리의 물음에 술이 퍼뜩 깬 듯 어눌했던 민우의 목소리가 정상으로 돌아왔다.

[하여간 율리야, 오늘 일은 내가 잘못했어. 미안해.]

민우는 율리가 지금 사진을 전송받았다는 걸 전혀 모르는 눈치였다. 지금도 그의 옆에는 사진을 보낸 여자가 함께 있겠지? 율리는 민우처럼 뻔뻔스럽게 연기할 자신이 없었다.

"민우야, 너 많이 취했어. 술 깨면 그때 이야기해."

목소리 끝이 갈라지기 전에, 율리는 서둘러 전화를 끊었다. 사진 속 장면이 자꾸만 눈앞에 떠올라 더 통화를 끌었다간 구역질이 날 것만 같았다. 뒤에서 들린 소리가 제발, 사진 속 여자의 신음은 아니었길 빌었다. 정말 진심으로, 그 정도까지 민우를 경멸하고 싶진 않았다.

"어떡하지? 율리, 단단히 화났어."

율리가 일방적으로 전화를 끊자, 민우는 풀 죽은 얼굴로 고개를 떨구었다. 아무나 물어뜯는 포악한 미친개가 약혼녀 앞에선 말 잘 듣는 대형견이 되었다. 그것도 연신 꼬리를 흔들어대는 골든 리트리버로.

숨이 막혀서

다희는 침울한 표정의 민우를 끌어안으며 가슴에 뺨을 기댔다.
"괜찮아요. 내일 되면 다 잊을 거예요."
"내일은 내일이고…… 난 지금, 위로가 필요해."
누가 미친개 아니랄까 봐 조금 전까진 약혼녀가 화났다고 걱정하더니, 갑자기 욕망에 눈먼 남자로 돌변해버렸다. 하지만 다희는 그런 민우의 태도가 싫지 않았다. 그럴수록 가스라이팅이 쉬워지니까.
"결혼하기도 전에 숙이고 들어가면 나중에 어쩌시려고요?"
"걱정하지 마. 결혼만 하면 앙탈 부리는 것도 끝이야. 결혼식 끝나자마자, 남편의 권리를 행사할 거니까."
민우는 눈앞에 놓인 하얀 목덜미를 깨물며 율리를 떠올렸다. 그 곱고 가는 목선에 내 여자란 흔적을 진하게 남기면 얼마나 뿌듯할까. 상상하는 것만으로 온몸에 전율이 일었다.
"그런데…… 정략결혼이잖아요."
민우의 머리카락을 쓸어 넘기며 다희가 낮게 속삭였다.
"그렇다면 실장님 약혼녀도 나 같은 숨겨둔 애인이 있을지도 모르겠네요, 그렇죠?"
순간 민우가 험상궂은 얼굴을 들어 올렸다. 상상만으로도 참을 수 없는 것 같았다. 민우는 당장에라도 죽일 것처럼 다희를 노려보았다.
"율리는 그런 여자 아니야."
세상 모든 여자가 그렇다 해도 율리는 아니다. 도도하고, 차갑고, 아무에게도 눈길 주지 않고. 자신이 좋아하는 채율리는 그래야만 했다.
"그래도 뒷조사는 해봐야 하는 거 아닐까요? '열 길 물속은 알아도 한 길 사람 속은 모른다'는 옛말도 있는데……."
두 손으로 민우의 뺨을 감싸며 그녀가 유혹하듯 속삭였다.

"하아."

온몸에 힘이 빠져서인지 손에 쥐었던 휴대폰이 툭, 바닥에 떨어졌다. 상대는 왜 이런 역겨운 사진을 보낸 걸까? 일부러 도발해서 뭘 어쩌려고? 날카로운 비명이 튀어나올 것만 같아, 율리는 두 손으로 입을 틀어막았다. 당당하게 얼굴을 볼 자신도 없으면서 비겁하게 이게 뭐야? 애써 가다듬은 감정이 모멸감으로 다시금 널뛰기 시작했다. 율리는 크게 숨을 들이쉬었다 천천히 내뱉었다. 하지만 큰 도움은 되지 못했다.

"흑."

흐느낌과도 같은 거친 숨이 입에서 흘러나오는 순간, 언제 다가왔는지 제호가 뒤에서 그녀를 가만히 끌어안았다.

"……괜찮아?"

흠칫, 놀라는 율리의 귓가에 낮은 속삭임이 흘러들었다.

"너, 지금 떨고 있어."

제호의 말대로 온몸이 사시나무처럼 덜덜 떨리고 있었다. 떠는 것을 멈추려 이를 악물었지만, 소용없었다. 민우를 남자로서 좋아하는 것은 아니다. 하지만 곧 결혼할 사이였다. 아무리 감정이 없다고 해도 다른 여자를 품에 안은 약혼자 사진을 보고 나서 아무렇지 않을 순 없었다. 정략결혼이라도 친구로서 최소한의 예의는 지켜줄 것이라고 믿었는데…… 너무 과분한 기대였을까?

율리는 끌어안은 제호의 손을 뿌리치는 대신 힘없이 눈을 감았다. 오늘따라 유독 힘든 날이었기에 잠시만이라도 가만히 있고 싶었다.

다행스럽게도 제호는 아무것도 묻지 않았다. 그저 아이를 달래듯 율리의 팔을 손바닥으로 부드럽게 쓸어내렸다.
"밤바람이 차가워요. 안으로 들어가죠."
율리를 놓아준 제호는 바닥에 떨어진 휴대폰을 집어 들고는 묵묵히 건넸다. 화면은 꺼진 상태였지만 혹시라도 사진을 제호가 보게 될까, 율리는 재빨리 휴대폰을 재킷 주머니에 넣었다.
식탁으로 돌아오니 먹다 만 전복죽이 그대로 놓여 있었다. 하지만 입맛을 잃어버려 도저히 음식이 목구멍으로 넘어가지 않았다. 율리가 숟가락을 든 채 음식을 보고만 있자, 제호는 조용히 일어나 에스프레소 머신으로 향했다.
"커피 내려줄게요."
그녀의 의사를 묻는 대신 제호는 잠자코 에스프레소를 내렸다. 잠시 후, 김이 모락모락 나는 커피 잔을 율리 앞에 내려놓으며 그가 물었다.
"무슨 일인지 물어보면 대답해줄 겁니까?"
……음, 글쎄, 뭐라고 해야 할까? 가족 안에서 철저한 소외자라는 것을 깨닫는 동시에, 별모레면 결혼할 남자 품에 지금 다른 여자가 안겨 있다고 알려줄까? 그러면 그는 어떤 반응을 보일까? 예의상 '이런, 유감이군요.'라고 말할까?
율리는 씁쓸하게 웃으며 두 손으로 커피 잔을 감싸 쥐었다. 커피 잔 속 검은 액체가 그녀의 속마음처럼 느릿하게 흔들거렸다.
"별일 아니에요. 결혼식을 앞두고 예민해졌나 봐요. 통화하면서 민우랑 조금 다퉜거든요."
"……예민해져서라……."
반박하지는 않았지만, 제호는 믿지 않는다는 얼굴로 혼잣말을 중얼거렸다. 할 수만 있다면 코앞에 거울이라도 들이밀고 싶었다. 율리는 지금 자신이 어떤 모습으로 앉아 있는지 전혀 모르고 있다. 새파랗게 질린 얼굴로 겨우 버티고 있는 게 눈에 훤히 보이는데, 고작 예민해서라니…….

아까도 분명 율리는 눈물을 흘리고 있었다. 찬바람에 눈물이 고였다는 변명이 통할 리 없었다. 제호는 물끄러미 율리를 바라보며 식탁 위를 손끝으로 톡톡 내리쳤다. 지켜보고만 있자니 속이 답답했다. 그러나 그가 할 수 있는 일은 없었다.

"그러고 보니, 깜빡 잊었군요. 어제 대답해주기로 했는데…… 신혼집 설계 건 말입니다."

"……아, 네."

율리는 무심한 얼굴로 고개를 끄덕였다. 사람 마음이라는 게 참 간사했다. 엊그제까지만 하더라도 꽤 절실한 문제였는데, 갑자기 아무 일도 아닌 게 되어버렸다.

"그전에……."

제호는 대답을 미루고 율리를 향해 상체를 굽혔다. 당황한 듯 그를 마주 보는 눈동자가 살며시 흔들렸다.

"하나만 묻죠. 아직도 내가 불편합니까?"

불편하냐고? 율리는 입을 다문 채, 제호의 눈을 빤히 들여다보았다. 불과 이틀이란 짧은 시간이지만, 그와의 사이에 놓인 경계가 허물어진 느낌이 들었다. 정말로 불편했다면 그가 뒤에서 껴안았을 때 뿌리쳐야만 했다. 하지만 그러지 않았다. 아니, 오히려 그에게 기대고 싶었다.

"……아뇨."

율리는 살며시 고개를 저었다. 뻔히 보이는 거짓말은 하고 싶지 않았다. 그 대답이 마음에 든다는 듯 제호의 입매가 비스듬히 올라갔다.

"그렇다면 신혼집 설계, 내게 맡겨요. 어제 질문의 답이 아니라, 부탁하는 겁니다."

'부탁'이라는 말에 마음이 움직이고 말았다. 율리는 자석에 끌리듯 천천히 고개를 끄덕였다. 어처구니없는 상상일 테지만, 그가 설계해준 집이라면 조금은 보호받는 느낌이 들 것도 같았다. 삭막한 결혼 생활에서 얻어낼 수 있는 유일한 기쁨 같은 거랄까. 율리의 승낙을 받아낸 제호가 자리로 돌아가 앉아, 숟가락으로 죽을 떠 올렸다.

"난 좀 더 먹을게요. 약을 먹어야 해서."

그리고 그는 죽을 뜬 숟가락을 율리에게 내밀었다. 율리가 의아한 표정으로 바라보자, 고갯짓으로 장조림을 가리켰다. 너무나 자연스러운 행동에 율리는 저도 모르게 '풋' 웃고 말았다. 그녀가 젓가락으로 장조림을 집어 올려주자, 그도 그녀를 따라 '피식' 웃었다.

"함께 먹으니까 맛있네요."

'함께'라는 말을 꼭 상대가 그녀여서 사용한 건 아니겠지만, 순간 가슴이 설렜다. 더불어 살포시 입가에 머무는 미소. 언제나 싸늘한 표정의 남자가 짓기엔 너무나도 섬세하고 아름다운 미소라고 율리는 생각했다. 그래서인지 까닭 없이 마음이 아팠다. 그와 함께 식사하며 저 미소를 받아줄 미래의 누군가가 그녀는 절대로 아닐 테니까.

그래서 바보처럼…… 하아, 속이 쓰렸다.

율리가 돌아가고 난 후 제호는 거실 소파에 앉아 오늘 오전, 브랜든이 보낸 자료를 검토했다. 태블릿 PC 속 자료 화면이 뒤로 넘어갈수록 그의 표정이 서서히 굳어갔다. 예상했던 것보다 상황이 훨씬 심각했다. 재개발 철거 과정에서 연이 닿은 하청 건설 업체와의 관계가 특히 그랬다. 모아 개발 산업은 겉으로는 멀쩡한 건설 회사였지만, 사실은 사채업을 기반으로 둔 폭력 조직과 다름없는 회사였다.

언젠가부터 권민우 실장의 주도하에 모아 개발 산업에 돈세탁을 맡겼고, 아카디아 몰 프로젝트 도중, 비자금 확보를 위해 모종의 거래가 있었다는 정황도 곳곳에서 나타났다. 근래 들어 권 전무조차 모를 꽤 굵직한 건도 몇몇 존재했다.

이 자식, 도대체 어디까지 손을 댄 거야?

모든 검토가 끝났을 때는 저절로 욕설이 튀어나왔다. 제호는 거칠게 머리카락을 쓸어 올리며 벌떡 소파에서 일어섰다. 너무 안일하게 생각했던 자신에게 화가 났다. 만약에 권민우가 아버지의 교통사고와 연관된 게 사실이라면, 그는 무슨 일도 저지를 수 있는 인물이라는 걸 간과하고 있었다. 그렇다면…….

제길!

재빨리 캘린더의 숫자를 확인한 제호는 다시금 욕설을 속으로 내뱉으며 손바닥으로 세수하듯 얼굴을 문질렀다. 초조한 나머지 저절로 미간이 좁아졌다.

계획을 바꿔야 하나?

율리와 민우의 결혼식까진 한 달 조금 넘게 시간이 남았을 뿐이다. 처음 그가 율리에게 다가간 이유는 민우를 흔들기 위해서였다. 하지만 율리가 유혹에 넘어온다고 해서, 민우와의 결혼을 깰 것이라곤 기대하지 않았다. 오히려 결혼까지 가는 게 그에겐 더 유리했다. 감정을 흔드는 것이라면 결혼 전보다는 결혼 후가 더 효과적일 테니까. 채율리는 권민우의 아킬레스건이 될 수도, 또한 트로이의 목마가 될 수도 있었다. 그런데…….

"후."

제호는 손으로 이마를 짚으며 길게 숨을 내쉬었다. 언젠가부터 율리를 대할 때마다 본래의 목적에서 조금씩 비껴가고 있었다. 할 일이 따로 있는데…… 한가하게 연민이나 하고 있을 때가 아닌데…….

그런데도 자꾸만 눈물을 감추려던 율리의 얼굴이 눈앞에 어른거려서 목표에 집중할 수 없었다. 여리게 떨던 가녀린 몸도, 빛을 잃고 허공을 바라보던 눈빛도…….

제호는 다시 소파에 앉아 태블릿 PC를 집어 들었다. 몇 번이고 반복해서 자료를 검토하고 검토했으나, 매번 같은 결론에 도달했다. 이대로 그녀를 결혼식장으로 들어가게 놔둘 순 없다.

"후우……."

결국, 그는 브랜든에게 전화를 걸었다.

"Brandon? Hey, it's me. Could you do me a favor? (브랜든? 나야. 도와줄 수 있어?)"

전화가 연결되고, 제호는 빠르게 용건을 말하기 시작했다.

다음 날 오후, 민우는 무작정 율리의 집에 들이닥쳤다. 한 손에는 커다란 꽃다발을, 다른 한 손에는 과일 바구니를 들고 환하게 웃으며. 안 여사 역시 기쁜 얼굴로 미래의 사위를 맞이했다.

"어서 와, 권 실장."

"안녕하세요, 어머님. 제가 요즘 바빠서 통 찾아뵙지도 못했네요. 죄송합니다."

결혼에 대한 말이 오가기 전, 친구 사이였을 때부터 민우는 종종 율리의 집에 찾아오곤 했었다. 물론 현경과 함께이긴 했지만.

"무슨 소리야. 권 실장이 바쁜 거 내가 모르나."

"이해해주셔서 감사합니다. 처제는 안 본 사이에 더 예뻐졌네?"

안 여사 옆에 있는 유리에게 민우가 칭찬 같은 농담을 건넸다. 하지만 유리는 무표정으로 그가 건네는 꽃다발과 과일 바구니를 묵묵히 받았다. 민우는 미래의 처제라며 유리를 챙겼지만, 유리의 반응은 한결같이 무뚝뚝했다.

"연락도 없이 갑자기 무슨 일이야?"

2층에서 내려오던 율리는 현관에 서 있는 민우를 발견하곤 계단 중간에서 걸음을 멈췄다. 민우는 물음에 대답 대신 싱긋 웃어 보이곤, 안 여사에게로 고개를 돌렸다.

"어머님, 오늘 율리 데리고 나가서 데이트해도 되겠습니까?"

"그럼, 당연하지. 그걸 왜 나한테 묻나."

"그러게, 그걸 왜 엄마한테 물어?"

유리는 뽀로통한 시선으로 민우를 슬쩍 흘겨보고는 꽃다발과 과일 바구니를 들고 빠르게 주방으로 사라졌다.

"나가자, 율리야. 내가 맛있는 거 사줄게."

율리는 뻔뻔하게 나오는 민우가 어이없어 웃음이 나올 지경이었다. 하지만 곧 생각을 바꿨다. 그는 아직 자신의 숨겨둔 애인이 율리에게 어떤 사진을 보냈는지 모를 테니까, 더는 시간 끌지 말고 오늘 당장 민우와 담판을 져야 할 것 같다.

"알았어. 10분만 기다려."

율리는 서둘러 외출 준비를 끝내고 민우를 따라나섰다.

"연락도 없이 막무가내로 들이닥치면 어떻게 해!"

차에 타자마자, 율리의 표정이 싸늘하게 식었다. 하지만 민우는 상관없다는 듯 히죽 웃으며 차를 출발했다.

"서프라이즈인데, 연락하면 안 되지."

"서프라이즈라고?"

어제 이미 서프라이즈한 사진을 받았던 율리는 '하', 실소를 내뱉었다. 민우는 어제 자신이 큰소리를 낸 것에 아직도 율리의 화가 풀리지 않았다고 오해했다.

"미안해, 율리야. 다시는, 내가 다시는 큰소리 안 낼게."

"어제 술은 얼마나 마신 거야? 지금 술은 다 깨고 운전하는 거니?"

"그럼, 지금이 몇 신데……. 술 마신 지 열 시간도 넘었어. 걱정하지 마."

율리는 답답한 듯 흘러내린 머리카락을 쓸어 넘기며 창밖으로 시선을 돌렸다.

민우가 데이트 장소로 선택한 레스토랑은 남산 기슭에 있는 프렌치 레스토랑이었다. 예약제로만 손님을 받는데, 적어도 석 달 이상 예약이 차 있다고 소문난 곳이었다. 그런데도 어떻게 자리를 잡았는지 매니저가 직접 두 사람을 맞이하고는 도시 풍경이 훤히 보이는 창가 자리로 안내했다.

식사 내내 민우가 계속해서 뭐라고 말을 걸어왔지만, 아무 소리도 들어오지 않았다. 입으로 들어간 스테이크는 종이를 씹는 것처럼 아무 맛도 나지 않았다.

함께 식사하는 사람이 다르기 때문일까? 어제는 입맛이 없던 와중에도 입 안에 가득 찬 전복죽이 고소하기만 했는데…….

"오늘 아침, 제호 형한테서 전화 왔었어."

율리는 스테이크를 썰던 나이프를 내려놓고, 고개를 들어 민우를 바라보았다. 이제야 그녀가 자신에게 눈길을 주자, 민우는 어깨를 으쓱해 보이며 말을 이었다.

"그래서 어제는 내가 너무 흥분한 것 같다고 사과했어."

"잘했네."

"형이 오늘 시간 되면 잠깐 보자고 하더라. 어떤 스타일로 지을지 보여주겠대. 여기 근처에 형이 설계한 집이 있나 봐. 어때? 보러 갈래?"

"아니, 그보단……."

더 늦기 전에 지금 이야기를 꺼내야겠다. 율리는 민우의 말의 흐름을 자르며 휴대폰을 앞으로 내밀었다.

"이거부터 봐줬으면 하는데."

"응? 뭔데?"

민우는 별생각 없이 휴대폰을 내려다보았다. 그러다 화면에 뜬 사진을 보자, 놀란 듯 입이 벌어졌다. 두 눈은 당장에라도 튀어나올 듯 커다래졌다.

"이…… 이거, 이게…… 왜……."

너무 당황해서 말도 제대로 나오지 않는지, 민우는 몇 번이나 말을 더듬었다. 사진 속에서 그는 벌거벗은 몸으로 야한 속옷 차림의 여자를 끌어안고 있었다. 변명의 여지가 없는 사진이었으나, 그렇다고 가만히 있을 순 없었다.

"율리야, 이게 무슨 사진이야?"

숨이 막혀서

"글쎄?"

뚫어지게 민우를 쏘아보며 율리는 싸늘한 목소리로 말을 이었다.

"그걸 왜 나한테 물어? 내가 너한테 물어야지."

한동안 민우는 아무 말도 하지 못했다. 보기 안쓰러울 정도로 표정을 일그러뜨린 채, 손바닥으로 얼굴을 문질렀다. 그러다 쥐어짜는 것 같은 목소리로 힘겹게 말을 꺼냈다.

"율리야, 이건 오해야! ……진짜 오해야. 지금 누가 장난치고 있는 거라고. 어제는 정말…… 아니었어. 맹세해!"

거짓말이라고 하기에는 너무나도 억울해하는 반응이었다. 솔직히 민우로선 억울한 게 사실이었다. 이 사진은 절대로 어제 찍힌 사진이 아니었으니까. 언제 찍은 사진인지는 모르겠지만, 어제는 분명 아니었다.

민우가 그렇게 확신할 만도 한 게 어젯밤 다희는 그가 잠든 사이, 재빨리 다른 슬립으로 갈아입고 사진을 찍었다. 좀 더 감쪽같이 속일 수 있게 짧은 손톱 위에 화려한 장식의 모조 손톱까지 붙였다.

사진 속 여자는 교묘하게 얼굴이 잘린 채였고, 기다란 손톱과 짙은 색상의 슬립만 내보이고 있었다. 셀카를 찍은 후, 다희는 모조 손톱을 떼어버리고 슬립을 벗어버렸기에 민우가 보기에 사진 속 여자는 절대로 신 대리가 아닌 다른 여자였다.

"그럼 이 사진, 네가 아니라고? 그러면 누가 포토샵으로 장난이라도 쳤단 말이야?"

"그게 아니라……."

민우는 혼란스러운 표정으로 사진을 노려보았다. 워낙 많은 여자와 사귀었기 때문에 사진 속 여자가 누구인지 도무지 기억해낼 수가 없었다. 그뿐인가? 하룻밤만 즐기고 버린 여자도 한둘이 아니었다.

"그래, 율리야. 나, 솔직히 여자 많았어."

민우는 착 가라앉은 목소리로 화려했던 과거를 인정했다. 주위 모두가 아는 사실이었기에 아니라고 부정할 순 없었다. 그건 율리도 아는 사실이었다. 율리가 가볍게 고개를 끄덕이자, 민우는 목에 힘을 주어 다음 말을 이었다.

"하지만 너랑 결혼하기로 한 이후론 싹 다 정리했어. 사실이야, 믿어 줘."

그것도 완전한 거짓말은 아니었다. 신다희만 빼고 정말로 주위 여자 모두를 정리했다. 신다희만 예외였다. 그녀는 다른 여자들과는 다르게 영리했고, 본인이 어떤 위치인지 주제 파악에 뛰어났다. 절대로 선을 넘지 않을 테니, 결혼 후에도 편하게 관계를 유지할 계획이었다.

"예전에 만났던 여자 중 하나일 거야. 내가 너랑 결혼한다니까 질투 나서 깽판 치는 것 같아."

"그래서 이 사진 속 여자가 누군데?"

"그건 나도 몰라."

낭패스럽다는 얼굴로 민우는 고개를 내저었다.

"손톱만 보면 전에 몇 번 만났던 모델들 중에서 한 명인 것 같기는 한데……."

"손톱?"

율리는 민우가 가리킨 손톱을 보며 미간을 찌푸렸다. 그제야 화려한 장식이 붙은 모조 손톱이 눈에 들어왔다. 회사에서 보았던 신 대리라는 여자는 짧은 손톱이었던 걸로 기억한다. 적어도 저렇게 화려한 모조 손톱을 달고 있진 않았다. 그렇다면 이 사진은 신 대리가 아니라는 말인가?

"하여간 예전에 만난 여자고, 지금은 안 보는 사이야. 정말이야, 믿어줘."

불신이 가득했던 율리의 눈빛이 느슨하게 풀리려고 하자, 민우는 큰 소리로 결백을 주장했다. 그런데도 율리의 얼굴빛은 밝아지지 않았다. 그녀와 결혼하기로 한 후, 민우는 처음으로 위기를 느꼈다. 혹시라도 그녀가 결혼을 취소하자고 할까 봐 등 뒤로 식은땀이 흘렀다.

어떡하지? 민우는 재빨리 머리를 굴렸다. 하지만 딱히 떠오르는 해결 방법이 없었다. 될 수만 있다면 눈물이라도 흘리며 매달리고 싶었지만, 자칫 잘못했다간 점수를 더 잃을 수도 있었다.

그때 옆에 놓은 휴대폰이 울렸다. 발신자를 확인한 민우는 구세주를 영접한 마음으로 재빨리 통화 버튼을 눌렀다.

"어, 형."

세상 오래 살고 볼 일이다. 눈엣가시 같은 권제호의 전화가 이렇게 반갑다니!

[어디야?]

"남산, '메도우드'. 지금 율리랑 식사하고 있어."

아무래도 제호를 불러내야 할 것 같았다. 확실히 율리는 남들 앞에선 사이좋은 척 연기를 해주니, 함께 집을 구경하다 보면 어색한 분위기가 풀릴 수도 있었다.

[시간 안 되면 다음에 봐도 되고. 난 상관없어.]

"주소 찍어줘, 형. 30분 후면 도착할 수 있어."

제호와 통화를 끝낸 민우는 상기된 얼굴로 율리를 바라보았다.

"형이 오늘 아니면 힘들다고 해서 알았다고 했어. 괜찮지?"

율리는 대답하지 않고 가만히 민우를 노려보았다. 이런 분위기에서 갑자기 집을 보러 가자니, 이건 누가 봐도 회피였다. 율리가 아무 말도 하지 않자, 민우는 난처한 표정을 지으며 설득했다.

"어제 내가 형한테 실수한 것도 있고 그래서 겸사겸사 보자는 거야. 얼굴 보면서 풀면 더 쉽게 풀리니까."

침묵을 지키던 율리는 결국 고개를 끄덕였다. 거절하고 싶었지만, 어제 제호에게 신혼집 설계 건을 받아들이기로 했으면서 오늘 안 된다고 하는 것도 이상하니까. 대신 하던 이야기는 마무리하고 넘어가야 했다.

"좋아, 이번 한 번은 그냥 넘어갈게."

율리의 말에 민우의 안색이 환하게 밝아졌다.

"하지만 다시는 이런 일로 성가시게 하지 마."

"물론이지."

민우는 힘차게 대답하며 맹세하듯 손바닥을 활짝 내보였다. 율리는 가볍게 고개를 끄덕이고는 잘라놓은 스테이크 조각을 입에 넣었다.

제호가 말한 장소는 레스토랑에서 차로 얼마 떨어지지 않은 거리였다. 두 사람이 도착하고 곧 제호도 도착했다. 속도를 줄이며 천천히 다가오는 제호의 차를 바라보며 율리는 지그시 아랫입술을 깨물었다.

운전할 수 있을 정도로 통증이 나아진 건가? 어제까지만 해도 진통제를 복용했으면서…….

제호의 차가 가까이 다가가자, 넝쿨로 감싸여진 담 사이에서 덜컥, 소리와 함께 육중한 철문이 열렸다. 제호가 먼저 차를 몰고 들어갔고,

민우가 뒤를 따랐다.

철문 안에는 전혀 다른 세계가 펼쳐지고 있었다. 유리와 콘크리트로 지어진 저택은, 현대식 건축 양식의 거대한 화랑을 보는 것만 같았다. 저택 옆으로는 은은한 조명으로 반짝이는 수영장이 화려한 서울의 야경과 맞닿으며 폭포처럼 물을 흘러내리고 있었다.

"어때?"

먼저 차를 주차한 제호가 막 문을 열고 차에서 내리는 두 사람에 다가왔다.

"뭐, 나쁘진 않네."

속으론 적잖이 감탄했으면서도 민우는 무표정을 유지하며 어깨를 으쓱거렸다. 제호는 고개를 돌려 민우 옆에 서 있는 율리를 바라보았다.

"모던 스타일을 좋아하는 것 같아서."

함께 일한 지 오래되지 않았으면서, 그새 제호는 율리가 좋아하는 스타일을 알아차린 모양이다.

마감 처리하지 않은 콘크리트 벽, 유리나 스틸 같은 인위적인 재질과 어우러지게 나무, 돌 등의 자연스러운 자재 사용, 곡선이 아닌 직각으로 끝나는 이음새 등. 눈앞의 저택은 큰 규모만 제외한다면 율리가 꿈꿔왔던 드림하우스였다.

제호는 율리의 대답을 기다리지 않고 설명에 들어갔다.

"조금 더 공사가 진행돼야 하지만, 거의 마무리 단계야. 다다음 주면 이사 들어올 수 있어."

"집주인, 나도 아는 사람인가?"

민우는 궁금하다는 표정으로 주위를 둘러보았다. 이 정도의 저택을 서울 한가운데에 지을 수 있는 인물이라면 재력가도 보통 재력가가 아닐 것이다. 적어도 재계 10위 안에 들 정도의 재력가일 게 분명했다.
"글쎄. 그럴 수도 있고, 아닐 수도 있고."
제호는 무심한 얼굴로 말을 이었다.
"클라이언트 정보는 비밀이야. 자, 따라와."
그가 등을 돌려 저택을 향해 걷자, 민우는 슬그머니 율리의 허리에 팔을 감았다. 율리가 흠칫 몸을 굳히자, 부드러운 목소리로 그녀를 설득했다.
"아직 공사가 덜 끝나서 길이 거칠어."
민우의 말대로 저택까지는 울퉁불퉁 자갈길이었다.
이럴 줄 알았으면 하이힐을 신지 말고 단화를 신고 오는 건데……. 할 수 없이 율리는 민우의 도움을 받으며 저택으로 향했다.
제호가 키패드에 비밀번호를 입력하자, 경쾌한 알림음과 함께 강화유리로 제작된 거대한 피벗 도어가 열렸다. 율리는 앞에 펼쳐진 광경에 잠시 숨을 멈추었다. 안의 모습은 밖에서 상상했던 그 이상이었다.
"신혼집도 이렇게 서울 시내가 훤히 보이는 방법으로 지을 거야."
서울 야경이 한눈에 보이는 거실 유리벽으로 걸어가며 제호가 설명했다.
"그런데 이 정도로 지으려면 적어도 6개월 이상 걸리지 않나?"
민우는 마치 자신의 집이라도 되는 것처럼 들뜬 목소리로 물었다.
"너희 집은 이것보단 규모가 작으니까, 그것보다는 빠르겠지."
'규모가 작다'는 말에 기분이 상한 민우가 순간 눈을 치켜떴다. 그러다 율리에게 했던 말을 떠올리고는 억지로 웃어 보였다. 얼굴 보면서 기분 풀려고 제호를 만나는 거라고 했으니까.
"이곳은 메인 주방이야."

말을 마친 제호는 다시 등을 돌려 거실 뒤쪽으로 두 사람을 안내했다. 율리는 앞서서 걸어가는 제호의 등을 바라보며 살며시 미간을 찌푸렸다. 저택 안으로 들어오고 나서 그는 한 번도 그녀에게 눈길을 주지 않았다. 아까 차에서 내렸을 때 '운전해도 괜찮냐' 묻는 듯 걱정스럽게 바라보았는데 돌아온 것은 차가운 눈빛이었다.

확실히 어제와는 분위기가 달랐다. 어째서일까? 조금은 가까워졌다고 생각했는데, 아니었나? 나만의 착각이었나? 어제는 부드럽기만 하던 남자가 왜 오늘은 저리도 서늘한지 모르겠다.

자신에게 눈길조차 주지 않는 제호를 대하며 율리의 얼굴이 서서히 어두워졌다. 그러다 보니, 두 남자의 대화에 관심을 기울일 수 없었다.

"……율리야?"

민우가 두세 번 그녀를 부르고서야, 상념에서 깨어났다.

"응?"

"우리 집에도 와인 룸이 있었으면 좋겠어?"

"……아."

율리는 천천히 눈을 깜박이며 유리로 만들어진 와인 룸을 바라보았다. 대답하려고 입을 여는데, 민우의 휴대폰이 울렸다. 발신자를 확인한 민우의 표정이 순간 심각하게 변했다.

"미안, 이건 꼭 받아야 하는 전화라서……."

통화할 곳을 찾아 민우가 집 안을 두리번거리자, 제호는 벽 스위치를 눌러 정원으로 향하는 슬라이딩 도어를 열어주었다.

"고마워."

민우는 휴대폰을 손에 쥔 채, 급히 정원으로 향했다. 갑자기 둘만 남게 되자 율리는 어색한 기분에 가만히 마른침을 삼켰다. 이제까지 눈길조차 주지 않던 제호는 그제야 그녀를 바라보았다. 시선이 마주치자, 비로소 그가 그녀를 보고 미소 지었다.

"우리끼리 천천히 구경하고 있죠. 좀 오래 걸릴 통화 같은데……."

그는 마치 민우의 통화 대상이 누구인 줄 아는 것처럼 말했다. 저절로 율리의 시선이 정원에 있는 민우에게로 돌아갔다. 도대체 누구지? 민우의 뒷모습만 보아도 상대에게 절절매는 게 느껴졌다.

[하, 이제야 연결되네. 내가 노 이사 편으로 몇 번이나 연락 남긴 줄 아나, 권 실장?]

민우의 휴대폰 너머로 걸걸한 남자 목소리가 흘러나왔다. 상대는 모아 개발 산업의 박 사장이었다. 표면적으로는 KG그룹의 아래 도급 업체였지만, 실제론 권민우의 자금줄이었다.

그래도 박 사장이 전면에 직접 나서는 경우는 거의 없었다. 언제나 아랫사람을 통해서 연락을 주고받곤 했었다. 그런데 오늘은 웬일인지 그가 직접 전화를 걸어 왔다.

"죄송합니다. 박 사장님. 아카디아 몰 사고 처리 때문에 제가 그동안 좀 바빠서……."

[알아요, 나도. 권 실장, 요새 엄청나게 바쁜 거. 그래서 지금까지 참았던 거 아니요. 그래도 이건 아니지.]

"그게 도대체 무슨 말씀인지……."

마치 누가 엿듣는 사람이라도 있는 것처럼 민우는 곤혹스러운 얼굴로 주위를 둘러보았다.

무슨 일일까? 율리는 제호를 따라 선뜻 자리를 뜰 수 없었다. 유리창 너머로 보이는 민우의 모습이 몹시도 불안해 보였다. 세상 무서운 게 없는 민우가 저런 태도인 걸 보면 뭔가 큰 문제라도 생긴 걸까? 회장님 전화는 아닌 것 같은데…….

그때 뒤에서 나직한 목소리가 들렸다.

"……왜……."

어느새 등 뒤로 다가온 제호가 팔을 뻗어 율리를 자신 쪽으로 끌어당기며 말했다.

"지금도 떨고 있어요?"

연인처럼 껴안은 모습이 유리창 위로 희미하게 비치자, 율리는 흠칫 놀라 몸을 바르작거렸다. 제호는 달래듯 그녀의 귀에 입술을 지그시 누르며 부드럽게 속삭였다.

"쉬, 괜찮아요. 밖에선 안 보이니까."

순간, 유리창을 통해 두 사람의 시선이 하나로 얽혔다. 뚫어지게 바라보는 제호의 입가에 의미심장한 미소가 걸렸다.

밖에선 안 보인다니! 율리는 황당한 눈으로 전면이 유리로 제작된 거실 벽을 바라보았다. 민우는 고작 몇 걸음 떨어진 곳에서 통화 중이었다. 고개만 조금 틀어도 두 사람의 모습이 보일 게 분명했다. 율리가 왜 불안해하는지 안다는 듯, 제호가 다시금 말했다.

"특수 유리예요."

안에선 밖이 훤히 보이지만, 밖에선 빛이 반사돼 안이 보이지 않게 처리되었다는 뜻이다. 더불어 지금 정원은 대낮처럼 환한 조명이 밝히고 있어, 오히려 실내가 바깥보다 어두운 상태였다. 그렇다면 거실 전체를 차지한 유리벽이 밖에선 하나의 거대한 거울처럼 보일 것이었다.

"추워요?"

허리를 굽혀 율리의 머리에 턱을 괴며, 제호가 부드럽게 물었다.

"히터 틀까?"

껴안은 손에 힘을 주자, 조금 더 가까이 두 사람의 몸이 밀착되었다. 단단한 가슴이 등에 느껴지자, 율리는 저도 모르게 질끈 두 눈을 감았다. 쿵, 소리를 내며 심장이 떨어지는 것만 같았다.

이건 미친 짓이다. 유리벽 하나를 사이에 두고 바로 앞에는 민우가 있었다. 제정신이라면 지금이라도 제호의 손을 뿌리쳐야만 했다. 그런데 뿌리칠 수 없었다. 포근하게 안아주는 품이 너무나 따뜻하고도 아늑했다. 조금 전까진 눈도 마주치지 않던 남자의 행동이라곤 믿겨지지 않았다. 하지만 율리는 곧 생각을 바꾸었다. 민우에게 똑바로 하라고 경고했으면서, 그녀 자신이 이런 행위를 하는 것은 옳지 않았다.

"아뇨, 춥지 않아요."

그의 손등에 손을 포개어 율리는 자신을 껴안고 있는 커다란 손을 풀었다. 제호는 순순히 놓아주며 유리벽에 비스듬히 왼쪽 어깨를 기댔다. 율리가 뒤돌아서자, 그녀와 시선을 맞추며 부드럽게 눈매를 휘었다. 남자가 짓는 미소가 뭐 이리도 예쁠까 싶었다. 그렇다고 해도 멍하니 아름다운 미소만 감상하고 있을 순 없었다.

"그보단 어깨의 상처는 어때요?"

율리가 넌지시 화제를 돌리려 하자, 제호는 '풉', 소리 내어 웃었다. 하지만 순순히 그녀의 질문에 답을 해주었다.

"뭐, 그럭저럭."

그는 가볍게 고개를 끄덕이며 율리를 향해 몸을 숙였다. 숨결이 닿을 만큼 거리가 가까워지자 은은한 체취가 훅, 코끝에 밀려들었다. 시트러스와 머스크가 적절하게 섞인 향을 맡으며 율리는 두 손을 움켜쥐었다.

"벌써 운전해도 돼요?"

율리는 뒤로 물러서는 대신 도발하듯 그의 눈을 빤히 들여다보았다. 끌리는 건 사실이지만, 그렇다고 그 앞에서 약자가 되긴 싫었다.

"남의 차, 얻어 타고 다니기가 불편해서요."

기분 탓일까? 그녀를 바라보는 눈빛이 너무나도 다정했다. 조금 전까진 쌀쌀맞을 정도로 차가웠으면서 왜 갑자기 태도를 바꾼 걸까? 민우가 자리를 비웠기 때문일까?

율리는 정원으로 시선을 돌렸다. 민우는 아직도 등을 돌린 채로 전화를 받고 있었다. 생각보다 통화가 오래 걸리는 모양이었다.

"집 구경은 민우가 돌아오면 그때 같이하는 게 좋겠어요. 전 그냥 여기서 기다릴게요."

"이런, 참한 예비 신부 코스프레라도 하려는 겁니까?"

비웃음이 분명했지만, 율리는 대꾸하지 않았다. 아무런 반응이 없자 제호는 입가에 나긋한 미소를 떠올렸다.

"……음, 집까지 들어와서, 당당하게 옷을 벗으라고 할 때와는 다르네요."

순간 얼굴이 확 붉어졌지만, 이번에도 율리는 반박하는 대신 가만히 입술을 깨물었다. 그의 말이 아주 틀린 건 아니었으니까. 꾹 참고 있는 그녀가 재미있다는 듯 제호는 '픕', 가볍게 웃고는 율리가 깨문 입술을 손끝으로 툭 건드렸다. 전기라도 통한 듯 짜릿한 감각이 입술 위에 퍼지자, 율리의 눈이 커다래졌다. 제호는 그녀의 반응이 마음에 든다는 듯 다시금 짧게 웃음을 터뜨렸다.

"후, 이런. 지금 어떤 눈으로 나를 바라보고 있는지 알아요?"

제호는 좀 더 가까이 율리를 향해 고개를 숙였다. 덕분에 두 사람의 눈높이가 같아졌다. 깊은 심연 같은 짙은 눈동자가 그녀를 빨아들일 것처럼 바라보았다. 남자의 정돈된 입술 선이 느릿하게 움직였다.

"난 정말 이해가 안 돼. 왜 민우 같은 녀석과 결혼하려는 거지? 녀석이 재벌 3세라서?"

입매를 비튼 그는 가볍게 고개를 흔들었다.

"아니, 그건 아닐 거야. 차기 대권 주자로까지 언급되는 채형식 의원 딸이 뭐가 아쉬워서. 안 그래?"

"이 결혼, 꼭 해야 하냐고 묻는 거라면……."

제호는 언제나 율리에게 같은 질문을 던지곤 했다. 그때마다 그녀의 대답은 같았다. 이번에도 같을 것이다.

"아니."

제호는 미간을 찡그리며 기댔던 벽에서 몸을 일으켰다.

"나는 지금 당신에게 묻고 있는 게 아닙니다."

"……묻고 있는 게 아니면 도대체……."

채 말이 끝나기도 전에 그는 품에 가두듯 율리의 양쪽 벽에 손을 짚었다. 순식간에 단단한 팔에 갇히게 된 율리는 당황한 표정으로 몸을 굳혔다. 그녀의 상태를 표현하기라도 하는 듯 곱게 넘긴 머리카락이 앞으로 흘러내렸다.

― 무슨 소리야, 계획을 바꾸겠다니?

제호의 머릿속에 어젯밤 깜짝 놀란 얼굴로 자신을 쳐다보던 우결이 그려졌다.
 ─ 결혼을 방해하는 차원이 아니라, 아예 식을 못 올리게 하겠다고?
우결은 도무지 이해되지 않는다는 표정이었다.
 ─ 아무리 생각해도 민우는 아니니까.
 ─ 민우가 아니라니. 왜, 교통사고 배후로 다른 이가 의심돼?
 ─ 아니, 그 뜻이 아니라…….
우결이 말뜻을 오해하자, 제호는 빠르게 고개를 흔들었다.
 ─ 아무리 정략결혼이라고 해도, 민우 같은 남자와 결혼하게 내버려 둘 순 없어.
 ─ 뭐?
우결은 문장에서 생략한 주어가 누구인지를 알아내려 미간에 주름을 잡았다.
 ─ 너, 지금…… 율리 씨 걱정하는 거야?
 ─ 응.
 ─ 갑자기 왜?
 ─ 그건 나도 모르겠어.
대답을 회피하는 게 아니라, 진심으로 알 수 없었다. 그러나 한 가지만은 분명했다. 불행해질 것을 뻔히 알면서, 지켜만 볼 순 없다는 것. 눈물에 얼룩진 얼굴과 떨지 않으려 입술을 깨물던 모습을 떠올리는 것만으로도 시큼한 위액이 목구멍을 타고 역류했다. 그것만으로도 충분한 이유가 되지 않을까?
회상에서 벗어난 제호는 부드럽게 웃으며 손끝으로 율리의 머리카락을 귀 뒤로 넘겨주었다. 그리고 속삭이듯 말했다.
"이 결혼, 하지 마."

제대로 못 알아들은 듯 율리가 눈을 깜박거리자, 제호는 한마디 한마디에 힘을 주며 반복했다.

"결혼하지 말라고."

"무슨 자격으로 그런 말을 하는 거예요?"

애석하게도 대화는 거기서 끝을 맺었다. 통화를 마친 민우가 뒤돌아섰고, 곧이어 슬라이딩 도어가 열렸다. 제호는 아주 자연스럽게 뒤로 물러섰다. 하지만 율리는 그럴 수 없었다. 불안한 눈으로 민우를 힐끗 바라본 후, 제호에게로 다시 시선을 돌렸다. 그는 어느새 무표정으로 변해 있었다.

"미안, 통화가 좀 오래 걸렸어."

통화 내용이 좋지 않았는지, 민우의 표정은 몹시도 굳어 있었다.

"괜찮아. 1층은 이쯤에서 된 것 같고, 2층으로 가지."

툭, 내뱉듯이 말을 던진 제호는 2층과 이어진 계단으로 향했다. 그를 따라서 계단으로 향하려는데 민우가 당연하다는 듯 율리의 허리를 한쪽 팔로 감았다. 순간 온몸에 소름이 돋은 율리는 반사적으로 민우의 손을 쳐냈다.

"앗."

깜짝 놀란 민우가 짧게 탄성을 내뱉었다.

"미안."

놀라서 쳐다보는 민우를 향해 율리는 무안한 얼굴로 사과했다. 율리도 민우만큼이나 자신의 반응에 놀라고 말았다. 이유는 모르겠다. 민우의 손길이 허리에 느껴지는 순간, 참을 수 없었다. 조금 전까지만 해도 제호의 손이 머물렀던 곳인데······.

"여기가 좀 더워서······."

율리는 손으로 부채질하며 민우로부터 고개를 돌렸다. 순간 계단 위에서 아래를 내려다보던 제호와 눈길이 마주쳤다. 남자의 단정한 입가에 희미한 미소가 떠오르는 것 같았지만, 곧바로 등을 돌리는 바람에 확인할 순 없었다.

그 후부터는 솔직히 어떤 정신으로 집을 구경했는지 자세하게 기억나지 않았다. 집을 둘러보는 내내, 율리의 머릿속에선 제호가 한 말이 계속해서 맴돌았다.

― 이 결혼, 하지 마.

꼭 결혼해야겠냐며, 놀리는 것처럼 묻던 것과는 느낌이 달랐다. 이번에는 어떻게든 결혼하는 것을 막겠다는 의지가 담겨 있었다.

저택을 모두 둘러보고 나자, 제호는 설계에 참고하겠다며 마음에 드는 부분을 정리해서 알려달라고 부탁했다.

제호와 헤어진 후, 민우는 율리를 집까지 차로 바래다주었다. 집에 도착할 때까지 두 사람은 별 대화 없이 침묵을 지켰다. 그녀도 그도 다른 생각이 머릿속에 가득 차 있었다.

"하!"

목걸이가 없어진 걸 알게 된 것은 잠자리에 들 무렵이었다. 침대에 앉아 별생각 없이 목덜미를 주무르던 율리는 목이 허전하다는 걸 느꼈다. 분명 손바닥에 느껴져야 할 익숙한 감촉이 느껴지지 않았다. 율리는 벌떡 침대에서 일어나 화장대 거울 앞으로 다가갔다.

목걸이 없는 휑한 목이 거울 속에 비추어졌다. 율리는 양손으로 목을 감싸며 제자리에 주저앉았다. 도대체 어디서 잃어버린 걸까? 어머니의 하나뿐인 소중한 유품이다. 이대로 쉽게 포기할 순 없었다. 곰곰이 기억을 되짚어보자, 유리창에 반사되었던 자신의 모습이 떠올랐다. 그때만 해도 목걸이는 목에 얌전히 걸려 있었다.

"아, 맞다."

또 다른 장면을 기억해낸 율리는 자리에서 일어나 화장대에 놓인 휴대폰을 집어 들었다. 마음에 드는 실내 장식 앞에서 찍어둔 사진이 있었다. 실물 크기를 가늠하기 위해 상체가 보이는 구도로 찍은 사진이었다. 율리는 손끝으로 재빨리 화면을 확대해 보았다.

"없어!"

사진 속, 그녀의 목에 목걸이는 보이지 않았다. 그렇다면 그 집 어딘가에서, 아니면 정원에서 목걸이를 떨어뜨린 게 분명했다. 어떡하지? 율리는 난처한 표정을 지으며 질끈 입술을 깨물었다.

율리를 내려주고 나서 집으로 향하던 민우는 마음을 바꿔, 신 대리의 집으로 운전대를 틀었다. 머릿속이 너무 복잡해 누군가 옆에 있어야만 했다. 이런 기분으로 혼자 잠들고 싶진 않았다.

"에이씨. 그 개새끼 때문에……."

모아 개발 산업의 박 사장과의 통화를 떠올리던 민우의 입에서 욕설이 튀어나왔다. 조폭 주제에 감히 큰소리를 내다니, 불쾌해서 참을 수가 없었다. 무식한 것들은 적당히 이용하다 바로 버려야 하는데, 제때 연을 끊지 못하고 질질 끈 게 실수였다.

모아 개발 산업은 철거부터 시작해, KG건설이 꺼리는 일을 도맡아서 해결해나갔다. 처음엔 돈 몇 푼 던져줘도 감지덕지하더니, 슬슬 배가 부르고 덩치가 커지자 분수에 넘치는 것을 넘보기 시작했다.

사채놀이나 하는 조폭이 번듯한 기업으로 거듭나고 싶다나? 그러더니 언젠가부터 민우에게 이런저런 압박을 가하기 시작했다. 더러운 일을 해주는 대가로 돈이 아니라, KG건설의 지분을 원했다. 또한 아카디아 몰 꼭대기 층에 고급 스파 살롱을 오픈하길 원했다.

당시 급하게 도움이 필요했던 민우는 아버지 권 전무도 모르게 구두로 박 사장과 약속했었다. 그러나 차일피일 약속 실행을 미루자, 초조했는지 얼마 전부터 귀찮을 정도로 연락이 오기 시작했다. 그러더니 오늘은 급기야 박 사장이 직접 전화를 걸었다.

"하여간 새끼, 눈치는 빨라요."

돌지 않고서야, 아카디아 몰 꼭대기 층을 조폭 따위에게 넘길 리는 없었다. 적당한 구실을 대며 설득하다가, 지방 리조트 중 하나에 자리를 마련해주면 그만이다.

권 회장이 자리에 물러나고 아버지를 건너뛰어 자신이 회장 자리에 앉게 되면, 더는 천박한 것들을 상종할 필요는 없을 거라고 믿었다.

민우는 비릿한 웃음을 흘리며 힘껏 액셀을 밟았다.

Chapter 7

그러면 같이 잘래요?

일요일 내내, 율리는 제호에게 연락해야 하나 말아야 하나 고민에 빠졌다. 하나뿐인 어머니의 유품을 이대로 잃어버릴 순 없었지만, 그렇다고 선뜻 제호에게 연락해 저택에 가야 한다고 조를 수도 없었다. 그러다 연락하고 싶어도 그녀는 아직도 그의 전화번호를 모른다는 사실을 깨달았다.

결국 율리는 월요일까지 기다릴 수밖에 없었다. 하지만 막상 회사에 출근하고 나서도 쉽게 말을 건넬 수 없었다. 점심시간이 지나고서야 제호에게 다가갔다.

"미안하지만 토요일에 갔던 집, 다시 가볼 수 있을까요?"

"왜, 더 보고 싶은 부분이 있습니까?"

"그게……."

"퇴근 이후에나 시간이 될 텐데, 밤늦게라도 괜찮겠어요?"

"네."

어두워지면 목걸이를 찾는 데 어려움이 있을 테지만, 지금은 가릴 상황이 아니었다.

"아, 그리고……."

자리로 돌아가려던 율리를 제호가 불러 세웠다. 뒤를 돌아보자, 그는 장난스러운 미소를 입가에 떠올렸다.

"우리 단둘이서만 가는 겁니다."

달콤한 목소리로 그가 유혹하듯 속삭였다.

"민우는 빼고."

물론 민우와 함께 갈 생각은 아니었다. 하지만 '민우는 빼고'라는 말에 긴장하고 말았다. 다시 가보고 싶다는 말을 혹시 다른 뜻으로 오해한 건가 싶어, 율리는 말을 덧붙였다.

"거기서 목걸이를 잃어버린 것 같아요."

'목걸이'라는 말에 그의 한쪽 눈썹이 위로 올라갔다.

"어머니 유품 말입니까?"

"네."

그는 그녀와 시선을 맞춘 채로 아랫입술을 비틀었다. 뭔가 고민하는 것 같은데, 보는 쪽은 저도 모르게 숨죽이게 하는 표정이었다.

"내일부터 공사가 재개되지만, 잠시 중단하기로 하죠."

이윽고 그가 입을 열어 말을 이었다.

"거기서 잃어버린 게 확실하다면 찾을 수 있을 거예요."

표정으로만 본다면 그는 진심으로 걱정해주는 것 같았다. 조금 전까지 유혹하듯 바라보던 진한 눈빛은 말끔히 사라지고 없었다. 그런데 왜 서운하단 생각이 드는지 모르겠다. 쉽게 넘어가지 않으려 벽을 쌓다가도 이렇게 쓱, 물러나면 마음 한쪽이 소리 없이 무너져 내렸다.

불행 중 다행이라면 퇴근 전까지 처리해야 할 작업이 쌓여 있었고, 업무에 집중하다 보니 싱숭생숭한 기분을 떨칠 수 있었다.

퇴근 시간이 되자, 제호가 먼저 컴퓨터를 끄고 자리에서 일어났다. 율리는 말없이 가방을 챙겨 그를 따라나섰다.

"차 한 대로 가죠."

"그럼 내 차로 가요."

"그래요, 그럼."

남의 차를 얻어 타는 게 불편하다고 했으면서 제호는 순순히 율리의 차에 올라탔다.

저택에 도착하자, 제호는 실내의 모든 조명을 동시에 밝혀 대낮처럼 환하게 해주었다. 그러나 목걸이 찾는 것을 도와주진 않았다.

"천천히 찾아봐요. 난 그동안 저녁 준비를 할 테니까."

"네?"

"그래도 밥은 먹어가면서 찾아야지, 안 그래요?"

목걸이 하나 찾는데 그렇게까지 오래 걸릴 거라곤 생각하지 않았지만, 율리는 묵묵히 고개를 끄덕였다. 남의 집에서 태연하게 저녁 준비를 한다는 것 자체를 이해할 수 없었지만, 부탁하는 처지에 이것저것 토를 달 순 없었다.

제호는 대형 냉장고의 문을 열고, 요리할 재료들을 하나둘씩 꺼내기 시작했다.

이상하다. 어제까지만 해도 텅 비어 있었는데…….

율리는 의아한 듯 미간을 좁히며 거실로 자리를 옮겼다.

제품 한 대 가격이 수천만 원이 훌쩍 넘는 하이엔드 브랜드인 데다, 아직 정식 수입되지 않는 프리미엄 모델이어서 민우는 꽤 호기심 어린 눈으로 냉장고를 살펴보았었다. 그래서 냉장고 문을 열고 안을 들여다보았는데, 어제는 분명 텅텅 비어 있었다. 그런데 오늘은 신선한 음식

재료로 꽉 채워져 있었다. 하지만 지금은 그게 중요한 게 아니었다.

율리는 머리를 하나로 묶고 본격적으로 목걸이를 찾기 시작했다. 바닥에 엎드리듯 몸을 웅크리고 구석구석 샅샅이 살펴보았다. 그러나 예상과 달리 목걸이는 어디에서도 보이지 않았다.

어마어마하게 넓은 저택도 문제였다. 1층을 둘러보는 것만으로도 꽤 오랜 시간이 걸렸다. 잠시 숨을 돌리려 벽에 기대려는데, 저녁 준비를 끝낸 제호가 그녀 앞으로 다가왔다.

"다 둘러보려면 밤을 새워도 모자랄 겁니다. 우선은 뭐라도 좀 먹고 하죠?"

그의 말이 맞았다. 계속해서 몸을 낮춘 자세로 있었더니 무릎도 시렸고, 등도 아팠고, 손발엔 경련까지 일어나려고 했다.

"⋯⋯아⋯⋯."

몸을 일으키던 율리는 갑자기 눈앞이 아찔해지며 중심을 잃고 비틀거렸다. 머리를 숙인 상태로 오래 있다 보니 피가 위로 쏠려 균형 감각이 엉망이 된 모양이다. 넘어지지 않으려 손바닥으로 바닥을 짚는 그녀를 제호가 끌어안듯 부축해 일으켜 세웠다.

"⋯⋯현기증이 나서⋯⋯."

율리는 넓은 가슴에 얼굴을 묻으며 변명하듯 중얼거렸다. '후', 긴 한숨 소리가 머리 위에서 들리더니, 커다란 손이 그녀의 등을 부드럽게 위아래로 쓸어내렸다. 품에서 벗어나야 한다는 것을 알면서도 율리는 가만히 안긴 채 있었다. 밀어내기엔 그의 품이 너무나도 포근했다. 다행히 그는 어지러워서 몸을 제대로 가누지 못한다고 생각한 것 같았다. 고개 숙여 그녀의 귓가에 달콤한 목소리로 속삭였다.

"우선 식사부터 해요. 찾는 건 나중에 하고."

다이닝 룸으로 율리를 이끈 제호는 그녀를 식탁에 앉히고, 방금 오븐에서 꺼낸 요리를 내려놓았다. 눈처럼 치즈가 소복하게 쌓인 파스타 위로 하얀 김이 모락모락 올라오고 있었다.

"이거 다 먹으면 나도 같이 찾아줄게요."

맞은편에 앉으며 마치 아이를 달래듯 부드러운 목소리로 그가 말했다. 하지만 도저히 음식이 목구멍으로 넘어가지 않았다. 한시라도 빨리 찾아야 하는데, 이렇게 한가하게 앉아서 음식을 먹어도 되는 걸까?

눈물이 핑 돌았지만, 그 앞에서 울음을 터뜨릴 순 없었다. 칠칠치 못하게 소중한 목걸이나 잃어버리고.

율리는 푹 고개를 숙이고 포크로 파스타 면을 뒤적거렸다. 그녀가 통 먹질 않자, 제호가 부드럽게 말을 건넸다.

"왜? 못 찾을까 봐 걱정돼요?"

"……네."

그녀의 말에 제호는 포크로 파스타를 말며 옆으로 입술을 늘렸다.

"오늘 못 찾으면 내일 또다시 오면 됩니다."

깜짝 놀란 율리가 고개를 들었다. 제호는 느긋하게 웃으며 파스타를 만 포크를 입으로 가져갔다. 그가 파스타 면을 씹고 목구멍으로 넘길 때까지, 율리는 초조한 마음으로 다음 말을 기다렸다.

"내일 못 찾으면 또 그다음 날 오면 되는 거고. 찾을 때까지 오면 되죠."

"그래도 될까요?"

"물론."

냅킨으로 입을 닦으며 그가 짤막하게 대답했다. 그러다 씩, 웃으며 한마디 덧붙였다.

"저번에는 벼랑 아래까지 내려가서 찾아줬는데…… 이게 뭐라고."

자신의 집도 아니면서, 제호는 별거 아니라는 듯 어깨를 으쓱거렸다. 언제까지 공사를 중지할 수 있을지 모르지만, 율리는 더는 물어보지 않았다. 클라이언트의 집에서 보란 듯이 요리하는 것부터 이해되지 않는 상황이었지만, 모른 척 넘기기로 했다. 우선은 목걸이를 찾는 게 우선이었다.

식사 후, 다시 집 안 곳곳을 뒤졌지만, 아쉽게도 목걸이를 찾을 순 없었다. 풀죽은 얼굴로 멍하니 서 있는 율리에게 제호가 다가왔다.

"옛말 중에 '금으로 만든 물건은 떨어뜨리는 순간, 안 보이는 곳으로 숨는다'는 말이 있어요. 스스로 나올 때까지 기다려야 한다고. 내일 다시 와요. 오늘은 너무 늦었으니까 그만 돌아가고."

내일은 찾을 수 있을 것이라고 스스로를 위로하며 율리는 무거운 발걸음을 돌릴 수밖에 없었다.

제호가 약속한 대로 매일 그곳을 찾을 수 있었지만, 어디로 숨었는지 목걸이는 보이지 않았다. 끝내 못 찾는 것은 아닐까, 속이 타들어갔다. 거의 마무리 단계라고는 했지만, 언제까지 공사를 지연할 수는 없는 일이었다. 다행히 클라이언트는 제호를 몹시 좋아하는 게 분명했다. 그렇지 않고서야 이렇게까지 그의 편의를 봐줄 순 없을 것이다.

그래도 오늘은 금요일이고 내일은 주말이니까, 밤늦게까지 찾을 수 있을 것이다. 정 안 되면 밤을 새워서라도 오늘 안으로 꼭 찾아낼 계획이었다.

하지만 아침 식사 도중, 채 의원으로부터 전혀 생각하지도 못한 일정을 통보받았다.

"오늘이요? 다음 주 아니었나요?"

"갑자기 일정이 변경돼서 말이다. 오늘 월차 내고 나와 함께 내려가야겠다."

다음 주, 채 의원과 몇몇 의원들은 거제에서 열리는 보궐 선거 운동을 돕기 위해 현장을 방문할 예정이었다. 언제나 그렇듯 채 의원은 율리와 동행하기로 계획을 잡았다. 평소라면 문제 될 게 없겠지만, 지금은 사정이 달랐다. 오후에 거제로 내려가면 밤늦게, 자칫 잘못하면 다음 날에야 서울로 돌아올 수 있었다.

"저 요즘 아주 바빠요. 이번엔 유리가 대신 가면 안 될까요? 유리도 아빠 딸이잖아요."

그 한마디에 갑자기 분위기가 얼어붙었다. 안 여사는 불편한지 말없이 일어나 식탁을 떠났고, 유리도 잠시 눈치를 보더니 안 여사를 따라 나갔다. 채 의원만 굳은 표정으로 자리를 지켰다.

유리는 한 번도 공식 석상에 나간 적이 없었다. 유리가 어렸을 때는 몸이 허약해서 그런 거라고 둘러대곤 했었다. 하지만 추악한 진실이 밝혀지고 나니, 모두 변명에 불과했다는 것을 깨달았다. 혹시라도 출생의 비밀이 탄로 날까 조심스러웠기 때문이다. 유리의 존재는 채 의원에게 가장 큰 약점이었다.

"민우와 결혼하게 되면 이제 이럴 일도 없을 거다. 이번이 마지막이라 치고 도와주면 안 되겠니."

얼핏 듣기론 부탁처럼 들렸지만, 사실은 강요에 가까웠다. KG그룹과 사돈을 맺을 때까진 그녀를 놓아주지 않겠다는 뜻이었다.

"알겠어요."

할 수 없이 율리를 고개를 끄덕였다. 언제나 그래왔던 것처럼, 그녀에겐 자유로운 의사 따위는 존재하지 않았다.

"율리 씨, 오늘 월차 냈어요."

회사로 출근하고 나니, 율리의 빈자리가 눈에 들어왔다. 의아한 눈으로 바라보는 제호에게 선영이 다가와 알려주었다.

"결혼식이 코앞이니까 이것저것 준비로 바쁘겠죠."

누군가 생각을 말하자, 선영은 빠르게 정정했다.

"아뇨, 결혼식 준비 때문이 아니라, 의원님 도와드려야 해서 간 거예요. 오늘 거제에서 보궐 선거 운동이 있대요."

"거제요?"

"네. 아 참, 그래서 율리 씨가 오늘은 안 되겠다고 전해달라고 부탁했어요."

"알겠습니다. 고마워요."

어젯밤에는 아무 말 없었는데, 갑자기 거제라니……. 주말까지 그곳에 있을 계획인가? 전화를 해봐야 하나? 주머니에서 휴대폰을 꺼내던 제호는 아직도 율리의 번호를 모르고 있다는 사실을 깨달았다. 몇 번이나 기회가 있었으면서 묻지 못하고 지나쳤다. 제호는 '피식', 시니컬한 웃음을 흘리고는 자리에서 일어나 선영에게 다가갔다.

"선영 씨, 물어볼 게 있는데요."

선영이 무슨 일이냐는 얼굴로 고개를 들었다.

오전 내내 해가 쨍쨍하더니, 오후에 들어서면서 먹구름이 몰려오기 시작했다. 하지만 일기 예보에선 비 소식이 없었기에 지역 곳곳을 누비며 유세 총력전을 펼쳤다.

아침 첫 비행기로 사천 공항에서 내린 후, 당에서 보낸 밴을 타고 유세 지역에 도착한 일행은 지금까지 별도의 휴식 없이 강행군을 이어갔다. 율리는 채 의원 옆을 지키며 수많은 유권자와 일일이 악수했다. 온종일 악수하느라 손끝의 감각이 둔해질 정도였다. 그래도 조금만 참으면 된다는 생각에 이를 악물고 참았다.

하지만 끝을 얼마 남겨두지 않고 사건이 터졌다. 반대 정당 사람들이 폭언을 날리며 날달걀을 던지기 시작했다. 문제는 날달걀 세례 중 돌멩이도 섞여 있었나 보다. 의원 중 한 명이 머리에 피를 흘리며 자리에 쓰러졌다. 비명이 뒤를 따랐고, 보좌관도 경호원들이 의원들을 둘러싸고 빠르게 밴으로 이동했다.

눈 깜짝할 사이에 일어난 일이었다. 잠시 화장실에 다녀온 율리가 돌아왔을 땐, 난장판이 되어버린 현장만이 남아 있었다. 어리둥절한 표정으로 주위를 둘러보는 그녀에게 지나가던 누군가가 상황을 설명해주었다.

"아, 그랬군요. 감사합니다."

율리는 낭패한 표정을 애써 숨겼다.

재킷도 가방도 모두 차 안에 두고 내려서 주머니엔 고작 만 원짜리 두 장과 잔돈이 조금 있을 뿐이었다. 아무리 급했다고 해도 그대로 떠나버리다니.

채 의원에게 전화했지만 받지 않았다. 보좌관 역시 받지 않았다. 어쩌면 율리와 함께 이곳에 내려왔다는 사실조차 잊어버리고 있을지도 모르겠다.

"후우."

율리는 한숨을 내쉬며, 이번에는 안 여사에게 전화를 걸었다. 하지만 마찬가지였다. 문자를 남기려던 율리는 잠자코 전화를 끊었다.

경황이 없어서 급히 떠났지만, 곧 그녀가 없다는 사실을 깨닫고 돌아올 것이라고 믿으며 제자리에서 기다렸다. 하지만 아무리 시간이 지나도 그녀를 찾으러 돌아오는 이는 없었다. 전화도 걸려 오지 않았고, 전화해도 받지 않았다.

군데군데 보이던 먹구름은 어느새 하늘 전체를 뒤덮더니 투둑, 굵은 빗방울을 떨어뜨리기 시작했다.

하, 사람 비참하게. 율리는 차갑게 웃으며 하늘을 향해 고개를 들었다. 왜 하필 이럴 때 비가 내린담. 또 이렇게 혼자 남겨졌을 때…….

온종일 무리한 탓에 지쳐서일까? 울컥, 감정이 복받쳐 올랐다. 가족 중 아무도 그녀를 걱정해주는 이가 없다는 건 이미 알고 있었지만, 그래도 이건 너무하잖아.

"……엄마……."

엄마도 이런 외로움을 느꼈을까?

빗물인지 눈물인지 모를 뜨거운 액체가 얼굴을 적시기 시작했다. 그때 뒤에서 화난 듯 가늘게 떨리는 목소리가 들렸다.

"너, 미쳤어?"

목소리의 주인공이 누군지 깨닫기도 전에 와락, 따뜻한 품속으로 율리의 몸이 끌려갔다.

제호가 거제에 들르기로 마음먹은 건 사실 충동에 가까웠다.
 창원에서 진행 중이던 마을 회관 재건축에 문제가 생겼다는 연락이 온 건 출근하고 얼마 지나지 않아서였다. 김 소장이 내려간다는 걸, 자신이 가보겠다고 나섰다. 예상보다 큰 문제는 아니어서 처리에 오래 걸리지 않았다. 그길로 KTX를 타고 서울로 갈 수도 있었지만, 제호는 차를 렌트하고 무작정 거제로 향했다. 그곳에 간다 해도 율리를 볼 수 있으리란 확신은 없었다. 하지만 정 안 되면 거제 바다라도 보고 오자는 생각으로 차를 몰았다.
 거제에 도착하고 나서, 다행히 어렵지 않게 유세 현장을 찾을 수 있었다. 모를 수가 없었다. 조그만 도시 곳곳에 유세 현장을 알리는 포스터가 붙어 있었으니까.
 더 가까이서 보기 위해 단상 앞으로 다가가던 그는 도중에 걸음을 멈추었다. 채 의원 뒤로 마치 영혼 없는 인형처럼 억지로 미소 짓고 있는 율리의 모습이 보였다. 제호는 저도 모르게 미간을 찌푸렸다.
 앞에 서 있는 율리의 모습이 너무나 낯설었다. 지금까지 한 번도 보지 못한 모습이었다. 무언가 부자연스럽고, 한편으로는 슬퍼 보이는 얼굴. 입으론 웃고 있었지만, 생기를 잃은 두 눈이 건조하게 깜박거릴 뿐이었다.
 율리의 낯선 모습을 보며 제호는 비로소 왜 그녀가 민우와 결혼하기로 했는지 알 것도 같았다. 어쩌면 그녀는 호랑이 굴을 나와서 늑대 굴로 피신해야 하는 상황인지도 모르겠다.
 채 의원과 마주치자마자, 갑자기 시들어버린 꽃처럼 축 늘어지던 율리의 모습이 다시금 떠올랐다. 채 의원과 비교하면 민우는 율리에게 쉬운 상대일 것이다.

까닭을 알 수 없는 벅찬 감정이 속에서 북받쳐 올랐다. 할 수만 있다면 그녀의 팔을 잡아 저 안에서 끄집어내고 싶었다.

지지 연설이 끝나고, 단상에서 내려온 의원들은 유권자와 일일이 악수하며 행진을 이어갔다. 제호는 밀리서 지켜보며 조용히 그들 뒤를 따랐다.

반대편 정당 사람들과 시비가 붙은 것은 율리가 잠시 자리를 비웠을 때였다. 보좌관과 경호원은 피 흘리는 의원을 에워싸고 허겁지겁 밴에 올라타 현장을 떠났다. 나중에 돌아온 율리는 어리둥절한 얼굴로 주위를 둘러보았다. 하지만 그 누구도 그녀를 위해 돌아오지 않았다.

낭패한 얼굴로 이곳저곳에 전화를 걸어보는 율리의 모습에 제호는 입술을 깨물었다. 통화가 연결되지 않는지, 그녀의 안색이 점점 어두워졌다.

그녀에게 다가가고 싶었지만, 쉽게 그럴 순 없었다. 그녀는 아마도 자신의 이런 모습을 그에게 보여주고 싶지 않을 것이다. 그래도 누구 한 명쯤은 그녀를 위해 돌아올 거라는 마음에 조용히 지켜봤다.

하지만 그의 기대와는 달리 주위가 어둑해질 때까지도 아무도 오지 않았다. 그녀는 홀로 남겨졌고 먹구름을 뒤덮인 하늘에선 투두둑, 굵은 빗방울이 떨어졌다. 율리는 길 잃은 강아지처럼 꼼짝도 하지 않고 제자리에 서 있었다. 바보처럼. 결국, 제호는 율리를 향해 달려갔다. 더는 그녀를 혼자 둘 수 없었다.

"너, 미쳤어?"

그녀가 뭐라고 반응하기도 전에 와락, 품으로 끌어당겼다. 가느다란 손이 허리를 움켜쥐는 것이 느껴졌다. 제호는 율리를 끌어안은 채로, 비를 피할 수 있는 인근 상가 건물로 뛰어갔다.

"비를 이렇게 맞고. 지금 제정신이야?"

제호는 양손으로 율리의 얼굴을 감싸며 천천히 손바닥으로 물기를 닦아냈다.

"폐렴이라도 걸리면 어쩌려고."

그녀의 눈에는 아직도 물기가 가득했다. 그게 빗물이 아니라, 눈물이라는 것을 깨닫는 데는 그리 오래 걸리지 않았다. 자신을 향하는 붉어진 눈을 보고 있자니, 울컥 화가 치밀어 올랐다.

제호의 그런 속도 모르고, 율리는 멍한 눈으로 천천히 눈꺼풀을 깜박거렸다. 눈물로 뿌옇게 된 시야 안에서 서서히 그의 모습이 윤곽을 잡아가는 것 같았다.

"……제호 씨……?"

꼭 닫힌 입술이 천천히 달싹거리기 시작했다.

"……여긴 어쩐 일이에요……?"

"지금 그게 중요합니까? 내가 왜 여기 있는지?"

제호는 흠뻑 젖은 율리의 몸을 자신의 재킷으로 감싸며 화난 목소리로 말했다.

"우선 젖은 옷부터 벗어요."

덜컥, 문이 열리고 옷을 갈아입은 율리가 밖으로 걸어 나왔다. 급한 대로 근처 옷 가게에서 갈아입을 옷을 골랐다. 최신 유행과는 거리가 먼 옷이었지만, 패션의 완성은 얼굴이라고 그녀가 걸치자 보그 최신 지에 나온 옷처럼 근사해 보였다.

차에 타자 율리는 조심스럽게 말을 건넸다.

"고마워요. 서울 올라가면 바로 갚을게요."

"됐습니다."

제호는 퉁명스럽게 말하며 손목시계를 확인했다. 어느새 시간은 8시가 훌쩍 넘어 있었다.

"그나저나, 오늘 밥은 제대로 먹고 다녔어요?"

율리는 가만히 고개를 내저었다. 아침은 드는 둥 마는 둥 먹었고, 점심은 이동 중 차 안에서 먹은 편의점 도시락이 다였다. 하지만 그마저 촉박한 일정으로 몇 술갈도 제대로 뜨지 못했다.

"훗, 모르는 사람이 보면 채율리가 보궐 선거 후보인 줄 알겠네."

농담이라는 건 알지만, 듣기 씁쓸한 농담이었다. 율리는 어색하게 웃어 보이며 휴대폰을 들여다보았다. 아직도 채 의원에게선 아무런 연락도 없었다. 부재중 전화 표시를 분명 봤을 텐데도 말이다. 이젠 먼저 전화하는 것도 지쳤다. 그때 띵똥, 문자 알림이 화면에 떴다. 채 의원의 보좌관에서 온 문자였다.

> 죄송합니다. 경황이 없어서 이제야 연락드립니다.

"잠시만요."

율리는 양해를 구하고 문자를 보낸 보좌관에게 전화를 걸었다. 이번엔 바로 전화를 받았다.

"저예요, 채율리."

[네, 지금 어디십니까?]

"지금 어디에 있냐니, 그게 무슨 말이죠? 당연히 거제 유세 현장에 있죠."

율리의 대답에 당황한 듯 수화기 너머로 탁한 숨소리가 들렸다.

"보좌관님?"

[아, 죄송합니다. 전 혼자 따로 서울로 올라가신 줄 알고…….]

말도 안 되는 변명이었다. 차 안에 재킷도 가방도 모두 두고 내렸는데, 선거용 유니폼을 입고 어떻게 혼자 서울에 올라간단 말인가. 처음부터 그들의 안중에 율리란 존재는 없었다. 이제야 누군가 알아차린 게 분명했다. 더욱더 서글픈 건, 그 누군가가 채 의원일 가능성은 희박하다는 것이다.

"지금 의원님 옆에 계세요?"

[의원님은 오늘 사고에 관한 대책 회의에 참여하셔야 해서, 곧장 당사로 가셨습니다.]

그 말은 그녀만 남기고 모두 서울로 올라갔다는 말이다. 하, 기가 막혀서 말도 나오지 않았다. 율리는 떨리는 목소리를 가다듬으며 힘겹게 말했다.

"차 안에 옷과 가방을 두고 내렸는데요."

[아, 네. 그건 제가 챙겨서 본가에 가져다 놓았습니다.]

"그렇군요. 고마워요."

율리는 짧게 인사하고 전화를 끊었다. 보좌관에게 불평을 늘어놓아 봤자 아무 소용없었다. 아버지인 채 의원이 그녀를 챙기지 않는데, 보좌관에게 무슨 잘못이 있을까 싶다.

"뭐 특별히 먹고 싶어요?"

통화가 끝나기를 잠자코 기다리던 제호가 시동을 걸며 물었다.

"……아뇨. 그냥 아무거나."

"음, 난 아무거나 별로던데……. 거제까지 왔는데 신선한 해산물이나 먹으러 가죠."

제호가 그녀를 데리고 간 곳은 돌판 대구찜으로 유명한 현지인 맛집이었다. 외관은 세월의 흔적을 그대로 나타내 허름했지만, 실내는 근래에 리모델링했는지 깔끔한 편이었다. 고르기 쉽게 메뉴는 돌판 대구찜과 양푼 동태탕, 딱 두 가지뿐이었다.

"이런, '아무거나'는 메뉴에 없는데 어쩌죠?"

싱거운 농담이었지만 율리는 '피식' 웃음을 터뜨렸다. 제호는 이제야 웃느냐는 듯 그녀를 따라 눈매를 휘었다.

"매운 거 잘 먹습니까?"

"네, 매운 거 좋아해요."

"그러면 돌판 대구찜으로 하죠."

주문한 음식은 오래 걸리지 않고 바로 나왔다. 전혀 입맛이 없을 거라고 생각했지만, 새빨간 대구찜을 보자 입 안에 군침이 돌았다. 화끈하게 매운 음식을 먹고 나면 답답했던 속이 좀 풀리지 않을까? 하는 기대도 들었다.

"아, 맞다. 그런데 여기엔 어쩐 일이에요?"

"저번에 출장하러 왔던 창원 재건축 건에 문제가 좀 생겨서요. 소장님이 오신다는 거, 내가 대신 왔죠."

하지만 그것만으로는 모자랐다. '창원은 그렇다 치고, 거제는 왜?'라는 눈빛으로 율리는 제호를 바라보았다. 제호는 대답하는 대신 천천히 물을 마셨다. 율리는 인내심을 가지고 그가 물을 다 마실 때까지 기다렸다.

"어차피 내일은 주말이니까 온 김에 바닷바람을 쐬고 싶기도 해서, 겸사겸사."

"그런데 왜 거기 있었어요?"

유세 현장은 바다에서 멀리 떨어진 곳이었다. 대부분은 리조트가 늘어선 바닷가로 향하지, 재래시장으로 오진 않았다.

"지금 심문하는 겁니까?"

"……아, 기분 나빴다면 미안해요. 너무 우연히 여기서 보게 되니까 신기해서요."

"그런 거라면……."

제호는 느릿하게 말하며 테이블 위에 놓인 율리의 손으로 시선을 내렸다. 오늘 하루, 얼마나 많은 사람과 악수했는지 손이 부어 있었다. 제호는 손을 들어 율리의 손을 가만히 감싸 쥐었다. 그를 바라보는 그녀의 눈빛이 흠칫 떨렸다. 하지만 손을 뿌리치진 않았다.

"아카디아 몰에서 재회한 게 더 극적인 우연이지 않았나? 아, 그때도 옷이 흠뻑 젖었었던 것 같은데……."

짓궂은 농담에 율리의 눈이 가늘어졌다. 커다란 손에서 가느다란 손이 꼼지락거리자, 제호는 부드럽게 웃으며 손바닥이 보이게 율리의 손을 뒤집었다.

"손이 부었네. 아프지 않아요?"

"이 정도는 견딜 만해요. 어릴 때부터 해오던 거라서……."

율리는 쓰게 웃으며 말을 이었다.

"엄마 돌아가시고 나서, 엄마 대신 선거 운동에 나가곤 했거든요."

"그게 언젠데?"

"중학교 3학년……."

"꼬마가 고생 많았네."

"꼬마 아니었거든요."

꼬마라는 말에 율리는 발끈하며 손을 빼내려 했다. 하지만 제호의 행동이 좀 더 빨랐다. 그는 손가락을 맞물려 그녀의 손에 깍지를 꼈다.

"좋아요. 그러면 꼬마 숙녀라고 해두죠. 어쨌든 그 나이엔 또래 친구들과 떡볶이 먹으면서 수다 떨어야지. 선거 운동을 따라다니는 게 아니라."

별말 아닌 것 같아도 울컥, 눈물이 나려고 해, 율리는 입술을 깨물었다. 아무도 그녀에게 그런 말을 해준 적 없었으니까. 모두는 돌아가신 엄마의 뒤를 이어서 아빠를 도와야만 한다고 했었다. 엄마가 일군 표밭을 망가뜨리면 안 된다고. 엄마를 갓 잃은 소녀의 어깨에 얼마나 무거운 책임을 지우는 것인지는 신경 쓰지 않았다.

제호는 마치 그녀의 아픔을 안다는 듯, 그녀의 눈을 똑바로 바라보며 웃어주었다. 달콤하게 지어주는 미소가 너무나 아름다워서, 숨이 막히는 것만 같았다. 오늘은 너무나 비참한 날이었는데, 앞에 있는 남자로 인해 너무나 포근한 날로 변하고 있었다. 그건 마치 마법과도 같았다.

저녁 식사가 끝나고 율리는 서울로 돌아가려, 휴대폰으로 KTX 승차권 예매 사이트에 접속했다.

"어쩌죠, 표가 모두 매진인데요?"

당연히 좌석이 있을 줄 알았는데, 생각지도 못한 낭패였다. 고속버스 역시 마찬가지였다. 오늘 안에 서울로 돌아가려면 렌터카를 운전해서 가는 방법밖에 없었다.

"서울까지 운전할 수 있겠어요?"

밤늦게 고속도로에서 운전한 적이 거의 없기에 율리는 자신이 운전하겠다고 선뜻 나설 순 없었다. 미국에서 온 제호는 고속도로 운전에 익숙하겠지만, 아직 어깨의 상처가 아물지 않은 상태였다. 한두 시간이라면 몰라도 그 이상은 무리일지도 모른다.

"당연히……."

율리의 눈을 들여다보며 뜸을 들이던 제호는 잠시 후, 느릿하게 대답했다.

"안 될 것 같은데요."

"……아, 그렇겠죠?"

율리는 안타까운 눈으로 제호의 오른쪽 어깨를 바라보았다. 사실상 짧은 거리의 시내 운전이라면 몰라도 서너 시간 넘는 장거리 운전이라면 대낮이라고 해도 무리일 것이다. '할 수 없죠. 여기서 하룻밤 묵고 가야죠.'라고 말하려는데 제호가 먼저 말을 꺼냈다.

"같이 자고 가면 되겠네."

뭐라고? 같이 자고 가면 된다고? 자신이 하려던 말과 비슷한 내용인데도 왜 그가 한 말에 전율을 느끼는지 모르겠다. 앞에 '같이'라는 단어가 붙어서일까? 그저 기분 탓이겠지?

율리는 애써 아무렇지 않은 듯 표정을 관리하며 천천히 숨을 들이마셨다. 순간 그녀를 바라보는 제호의 눈빛이 아찔하게 반짝거렸다. 그리고 눈빛보다 더 아찔한 말이 뒤를 따랐다.

"나는 손만 잡고 잔다는 말 따윈 안 합니다."

예상하지 못한 말이 튀어나오자, 율리는 당황한 나머지 할 말을 잃었다. 짓궂은 농담인지, 아니면 괜한 농담은 하지 않겠다는 뜻인지 솔직히 헷갈렸다. 그렇다고 물어볼 수도 없고…….

어색한 표정을 감출 길이 없자, 율리는 서둘러 말을 돌렸다.

"그래요, 그럼. 내일 아침 일찍 올라가는 걸로 해요."

그런데 '가는 날이 장날'이라고, 호텔 예약 사이트에 들어가보니 대부분이 만실이었다. 주말을 맞이하여 다양한 축제가 열렸기 때문이었다. 럭셔리 리조트의 스위트룸만 조금 남아 있는 상태였다.

율리는 휴대폰으로 계산하려고 했으나 접속 장애 탓인지 계속 에러 문구가 떠 애를 먹었다. 그리고 잠시 후, 배터리가 바닥난 휴대폰의 전원이 꺼졌다.

"숙박비도 서울 가면 드릴게요. 지금은 제가 지갑이 없어서……."

리조트로 향하며 율리는 풀 죽은 얼굴로 말했다.

"됐습니다."

그는 아까와 같은 말을 반복했다.

막상 리조트에 도착하자, 율리는 차마 발을 뗄 수 없었다. 어쩔 수 없는 상황이라는 걸 알지만 몸이 따라주질 않았다. 제호는 리조트 로비 앞에 서서 제자리에 얼어붙은 율리를 잠자코 기다려주었다. 하지만 언제까지 인내심을 발휘할 수 있을까?

결국, 율리는 앞서 한 결정을 따를 수밖에 없었다. 그녀가 다시금 발을 내딛자, 어느새 옆으로 다가온 제호가 율리의 허리에 팔을 감았다. 너무나 자연스러운 행동에 율리는 밀쳐낼 생각을 하지 못했다.

프런트 데스크로 가자, 리조트 직원들이 상냥하게 두 사람을 맞이했다.

"어떻게 도와드릴까요, 고객님?"

"방 있습니까?"

"오늘 하루 묵으실 건가요?"

"네."

"지금은 패밀리형, 스위트룸밖에 남지 않았는데 괜찮으실까요? 스위트룸은 거실과 방, 욕실이 2개 딸린 구조로 약 30평쯤 됩니다."

"그걸로 하죠."

"네, 그럼 잠시만 기다리십시오."

신속하게 처리를 끝낸 직원은 두 손으로 공손하게 리조트 안내 책자와 카드 키 두 개를 제호에게 건넸다.

"바다 전망인 객실로 업그레이드해드렸습니다."

묻지도 않았는데 알아서 업그레이드해준 건 제호 때문일 것이다. 직원 모두 제호에게서 시선을 떼지 못했다. 아깐 경황이 없어서 무심코 지나쳤는데 옷 가게에서도 그렇고, 식당에서도 그렇고, 가는 곳마다 뭐 하나 더 주고 싶어 안달이었다. 그건 시골 인심이 후해서가 아니라, 제호의 눈부신 미모 덕분이 분명했다.

왜 아니겠는가! 그녀 역시 첫 만남에서 그저 멍하니 쳐다만 봤었다. 그래도 다른 여자의 시선이 그에게 집중되는 것을 옆에서 보니, 왠지 모르게 기분이 묘했다.

잠시 딴생각에 빠진 탓에 객실 층에서 내릴 때까지 율리는 뭔가 잘못됐다는 사실을 눈치채지 못했다. 제호가 카드 키로 객실 문을 여는 모습을 보고서야 깨달았다. 카드 키는 두 개였지만, 열고 들어갈 수 있는 스위트룸은 하나였다!

방 두 개, 욕실 두 개, 거실과 주방이 딸려 있기에 리조트 직원은 당연하다는 듯 스위트룸 하나만을 내어준 것 같았다. 제호 역시 따로 방 잡을 생각을 하지 않았고.

선뜻 들어오지 못하고 율리가 문 앞에서 주춤거리자, 제호는 무슨 문제라도 있냐는 듯 뒤를 돌아보았다.

"……아, 그게……."

율리는 차마 말을 꺼내지 못하고 머뭇거렸다. 신세 지는 주제에 따로 룸을 잡겠다고 하면 너무 염치가 없으려나? 당혹스럽게 제호를 바라보던 율리는 결국, 그를 따라 안으로 들어갔다. 방도 따로, 욕실도 따로인데 괜히 혼자 까다롭게 구는 건 민폐이지 싶었다.

"피곤하죠? 그만 쉬어요."

제호는 율리에게 큰 방을 양보하고 자신은 작은 방을 택했다. 재킷을 벗으며 방 안으로 들어가던 그는 잠시 동작을 멈추고는 율리를 향해 고개를 틀었다.

"아, 그런데 왜 내일 아침 일찍 올라가야 하죠? 약속이라도 있습니까?"

"아뇨, 딱히 약속은 없지만……."

"그렇다면 체크아웃이 11시니까, 점심 먹고 느긋하게 올라가죠."

그러고 보니 그의 말이 맞았다. 화목한 가정도 아니고, 불편하기만 한 집구석이 뭐 그리 좋다고 일찍 돌아가나 싶었다. 아침 일찍부터 강행군으로 일정을 소화한 탓에, 심신이 지친 상태이기도 했다. 느긋하게 늦잠 자는 것도 나쁘진 않을 것이다.

"그러죠, 그럼."

흔쾌히 승낙하고 돌아서려는데 어깨 너머로 작은 방 안이 보였다. 그녀가 사용할 방과는 달리 작은 방은 침대가 놓이지 않은 온돌방이었다. 율리는 저도 모르게 미간을 찌푸렸다. 외국에 오래 살면서 침대 생활만 했을 텐데……. 딱딱한 방바닥 위에서 자려면 불편하지 않을까? 하는 우려가 들었다. 게다가 그는 지금 어깨도 다친 상태였다. 율리는 재빨리 제호를 따라 작은 방으로 들어갔다.

"내가 이 방에서 잘게요. 제호 씨는 큰 방 써요."

율리의 말이 이해되지 않는 듯 제호가 눈을 가늘게 모았다. 그녀는 방 안을 휙 둘러보고는 벽장으로 향했다. 문을 열자, 이부자리가 눈에 들어왔다.

"마지막으로 이부자리에서 잔 게 언제예요? 아니다, 요 위에서 자본 적은 있어요?"

"물론."

"아니야, 그래도 불편할 거예요. 저는 괜찮으니까 침대 방으로 가세요."

율리는 슬쩍 제호를 옆으로 밀어내더니 혼자 낑낑대며 벽장에서 이부자리를 꺼냈다. 제호가 도우려 하자, 세차게 고개를 저었다.

"안 돼요. 어깨에 무리 가요."

혼자 열심히 바닥에 요와 이불을 펼치는 율리를 바라보던 제호는 '피식' 웃고 말았다. 상처는 거의 다 아물어서 다시 벌어질 염려는 없었다. 새살이 돋는 중이라 가끔 통증이 일었지만, 이불 하나 못 들 정도는 아니었다. 그런데 율리는 그를 중환자 취급하고 있었.

불과 몇 시간 전까지 비에 홀딱 젖은 모습으로 주인 잃은 강아지처럼 울던 여자가 지금은 너무나도 씩씩하게 그를 챙기려 한다. 그런 그녀가 엉뚱하다면 엉뚱하고, 귀엽다면 귀엽다고 느껴졌다.

내가 이러니까 네게서 눈을 못 떼지.

흘러내리는 머리카락을 쓸어 올리며 열심히 요를 까는 모습에 가슴 한쪽이 이상하게 근질거렸다.

율리는 제호가 빤히 바라본다는 것을 모른 채, 열심히 이부자리를 펼쳤다. 베개를 얌전하게 내려놓는 것으로 잠자리 준비를 끝낸 율리는 이불 모서리를 탁탁 털고 자리에서 일어났다. 그때까지도 제호가 나가지 않고 있자, 율리는 안 나가고 뭐 하냐는 표정을 지었다.

"난 괜찮으니까, 그냥 침대 방 써요. 나 대신 이부자리 깔아준 건 고마워요."

"아뇨. 내가 여기서 잘 테니까, 침대에 가서 주무시라고요."

그녀가 의견을 굽히지 않자, 장난기가 발동했다. 제호는 그녀를 빤히 바라보며 같은 눈높이가 될 때까지 허리를 숙였다.

"그러면 같이 잘래요?"

순간, 율리의 얼굴이 화르르 달아올랐다. 어쩔 줄 모르고 흔들리는 눈동자의 반응이 재밌다는 듯 제호는 입술 끝을 가로로 길게 늘였다.

"그런 게 아니면 됐어요. 그만 건너가요."

말을 마친 제호는 허리를 펴며 한 손으로 셔츠의 단추를 풀기 시작했다. 하지만 율리는 나가지 않고 방 한가운데에 고집스레 서 있었다.

"난 이제부터 씻을 건데……."

"저, 그러지 말고……."

"왜, 같이 씻을래요?"

다시금 율리의 얼굴은 새빨갛게 변했다. 하지만 한 발짝도 움직이지 않았다. 고집 한번 세네. 제호의 한쪽 눈썹이 살며시 올라갔다.

"그렇게 서 있으면, 나 오해하는데……."

대화하는 중에도 계속해서 단추를 푸는 바람에, 벌어진 셔츠 사이로 탄탄한 근육이 모습을 드러냈다. 이미 본 적 있는 가슴팍이었지만 심장이 두근거리는 걸 막을 순 없었다. 결국, 율리를 패배를 인정하고 물러나기로 했다.

"……그, 그럼 제가 침대에서 잘게요. 안녕히 주무세요."

허둥지둥 인사를 마친 율리는 그대로 등을 돌려 방을 빠져나갔다. 제호는 허둥지둥 도망치듯 멀어지는 율리를 바라보며 '큭,' 웃음을 터뜨렸다.

조금만 더 버티지. 끝까지 안 가고 있으면 손만이라도 잡고 자려고 했는데…….

어쩔 줄 몰라 당황하던 율리의 모습을 떠올리며 제호는 셔츠의 마지막 단추를 풀었다.

아쉽네.

하지만 눈이 동그란 토끼는 이미 안전한 굴속으로 도망간 후였다.

─ 그러면 같이 잘래요?

어두운 천장을 바라보던 율리는 제호가 했던 말이 떠오르자 얼굴 위로 휙, 이불을 뒤집어썼다. 찬물로 샤워까지 했건만, 아직도 얼굴이 화끈거렸다.

─ 왜, 같이 씻을래요?

나긋나긋하게 달래듯 속삭이는 목소리만으로도 미치겠는데 바라보는 눈빛 또한 너무 짙어서 그대로 빨려 들어갈 것만 같았다. 여우에게 홀린다는 게 바로 이런 건가 싶었다.

별 뜻 없는 농담일 텐데, 사춘기 소녀처럼 들뜨는 자신이 한심하게만 느껴졌다. 피곤해서 그런 거라고, 온종일 낯선 사람을 만난 탓에 감정이 뒤죽박죽된 거라고 애써 자신을 설득했지만, 소용없었다.

싱숭생숭해진 기분 탓에 피곤해도 쉽게 잠들 수 있었다. 침대 위에서 엎치락뒤치락하다 잠이 든 건 새벽녘이 되어서였다.

얼마나 지났을까? 정체불명의 소리가 그녀를 괴롭혔다. 희미하게 들렸지만, 옅게 잠이든 율리를 깨우기엔 충분했다.

"……으……음…… 으윽……."

어떻게 들으면 낮게 흐느끼는 소리 같았고, 또 어떻게 들으면 고통에 헐떡이는 신음 같았다. 율리는 무거운 눈꺼풀을 힘겹게 들어 올렸다. 그러다 순간 눈이 번쩍 떠졌다.

제호 씨?

이건 분명 제호가 내는 소리였다. 율리는 벌떡 일어나, 작은 방으로 향했다. 창밖에서 들어온 달빛이 창백한 제호의 얼굴을 비추고 있었다. 그는 두 눈을 질끈 감은 채 식은땀을 흘리고 있었다. 덜컥, 겁이 난 율리는 불을 켤 생각도 하지 못하고 그대로 그의 옆에 무릎을 꿇었다.

"제호 씨, 왜 그래요?"

율리는 손바닥으로 제호의 뺨을 톡톡 두드렸다.

혹시라도 어깨 상처가 덧난 건 아니겠지? 아니면 아까 먹은 저녁이 잘못됐나?

별별 생각이 한꺼번에 쏟아졌다.

"제발, 눈 좀 떠봐요."

어느새 목소리가 연하게 떨리고 있었다. 그 순간, 감겼던 제호의 눈이 번쩍 뜨였다. 안도하는 것도 잠시, 잠에서 깬 제호는 팔을 뻗어 율리를 확 끌어당겼다. 소리 한 번 내지 못하고 율리는 그대로 너른 품으로 끌려들어 갔다. 쓰러지는 동시에 그가 몸을 틀자, 자연스럽게 율리의 몸은 제호의 아래에 깔리게 되었다.

으스러지듯 끌어안는 강인한 힘에 율리는 꼼짝도 할 수 없었다. 제대로 숨도 쉴 수 없을 정도였다. 품에서 벗어나려고 몸을 바동거렸지만, 단단하게 감긴 팔은 전혀 느슨해지지 않았다.

"윽, 제호 씨……."

"제길!"

그러다 어느 순간, 나직한 욕설과 함께 격한 숨소리가 그의 입에서 흘러나왔다. 이어서 그녀를 얽맸던 팔에서 스르르 힘이 빠져나갔다. 율리는 서둘러 품에서 빠져나와 멀찍이 물러났다.

"……미쳤군."

그녀를 놓아준 제호는 옆으로 누우며 손등으로 눈가를 가렸다. 그리고 쇳소리처럼 탁한 목소리로 중얼거렸다.

"겁도 없이 남자 혼자 자는 방에 불쑥 들어오고."

"……난 어디 잘못됐나 걱정돼서……."

조심스럽게 몸을 일으키며 율리가 변명 아닌 변명을 늘어놓았다.

"끙끙 앓는 소리를 내고 있었다고요. ……괜찮아요? 어디 아픈 거 아니에요?"

"후."

그는 대답 대신 길게 숨을 내쉬었다.

어색한 침묵이 흐르고, 그가 낮게 중얼거렸다.

"……그냥 악몽 꾼 겁니다."

아주 지독한 악몽이었다. 바로 눈앞에서 아버지, 권 부회장이 교통

사고를 당하는 장면을 목격하는 동시에 그가 당한 고통을 그대로 느끼는, 현실처럼 생생한 꿈이었다.

할 일에 집중하지 않고 한눈팔고 있다고 경고하는 걸까? 정신 차리라는 신호?

겨우 꿈에서 깨어나자, 율리를 끌어안고 있는 자신을 발견했다. 달콤한 향기에 혼을 빼앗긴 채, 취하기에만 급급한…….

미친놈.

저 자신을 비웃으며 씁쓸한 미소를 입가에 떠올렸다. 하지만 제호는 눈을 가렸던 팔을 내리며 옆에 앉은 율리를 올려다보았다. 악몽을 꾼 것뿐이라고 말했지만, 그녀는 아직도 걱정스러운 눈빛을 거두지 않고 있었다. 화를 내도 모자랄 판에. 순간 뭉클한 감정이 저 아래서부터 뜨겁게 솟구쳤다. 아무 말 없이 뚫어지듯 바라만 보자, 율리는 살며시 고개를 돌려 시선을 피했다.

"전 이만 가볼게요."

그녀가 자리에서 일어나려 했다.

"잠시만."

제호는 그녀를 따라 몸을 일으키며 팔을 벌려 뒤에서부터 그녀를 끌어안았다.

"잠시만 이대로 있어요."

흠칫, 긴장하는 율리의 귓속으로 낮은 속삭임이 파고들었다.

"……이번엔 내가 춥거든."

이제 그는 그녀를 놓을 수 없었다. 그러기엔 너무 늦어버렸다. 춥다고 하면서도 그녀를 안은 제호의 몸은 불덩이처럼 뜨거웠다. 등으로 전해지는 체온과 은은히 스며드는 체취에 율리는 온몸의 솜털이 오소소 일어나는 것만 같았다.

그녀가 긴장했다는 걸 느꼈는지, 제호는 손으로 율리의 머리카락을 부드럽게 쓰다듬었다. 다정한 손길에 긴장이 풀리며, 저절로 두 눈이 감겼다.

이래선 안 된다는 것을 알면서도 율리는 제호를 밀어낼 수 없었다. 어머니가 돌아가신 후, 머리를 쓰다듬어주는 이는 드물었다. 외할머니가 돌아가시고 이모마저 유럽으로 떠난 후에는 그마저도 없어졌다. 다정한 손길이 그리워서라고, 그래서 그런 거라고, 율리는 애써 자기합리화를 해보았다.

'하', 율리는 작게 한숨을 내쉬며 두 눈을 감았다. 포근하고 따뜻해서 어느새 노곤하게 잠이 몰려왔다.

그녀가 잠들어버리자 제호는 율리를 안은 팔에 힘을 주며 더욱 가까이 끌어당겼다.

"흐음."

코끝으로 스며드는 달콤한 향기가 아쓸하게 좋았다. 마음 같이선 그녀를 끌어안고 아침까지 있고 싶었다. 하지만 잠시만이라고 한 말을 지켜야 했다. 율리를 안아 올리자 '으응' 하고 미간을 찌푸렸지만, 다행히 눈을 뜨진 않았다. 침대 위에 눕힐 때까지도 잠자는 숲속의 미녀처럼 색색, 고른 숨을 쉬었다. 잠든 그녀를 말없이 내려다보던 제호는 고개를 숙여 이마에 입을 맞추었다. 그리고 조심스레 침실을 빠져나갔다.

다음 날 아침, 율리는 침대에서 눈을 떴다. 졸린 눈을 깜박이던 율리는 미간을 찌푸렸다. 언제 큰 방으로 왔지? 그러다 꿈을 꾼 것처럼 어렴풋이 그가 자신을 안아서 이곳에 데려왔다는 사실을 기억해냈다. 안 돼! 율리는 세차게 고개를 흔들었다. 어깨에 무리 간다고 이부자리도 못 들게 했으면서 그런 민폐를 끼쳤다니!

서둘러 준비하고 거실로 나가니, 창밖을 내다보며 커피를 마시는 제호의 모습이 눈에 들어왔다. 언제 일어났는지 그는 완벽하게 준비가 끝난 모습이었다. 샤워하고 머리를 덜 말렸는지 물기가 남은 머리카락이 자연스레 이마 위에 흘러내려 있었다.

창밖을 바라보던 제호가 옆으로 고개를 돌리자, 서로 눈이 마주쳤다. 뭐라고 말을 꺼내야 할 텐데 율리의 입술은 접착제가 붙은 듯 떨어지지 않았다. 제호는 율리에게 시선을 고정한 채, 느긋하게 커피를 마셨다. 마지막 한 방울까지 마신 그가 달칵, 잔을 내려놓았다.

"갈까요?"

"네."

율리는 짧게 대답하며 살며시 시선을 내리깔았다. 도저히 눈을 마주 볼 자신이 없었다. 아무리 피곤해도 그렇지, 그렇게 잠들다니…….

"테라스에서 식사하는 거 괜찮죠? 브런치 예약해두었어요."

늦잠을 자는 동안, 제호는 체크아웃도, KTX 승차권 예매도 모두 끝내놓았다.

"미안해요."

바다가 보이는 자리에 앉자, 율리는 모기만 한 소리로 작게 중얼거렸다. 제호는 앞에 놓인 컵에 물을 따라주며 무덤덤한 목소리로 물었다.

"뭐가 말입니까?"

"제호 씨 혼자 다 하게 만들었잖아요."

사실은 침대로 옮기게 해서 미안하다고 말하고 싶었지만, 차마 입 밖에 꺼낼 수 없었다. 하지만 눈치 빠른 남자니까 혼자 잘 알아들을 거라 믿었다.

제호는 말없이 고개를 끄덕였다. 미안한 걸 아니 다행이라는 뜻인지 괜찮다는 뜻인지 애매했지만, 구태여 되물을 필요는 없을 것이다.

"여기 해수 염 커피가 유명하다고 하는데, 시킬까요?"

"좋아요."

제호가 화제를 바꾸자, 율리는 얼른 동의했다.

주문한 커피가 나오고, 곧이어 식사가 뒤따라 나왔다.

"어젯밤에 말입니다."

포크로 한입 떠서 막 입에 넣는데, 제호가 불쑥 말을 꺼냈다.

"율리 씨가 먼저 방으로 와서 좀 당황했어요. 난 좀 더 기회를 봐서 유혹하려고 했거든요."

"컥."

너무 놀라 사레에 걸리고 말았다. 냅킨으로 입을 막고 캑캑거렸지만, 목에 걸린 음식은 쉽게 내려가지 않았다. 제호가 옆으로 자리를 옮겨 손바닥으로 등을 쓸어주고 나서야 겨우 진정되었다.

"나는 정말 걱정돼서 그런 거라고요."

율리는 눈물이 글썽거리는 눈으로 제호를 쏘아보았다. 그는 빙그레 웃으며 율리의 눈가에 맺힌 눈물방울을 손끝으로 툭 건드렸다.

"그래요, 뭐. 그렇다면 그런 거고."

"진짜예요."

약이 올랐는지, 율리의 목소리가 커졌다. 제호는 실망했다는 듯 미간을 찌푸리더니 이번엔 다른 쪽 눈가에 맺힌 눈물방울을 손으로 털어냈다.

"이런……. 그러면 나 혼자 착각한 거군요. 맞아요?"

잠시 망설이는 듯했지만, 율리는 곧 위아래로 고개를 끄덕거렸다.

"좋아요, 그럼."

제호는 맞은편 자리로 돌아가, 테이블에 놓았던 냅킨을 무릎에 펼쳤다. 순순히 물러나는가 싶었는데, 뒤를 잇는 말이 율리의 신경을 다시금 곤두서게 했다.

"이제부터 본격적으로 유혹해야겠네. 시간이 별로 없으니까. 결혼식까지 한 달 좀 안 남았나?"

다행히 이번엔 음식을 입에 넣기 전이었다. 율리는 울컥하는 감정을 내리누르며 손에 쥔 포크를 내려놓았다.

"도대체 이러는 이유가 뭐예요?"

"남자가 여자를 유혹하는데, 뭐 특별히 다른 이유라도 있습니까?"

순간, 숨이 막힐 것만 같았다. 그녀를 향한 두 눈에서 숨겨지지 않는 욕망이 번들거렸다. 하지만 눈빛뿐이었다. 표정과 목소리는 날씨에 관해 이야기하는 것처럼 평온했다.

"한 가지만 물어볼게요. 저번에 민우와 함께 저녁 먹으면서 한 말, 기억나요? 자꾸만 눈길이 가고, 마음이 쓰이게 하는 여자가 있다고 했었죠. 곧 내 여자라고 될 거라고도 했고."

"물론입니다."

제호는 싱긋 웃으며 고개를 끄덕였다.

"그때 마음이 쓰인다는 여자……."

그저 물어보는 것뿐인데도 율리는 얼굴이 홧홧하게 달아올랐다.

"혹시 나를 말하는 거였나요?"

그는 곧바로 대답하지 않았다. 비스듬히 입매를 올리며 커피 잔을 입으로 가져갔다. 아주 천천히 커피를 들이켰고, 또 아주 천천히 잔을 내려놓았다. 그동안 율리의 속은 까맣게 타들어갔다.

"정말로 몰라서 물어본 건 아니겠죠? 그 이후에도 나는 몇 번이나 마음이 쓰이고 눈길 간다고 말한 것 같은데……."

짓궂은 농담인 줄 알았다. 진심이라곤 한 번도 생각해 보지 않았다. 그럴 수밖에 없잖은가!

"그렇다면…… 그때부터 나에게 마음이 있었어요?"

"아니, 그전부터."

그전부터라고?

율리는 믿지 못하겠다는 눈으로 제호를 바라보았다. 바짝 긴장하는 율리와 반대로 제호는 느긋하게 의자 등받이에 몸을 기대었다.

"정확하게는 날 보겠다고 치마를 펄럭이며 담벼락을 넘을 때부터."

"말도 안 돼."

이건 새빨간 거짓말이다. 그는 그때 분명 고등학교를 갓 졸업한 자신을 분유 냄새나 풍기는 갓난아기 취급하면서, 아주 귀찮다는 듯 대했었다. 율리가 불신이 가득한 눈으로 바라보자, 제호는 가볍게 어깨를 으쓱거렸다.

"그때 바로 채갔어야 했는데……."

"그 말, 안 믿어요."

"믿든 안 믿든 그건 본인 맘이고."

그래, 그건 지금 중요한 게 아니다. 율리는 서둘러 본론으로 넘어갔다.

"좋아요, 그렇다고 쳐요. 하지만 지금 나는 민우와 약혼 중이에요.

"난 제호 씨가 사촌 동생의 약혼녀에게 손을 뻗을 정도로 막된 사람이라곤 생각하지 않아요."

"모르는 사람이 들으면 서로 열렬히 사랑해서 결혼하는 줄 알겠네요."

"정략결혼이라도, 결혼은 결혼이에요. 서로와의 약속이고."

'약속'이라는 단어가 마음에 들지 않는지, 제호는 눈썹을 찡그렸다.

"그래서 민우 녀석은 그 약속, 잘 지키고 있나?"

마치 민우에게 다른 여자가 있다는 사실을 알고 있는 것 같았다. 그렇지 않다면 저렇게까지 불쾌한 표정을 짓진 않을 것이다.

"그래서 당신이 날 유혹하면, 내가 쉽게 넘어갈 것 같아요?"

솔직히 말하자면, 이미 그에게 흔들리고 있었다. 하지만 그 사실을 눈치채선 안 된다. 이성 간의 끌림이든, 본능적인 욕망이든, 만에 하나 그게 진정한 감정이라고 할지라도 말이다. 지금 그녀에게는 누군가를 사랑할 여유 따윈 없었다.

"물론 쉽게 넘어올 거라곤 생각하지 않아요."

여유롭고 차분한 목소리로 그가 대답했다.

"하지만 어려울수록 도전하는 재미는 더 커지는 법이니까. 그러니까 기대해요. 내가 당신을 어떻게 유혹하는지."

제호는 속삭이듯 말하며 부드럽게 눈꼬리를 휘었다. 그 미소에 가슴이 두근거리자, 패배가 예정된 게임일 것 같아 불안했다. 율리는 그의 시선을 피해 고개를 돌리며 해수 염 커피를 들이켰다.

입술을 적시는 크림과 뒤섞인 해수 염 커피 맛이 지금 그녀가 처한 상황 같았다. 달콤했고 짭짤했고, 그리고 씁쓸했다.

Chapter 8

처음이었어요?

 말로는 유혹할 거라고 했지만, 제호는 적당한 거리를 유지했다. 돌아오는 고속열차 안에서도, 서울에 도착해서도 마찬가지였다.
 "집까지 바래다줄게요."
 역 주차장으로 차를 찾으러 가며 제호가 말했다. 차에 올라타자, 그는 배터리가 바닥난 율리의 휴대폰부터 충전시켜주었다. 휴대폰에 전원이 들어오며 부재중 전화와 문자 알림이 떴다. 어젯밤 자정이 넘은 시간에 안 여사로부터 전화 한 통이 걸려 와 있었다.
 "……아, 맞다……."
 휴대폰 전원이 꺼진 탓에 집에 못 들어간다고 알리지 못했다. 물론 리조트에 설치된 유선 전화기를 이용할 수도 있었지만, 전화해야 한다는 사실조차 잊고 있었다. 하지만 걱정돼서 전화하진 않았을 것이다. 그저 의무였겠지. 그러니까 문자도 남기지 않았겠지.
 "푹 쉬어요."
 집 앞에 내려주며 제호가 말했다.
 "바래다줘서 고마워요."

유혹할 거라고 하지 않았다면, '내일 목걸이를 찾으러 갈 수 있을까요?'라고 물었을 것이다. 하지만 당분간은 그와 단둘이 있는 상황을 피해야 했다. 솔직히 그보다는 그녀 자신을 믿을 수 없었다.

제호의 차가 시야에서 사라지고 집 안에 들어서자, 안 여사가 어두운 얼굴로 다가왔다.

"어제 어떻게 된 거니?"

"죄송해요. 배터리가 다 돼서 전화하지 못했어요."

"나는 됐고, 아버지께 설명하렴. 지금 서재에 계신다."

노크하고 서재 문을 여니, 채 의원은 심각한 얼굴로 통화 중이었다. 율리가 안으로 들어오자 채 의원은 서둘러 전화를 끊고 그녀에게 걸어왔다.

"너 도대체 생각이 있는 거냐, 없는 거냐?"

목에 핏줄이 설 정도로 채 의원이 크게 고함을 질렀다. 내팽개치듯이 버려두고 갔으면서 불같이 화를 내는 아버지가 율리는 이해되지 않았다. 말없이 외박했다고 이러는 건가? 먼저 화내야 하는 사람은 그가 아니라 그녀 아닐까?

"무슨 말씀이세요?"

율리는 불쾌한 감정을 숨기지 않고 미간을 찌푸렸다.

"몰라서 묻는 거냐? 반항이라도 하겠다는 거야?"

채 의원은 책상에 널린 사진들을 움켜쥐더니, 율리의 얼굴로 집어 던졌다. 얼굴을 스친 사진들이 허공에 흩날리다 바닥으로 떨어졌다.

"낼모레면 결혼할 여자가 외간 남자와 밤을 보내?"

사진 속에는 그녀와 제호가 리조트 안으로 들어서는 모습이 찍혀 있었다. 불행 중 다행이라면 대부분은 제호는 뒷모습이나 옆모습만 담고 있을 뿐, 제대로 얼굴이 보이는 사진은 없었다. 하지만 누가 이런 사진을?

"감시라도 하셨어요?"

"지금 그게 중요한 해? 내 얼굴에 먹칠해도 유분수지. 보궐 선거를 앞두고 네가 감히!"

"하."

율리는 어처구니가 없었다. 그녀의 사생활에 전혀 관심 없던 아버지가 저리도 화가 난 이유는 보궐 선거를 앞두고 불미스러운 일에 휘말릴까 봐였다. 언제나 그에겐 선거가 최우선이었다. 그놈의 지긋지긋한 유권자, 표밭, 지지도, 여론.

평소의 그녀였더라면 차분하게 자초지종을 설명했을 것이다. 하지만 지금은 그럴 수 없었다. 꾹꾹 눌러두었던 불만과 서러움이 터져버렸다. 율리는 채 의원을 빤히 바라보며 냉소적인 미소를 떠올렸다.

"핏줄인가 보죠."

"뭐야?"

채 의원은 뭔가 잘못 들었다는 듯, 눈살을 찌푸리며 되물었다. 율리는 꽉 깨물었던 입술을 벌리며 내뱉듯 말했다.

"아버지랑 같은 핏줄인데 그 버릇, 어디 가겠느냐고요. 안 그래……악!"

말을 채 끝내기도 전에, 눈에서 번쩍 불꽃이 튀었다. 채 의원에게 뺨을 맞은 율리는 그대로 힘없이 바닥에 주저앉았다. 율리는 눈을 부릅뜨며 채 의원을 올려다보았다. 손찌검당한 뺨보다 상처 받은 마음이 더 욱신거리고 아팠다.

"어디서 배워온 못된 말버릇이야? 외간 남자와 놀아나고 온 주제에……!"

한 대로는 화가 풀리지 않았는지 채 의원은 다시금 팔을 높이 들어 올렸다. 그 순간, 서재 문이 왈칵 열리고 누군가 안으로 달려들었다. 율리를 때리기 전 커다란 손이 채 의원의 팔을 붙잡았다. 채 의원은 고개를 돌려 불청객을 쳐다보았다. 누구인지 깨닫는 순간, 채 의원의 얼굴이 충격으로 일그러졌다.

"그 외간 남자가 접니다."

채 의원의 팔을 꽉 움켜잡은 채로 제호가 싸늘하게 말했다.

율리를 내려주고 얼마 후, 제호는 그녀가 휴대폰을 두고 내렸다는 사실을 깨달았다. 충전하느라 케이블을 꽂아놓고 깜빡한 것이다. 제호는 다시 차를 돌려 채 의원 집으로 돌아갔다.

[누구세요?]

벨을 누르자, 유리의 얼굴이 화면에 나타났다. 오래전, 고등학생이던 유리를 보았던 기억이 있다. 통통했던 뺨이 젖살이 빠지며 갸름해진 것 빼곤 별로 변한 게 없어, 한눈에 알아볼 수 있었다. 유리도 그를 알아보는 것 같았다. 율리를 찾자 자연스럽게 문을 열었다.

현관에 들어선 제호는 유리에게 율리의 휴대폰을 건넸다.

"이 휴대폰만 언니에게 전해주면 됩니다."

"그러지 말고 들어와서 직접 전해주세요."

어쩐 일인지, 유리는 제호를 안으로 들였다.

"언니는 지금 서재에 있어요. 따라오세요."

앞장서서 걸으며 유리가 말했다. 무슨 까닭에서인지 서두르는 것처럼 느껴졌다. 서재가 가까워지자 채 의원의 고함이 흘러나왔다.
"뭐야?"
유리가 막 노크하려는데, '퍽!' 커다란 마찰음과 함께 누군가 바닥으로 쓰러지는 소리가 들렸다.
"어디서 배워온 못된 말버릇이야? 외간 남자와 놀아나고 온 주제에……!"
성난 채 의원의 커다란 목소리가 뒤를 따랐다. 불길한 예감에 제호는 그대로 문을 열고 안으로 뛰어들었다. 예상한 대로였다. 율리는 바닥에 쓰러진 채 한 손으로 뺨을 감싸고 있었고, 채 의원은 손을 높이 치켜들고 있었다.
채 의원이 다시 율리를 때리는 순간, 제호는 재빨리 그의 팔을 낚아챘다.
"그 외간 남자가 접니다."
갑자기 등장한 제호를 채 의원이 충격 어린 눈으로 바라보았다.
"자네, 여기서 지금 뭐 하는 건가?"
"그러는 의원님은 뭐 하시는 겁니까. 평소에도 이렇게 손찌검을 하십니까?"
"자네는 빠지게. 이건 우리 집안일이야."
"아니요. 말씀하시는 그 외간 남자가 저인 것 같은데 빠질 수 없죠."
어째서인지 채 의원은 사진 속의 남자가 제호라는 것을 아는 표정이었다. 놀랐다기보다는 곤혹스러운 얼굴로 제호에게 잡힌 팔을 빼내려고 몸을 비틀었다. 하지만 단단히 잡힌 팔은 쉽게 풀리지 않았다.
무섭게 포효하는 호랑이 같던 그가 제호 앞에선 이빨 빠진 늙은 호랑이로 전락했다. 체격부터 하늘과 땅 차이였다. 채 의원은 얼굴을 붉히며 제호에게 벗어나려 몸부림쳤고, 반대로 제호는 침착한 표정으로 가볍게 제지했다.

그때 바닥에 쓰러졌던 율리가 천천히 몸을 일으켰다. 그제야 제호는 채 의원을 놓아주고 율리에게 다가갔다.

"괜찮아요?"

제호는 율리를 껴안듯 부축하며 조심스레 일으켜 세웠다. 율리는 제호에게 몸을 기댄 채 고개를 끄덕였다. 붉어진 뺨이 서서히 부어오르고 있었다. 도대체 얼마나 세게 때렸으면……. 치솟는 분노를 참기 위해 제호는 깊게 숨을 들이마셔야 했다.

"나가죠."

그는 조심스럽게 율리의 어깨를 감싸고 걸음을 옮겼다. 못마땅한 눈으로 바라보던 채 의원이 제호를 향해 말했다.

"뭔가 착각하는 것 같은데……. 자네는 이제 율리의 정혼자가 아니야. 정혼자는 권민우 실장일세."

"알고 있습니다."

걸음을 멈춘 제호는 채 의원에게로 고개를 돌리며 차갑게 웃었다.

"아직까진 그렇겠죠."

채 의원은 반박하지 않았다. 대신 짤막하게 상황을 설명했다.

"어제 거제에서 유세 활동을 펼쳤으니, 당연히 율리를 알아본 사람이 있었겠지. 자네와 리조트에 들어가는 모습도 보았을 테고. 다행히 사진 찍은 이가 당원 가족이라 소문이 새어 나가기 전에 일단락되었네."

"그보다 먼저 사과는 하셨나요?"

"사과?"

제호의 말을 이해하지 못한 채 의원이 미간을 찌푸렸다.

"겉옷도 가방도 없이, 휴대폰 하나만 있는 율리를 그대로 남겨두고 가신 것 말입니다."

"거기가 세상 끝 오지라도 되나? 왜 혼자서 못 올라와. 휴대폰 하나만 있으면 다 되는 세상에."

만약에 채 의원이 연장자가 아니었더라면, 율리의 아버지가 아니었다면 제호는 그 잘난 면상에 주먹을 날렸을 것이다. 하지만 일을 더 복잡하게 만들고 싶진 않았다.

"그렇군요. 휴대폰 하나만 있으면 다 되는 세상이군요."

제호는 비웃는 듯 채 의원이 한 말을 그대로 따라 하며 율리를 부축해 서재를 나왔다. 서재 안으로 들어가지는 못하고 밖에서 기웃거리던 유리는 율리의 빨갛게 부은 얼굴을 보더니 놀란 듯 손으로 입을 막았다. 그리곤 겁먹은 얼굴로 어디론가 사라져버렸다.

"의원님은 유리에게도 그럽니까?"

"……아뇨……."

갈라진 목소리로 율리가 대답했다. 잠시 머뭇거린 그녀는 다시 말을 이었다.

"유리는 몸이 허약해서……."

제호는 기가 막힌다는 눈으로 율리를 바라보았다. 유리보다 훨씬 더 가녀린 몸을 가지고 있으면서.

"손찌검당한 거, 오늘이 처음이었어요?"

대답이 돌아오지 않자, 제호는 우뚝, 걸음을 멈추었다. 대답하지 않으면 한 걸음도 움직이지 않을 것 같아 할 수 없이 율리는 느릿하게 대답했다.
"……자주 있는 일은 아니에요."
 처음으로 채 의원에게 맞은 건, 안 여사와의 불륜 사실을 알고 나서였다. 미안하다고 사과할 줄 알았는데, 그는 어른 일에 끼어들지 말라며 화를 냈다. 옆에서 안절부절못하던 안 여사가 말렸고, 당시 이성을 잃었던 율리는 '아줌마는 빠져요!'라고 소리 질렀다. 그다음 기억은 채 의원에게 뺨을 맞고 오늘처럼 바닥에 쓰러진 것이다. 그 이후로 몇 번 더 비슷한 일이 있었다.
 무작정 집을 나갔을 때는 일주일도 못 가 강제로 집에 끌려오고 아버지에게 얻어맞았다. 그땐 심하게 얻어맞아서 한동안 외출할 수 없을 정도였다. 마침 유리는 석 달 동안 어학연수를 떠나 집에 없던 시기였다. 채 의원은 유리에겐 절대로 손찌검하지 않았다. 꿀밤조차 장난으로 때리지 않았다. 하지만 율리는 오히려 맞는 게 마음이 편했다. 가족이면서 없는 사람 취급하는 것보단 나았다.
 제호는 길게 숨을 내쉬더니 다시 걸음을 옮겼다. 대문을 열고 밖으로 나가는데 유리가 현관문을 열고 뛰어나왔다.
"잠깐만!"
 유리의 손엔 율리의 재킷과 가방이 들려 있었다.
"언니, 이거 가지고 가. 어제 보좌관 아저씨가 가져다주셨어."
 맨몸으로 쫓겨 나가는 율리가 마음에 걸렸나 보다.
"고마워."
 유리는 속상하다는 얼굴로 빨갛게 부은 율리의 뺨을 바라보았다. 채 의원이 율리에게 손찌검한다는 걸 눈치채고 있었지만, 눈앞에서 본 건 오늘이 처음이었다.

"미안해, 언니. 어젯밤 나한테 전화했다고 둘러댈 걸 그랬나 봐. 혹시 몰라서······."

"아냐, 됐어. 괜찮아."

유리는 곁눈질로 제호를 힐끔 보더니, 꾸벅 고개를 숙였다.

"우리 언니, 잘 좀 부탁해요."

그러곤 종종걸음으로 집 안으로 사라졌다. 유리가 제호를 집에 들인 것은 우연이 아니었다. 이상한 낌새를 눈치채고 안으로 끌어들인 거였다. 가족 중에 채 의원을 말릴 수 있는 사람은 없으니까. 다행히 예상은 적중했다. 제호의 등장으로 위험한 순간은 모면했다.

"우선 어디라도 들어가죠. 커피 마실래요?"

율리는 가만히 고개를 저었다. 티는 내지 않았지만, 입 안으로 짭짤한 피 맛이 느껴졌다. 아까 맞으면서 입 안이 터졌나 보다. 뜨거운 커피는커녕, 물도 마실 수 없을 것 같았다.

"그냥······ 좀 집에서 멀리 떨어진 곳으로 갈 수 있을까요?"

제호는 가만히 고개를 끄덕이고 조수석 문을 열어주었다.

"저, 씨······. 아우, 이 새끼가 정말!"

주말에도 출근하게 된 민우는 거칠게 문을 열며 사무실로 들어왔다.

"왜, 가신 일이 잘 안되셨습니까?"

대기하고 있던 진 과장이 신속히 다가오며 물었다.

"진짜, 씨······! 내가 저런 잔챙이 새끼들까지 일일이 상대해야 하겠습니까?"
 "죄송합니다. 박 사장이 직접 회장님을 찾아가겠다고 해서……."
 "뭐, 회장님?"
 진 과장을 바라보는 민우의 표정이 험상궂게 일그러졌다.
 "아니, 이 새끼가 정말 머리가 처돌았나? 거기가 어디라고!"
 이젠 아예 협박하시겠다! 내가 그렇게 만만한 줄 아나.
 "안 되겠어. 차 검사한테 연락 좀 넣어봐요."
 "차 검사라면……."
 "그 또라이 검사 새끼 있잖아요. 조폭이라면 눈에 쌍심지를 켜고 달려드는 새끼."
 "아, 네."
 진 과장이 빠르게 사무실을 나가고, 민우는 넥타이를 느슨하게 하며 털썩 의자에 앉았다. 이렇게 기분이 엉망일 때는 율리의 목소리를 들어야 한다. 그녀만이 그의 기분을 풀어줄 수 있었다.
 하지만 율리에게 전화하려던 민우는 곧 생각을 바꿨다. 저번 주말에 만나고 난 후, 율리에게선 아무런 연락도 없었다. 아직도 그 사진 건으로 화가 나 있는 것 같았다. 율리는 가만히 놔두면 제풀에 화가 풀리고 혼자서 상황을 정리한다. 그러니 먼저 연락했다가 언짢게라도 하면 큰일이다.
 '꿩 대신 닭'이라고 대신 신 대리에게 연락하려던 민우는 잠시 뜸을 들였다. 계속 한 여자만 상대하려니, 슬슬 질리려 했다. 물론 신 대리는 쓸 만했다. 그래도 계속 만나니까 어느새 흥미가 떨어지고 있었다. 계속 봐도 질리지 않고, 볼 때마다 좋아하는 마음이 커지는 여자는 율리밖에 없었다. 그에게 율리는 세상에 하나뿐인 천생연분이었다.

결혼만 해봐라. 내가 널 주머니에 넣고 다닐 거야.

"하아, 율리야, 보고 싶다."

휴대폰으로 율리의 사진을 빤히 들여다보던 민우는 입술을 꾹 내리눌렀다. 하루라도 빨리 그녀가 화를 풀기를 바라면서, 완전한 내 여자로 만들 날을 기대하면서…….

제호는 운전 도중 아무 말도 하지 않았다. 운전대를 잡고 묵묵히 앞만 바라보았다. 율리는 그런 그가 고마웠다. 뭐라고 한마디라도 건넨다면 눈물이 터질지도 모르니까. 그 앞에서 엉엉 소리 내면서 울고 싶진 않았다.

빠르게 지나치는 창밖의 풍경으로 시선을 돌리는데, 손에 쥔 휴대폰이 울리기 시작했다. 안 여사에게서 온 전화였다. 전원을 꺼버리려다, 잠자코 통화 버튼을 눌렀다. 아무래도 한 번은 통화를 해야 했다.

"네."

[너, 괜찮니?]

"네."

'괜찮을 리가 있나요?'라는 냉소적인 대응이 나오려는 걸 꾹 참으며 짧게 대답했다.

[아버지, 어젯밤에 네가 늦는다고 많이 걱정하셨어. 그러다가 사진을 받아보고…….]

'그러니까 이 모든 게 내 잘못이라는 뜻이네요?'라는 말이 나오려는 것도 참았다. 어차피 소용없을 테니까.

[아버지 화 풀릴 때까지 며칠, 현경이에게 가 있으렴. 그동안 내가 아버지 잘 설득해볼게.]

"그럴게요."

뭘 설득하겠다는 건지 알 수 없었지만, 율리는 대충 대답하며 전화를 끊었다. 안 여사가 아군인지 적군인지, 아니면 굿 캅 배드 캅 연기를 하는지 헷갈렸다. 확실한 건, 그녀를 전적으로 믿을 수는 없다는 사실이다.

시내를 달리던 차는 고속도로를 타고 한적한 교외로 빠져나갔다. 한참 동안 달리던 차의 속도가 어느새 줄더니, 커다란 게이트 앞에서 멈추었다. 제호가 비밀번호를 누르자, 게이트가 열리며 앞으로 비포장도로가 펼쳐졌다.

도로의 끝은 한강이 한눈에 내려다보이는 언덕으로 이어져 있었다. 차를 멈춘 제호는 시동을 끄고 조수석으로 고개를 돌렸다.

"여긴 개인 사유지니까, 남의 시선 걱정할 필요 없어요."

그녀를 부축하면서 그도 바닥에 흩어진 사진을 보았을 것이다.

"그렇다면 다행…… 아……."

씁쓸하게 웃던 율리는 얼굴을 찡그리며 낮게 신음했다. 입술을 당겼더니 부어오른 뺨이 욱신거렸다. 순간 제호의 눈매가 사납게 일그러졌다. 하지만 손으론 깨지기 쉬운 유리 인형을 만지듯 아주 조심스럽게 율리의 뺨을 감쌌다.

"많이 아파요?"

닿을 듯 말 듯 뺨에 닿는 따뜻한 감촉에 눈물이 핑 돌았다. 진심으로 걱정해주는 것 같아서 서러움이 걷잡을 수 없이 밀려들었다. 하지만 지금은 울고 싶진 않았다. 율리는 파르르 떨리는 아랫입술을 짓이

기듯 꽉 깨물었다.

"이 바보야."

그가 부드럽게 웃으며 다정한 목소리로 속삭였다.

"울고 싶으면 울어."

"……나, 바보 아니에요."

힘겹게 열린 입술에서 가늘게 떨리는 목소리가 흘러나왔다.

"바보가 아니면?"

착각일까? 그의 눈가가 붉게 물들어가는 것처럼 보였.

이러지 마요, 제발. 그런 눈으로 바라보지 말아요.

뺨에 머물던 커다란 손이 율리의 머리로 옮겨갔다. 아이를 달래듯이 뒤통수를 쓰다듬고, 흘러내린 머리카락을 쓸어 올려주었다. 그런 그의 손길이 너무나 다정해서 율리는 미칠 것만 같았다.

싫어, 그만해요. 당신 앞에서 무너지고 싶지 않아.

참고 참았지만, 어느새 눈꼬리에 눈물이 맺히며 눈앞이 뿌옇게 흐려졌다. 제호는 고개를 숙여 눈물이 맺힌 율리의 눈가에 조심스레 입을 맞췄다. 그리고 나직이 속삭였다.

"율리야, 참지 마."

"……흑…… 흐흑……."

결국, 율리는 그의 품에 안기며 참고 참았던 울음을 터뜨렸다.

얼마나 오랫동안 울었는지 모르겠다. 정신을 차렸을 땐 이미 주위에 어둑어둑한 땅거미가 내리고 있었다. 어찌나 목 놓아 울었던지 온몸에 힘이 빠지고 눈을 뜰 수 없을 정도로 어지러웠다.

율리는 제호의 가슴에 얼굴을 기댄 채 가쁘게 숨을 내뱉었다. 손바닥으로 등을 토닥거리던 제호는 흐느낌이 잦아들자, 얼굴을 덮은 머리카락을 살며시 귀 뒤로 넘겨주었다. 율리는 천천히 눈을 뜨며 두 손으로 얼굴을 가렸다.

"……보지 말아요."

울어서 퉁퉁 부은 얼굴을 그에게 보여주고 싶지 않았다. 지금 자신의 모습이 얼마나 엉망진창일지는 보지 않아도 알 수 있었다.

"왜?"

율리는 물음에 대답하지 않고 고개를 숙였다. 큼직한 손이 그녀의 턱을 그러쥐며 조심스럽게 위로 끌어 올렸다. 다른 손으론 얼굴을 가리고 있는 율리의 손을 잡아 옆으로 치웠다. 그녀는 처음엔 바동거리며 반항했지만, 곧 포기한 듯 순순히 얼굴을 내어주었다. 다행히 주위에 깔린 어둠이 그녀의 얼굴을 어느 정도 가려주었다. 어둑한 공기를 사이에 두고 두 사람의 눈길이 마주쳤다.

"걱정하지 말아요. 지금도 아주 예쁘니까."

"놀리지 말아요."

뽀로통하게 말하는 율리가 귀엽다는 듯 제호는 손등으로 그녀의 뺨을 쓸어내렸다.

"놀리는 거 아니에요. 키스하고 싶은 거 참고 있으니까."

다른 때라면 그 말에 긴장했을 테지만 지금은 '풉' 웃음이 터져 나왔다. 이런 꼴로 있는데 키스라니. 그녀의 기분을 좋게 해주려고 그냥 하는 말일 것이다. 짧은 웃음이었지만, 꽉 막힌 폐 속에 충분한 산소를 불어넣었다. 덕분에 조금이나마 생기를 되찾은 것 같았다. 율리는 천천히 제호에게서 몸을 일으켜 좌석 등받이에 몸을 기댔다.
"……미안하지만, 현경이 집에 바래다줄래요?"
"현경이란 친구, 어디 삽니까?"
제호는 묵묵히 율리가 말하는 현경의 주소를 내비게이션에 입력했다. 마음 같아선 자신이 돌보고 싶었지만, 지금 상황에선 무리일 것이다. 채 의원의 말이 맞았다. 율리는 아직 민우의 약혼녀였다. 괜한 소문으로 그녀의 평판에 흠집을 내고 싶진 않았다.
율리는 현경의 아파트로 향하며 전화를 걸었고, 다행히 그녀는 집에 있었다.
아파트 로비 앞에 차를 세울 때 도착했다고 문자를 보내자, 5분도 안 돼 맨발에 슬리퍼를 신은 현경이 달려 나왔다. 뺨이 부어오른 율리를 보자마자 현경은 울 것 같은 얼굴로 와락 끌어안았다. 하지만 고맙게도 무슨 일이냐고는 묻지 않았다.
"고마워요, 제호 씨. 이제부턴 율리는 제가 돌볼게요."
율리를 안은 상태로 현경이 제호와 눈을 맞췄다.
"그럼 부탁합니다."
현경이라면 잘 보듬어줄 거라고 믿으며 등을 돌렸다. 그러나 쉽게 걸음이 떨어지지 않았다. 뒤를 돌아보자, 율리도 제자리에 선 채 그를 바라보고 있었다. 율리의 흔들리는 눈동자를 뒤로하며 제호는 다시 발걸음을 떼었다.
차에 올라탄 제호는 주기적으로 정보를 건네는 사설 업체에 전화를 걸었다.
"접니다. 몇 가지 더 알아봐주셔야 할 일이 생겼습니다. ……네."
새로운 지시를 내리는 제호의 목소리가 무겁게 가라앉았다.

처음이었어요? 289

"의원님, 너무하시네! 아니, 나 몰라라 버려놓고 갔으면서 왜!"

자초지종을 들은 현경은 분개한 듯 목청을 높였다. 하지만 율리는 지친 얼굴로 가만히 고개를 저을 뿐이었다. 현경에게 설명하다 보니, 아까보다는 더 객관적으로 상황을 받아들일 수 있었다.

채 의원의 말도 억지는 아니었다. 요즘 세상에 휴대폰 하나면 많은 것을 해결할 수 있으니까. 거제에서 서울까지 올라오는 게 아예 불가능한 것은 아니었다. 휴대폰 배터리가 떨어졌다면 편의점에서 충전할 수도 있었고, 보좌관과 연락되었을 때 그를 통해 거제 지역 당원에게 도움을 요청할 수도 있었다.

하지만 그녀는 제호를 선택했다. 남들이 어떤 시선으로 바라볼지는 염두에 두지 않았다. 그저 그가 옆에 있어서 좋았다. 비를 맞고 선 자신에게 달려와 넓은 품에 안아주는 그가 너무 좋아서 벗어나고 싶지 않았다.

"……현경아……."

아까 모두 쏟아버렸다고 생각한 눈물이 다시금 흐르기 시작했다.

"나, 어떡해?"

채 의원이 역정을 내며 집어 던진 사진들을 보는 순간, 율리는 뭔가 크게 잘못되었다는 것을 깨달았다. 사진 속에서 그녀는 자신도 미처 몰랐던 속마음을 여과 없이 드러내고 있었다. 제호를 바라보는 눈빛에는 애정이 듬뿍 담겨 있었다. 채 의원이 그걸 모르고 지나쳤을 리가 없었다. 아마도 그래서 더욱 화가 났을 것이다. 결혼식이 코앞인데 혹시라도 율리가 모든 것을 망칠까 봐 긴장되었을 것이다.

"뭐가?"

"하, 모르겠어……."

율리는 눈물을 떨구며 고개를 흔들었다. 정말 모르겠다. 자꾸만 그에게 끌리는 자신이 한심하게만 느껴졌다. 그런데도 볼수록 더 보고 싶었고, 안기면 더 안기고 싶었다. 따뜻한 품이 좋아서, 포근한 눈빛에 가슴이 두근거려서, 다정한 손길에 숨이 막혔다.

조금 전에도 그대로 제호를 따라가고 싶은 걸 힘겹게 참아야 했다. 그가 아무리 유혹해도 쉽게 넘어가지 않을 거라고 큰소리친 주제에 시작도 전에 스스로 주저앉다니…….

"율리야."

"미안해, 현경아. 지금은 너한테 털어놓을 수 없어. 나중에…… 나중에 이야기해줄게."

"알았어. 나한테 말 안 해도 돼. 나중에 할 수 있게 되면, 그때 해."

"……고마워, 현경아."

조금만 울고 정신 차려야 한다. 지금은 한가히 울고 있을 때가 아니니까. 율리는 손바닥으로 뺨에 흐르는 눈물을 닦아내며 크게 숨을 들이마셨다.

채 의원이 서재에 있는 것을 재차 확인한 유리는 저녁 준비에 한창인 안 여사에게 다가갔다. 삭막한 분위기에 밥이 목구멍으로 넘어갈까 싶지만, 안 여사는 고집스럽게 찌개를 끓이고 각종 나물을 무치고 생선을 굽느라 바빴다. 뭐라도 하지 않으면 불안해서일 것이다.

"엄마, 언니 저러다가 결혼 엎어지는 거 아니야?"

"그게 무슨 소리야?"

안 여사는 가스레인지 불을 끄며 뒤를 돌아보았다.

"좀 그런 것 같아서. 아까 서재에서 얼핏 들었거든. 언니, 정말 제호 오빠랑 어젯밤에 그랬대?"

"쉬, 조용히 해."

안 여사는 손가락을 입술에 대며 눈살을 찌푸렸다.

"괜한 소리 해서 일 더 복잡하게 하지 말고 가만히 있어. 결혼 앞두고 신경이 날카로워져서 잠시 그런 거지. 식장에 들어갈 때까지 마음이 열 번도 변하니까."

"사실 원래는 제호 오빠가 언니 상대였잖아. 그리고 민우 오빠보다는 제호 오빠가 훨씬 낫지, 뭐."

"조용히 하래도."

안 여사가 핀잔을 주자, 유리는 입술을 삐쭉거리며 등을 돌렸다.

유리가 보기엔 율리와 민우, 두 사람은 전혀 어울리지 않았다. 솔직히 민우 옆에는 그 어느 여자도 어울릴 수가 없다. 그의 옆을 차지하는 여자는 그녀 자신이 되어야 하니까.

처음 율리와 민우가 정략결혼할 거라는 말을 듣는 순간 화가 났다. 민우가 자신에게 눈길 한번 주지 않는다는 것은 알고 있었지만, 그래도 언니와 결혼할 거라곤 상상도 하지 못했다. 율리는 이미 민우의 사촌 형인 제호와 혼담이 오간 적이 있기 때문이다.

번갈아가며 사촌 형제를 차지하는 언니가 부러우면서도 질투가 났다. 그렇다고 율리를 시기하는 것은 아니었다. 그저 왜 나는 안 되고, 언니는 되는지. 왜 언니만 선거 운동에 나가서 천사 이미지를 받는지.

가끔 이런 생각이 들었다.

물론 이유야 안다. 자신은 되도록 공식 석상에 나타나면 안 되니까. 항상 매스컴을 멀리하는 허약한 이미지의 둘째로 남아야 했다.

자신의 존재 자체가 채 의원에겐 큰 약점이었다. 출생의 비밀이 새어 나간다면 아주 크나큰 스캔들이 될 것이었다. 훗날, 채 의원이 대선 후보로 선출된다면 그녀는 당분간 외국에 나가 있어야 할지도 몰랐다.

"짜증 나."

왜 항상 죄인이 된 기분으로 살아야 할까? 세상에 태어난 게 내 잘못은 아니잖아!

언젠가부터 율리의 눈치를 봐야 했다. 율리는 유리도 출생의 비밀을 아는지 모르는지 직접 물어보지는 않았다. 물어볼 수 있지만 그러지 않았다. 끝까지 서로 모르는 것으로 덮어두고 싶었을 것이다. 하지만 눈이 녹으면 질척한 진흙이 모습을 드러내듯, 언젠간 진실이 드러날 것이다. 그게 언제든 결국엔······.

율리가 유리에게 옷을 보내달라고 해야 하나 고민하는데, 현경이 사이즈가 비슷하다며 제 옷을 입으라고 건넸다. 한 번만 입고 안 입는 옷도 있었고, 사놓고 태그도 떼지 않고 방치한 새 옷도 산더미였다. 결국, 근처 쇼핑몰에서 속옷만 몇 벌 새로 장만했다.

이것저것 현경의 옷을 입어봤지만, 가장 무난한 것으로 골라도 어딘지 모르게 야했다. 현경보다 가슴이 풍만해 몸의 곡선이 좀 더 두드러지기 때문이다.

가슴둘레가 가장 넉넉한 블라우스를 골랐지만, 몸에 착 달라붙는 느낌에 율리는 저도 모르게 얼굴을 붉혔다. 현경은 반대로 아주 흐뭇한 눈으로 바라보았다.

"너무 잘 어울린다. 이거 태그만 뗐지, 한 번도 안 입은 옷이야. 너 다 가져."

"회사에 입고 가기에 좀 야하지 않을까?"

"이 정도가 야하긴 뭐가 야해. 그것보단 이리 와서 앉아."

다행히 뺨에 부기는 빠졌지만 그래도 조금은 붉은 기가 남아 있어서 메이크업으로 가려야 했다. 그러다 보니 평소보다 화장이 진해질 수밖에 없었고, 어딘지 모르게 달라 보였다.

"하는 김에 머리에도 변화를 주자."

현경은 신이 난 얼굴로 고대기를 들었다.

"현경아, 난 지금 회사 가는 거지, 클럽 가는 거 아니야."

"머리에 힘 좀 준다고 클럽은 무슨 클럽? 너, 마지막으로 클럽 간 게 언제야?"

대학교에 들어가고, 딱 한 번 가본 게 전부였다. 하지만 그것도 오래 놀지 못하고 채 의원 보좌관의 손에 끌려 나왔다. 그 이후로는 근처에도 얼씬하지 않았다.

"여기 있는 동안, 안 해본 거 다 해보자. 클럽도 가서 밤새도록 놀고, 심야 영화도 보고, 다 해."

"알았어."

클럽에 갈 생각은 없지만, 대충 그러겠다고 말하고 율리는 서둘러 회사로 출근했다.

제호 얼굴을 어떻게 보나 걱정했는데, 제호는 김 소장과 세미나에 참석하느라 자리를 비웠다.

점심시간이 끝나고 김 소장은 사무실로 돌아왔지만, 그는 다른 약속이 있다며 오지 않았다. 간사한 게 사람 마음이라고 막상 그를 보지 못하니까 서운했다.

율리는 찬 바람이라도 쐬려 옥상으로 향했다. 막 옥상 문을 여는데 휴대폰이 울렸다. 모르는 번호였다. 받을까 말까 망설이는 동안 전화가 끊어졌다. 그리고 다시 휴대폰이 울리기 시작했다. 이번엔 안 여사에게 온 전화했다.

[오늘 출근 잘했니?]

"네."

[다음 주쯤엔 집에 들어오렴. 그때쯤이면 아버지 화도 많이 가라앉아 있을 테니까.]

"글쎄요. 저도 지금 화가 많이 난 상태라서……. 다음 주까지 화가 풀릴지 모르겠네요."

[율리야.]

생각하지 못한 율리의 반응에 안 여사의 목소리가 낮아졌다.

[너, 이제 곧 결혼하잖니. 그때까지만 참으면 안 될까?]

"그러니까 결국엔 또 내가 참아야 하는 거네요."

[……미안하다.]

"그 말은 저보다는 제 어머니한테 하셔야죠. 하실 수 있다면."

차가운 목소리로 말한 율리는 그대로 전화를 끊었다. 이럴 때마다 먼저 세상을 떠난 엄마 생각이 간절했다. 엄마도 이랬을까? 본인만 참으면 된다고 견디어내셨을까? 율리는 버릇처럼 손으로 목을 더듬었다. 하지만 목걸이는 이제 그녀 목에 없었다. 순간 소중한 엄마를 잃어버린 것만 같아 눈물이 핑 돌았다. 바보처럼, 운다고 해결되는 것도 아니면서…….

"어디 갔나 했더니."

익숙한 목소리에 뒤를 돌아보니, 언제 왔는지 제호가 뒤에 서 있었다. 율리의 눈에 맺힌 눈물을 발견한 그가 미간을 찌푸렸다.

"혼자 울고 있었어요, 꼬마 숙녀처럼?"

"아니에요. 눈에 뭐가 들어가서……."

"후."

제호는 짧게 웃으며 손가락으로 눈가에 맺힌 눈물을 닦아주었다.

"그래서 내 전화 못 받았나?"

"전화요?"

율리는 방금 전화를 걸었던 낯선 전화번호를 떠올렸다.

"제호 씨 전화인 줄 몰랐어요."

그 말에 제호는 율리의 손에서 휴대폰을 빼앗아 자신의 전화번호를 저장했다. 휴대폰을 건네주며 그가 말했다.

"이제부터 내 전화 오면 바로 받아요."

율리는 전화 통화 최신 기록을 열어, 제호의 전화번호를 확인해보았다. 지정한 이름을 바라보는 그녀의 표정이 미묘하게 변했다. 제호의 전화번호는 이름 세 글자가 아닌, 애칭으로 저장되어 있었다.

> 내 남자

미치도록 가슴이 두근거리게 하는 세 글자였다.

"내 폰엔 어떻게 저장되었는지 궁금하지 않아요?"

제호는 빙그레 웃으며 자신의 휴대폰을 보여주었다. 화면에 뜬 저장

이름은 '채율리' 단 세 글자였다. 율리는 저도 모르게 실망감으로 눈에 힘이 들어갔다. 물론 '내 여자'라든가 '마이 베이비' 등의 애칭을 기대한 건 아니었다. 그래도 딱 이름 세 글자라니. '율리'라고만 해도 덜 삭막할 텐데…….

"이런, 실망했나 보네. 바꿀까요, 그럼?"

그가 장난스럽게 웃으며 휴대폰 버튼을 누르려고 하자, 율리는 황급히 손을 내저었다.

"아뇨. 아니에요. 내 걸 바꾸면 돼요."

율리는 재빨리 '내 남자'에서 '권제호'로 변경했다. 어차피 '내 남자'로 저장해둘 수도 없었다. 말리진 않더라도 뭐라고 한 소리 할 줄 알았는데, 제호는 유리 난간에 비스듬히 팔을 기댄 채 지켜만 보았다. 이름을 변경한 율리가 재킷 주머니에 휴대폰을 넣자, 제호가 그녀를 향해 상체를 기울이며 말했다.

"오늘 좀, 달라 보이네요."

"아, 현경이 옷을 빌려 입었거든요."

그 말에 제호는 천천히 위아래를 훑어보았다. 재킷은 어제 유리가 가져다준 거지만, 안에 입은 블라우스는 현경의 옷이었다. 가슴에 달라붙어 곡선이 강조되었다. 가슴골이 보일 정돈 아니지만, 평소에 입는 옷에 비해 파인 편이었다. 혹시나 하는 마음에 율리는 앞으로 재킷을 여몄다.

"옷이 아니라 메이크업 말한 거였는데……."

"아……."

이미 오늘 아침, 그녀가 출근했을 때 한번 떠들썩했었다. 다들 분위기 좋다며 칭찬 일색이었다. 아이러니한 일이었다. 얻어맞은 뺨을 감추려 메이크업을 조금 진하게 한 것뿐인데, 사람들은 예쁘다고 환호했다. 하지만 제호는 바로 알아보았다.

"아직도 자국 남았어요? 메이크업으로 감춰야 할 만큼?"

율리의 뺨을 손바닥으로 감싸며 그가 낮게 중얼거렸다.

"……부은 게 약간 남았군요."

예리한 눈썰미를 가진 제호의 눈에는 보이나 보다. 사실은 부은 뺨보다는 입 속이 문제였다. 입 안이 터져 먹을 때마다 따끔거려 여간 불편한 게 아니었다. 당분간은 최대한 간이 세지 않고 부드러운 음식만 먹어야 할 것 같았다.

"아직도 아파요?"

그가 나직이 물으며 엄지손가락으로 느리게 뺨을 문질렀다. 걱정스러워서 한 행동이겠지만, 율리는 저도 모르게 흠칫하며 뒤로 물러섰다. 짜릿하고 날카로운 감각에 입술이 파르르 떨렸다. 어째서인지 이젠 작은 접촉에도 이전과는 다르게 몸이 반응했다. 마음을 깨달았기 때문일까?

율리는 의아해하는 제호의 시선을 피해, 고개를 돌렸다. 그리고 다소 건조한 목소리로 말했다.

"그땐 정말 고마웠어요. 계좌 번호 알려주시면 옷값이랑 그 외 다른 비용 보낼게요."

제호는 갑자기 태도를 바꾼 율리는 말없이 빤히 쳐다보았다. 그러다 잠시 후, 비스듬히 입매를 올리며 말했다.

"이런, 서운해지려고 하네."

서운하다는 말에 율리는 제호에게로 고개를 돌렸다.

"내가 그런 거 일일이 기억했다가 다 받아내는 그런 쪼잔한 놈으로 보입니까?"

"아뇨. 그게 아니라…… 신세 지는 게 싫어서요. 제가 불편해서 그래요."

진심으로 신세 지는 게 불편했다. 또한 지금으로선 그녀가 할 수 있는 최대한의 선 긋기였다. 아무리 유혹해도 꿈쩍도 하지 않을 거라고 해놓고선, 유혹도 하기 전에 그녀 먼저 스르르 무너져 내렸다. 하지만 그 사실을 그가 알아채게 할 순 없었다.

"그럼 전 이만 먼저 들어가볼게요."

서둘러 지나쳐가는데 제호가 손을 뻗어 그녀의 팔을 잡았다.

"그래도 목걸이는 찾아야죠. 아, 그것도 마음이 불편해서 안 되려나?"

기분이 상했는지 조금 가라앉은 목소리였다. 율리가 아무 말도 하지 못하고 침묵을 지키자, 제호가 '후우' 한숨을 쉬었다. 그리고 잡았던 팔을 놓아주었다.

"걱정하지 말고 마음 편하게 찾으러 와요. 어머니 유품 찾으러 온 여자에게 달려들 만큼 양아치는 아니니까."

이렇게까지 배려해주는데 무작정 제안을 거절할 순 없었다. 그리고 어느 것보다 소중한 엄마의 유품에 관한 일이었다.

"그러면 내일 퇴근하고 괜찮을까요?"

"그래요, 내일."

대답을 마친 제호는 등을 돌려 옥상 문으로 걸어갔다. 걸음을 멈추고 한 번쯤은 뒤돌아볼 줄 알았는데, 그는 그대로 옥상을 내려갔다. 쌀쌀맞게 나온 그녀의 태도에 상응하는 당연한 반응이었다. 그런데 왜 이리도 속이 쓰릴까? 율리는 바보 같은 자신을 책망하며 시큰거리는 가슴을 손바닥으로 꾹 내리눌렀다.
정말 실망이다, 채율리.

다음 날, 어떻게 하루가 지나갔는지 모르겠다. 너무 빨라서가 아니라 너무 느려 터져서 율리는 속이 바짝바짝 타들어갔다. 물론 엄마의 목걸이를 찾으러 가야 해서 긴장해서 그런 거지, 그와 단둘이 그곳에 간다는 기대감 때문은 절대로 아니었다. 기대감이라니? 하, 말도 안 돼. 대놓고 유혹하겠다는 남자를 되도록 피한다면 몰라도.
율리는 현경에게 오늘 밤 계획을 설명하며 어쩌면 늦을 거라고 말해두었다. 그러자 현경은 한껏 들뜬 목소리로 율리의 등을 떠밀었다.
— 괜찮아. 그냥 거기서 자고 와도 돼.
내일모레가 결혼식인데 지금 제정신이냐고 말려도 모자랄 판에, 현경은 오히려 부추겼다. 원래부터 민우와의 결혼을 탐탁지 않게 여겼기에 아예 이 기회를 빌려 깨지길 바라는 것 같았다.
드디어 퇴근 시간이 돼 서둘러 컴퓨터를 끄는데, 소장실에서 나온 제호가 율리에게 다가왔다.
"차 키예요. 내 차 몰고 먼저 가 있어요."
책상에 차 키를 내려놓으며 그가 말했다.
"시공에 작은 문제가 생겨서 난 소장님과 공사 현장에 들러야 해요. 끝내고 최대한 빨리 갈게요."
"……아."
"괜찮아요. 차에 트랜스폰더가 장착돼 있어서 자동으로 게이트가 열릴 겁니다. 룸 미러 버튼 눌러서 차고 문 열고, 차고를 통해서 집 안으로 들어가요. 알람은 꺼두었으니까, 걱정하지 말고."

아무리 집주인에게 허락을 받았다지만, 남의 집을 그렇게 들어가도 될까? 조금 걱정은 됐지만, 제호가 괜찮다고 하니까 괜찮을 거라고 생각하며 차 키를 받았다.

"불 켜는 것도 걱정하지 말아요. 동작 센서 기능으로 설정해놓았으니까."

제호가 말한 대로 율리가 저택 안에 발을 들여놓는 순간, 경쾌한 음악 소리와 함께 대낮처럼 환하게 밝아졌다. 며칠 만에 방문한 저택은 그럴 리야 없겠지만, 마치 사람이 사는 것처럼 온기가 느껴졌다.

주위를 둘러보던 율리는 재킷을 벗어 소파 위에 가방과 함께 내려놓았다. 머리를 하나로 질끈 묶고 소매를 걷어 올렸다. 지체할 시간이 없었다. 제호가 오기 전에 목걸이를 찾으려면 서둘러야 했다. 며칠 내내 눈에 보이지 않던 목걸이가 지금 갑자기 나타나지는 않겠지만.

역시나 행운의 여신은 오늘도 미소를 보내지 않았다. 콧등에 땀이 맺힐 정도로 쉬지 않고 집 안을 샅샅이 뒤졌지만, 목걸이는 어디에서도 찾을 수 없었다. 이곳에서 찾아보지 않은 곳은 딱 두 군데였다.

집주인이 사용할 마스터 침실과 수영장이 딸린 정원이었다. 마스터 침실은 처음 방문한 날에도 들어가보지 않았으므로, 그곳에 목걸이가 있을 확률은 거의 없었다. 하지만 혹시 하는 마음에 마스터 침실로 향했다. 고리를 내렸지만 열리지 않았다. 침실 문은 잠겨 있었다. 생각해보면 항상 잠겨 있었던 것 같다.

"후."

율리는 길게 한숨을 내쉬며 손목시계를 확인했다. 이곳에 온 지 두 시간이 넘어가고 있었다. 제호는 최대한 빨리 온다고 했지만, 아무래도 더 늦을 것 같았다. 그렇다면 마지막 목걸이를 찾아볼 곳은 수영장 근처와 정원일 것이다. 율리는 재킷을 입고 정원으로 향했다. 정원 조명 시스템 역시 동작 센서 기능으로 설정해놓았는지 율리가 밖에 발을 내딛는 순간, 대낮처럼 환하게 밝아졌다.

재킷을 입었음에도 밤바람이 제법 쌀쌀하게 느껴져, 율리는 손바닥으로 양팔을 문질렀다.

"채율리, 빨리 찾고 가자!"

그녀는 혼잣말로 자신을 응원하며 목걸이를 찾기 시작했다. 하지만 정원에서도 행운의 여신은 미소 짓지 않았다. 도대체 어디에 떨어뜨린 걸까? 이러다가 영영 잃어버리는 건 아니겠지? 언제까지 공사를 중지할 수도 없는 거고. 공사에 들어가면 목걸이를 찾을 확률은 거의 없다고 봐야 한다.

"……미안해, 엄마."

초조함에 힘이 빠져버린 율리는 수영장 라운지체어에 털썩 주저앉았다. 멍하니 수영장을 바라보는데 잔잔하게 불어온 바람이 수면을 출렁이게 했다. 물결을 따라 은은한 조명도 함께 흔들렸다. 그때였다. 파란 물속에서 무언가 금빛 물체가 반짝거렸다. 어? 저건? 라운지체어에서 일어난 율리는 수영장 가장자리에 무릎을 꿇고 유심히 물속을 들여다보았다.

"……아!"

물속이라서 또렷하진 않았지만, 목걸이처럼 보이기도 했다. 수영장 바닥 청소 브러쉬나 기다란 막대는 없을까 주위를 둘러봤지만, 적당한 도구를 찾을 수 없었다. 그가 올 때까지 기다려야 하나? 하지만 제호가 온다고 해도 딱히 도울 방법은 없었다. 수영장 물을 빼라고 할 수도 없었고, 만약 뺀다고 해도 자칫 잘못하다가 물 빼는 과정에서 목걸이가 어딘가로 빨려들어가기라도 하면 큰일이었다.

할 수 없다. 지금 아니면 영영 목걸이를 찾을 수 없을지도 모른다. 율리는 구두와 재킷을 벗고 다시금 머리를 단단히 묶었다. 물은 좀 차갑겠지만 수영이라면 자신 있으니까 큰 문제는 없을 것이다.

첨벙, 율리는 곧바로 수영장으로 뛰어들었다. 수영장 물은 예상보다 훨씬 차가웠다. 온몸에 바늘로 찔리는 것 같은 통증이 퍼져 나갔지만, 율리는 이를 악물고 금빛으로 반짝거리는 물체로 헤엄쳐 다가갔다.

세상에! 금빛 물체는 그동안 찾아 헤맨 목걸이가 맞았다. 마치 엄마를 다시 만난 것처럼 감격스러웠다. 율리는 단숨에 목걸이를 움켜쥐고는 곧바로 위로 향했다.

"푸하."

물속에서 나오는 순간, 참았던 숨을 한꺼번에 내뱉었다. 그때 어딘가에서 화난 듯 크게 소리 지르는 목소리가 들렸다.

"무슨 짓이야?"

소리가 나는 쪽으로 고개를 돌리자, 제호가 험상궂은 얼굴로 달려오고 있었다. 율리는 활짝 웃으며 그를 향해 손을 흔들었다.

"목걸이 찾았어요!"

"뭐? 목걸이? 너, 지금?"

그는 잔뜩 화가 난 얼굴로 눈살을 찌푸렸다. 수영장 가장자리에 도달하는 순간, 제호의 억센 손에 어깨를 잡혀 밖으로 끌어 올려졌다. 밖으로 나오자, 차디찬 밤바람에 살이 에이는 한기가 느껴졌다.

"제길."

율리가 가쁜 숨을 몰아쉬며 턱을 덜덜 떨자, 제호는 낮게 욕설을 내뱉으며 라운지체어에 놓인 커다란 수건으로 그녀의 몸을 감쌌다. 그리고 그녀를 껴안은 채 집 안으로 향했다. 걸음을 옮길 때마다 그녀의 몸에서 물이 뚝뚝 떨어졌다.

"……아, 안 돼요. 카펫 다 젖어요."

거실로 들어간 율리는 대리석과 카펫이 만나는 경계선 위에서 우뚝 멈춰 섰다. 제호는 어이가 없다는 표정을 지었다.

"지금 카펫 젖는 게 문제야?"

"……나…… 남의 집이잖아요."

덜덜 떨고 있는 주제에 율리는 고집스럽게 거실 유리 벽에 기대어 고개를 가로저었다.

"하!"

제호는 짜증 난다는 듯 손으로 머리를 쓸어 올리고는 잠시 율리를 놓아두고 황급히 욕실로 사라졌다. 잠시 후, 커다란 수건을 여러 장 가져와 율리가 몸에 두르고 있던 젖은 수건과 바꾸었다. 그래도 율리의 몸이 계속해서 떨리자, 제호는 그녀를 꽉 끌어안았다.

"안 되겠어. 우선 젖은 옷부터 벗어."

말과 동시에 그는 거친 손길로 율리의 블라우스 단추를 풀기 시작했다. 블라우스가 벌어지면서 맨 살결이 공기 중에 드러났다. 추위에 마비된 것처럼 감각 없던 살결이 그의 손길이 닿자마자 불이라도 덴 듯 화끈거렸다. 자신의 반응에 놀란 율리는 다급하게 제호의 팔목을 잡았다. 하지만 그는 멈추지 않았다.

"시간 없어. 체온 더 떨어지기 전에 빨리 벗어."

"……그, 그러면……."

발음이 뭉개질 정도로 떨려서 자신의 목소리 같지 않다고 율리는 생각했다. 추워서 떨리는지, 당황해서 떨리는지 알 수 없었다.

"……내…… 내가 벗을게요."

단추를 푸는 제호의 손을 자신의 손으로 감싸며 애원하듯 말했다. 그가 동작을 느슨하게 바꾸며 그녀와 눈길을 부딪쳤다.

창백하던 율리의 뺨이 서서히 붉어졌다.

"좋아, 그러면 어서 벗어."

커다란 수건으로 앞을 가려주며 제호가 말했다. 율리는 떨리는 손으로 느릿느릿 단추를 풀었다. 하지만 애석하게도 한 개도 풀 수 없었다. 추위에 마비되었는지 도무지 손가락이 마음대로 움직이질 않았다.

"제길."

통 진척이 되질 않자, 제호는 율리 손을 옆으로 치워버렸다. 그리고 다시 자신이 벗기기 시작했다. 이번엔 율리도 가만히 있을 수밖에 없었다. 그의 말이 맞았다. 젖은 옷은 빠른 속도로 체온을 빼앗아갔다.

율리의 입술이 파랗게 변해가자, 세호는 화난 듯 일직선으로 입매를 다물며 턱을 경직시켰다. 단추가 모두 풀리자 서둘러 블라우스 앞섶을 양쪽으로 벌렸다. 젖은 블라우스가 몸에 달라붙어 쉽게 벗겨지지 않자, 억지로 힘을 주어 잡아당겼다. 현경의 옷이니까 조심하라고 말하려는데 쫙, 천 찢어지는 소리가 들렸다.

"……아……"

속옷만 입은 몸이 드러났지만, 창피해할 사이도 없이 제호의 손이 빠르게 율리의 몸을 수건으로 감쌌다. 그리고 수건 안으로 손을 넣어 브래지어 훅을 풀었다. 그다음은 바지 버클로 향했다.

"안 돼요."

놀란 율리가 몸을 비틀었지만, 그녀의 의견 따윈 신경 쓰지 않기로 한 듯, 단번에 지퍼를 내리고 바지를 끌어 내렸다. 다행이라면 마지막 남은 속옷엔 손대지 않았다. 옷을 모두 벗겨낸 제호는 율리를 끌어안고 마찰하듯 그녀의 몸을 손바닥으로 문질렀다. 그런데도 떨림이 멈출 기색이 보이질 않았다.

"아무래도 안 되겠어……."

낮게 중얼거린 그는 율리를 번쩍 안아 올려, 성큼성큼 마스터 침실로 걸어갔다. 아깐 분명 잠긴 상태였는데 그가 어깨로 밀자 침실 문이 자동으로 열렸다. 그는 그대로 욕실로 향해 샤워 부스 안에 율리를 내려놓고 물을 틀었다.

"꺄악."

천장에서 폭포처럼 물이 쏟아지는 순간, 율리의 입에서 비명이 흘러나왔다. 차가운 몸에 갑자기 더운물이 쏟아지자, 전류가 흐르는 것처럼 짜릿한 통증이 온몸을 관통했다. 제호는 비틀거리는 율리를 껴안고 그녀의 등을 손바닥으로 쓸어내렸다.

"쉬이, 이젠 괜찮아."

달래듯 다정하게 속삭인 그는 율리의 젖은 머리카락을 귀 뒤로 넘겨주었다.

얼마나 물줄기 아래 서 있었을까? 추위로 마비된 몸의 감각이 느릿느릿 살아나기 시작했다. 더불어 흐릿했던 정신도 맑아지며, 그와 가슴을 맞댄 채 껴안고 있다는 걸 깨달았다. 순간 얼굴이 화끈 달아올랐다. 쏟아지는 더운물 때문인지, 아니면 다른 이유 때문인지는 알 수 없었다. 서서히 떨림이 잦아들자, 제호는 손을 뻗어 물을 잠그고는 율리를 욕조로 데려가 걸터앉게 했다. 두 사람 모두, 흠뻑 젖은 상태로 머리에서부터 물이 뚝뚝 떨어졌다.
 율리는 수건으로 몸을 감쌌지만 제호는 아니었기에, 물기 어린 셔츠와 바지가 몸에 딱 달라붙으며 매끈한 근육질 몸매를 그대로 내보였다. 그 모습이 너무나 아찔해 율리는 저도 모르게 눈을 내리깔았다.
 욕조에 율리를 앉힌 채 제호는 마른 수건으로 율리의 몸에서 물기를 닦아냈다. 어느 정도 물기를 제거하자, 이번엔 자신의 머리를 수건으로 툭툭 털며 젖은 셔츠를 벗었다.
 이미 벗은 몸을 보았지만 욕실 안에서 벗은 모습을 보게 되니, 머릿속에서 뭔가가 팡 터진 것처럼 당혹스러웠다. 하지만 어째서인지 얼어붙은 것처럼 고개를 돌릴 수 없었다.
 제호는 율리와 시선을 맞춘 상태로 천천히 몸의 물기를 닦아내기 시작했다. 머리에서 목을 거친 손길은 느릿하게 가슴으로 이어졌다. 율리를 뚫어지게 바라보며 한순간도 그녀의 얼굴에서 시선을 떼지 않았다. 몸을 닦는 건 그인데, 마치 그녀가 그의 몸을 구석구석 닦아주는 것 같은 착각이 들었다. '하', 습기를 머금은 숨결이 저절로 터져 나와 율리는 급히 숨을 들이마셔야만 했다. 몸의 물기를 모두 닦아낸 제호는 욕실과 이어진 드레스 룸으로 등을 돌렸다.
 잠시 후, 니트 스웨터와 마른 바지로 갈아입은 그가 큼직한 와이셔츠를 손에 들고 돌아왔다.
 "우선 이거라도 입고 있어요."
 "……저…….."
 율리가 옷을 받아들지 않고 망설이자, 제호는 여유로운 미소를 떠올렸다.
 "벗고 있는 게 편하면 벗고 있든지. 난 상관없으니까."

"아니, 그게 아니라요……."

그가 말도 안 되는 오해를 하자, 율리는 얼굴을 붉히며 뽀로통하게 흘겨보았다.

"집주인 허락도 없이 마음대로 빌려 입어도 되는 거예요?"

"집주인 허락?"

"클라이언트요. 이 집을 짓도록 제호 씨에게 일을 준 사람."

"아."

그제야 제호는 그녀의 말을 이해했다는 듯 짧게 고개를 끄덕였다.

"이거 내 옷입니다. 여기에 있는 거 다 내 거니까, 부담 갖지 말고 사용해요. 얼마 전부터 친구 집에서 나와서 이곳에 묵고 있어요."

"네?"

"집주인과 꽤 가까운 사이라서……."

도대체 집주인이 누구길래 이토록 서슴없는 편의를 제공하는 걸까?

"옷은 건조기에 말릴 테니까, 그동안 이 옷으로 갈아입고 있어요."

말을 마친 제호는 욕실을 걸어 나갔고 율리는 몸에 감은 수건을 풀고 그가 건네 와이셔츠를 몸에 걸쳤다. 제호의 옷을 입으려니까 뭔가 기분이 묘했지만, 그녀에겐 선택권이 없었다.

근데 왜 달랑 셔츠만 준 거지? 바지는 어쩌고? 물론 와이셔츠는 무릎 아래까지 덮을 정도로 충분히 컸다. 딱히 바지를 챙겨 입을 필요는 없어 보였다.

문제는 다른 데 있었다. 아무 생각 없이 욕실을 나가던 율리는 전신 거울에 비친 자신의 모습을 보고 깜짝 놀라고 말았다. '핫!' 하얀 셔츠 아래로 속옷을 입지 않은 몸의 윤곽이 흐릿하게 드러나고 있었다. 특히나 가슴 돌기 부분이 도드라져 보였다. 당황한 율리는 서둘러 옆에 놓인 목욕 가운을 껴입었다. 혹시 몰라서 가운 끈도 단단히 동여맸다.
"옷은 건조기에 넣었으니까, 한 시간쯤 기다리면 될 거예요."
율리가 욕실에서 나오자, 제호는 그녀를 파우더 룸으로 데려갔다.
"이리 와서 앉아요."
헤어드라이어를 손에 들며 그가 말했다. 머리를 말려주겠다는 건가? 혼자 할 수 있다고 하려던 율리는 묵묵히 시키는 대로 의자에 앉았다. 솔직히 힘이 쫙 빠져서 헤어드라이어를 들 기운도 없었다.
위잉, 부드러운 바람과 함께 긴 손가락이 기분 좋게 머리카락에 휘감기자, 저절로 두 눈이 감겼다. 너무 고되고 지쳐서 팔다리는 무거웠지만, 목걸이를 찾은 덕분에 마음은 날아갈 듯 가벼웠다. 그래서인지 율리는 저도 모르게 미소 지으며 긴 안도의 숨을 내쉬었다.
잠시 후, 헤어드라이어의 바람이 멈추더니, 그녀의 몸이 뒤로 돌려졌다. 눈을 뜨자 그녀와 눈높이를 맞추기 위해 무릎을 꿇은 제호와 시선이 마주쳤다.
"자, 머리 다 말렸으니까, 이젠 혼 좀 나야지?"
엄한 눈으로 노려보며 그가 말했다.
혼나다니, 뭘?
당황한 율리의 눈이 동그랗게 커졌다.
"너, 바보야? 심장 마비라도 오면 어쩌려고 그랬어? 수영장 히터도 안 틀어놨는데……"
몹시도 화가 난 듯 말꼬리가 살며시 떨리고 있었다. 심장 마비가 올 정도까진 아니겠지만, 살얼음이 언 것처럼 차가웠던 건 사실이었다. 하지만 알았다고 하더라도 물속으로 뛰어들었을 것이다. 그래도 그가 화낼 이유는 충분했다. 만약 불의의 사고라도 났다면 모든 책임은 그가

져야 한다.

"미안해요."

율리는 고개를 떨어뜨리며 진심으로 사과했다.

"제호 씨를 곤란하게 할 의도는 전혀 없었어요."

"내가 지금 그런 걸 말하고 있는 게 아니잖아! 물속에서 덜덜 떠는 널 봤을 때, 내 기분이 어땠는지 줄 알아? 비에 홀딱 젖은 강아지 같은 꼴을 해선."

그는 마치 10년 전으로 돌아간 것처럼 말하고 있었다. 그녀를 꼬마 취급하던 그 시절 말이다. 율리는 반박하는 대신 '피식' 웃었다. 목걸이를 찾았는데 혼 좀 나면 어때? 하는 생각이 들었다.

"그래도 이거 찾았잖아요."

율리는 손에 쥐고 있던 목걸이를 제호의 눈앞에서 살랑살랑 흔들어 보였다. 불빛에 반사된 목걸이가 예쁘게 반짝거렸다.

"영영 잃어버리는 줄 알았어요. 하여간 찾아서 너무 다행이에요."

의기양양한 얼굴로 목걸이를 흔드는 율리를 보며 제호는 기가 막힌다는 듯 실소를 내뱉었다.

"너, 지금 웃어?"

그녀 역시 10년 전으로 돌아간 것만 같았다. 다치면서까지 목걸이를 찾아준 그에게 예전에 하지 못했던 말이 저절로 흘러나왔다.

"정말 고마워요, 제호 오빠."

그땐 차마 부르지 못했던 호칭이었다. 하지만 오늘은 목걸이를 찾아 들뜬 나머지 용기를 내어 말할 수 있었다. 오빠, 제호 오빠. 그리고 그땐 수줍어서 하지 못했던 감사의 표시. 율리는 조심스레 그의 뺨에 쪽, 입술을 가져갔다. 목걸이를 찾아 들뜬 나머지 충동적으로 나온 행동이었다.

"이건 감사의 키스."

미간을 찌푸리는 제호에게 율리가 수줍게 웃어 보였다. 힘겹게 억누르던 상대방의 감정을 터뜨렸다는 것을 모르는 채…….

"제길."

잠시 후, 낮게 욕설을 내뱉은 제호는 열기에 휩싸인 눈으로 그녀를 바라보았다.

"감사의 표시라면 제대로 받아야겠어."

큼직한 손이 율리의 뒤통수를 감싸더니 앞쪽으로 끌어당겼다. 동시에 시원한 시트러스 향이 훅, 율리의 코끝에 파고들었다. 두근두근, 심장 박동이 빨라지기 시작했다.

거칠게 입을 맞출 거라고 생각했는데, 막상 그의 입술은 닿았다가 곧 떨어졌다. 하지만 살짝 닿았을 뿐인데도 못 견디게 자극적이었다. 눈앞이 흐려지며 머릿속이 빙빙 돌아 율리는 제호의 어깨를 꽉 움켜쥐어야만 했다. 그 작은 몸짓에 꾹꾹 내리눌렀던 욕망이 다시금 고개를 쳐들었다.

"하, 넌 도대체……."

짧게 탄성을 내뱉은 제호는 확 율리를 끌어당겨 입술을 맞물렸다. 피하려면 피할 수도 있었지만, 그러고 싶지 않았다.

부드럽게 시작한 키스는 곧 통제를 잃고 격렬해졌다. 깊숙이 파고들기 위해 그가 비스듬히 고개를 기울이며 입술을 벌렸다. 여린 점막으로 뜨거운 열기가 몰려들고, 짜릿한 자극이 무서운 속도로 몸 중심을 향해 치달았다. 숨이 막힐 것처럼 흥분되자, 율리의 입술에서는 저절로 끙끙거리는 소리가 흘러나왔다.

먼저 물러난 쪽은 율리가 아닌 제호였다. 그는 거칠게 숨을 내쉬며 맞물린 입술을 힘겹게 뗴었다.

"하, 미안. 여기서 더 나가면 자제할 수 없어……."

율리의 뺨을 양손으로 감싸고 한숨을 내쉬듯 속삭인 그는 다시 한 번 부드럽게 입을 맞추고 자리에서 일어나 그대로 침실을 나갔다.

홀로 남겨진 율리는 가슴에 손을 얹고 격해진 숨을 골랐다. 옆으로 고개를 돌려, 거울 속에 비친 자신의 모습을 바라보았다. 보란 듯이 격렬했던 키스의 흔적이 여기저기에 남아 있었다.

헝클어진 머리와 열기로 붉게 달아오른 얼굴, 생기로 반짝거리는 눈. 사랑이 충만했던 10년 전 모습을 보는 것만 같았다. 그를 만나겠다고 치마를 입고 담벼락을 넘던 자신과 첫 만남에 반말을 툭 내뱉으며 꼬마 취급하던 그.

율리는 조심스레 부풀어 오른 입술을 손끝으로 어루만져 보았다. 뜨겁던 제호가 아직도 생생히 느껴졌다. 입술을 깨물던 감촉을 떠올리자, 다시금 온몸에 전율이 일었다.

해선 안 될 행동이었다는 걸 안다. 하지만 후회하고 싶진 않았다. 그가 또다시 키스한다고 해도 피할 자신이 없었다. 그러기엔…….

율리는 아랫입술을 깨물며 욱신거리는 가슴을 움켜쥐었다. 바보 같은 심장이 그를 향해 미친 듯이 뛰고 있었다.

고소한 냄새에 밖으로 나가보니 제호가 요리 중이었다. 그러고 보니 목걸이를 찾는 것에만 온통 정신이 팔려, 지금까지 아무것도 먹지 못했다. 음식 냄새를 맡으니 갑자기 허기가 몰려왔다. 율리가 다가오자 제호는 고갯짓으로 식탁을 가리켰다.

"아직 아무것도 안 먹었죠? 뭐라도 좀 먹어요. 나도 아직 식사 전이라."

그의 말투는 깍듯한 존댓말로 돌아가 있었다. 더는 10년 전 권제호의 말투가 아니었다. 왠지 거리감이 느껴졌지만, 율리는 티 내지 않고 그가 가리킨 자리에 앉았다.

"늦은 시각이라서 위에 부담 가지 않을 만한 거로 준비했어요."

율리 앞으로 수프가 담긴 그릇을 내려놓으며 제호가 말했다. 율리는 말없이 말간 치킨 누들 수프를 바라보았다. 어떡하지? 아직 그녀는 뜨거운 음식 먹을 수 없었다. 먹지 못하고 뚫어지게만 쳐다만 보는 율리에게 제호가 의아한 표정을 지어 보였다.

"왜? 치킨 누들 수프 안 좋아해요? 다른 걸로 해줄까요?"

"아뇨, 아니에요."

율리는 서둘러 숟가락으로 수프를 떴다. 최대한 식혀서 먹으면 괜찮을 거라고 여기며. 수프가 담긴 숟가락을 들어 후후 분 다음, 조심스럽게 입에 넣었다. 하지만 넣자마자 바늘로 찌르는 듯한 통증이 몰려왔다. 눈살을 찌푸리며 숟가락을 내려놓는데, 제호가 자리에서 일어나 그녀에게 다가왔다.

"왜 그래?"

그가 걱정스러운 얼굴로 그녀의 턱을 그러쥐었다.

"……그게……."

율리가 제때 대답하지 못하자, 그의 얼굴이 어둡게 일그러졌다. 하지만 그렇다고 아버지에게 맞아서 터진 속살이 아물지 않아서라고 털어놓을 순 없었다. 그만큼 폭력이 셌다는 증거니까. 그녀가 설명하지 못하고 머뭇거리자, 짐작 간다는 듯 제호의 표정이 딱딱하게 굳어졌다. 그는 대답을 재촉하는 대신 채 의원에게 맞았던 뺨을 손으로 감쌌다. 그리고 엄지손가락으로 조심스레 볼을 문질렀다.

"다시는 그 누구도 너에게 손대지 못하게 할 거야. 약속해."

"……말만이라도 고맙네요."

"말만이 아니야."

진심이 담긴 눈빛으로 그가 말했다. 하지만 율리는 희미하게 웃을 뿐 아무 말도 하지 않았다. 한동안 두 사람 사이에 침묵이 흘렀다. 먼저 입을 연 사람은 율리였다.

"정말 걱정하지 않아도 돼요. 나, 그렇게 호락호락하게 당하고만 있진 않아요. 이번엔 그냥 내가 참은 거예요."

그 말에 제호는 '피식' 웃고 말았다.

"그래? 천하의 채율리를 내가 너무 과소평가한 건가? 미친개 권민우를 강아지처럼 다룰 수 있는 여자인데……."

'미친개'라는 말에 율리는 '큭' 웃음을 터뜨렸다. 민우의 성질이 괴팍하다는 건 알지만, 대놓고 미친개라고 표현한 사람은 제호가 처음이었다.

"왜 민우를 그렇게 싫어하세요? 그래도 사촌 동생이잖아요."

"싫어하지 않아. 진실을 말할 뿐이지."

맞은편 자리로 돌아가며 제호가 말했다.

"내가 지금 민우 약혼녀라서 널 유혹하는 것 같아?"

'유혹'이란 말에 율리의 표정이 미묘하게 변했다. 대놓고 유혹한다고 말해버리면 어떻게 반응해야 할지 갈피를 잡을 수 없었다. 율리에게서 대답이 돌아오지 않자 제호는 다시금 말을 이었다.
"그때 아버지를 따라서 미국에 가는 게 아니었어. 여기 남아서 너와 결혼했어야 했는데……."
그랬다면 아마도 율리와 사랑에 빠졌을 것이다. 단단한 방패막이가 되어 어떤 거친 풍랑 속에서도 그녀를 지켰겠지. 감히 누구도 손대지 못하게. 그게 그녀의 친아버지라고 한들.
"그동안 너와 의원님 사이에 무슨 일이 있었던 거지?"
"……글쎄요, 그다지 특별한 일은……."
율리는 제호의 시선을 피해 말을 얼버무렸다. 가족의 치부는 그녀의 치부이기도 했다. 현경에게도 창피해서 하지 못한 말을 그에게 할 순 없었다.
만약 그와 결혼했더라면 어땠을까? '괜찮을 거야.'라며 펑펑 우는 날 다독거려주었을까? 그랬다면 덜 비참했겠지? 덜 외로웠겠지?
하지만 그건 일어나지 않은 상상일 뿐이었다. 율리는 상념을 떨치며 담담한 어조로 말을 이었다.
"이번 일은 제 잘못이기도 해요. 선거 유세가 있던 날이었는데, 주민 중에서 절 알아볼 사람이 있을 거란 생각을 못 했어요."
"그렇다고 폭력을 행사하는 게 정당해?"
"……아뇨. 그건 아니죠."
율리가 순순히 동의하자, 더는 심각한 이야기로 분위기를 어색하게 하고 싶지 않아 제호는 식탁에 올려놓은 목걸이로 시선을 돌렸다.
"고리 연결 부분이 느슨하게 벌어졌네."
목걸이를 들고 유심히 살펴보던 제호는 벌어진 고리를 손끝으로 눌렀다. 손힘만으로 고친 제호는 목걸이를 들고 자리에서 일어났다.

"기회가 되면 더 굵고, 고리가 없는 줄로 바꿔. 그래야 다시는 목에서 흘러내리지 않을 테니까."

율리의 목에 목걸이를 걸어준 제호는 앞에 놓인 수프 그릇을 들어 올렸다.

"얼음 넣고 믹서에 갈아서 식혀줄게. 식감이 부드러워서 잘 넘어갈 거야."

율리는 믹서기에 수프를 넣는 제호의 뒷모습을 바라보며 방금 그가 걸어준 목걸이를 만지작거렸다.

— 여기 남아서 너와 결혼했어야 했는데…….

조금 전 그가 한 말이 귓가에 맴돌았다. 진심으로 한 말이었을까? 솔직히 거짓이었다고 해도 상관없었다. 그저 입에 바른 말이었다고 해도 그렇게 말해줬다는 사실이 기뻤다.

아직은 정확하게 자신의 마음이 어떤 것인지 확실하진 않았다. 밑바닥에 깔린 옛 추억으로 흔들리는 것인지, 아니면 순수히 남자로 끌리고 있는 건지. 둘 사이에 육체적인 끌림이 전혀 없다고 부정하진 않는다.

한 가지 확실한 것은, 그를 밀어낼 수 없다는 것이다. 조금 전까지도 홀린 듯 몸을 내던지지 않았는가. 만약에 그가 먼저 그만두지 않았다면 끝까지 갔을까? 상상만으로도 숨이 막힐 것 같아 얼굴이 붉게 달아올랐다. 율리는 벌떡 자리에서 일어났다.

"옷 말랐는지 보고 올게요."

더는 제호의 얼굴을 마주 볼 수가 없었다. 어쩔 줄 모르는 자신이 못마땅했지만, 피하는 것밖에 다른 방법이 없었다. 말을 마친 율리는 제호가 뭐라고 하기도 전에 급히 세탁실로 도망치듯 뛰어갔다.

식사를 끝내고 옷이 모두 마르기를 기다리다 보니, 어느덧 자정이 넘고 말았다. 제호는 꽤 늦은 시각이라며 현경의 집까지 바래다주었다. 고맙다는 인사를 하고 차 문을 열던 율리는 문득 동작을 멈추고 운전석으로 몸을 틀었다.

"저, 오늘 일은……."

"알아요. 큰 의미 두지 말아야 하는 거."

율리가 말을 끝내기도 전에 제호는 눈꼬리를 휘며 상냥하게 웃었다.

"나, 키스 한 번에 책임지라며 매달리는 남자 아닙니다."

그녀도 비슷한 말을 하려고 했지만, 먼저 선수를 빼앗기자 기분이 묘해졌다. 그렇다고 감정을 들키긴 싫은 율리는 그를 따라서 부드럽게 미소 지었다.

"개방적인 사고 좋네요. 그렇게 생각해준다니 고마워요."

"물론이죠. 키스 한 번으로 넘어올 거라곤 생각하지 않아요. 하지만 계속 반복된다면 그땐 다르겠죠."

'다음엔 그런 일 절대 없을 거예요!'라고 되받아치려 했지만 입이 열리지 않았다. 어머니의 유품을 찾아서 흥분해서 그런 거라고, 그저 실수였다고 말했어야 하는데……. 그러나 율리는 아무 말도 하지 못했다. 그건 거짓말이니까. 지금도 벌써 가슴이 두근거리고 있는걸.

"골 들어갔다고 골키퍼를 바꾸는 건 아니죠. 하지만 연속으로 골이 들어가면 언젠가는 바꾸겠죠."

그는 율리의 속마음을 훤히 들여다보는 것 같았다. 느긋하게 말하며 커다란 손으로 그녀의 뒤통수를 어루만졌다. 그녀의 눈을 빤히 들여다보면서 그가 말을 이었다.
"그래서 이제부터 정말 본격적으로 유혹해보려고요."
매끈한 입술 끝에는 걸린 미소가 몹시도 위험하게 느껴졌다. 그런데도 율리는 그의 손길을 뿌리칠 수도, 그의 시선을 피할 수도 없었다.
잠시 후 제호가 손을 거두자 서둘러 차에서 내린 율리는 뒤도 돌아보지 않고 아파트 안으로 들어갔다. 그가 쓰다듬은 뒤통수가 홧홧하게 느껴졌다.

본격적으로 유혹하겠다고 하더니 다음 날도, 그다음 날도 제호는 이틀 연속 시공에 문제가 생긴 현장으로 출근했다. 율리의 전화번호를 알면서도 그는 전화 한 통도, 문자 한 개도 보내지 않았다.
율리는 울리지 않는 휴대폰을 뚫어지게 내려다보다, 모니터로 고개를 돌렸다. 유혹하겠다고 한 것은 그냥 말뿐이었나? 육체적으로 끌린다고 해도 절대로 넘지 말아야 하는 선이 있다는 건 그도 잘 알고 있을 테니까. 과거엔 정혼자였을지라도 지금 그녀는 엄연히 사촌 동생의 약혼녀였다. 결혼식은 앞으로 한 달도 채 남지 않은 상태다.
키스 한 번으로 욕망을 충족했을 린 없겠지만 민우에게 크게 한 방 먹인 셈이니, 이쯤에서 만족하고 물러날 수도 있었다. 만약 그런 거라면 다행이긴 한데…….
율리는 입술을 질근질근 깨물며 손목시계로 시간을 확인했다. 퇴근 시간에서 10분이나 지나있었다. 지금까지 오지 않을 것을 보면 제호는 오늘도 현장에서 퇴근할 모양이다.

그때, 옆에 놓은 휴대폰이 울렸다. 재빨리 발신자를 확인한 율리는 곧 실망한 표정을 지었다. 잠시나마 제호일 거라고 기대한 자신이 한심하게 느껴졌다.

[저예요, 낸시 송이에요.]

통화 버튼을 누르자 낭랑한 목소리가 흘러나왔다.

[본식 드레스 준비가 모두 끝났는데 오늘 와보시겠어요? 아니면 내일, 권 실장님과 같이 방문하실래요?]

"오늘 갈게요."

[네, 그럼 기다리고 있겠습니다.]

전화를 끊은 율리는 컴퓨터를 끄고 사무실을 빠져나왔다. 아직은 민우를 볼 자신이 없었다. 사진 건으로 화를 내고선, 자신도 비슷한 일을 저질렀으니까. 키스와 잠자리는 강도는 다를지 몰라도 결혼 상대에 대한 예의가 아니라는 점에선 같았다.

그날 이후, 민우와는 어제 아침에 통화한 게 전부였다. 피로연 메뉴에 관해서 짤막하게 대화를 나누었고, 다음 주, 권 회장 댁에서 저녁 식사하기로 약속을 잡았다. 결혼식이 다가오니 집안 어른들과 이것저것 상의할 것들이 늘어난 까닭이었다.

율리는 택시를 타고 웨딩드레스 숍으로 향했다.

"어서 오세요."

안에 들어서자, 낸시 송이 활짝 웃으며 다가왔다.

"보시면 깜짝 놀라실 거예요. 키넬에서 나온 신상인데 한국에 딱 한 벌만 들어왔답니다."

낸시 송의 말대로 눈이 부실 정도로 아름다운 드레스였다. 누구도 불평할 수 없는 완벽에 가까운 예술 작품이었다.

"이 드레스가 아무에게나 어울리는 게 아니거든요. 몸매가 따라줘야 하는데……. 하, 어쩌면 이렇게 몸에 딱 들어맞는지. 완전 맞춤 제작한 것 같아요."

낸시 송이 호들갑스럽게 말했지만, 율리의 귀에는 아무 말도 들어오지 않았다. 거울에 비친 신부는 그녀가 아닌 다른 사람 같았다. 핏기라곤 전혀 없는 창백한 얼굴, 갈 곳을 잃고 흔들리는 눈동자와 파르르 떨리는 입술. 마치 유령 신부를 보는 것만 같았다.

이제 곧 이 드레스를 입고 결혼식장에 들어갈 텐데, 그곳에서 그녀의 손을 잡아줄 상대는 사랑하는 남자가 아니다. 이미 알고 있는 사실인데, 결혼 따위 그저 자유롭기 위한 형식에 불과했는데, 왜 갑자기 회의가 밀려오는지 모르겠다. 그런 율리의 속마음도 모르고 낸시 송은 감탄사를 남발했다.

"아우, 옷이 날개라더니! 천사가 따로 없어요."

날개라고? 그 말을 듣는 순간, 율리는 눈물이 핑 돌고 말았다. 그녀에게 웨딩드레스는 날개가 아니라, 족쇄가 달린 무거운 사슬처럼 느껴졌다.

"어머, 신부님!"

율리가 눈물을 글썽거리자, 낸시 송은 지금까지 넝마 같은 드레스로 마음고생을 해서라고 넘겨짚었다.

"진짜 그 드레스는 아니었어요. 수선할 수 없을 정도로 찢어진 게 얼마나 다행인지."

율리의 등을 다독거리던 낸시 송은 뭔가 생각났는지 태블릿 PC로 예약 시간을 확인했다.

"그때 그 고객님이요, 드레스 찢어주신 분. 오늘 예약되어 있으시네요. 곧 오실 거예요. 이 방으로 안내해드릴까요? 이 드레스를 보면 정말 마음에 들어 하실 텐데."

낸시 송은 그날 제호가 일부러 드레스를 찢었다는 걸 바로 눈치챘었다. 그러니 새 드레스를 입은 율리를 보게 된다면 매우 흐뭇해할 것이다. 하지만 그 말을 들은 율리는 허둥지둥 드레스 자락을 모아 쥐었다.

"아뇨, 됐어요. 나 이만 갈아입을게요."

피팅 룸에서 옷을 갈아입은 율리는 서둘러 웨딩드레스 숍을 빠져나왔다. 다른 모습이라면 몰라도 제호에게 웨딩드레스를 입은 모습은 보이고 싶지 않았다. 이전에는 어떤 마음인지 몰랐기에 가능했지만, 이젠 아니었다. 웨딩드레스를 입고 제호와 마주친다면 더는 속마음을 숨길 수 없을 것이다. 엉엉, 울음을 터뜨릴지도 모른다. 안 돼! 그럴 순 없었다.

급하게 나오느라 앱으로 택시를 부를 틈도 없었다. 그렇다고 언제 제호가 올지 모르는데 웨딩드레스 숍 앞에서 택시를 기다릴 수도 없어서 율리는 무작정 가까운 지하철역을 향해 걸었다. 그때 현경에게서 전화가 걸려 왔다.

[율리야, 준비됐지?]

"응? 준비라니, 무슨?"

[야, 오늘 우리 클럽 가기로 했잖아! 아침에도 내가 몇 번이나 확인했는데.]

아, 그랬다. 마음이 너무 복잡해서 한 귀로 듣고 한 귀로 흘렸나 보다.

마침 근처에 있던 현경이 바로 차를 몰고 율리에게 달려왔다. 걸린 시간은 고작 30분 남짓이었다. 율리를 차에 태운 현경은 심각한 표정으로 위아래를 훑어보았다.

"너, 지금 그 모습으론 클럽 출입 불가야. 내 이럴 줄 알고 옷 챙겨 왔지. 호텔에 방 잡아놨으니까 거기서 갈아입어."

처음엔 피곤하다며 거절하려던 율리는 얼마 지나지 않아서 생각을 바꿨다. 이런 기분에 혼자 집에서 시간을 보낸다면 너무 쓸쓸할 것이다. 북적북적한 클럽에서 사람 구경하는 것만으로도 조금은 기분 전환이 되지 않을까? 하는 생각이 들었다. 그러나 호텔에 도착해 현경이 꺼내든 옷을 보고는 다시금 마음이 바뀌었다. 당혹스러워 눈살을 찌푸리며 율리는 저도 모르게 크게 소리 질렀다.

"안 돼!"

이런 옷을 입다니! 절대로 그럴 순 없었다.

"안 되긴 뭐가 안 돼?"

현경은 생긋 웃으며 다른 옷을 펼쳤다. 방금 율리에게 입으라고 한 옷과 색상만 다를 뿐 같은 디자인이다. 둘 다 어깨가 훤히 드러나고 가슴이 깊게 팬, 몸에 짝 달라붙는 미니 원피스였다. 소맷단과 가슴 부분에 자잘한 진주 구슬이 달려 있어 그나마 관능적인 분위기를 줄이며 귀여운 느낌을 보탰다.

그래도 그렇지! 지금껏 미니스커트는커녕 짧은 반바지도 못 입었는데 이렇게 야한 옷을 입으라니 말도 안 된다.

"현경아, 난 이거 못 입어."

율리는 곤란한 표정을 지으며 손을 내저었다.

"왜? 너 낼모레면 결혼하잖아. 유부녀 되기 전에 이렇게 입고 클럽도 가봐야지. 너 평생 청담동 룩만 소화할 거야?"

낼모레면 결혼이라고? 더불어 '유부녀 되기 전에'란 말이 비수가 되어 율리의 심장을 쿡, 찔렀다. 완강하게 반대하던 율리가 잠시 주춤거리자, 현경은 생글생글 웃으며 율리를 끌어안았다.
"난 블랙 입을게, 넌 실버 입어. 우리 커플 룩으로 입자, 응? 배츌러렛 파티 미리 한다고 생각하면 되잖아."
"사랑해서 결혼하는 것도 아닌데, 뭐하러 배츌러렛 파티까지……."
저절로 냉소적인 웃음이 입술을 비집고 나왔다. 그러다 결국 율리는 고개를 끄덕였다.
"그래, 오늘 하루만이야."
항상 긴장한 채 살아왔는데 딱 하루 느슨해진다고 뭐 그리 큰일일까 싶었다. 허락이 떨어지자, 현경은 율리의 마음이 바뀌기 전에 후다닥 옷을 입혔다. 원피스는 몸에 딱 달라붙어 숨도 쉬기 어려울 정도였다. 민망할 정도로 야한 스타일이었지만, 아까 입어보았던 웨딩드레스보단 덜 부담스러웠다. 이런 옷이 편할 리 없는데 적어도 족쇄가 달린 사슬처럼 느껴지진 않았다.
"같은 치수여도 몸매 따라 달라 보이네."
율리의 풍만한 곡선을 바라보며 현경은 부럽다는 듯 투덜거렸다. 그러나 곧 정신을 차리고 집에서 챙겨온 메이크업을 쭉 늘어놓았다.
"혹시라도 알아볼 사람 있을지 모르니까, 내가 변장에 가깝게 메이크업해줄게. 완전 섹시한 채율리 기대하서. 윤아랑 민정이는 클럽에서 만나기로 했고, 참, 김 실장 아저씨도 동행할 거야."
김 실장은 주성욱 회장 일가의 안전을 책임지는 경호 팀장으로, 현경의 사적인 경호도 종종 맡곤 했다.
"자, 그럼 이제 시작해볼까?"
현경은 신이 난 얼굴로 메이크업 브러시를 집어 들었다.

"아!"

독한 위스키가 타들어가듯 온몸으로 퍼져 나가자 율리는 저도 모르게 얼굴을 찡그렸다. 클럽에 오니 가라앉았던 기분이 조금이나마 가벼워졌지만 충분하진 않았다. 술의 힘을 빌리려 율리는 곧바로 다음 잔을 채웠다.

현경은 예약한 클럽 꼭대기 VVIP 룸은 사방이 전부 유리라서 클럽 풍경이 한눈에 내려다보였다.

율리는 자세를 고쳐 앉으며 허벅지 위로 올라간 미니스커트를 애써 끌어내렸다. 지나치게 짧은 길이가 여간 신경 쓰이는 게 아니다. 그래도 다행이라면 지금 이곳에는 그녀밖에 없었다. 현경과 친구들은 조금 전, 김 실장의 경호를 받으며 댄스 플로어로 내려갔다. 율리는 끝까지 사양하며 이곳에 남았다.

평소와 다르게 꾸민 것까지가 율리가 할 수 있는 최대의 일탈이었다. 현경도 그걸 알기에 더는 조르지 않았다. 아래층으로 오고 싶으면 김 실장에게 문자를 보내라고만 말했다.

화려한 조명을 쳐다보며 율리는 다시금 잔을 비웠다. 연달아 잔을 비웠지만, 이상하게도 취기는 오르지 않았다. 그만큼 머릿속이 복잡하다는 증거일 것이다.

얼마나 오래 앉아 있었을까? 아무리 기다려도 현경과 일행이 돌아오지 않자, 율리는 자리에서 일어났다. 김 실장에게 문자를 보내려다 어차피 같은 클럽 안이니 쉽게 찾을 수 있을 거라 여기며 내려갔다.

잘못된 판단이었다는 것은 아래층에 발을 내딛자마자 깨달았다. 사방을 빽빽하게 메운 사람들로 인해 한 치 앞도 보이지 않았다. 일행이 어디에 있는지 정확한 위치를 알지 못하면 찾는 건 불가능에 가까워 보였다. "이럴 줄 알았으면 휴대폰을 가져올걸."이라고 투덜거리며 다시 계단으로 향하려는데 누군가의 억센 팔이 허리를 휘감았다.

"잡았다!"

뒤를 돌아보자, 생전 처음 보는 남자가 그녀를 향해 히죽거리고 있었다. 남자는 술에 취했는지 눈이 게슴츠레하게 풀린 상태였다.

"자기야, 한참 찾았잖아."

"사람 잘못 봤어요."

"헤, 이제 지 애인을 몰라보네?"

남자는 역겨운 술 냄새를 풍기며 율리를 자신 쪽으로 끌어당겼다. 술에 취해서 애인으로 착각한 건지, 아니면 치근덕거리려고 그런 척 연기하는 건지는 알 수 없었다. 율리는 남자에게서 벗어나려고 몸을 틀었지만 쉽지 않았다. 주위에 도움을 청하려 해도 아무도 관심을 두지 않았다. 연인끼리 사랑싸움 중이라고 여기는 듯싶었다.

"가만히 있어."

남자는 율리의 목덜미에 얼굴을 파묻으며 하얀 허벅지로 손을 뻗었다. 땀으로 끈적끈적한 손이 스스럼없이 몸을 더듬자, 율리는 있는 힘껏 하이힐로 남자의 구두를 밟았다.

"악!"

남자가 비명을 지르고서야 주위에서 힐끗 쳐다보기 시작했다. 그 틈을 타 율리는 재빨리 남자에게서 벗어났다. 하지만 몇 발자국 옮기기도 전에 우악한 손길이 머리카락을 움켜쥐었다. 너무 심한 통증에 율리는 비명 한 번 지르지 못하고 남자에게 끌려갔다.

"이게 감히 죽으려고!"

분노에 찬 남자는 율리의 얼굴에 자신의 얼굴을 들이대며 소리 질렀다. 하지만 싸늘한 율리의 눈빛과 마주치자, 움찔거리며 움켜쥔 머리카락을 손에서 놓았다. 다음은 찰나의 일이라서 제대로 볼 수 없었다. 어디선가 날아 온 주먹이 남자의 얼굴을 강타했고, 남자는 '악' 소리 지르며 나무토막처럼 바닥에 쓰러졌다. 익숙한 목소리가 그녀를 불렀다.

"괜찮아?"

그럴 리 없어. 어떻게 그가 여기에?

율리는 앞을 가린 헝클어진 머리카락을 황급히 쓸어 넘겼다. 착각이 아니었다. 눈앞에 있는 남자는 제호가 맞았다. 그를 보자 긴장이 풀린 나머지 휘청, 무릎이 꺾였다. 제호는 주저앉으려는 율리를 다급히 끌어안았다.

"우선 위로 올라가 계십시오. 뒤처리는 제가 알아서 하겠습니다."

언제 왔는지 옆으로 다가온 김 실장이 말했다.

"네, 그럼 부탁할게요."

제호는 율리를 껴안듯 부축하며 계단으로 향했다. 김 실장은 바닥에 널브러진 취객의 멱살을 잡아 일으켜 급히 달려온 클럽 가드에게 넘겼다. 술렁이던 클럽 안은 음악 소리와 함께 다시금 평소 분위기로 돌아갔다.

VVIP 룸으로 돌아오자, 율리는 쓰러지듯 풀썩 소파에 주저앉았다. 너무 놀라 다리가 후들거렸고, 걷잡을 수 없게 심장이 날뛰었다.

"마셔. 좀 진정될 거야."

제호가 잔에 위스키를 가득 부어 건넸다. 이미 여러 잔 마셨지만, 율리는 잠자코 잔을 받아 비웠다.

"미안해. 내가 좀 더 일찍 왔어야 하는데……."

"……일찍 오다니요?"

제호는 대답하는 대신 율리를 꽉 안아주었다. 안심시키려는 듯 머리를 쓰다듬고 등을 다독거렸다. 그래도 그녀의 굳은 몸이 풀리지 않자, 양손으로 율리의 뺨을 감싸고 이마와 콧등에 입을 맞추었다. 눈물이 맺힌 눈가에도 살며시 입술을 가져갔다.

"흐음."

율리는 천천히 숨을 들이마시며 두 눈을 감았다. 제호는 방금 일어난 일로 몸이 경직되었다고 여길 테지만, 진짜 이유는 다른 데 있었다.

낯선 남자의 손길이 무척이나 혐오스러웠던 건 사실이다. 허벅지에 닿은 남자의 손이 꾸물거리며 위를 향했을 때는 구역질이 나올 정도였다. 동시에 민우의 손길이 떠올랐다. 아직 민우는 몸에 심하게 손을 댄 적이 없었다. 그저 어깨에 팔을 두르거나 가벼운 포옹 정도였다. 하지만 결혼 후, 단둘이 살게 되어서도 그가 끝까지 신사적으로 나올 거라곤 장담할 수 없었다.

제호와 재회하지 않았다면, 어쩌면 어느 순간엔 민우를 받아들였을지도 모르겠다. 아무리 형식적인 결혼이라도 2세에 대한 압박이 있을 테고, 결국 나중엔 다른 정략결혼 부부처럼 애정 없이 자녀를 낳아 그럭저럭 살아갈 터였다. 말이 룸메이트 같은 결혼생활이지, 대부분 그렇게 되니까.

하지만 이젠 아니었다. 제호를 향한 마음을 깨달은 순간부터 모든 것이 달라졌다. 사랑하지 않는 이와의 결혼은 그 자체가 지옥일 것이다. 바보처럼 이제야 깨닫다니! 물론 제호를 사랑하는 건 아니었다. 하지만 육체적으로 끌렸고, 정신적으로도 좋아하는 감정이 싹트고 있었다. 이런 마음을 가지고 민우와 결혼할 수 없었다.

지금 정략결혼을 깨버린다면 난리가 나겠지? 당분간 견디기 힘들 정도로 안팎으로 시달릴 게 뻔했다. 어쩌면 영영 채 의원의 손아귀에서 벗어나지 못할지도 모른다. 그렇지만 할 수 없었다.

"나, 좀 안아줘요."

혼란스러움에 미칠 것 같아, 율리는 매달리듯 제호의 목에 팔을 둘렀다.

"숨도 쉴 수 없을 만큼 꽉 안아줘요. 제발……."

제호는 율리의 요구에 따라 끌어안은 팔에 힘껏 힘을 주었다. 거센 압력에 저절로 고개가 뒤로 넘어가자, 율리는 흐릿해진 눈을 천천히 깜빡거렸다.

"벌레가 스멀스멀 기어가는 것 같아."

아직도 지분거리던 남자의 손길이 떠올라 불쾌했다. 율리는 제호의 손을 잡아 남자의 손길이 닿았던 곳으로 이끌었다.

"만져줘요. 더러운 느낌, 사라지게……."

전혀 예상 못한 요구에 제호의 한쪽 눈썹 끝부분이 올라갔다. 하지만 그녀의 손이 이끄는 대로 가만히 내버려두었다. 살결을 쓰다듬는 그의 손은 불처럼 뜨거웠다. 아까와는 전혀 다른 느낌이었다. 혐오스럽기는커녕 너무 좋아 소름이 돋을 정도였다.

어느새 남자의 손길은 사라져버리고, 제호의 손길만이 그녀를 잠식해나갔다. 율리는 고개를 들어 제호와 눈을 맞추었다. 그녀를 향한 심연처럼 깊은 눈동자 속에 보일 듯 말 듯 뜨거운 불꽃이 서서히 번져가고 있었다.

"나, 지금 유혹하는 거 아니에요."

"알아."

그가 쉰 목소리로 말했다.

"네가 아니라, 내가 널 유혹하는 거야."

한숨과도 같은 속삭임을 흘리며 제호는 율리의 목덜미에 입술을 내렸다. 유혹한다고 말하면서도 그는 조심스러웠다. 너무 조심스러워서 안달이 날 정도였다. 어쩌면 그는 어떻게 여자를 유혹해야지 잘 알고 있는지도 모르겠다. 조심스러워할수록, 느릿할수록 상대는 애가 타 결국엔 먼저 다가가게 되니까.

목덜미에 머물던 입술은 서서히 위로 올라오며 귓불과 뺨, 코끝과 이마에 내려앉았다. 일부러 그러는 건지 율리의 입술은 끝까지 건드리지 않았다. 더는 참지 못하고 그녀가 입을 맞추려 고개를 기울이자, 제호는 부드럽게 웃으며 얼굴을 돌려 입술을 피했다.

"하아."

갖지 못한 아쉬움에 율리는 저도 모르게 가쁘게 숨을 들이켰다. 제호는 율리의 얼굴을 손으로 감싸, 자신의 가슴에 기대게 했다.

"너, 취했어. 그래서 이러는 거야."

아니, 아니야! 난 취하지 않았어.

율리를 제호의 가슴에 얼굴을 묻고 세차게 고개를 흔들었다. 민우와 결혼하지 않기로 결심한 지금, 그 어느 때보다 정신이 말짱했다. 그러나 제호는 믿지 않는 것 같았다. 그녀의 몸에선 위스키 향이 은은히 풍겼고, 얼굴도 발갛게 달아오른 상태였다. 제호가 다독거리듯 등을 쓰다듬자 율리는 고개를 들어 그를 흘겨보았다.

"꼬마 취급하지 말아요. 그렇게 쓰다듬지 마."

"그러면 어떻게 해줄까?"

어떻게? 거기까진 생각해보지 않았는데……

그녀가 망설이는 얼굴로 입술을 꾹 깨물자, 제호는 귀엽다는 듯 '쿡', 웃음을 터뜨렸다. 율리는 놀리는 것 같은 제호의 반응에 발끈하고 말았다. 제호의 손을 덥석 잡아 풍만한 가슴으로 가져갔다. 과감한 행동에 놀란 듯 그의 미간이 좁아졌다. 하지만 손을 떼지는 않았다.

"술 깨고 나면 후회할 텐데……"

무심한 척 보드라운 살결을 쓸어내리며 그가 경고했다.

"술 취하지 않았어요."

"좋아. 그렇다고 하자."

고개를 숙인 제호는 율리와 이마를 맞대었다. 엄지손가락으로 도톰한 입술을 살며시 누르며 나직이 속삭였다.

"너는 내가 지금 여기서……"

손으로 가볍게 어깨를 민 것뿐인데, 율리의 등이 그대로 소파에 닿았다. 여유로운 동작으로 그녀 위로 올라간 제호는 양팔에 율리를 가두며 가냘픈 몸을 지그시 내리눌렀다.

"어디까지 갈 수 있다고 생각해?"

열기에 휩싸인 눈빛이 율리의 얼굴 위로 쏟아졌다.

어디까지 갈 수 있냐고? 비교적 쉬운 질문인데도 정확히 이해되지 않았다. 눕혀진 탓일까? 아니면 정말 술에 취한 걸까? 온몸이 나른해지며 벌떼가 몰려온 것처럼 귓가가 윙윙거렸다.

"……너무 예뻐. 지나치게 예뻐서, 화가 날 정도야……"

열기에 가라앉은 목소리로 중얼거리며 그가 하얀 살갗에 입술을 대었다. 아찔한 감각에 율리는 두 눈을 질끈 감았다. 입술이 저절로 파르르 떨렸다. 뜨거운 감촉은 흔적을 남기듯 가느다란 목선을 따라 점점 더 아래로 내려갔다.

"너 때문에 미치겠어. ……도저히 자제가 안 돼."

'자제'라는 단어가 그녀의 머릿속에 경종을 울렸다. 눈을 뜨자, 제호의 노골적인 눈빛이 그녀를 내려다보고 있었다. 흥분으로 짙어진 눈동자에서 거침없는 욕망이 모습을 드러냈다. 그가 등 뒤 지퍼에 손을 대자, 율리는 흠칫 몸을 굳혔다.

잠깐만! 그러니까 여기서?

그제야 그의 질문이 완벽하게 이해되었다. 율리는 다급히 고개를 돌렸다. 사방에 둘러싸인 유리벽 밖에서 화려한 조명이 반짝거렸다. 아무리 밖에선 안이 들여다보이지 않는다 해도, 현경과 일행이 언제 돌아올지 모르는데……. 아니, 그들이 돌아오지 않는다고 해도 이런 곳에서 어떻게! 하지만 너무 놀란 탓에 손끝 하나 꼼짝도 할 수 없었다. 당혹감으로 몸이 딱딱하게 굳고 말았다.

"훗, 이럴 거면서……."

제호의 눈에 가득했던 열기가 순식간에 연기처럼 사라졌다. 그는 흘러내린 앞머리를 쓸어 올리며 감정 없는 얼굴로 내려다보았다. 잠시 후, 그녀로부터 몸을 일으켰다. 그가 옆으로 비켜 앉자 율리는 재빨리 몸을 일으켰다. 허벅지가 훤히 드러나게 말려 올라간 원피스를 두 손으로 끌어내렸다. 창피하고 민망해서 눈물이 툭, 떨어졌다.

"내가 울린 건가?"

그가 혼잣말처럼 중얼거리며 손끝으로 눈가에 맺힌 눈물을 털어냈다. 아니라고 고개를 저었지만, 제호는 그녀를 품으로 끌어당겼다. 율리는 반항하지 않고 널찍한 가슴에 얼굴을 기댔다. 그는 아까처럼 도닥거리듯 그녀의 등을 쓰다듬었다.

"지금도 싫어? 꼬마 취급하는 것 같아?"

율리는 아랫입술을 깨물며 고개를 흔들었다. 대답이 마음에 들었는지 제호는 부드럽게 웃으며 그녀의 턱을 그러쥐었다.

"네가 너무 예뻐서 눈이 돌아갔어도, 이런 데서 여자를 안는 쓰레기는 아니야."

그러니까 그녀가 어디까지 센 척할 수 있는지 시험해봤다는 말이었다. 기분이 상해야 하는데 전혀 그렇지 않았다. 오히려 안도의 한숨이 나오며, 조금은 가슴이 설렜다.

"키스만 할게."

그가 고개를 비스듬히 기울이며 유혹하듯 속삭였다. 입술이 포개지고 뜨거운 혀가 깊숙이 파고들며 때로는 상냥하게, 때로는 난폭하게 여린 점막을 점령했다. 달콤한 향기와 뒤섞이며 남자의 거친 숨소리가 입 안에 퍼져 나갔다.

영혼까지 빨아들일 것 같은 키스는 율리의 숨을 끊임없이 빼앗았다. 부족한 공기를 보충하려 입을 크게 벌려도 호흡은 가빠지기만 했다. 자꾸만 눈앞이 흐릿해지고, 주위가 어지럽게 흔들렸다. 이대로 녹아버릴지도 모른다고 생각하며 율리는 가만히 눈을 감았다. 진득한 초콜릿이 하늘에서 흘러내려 그녀를 둘러싼 세상을 검게 물들였다.

"하."

맞물린 입술을 떼어내며 제호는 황당한 얼굴로 율리를 쳐다보았다. 그녀는 눈을 감은 채 색색 고른 숨을 쉬고 있었다. 보고 있으면서도 믿어지지 않았다. 키스하는 도중에 잠들어버리다니. 손으로 얼굴을 감싸자 툭 고개를 숙이며 쓰러지듯 그에게 몸을 기대었다.

리조트에서도 그렇고, 클럽에서도 그렇고. 오늘은 술에 취해서라지만, 가끔 그녀는 너무나 무방비 상태로 잠드는 버릇이 있었다. 상대가 어떻게 나올 줄 알고? 송곳니를 드러내며 언제 짐승으로 변할지도 모르는데……. 그뿐인가? 취하지 않았다며 끝까지 갈 수 있다고 하는, 괜히 센 척하는 나쁜 버릇까지 있었다. 조금 세게 나갔다고 흠칫 놀라 뒤로 빼는 주제에 말이다.

당혹감에 축촉해진 두 눈이 남자를 더욱더 자극한다는 걸 율리는 전혀 모르는 것 같았다. 한 번도 자신이 가학적이라고 생각해본 적 없는데, 그 순간에는 그녀를 안고 흐느낄 때까지 밀어붙이고 싶다는 욕망이 치솟았다. 이런 사실은 아는지 모르는지 율리는 너무나 순진한 얼굴로 그에게 자신을 오롯이 맡기고 있었다. 차마 건드릴 수 없어서 더욱더 참을 수 없는 욕망이 속에서 꿈틀거렸다. 마치 저 자신을 달래듯, 제호는 아주 오랫동안 율리의 어깨를 다정하게 토닥거렸다.

김 실장 덕분에 손쉽게 현경의 아파트 안으로 들어올 수 있었다. 율리는 거실 맞은편에 있는 게스트 룸을 사용 중이라고 했다.

침대에 눕힐 때까지도 '으응', 소리만 낼 뿐, 율리는 깨어나지 않았다. 진정하라고 건네준 위스키 한 잔에 이렇게까지 취했을 리는 없고, 아마도 그전에 이미 상당량을 마신 것 같았다.

"눈 좀 떠봐. 옷은 갈아입고 자야지."

하지만 깊게 잠든 율리는 깨어나지 않았다. 이대로 두고 갈까도 생각했지만, 숨도 못 쉬게 몸에 착 달라붙은 원피스가 신경 쓰였다. 불편하기도 하려니와 시각적으로도 지나치게 자극적인 원피스였다. 풍만한 가슴과 잘록한 허리, 커다란 곡선을 이루는 엉덩이까지 완벽에 가까운 몸매를 여과 없이 드러냈다.

아까 클럽에서 말한 것처럼 눈이 돌아갈 정도로 예뻤다. 미친놈이 욕구를 주체 못 하고 감히 손을 뻗을 정도로 말이다. 그 모습을 보는 순간, 화가 나서 참을 수 없었다. 김 실장이 말리지 않았다면 주먹 한 방으로 끝나지 않았을 것이다. 그녀를 더듬었던 손가락 하나하나, 한 개도 남김없이 모조리 부러뜨렸을 것이다.

숨을 쉴 때마다 동그란 가슴이 오르락내리락하며 시선을 잡아끌었다. 율리가 그의 손을 잡아 풍만한 가슴으로 이끌었을 땐 그만 심장이 쿵, 떨어지는 것만 같았다. 마음 같아선 손바닥 가득 일그러지게 움켜쥐고 싶었다. 원피스를 끌어 내리고 하얀 눈 위에 붉은 꽃잎을 흩뿌리듯 보란 듯이 자신의 흔적을 남기고 싶었다. 그런데도 유리 인형 다루듯 얼마나 조심하며 다뤘는지 그녀는 결코 모를 거다. 초인적인 힘을 발휘해서 세게 깨물고 싶은 충동을 내리눌렀다.

"유혹하는 거 아니라면서……."

모든 행동 하나하나가 그에겐 뿌리칠 수 없는 치명적인 유혹이었다. 지금도 그녀는 갓난아이처럼 입술을 오물거리며 핑크빛 혀로 마른 입술을 축이고 있었다. 키스하고 싶은 욕망을 애써 뿌리치며 제호는 옷장을 열어 갈아입힐 만한 옷을 찾았다.

아주 찰나였으나 이미 속옷 차림의 그녀를 본 상황이라, 주저할 필요는 없었다. 이불 속으로 손을 넣어 원피스의 지퍼를 내렸다. 보지 않으려 눈을 감고 더듬거리듯 원피스를 어깨에서 끌어 내렸다. 그때 손바닥에 생경한 감촉이 달라붙었다.
"제길."
속옷을 입지 않은 상태라는 걸 확인하는 순간, 욕설이 튀어나왔다. 눈을 감은 탓에 감촉은 더욱더 생생히 느껴졌다. 만지고 싶은 충동을 참기 위해 피가 날 정도로 입술을 세게 깨물며 이번엔 허리까지 내려온 원피스를 엉덩이 아래로 끌어 내렸다. 원피스를 벗겨낸 제호는 옷장에서 꺼낸 큼직한 셔츠를 이불 속에 입혀주었다.
옷 하나 벗기고 입히는 게 뭐 그리 큰일이라고 모두 끝내자 진이 빠졌다. 그러나 그때까지도 율리는 잠에서 깨지 않고 고른 숨을 쉬었다.
"후, 정말 너 때문에 미치겠다."
작게 실소를 터트린 제호는 벌어진 도톰한 입술로 고개를 숙였다. 가벼운 키스. 그가 그녀에게 받아낼 수 있는 나름의 보상이었다.

"미안해, 율리야. 김 실장 아저씨가 있어서 괜찮을 줄 알았어."
다음 날 아침, 클럽에서 있었던 일을 김 실장에게 전해 들은 현경은 울 것 같은 얼굴로 연신 사과했다.
"됐어. 네가 일부러 그런 것도 아닌데."
알고 보니까 현경과 일행은 아예 다른 클럽으로 장소를 옮겼단다. 그날따라 물이 영 아니어서라고 둘러댔지만, 원래부터 그럴 계획이었다. 율리와 제호가 단둘이 있을 기회를 제공한 것이다.
제호가 현경에게 율리를 데려다준 날, 만일을 대비해 현경과 제호는 전화번호를 교환했었다. 며칠 전, 현경은 제호에게 전화를 걸어 클럽으로 초대했다. 물론 율리에겐 알리지 않았다. 제호가 올 때까진 김 실장이 클럽에 남아 율리를 경호할 계획이었다. 그러나 율리가 김 실장에게 문자를 보내지 않고 아래층으로 내려가 계획에 차질이 생겼다.

"그런데 왜 그런 거야?"

"응? 뭘?"

"제호 씨, 왜 거기로 불렀어?"

현경은 잠시 곤란한 표정을 지었다. 그러다 곧 '에잇, 모르겠다!'라는 얼굴로 사실을 털어놓았다.

"결혼하기 전에 진한 추억 하나 만들어주려고 그랬어. 첫사랑과 함께하는 찐득찐득한 추억 말이야. 그러다 선을 넘으면, 뭐 어쩌겠어? 결혼 따위 엎어버리는 거지."

"너!"

너무 어이가 없어서 율리는 짧게 웃고 말았다. 화를 낼 거라고 생각했는데 율리가 웃어넘기자, 현경의 눈이 희망으로 반짝거렸다.

"그래서 어젯밤, 어땠어?"

어젯밤에 어땠느냐고? 결론부터 말하자며 키스 중에 정신을 잃고 말았다. 제호가 오기 전부터 꽤 많이 마셨던 위스키가 갑자기 위력을 발휘했나 보다. 그대로 그에게 안겨서 현경의 집에 온 것 같았다. 정확하진 않지만, 제호와 김 실장이 나누던 대화가 문득문득 기억났다.

김 실장의 도움으로 현경의 집에 들어온 그가 자신을 침대 위에 내려놓는 장면이 어렴풋이 기억났다. 옷은 도중에 깨어나 비몽사몽으로 갈아입었을 것이다. 정확하진 않지만, 아마도 그랬을 것이다.

"어떻긴 뭘 어때? 집에 바래다주고 갔지. 난 그대로 잠들었고."

약간의 신체 접촉이 있긴 했지만, 현경에게는 유치원생 수준일 테니까 자세히 묘사할 필요는 없었다.

"아니, 밥상 다 차려줬는데, 그걸 못 먹었다고?"

기대했던 일이 없었다는 걸 확인한 현경의 입에서 볼멘소리가 흘러나왔다.

"수저까지 손에 쥐어줘야 해? 제호 씨, 그렇게 안 봤는데 영 아니네."

"됐어. 그만해."

율리는 겸연쩍게 웃으며 흥분한 현경의 어깨를 슬쩍 밀었다. 그리고 팔을 벌려 그녀를 꽉 끌어안았다.

"고마워, 현경아."

"응? 뭐가?"

난데없이 율리가 끌어안자, 현경은 어리둥절한 얼굴로 눈동자를 굴렸다.

"그냥, 그냥 다 고마워. 사랑해, 현경아."

현경이 계획한 '하룻밤의 일탈'로 아주 중요한 사실을 깨닫게 되었으니까. 더 늦기 전에 알게 되어서 너무나 다행이었다. 하지만 현경에게 사실을 털어놓을 순 없었다. 민우와 먼저 대화를 나눠야 했다. 한때나마 약혼자였던 사람에게 지켜야 할 최소한의 예의였다. 결혼을 깬다는 사실은 그 누구보다 민우가 먼저 알아야 했다. 그전까진 누구에게도 말할 수 없었다.

어떻게 민우에게 말을 꺼내나 고민하고 있는데 휴대폰이 울렸다. 발신자는 유리였다.

[언니, 내일 집에 들어올 거야?]

그리고 보니, 집에서 나온 지 어느덧 일주일이 지났다. 안 여사는 일주일 정도 현경과 함께 있으라고 제안했었다.

[아빠, 내일 거제로 내려가신대. 한 일주일 있다가 오실 거야.]

아마도 율리가 마음 편히 집에 돌아올 수 있게 자리를 비워주는 것 같았다. 하지만 선뜻 대답할 수 없었다. 민우를 만나 결혼을 깨야 하는데 그 와중에 집에 돌아갈 생각을 하니 눈앞이 캄캄해졌다. 대답이 없자 유리가 말을 이었다.

[그러면 아빠 돌아오실 때쯤 오든지. 내가 아빠 오시기 하루 전날 알려줄게.]

"그래줄래?"

[응. 그럴게.]

유리와 통화를 끝내니 이번엔 민우에게서 전화가 걸려 왔다. 그녀에게 통 연락이 없자, 결국 못 참고 먼저 전화한 것 같았다.

[율리야, 지금 뭐 해?]

"마침 전화 잘했어. 우리 오늘 볼 수 있을까?"

[물론이지. 내가 지금 데리러 갈게.]

"아니, 그러지 말고 약속 장소에서 만나."

[그럼 남산 '메도우드'에서 볼래?]

약속 장소에 도착하니, 매니저가 직접 마중 나와 예약 실로 율리를 안내했다. 안으로 들어서자 먼저 온 민우가 활짝 웃으며 자리에서 일어났다.

"왔어?"

피할 새도 없이 그가 자리에서 일어나 율리를 끌어안았다. 그녀는 잠자코 민우가 하고 싶은 대로 내버려두었다. 잠시 후, 꽤 심각한 이야기를 꺼내야 하니까.

"……민우야."

식사가 끝나고 디저트가 나오기 직전, 율리는 조심스럽게 말을 꺼냈다.

"이 결혼, 다시 생각해봐야 할 것 같아."

그때까지 밝기만 했던 민우의 얼굴빛이 순식간에 탁하게 변했다.

"유, 율리야…… 그, 그게 무슨 말이야?"

민우가 떨리는 목소리로 물었다.

"정말 미안하게 됐어. 내가 너무 쉽게 생각했나 봐. 룸메이트 같은 거란 말에 결혼이란 중대한 사안을 별생각 없이 받아들였어. 내 잘못이야."

"그러니까, 이게 다 무슨 소리냐고?"

부릅뜬 민우의 눈에 핏발이 섰다.

"율리야, 내가 그동안 연락하지 않아서 화난 거야? 널 달래줘야 하는데, 그 사진 보낸 미친…… 아, 그러니까 전 여친 찾아내서 혼내줘야 하는데 그러지 않아서 실망했어?"

민우는 필사적이었다. 벌떡 자리에서 일어나, 율리 앞에 무릎 꿇으며 애원하듯 말했다.

"미안해, 내가 요즘 계속해서 야근하느라 정신이 없었어. 결혼식 앞두고 처리해야 할 일이 너무 많았다고. 널 생각 안 해서가 아니야."

"그런 거 아니야. 일어나, 민우야."

율리는 민우의 양팔을 잡아 일으켜 세우려 했다. 하지만 그는 꼼짝도 하지 않았다. 어느새 붉게 물든 민우의 눈에 눈물이 그렁그렁 맺히기 시작했다.

"율리야, 맹세해. 너랑 결혼하기로 한 이후론 나 정말 아무랑도 안 잤어. 그 사진 때문에 그런 거라면 나 너무 억울해."

좀 더 정확하게 말하자면 율리가 사진을 보여준 날 이후로, 잠자리를 갖지 않았다. 신 대리에게 싫증 나기 시작한 게 주된 이유였지만, 결혼을 앞두고 몸을 정갈하게 관리하고 싶기도 했다. 식만 올리면 바로 그날, 율리를 제 여자로 만들 계획이었기에.

"알아, 민우야. 네 말 믿어. 그냥 내가 더는 안 되겠어. 정략결혼이라는 거……."

"남들도 다 이렇게 결혼해. 얼굴 한두 번 보고 결정하는 사람들도 많다고. 네 기분 나도 알겠는데 우리 결혼, 이미 돌이킬 수 없어."

"알아."

씨X! 민우는 튀어나오려는 욕설을 힘겹게 목구멍으로 밀어 넣으며 머리를 굴렸다. 사진 때문이 아니라면 왜 마음을 바꿨는지 도무지 이해가 가지 않았다. 도대체 왜? 순간, 재수 없는 얼굴 하나가 머릿속에 떠올랐다. 그럴 리야 없겠지만 민우는 조심스레 미끼를 던져보았다.

"……혹시, 제호 형 때문이야?"

이럴 수가! 찰나였지만, 율리의 눈동자가 미세하게 흔들렸다.

"씨X, 내 그럴 줄 알았어."

순식간에 분노의 열기가 민우를 휘감았다. 욕설을 내뱉으며 벌떡 일어난 민우는 두 손으로 율리의 양팔을 꽉 움켜쥐었다. 너무 세서 율리가 미간을 찌푸렸지만, 상관하지 않았다.

"씨X, 내가 그 새끼 죽여버릴 거야!"

광기에 휩싸인 민우의 입에서 마구 욕설이 튀어나왔다. 지금까진 율리 앞에선 거친 말투를 숨겼지만, 더는 참을 수 없었다.

"그 새끼 믿지 마. 콩고물이나 주워 먹으려고 들어온 거지새끼라고. KG그룹 후계자는 나야, 의원님께 도움을 줄 수 있는 사람도 나고. 그 새끼가 아니라!"

"……그런 거 아니야, 민우야."

민우가 손에 힘을 주어 너무 세게 움켜쥔 탓에 율리의 얼굴이 일그러졌다. 너무 아파서 말이 제대로 나오지 않았다. 하지만 율리는 묵묵히 고통을 받아들였다. 민우는 지금 정신적으로 극심한 고통을 받고 있을 테니까. 때론 정신적 고통이 육체적 고통보다 더 크게 다가온다.

"제호 씨가 한국에 남든 미국으로 돌아가든, 나와는 상관없는 일이야."

제호는 그저 사랑 없는 결혼이 얼마나 큰 지옥인가를 깨닫게 해주었을 뿐이다. 메말라서 쩍 갈라진 마음속에 누군가를 좋아하는 감정이 싹트기 시작했다. 이런 마음을 가지고 누군가의 아내가 되는 것은 옳지 못했다. 제호와 어떤 관계까지 발전할지는 그녀도 알 수 없었다. 깊은 관계까지 간다고 해도, 그가 한국에 남아 자신 곁에 있을 거라곤 기대하지 않았다. 그보다는…….

"민우야, 나, 사랑이란 걸 하고 싶어. 사랑받고도 싶어. 그런데 이대로 결혼해버리면 더는 그럴 수 없어."

"왜 안 돼? 내가 사랑해줄게. 아니다. 나, 이미 너를 사랑하고 있어. 널 처음 본 순간부터 사랑했어. 정말이야, 율리야."

울부짖듯 애원하는 민우를 율리는 착잡한 얼굴로 바라보았다. 그녀도 이미 그의 마음을 알고 있었다. 하지만 모른 척 넘겨버렸다. 민우를 사랑할 수 있었다면 모든 게 쉬웠을 텐데……. 그러나 지금 그녀의 마음속엔 다른 남자가 들어섰다. 율리는 가만히 고개를 흔들었다.

"미안해, 민우야."

이걸 그냥 확! 민우는 속이 부글부글 끓어올라서 미칠 것만 같았다. 더 돌아버릴 것 같은 건, 이런 상황에서도 율리가 너무 예뻐 보인다는 거다. 환장하게 예뻐서 입이 바짝바짝 타들어갔다. '이대로 억지로 끌고 가서 강제로 취해버릴까?'라는 충동이 일었다. 일주일이면 충분했다. 그 이후엔 그녀는 결코 자신에게서 벗어나지 못할 것이다. 민우는 자신의 잠자리 기교가 꽤 뛰어나다고 확신했다. 하지만 민우는 머릿속에 뒤엉킨 난잡한 계획을 힘겹게 밀어냈다.

"알았어. 네 맘 이해할 것도 같아."

율리는 다음번 대선 후보로 강력히 떠오르는 채형식 의원의 딸이었다. 아버지만큼이나 유권자의 사랑을 한 몸에 받는 채율리. 그런 그녀를 저속한 방법으로 가질 순 없었다.

"그래. 더 늦기 전에, 결혼식 취소하자."

꽉 움켜쥐었던 율리의 팔을 놓아주며 민우가 말했다.

"민우야."

믿을 수 없다는 듯 율리의 눈이 커다래졌다. 민우는 억지로 입꼬리를 끌어올렸다. 당장 지금 여기서라도 머리카락을 휘어잡고 강제로 키스하고 싶었지만, 그럴 순 없었다. 채율리는 그녀의 수준에 맞는 고상한 방법으로 가져야 한다. 그래야 뒤탈이 없을 것이다.

"내 잘못이니까 회장님께는 내가 말씀드릴게."

"아냐, 율리야. 그러지 마. 내가 할게. 대신 할아버지께 말씀드릴 때까지 우리 결혼 취소한 거, 비밀로 해줘. 이 사실은 할아버지가 제일 먼저 아셔야지."

"그래, 알았어."

아무것도 모르는 율리는 순진한 얼굴로 고개를 끄덕였다.

쌍! X나게 예쁘네.

그런 그녀가 참을 수 없이 탐나서 민우는 또다시 속으로 욕설을 지껄였다.

"이걸 왜 지금에야 보내주냐고! 어?"

민우는 붉으락푸르락 얼굴로 비서를 향해 태블릿 PC를 집어 던졌다. 그의 손에 거제 리조트 사진이 들어간 것은 율리와 헤어지고 정확히 한 시간이 지난 후였다. 사진 속의 남자는 뒷모습만 보였지만, 제호가 틀림없었다. 어떻게 모를 수 있을까!

사진을 보는 순간 눈에 핏발이 섰다. 이것들이 도대체 내 뒤에서 뭔 짓을 한 거야? 당장에라도 제호에게 달려들어 그 잘난 면상을 후려갈기고 싶었다. 만약 그가 먼저 율리의 몸에 손을 댄 거라면 죽여달라고 빌 때까지 잔인하게 짓밟아버릴 거다. 하지만 그건 나중 일이고, 우선 처리할 일은 따로 있었다.

"장인어른, 지금 어디 계셔?"

"네? 장인어른이시라면?"

"누구긴 누구야, 채형식 의원이지! 지금 어디 계시느냐고, 어?"

보궐 선거 건으로 중앙 당사에 있다는 정보를 얻고 그 길로 찾아갔다. 채 의원을 만난 민우는 곧바로 본론으로 들어갔다. 방금 입수한 거제 리조트 사진을 채 의원에게 내밀었다.
"오늘 율리를 만났습니다. 재밌는 소리를 하더라고요. 결혼을 깨고 싶다고. 이것 때문입니까?"
"우선 앉게나."
채 의원은 불쑥 찾아온 민우를 담담하게 맞이했다.
"그 사진들은 어디서 구했나?"
"제가 안돼 보였는지 의원님 측근 중 누군가가 제게 주더군요."
"그랬군."
자신 측에서 흘러나갔다는 걸 듣고서도 정치판에서 잔뼈가 굵은 노장답게 채 의원의 표정에는 큰 변화가 없었다.
"제 사촌 형과 바람나서 결혼을 깼다고 인터넷에 올릴 겁니다. 유권자에게 율리의 이미지가 얼마나 큰 영향을 미치는지는 저보다 의원님이 더 잘 아실 텐데요. 이런 추잡한 스캔들이 터지면…… 다음 선거에 참 좋은 영향을 미치겠군요."
"말 돌리지 말게. 원하는 게 뭔가?"
채 의원은 단도직입적으로 물었다.
"이 결혼, 그대로 진행하게 해주십시오."
"결혼하기 싫다는 애, 내가 억지로 식장으로 끌고 갈 순 없잖은가?"
누가 노련한 정치인 아니랄까 봐, 채 의원은 제삼자의 이야기인 듯 느긋한 태도를 보였다. 하지만 그리 오래 버틸 순 없을 것이다. 민우는 쥐고 있는 다른 패를 꺼냈다.
"왜 못 하십니까? 독립하겠다는 성인이 된 자식을 무력으로 막으시는 분이."
채 의원의 한쪽 눈썹 끝이 치켜 올라갔다. 단단한 표정에 미세한 균열이 생겼다.
"의원님께 전치 3주 이상으로 맞은 걸로 알고 있습니다. 병원 진단서요? 물론 가지고 있죠. 그것도 함께 공개할 겁니다. 남자와 눈 맞아서 집 나간 첫째 딸을 잡아와서 사랑의 매질 좀 했다는 식으로 말이죠. 율리의 남자 편력은 아주 오래전부터였다고."

대부분은 근거 없는 헛소문이라고 해도 채 의원이 율리에게 폭력을 가했던 것은 사실이었다. 그 점이 마음에 걸린 듯 채 의원은 잠시 침묵을 지켰다. 이윽고 그가 천천히 입을 열었다.

"율리는 그런 헛소문으론 꿈쩍도 하지 않을 걸세. 그 애 성격 잘 알잖나?"

"그래서 제가 율리를 협박하지 않고 대신 의원님을 찾은 거 아닙니까. 의원님은 타격이 크실 테니까요."

금세 백기를 들 줄 알았는데 채 의원이 잠자코 듣기만 하자, 민우는 태도를 바꾸었다.

"그러니까 의원님이, 아니 장인어른. 제발 묘책을 마련해보세요. 율리를 어떻게 다루어야 할지는 저보단 장인어른이 더 잘 아시지 않겠습니까. 절 좀 도와주세요, 장인어른."

지금까지의 고압적인 자세에서 벗어난 민우는 채 의원 앞에 무릎을 꿇으며 고개를 숙였다. 권 회장 앞에서도 무릎 꿇은 적 없던 민우였다. 그만큼 간절했다.

"율리와 결혼만 하게 해주신다면, 장인어른을 위해서 무슨 일이든 하겠습니다. 저, KG그룹 차기 회장입니다. 그룹 차원에서 장인어른 선거, 물심양면으로 돕겠습니다. 다음 대선엔 장인어른이 나가셔야 하잖아요."

아주 긴 침묵이 이어졌다. 피가 통하지 않아 발의 감각이 무뎌질 때쯤 자리에선 일어난 민우의 어깨를 채 의원이 감쌌다.
"알았으니까 그만 가보게."
"장인어른."
"결혼식은 그대로 진행될 거니까, 걱정하지 말고."
푹 숙였던 고개를 들어 올리는 민우의 얼굴이 환하게 밝아졌다. 채 의원은 감정 없는 얼굴로 민우의 어깨를 손으로 툭툭 두드렸다.

Chapter 9

이번엔 끝까지 갈 겁니다

"연락도 없이 갑자기 무슨 일입니까?"

제호는 놀란 얼굴로 대문 앞에 서 있는 율리를 내려다보았다.

올 사람이 없는데 초인종 소리가 들려 인터폰 화면을 들여다보니, 율리의 얼굴이 보였다. 그대로 달려 나와 대문을 열었다. 벽에 기대고 있던 율리가 등을 돌리며 그를 향해 배시시 웃었다.

"근처 지나가다가 혹시나 해서 와봤어요. 어제 고마웠다고 인사도 할 겸 해서."

"전화부터 하지. 만약에 내가 여기 없었으면 어쩌려고."

"없었으면…… 뭐, 그냥 갔겠죠."

어서 안으로 들어오라고 할 줄 알았는데, 제호는 대문 앞에 선 채 꼼짝하지 않았다.

왜 못 들어가게 하는 거지? 누가 와 있나? 혹시 집주인?

율리는 제호의 어깨너머를 힐끔 쳐다보았다. 하지만 보이는 것은 끝이 보이지 않게 넓은 정원뿐이었다.

"여기서 잠깐만 기다려요. 차 가지고 나올 테니까."

율리의 얼굴에 의아한 빛이 떠올랐다. 목걸이를 찾았으니까 이젠 못 들어오게 하는 걸까? 어쩌면 지금까지 지체되었던 공사를 다시 진행하고 있을지도 모른다. 그래도 문전 박대당한 것 같아서 조금 서운했다.

민우와 결혼하지 않기로 합의한 후, 바로 달려오는 길인데……. 권 회장에게 알릴 때까지는 비밀로 해야 하지만, 그래도 제호의 얼굴이 제일 먼저 보고 싶었다. 이제 조금은 편한 마음으로 그를 대할 수 있을 테니까. 서운한 티를 내지 않았다고 생각했는데, 제호의 눈에는 훤히 보인 모양이다. 그가 허리를 숙여 그녀와 눈높이를 맞추며 물었다.

"왜? 나가지 말고 안으로 들어오고 싶어요?"

"……그건 아니지만……."

제호는 부드럽게 웃으며 그녀의 귓가로 입술을 가져갔다.

"내가 지금 당신을 안으로 들이면 어디까지 갈 거라고 생각해요?"

전혀 예상하지 못한 질문에 그만 당황하고 말았다. 율리는 아무 말도 못하고 커다래진 눈을 깜빡거렸다. 율리의 뒤통수를 손으로 감싼 제호는 놀리듯이 그녀의 귓바퀴를 가볍게 깨물었다.

"이번엔 끝까지 갈 겁니다."

귓속에 숨결을 불어넣듯 그가 부드럽게 속삭였다. 끝까지? 쿵, 심장이 내려앉으며 어젯밤 일이 주마등처럼 떠올랐다. 많이 취하지 않았다고 여겼는데……. 이런, 정말 많이 취했던 게 분명했다. 키스는 꽤 짙었지만, 스킨십은 가벼운 편이었다고 생각했다.

하지만 제호의 입에서 끝까지 갈 거라는 말이 나오는 순간, 희미했던 기억이 또렷해졌다. 안아달라 애원하고, 만져달라 조르고, 입 맞추려고 매달리는 등등, 자신이 했던 믿기 어려운 행동과 더불어 손길이 닿을 때마다 느꼈던 아찔한 감각까지 생생히 되살아났다.

꿈인 줄 알았는데, 현실이었어!

"······아······."

충격받은 율리의 입술이 스르르 벌어졌다. 제호는 뒤로 한 걸음 물러선 채, 시시각각 변하는 율리의 표정을 가만히 지켜보았다. 재밌는 걸 구경하는 것처럼 그의 입가가 느슨해졌다. 당황한 걸 들키기 싫은 율리는 있는 힘을 다해 생긋 입꼬리를 말아 올렸다.

"그래도 강압적으로 나오진 않을 거잖아요. 키스 한 번에 책임지라는 타입 아니라면서요."

"훗."

제호는 부드럽게 웃으며 주머니에 양손을 꽂고 율리를 향해 허리를 숙였다. 비밀을 나누듯 그녀 귓가에 나직이 속삭였다.

"우리가 키스 한 번만 한 사이 같진 않은데······."

그는 또다시 놀리는 것처럼 말했다. 우위에 선 태도였다. 당황스러운 건 당황스러운 거고, 기분이 상했다. 왜 언제나 안절부절못하는 쪽은 그녀이고, 왜 그는 흐트러짐 하나 없이 차분할까. 너무나 불공평했다. 결국, 율리는 발끈하고 말았다.

"그러네요. 그것보단 진도가 좀 더 나가긴 했네요."

율리는 제호를 향해 도도하게 턱을 치켜들었다. 하지만 애석하게도 떨리는 목소리까지 완벽하게 숨길 순 없었다.

"그거 몹시 나쁜 버릇인데······."

제호는 손가락으로 율리의 코끝을 톡 건드리고는, 경고하듯 낮게 중얼거렸다.

"자꾸만 그렇게 센 척하면, 안으로 끌고 들어갈지도 모릅니다."

뜨끔, 겁먹었는지 율리의 눈이 동그래졌다.

후, 이렇게 바로 물러날 거면서…….

제호는 웃음을 삼키며 그녀에게서 등을 돌렸다.

"잠깐만 여기서 기다려요."

집 안으로 들어가자 거실 소파에서 여자가 일어났다. 제호는 여자를 그대로 지나쳐 침실로 들어가 재킷과 차 키를 챙겨 나왔다. 여자에게 시선을 주지 않은 채 그가 빠르게 말했다.

"오늘은 여기까지만 하죠. 이만 나가봐야 할 것 같습니다. 내가 떠나고, 10분 후에 나오세요."

"그럼 다음은 언제?"

"전화하겠습니다. 그럼 다음에 뵙죠, 신다희 씨."

뒤돌아 까딱 고개를 숙인 제호는 빠른 걸음으로 차고를 향했다. 차고와 연결된 문이 닫히자, 다희는 찻잔을 들고 벽에 설치된 인터폰 앞으로 걸어갔다. 버튼을 누르자 대문 앞에 서 있는 율리의 모습이 화면에 떠올랐다. 율리는 다희가 지켜본다는 사실을 모른 채 고개를 들고 저택을 바라보고 있었다.

"자매가 하나같이 멍청하네."

화면을 노려보던 다희는 비릿한 비소를 머금으며 천천히 차를 들이켰다. 쓰디쓴 찻물이 입 속을 채우며 목구멍을 타고 느리게 내려갔다.

음료를 주문하는 와중에도 율리는 불안한 듯 힐끗 주위를 둘러보았다. 아직도 거제 리조트에서 사진이 찍혔던 일을 마음에 두고 있는 듯했다. 제호는 그런 그녀를 말없이 바라보았다. 아까도 그래서 집에 들어가길 바랐을 것이다. 적어도 타인의 눈으로부터 안전할 테니까. 하지만 거실에는 신다희 대리가 있었다. 굳이 두 사람을 부딪치게 해서 괜한 오해 살 일을 만들고 싶진 않았다. 지금은 율리에게 설명할 수 있는 단계가 아니었다.

신 대리와는 민우가 저지른 악행을 수집하던 중, 우연한 기회로 연이 닿았다.

— 제 성격이 가만히 당하고는 못 사는 성격이거든요. 당한 것 이상으로 돌려주려고요.

신 대리가 겨눈 복수의 칼날은 권민우와 채유리를 겨누고 있었다. 그런데 상황이 돌아가는 걸 보면, 그들과 관계없는 율리가 복수의 희생양이 되어가고 있었다. 신 대리는 그게 무슨 문제냐는 얼굴로 제호를 바라보았다.

— 누군가는 내가 당한 만큼 고통받아야죠. 그게 채유리든, 채율리든. 둘은 자매잖아요.

결국, 제호는 율리를 건드리지 않겠다는 조건을 걸고 신 대리를 돕기로 했다. 신 대리도 혼자 힘으로는 역부족이었기에 제호의 손을 잡았다. 그렇다고 해도 제호는 신 대리를 온전히 믿지 않았다. 복수를 위해선 아군의 등에도 거침없이 칼을 꽂을 여자니까.

후, 우습네.

제호는 저도 모르게 씁쓸한 웃음을 흘렸다. 그 자신 역시 신 대리와 크게 다를 게 없었다. 민우를 흔들려고 일부러 율리에게 접근했고, 그녀가 받게 될 상처는 전혀 고려하지 않았었다. 민우와 같은 부류라고 단정 지으며 그녀를 궁지로 몰아세우는 데 한 치의 망설임도 없었다.

나란 새끼, 완전 쓰레기군.

속으로 혼잣말을 중얼거리던 제호는 저도 모르게 옆에 선 율리의 팔을 움켜쥐었다.

"악."

순간 율리의 입에서 고통의 비명이 흘러나왔다.

"앗, 미안해요."

제호는 황급히 율리의 팔에서 손을 떼었다. 몹시 아팠는지, 율리의 눈가엔 눈물이 그렁그렁 맺혀 있었다. 그렇게 세게 잡지 않았는데 그녀는 상처를 건드린 것처럼 아파하고 있었다.

"왜 그래요? 어디 다쳤어요?"

"……아, 아니에요. 괜, 괜찮아요."

말로는 괜찮다고 했지만, 그녀의 목소리는 여리게 떨리고 있었다. 하지만 주위에 보는 시선들이 많았기에 더 자세히는 물어볼 수 없었다.

"나가죠."

제호는 나온 음료를 들고 서둘러 카페를 빠져나갔다. 차에 타 컵 홀더에 음료를 넣고 곧바로 시동을 걸어 출발했다.

"어디로 가는 거예요?"

"남의 시선 의식하는 것 같아서. 그때 거기로 가죠. 한강이 내려다보이는 곳."

"개인 사유지라고 했던 곳이요? 아는 선배 별장이라던……."

"네."

제호는 운전에 열중하며 짧게 고개를 끄덕였다. 율리는 아무 말도 하지 않았지만, 은근히 불안해지기 시작했다. 선배 별장이나, 지금 머무는 클라이언트의 집이나, 둘 다 위험한 건 마찬가지였다. 그는 분명 단둘이 있게 되면 끝까지 갈 거라고 경고했다. 속마음이 표정에 그대로 나타났는지 그가 '풉' 웃음을 터뜨렸다.
"선배가 전망이나 감상하라고 빌려준 장소에서 선 넘는 행동은 안 합니다. 나, 이래 봬도 장소 꽤 까다롭게 가려서 행동합니다."
"아, 네. 그러시구나."
또 놀리는 것 같아 율리는 저도 모르게 뽀로통하게 대응했다.
"몰랐는데, 인제 보니 참 올바른 인성을 가지셨네요."
"왜? 나쁜 남자 좋아합니까? 그래서 민우와 결혼하려는 거예요? 그런데 어쩌죠? 그 녀석, 나쁜 남자 아닌데……. 나쁜 남자라기보단 겁쟁이예요. 가끔 어린애처럼 철없는 행동도 하고."
"그러면 제호 씨는 거지새끼고요? 읍!"
재빨리 입을 다물었지만, 말은 이미 흘러나간 후였다. 제호와 장단을 맞춘다는 게, 민우가 했던 말을 그대로 따라 하고 말았다.
"미안! 정말 미안해요. 나도 모르게 그만……."
너무나도 창피해서 목덜미까지 빨개졌다. 그러나 제호는 화를 내기는커녕, 어쩔 줄 몰라 하는 율리를 귀엽다는 눈으로 바라보았다.
"거지새끼라는 말, 그거 민우가 툭하면 나한테 하는 말인데……. 오늘, 민우 만나기라도 했어요?"
"네, 결혼에 관해서 의논할 게 있어서…… 만나서 함께 식사……."
율리는 말끝을 얼버무리며 고개를 숙였다.
잠자코 앞만 바라보는 제호의 표정이 화난 것처럼 딱딱하게 굳어 있었다. 민우를 만났다는 사실에 저렇게까지 불쾌한 표정을 지을 것까진 없을 텐데……. 아직 공식적으로 민우는 그녀의 약혼자였다. 그것보다는 아무래도 '거지새끼'라고 말한 것에 기분이 상한 것 같았다. 율리는 자신을 탓하며 아랫입술을 질끈 깨물었다.

별장에 도착하자, 제호는 음료를 양손에 들고 서둘러 안으로 들어갔다. 보통은 그녀와 보폭을 맞춰 걷는데 오늘은 그녀에게 등을 보인 채 앞장서 걸었다. 정말로 화가 단단히 난 모양이었다. 어떡하지? 율리는 발을 동동거리며 제호를 따라 별장 안으로 들어갔다. 음료를 아일랜드 식탁 위에 올려놓은 제호는 성큼성큼 율리에게 다가왔다.

"벗어봐."

"네?"

율리는 방금 자신이 들은 말이 믿기지 않는다는 듯 멍하니 눈을 깜박였다. 그녀가 가만히 있자, 제호는 손을 뻗어 그녀에게서 재킷을 벗겨냈다.

"벗어. 네 몸 좀 봐야겠어."

잘못 들은 게 아니었다. 조금 전까지 남의 별장에서 여자를 안는 몰염치한 인간이 아니라고 해놓고선, 이게 무슨! 율리는 양팔로 가슴을 가리며 세차게 고개를 내저었다. 하지만 제호는 손쉽게 율리의 손을 옆으로 치워버리고 성급한 손길로 블라우스 단추를 풀기 시작했다.

"제호 씨, 왜 이래요?"

"다친 것 같으니까 좀 봐야겠어."

"괜찮아요. 다치긴 뭘 다쳤다고."

"살짝 건드렸는데도 아프다고 눈물까지 글썽거렸잖아."

마음대로 단추가 풀리지 않자, 제호는 인상을 찡그리며 손에 힘을 주었다. 저번처럼 또 찢어버릴 기세였다.

"알았어요. 내가 벗을게요."

할 수 없이 율리는 스스로 단추를 풀었다. 안에 탱크톱을 받쳐 입은 상태라서 블라우스를 벗어도 크게 문제 될 건 없었다. 그녀가 단추를 모두 풀자 제호는 블라우스 앞섶을 움켜쥐고 재빨리 양옆으로 젖혔다.
"이 미친 새끼!"
양팔이 드러나는 동시에 제호의 입에서 욕이 튀어나왔다.
"하!"
율리 또한 깜짝 놀라고 말았다. 어깨 가까이에 있는 팔뚝 부분에 시퍼런 멍이 들어 있었다. 민우가 평소보다 더 세게 그녀를 움켜쥐긴 했었다. 욱신거릴 정도로 아팠지만, 그저 붉은 손자국 정도일 것이라고 생각했는데…….
"민우가 이런 거지? 이 자식, 죽여버리겠어!"
제호의 얼굴이 분노로 일그러졌다.
"그런 거 아니에요."
율리는 밖으로 나가려는 제호의 팔을 황급히 붙잡았다. 아니, 오늘따라 왜 사촌끼리 서로를 못 잡아먹어서 안달인지 모르겠다.
"뭐가 그런 게 아니야. 지금 네 꼴을 봐."
"내 피부가 예민해서 그래요. 알잖아요, 저번에도 그랬던 거."
"그래?"
제호는 이글거리는 눈으로 율리의 몸을 훑어보았다. 그리고 전신 거울이 있는 곳으로 그녀를 데려갔다.
"자, 봐. 멍든 양쪽 팔 빼고는 완벽하게 깨끗한 피부야."
처음엔 제호의 말이 이해되지 않았다.
"어젯밤, 내가 널 어떻게 다뤘는지 알아?"
입술을 가져갔던 부위를 손끝으로 짚어가며 그가 나직이 속삭였다. '어젯밤'이란 단어와 손으로 전해지는 따뜻한 열기가 어젯밤 느꼈던 모든 감촉을 생생히 되살아나게 했다. 맨살에 닿던 더운 숨결이며, 애를 태우듯 살며시 깨물던 입술 등등.

"정말로 네 피부가 예민했다면, 여기저기가 붉게 물들었을 거야."

들끓는 열기에 휩싸인 와중에도 그는 애써 자제하며 그녀를 배려했었다. 얼마나 큰 인내심인지 알 것 같아 율리는 가만히 숨을 들이켰다. 거울을 사이에 두고 두 사람의 시선이 뜨겁게 얽혔다.

"……하지만 오늘은 민우가 그럴 만했어요."

"지금 이 꼴을 하고도 그 자식 편이야?"

율리가 계속해서 민우를 감싸자 그는 정말로 화나 보였다. 큰 소리를 내진 않았지만 눈빛만 봐도 알 수 있었다. 그는 화를 주체하기 어려운지, 손을 부들부들 떨며 연신 앞머리를 쓸어 올렸다.

"편드는 게 아니라, 오늘은 정말 그럴 만했어요. 내가 결혼을 못 하겠……."

얼떨결에 진실이 튀어나오려고 하자, 율리는 재빨리 양손으로 입을 틀어막았다. 권 회장이 알게 될 때까진 아무에게도 말하지 않겠다고 약속했기에 제호에게조차 털어놓을 수 없었다. 하지만 제호는 뭔가를 눈치챈 듯 미간을 찌푸렸다. 자신을 똑바로 바라볼 수 있게 어깨를 감싸 안으며 그녀를 뒤로 돌게 했다.

"무슨 소리야? 결혼 취소하잔 말이라도 한 거야?"

"……그게……."

아니라고 부정해야 하는데 도저히 거짓말이 나오지 않았다. 뚫어지게 바라보는 눈동자에 홀려버린 듯 고개를 저을 수도 없었다.

"빌어먹을……."

율리가 입을 다물고 덜덜 떨기만 하자, 제호는 혼잣말처럼 작게 욕설을 내뱉고는 재킷을 벗어 율리를 감쌌다.

"후, 흥분해서 미안해."

그녀 얼굴을 자신의 가슴에 기대게 하고, 길게 한숨을 쉬었다.

"시퍼렇게 멍든 걸 보니까, 참을 수가 없었어."

율리는 아무 말도 하지 않고 가만히 그의 허리에 팔을 둘렀다.

"화내서 정말 미안하다."

큰 소리 한 번 내지 않았으면서도 제호는 재차 자신의 태도를 사과했다. '괜찮아요.'라고 말하려던 율리는 분위기를 띄우려 가볍게 농담을 날렸다.

"말로만 사과할 거예요?"

그런데 크게 실수한 것 같았다. 그의 입가에 위험해 보이는 미소가 떠올랐다.

"……아니."

한쪽 팔로 그녀의 허리를 강하게 휘감으며 제호가 대답했다.

"진지하게 사과해줄게."

'진지한 사과'란 말에 율리의 머릿속에서 경고등이 켜졌다.

"아뇨. 아니에요. 괜찮아요."

급하게 몸을 뒤로 뺐지만, 이미 늦어버렸다. 제호는 그녀의 허리를 팔로 단단히 감싼 채 침실로 끌고 갔다. 들어오자마자 옷을 벗기려고 하질 않나, 침실로 직행하질 않나. 그는 지금 매우 언행 불일치를 보이고 있었다.

그런데도 반항하긴커녕 얼굴이 붉어졌고, 두근두근 다음 행동이 기다려졌다. 그리고 보면 그녀도 그와 똑같이 말과 행동이 달랐다. 율리를 침대에 앉힌 제호는 재빨리 욕실로 사라졌다. 잠시 후, 돌아온 그의 손에는 구급상자가 들려 있었다.

……어? 몸으로 진지하게 사과한다는 게 이런 뜻이었어?

얼굴에 실망한 빛이 떠오르고 하자, 율리는 서둘러 고개를 숙였다. 구급상자를 탁자에 내려놓은 제호는 침대로 올라오더니 자연스럽게 율리를 안아 올렸다. 순간, 다시금 율리의 가슴이 두근거렸다. 치료해 주려고 구급상자를 가져온 게 아니었나 보다.

그것도 일종의 의료용품이니까 구급상자 안에 넣어둔 걸까? 끝까지 안 갈 거라면서, 왜? 어떻게 하지? 밀어내야 하나, 받아들여야 하나?

결론을 내리지 못한 머릿속이 혼돈으로 뒤엉켰다.

"편하게 기대고 있어."

침대에 눕히고 뜨겁게 입을 맞출 거라고 예상했는데, 침대 더 안쪽으로 율리를 사뿐히 내려놓은 제호는 그녀가 침대 헤드 보드에 등을 기대게 도왔다. 어리둥절한 율리를 남겨둔 채 제호는 구급상자를 열고 의료용 아이스 팩을 꺼내 주먹으로 강하게 내리쳤다. 아이스 팩이 급속도로 차가워지자, 멍든 팔을 잡고 조심스럽게 가져다 대었다.

"이러고 있으면 통증이 좀 가실 거야."

역시 그는 인성이 올바른 사람이 맞았다. 율리는 그런 줄도 모르고 혼자 온갖 상상의 나래를 펼치던 자신에 웃음이 터져 나왔다. 그녀가 킥킥거리며 웃음을 터트리자, 제호의 얼굴에 의아한 표정이 떠올랐다.

"왜 웃어?"

"아니에요, 아무것도."

잠시 그녀를 바라보던 그는 묵묵히 다른 쪽 멍든 팔을 잡았다. 아이스 팩이 차가워서 간지럽게 느껴졌다고 해석한 모양이었다.

"여기는 우선 쿨 파스를 뿌리고 있어."

치이익, 멘톨이 함유된 쿨 파스가 멍든 부위에 뿌려졌다.

모든 치료 과정이 끝나자, 제호는 구급상자를 닫으며 툭 지나가는 투로 물었다.

"결혼 안 하기로 한 거 맞아? 오늘 민우 만나서 그 이야기 한 거고. 그래서 녀석이 흥분해서 널 이렇게 만든 거고."

율리는 천천히 고개를 끄덕였다. 이미 다 알아차렸는데 여기서 아니라고 둘러대봤자 무슨 소용일까 싶었다.

"민우가 회장님께 보고할 때까진 누구에게도 말하지 않기로 한 건가?"

"그걸 어떻게 알아요?"

율리가 놀란 표정으로 물었다.

"민우 녀석 생각하는 게 거기서 거기지. 녀석이 머리 쓰는 거, 어릴 때부터 옆에서 지켜봤어."

"네?"

"우선은 기다려보자. 녀석이 언제쯤 회장님께 보고하는지."

"그게 무슨 뜻……."

그다음 말은 제호가 입술을 겹쳐왔기 때문에 밖으로 나가기도 전에 입 속으로 사라져버렸다. 율리의 턱을 그러쥔 손에 힘이 들어갔고, 밀려 들어오는 숨결은 몹시도 깊었다. 결혼하지 않을 거란 사실에 부담을 덜어서일까? 그는 어젯밤보다 더욱더 대담하고 집요했다. 그러면서도 율리의 멍든 팔은 절대로 건드리지 않았다. 으스러지게 끌어안는 대신 그녀의 뺨을 양손으로 감싸고 입술만 집중적으로 공략했다.

경험 많지 않은 그녀가 능숙한 그를 따라가기란 쉽지 않았다. 달뜬 신음이 나올 정도로 버거웠지만, 한편으론 좋았다. 그가 절실하게 자신을 원한다는 사실에 가슴 뛰었다.

……너무 좋아.

율리는 눈을 감으며 살며시 속으로 속삭였다.

진득하고 달콤한 숨소리가 침실 안을 차곡차곡 채워 나갔다.

민우의 처지를 이해 못하는 것은 아니지만, 그는 자꾸만 권 회장에게 이야기하는 것을 차일피일 미뤘다. 주말이 지나고, 주중의 반이 지나도록 민우는 아무런 조치도 취하지 않았다. 오히려 권 회장 댁에서 하기로 한 저녁 약속을 다음 주로 연기했다.

[아버지가 의원님과 함께 저녁 식사 하는 게 좋을 것 같다고 해서. 의원님 지금 거제 내려가셨잖아. 다음 주에 올라오시면 그때 하자고 하시네.]

결혼이 깨진 걸 알게 되면 자연히 무산될 약속인데도 민우는 우선 연기하자고 했다.

"꼭 그렇게까지 해야 해?"

도대체 언제 회장님께 말씀드릴 거냐고 물어보고 싶었지만, 재촉할 순 없었다. 할 수 없이 율리는 돌려서 물어보았다.

[미안해, 율리야. 한시라도 빨리 말씀드리려고 했지만, 요즘 감기 기운이 있으셔서 컨디션이 좋지 않으시거든. 기운 좀 차리시면 그때 말씀드리려고. 늦어도 이번 주말쯤이나 다음 초쯤에 말씀드릴 수 있을 거야. 조금만 더 기다려줘.]

미안한 건 그녀인데 민우가 계속해서 미안하다고 하니까, 더는 아무 말도 할 수 없었다. 율리는 알았다고 하면서 전화를 끊고 달력으로 시선을 돌렸다. 결혼식까지 남은 날을 세어보았다. 아직 결혼식 전에 취소할 시간은 충분히 남아 있었다. 다음 주 초까지만 말해도 큰 문제는 없을 것 같았다. 율리는 한숨을 내쉬며 폴더에서 작업 중이던 3DS 파일을 끌어냈다.

"율리 씨, 오늘 야근해요?"

얼마나 시간이 지났을까? 직원 중 마지막으로 사무실에 남아 있던 선영이 자리에서 일어나며 물었다. 율리는 깜짝 놀란 표정을 지으며 주위를 둘러보았다. 그새 모두 퇴근하고 텅 비어 있었다.

"또 작업에 열중하느라 시간 가는 줄도 몰랐죠? 벌써 9시예요."

선영은 시계를 손으로 가리키며 문으로 향했다.

"너무 늦게까지 있지 말고 들어가요. 오늘이랑 내일, 정기 점검한다고 밤 11시 넘으면 빌딩 전체적으로 전원 차단한대요. 혹시 모르니까 문 잠그고 갈게요."

"네, 고마워요, 선영 씨."

"내일 봐요."

선영이 나가고 찰칵, 문 잠그는 소리가 들렸다. 율리는 다시 컴퓨터로 고개를 돌리고 하던 작업에 열중했다. 무슨 일인지 계속 에러가 생기면서 3D 모델이 제대로 생성되지 않았다. 그러다 보니 예상했던 것보다 훨씬 시간을 잡아먹었다.

겨우 문제점을 찾아내고 프로그램을 종료하는데 덜컥, 잠긴 문이 열리는 소리가 들렸다. 뒤를 돌아보자 제호가 안으로 들어서고 있었다. 두 사람 모두 놀란 얼굴로 서로를 바라보았다.

"아직 퇴근 안 하고 뭐 해요?"

"현장에서 곧장 퇴근하는 거 아니었어요?"

동시에 질문이 쏟아지자, 동시에 둘 다 웃음을 터뜨렸다.
"전 막 퇴근하려던 참이었어요."
"출장에 필요한 자료 챙기러 왔습니다."
율리의 대답에 제호는 자신의 자리로 걸어가 몇몇 도면을 챙겨 가방에 넣었다. 율리가 막 컴퓨터를 끄고 가방을 드는데 팍, 소리가 들리며 조명과 사무실 안의 모든 전원이 나갔다. 순식간에 밀려온 어둠에 두 사람은 제자리에 얼어붙었다.
"아, 맞다."
아까 선영이 퇴근하면서 했던 말이 떠올랐다.
"오늘이랑 내일, 정기 점검이 있어서 11시 이후에 빌딩 전체적으로 전원 내린다고 했어요."
휴대폰으로 시간을 확인하니 막 11시를 넘어가고 있었다.
"어서 나가요."
문 쪽으로 향하려는데 그가 손을 뻗어 그녀를 잡았다.
"잠깐만."
율리가 걸음을 멈추자, 그가 뒤에서 그녀를 끌어안았다.
"흐음."
제호는 율리의 목덜미에 얼굴을 묻고 크게 숨을 들이마셨다.
"보고 싶어서 미치는 줄 알았어."
탁한 목소리가 그의 입에서 흘러나왔다. 그날 별장에서 헤어지고 나서 처음으로 한 공간에 단둘만 있게 된 순간이었다.
양가에서 완전히 결혼 취소를 받아들일 때까지 당분간은 사내에서 부딪치는 것을 빼곤 단둘이 있는 것을 자제하기로 했다. 어차피 곧 결혼은 깨질 테니까, 그 이후에 실컷 만나면 되니까 괜한 꼬투리를 잡힐 필요는 없다고 생각했다.

하지만 자꾸만 기일이 늦춰졌고, 사내에서도 두 사람이 얼굴을 볼 기회는 많지 않았다. 요즘 들어 제호의 현장 방문이 잦아졌기 때문이다. 오늘도 그는 곧장 현장으로 출근했고, 내일부터는 일주일 동안 창원을 비롯한 남부 쪽을 돌며 지방 출장을 소화해야 했다. 고작 며칠 함께 있지 못한 게 이리도 속 쓰릴 일인가. 잠깐의 통화만으로는 만족할 수 없었다.

제호는 율리를 더욱더 세게 끌어안으며 목덜미에 코를 비비며 그녀의 체취를 들이마셨다.

"네 향을 맡고 싶어서 돌아버리는 줄 알았어. 넌, 너무 달콤해. 너무 달콤해서 깨물고 싶어."

그가 이를 세워 가볍게 귀 아래쪽을 깨물었다.

"흐읏."

짜릿한 감각에 율리는 반사적으로 눈을 감으며 몸을 움츠렸다.

"이 부분이 제일 약하네."

"그, 그만······."

견딜 수 없는 자극에 율리는 그에게서 벗어나려 고개를 돌렸다. 하지만 제호는 놓아주기는커녕 더욱더 집요하게 귓불을 지분거렸다.

"이러지 않기로 했잖아요. 단둘이 있는 거, 피하기로 했으면서······."

파르르, 떨리는 입술을 깨물며 율리가 힘겹게 말했다.

"불 꺼진 빌딩에서 누가 본다고."

놔줄 생각이 전혀 없는지 그녀를 안은 손에 힘이 들어갔다. 사실은 그녀도 그의 품이 너무나도 그리워서 안달이 나긴 했었다. 그런데 이제 앞으로 일주일을 더 볼 수 없다고 생각하니, 벌써 가슴이 아팠다.

"벗어봐. 멍든 거 어떻게 됐는지 봐야겠어."

"컴컴해서 보이지도 않을 텐데……."

창가로 걸어간 제호가 블라인드를 제치자, 맞은편 빌딩에서 환한 네온 조명이 흘러들어와 어두운 실내를 비췄다. 은은하게 흘러나온 빛에 희미하게나마 서로의 모습을 볼 수 있었다.

"이 정도면 충분해."

어둡다 보니 평소와 다르게 용기가 생겼다. 율리는 순순히 단추를 풀고 블라우스를 벗었다. 오늘은 탱크톱을 입지 않았지만, 대신 얌전한 속옷을 입고 있었다. 현경이 야한 속옷을 사자고 하는 걸 한사코 말려서 얼마나 다행인지 모르겠다. 단순하고 깔끔한 면 소재인 제품으로, 반투명 소재 제품과 비교해서 아주 단정해 야한 분위기와는 거리가 멀었다. 하지만 그건 그녀의 생각일 뿐, 단순한 디자인이 오히려 몸매를 더 강조해 자극적으로 보였다.

멍은 아직도 그대로였지만, 흉측할 정도로 시퍼렇던 기운은 어느 정도 사라진 상태였다.

"이제 아프진 않아?"

제호는 손끝으로 조심스럽게 멍든 부분을 쓰다듬으며 물었다. 율리는 고개를 끄덕이며 멍든 팔을 내려다보았다. 민우가 남긴 폭력의 흔적을 보니까 괜스레 우울해졌다. 그래서 그랬다. 조금이나마 우울한 기분을 달래보려고. 또한 어둡다 보니 평소와 다르게 용감해졌다. 밝은 곳에선 절대로 할 수 없었던 대범한 충동이 고개를 들고 일어났다.

"여기에 흔적 남겨줄래요?"

율리는 쇄골 부분을 손으로 가리키며 조그맣게 속삭였다. 어둠 속에서 움푹 팬 쇄골이 수줍게 모습을 드러내고 있었다.

"유혹하는 건 아닐 테고……."

그가 의미심장한 눈으로 바라보며 물었다.

"나만 볼 수 있는 곳에 제호 씨의 흔적이 있었으면 좋겠어요."

"내 여자라는 표시?"

율리는 생긋 웃으며 고개를 내저었다.

"아뇨. 나도 키스 몇 번에 넘어가는 그런 쉬운 타입 아니에요."

"그래? 그러면 어떻게 해야 하지?"

"좀 더 노력하세요. 그러니까 이것부터 해봐요."

그녀는 또 센 척을 하고 있었다. 기회가 되면 저 나쁜 버릇을 따끔하게 고쳐야겠지만, 지금은 그녀의 장단에 맞춰주기로 했다. 제호는 성에 차지 않는다는 듯 아예 브래지어의 끈을 옆으로 내렸다. 가슴을 감싼 컵이 아래로 내려가며 감추고 있던 속살이 반쯤 드러냈다.

"좀 더 안쪽에 남겨야 하지 않을까? 혹시라도 보이면 안 되잖아."

그것도 맞는 말이기에 율리는 반박할 수 없었다. 하지만 얼굴이 화끈할 정도로 민망한 짓 같도 했다. '없던 일로 할까?' 고민하는데, 순식간에 그가 반쯤 걸린 부분마저 끌어 내렸다. 고이 감춰졌던 부분이 모습을 드러나자 그가 고개를 숙였다. 따뜻한 입 속으로 가슴 끝이 빨려 들어가는 순간 눈이 번쩍하는 쾌감이 몰려왔다.

"……아……."

생경한 낯선 감촉에 저절로 입술이 벌어지며 억눌린 신음이 흘러나왔다. 한참이나 집요하게 한곳을 괴롭히던 그가 이윽고 고개를 들어 올렸다. 눈 위에 꽃잎이 떨어지듯, 하얀 살결 위에는 붉은 꽃이 피어 있었다. 아찔한 기분에 다리가 후들거려 더는 버틸 수가 없었다. 그대로 주저앉는 율리를 그의 손이 재빨리 받쳐 들었다.

"이걸 보면서 내 생각을 하고 있어. 흐려질 때쯤엔 돌아올 테니까."

자신이 남긴 흔적을 손바닥으로 어루만지며 그가 나른한 목소리로 속삭였다.

"반대쪽은 돌아와서 해줄게."

제호가 지방 출장을 떠나고 다음 날, 율리에게 전화가 걸려 왔다. 내일 오후에 채 의원이 거제에서 올라온다고 했다. 예정보다 며칠 빠른 일정이었다. 다시 집으로 돌아가고 싶진 않았지만 할 수 없었다. 채 의원이 돌아오는 날 아침, 율리는 현경의 집을 나와 본가로 들어갔다. 거제에서 돌아온 채 의원은 짐을 풀기도 전에 서재로 율리를 불렀다.

"민우와 결혼하지 않겠다고?"

그녀가 서재에 발을 들여놓자마자, 채 의원이 싸늘한 표정으로 물었다. 율리는 놀란 표정을 지으며 주춤 제자리에 멈춰 섰다. 어째서 채 의원이 이 사실을 아는지 모르겠다. 제호 외에는 그 누구에게도 말 한 적 없는데……. 율리가 제자리에 얼어붙은 채 서 있자, 채 의원은 못마땅한 얼굴로 자리에서 일어나 그녀 앞으로 다가갔다.

"너와 제호가 거제 리조트에서 찍힌 사진, 밖으로 흘러나갔어. 내 선에선 해결할 수 없어서 민우에게 도와달라고 했더니, 어차피 결혼을 취소할 테니까 상관없다고 하더구나."

민우가 먼저 채 의원 사람을 돈으로 매수해서 사진을 빼낸 것이지만, 채 의원은 적당히 둘러댔다. 지금 중요한 건 그게 아니니까.

"결혼이 애들 장난인 줄 알아?"

"이혼하는 것보단 나아요."

"아니, 우선은 식 올리고 나중에 이혼하는 게 잡음이 덜 해. 정 안 되겠으면 나중에 이혼해."

율리는 기가 막힌다는 듯 눈살을 찌푸렸다.

"이혼이 그렇게 쉬운 줄 아세요?"

"추잡한 스캔들보다는 나아. 이대로 깨지면, 분명 제호와의 스캔들이 퍼질 거다."

"그렇지 않을 거예요."

"너와 제호가 함께 리조트에 들어가는 모습 본 사람이 어디 한둘인 줄 알아? 권제호도 무사하진 못할 거야. 사촌 동생의 여자나 건드리는 몰염치한 놈이라고 손가락질받을 거야."

"솔직히 지금 제호 씨 걱정하는 거 아니잖아요. 제호 씨는 미국으로 가버리면 그만이에요. 누구보다 타격을 입을 사람은 아버지겠죠."

율리는 더는 참을 수 없었다. 자신을 괴롭히는 것도 모자라, 제호까지 해코지하는 짓은 절대로 볼 수 없었다.

"제가 아버지 때문에 억지로 결혼해야 하나요?"

이제 더는 희생만 하고 싶지 않았다. 물러설 수 없었다.

"만약에 저 사진을 미끼로 제호 씨를 궁지에 빠뜨린다면 저도 가만히 있지 않을 거예요."

"왜? 네 동생의 비밀을 터뜨리기라도 할 작정이냐?"

율리는 대답하는 대신 채 의원을 노려보았다. 유리의 존재가 불편했지만, 언니로서 동생을 사랑했다. 반쪽만이라도 피가 섞인 동생이기에 매몰차게 밀어낼 순 없었다. 하지만 끝까지 당하고만 있을 순 없었다.

"아버지가 상관없는 사람까지 건드린다면, 저도 할 수 없어요."

"하."

채 의원은 기가 막힌다는 듯이 짧게 웃음을 내뱉었다. 하지만 이런 말이 나올 거라고 예상한 듯 매우 놀란 표정은 아니었다.

"좋다. 그렇다면 나도 할 수 없다. 이런 상황을 대비해서 준비해놓은 게 있지. 영원히 사용하고 싶지 않았지만, 네가 자초한 거다."

채 의원은 책상 위에 놓인 노란 서류 봉투를 집어 들어 율리 앞으로 던졌다. 율리의 발밑에 두툼한 봉투가 툭 떨어졌다.

"뭐죠. 이게? 또 제 뒤를 밟으셨나요?"

율리는 냉소적으로 웃으며 봉투를 집어 들어 안을 들여다보았다. 자신과 제호의 사진이 들어 있을 거라고 예상했는데, 전혀 의외의 사진이 나왔다. 율리의 어머니인 한소연과 반대편 정당 대표인 정태혁 의원이 함께 차를 마시는 모습을 포함해, 두 사람이 함께 있는 사진이었다. 더불어 두 사람 사이에 오고 간 메일 복사본, 원본이 들어 있는 USB 드라이브 등등이 들어 있었다.

율리는 의아한 표정을 지으며 채 의원을 바라보았다.

"이게 다 뭐죠?"

그녀의 목소리가 여리게 떨리고 있었다.

뭔가 느낌이 이상해.

창가에 기댄 제호는 정원을 바라보며 속으로 중얼거렸다. 정원에선 저녁 만찬을 위해 고용원들이 바쁘게 움직이고 있었다.

지방 출장에서 올라온 어젯밤, 권 회장으로부터 전화가 걸려 왔었다. 권 회장은 다짜고짜 내일 저녁 시간이 되냐고 물었다.

― 이제 민우 결혼식이 얼마 남지 않지 않았냐. 그래서 내일 함께 식사 자리를 마련했다. 원래는 저번 주였는데 채 의원이 거제에 내려가는 바람에 연기했지. 시간 되면 너도 꼭 와라.

― 권 실장이 아무 말 안 했습니까?

― 무슨 말? 아, 어제 아침에 신혼여행 좀 더 오래 갔다 올 수 있겠냐고 시간을 더 빼달라고 하더구나. 율리랑 산토리니 섬도 꼭 가보고 싶다고.

역시 이 녀석, 결혼을 무를 생각이 전혀 없었다. 이대로 시간을 끌 생각인가? 민우가 순순히 결혼을 포기할 거라곤 기대하지 않았다. 하지만 무슨 꿍꿍이속인지 알아야 했다. 아쉽게도 최근 민우가 서 대리를 찾질 않아 그 속을 떠볼 수도 없었다.

율리는 며칠 전 현경의 집을 나와 본가로 돌아갔다. 그 이후로 아직 연락이 닿지 않고 있었다. 사무실에도 출근하지 않고 있었다. 선영은 그녀가 한 달 장기 휴가를 받았다고 했다. 원래부터 결혼을 앞두고 계획한 휴가였지만 뭔가 석연치 않았다. 결혼이 취소될 예정이니 구태여 그녀가 휴가를 사용할 일은 없을 테니까.

전화해도 받지 않았고, 문자를 보내도 답장이 없었다. 현경에게 연락을 했지만 같은 대답이 돌아왔다.

― 저도 이상해서 유리에게 연락했거든요. 그랬더니 요 며칠, 몸살이 심해서 앓아누웠대요. 방에 틀어박혀서 잠만 잔다고 하더라고요.

― 어디 많이 아픈 건 아닙니까?

앓아누웠다는 말에 덜컥 겁이 났다. 채 의원에게 또 얻어맞은 건 아니겠지? 할 수만 있다면 찾아가 그녀가 무사한지 확인하고 싶었다. 하지만 채 의원의 심기를 건드려서 좋을 건 없었다. 결혼이 취소되었다는 것을 알게 되면, 그는 분명 비난의 화살을 제호에게 돌릴 것이다.

― 그건 아니고, 결혼식이 다가오니까 심란해서 그런 거 같대요. 많이 아픈 거면 유리가 사실대로 얘기해줬을 거예요.

채 의원에게 율리가 맞을까 봐 오랜만에 본 제호를 무작정 집으로 끌어들인 유리의 행동으로 보면, 현경의 말이 맞을 것이다. 제호가 안도의 숨을 내쉬자, 소리를 들은 현경이 툭 농담을 던졌다.

― 조선 시대였으면 제호 씨랑 제가 확 보쌈이라도 할 텐데요, 그죠?

제호는 어젯밤 현경이 했던 농담을 떠올리며 손에 쥔 휴대폰을 만지작거렸다. 율리에게 전화해볼까도 생각해봤지만, 어차피 조금 있으면 얼굴을 볼 테니까……. 왠지 모르게 불안한 예감을 내리누르며 다시금 정원으로 시선을 돌렸다.

저녁 식사 분위기는 제호가 예상했던 것과 너무나도 달랐다. 민우는 연신 율리의 어깨를 끌어안고 머리를 매만지는 등 어른들 앞에서 애정 표현을 숨기지 않았고, 평소라면 싫은 티를 내며 몸을 뺐을 율리 역시 상냥하게 웃으며 민우가 자신을 만지게 놔두었다. 결혼을 무르기 전 어쩔 수 없이 펼치는 연기라고는 보이지 않았다.

"그만두라고 하고 싶은데, 율리가 아직은 더 일하고 싶다네요."

"네, 회장님. 아직은요. 일이 좋아요."

민우의 말에 율리가 수줍게 웃어 보였다. 권 회장은 인자한 미소를 머금으며 율리를 향해 고개를 끄덕거렸다.

"그래, 집에만 있으면 뭐 하겠느냐. 밖에 나가서 일도 하고 그래야지. 재능을 썩히면 안 되지."

그 말에 나 여사는 못마땅한 표정을 감추며, 억지로 입꼬리를 끌어올렸다.

"하지만 아버님, 자녀 계획이 급하잖아요. 더 나이 들기 전에 아이부터 가져야죠. 퇴사하기 뭐하면 1년쯤 휴직계라도 내는 건 어떨까요? 우선 아이부터 낳고 나중에 회사로 돌아가면 되니까요. 아이야 뭐, 율리가 키우나요? 유모와 고용원이 옆에서 다 해줄 텐데……."

나 여사의 말에 권 전무가 빠르게 동의했다.

"맞습니다, 아버님. 율리가 내년이면 서른이에요. 한시라도 빨리 아이를 낳아야죠."

"허허허, 이런……."

권 회장은 난처한 얼굴로 율리를 바라보았다. 율리는 아까와 같이 수줍게 웃으며 권 회장과 민우를 번갈아 바라보았다.

"그러면 식 올리고 나서 민우 씨와 다시 한번 차분하게 상의해보겠습니다, 회장님."

그 뜻을 받아들인 것은 아니었지만, 그 정도면 모두에게 흡족한 대답이었다. 제호를 제외한 모두는 얼굴에 환한 미소를 떠올렸다. 오로지 제호만 무심한 얼굴로 묵묵히 식사에 열중했다.

도대체 무슨 일이 벌어지고 있는 거지? 계속해서 율리를 바라보았지만, 율리는 의도적으로 제호의 시선을 피했다. 식사가 끝날 때까지 단 한 번도 그녀와 시선을 마주치지 못했다. 뭔가 의도치 않게 다른 방향으로 일이 흘러가는 게 분명했다.

인내심을 가지고 저녁이 끝나길 기다리던 제호에게 기회가 왔다. 권 회장이 긴히 상의할 게 있다며 채 의원을 서재로 불렀고, 나 여사와 권 전무는 다음 약속이 있다면서 바로 자리를 떴다. 때마침 민우에게도 급한 전화가 걸려 왔다. 발신자를 확인한 그는 인상을 찌푸리며 허둥지둥 집 안으로 뛰어 들어갔다.

율리도 민우를 따라서 집 안으로 들어가려고 했지만, 제호가 먼저 그녀의 손을 잡았다. 그녀가 뿌리칠 새도 없이 정원 구석에 있는 유리로 제작된 온실로 향했다. 제호의 어머니가 돌보던 그곳은 이제는 정원사를 제외하고는 아무도 찾지 않는 장소가 되어버렸다. 수풀에 가려 있어 비밀 대화를 나누기에 안성맞춤이었다.

제호는 온실 문을 잠그고 율리를 향해 뒤를 돌았다.

"어떻게 된 겁니까? 연락이 통 안 돼서 걱정했어요."

"바빴어요. 결혼식 준비로……."

"뭐? 결혼식 준비?"

방금 자신의 들은 말이 이해되지 않았다. 아파서 누워 있었다는 사람이 곧 취소될 결혼식 준비로 바빴다니……. 이해할 수 없다는 얼굴로 미간을 찌푸리는 제호에게 율리의 싸늘한 시선이 닿았다.

"미처 말하지 못해서 미안해요. 민우와 이대로 결혼 진행하기로 했어요."

"지금 뭐라고 했어?"

"후, 그렇게 됐어요."

율리는 짧게 숨을 내쉬고 등을 돌려 문 쪽으로 향했다. 하지만 한 걸음도 채 옮기지 못하고 제호에게 팔을 붙잡혔다.

"도대체 무슨 말을 하는 거야? 이대로 결혼하겠다니?"

율리는 불안한 얼굴로 자신을 붙잡은 제호를 바라보았다.

"남들이 보면 어쩌려고. 이러지 마요."

"율리야!"

"결혼하는 이유야 당연한 거 아닌가요? 민우는 이제 곧 차기 회장이 될 거예요."

율리는 옆으로 고개를 돌려, 그의 시선을 피하며 말을 이어갔다.

"잠시 내가 어떻게 됐었어요. 다행히도 너무 늦기 전에 현실을 깨달은 거고."

"……너, 그런 사람 아니잖아."

"내가 어떤 사람인데요. 제호 씨가 나보다 나를 더 잘 알아요?"

"내 눈을 보면서 말해. 내 눈을 똑바로 보면서 말하라고."

그 말에 율리는 입술을 깨물며 제호에게로 고개를 돌렸다. 어느새 그녀의 두 눈엔 핏대가 올라와 있었다.

"전에도 말했죠. 난 조건이 우선이라고. 그런데 제호 씨가 가진 게 뭐예요? 지금 사는 집도 클라이언트 집이고, 별장도 선배 별장이고. 제호 씨 아버님, 사고의 책임을 지고 본인 전 재산 다 털어서 배상했다면서요? 돈 하나 없는 빈털터리라던데. 하, 민우 말대로 제호 씨, 거지새끼잖아."

그녀의 입에서 나온 마지막 말에 제호는 표정을 굳히며 잡았던 팔을 놓아주었다. 율리는 차가운 눈으로 제호를 노려보고는 그대로 등을 돌려 온실을 빠져나갔다. 눈물이 나오려고 했지만, 주먹을 움켜쥐며 꾹 참았다. 지금 여기서 울어버리면 모든 걸 망치게 된다.

만찬이 있었던 곳으로 돌아오자, 권 회장과 대화를 마친 채 의원이 차를 마시며 그녀를 기다리고 있었다. 율리가 자신을 향해 걸어오자 그는 힐끗 그녀 등 뒤로 시선을 돌렸다. 율리는 그런 아버지를 차가운 눈으로 노려보았다.

"걱정하지 마세요. 저, 이 결혼 꼭 할 거예요."

"안다. 남자 때문에 죽은 네 엄마의 얼굴에 먹칠할 리 없겠지, 안 그러냐?"

채 의원의 입가에 만족스러운 미소가 떠올랐다. 하지만 그 미소는 율리의 다음 말에 연기처럼 사라졌다.

"엄마가 어떤 기분으로 아버지와 결혼했는지 알겠네요, 이젠."

"잔인하구나."

"핏줄이 어디 가겠어요? 저, 아버지의 딸이기도 해요."

못마땅할 테지만, 채 의원은 더는 아무 말도 하지 않았다.

그때 멀리서 온실에서 나온 제호의 모습이 눈에 들어왔다. 이번만큼은 그에게서 시선을 돌릴 수 없었다. 율리의 눈길은 자석에 이끌리듯 제호를 향했다. 두 사람의 시선이 허공에서 부딪쳤다. 숨이 막히는 몇 초가 흐르고, 제호는 입가에 미소를 띠며 작별 인사를 하듯 율리를 향해 고개를 끄덕거렸다. 그리고 뒤돌아 다시 어둠 속으로 사라졌다.

분명 부드럽게 웃고 있었는데, 그의 미소는 날카로운 송곳이 되어 율리의 가슴을 아프게 찔렀다. 당장에라도 자리에서 일어나 그를 따라가고 싶었다. 그를 끌어안으며 다 거짓말이었다고 털어놓고 싶었다. 하지만 그럴 수 없었다. 율리는 양손을 움켜쥐며 폐 깊숙이 숨을 들이마셨다. 그러나 답답한 기분은 전혀 나아지지 않았다.

"지금은 힘들어도, 곧 괜찮아질 거다."

"저도 그랬으면 좋겠네요."

율리는 쌀쌀하게 대꾸하며 자리에서 일어났다. 이대로 채 의원 옆에 앉아 있다가는 질식해버릴 것 같았다. 아마 그 역시 율리가 옆에 있는 것을 원하지 않을 것이다.

어째서 채 의원이 그토록 자신을 증오하는지 알 것도 같았다. 죽은 아내를 그대로 닮은 첫째 딸이니까. 아내의 모습을 쏙 빼닮은 율리를 볼 때마다 걷잡을 수 없는 미움과 원망이 자라났을 것이다. 어쩌면 엄마나 딸이나 이리도 같은 운명일까? 원하지 않는 결혼. 멀리서 바라만 볼 수 있는 사랑. 눈물은 나오지 않았다. 눈물을 흘릴 가치도 없었다.

율리는 고개를 들어 어두운 밤하늘을 바라보았다. 가려진 또 다른 진실을 알게 된 이후 희망은 산산이 부서졌다. 잠시나마 행복을 꿈꾸었던 날이 아주 멀게만 느껴졌다.

그날, 채 의원은 손에 쥐고 있던 마지막 패를 율리에게 내보였다.

며칠 전, 서재.

"그건 죽은 네 엄마가 불륜했다는 증거다."

사진을 손에 쥐고 의아한 표정을 짓는 율리에게 채 의원이 싸늘한 목소리로 말했다.

"그런 말도 안 되는……."

"잠자코 내 말부터 들어."

채 의원은 반박을 허용하지 않겠다는 듯 손을 들어 말을 막았다.

"네 엄마가 사랑한 남자는 내가 아니라 정태혁이었어. 두 사람, 원래 연인 사이였지. 네 엄마는 정태혁을 살리려고 나와 결혼한 거고."

당시 검사였던 채형식은 학생 운동 주동자인 정태혁을 검거하면서, 소연을 처음으로 만나게 되었다. 소연은 태혁의 연인임과 동시에 학생 운동을 주도하는 임원이었다. 당시 차장 검사였던 외조부는 그 사실을 알게 되자 소연을 집에 감금했고, 학교에는 휴학계를 제출했다.

"태혁을 면회하러 온 네 엄마를 보고 첫눈에 반했다. 증오를 숨기지 않고 도도하게 노려보는 모습이 꽤 예뻐 보였어."

소연은 틈만 나면 집에서 빠져나와 태혁을 보러 면회를 왔고, 학생 운동 모임에도 참여했다. 결국 외조부는 평소에 사윗감으로 점찍어놓았던 채형식에게 소연을 넘겨버렸다. 채 검사와 결혼하면 정태혁을 풀어준다는 조건으로. 그렇지 않으면 적어도 10년 이상 감옥에서 썩게 할 거라고 협박했다.

소연이 연인을 위해 그렇게까지 희생할 거라곤 기대하지 않았다. 하지만 소연은 연인을 위해 자신을 희생했다. 소연을 아내로 얻었지만, 한편으론 질투심에 미칠 것 같았다. 얼마나 정태혁을 사랑하기에 마음에도 없는 남자와 결혼했을까? 아내를 사랑하면 사랑할수록, 원망과 질투심은 커져만 갔다.

두 사람이 함께 차를 마시는 사진을 가리키며 채 의원이 말했다.

"그날은 내 생일이었어. 아침에 나보고 일찍 들어오라고 하더니, 밖에선 녀석을 만나고 있더구나."

"어머니를 감시하셨어요?"

"내가 아니라 장인어른이셨다. 장인어른은 돌아가시는 날까지 네 엄마를 믿지 못했어."

채 의원은 쓰게 웃으며 말을 이었다.

"그날 난 집에 들어갈 수가 없었다. 네 엄마를 어떻게 대해야 할지 몰랐어. 그때 곁을 지켜준 사람이 안미숙 보좌관이었지."

"그래서 새엄마와의 불륜이 정당하다는 건가요? 엄마가 아버지를 배신이라도 했나요?"

"그건 아니다. 너도 네 엄마를 잘 알 거 아니냐. 속이 문드러져도 절대로 선은 넘지 않았지."

"그렇다면 이 사진들은 아무 소용없어요."

"글쎄다, 다른 사람들은 그렇게 생각하지 않을 거야."

채 의원의 말이 맞았다. 대부분은 보고 싶은 것만 보고, 듣고 싶은 것에만 귀를 연다.

"난 네 어미를 팔아서라도 망가진 내 이미지를 회복해야겠다."

반대 정당 의원과 사랑에 빠진 아내. 그걸 알면서도 모른 척 지켜봐 준 남편. 그럴싸한 이미지 전략이었다.

"아닌 걸 알면서, 돌아가신 분을 욕보여서라도 아버지의 이미지를 회복시키겠다고요?"

"그럼 어쩌겠냐. 네가 내 이미지에 먹칠할 텐데……."

율리는 또다시 자신은 아버지의 상대가 되지 못한다는 것을 깨달았다. 그는 흔들리지 않는 요새였다.

"……제가 어떻게 해야……."

목이 메여, 제대로 말을 끝낼 수 없었다.

"이대로 결혼해. 그렇지 않으면 넌 전 국민에게 상간녀라고 손가락질 받는 네 엄마를 보게 될 거다."

"잔인하세요."

"잔인? 그건 네 엄마에게 해야지. 사랑하는 남자를 위해서 사랑하지도 않는 남자와 살을 섞으며 현모양처의 가면을 쓰고 살았는데……."

채 의원의 눈이 분노로 붉게 물들었다.

"죽는 순간에도 완벽했지. 먼저 가서 미안하다고, 내 손을 잡고…….

그 말을 들어야 할 사람은 내가 아닌 걸 너무도 잘 아는데 말이다."
 사진 중에는 병원을 방문했던 정태혁 의원의 사진도 있었다.
 "내가 모르는 줄 알았겠지. 정태혁이 한밤중에 찾아와 소연일 붙잡고 눈물을 글썽였다는 걸."
 "그만하세요."
 더는 들을 수 없어 율리는 두 손으로 귀를 막았다. 하지만 채 의원의 목소리는 계속해서 흘러들었다.
 "교통사고가 났을 때 말이다, 그 자리엔 정태혁도 있었어. 반대 정당 의원 딸과 결혼을 앞둔 사이였거든. 난 말이다, 네 엄마가 순수한 마음으로만 아이를 구하려 뛰어들었다고는 생각하지 않아."
 "……어, 어떻게 그런 생각을……."
 "옛 연인이 다른 여자와 결혼하는 걸 참을 수 없었을 거다. 그런 그들에게 선거를 참패하는 것도 참을 수 없었을 거고. 네 엄마는 그런 여자였어."
 "그만하시라고요. 제발 그만……!"
 채 의원을 바라보는 율리의 얼굴이 처참하게 무너져 내렸다. 너무나도 참혹한 충격에 눈물도 나오지 않았다. 그녀를 둘러싼, 그 모든 믿음이 무너졌다. 목이 터져라 비명 지르고 싶었지만, 목구멍에선 아무 소리도 나오지 않았다. 율리는 두 손으로 가슴을 짓눌렀다. 차라리 울 수 있다면 좋으련만.
 싸늘한 눈으로 내려다보던 채 의원은 율리를 지나쳐 서재를 걸어 나갔다. 문이 닫히는 소리와 함께 율리의 몸이 힘없이 바닥으로 쓰러졌다. 그녀 주위로 어두운 장막이 쏟아져 내렸다.

Chapter 10

립스틱, 새로 발라

"알겠습니다. 좀 더 조사해주세요. 네, 빠를수록 좋습니다."

전화를 끊은 제호는 눈살을 찌푸리며 손으로 이마를 짚었다. 예상한 대로였다. 채 의원이 민우에게 약점을 잡혔고, 그걸 빌미로 결혼을 진행해야 한다며 압박을 가한 게 분명하다. 방금 정보통을 통해서 거제 리조트 사진이 민우의 손에 흘러 들어갔다는 사실을 확인했다. 그런데 율리가 마음을 돌린 이유는 무엇일까? 그녀도 협박을 받았을까?

"내가 너무 안일했어. 율리에게만 맡겨두어선 안 되었는데……."

"그래서 어떻게 할 거야?"

옆에서 통화를 듣고 있던 우결이 걱정스러운 얼굴로 물었다.

"우결아, 브랜든과 연락해서 그 일 좀 앞당겨서 할 수 있을까?"

전혀 예상하지 못했다는 듯 우결의 눈이 커다래졌다. 그리고 곧 어두운 그림자가 얼굴에 내려앉았다.

"너 그렇게까지 해야 해? 사실 율리 씨가 민우와 결혼한다고 해도 우리한테 크게 불이익이 되는 건 아니잖아."

안다. 오히려 결혼하는 쪽이 민우를 흔들기에도, 정보를 빼오기에도 유리했다. 하지만 그건 율리가 겪고 있는 아픔을 알기 전까지였다. 세상 모두가 그녀를 아프게 해도, 자신만큼은 그러고 싶지 않았다. 그녀를 지켜주고 싶었다. 10년 전엔 지켜주지 못했지만 이젠 아니었다.
"미안하다. 처음엔 그저 민우를 흔들려고 시작했는데, 미처 깨닫기도 전에 걷잡을 수 없이 커져버렸어."
감정이, 마음이, 그리고…….
"알았어. 브랜든에겐 내가 연락할게."
일그러지는 제호의 얼굴을 보니 우결은 더는 뭐라고 할 수 없었다. 냉철했던 그가 저 정도로 무너지는 것을 보면, 이미 자신이 막는다고 해결될 것 같진 않았다.
우결이 밖으로 나가고 제호는 소파에 앉으며 두 손으로 얼굴을 감쌌다. 일을 이 지경까지 오게 한 자신이 한심해서 견딜 수 없었다.
결혼을 막아야 한다는 것까지만 생각했지, 율리가 어떤 고통을 받게 될지에 관해서 미처 생각하지 못했다. 채 의원이 이렇게 나올 걸 모르지 않았으면서.
리조트 사진 한 장에 폭력을 가하는 그가, 이번에 어떻게 나왔을까 짐작이 갔다. 눈에 보이는 육체적 폭력은 없었다 하더라도, 그에 못지않은 정신적 폭력이 있었던 게 틀림없었다.
― 하, 민우 말대로 제호 씨, 거지새끼잖아.
그 말을 내뱉는 율리의 얼굴은 슬플 정도로 처절해 보였다. 하얗게 질린 채 부들부들 떠는 그녀를 그대로 품에 끌어당겨 안고 싶었다. 이마에 입술을 대고 손바닥으로 등을 쓸어내리며 달래주고 싶었다. 얼마나 자책하고 있을까. 그 말을 밖으로 토해내면서 속으로는 얼마나 무너지고 있었을까. 더는 말하지 못하게 끌어안고 키스하고 싶은 걸 힘겹게 참아야만 했다. 무슨 일이 있었는지 율리는 절대로 그에게 털어놓지 않을 것이다. 그저 자신이 모두 안고 가야 한다고 생각할 것이다. 율리의 성격이라면 그러고도 남았다.

내가 널 어떻게 해야 할까? 다 짊어질 수 있는데. 너를 위해서라면, 네가 아프지만 않다면…….

"……율리야…….”

그녀의 이름을 속삭이는 것만으로도 송곳으로 가슴이 찔리는 것처럼 아팠다.

저녁을 마치고 권 회장 집에서 돌아오고 얼마 지나지 않아, 유리가 방으로 찾아왔다. 손에는 드라이클리닝을 한 듯 커버가 씐 옷이 들려 있었다.

"언니, 이 옷 세탁소에 맡기고 안 찾아갔지? 오늘 코트 맡기러 갔더니 주인아줌마가 주더라.”

유리의 손에 들린 옷은 제호의 재킷이었다. 드라이클리닝을 맡긴 후, 완전히 그 존재에 관해 잊어버리고 있었다.

"아, 고마워.”

율리는 얼떨떨한 얼굴로 유리에게서 재킷을 넘겨받았다.

"민우 오빠 옷은 아닐 테고…… 이거 제호 오빠 옷이야?”

"응?"

율리가 멍한 표정으로 제대로 대답하지 못하자 유리는 한숨을 쉬며 고개를 내저었다. 보물단지라도 되는 양 재킷을 움켜쥔 율리에게 다가가 양팔을 활짝 벌려 안아주었다.

"언니, 약게 좀 살아. 그게 안 되면 도망치기라도 해."

유리는 율리의 등을 툭툭 두드려주고는 방을 나갔다. 유리가 나가고서도 율리는 한동안 꼼짝도 하지 않고 제호의 재킷만 바라보았다. 마치 그가 와준 것 같아서 울컥하고 말았다.

커버를 벗겨내자 특유의 알싸한 냄새가 코끝을 찔렀다. 하지만 율리는 개의치 않았다. 재킷에 얼굴을 묻고 있는 힘껏 냄새를 들이마셨다. 이미 그의 체취는 하나도 남김없이 사라졌을 테지만 그래도 조금이라도, 아주 조금이라도 그를 느낄 수 있기를 희망하면서 율리는 재킷을 꼭 끌어안았다.

"보고 싶어."

방금 보고 왔으면서도, 그가 미치도록 그리웠다. 악랄한 말로 그의 마음을 날카롭게 긁은 주제에…….

"……제호 씨……."

뻔뻔스럽게도 그의 품에 당장에라도 안기고 싶었다. 율리는 재킷이 제호인 것처럼 얼굴을 묻고 뺨을 비볐다.

"흐흑."

지금까지 참고 참았던 눈물이 봇물 터지듯 주체할 수 없이 쏟아져 내렸다. 얼마나 오래 울었을까? 고개를 들자, 파운데이션과 눈물 자국으로 엉망이 돼버린 재킷이 눈에 들어왔다. 조금 전까지만 해도 아주 깨끗했었는데 말이다.

"하."

아이러니하게도 입에선 실소가 흘러나왔다. 마치 자신의 악담으로 망가져버린 그를 보는 것 같아서…….

"안 돼. 그럴 순 없어."

혼잣말을 중얼거리던 율리는 그대로 재킷을 들고 방을 뛰어나갔다.

끊이지 않고 울려대는 초인종 소리에 제호는 천천히 자리에서 일어났다. 우결은 방금 집으로 돌아갔고, 이처럼 늦은 시각에 찾아올 사람은 아무도 없었다. 무시할까, 하다가 마지못해 인터폰 버튼을 눌렀다. 놀랍게도 화면 속에 율리의 모습이 보였다.

그대로 밖으로 뛰어나가 대문을 여니, 율리가 창백한 얼굴로 앞에 서 있었다. 그녀는 금방에라도 쓰러질 것처럼 위태해 보였다. 한참이나 제호를 바라만 보던 그녀가 천천히 입을 열었다.

"안으로 들어갈 수 있을까요?"

제호가 아무 말도 하지 않자 그녀는 다시 말을 이었다.

"끝까지 가도 좋으니까, 안으로 들여보내줘요."

잠시 망설이던 제호는 그녀가 들어올 수 있게 뒤로 물러섰다. 율리가 대문을 넘어서자, 그녀를 기다리지 않고 그대로 등을 돌려 집 쪽으로 걸어갔다. 율리는 제호의 뒷모습을 바라보며 잠자코 뒤따랐다.

"얼마나 밖에 서 있었어요? 몸이 언 것 같은데……."

꽤 오랫동안 초인종을 누르긴 했지만, 얼굴이 창백해질 정도의 시간은 아니었다. 제호는 뜨거운 차를 율리에게 건네며 빨갛게 언 그녀의 손끝을 유심히 바라보았다.

"……음, 모르겠어요. 시간을 재지 않아서……."

긴 시간 동안 밖에 서 있었던 것 같진 않았다. 도저히 운전할 수 없을 것 같아 택시를 타고 왔다. 택시에서 내린 후, 바로 초인종을 누르지 못하고 잠시 망설였다. 반쯤 정신이 나간 상태로 안에 들어가야 할지, 이대로 발을 돌려야 할지 고민했다. 초인종을 누르고 나선 거의 기계적으로 버튼을 눌렀다.

"먼저 이 말부터 할게요."

따뜻한 잔을 두 손으로 움켜쥔 채, 율리는 힘겹게 입을 열었다.

"끝까지 간다고 해도 달라지는 것은 없어요. 난 이대로 민우와 결혼할 거예요."

"그래요. 그것참 유감이군요."

"네, 참 유감이에요."

율리는 쓸쓸하게 웃으며 차를 한 모금 들이켰다. 생각했던 것보다 제법 쓴맛에 율리는 저도 모르게 인상을 찌푸렸다.

"소태 차예요. 누가 선물해준 건데, 지금 분위기엔 그런 차가 어울릴 것 같아서."

"하, 그러네요."

율리는 어색하게 웃으며 찻잔을 내려놓았다. 꼬박꼬박 존댓말로 대답하는 그에게서 거리감이 느껴졌다. 그렇다고 불평해선 안 된다. 모욕적인 말을 듣고도 태도가 변하지 않으면 그게 더 이상한 거니까.

"아까 한 말, 사과하러 왔어요. 제호 씨에게 했던 말 진심이 아니었어요."

제호의 표정에는 아무런 변화가 없었다. 진심이든 아니든 상관없다는 듯, 무심한 표정이었다.

"거짓말로 상처 주면서 끝내긴 싫어요. 그래서 왔어요. 제호 씨, 거지새끼 아니에요. 나는 제호 씨가 돈 한 푼 없다고 해도 상관없어요.

믿어줘요."

아까 다 울었다고 생각했는데, 다시금 눈앞이 흐려지기 시작했다. 하지만 제호 앞에서 눈물을 보이긴 싫었다. 율리는 얼굴이 보이지 않게 고개를 숙였다.

"그냥 너무 시간이 모자랐다고 생각하기로 해요. 내가 이 결혼 없던 걸로 돌리기엔, 시간이 너무 촉박했어요. 그리고 제호 씨를 제대로 알아갈 시간도 모자랐어요. 그래서…… 그래서……."

참고 참았는데 바보 같은 눈물이 툭, 아래로 떨어졌다. 율리는 떨리는 목소리를 가다듬으며 힘겹게 뒷말을 이었다.

"그래서 뒤엎을 수…… 없었어요."

그다음부턴 주체할 수 없게 눈앞이 뿌옇게 흐려져서, 그가 어느새 자리에서 일어나 앞에 와 있다는 사실조차 깨닫지 못했다. 그가 손으로 그녀의 턱을 그러쥐고 얼굴을 위를 향하게 들어 올렸다.

"울지마."

눈물에 시야가 흐려져서 그가 인상을 쓰고 있는지, 짜증이 난 얼굴로 바라보고 있는지 알 수 없었다. 무덤덤한 목소리만으로는 그의 기분을 파악할 수 없었다.

"……그러니까 별거 아니라고, 괜찮을 거라고 말해줘요. 그러면 나, 안 울게요."

제호는 아무 말도 하지 않았다. 눈물에 마음이 흔들리는 사람일 거라곤 생각하지 않았다. 그녀 역시 눈물로 호소하는 건 질색이다.

다행히도 잠시 후, 눈물이 잦아들기 시작했다. 그녀의 눈에서 더는 눈물이 흐르지 않자 그는 턱을 그러쥔 손을 풀고는 뒤로 물러섰다.

"아, 그리고 재킷 돌려주러 왔어요."

율리가 옆에 놓은 종이 가방을 집어 들며 말했다.
"미안해요. 너무 늦게 돌려줘서."
가방 안에서 재킷을 꺼내던 율리는 파운데이션과 눈물 자국으로 생긴 얼룩을 발견했다. 정신없이 달려오다 보니 그걸 깜빡하고 말았다.
"정말 미안해요. 드라이클리닝 하고서 다시 더럽혀서……."
"이런 거 상관 안 해. 넌 아까부터 미안하다고만 하지."
제호는 귀찮다는 얼굴로 그녀의 손에 재킷을 빼앗아 저 멀리 던져버렸다. 별거 아닌데 괜히 서러운 마음에 다시금 눈물이 나오려고 했다. 아무리 얼룩이 좀 졌다지만 매몰차게 집어 던지다니…….
"미안."
다시 울음을 터뜨릴 것처럼 율리의 얼굴이 일그러지자, 제호는 짧게 사과하며 그녀의 어깨를 어루만졌다.
"나, 웃으면서 작별 인사하게 도와주면 안 돼요? 제호 씨가 기억하는 내 마지막 모습, 우는 모습으로 남기기 싫어요."
"또 센 척한다."
율리 앞에 무릎을 꿇으며 제호가 속삭이듯 말했다.
화난 게 아니었나?
서서히 또렷해진 시야로 미소 짓는 그의 얼굴이 들어왔다. 그가 손을 들어 그녀의 뺨을 감싸며 말을 이었다.
"난 네가 우는 모습도, 웃는 모습도, 화내고 찡그리는 모습도 다 예뻐."
이 남자, 정말 최악이다. 울지 않게 도와달라고 했더니 반대로 더욱 눈물샘을 자극하고 있었다.
"……그렇게 말하지 말라고요……."

또다시 눈물이 앞을 가려서 제호의 얼굴이 제대로 보이지 않았다.
마지막으로 얼굴이나 실컷 보고 가려고 했는데, 왜……?
청개구리처럼 나오는 그가 율리는 야속하기만 했다.
"그렇게 결혼식까지 계속 울기만 할 거야? 식장에도 눈 퉁퉁 부어서 가겠네."
엄지손가락으로 눈가에 맺힌 눈물을 훔쳐내며 제호가 투덜거리듯 말했다.
"결혼식, 올 거예요?"
"물론 가야지. 웨딩드레스 입은 네가 얼마나 예쁠지, 가서 두 눈으로 확인할 거야."
아니요, 예쁠 리 없어요. 아마 유령 신부처럼 흉측해 보일 거야.
그러나 그 말은 차마 입 밖으론 나오지 않았다. 뺨을 감쌌던 그의 손이 위로 향해 머리를 쓰다듬었다. 리조트에서 보낸 그날 밤처럼, 그 손길은 못 견디게 다정했다. 그가 고개를 기울이며 그녀를 응시했다.
"키스해도 되겠지? 결혼하기 전까진 넌 내 여자니까."
"아니요. 난 아직 누구의 여자도 아니에요."
"이런……."
그가 보기 좋게 입매를 휘며 말을 이었다.
"내가 노력을 덜 했네. 더 분발해야 했는데, 그렇지?"
율리는 거세게 고개를 흔들었다.
여기서 어떻게 더 분발해. 당신이 나에게 얼마나 큰 안식처를 주었는데. 당신 덕분에 이제 겨우 행복이란 걸 느꼈는데…….
하지만 그 말은 영원히 하지 못할 것이다. 민우와 결혼하는 순간, 그녀는 그를 끊어내야만 했다. 다른 이를 마음에 둔 상태에서 결혼생활을 하며 상대를 기만하긴 싫었다. 형식적인 결혼이라고 해도 결혼은 결혼이었고, 그녀는 부모가 저지른 실수를 되풀이하고 싶진 않았다. 그랬기에 율리는 오늘 밤, 모든 것을 깨끗하게 내려놓고 싶었다.

"나, 한 가지 털어놓을게요."

지금의 심정은 말하지 못하더라도, 과거의 마음을 고백할 수는 있었다. 그렇게라도 마음의 짐을 조금이나마 덜고 싶었다.

"제호 씨, 처음 본 순간 반했었어요. 너무 잘생겨서. 나, 태어나서 제호 씨처럼 잘생긴 사람 본 게 그때가 처음이었어요. 보면서 '이게 인간인가, 조각인가?' 했었다고요. 그러니까 제호 씨는······."

10년 전, 과거의 일을 말하는데도 얼굴이 화끈거리게 달아오르자 율리는 그와 시선을 마주한 채 겸연쩍게 웃어 보였다.

"내겐 첫사랑이었어요."

'······그리고 유일한 사랑일 거예요.'

마지막 말은 입 밖으로 나오지 못하고 속에 머물렀다. 제호는 부드럽게 웃으며 고개를 숙여 입술을 포개왔다. 율리는 순순히 입술을 벌리며 그의 목에 팔을 둘렀다. 첫사랑 남자와 나누는 달콤한 키스였다.

사랑해요. 사랑해요, 제호 오빠.

율리는 눈을 감은 채, 그때 하지 못했던 고백을 끊임없이 되풀이했다. 그의 손길이 느릿하게 그녀가 입은 원피스의 지퍼를 내리기 시작했다. 이미 그에게 끝까지 가도 좋다고 했기에 율리는 그의 손길이 가는 대로 가만히 내버려두었다.

지퍼를 끌어 내린 손길이 이번엔 긴 소매로부터 그녀의 팔을 빼냈다. 그런 와중에도 겹쳐진 입술은 한시도 떨어지지 않았다. 소매로부터 양팔을 빼내자 허리 아래까지 원피스를 끌어 내렸다. 드러난 살갗으로 찬 공기가 내려앉자 율리는 저도 모르게 어깨를 움츠렸다.

"쉬이, 괜찮아."

그가 입술 위로 속삭이며 그녀의 머리카락 깊숙이 손가락을 집어넣어 아래로 쓸어내렸다. 머리카락을 쓸어내린 손길은 브래지어의 끈으로 옮겨갔다.

"나도 먼저 말해두겠는데, 난 오늘 끝까지 가지 않을 거야."

예상하지 못한 말이 흘러나오자, 율리는 뒤로 몸을 빼며 그의 얼굴을 바라보았다.

"왜요? 난 괜찮아요. 제호 씨가 원한다면."

"후, 너 정말 모르는 것 같은데……."

제호는 그녀의 반응이 어이없다는 듯 '피식' 웃었다.

"그거야말로 진짜 대놓고 유혹하는 거야, 알아?"

"나도 그 정도는 알아요."

꼬마 취급하는 말투에 율리의 미간이 조금 찌푸려졌다.

"난 너를 이런 식으로 안고 싶지는 않아."

제호는 달래듯 속삭이며, 민우가 만든 멍이 어슴푸레 남은 팔에 조심스레 입을 맞추었다. '지금이 아니면 영영 기회 없을 거예요.'라고 말하려던 율리는 입을 다물었다. 그도 모르진 않을 테고, 아마 민우와 껄끄러운 관계가 되고 싶지 않아서일지도 모르겠다. 이미 두 사람은 사이좋은 사촌이라곤 할 수 없었지만 그녀를 사이에 두고 관계가 더 꼬일 필요는 없을 것이다.

"이해해요."

사촌을 양쪽에 두고 저울질한 그녀의 잘못이 제일 컸다. 율리가 원피스를 끌어 올리려고 하자, 제호가 재빨리 그녀의 손목을 잡았다.

"난 끝까지 가지 않을 거라고만 말했지, 그만둔다고는 하지 않았어."
순간 혼란스러웠다. 끝까지 가지 않을 거라면서 그만두지 않는다는 것은 또 뭔지. 머릿속이 복잡한 율리는 그의 손이 등 뒤에 닿는 것을 전혀 깨닫지 못했다. 눈 깜짝할 사이에 하얀 살결이 드러났다. 두 손으로 가리기 전에, 그가 먼저 그녀의 손을 잡아 제지했다.
"이럴 거면서 내게 끝까지 가도 된다고 한 거야? 내가 센 척하지 말라고 그랬지."
율리는 어쩔 줄 몰라 얼굴을 붉혔다. 하지만 당혹스러운 순간은 잠시였다. 그가 그녀를 끌어안으며 깨물 듯 입술을 깊게 포개었다. 황홀한 키스에 정신이 팔린 탓에 몸이 서서히 뒤로 넘어가는 것을 알아차리지 못했다. 어느새 소파 위에 눕혀진 그녀의 등에 차가운 가죽의 감촉이 느껴졌다. 그녀를 양팔에 가두며 그가 말했다.
"출장 가기 전에, 내가 분명히 약속했을 텐데?"
그가 고개를 숙이자, 드러난 살결 위로 더운 숨이 닿으며 온몸에 오소소 소름이 일어났다.
"돌아오면 반대쪽에 해주겠다고."
무슨 뜻인지 깨닫기도 전에 더운 숨결이 예민한 살결에 닿았다. 놀란 율리가 몸을 비틀려고 하자 그는 그녀 가슴에 얼굴을 묻고 핑크빛 돌기를 깨물었다. 그리고 힘차게 입 안으로 빨아들였다.
"……아……."
아찔한 감촉에 눈앞이 하얗게 타들어간 율리는 입을 벌리고 여린 신음을 흘렸다. 환한 불빛 탓일까? 어두웠던 그날보다 훨씬 더 자극적으로 느껴졌다. 율리는 두 눈을 감으며 가쁜 숨을 들이켰다. 이번이 마지막이니까 손길도, 숨결도, 그 모든 것을 하나도 놓치고 싶지 않았다.

"지금 몇 시예요?"

소파 위에서 제호에게 안긴 채 깜빡 잠이 들었나 보다. 율리는 헝클어진 머리카락을 쓸어 올리며 제호의 품에서 얼굴을 들었다.

"새벽 2시."

"너무 늦었어요. 가봐야 해요."

율리가 옷을 챙기며 몸을 일으키자, 제호는 그녀를 안은 팔에 힘을 주어 자신에게로 끌어당겼다.

"잠깐만 더 있다가."

"안 돼요."

"그러면 내가 집까지 바래다줄게."

"택시 부를게요."

"율리야."

율리는 그가 더는 말하지 못하게 고개를 기울여 그의 입술에 키스했다. 아쉬움에 몇 번이고 떨어졌다 다시 포개진 입술은 마지막으로 길고 긴 키스를 나누었다.

"진짜 마지막이었어요. ……그동안 고마웠어요. 정말 모두 다."

말을 마친 그녀는 바닥에 떨어진 핸드백을 들고, 뛰듯이 현관문으로 향했다. 제호는 그녀를 잡으려던 손을 허공에 편 채 잠시 숨을 멈췄다. 밖으로부터 쿵, 대문이 닫히는 소리가 희미하게 들리고서야 들었던 손을 내려 손등으로 눈가를 가렸다.

"후후."

어느새 입에선 자조적인 웃음이 흘러나왔다. 그녀가 진심을 드러내며 눈물을 흘릴 때 결혼식은 없을 거라고 알려주어야 했는데, 모두 괜찮을 거라고 안심시켜야 했는데…… 하지만 그는 굳게 입을 다물고 그녀가 우는 모습을 지켜만 보았다. 혹시라도 정보가 새어 나가 자칫하면 일이 틀어질까 우려되었기 때문이다. 어깨를 들썩이며 우는 여자 앞에서 끝까지 이성을 지킨 자신이 매정하다는 생각이 들었다.

나란 녀석은 역시 쓰레기인가?

제호는 그녀가 남기고 간 달콤한 향기를 들이마시며 조용히 눈을 감았다. 방금 떠난 그녀가 미치도록 보고 싶었다.

쿵―.

대문 닫히는 소리가 귓가에 울려 퍼지자 가슴이 저릿해졌다. 마지막이라고 말한 주제에 율리는 대문 앞에서 한 발짝도 꼼짝도 할 수 없었다. 다시 안으로 들어가고 싶어서. 다시 그의 품 안으로 뛰어들고 싶어서. 이윽고 율리의 입에서 한숨과도 같은 속삭임이 흘러나왔다.

"이대로 여기서 얼어붙어버렸으면 좋겠어……."

시간도 멈춰버렸으면 좋겠다. 하지만 덧없는 바람일 뿐, 그런 일은 일어날 리 없었다. 율리는 씁쓸하게 웃으며 차마 떨어지지 않는 발걸음을 옮겼다. 쌀쌀한 새벽 공기가 살을 벨 듯이 파고들었다.

"여긴 어떻게 알았습니까?"

생각하지도 못했는데 현경이 제호가 머무는 곳으로 불쑥 찾아왔다.
"청아그룹 정보팀 실력이 나쁜 편은 아니거든요."
제호가 미간을 찌푸리자, 현경은 활짝 웃어 보였다. 제호는 들어오라는 듯 뒤로 물러섰다.
"이곳이 원래 제호 씨 외삼촌 소유였는데, 제호 씨 앞으로 소유 이전 됐더라고요. 있던 집을 허물고 새로 공사 들어갔다고 하더니……."
호기심 어린 눈으로 넓디넓은 정원을 둘러보며 현경이 말했다. 알아낸 정보는 그뿐이 아니었다.
10년 전, 사고의 책임을 지고 권 부회장이 전 재산을 바쳐 배상한 것은 사실이다. 하지만 제호에겐 막대한 부를 가진 외삼촌이 존재했다. 독신이었던 그는 지병으로 세상을 뜨며 유일한 조카인 제호에게 전 재산을 유산으로 남겼다. 하지만 국내에선 그 사실을 아는 이가 드물었다. 제호의 외삼촌은 미국 시민이었고, 주로 해외에서 활동했기 때문이다.
또한 건축계 거장인 토마스 하이디가 운영하는 건축 회사의 가치는 천문학적인 숫자를 자랑했는데, 제호는 이름뿐인 파트너가 아닌 실질적인 소유주이자 투자자였다. 물론 이 사실도 아는 이가 극히 드물었다.
그런 제호를 민우는 시도 때도 없이 '거지새끼'라고 깎아내렸다. 제호의 재력은 이미 민우가 KG그룹의 후계자가 된다고 해도 넘어설 수 없는 수준인데 말이다.
하여간 멍청한 녀석이라니까.
현경은 앞장서 걷는 제호의 뒷모습을 바라보며 속으로 민우를 향해 투덜거렸다.

현경은 '왜 그가 권 회장의 부름에 한국으로 들어왔을까?' 궁금했다. KG그룹 후계자 자리 따위 관심 없을 테고, KG그룹 본사 사옥 건설이다, 어쩐다, 해도 그보다 더한 세계적인 프로젝트가 줄줄이 기다리고 있을 터였다. 더불어 율리 회사의 공동 대표가 되더니, 동네 마을 회관 재건축 같은 자잘한 일을 맡아서 처리한단다.

현경은 도무지 이해할 수 없었다. 불현듯 '혹시 율리 때문은 아닐까?'라는 생각이 들었다. 율리에게 권제호가 첫사랑이듯, 권제호에게도 율리가 첫사랑일지 모르는 거잖아. 그러면 한번 도와달라고 해볼까? 그게 바로 현경이 불쑥 제호를 찾아간 이유였다.

제호는 현경을 거실로 안내하고는 곧장 주방으로 향했다. 잠시 후, 에스프레소 머신을 작동하고 돌아온 그가 소파에 앉으며 물었다.

"집 이야기를 하러 찾아온 건 아닐 테고, 그렇죠?"

"물론이죠."

현경은 바로 본론에 들어갔다.

"율리는 내게 둘도 없는 친구예요. 어릴 때부터 붙어 다녀…… 아니, 사실은 내가 율리를 졸졸 따라다녔어요. 옆에 딱 달라붙어서 한시도 떨어지지 않았죠. 유치원 땐 왜 율리와 결혼 못 하느냐면서 펑펑 울기까지 했다고요. 그래서 나는 정말이지 율리가 불행해지는 걸 보고만 있을 순 없어요."

제호는 아무런 반응 없이 소파 등받이에 기댄 채, 현경을 물끄러미 쳐다보았다.

"이대로 민우와 결혼하게 놔둘 거예요? 시간이 없다고요."

"내가 뭘 어떻게 하길 원합니까?"

예상했던 것과는 달리 제호가 무심한 태도를 보이자, 현경은 초조한 나머지 마지막에 하려고 아껴두었던 말을 꺼냈다.
"혹시 민우 약점, 손에 쥔 거 없어요? 나도 있긴 한데 이게 결혼을 엎을 정도로 큰 건 아니거든요."
"후."
그 말에 제호는 짧게 웃음을 터뜨리며 고개를 내저었다. 현경이 왜 웃느냐는 듯 쳐다보자 어깨를 으쓱거리고는 자리에서 일어났다.
삐삐—.
에스프레소가 완성되었다는 알림에 주방으로 향하며 그가 말했다.
"민우가 그런 약점 따위에 흔들릴 것 같습니까?"
"그럼 뭐 다른 좋은 수라도 있어요?"
"다른 좋은 수라? 글쎄요……."
에스프레소 머신에서 뽑은 에스프레소를 잔에 따르며 그가 혼잣말처럼 중얼거렸다. 양손에 잔을 들고 돌아온 제호는 한 잔을 현경 앞에 내려놓았다.
"그것보다는 먼저 알고 싶은 게 있습니다."
"뭔데요?"
"율리와 채 의원님과의 사이."
"무슨 사이긴 무슨 사이예요? 부녀 사이지."
제호는 잔을 입으로 가져가며 '틀린 대답'이라는 듯 한쪽 입꼬리를 올렸다. 한 모금, 에스프레소를 들이켜고는 천천히 잔을 내려놓으며 말을 꺼냈다.
"율리, 언제부터 채 의원님에게 맞고 살았습니까? 죽고 못 사는 절친이라면서 몰랐을 리 없을 텐데, 아닙니까?"
현경은 움찔했고, 바라보는 제호의 눈빛은 날카롭게 번쩍거렸다.

결혼사진 촬영이 끝난 율리와 민우를 나 여사가 프렌치 레스토랑으로 불러냈다. 새벽부터 강행군이던 일정이라서 내키진 않았지만, 어차피 저녁은 먹어야 했기에 율리는 군소리 없이 민우를 따라갔다.

"자, 이거 받아라."

식사를 마친 후, 나 여사는 테이블 아래 두었던 한약 박스를 율리에게 내밀었다.

"이게 뭐죠?"

율리는 의아한 얼굴로 한약 박스를 받았다.

"뭐긴 뭐겠니? 애 잘 들어서는 한약이다. 특히 사내아이를 낳 확률이 높다더구나."

"엄마, 우리 아직 결혼도 안 했어!"

율리가 말을 꺼내기도 전에 민우가 먼저 소리를 질렀다. 그러자 나 여사도 민우만큼 큰 소리로 맞받아쳤다.

"낼모레가 결혼인데, 허니문 베이비를 가지려면 지금부터 먹어둬야지!"

낼모레가 결혼? 허니문 베이비?

순간 소름이 돋은 율리는 저도 모르게 인상을 찌푸리다 혹시라도 나 여사와 민우가 볼까 황급히 고개를 숙였다. 민우는 수줍어서 그런다고 착각했는지 율리의 어깨를 다정하게 끌어안았다. 뿌리치고 싶었지만 나 여사 앞이기에 율리는 지그시 입술만 깨물었다.

요새 민우는 부쩍 스킨십 시도가 잦아졌다. 특히 어른과 함께한 자리에서 더욱더 그랬다. 율리가 반항하지 못한다는 걸 알기 때문이다.

아까도 식사 도중 슬그머니 허벅지에 손을 올리고 쓰다듬어서 나 여사 모르게 손을 밀어내야 했다.
"에이, 엄마! 우리 신혼 좀 즐기자. 그러고 나서 2세 타령해."
어깨에 머물던 민우의 손이 슬금슬금 목덜미로 옮겨가더니 율리의 귓불을 만지작거렸다. 거미가 기어오르는 것처럼 불쾌했지만 티는 내지 않았다.
조금만 참으면 돼.
율리는 자신을 달래며 두 손을 움켜쥐었다.
둘만 있게 되면 언제든지 뿌리칠 수 있으니까, 그때까지만 참자.
"신부 나이가 오죽 많아? 낼모레면 서른이야. 내가 이래서 태민그룹 딸을 원한 건데. 갠 아직 꽃다운 20대잖니."
나 여사는 율리를 앞에 놓고 그대로 불만을 터뜨렸다. 결혼식이 가까워질수록 나 여사는 점점 대놓고 시어머니 행세하려 들었다.
"감사합니다. 잘 챙겨 먹을게요."
율리가 순순히 받아들이자, 나 여사는 박스 안에서 한약 봉지를 꺼내어 내밀었다.
"아예 지금 여기서 하나 먹어라."
"엄마, 그만해. 우리 율리 그러다 체하겠어."
민우는 눈살을 찌푸리며 나 여사의 손에서 한약 봉지를 낚아챘다.
"내가 대신 마실게."
"얘가 미쳤니? 그걸 왜 네가 마셔?"
"부부는 일심동체라는데 내가 마시나 율리가 마시나 마찬가지지."
자신이 한 말이 대견스러웠는지, 민우는 활짝 웃으며 율리의 뺨에 입을 맞추었다.

립스틱, 새로 발라

"욱."

순간 구역질이 올라왔다. 율리는 입을 틀어막고 그대로 룸을 뛰어나갔다. 예상치 못한 율리의 행동에 나 여사의 눈이 휘둥그레졌다.

"뭐야, 너희들? 벌써 그런 거야? 쟤, 벌써 애 들어섰니?"

"아니거든! 엄마!"

민우는 신경질적으로 빽 소리를 지르며 자리에서 일어섰다. '혹시?'라는 의심은 들었지만, 빠르게 고개를 흔들었다. 그가 아는 율리는 절대로 그런 여자가 아니었다. 채율리는 소녀처럼 순수하고, 황녀처럼 도도한 여자였다. 티끌 한 점 없는 거룩한 성녀인 채율리가 거지새끼 권제호와 몸을 섞었을 리 없었다.

하지만 만에 하나 그런 거라면? 순간 참을 수 없는 분노가 솟구쳤다. 하지만 그래도 율리에겐 아무 잘못이 없었다. 그녀를 더럽힌 거지새끼가 죽일 놈인 거지. 그놈만 없애버리면 된다.

"나 율리에게 가볼게. 엄만 그냥 가."

험상궂은 얼굴로 나 여사를 노려본 민우는 율리를 찾으러 밖으로 나갔다.

쏴아―.

먹은 걸 모두 게운 율리는 물을 틀고 구강 청결제로 입을 헹구었다.

나쁜 자식, 기습적으로 키스하다니.

예상했던 것보다 훨씬 불쾌해서 도저히 견딜 수 없었다. 결혼사진 촬영 때도 자꾸만 키스하려고 해서 애먹었는데, 무사히 넘겼다 했더니 이렇게 들이댈 줄이야. 처음엔 뺨에 키스하는 정도로 끝내겠지만, 점점 더 수위를 올릴 게 뻔했다.

"잘할 수 있을까?"

율리는 거울에 비친 창백한 자신을 보며 힘없이 중얼거렸다. 지금이라도 더는 못 하겠다고 외치며 어디론가 도망가고 싶었다.

하지만 그러면 엄마는? 우리 가엾은 엄마는 어떻게 되는 거지?

이미 죽은 사람이라고, 산 사람은 살아야 한다고 해도 온 국민에게 상간녀라고 손가락질 받게 할 순 없는 거잖아.

— 별거 아니니까, 신경 쓸 거 없어.

그때 익숙한 목소리가 귓가에 흘러들었다. 그에게 직접 이 말을 들으면 기분이 나아질까?

"……제호 오빠…….."

그가 너무나도 그리웠다.

마지막에 가지 말라고 붙잡았을 때 조금만 더 머무를걸. 10분이라도, 1분이라도 더 머무를걸.

그런다고 달라질 거 하나 없는데, 그런데도 아쉬움에 한숨이 흘러나왔다. 겨우 진정하고 복도로 나오자 한약 박스를 든 민우가 그녀를 기다리고 있었다.

"미안해, 율리야. 엄마 앞이라서 내가 좀 지나쳤어."

"자꾸만 이렇게 선 넘으면 곤란해."

"알았어. 정말 미안."

율리의 시선이 한약 박스에 닿자, 민우는 그대로 휴지통에 던져버렸다. 율리가 놀란 표정을 짓자 그는 '피식' 웃으며 그녀의 어깨에 팔을 둘렀다.

"괜찮아. 요즘에 누가 애 잘 들어서는 한약을 먹어."

솔직히 허니문 베이비는 그녀보다 그가 더 반대하는 처지였다. 이제 결혼만 하면 하루도 빠짐없이, 하루에도 여러 번 사랑을 불태울 텐데 덜컥 임신이라도 하면 그로선 큰 낭패가 아닐 수 없었다. 그 누구에게도 율리를 양보할 마음이 없었다. 상대가 제 자식이라도 말이다. 민우는 음흉스럽게 웃으며 예비 신부인 율리를 황홀한 눈으로 바라보았다.

제호가 예복으로 갈아입고 피팅 룸에서 나오자, 막 통화를 끝낸 우결이 어두운 얼굴로 말했다.

"반응이 별로야. 저쪽에서 전혀 움직이지 않고 있대."

제호는 표정 변화 없이 거울에 비친 예복 차림을 위아래로 훑었다.

"배신이 난무하는 곳에서 잔뼈가 굵은 인물이야. 누굴 믿어야 할지 고민 중이겠지."

"저쪽에서 움직이지 않으면 어쩔 거야?"

"글쎄……."

제호는 정확한 대답을 하지 않은 채, 목에 멘 넥타이를 매만졌다.

"도저히 답답해서 못 하겠군."

넥타이를 풀어버린 제호는 셔츠 단추를 느슨하게 풀며, 현경과 나눈 대화가 떠올랐다.

─ 율리가 숨기고 싶어 해서 모른 척했어요. 율리가 먼저 말해주길 기다렸는데…….

─ 어릴 때부터 맞은 겁니까?

─ 그건 아니에요. 제호 씨, 미국 들어간 지 얼마 안 되고 나서부터였어요. 이유는 저도 몰라요. 그때부터 율리는 집에서 나오려 했고, 그때마다 잡혀가서 얻어맞았어요. 율리를 잠시 묵게 해준 친구네는 세무 조사까지 받았대요. 자신 때문에 주위 사람이 피해를 받으니까, 이후론 집 나오는 걸 포기한 것 같았어요. 민우와의 결혼이 율리에겐 일종의 탈출구였겠죠.

짐작했던 대로였다. 그때 율리는 일종의 탈출구였던 결혼이 더 깊은 수렁 속으로 자신을 끌어들일 거라곤 상상도 하지 못했을 것이다.

잠시 생각에 잠겨 있던 제호는 고개를 돌려 우결을 바라보았다.

"저쪽에서 끝내 움직이지 않으면 그분에게 연락해."

"그분?"

전혀 예상하지 못한 말인 탓에 우결은 잠시 멍한 표정을 지었다. 그러다 떨리는 목소리로 물었다.

"너, 진심이야?"

"응. 이보다 더 진심일 순 없어."

제호는 그 어떤 때보다 확고한 표정으로 고개를 끄덕였다.

내일, 율리의 결혼식은 예정대로 진행될 수 없을 것이다. 어떤 희생을 치러서라도 막을 테니까.

마침내 결혼식 당일 아침.

제호는 예식장 입구에 기대어 앞에 펼쳐진 광경을 흥미롭게 지켜보았다. 비공개 결혼식이라 하객 수만 적을 뿐, 결혼식장은 감탄사가 쏟아질 만큼 호화스러웠다. 최상이 아니면 거들떠보지도 않는 나 여사의 입김이 작용한 결과였다.

"와주셔서 감사합니다."

나 여사는 환하게 웃으며 하객과 인사를 나누기에 바빴다. 하지만 그 와중에도 제호를 힐끗힐끗 노려보았다. 하객의 관심이 온통 제호에게로 쏠리자 못마땅한 게 분명했다.

제호는 나 여사의 적대감 어린 눈빛을 기꺼이 받아들이며 손목시계를 들여다보았다. 예식이 시작하려면 아직 시간이 남았지만, 신랑의 모습은 어디에서도 보이지 않았다.

나 여사와 또다시 시선이 마주치자, 제호는 손으로 손목시계를 가리켜 보였다. 순간 나 여사는 눈살을 찌푸리며 벽에 걸린 시계로 눈길을 돌렸다. 초조한 듯 입술을 깨무는 나 여사를 바라보는 제호의 입가에 여린 미소가 떠올랐다.

현경은 안쓰러울 정도로 핏기 없는 율리의 얼굴을 곤혹스럽게 바라보았다.

"안 되겠다. 볼 터치 좀 더 진하게 해야겠어."

"마음대로 해."

율리는 무심한 얼굴로 고개를 끄덕였다. 거울 속을 보니 영혼이 빠져나간 것처럼 초점 잃은 눈동자가 그녀를 마주 보고 있었다. 하지만 다른 사람들 눈에 어떻게 보일지엔 관심 없었다.

볼 터치를 끝낸 현경이 막 브러쉬를 내려놓는데 띵띵, 문자 알림이 울렸다. 휴대폰을 집어 든 현경의 얼굴이 갑자기 환해졌다.
"율리야, 나 잠깐만 나갔다 올게."
"응."
소파에 앉은 율리는 눈을 감은 채 어서 가보라고 손짓했다. 현경이 신부 대기실을 나가자 덜컥, 문 닫히는 소리가 들렸고, 이어서 고요가 내려앉았다.

조금 있으면 식이 진행될 텐데 떨리지도, 설레지도 않았다. 오히려 저 밑바닥으로 기분이 가라앉았다. 신부에게 가장 행복해야 할 날이 그녀에겐 가장 우울한 날이 되어가고 있었다.

쉭— 쉭—.

공기 청정기가 내뿜는 소음만이 적막한 실내를 채웠다. 그런데 그때, 어디선가 익숙한 향이 코끝에 느껴졌다. 머스크가 은은하게 섞인 시트러스 향. 가슴이 두근거리기 시작했다. 시원하고 달콤한 체취의 주인공이 누구인지를 깨닫는 순간, 율리의 눈이 뜨였다. 언제 왔는지 슈트 차림의 제호가 그녀 앞에 있었다.

"얼굴이 왜 그렇게 창백해요?"

한쪽 무릎을 꿇고 앉으며 그가 부드러운 목소리로 물었다.

"……제호 씨?"

바로 눈앞에 있는데도 믿을 수가 없었다. 결혼식에 온다곤 했지만, 신부 대기실까지 찾아와줄 거라곤 생각하지 못했다. 율리가 불안한 눈으로 문 쪽을 바라보자, 제호는 손을 들어 율리의 뺨을 감싸고 자신을 보게끔 했다.

"현경 씨가 문 앞을 지키고 있으니까 걱정하지 말아요."

그제야 율리는 조금 전 현경의 행동이 이해되었다. 제호의 문자에 그렇게 들떴던 거다.

"조금 있으면 예식이 시작되는데……."

손목시계로 시간을 확인한 그는 다시 율리에게로 시선을 돌렸다.

"떨려요?"

"아뇨. 아무 생각 없어요."

율리는 흐리게 웃었다. 솔직히 자신의 결혼식 같지 않았다. 모든 것이 꿈을 꾸는 것처럼 흐릿했다. 차라리 지독한 악몽이라면 좋겠다. 깨어나면 연기처럼 사라질 테니까.

"조금만 참아요. 곧 괜찮아질 테니까."

"그럴까요?"

"응. 그래야지."

율리의 목을 손으로 감싸며 그가 속삭였다. 고개를 숙여 이마를 맞대자, 호흡이 느껴질 정도로 거리가 좁혀졌다. 그가 바로 눈앞에 있다는 사실에 율리의 심장은 터질 것처럼 부풀어 올랐다.

"줄 게 있어."

제호는 주머니에서 무엇인가를 꺼내 율리에게 건넸다.

"이건?"

그가 준 것은 신부가 허벅지에 착용하는 웨딩 가터(Wedding Garter)였다. 식이 끝나면 미혼 여성에게 부케를 던지는 것처럼, 미혼 남성에게 웨딩 가터를 던지는 행위는 오래된 서구권 결혼식 전통 중 하나였다. 물끄러미 웨딩 가터를 쳐다보던 율리는 작게 혼잣말을 속삭였다.

"정말 예쁘네요."

하얀 레이스 웨딩 가터에는 자잘한 보석 장식이 박혀 있었다. 화려한 티아라와 웨딩드레스를 보면서 한 번도 예쁘다고 생각한 적 없는데, 제호가 준 웨딩 가터는 너무 예뻤다. 그래서 서글펐다.

"이거 하고서 내가 옆에 있다고 생각해요. 힘이 되어줄 테니까."

일종의 행운의 마스코트 같은 걸까? 웨딩드레스 치마 속이니 남들 눈에 띄지 않으니까 착용해도 문제는 없을 것이다.

"고마워요."

율리가 웨딩 가터를 하려고 허리를 숙이자, 제호는 그녀에게서 웨딩 가터를 빼앗았다.

"내가 해줄게요."

그의 손길에 웨딩드레스 치맛자락이 무릎 위로 올라가고 길고 곧은 다리가 드러났다. 율리의 가느다란 발목을 잡은 제호는 조심스럽게 한쪽 다리를 자기 무릎 위에 올렸다. 그리고 느린 동작으로 웨딩 가터를 허벅지로 밀어 올렸다.

율리는 살며시 입술을 깨물었다. 스타킹을 신었음에도 어루만지는 손길이 생생히 느껴졌기 때문이다. 마지막 밤 때론 다정하게, 때론 거칠게 그녀의 몸을 다루던 손길이 생각났다. 부드럽고 뜨겁게 내리누르던 입술의 감촉도 따라서 떠올랐다. 하지만 이젠 영영 느낄 수 없을 것이다.

"식 끝나면 벗겨줄 테니까, 그때까지 하고 있어요."

손바닥으로 웨딩 가터와 허벅지를 지그시 누르며 그가 말했다.

벗겨준다니, 말도 안 된다. 식이 끝나면 다른 남자의 아내가 되어 있을 텐데 어떻게 벗겨줄 수 있을까. 조금이나마 기분을 풀어주려고 하는 말일 것이다.

하지만 율리는 반박하는 대신 말없이 제호를 바라보았다. 그건 중요한 게 아니니까. 지금은 되도록 온전하게 그의 모습을 눈에 담아두고 싶었다. 오랫동안 두 사람은 서로를 마주만 보았다. 아쉬움과 그리움이 서로의 눈빛에 고스란히 드러났다.

이윽고 제호가 천천히 몸을 일으켰다. 율리의 웨딩드레스 치맛자락을 내려준 그는 그녀로부터 등을 돌렸다. 제호의 뒷모습을 바라보며 율리는 '드디어 마지막이구나.'라고 속으로 중얼거렸다. 슬프긴 했지만, 다행히 눈물은 나지는 않았다. 그러나 그는 문 쪽으로 향하는 대신 화장대로 걸어갔다. 위에 놓인 각 티슈에서 티슈 서너 장을 뽑고 다시 소파로 돌아와 그녀 옆에 자리를 잡았다.

"아무래도 안 되겠어."

율리의 입술을 티슈로 문지르며 그가 무심한 얼굴로 중얼거렸다. 뭐 하는 거냐고 묻고 싶었지만 물을 수 없었다. 원치 않는 대답이 나올 것 같아서. 아니, 원하는 대답이 나올까 봐 두려웠다.

지그시 입술을 누르는 제호의 손길에 율리의 입술이 파르르 떨렸다. 립스틱을 모두 지운 제호는 율리의 가느다란 목을 손으로 감싸며 고개를 기울였다.

"립스틱."

그가 입술 위에서 나직이 속삭였다.

"새로 발라."

동시에 입술이 맞물렸다. 순간 율리는 반사적으로 그를 밀어내려고 했다. 하지만 고개를 돌릴 수 없었다. 머릿속이 혼란스러웠다. 그날 밤이 마지막이었으니까, 오늘은 이러면 안 되는데……. 하지만 본능은 빠른 속도로 이성을 잠식해 나갔다. 도저히 그를 밀어낼 수 없었다.

잠시 머뭇거리던 입술은 결국 제호를 받아들이며 서서히 벌어졌다. 뜨거운 열기가 그녀를 한입에 삼켜버리듯 거칠게 밀려들었다. 더 깊숙이 파고들려 제호가 비스듬히 고개를 비틀었다. 율리의 등에 손을 뻗어, 더욱더 가까이 끌어당겼다. 웨딩드레스는 등이 드러난 디자인이어서 보드라운 살결이 손바닥에 달라붙는 듯 느껴졌다.

이럴 계획은 아니었다. 그녀가 걱정돼 잠깐 얼굴만 볼 생각이었다. 웨딩 가터를 건네주고 나오려고 했는데, 도저히 참을 수가 없었다. 생기를 잃고 힘없이 앉아 있는 그녀를 보니 가슴이 아파서, 그런데도 그런 그녀가 눈부시게 예뻐서 도덕적 관념이고 뭐고 모두 증발해버렸다.

"조금만 참아."

율리에게, 그리고 저 자신에게 속삭이며, 제호는 달콤한 수렁 속으로 깊숙이 자신을 밀어 넣었다.

어쩌다 보니 예정한 출발 시각보다 많이 늦어졌다. 하지만 민우는 화내지 않고 꾹 참았다. 오늘은 특별한 날이니까. 율리와 결혼하는 날이 아닌가. 식장으로 향하기 위해 막 차에 올라타려는데 진 과장이 파랗게 질린 얼굴로 달려왔다.

"실장님, 어서 피하세요!"

"피하긴 뭘 피해?"

어리둥절한 표정으로 민우가 물었다.

"박 사장이 정보를 건넨 게 우리라는 걸 알아차렸답니다."

"뭐?"

민우의 눈이 튀어나올 듯 커다래졌다. 얼마 전, 민우는 모아 산업 개발 박 사장을 처리하려 차 검사에게 불법과 관련된 정황 자료를 비밀

경로를 통해 은밀히 넘겼다.

"어떤 새끼가 불었어?"

"그게 중요한 게 아닙니다. 박 사장 애들이 지금 손도끼 들고 달려온답니다."

"뭐? 무식하게 손도끼? 대한민국 경찰은 뭐 허수아비야? 당장 경찰에 신고해."

"답답하십니다! 그러다가 기사라도 뜨면 어쩌려고요? 그랬다간 회장님이 먼저 실장님을 저승길로 보낼 겁니다."

진 과장 말이 맞았다. 무식한 조폭 새끼보다는 권 회장이 더 무서웠다. 할아버지 귀에 이번 일이 흘러 들어갔다간 지금까지 벌인 비리며, 배임이며, 횡령이며, 모든 걸 들킬지도 몰랐다. 만약 그렇게 된다면 후계자 자리는 물론이고 아예 집에서 쫓겨날 게 분명했다.

"어, 어떡하지?"

그제야 사태를 파악한 민우의 목소리가 불안하게 떨렸다.

"우선 피하십시오. 큰 충돌은 피해야 합니다. 제가 박 사장을 잘 달랠 테니까, 당분간 해외로 나가 계십시오."

"그래도 결혼식은 올리고 가야지. 어차피 유럽으로 신혼여행 갈 건데, 겸사겸사."

"실장님!"

진 과장은 어이가 없다는 표정으로 민우의 말을 도중에 잘랐다.

"박 사장 측 애들이 식장으로 쳐들어가면 어쩌려고요? 이미 식장에다가도 애들 풀었을 겁니다."

"그러면 진 과장이 식장으로 가서 신부 좀 데려와. 도망가더라도 함께 가야지."

도저히 말이 안 통하자 진 과장은 민우의 양팔을 잡아 억지로 차에 태웠다.
"바로 비행기 탈 수 있게 다 준비해놓았습니다. 잠잠해질 때까지 쥐 죽은 듯이 있다가 오세요."
말을 마친 진 과장은 창문을 통해 차 안으로 여권을 던졌다. 민우의 허벅지 위로 여권이 툭, 떨어졌다.

예정한 시간보다 10분이 지났지만, 결혼식이 진행할 기미는 전혀 보이지 않았다. 처음엔 그러려니 하던 하객도 20분이 넘도록 예식이 지연되자 슬슬 웅성거리기 시작했다.
그때 누군가의 입에서 신랑이 아직도 도착하지 않은 거 아니냐는 말이 흘러나왔다. 또 누군가의 입에선 아직 아무도 신랑을 보지 못했다는 말도 흘러나왔다.
하객 테이블에 앉아 연신 술잔을 비우던 현경이 쫑긋 귀를 세웠다. 그러고 보니 이상하긴 했다. 보통은 신랑이 식장 앞에서 하객을 맞이하는데, 민우의 모습을 통 볼 수 없었다. 율리가 걱정된 현경은 곧장 신부 대기실로 뛰어갔다.
"이게 대체 무슨 일이야? 신랑이 안 오다니!"
혼란스러운 바깥과는 반대로 율리는 부케를 든 채 미동도 없이 앉아 있었다. 결혼을 반대하긴 했지만 이런 식으로 결혼이 깨지길 바란 건 아니었다. 현경도 이렇게 황당해하는데 당사자는 어떨까.
율리는 천천히 소파에서 일어나더니 손에 든 부케를 휴지통에 집어 던졌다. 이어서 은빛 티아라와 면사포도 벗어버렸다.
"현경아, 뒤처리 좀 해줘."
그 한마디만을 남기고 그대로 신부 대기실을 걸어 나갔다.
"야! 어디 가는 건데?"
현경의 물음에도 율리는 뒤돌아보지 않고 앞만 보고 걸었다.
지금 무슨 일이 일어나고 있는지 정확히 알 순 없었다. 하지만 오늘은 결혼식을 올릴 수 없다는 것은 확실했다. 뒤늦게 민우가 식장에 나타난다고 해도 돌이키기엔 너무 늦었다.
"하."
참았던 숨이 입술을 비집고 터져 나왔다. 막혔던 숨통이 터지는 것 같았다.
식장을 빠져나오고 한참 후에야, 율리는 걸음을 멈추고 하늘을 향해 고개를 들었다. 머릿속이 뒤죽박죽 엉켜서 아무것도 들어오지 않던 시야로 구름 한 점 없는 파란 하늘이 들어왔다.
그때, 누군가의 손이 그녀를 붙잡았다. 누군지 확인해볼 새도 없이 몸이 뒤쪽으로 돌아갔다. 뜨거운 품으로 끌려가는 동시에 익숙한 체취가 코끝에 밀려들었다.
"드디어 찾았다."
나직한 중저음의 목소리가 뒤를 이었다.
그였다. 그녀가 기댈 수 있는 남자. 유일한 안식처.
율리는 포근한 품에 얼굴을 기대며 스르르 두 눈을 감았다.
가만히 율리를 끌어안고 다독이던 제호가 이윽고 말문을 열었다.
"그렇게 막무가내로 식장을 나가버리면 어떡해?"
분명 그녀를 탓하는 소리인데 어째서인지 자장가처럼 아늑하게만 들렸다. 그녀에게서 아무런 대답이 없자, 제호는 고개 숙여 눈을 맞췄다.
"채율리."
"나, 식장으로 안 돌아가요."
"왜? 신랑이 오기라도 했을까 봐 겁나?"
 율리의 얼굴이 백지장처럼 하얗게 변하자, 제호는 씁쓸한 웃으며 그녀를 안은 팔에 힘을 주었다.
"걱정하지 마. 그 자식이 왔다고 해도, 이젠 내가 안 보내."
 다행이다. 안 왔구나. 찰나였지만, 눈앞이 아찔했다. 만약에 민우가 온 거라면, 그래서 다시 식장으로 돌아가야 하는 거라면 생각하는 것만으로도 끔찍했다. 지독할 만큼 애정 표현을 남발했던 민우 때문에 결혼 날짜가 다가올수록 불안한 마음은 커져만 갔었다.
"우선 여기서 벗어나죠."
 율리가 계속 몸을 떨자, 제호는 도로 가장자리에 세워놓은 차로 그녀를 이끌었다. 율리는 너무 지친 나머지 어디로 가냐고 물어볼 힘도 없었다. 두 눈을 감고 좌석 등받이에 등을 기댔다.
 차가 멈추고 시동이 꺼지는 소리를 듣고서야 눈을 뜰 수 있었다. 제호가 율리를 데려온 곳은 그가 머무는 클라이언트의 집이었다.
 고작 몇 주 오지 않았을 뿐인데, 왠지 분위기가 낯설게 느껴졌다. 궁금증은 거실에 들어서며 풀렸다. 몇몇 공사가 마감되지 않았던 부분이 완벽히 마무리되어 있었다. 그녀의 속마음을 읽은 듯 제호가 말했다.
"그동안 공사 다 마무리 지었어요."
"클라이언트가 곧 이곳으로 들어오겠네요."
 그 질문에 제호는 살짝 입매를 올릴 뿐, 명확한 대답은 하지 않았다. 대신 율리를 소파에 앉히고 그녀 앞에 한쪽 무릎을 꿇고 앉았다.

"그보단 우선……."

그가 웨딩드레스 치맛자락을 위로 들추며 고개를 안으로 들이밀었다. 깜짝 놀란 율리가 몸을 숙여 그의 어깨를 움켜쥐었다.

"꺅! 지금 뭐 하는 거예요?"

제호는 당황해서 얼굴이 빨개진 율리를 왜 그러냐는 눈으로 바라보았다.

"아까, 내가 분명 웨딩 가터 벗겨준다고 했을 텐데?"

그 말에 율리는 어이없다는 듯 입을 벌렸다.

"그거랑 지금 이 행동이랑 무슨 상관이에요?"

"웨딩 가터, 어떻게 벗기는 줄 몰라요? 입으로 해야지."

제호가 억지를 부리는 건 아니었다. 신부의 치마로 들어간 신랑이 입으로 웨딩 가터를 입으로 벗겨내는 방식이 맞았다. 미국이나 유럽 같은 서구권 결혼식에서 아주 흔히 볼 수 있는 광경이었다. 하지만 여기는 엄연히 대한민국이었다.

"됐어요."

율리는 제호를 밀쳐내고 재빨리 두 손으로 웨딩 가터를 벗겨냈다. 제호는 실망한 듯 미간을 찌푸렸지만, 순순히 물러났다. 덕분에 불이 꺼져 있던 율리의 얼굴에 생기가 돌아왔으니, 그것만으로도 충분했다.

"그래서 식은 어떻게 됐어요?"

치맛자락을 정리하며 율리가 물었다. 제호의 짓궂은 장난으로 흥분해서인지 심장 박동이 빨라지는 동시에 반쯤 넋 나갔던 정신이 제자리로 돌아왔다. 제일 먼저 궁금한 건 결혼식 분위기였다.

"신랑은 오지 않고, 신부는 열받아서 웨딩드레스 차림으로 뛰쳐나가고. 어떻게 됐을 것 같아요?"

"하객에겐 뭐라고 변명했죠?"

'피식', 입매를 비튼 제호는 양팔을 감싸며 율리를 소파에서 일으켜 세웠다.

"KG그룹 홍보팀이 완벽한 사연을 만들었더군요. '필리핀 공사 현장에 문제가 생겨서 총책임을 맡은 권 실장이 결혼식이 있음에도 불구하고 바로 현장으로 날아갔다.'라고."

"사실이에요?"

"필리핀으로 간 건 맞아요. 그 외엔 아직 정확한 건 없어요."

제호는 율리를 다정하게 안아주며 거울로 만든 거실 벽을 향해 율리의 몸을 돌렸다.

"아까는 창백해서 곧 쓰러질 것 같더니, 이제 좀 혈색이 도네."

거울을 통해 시선을 마주치며 그가 율리의 뺨을 손등으로 쓸어내렸다.

"그럼 결혼식은 연기된 거예요?"

제호는 대답 대신 율리를 뚫어지게 응시했다. 뭔가를 물어보는 것 같은 집요한 시선이었다.

잠시 침묵이 흐르고, 그가 천천히 입을 열었다.

"그건 본인에게 달렸어요. 다시 식 날짜를 잡거나, 아니면 이대로 취소하거나."

율리는 쉽게 결정을 내리지 못하고 아랫입술을 깨물었다. 급한 불을 끈 것뿐이지, 달라진 건 하나도 없었다. 그녀가 대답하지 못하고 머뭇거리자 제호는 고개 숙여 그녀의 귓가에 입술을 가져갔다. 속삭이듯, 하지만 단호한 목소리로 말했다.

"내 말 잘 들어. 네가 원하지 않는다면 난 무슨 수를 써서라도 취소시킬 수 있어. 네게 피해 가지 않게 결혼을 무산시킬 수 있다고."

어떻게 피해 가지 않게 결혼을 무를 수 있다는 거지?

그를 못 믿는 것은 아니지만, 선뜻 결정을 내릴 순 없었다. 제호는 다시 한번 더 물었다.

"좋아. 그럼 이번엔 이렇게 물을게. 민우가 남편이 되는 거야. 녀석이 합법적으로 네 몸에 손을 댈 수 있다는 뜻이지. 괜찮겠어?"

"아뇨."

율리는 반사적으로 고개를 내저었다. 단지 뺨에 키스한 것뿐인데도 토할 것만 같았다.

"그래, 잘 생각했어."

제호는 부드럽게 웃으며 율리의 뺨에 가볍게 입을 맞췄다.

"그럼 이제부턴 나만 믿어."

율리는 고개를 끄덕이며 거울에 비친 자신을 바라보았다. 아까보다는 혈색이 돌았지만, 여전히 두 눈은 영혼을 잃은 듯 텅 비어 있었다. 쇠사슬처럼 무거운 웨딩드레스를 벗어야만 완벽하게 자유로울 것 같다. 웨딩드레스를 벗으려 등 뒤로 손을 뻗었다. 하지만 혼자 힘으론 무리였다. 진주 단추가 지퍼 위를 촘촘히 뒤덮고 있었는데, 아까도 결혼 도우미 두 명이 달라붙어서 진땀 흘리며 채워야 했다. 끙끙거리며 단추를 풀던 율리는 할 수 없이 도움을 청했다.

"도와줄래요?"

"원하신다면……"

제호는 느긋하게 촘촘히 달린 단추를 하나씩 풀기 시작했다. 하지만 곧 인내심이 한계에 달했는지 말투가 거칠어졌다.

"저번처럼 찢어버리면 안 되겠지?"

"안 돼요."

드디어 마지막 단추를 풀고 지퍼를 내리자, 이번엔 수많은 훅이 달린 코르셋이 모습을 드러냈다. 제호는 기막힌다는 듯 실소를 터뜨렸다.

"이거 옷 맞아? 고문 도구가 아니라?"

수많은 훅을 모두 풀고서야 코르셋이 아래로 떨어지고, 슬립만이 남겨졌다. 당황한 율리는 양팔로 슬그머니 몸을 가렸다. 벗는 데만 열중한 탓에 여기까진 미처 생각하지 못했다. 그리고 보니 갈아입을 옷도 없었다. 율리와 달리 제호는 아무렇지 않다는 듯 그녀의 허리를 감싸 파우더 룸으로 이끌었다.

"드레스는 벗었고. 이제 머리 좀 어떻게 하자."

"아니, 우선 옷부터 입고……."

그러나 제호는 율리의 말을 무시한 채 머리에 자잘하게 꽂힌 진주 장식을 뽑기 시작했다. 장식에 이어 백 개가 넘는 실핀마저 제거하자, 완벽했던 신부 머리가 풀려 어깨로 흘러내렸다. 은은하게 속살이 비치는 슬립 차림에 흐트러지듯 흘러내린 머리카락이 더해져 어딘지 모르게 몽환적이면서도 야한 분위기를 풍겼다. 자신의 눈에도 이런데, 그의 눈에는 어떻게 보일까? 생각하니 저도 모르게 몸이 굳어버렸다.

"이젠 다 끝났어. 긴장 풀어."

제호가 손으로 마사지하듯 목 주위와 어깨를 부드럽게 문질러주자 경직된 몸이 더욱더 딱딱하게 굳어갔다. 긴장한 이유는 제호, 그 자체였기 때문이다.

"안 되겠다, 우선 따뜻하게 샤워부터 해."

그 한마디가 얼마나 고마웠는지 눈물이 핑 돌 정도였다.

"네, 그래야 할 것 같아요."

율리는 도망치듯 욕실로 뛰어갔다. 목까지 빨개지는 모습을 그가 미처 보지 못했기를 바라면서.

샤워를 끝내고 나오자, 커다란 남성용 셔츠가 준비되어 있었다. 저번처럼 무릎까지 내려오는 큼직한 원피스 같은 셔츠였다. 다행히 밝은색이 아니어서 속살이 드러날 걱정은 없었다.

노크 소리와 함께 침실 문이 열리며 제호가 율리를 향해 말했다.

"이리 나와서 뭐라도 좀 먹어요."

그 말을 듣는 순간, 배에서 꼬르륵 소리가 났다. 사실 어제저녁도 거의 먹는 둥 마는 둥, 오늘은 새벽부터 일어나서 바쁘게 여기저기 이동해야 했다. 제대로 먹을 시간도 없었고, 입맛도 없어서 틈틈이 요구르트를 마신 게 전부였다.

눈앞에 놓인 클램차우더를 보자 금방 시장기가 돌았다. 막 숟가락을 쥐고 한입 뜨려는데, 옆으로 다가온 제호가 율리의 손에서 숟가락을 빼앗았다.

"이리 줘. 내가 먹여줄게요."

"아뇨. 제가 먹을 수……."

율리가 말도 채 끝내기 전에 제호는 한 손으로 그녀의 턱을 그러쥐고, 숟가락을 입술에 대었다.

"그때 빚진 거 갚는 거니까, 부담 갖지 말고."

빚진 거?

"어깨 다쳐서 젓가락질 제대로 못 할 때 내게 반찬 놓아줬던 거, 기억 안 나요?"

어서 입을 벌리라는 듯, 숟가락으로 입술을 툭 건드리며 제호가 말했다. 할 수 없이 살며시 입을 벌리자, 따뜻한 수프가 안으로 들어왔다. 부드럽고 고소한 맛이었다.

"이 방법이 싫으면 다른 방법도 있는데……."

제호의 숟가락을 자기 입으로 가져가며 낮게 중얼거렸다. 그게 무슨 뜻이라는 걸 알아차린 율리는 바로 크게 입을 벌렸다.

"아."

"그래, 착하지. 아."

율리가 순순히 받아먹자, 제호는 이번엔 옆에 놓은 정사각형 크래커를 가져왔다. 바삭, 한입 깨무니 고소하고 짭짤한 맛이 입 안을 메웠다. 맛있다는 듯 눈을 반달 모양으로 접는 율리를 보며 그도 눈매를 휘었다.

"미국으로 건너가고 나서, 바로 대학 기숙사로 들어갔어. 그땐 미친 듯이 공부만 했었어."

별거 아닌 일이지만, 그녀와 과거 추억을 공유하고 싶다는 충동이 일었다. 제호는 크래커를 집으며 계속해서 말을 이었다.

"공부만 해도 학점 따기 어려운데, 나는 미국 생활에도 적응해야 했거든. 공부하면서 시간 없을 땐 캔 수프를 데워서 크래커랑 같이 먹곤 했지. 크래커를 따로 먹는 시간마저 아까울 때는……."

제호는 크래커를 잘게 부수어 걸쭉한 수프 위에 뿌렸다. 그리고 숟가락으로 수프와 크래커를 동시에 떠 올려 율리의 입으로 가져갔다.

"이렇게 같이 먹었어."

율리는 잠자코 그가 내민 걸 받아먹었다. 바삭하고 부드러운 식감이 잘 어울린다고 생각하며 목구멍으로 넘기는데, 그가 질문을 던졌다.

"벌써 10년 전 일이네. 넌 어땠어? 지난 10년 동안."

율리의 눈동자가 잠시 흔들렸다. 하마터면 진실이 튀어나올 뻔했다.

힘든 일이 있을 때마다 그를 떠올리며 울곤 했으니까. 하지만 그런 사실까지 털어놓을 순 없었다. 율리는 시선을 비끼며 중얼거리듯 대답했다.

"특별한 일은 없었어요. 학교 다니고, 졸업하고, 취업하고……."

특별한 일이 없었다고? 제호는 현경이 해준 말을 떠올렸다.

— 제호 씨, 미국 들어간 지 얼마 안 되고 나서부터였어요. 이유는 저도 몰라요. 그때부터 율리는 집에서 나오려 했고, 그때마다 잡혀가서 얻어맞았어요.

현경에게도 해주지 않은 말을 자신에게 털어놓을 거라곤 기대하지 않았다. 그래도 마음의 문을 열지 않고 있다는 사실에 서운했다. 동시에 혼자서 버티느라 얼마나 힘들었을까, 안쓰러웠다. 제호는 묵묵히 숟가락으로 수프를 떠 올렸다.

"자, 한입 더 먹어."

율리는 유아식을 받아먹듯이 그가 떠주는 수프를 예쁘게 받아먹었다. 그 모습이 얼마나 자극적이라는 것도 모르고, 오물오물. 입가에 남은 하얀색의 찐득한 수프를 혀로 쓱, 핥아먹으면서 다시 또 오물오물. 아까부터 율리는 그의 인내심을 시험했다. 또다시 입가에 묻은 수프를 혀로 핥으려 하자, 제호는 재빨리 엄지로 닦아 자신의 입 속으로 넣었다. 그것만으론 성이 차지 않아 입가에 묻은 수프를 입술로 마저 닦아냈다. 입술이 떨어져 나가자 율리는 '큭' 웃음을 터뜨렸다.

"뭐예요?"

"왜? 노력하라면서. 나 지금 대놓고 유혹하는 건데."

"……아……."

당황한 듯 얼굴을 붉히는 율리의 모습에 남아 있던 인내심이 모두 사라져버렸다. 이건 모두 클램차우더 때문이다. 붉은 입술에 남은 하얀 클램차우더가 너무 자극적이어서, 입술에 찐득하게 달라붙은 느낌이 너무 노골적이어서 제호는 도저히 참을 수 없었다.

제호는 율리를 번쩍 들어 올려 그의 허벅지 위에 앉게 했다. 율리의 양팔이 자연스럽게 제호의 목에 감겼다. 누가 먼저랄 거 없이 서로의 입술이 포개졌다.

율리를 안은 채 자리에서 일어난 제호는 그대로 성큼성큼 침실로 걸어갔다. 문을 열고 침실 안으로 들어가는 와중에도 율리에게서 입술을 떼지 않았다. 침대 위에 율리를 내려놓은 그는 한쪽 다리를 세우고는 그 사이에 자리를 잡았다.

침대맡에 등을 기댄 채 서로의 몸이 포개진 듯 끌어안고 앉은 자세가 되자, 율리의 얼굴이 빨갛게 물들었다. 제호는 고개를 숙여 뜨겁게 입을 맞추며 율리의 셔츠 단추를 풀었다. 셔츠 자락이 열리며 부드러운 살갗이 모습을 드러냈다. 셔츠의 짙은 색과 투명할 정도로 하얀 피부가 강렬한 대비를 이루었다. 그 모습이 얼마나 자극적으로 다가오는지 직접 보지 않곤 모를 것이다.

"어떻게 해줄까?"

민감한 살결에 입술을 가져가며 그가 속삭이듯 물었다. '어떻게 해줄까?'라니? 율리는 혼란스러운 눈으로 제호를 바라보았다. 그러면서도 한편으론 뭔가 불공평하다는 생각이 들었다. 그녀는 목까지 빨개진 상태에 호흡이 거칠었는데, 그는 열기에 휩싸인 눈빛만 빼곤 머리카락 하나 흐트러지지 않은 단정한 모습이었다.

"나, 지금 열심히 노력하는 중이야. 그러니까 말해줘. 어떻게 해줄까?"

커다란 손이 율리의 머리를 다정하게 쓰다듬었다. 다시는 느낄 수 없을 거라고 생각했던 손길이 그녀를 어루만졌다. 민우의 손길과는 전혀 달랐다. 심장이 죄일 것처럼 좋았다. 눈물 날 정도로 기뻤다.

불공평하면 좀 어때? 그는 지금 내 옆에 있는데. 어떻게 해줄까, 묻고 있는데……. 가장 끔찍한 날이 될 뻔했는데, 너무나 행복한 날이 되어가는 중이었다.

율리는 제호의 손을 잡아 자기 몸에 닿게 했다.

"그때처럼 만져줘요. 나쁜 기억 다 지워버리게."

"녀석이 어딜 만졌지? 여긴가?"

제호가 허벅지를 쓰다듬었고, 율리는 가만히 고개를 끄덕였다.

"어디까지?"

그녀가 무릎 위까지 손을 이끌자, 깊게 구겨졌던 제호의 미간이 조금은 느슨해졌다.

"다행이네. 거기서 조금만 더 위로 올라갔더라면 녀석 손모가지를 부러뜨렸을 거야."

그의 손이 천천히 위로 미끄러지듯 올라갔다. 셔츠 안으로 들어온 따뜻한 손이 맨살을 어루만졌다. 그녀의 셔츠 단추는 벌써 반 이상 풀렸는데, 그는 소매 단추 하나 풀지 않은 상태였다. 부드러운 손길이 지날 때마다 셔츠 소매의 빳빳한 촉감이 뒤를 따랐고, 그 이율배반적인 느낌이 더욱더 몸을 달아오르게 했다.

"걱정하지 마. 끝까진 안 가."

율리가 어깨를 움켜쥐며 파르르 떨자, 그가 달래듯 입술을 맞췄다.

"쉬, 긴장만 풀게 해줄게."

긴장만 풀게 해줄 거라는 손길은 지금까지완 비교도 할 수 없을 정도로 강도가 높았다. 살짝 스치듯 닿을 때도 전기가 오르는 것처럼 전율이 일었는데, 지금은 더욱더 애태우듯 여린 곳 안으로 깊숙이 파고들었다. 집요하게 자극하는 손길에 머릿속에선 열꽃이 터지고 어느덧 눈물이 흘러내렸다. 하지만 그는 멈추지 않았다. '이게 끝이 아니면 뭐가 더 뒤에 있는 걸까?'라는 생각이 들 정도로, 한 번도 가보지 못한 세계로 그녀를 이끌었다.

"하, 흐응."

빳빳한 셔츠 깃을 움켜쥐며 이를 악물었지만, 율리의 입에선 낯선 소리가 저절로 터져 나왔다. 과연 이래도 되는 걸까 무서울 정도였다.

"훗…… 제, 제호 씨……."

결국 더는 견디지 못하고 제호의 팔목을 붙잡았다.

"왜? 그만할까?"

그가 동작을 멈추고 쉰 목소리로 속삭였다. 막상 쉽게 물러서니, 아쉬움이 밀려들었다. 모르겠다. 무섭긴 했지만, 그렇다고 그만두고 싶진 않았다. 어느새 팔목을 잡았던 율리의 손이 스르르 풀어졌다.

"계속해?"

율리가 고개를 끄덕이자, 제호는 부드럽게 웃으며 그녀의 입술을 깨물며 더운 숨을 불어넣었다. 두 사람의 혀가 비벼지고 불꽃은 다시금 활활 타올랐다. 그는 계속해서 "어떻게 해줄까?"라고 물었지만 율리는 방법을 알지 못했다. 그저 흐느끼며 애원할 수밖에 없었다.

"그냥, 어떻게 좀 해줘요."

그녀가 울먹이자, 제호는 그녀를 으스러지게 끌어안았다.

"지금이야, 긴장 풀어."

다정한 속삭임이 신호가 되어 한껏 열로 고조되던 몸이 한순간에 폭발했다. 눈앞이 하얗게 부서지며 일순간 숨이 멎었다. 동시에 그가 그녀의 턱을 그러쥐고 진하게 입을 맞췄다.

썰물처럼 긴장이 몸에서 빠져나가고, 미친 듯이 세차게 뛰던 심장 박동이 서서히 정상으로 돌아갔다. 하얗게 변했던 세상에 검은 장막이 내려오고, 어느새 눈이 감겼다.

율리는 이대로 잠들어버리면 안 된다고 중얼거렸지만 눈꺼풀이 너무나도 무거웠다. 며칠 전부터 거의 불면의 밤을 보냈는데 그 후유증이 지금 오나 보다. 온몸이 노곤해지며 손가락 하나 움직일 수 없었다.

기절하듯 잠들어버린 율리를 제호는 말없이 바라만 보았다. 다시 끌어안고 입 맞추고 싶을 만큼 사랑스러웠지만, 지쳐버린 그녀를 건드릴 순 없었다. 그는 헝클어진 율리의 머리카락을 매만져주고 풀린 셔츠 단추를 다시 꼼꼼히 채워주었다.

"푹 자고 있어."

부드럽게 미소 지으며 잠든 그녀 이마에 입을 맞춘 그는 조용히 침실을 빠져나갔다.

제호의 연락을 받은 현경이 율리의 신혼여행용 슈트 케이스를 들고 나타난 건 그로부터 한 시간 후였다.

"율리는요?"

"자고 있습니다. 잠깐 나갔다 와야 하는데, 율리 곁에 있어줄 수 있겠습니까?"

"그거야 당연하죠."

현경은 뭘 그런 걸 묻느냐는 듯 양손을 내저었다. 오히려 그녀가 율리를 챙겨주어서 고맙다고 제호에게 인사해야 할 판이었다. 율리가 사라져서 얼마나 가슴 졸였는지 모른다.

안 여사와 유리에게 계속 전화가 걸려 왔지만 일부러 받지 않았다. 율리와 함께 있냐고 물을 게 뻔한데, 정작 그녀도 율리가 어디 있는지 몰랐기 때문이었다. 제호에게서 율리와 함께 있다는 전화를 받고서야 마음을 놓았다.

"필요한 거 있으면 뭐든지 꺼내 써요. 만약에 내가 돌아오기 전에 율리가 깨어나면 원하는 대로 해주세요. 집에 가고 싶다고 하면 집에 데려다주고, 현경 씨와 있고 싶다고 하면 함께 가도 좋아요. 여기에 있고 싶다고 하면 그대로 있고."

"알았어요. 걱정하지 마세요."

"그럼 부탁하겠습니다."

"저, 그런데……."

제호가 그대로 지나치려고 하자, 현경이 앞을 가로막으며 물었다.

"신부를 보쌈한 게 아니라, 신랑을 보쌈한 거예요? 비슷한 거죠?"

제호는 대답 대신 현경을 향해 빙그레 웃어 보이며 고개를 까딱거렸다. 그리고 차고 문을 향해 등을 돌렸다.

역시 내 눈은 정확하다니까.

제호의 뒷모습을 바라보는 현경의 얼굴에 흐뭇한 웃음이 떠올랐다.

"단둘이 만나자고 한 게 언젠데, 이제야 이렇게 보게 되는군."

접견실로 들어서는 제호를 보며 채 의원이 말했다. 제호는 고개 숙여 인사한 후 채 의원 맞은편에 앉았다.

"자네가 뜻하던 대로 되어서 좋겠군. 하지만 결혼은 연기된 거지, 아예 무산된 건 아닐세."

"글쎄요. 율리는 이미 결혼하지 않기로 마음을 바꿨습니다. 이대로 결혼을 강행한다면 그건 또 다른 폭력이 될 겁니다."

"흠."

채 의원은 피곤하단 듯 쓰고 있던 안경을 벗으며 미간을 주물렀다.

"자넨 지금 이러지 말고 10년 전 그때 율리와 결혼했어야 했어."

도로 안경을 쓰며 채 의원이 말을 이었다.

"그랬다면 지금과는 달랐을지도 모르지. 권 회장님은 자네에게 미국으로 건너가지 말고 여기 남아서 후계자가 되어 율리와 혼인하라고 했지만, 자넨 거절하고 부모를 따라갔네."

그땐 그랬다. 경쟁에 환멸을 느꼈고, 정략결혼이란 것 자체를 받아들이고 싶지 않았다.

"그러니까 이 모든 게 제 탓이란 말입니까?"

"때가 틀렸다는 말일세. 이미 율리에겐 치유할 수 없는 상처가 생겼고, 자네는 그걸 감당하지 못할 거야."

'치유할 수 없는 상처'란 말에 제호는 잠시 긴장했다. 도대체 무슨 일이길래 저렇게 표현하는 걸까? 하지만 물어보기도 전에 채 의원은 단호하게 다음 말을 이어갔다.

"자네는 그 애가 원하는 것을 줄 수 없어."

"그게 뭡니까?"

"맹목적인 사랑. 권 실장이라면 줄 수 있지. 권 실장은 정말 율리와 결혼하고 싶어서 안달이 났으니까."

제호가 아무 말도 하지 않고 듣고만 있자, 채 의원은 말을 덧붙였다.

"권 실장도 그렇고, 현경이도 그렇고. 율리와 관계를 이어나가기 위해선 한쪽이 율리에게 매달려야 해. 그렇지 않고선 오래가지 못하네."

문득 현경이 해준 말이 떠올랐다.

─ 율리는 내게 둘도 없는 친구예요. 어릴 때부터 붙어 다녀…… 아니, 사실은 내가 율리를 졸졸 따라다녔어요. 옆에 딱 달라붙어서 한시도 떨어지지 않았죠.

제호의 얼굴에 동요의 빛이 떠오르자, 채 의원은 쓰게 웃었다.

"결국엔 자네가 먼저 지쳐 나가떨어질 걸세."

"제가 먼저 지쳐 나가떨어지길 바라시는 것 같군요."

"겉은 멀쩡해도 속은 다 뭉그러진 아이야. 그런 아이와 사랑이라고? 후, 과연 자네가 얼마나 버틸 수 있을지 궁금하군."

제호는 율리를 마치 관심에 굶주린 사람인 것처럼 묘사하는 채 의원에게 화가 치밀었다. 자동으로 목소리에 힘이 들어갔다.

"말씀 가려가면서 하시죠. 율리는 의원님의 자식이기도 합니다."

"물론 내 딸이지. 누가 뭐래도 내 딸이야. 겉은 제 어미를 쏙 빼닮았을지 몰라도, 속은 완전히 나를 빼닮았으니까."

"도대체 그동안 무슨 일이 있었던 겁니까?"

그 물음에 채 의원은 '너도 별수 없구나.' 하는 눈으로 제호를 바라보았다. 그리고 비웃는 듯한 미소를 떠올렸다.

"그걸 왜 나한테 물어보나? 자네가 직접 율리에게 물어봐야지. 그런데 과연 자네에게 털어놓을까? 절친인 현경이에게도 10년 동안 말하지 못하고 있는데?"

"의원님은 참 잔인하시군요."

"그리고 나를 닮은 율리 또한 아주 잔인하지. 그 애가 얼마나 잔인해질 수 있는지, 잘 지켜보게나. 난 이미 경고했네."

채 의원은 할 말이 끝났다는 듯 소파에서 몸을 일으켰다.

"제 볼일은 이제부터입니다."

채 의원이 걸음을 멈추고 뒤를 돌아보자, 제호는 USB 메모리를 꺼내 테이블 위에 내려놓았다.

"우선 율리에게는 비밀로 해주세요. 나중에 제가 따로 말하겠습니다."

"그게 뭔가?"

"민우가 '스캔들' 운운하며 결혼을 압박한다면, 의원님께 민우를 협박할 수 있는 정보를 넘겨드릴 수 있습니다. 이 안에 모두 담겨 있습니다."

채 의원은 무덤덤한 얼굴로 USB 메모리를 집어 들었다.

"조폭과 연관돼 필리핀으로 피신한 거라서, 아직은 아무도 모릅니다. 담당 검사 측만 알고 있습니다."

채 의원은 검사 출신 정치인이었다. 제호가 지금 무슨 말을 하는지 자세한 설명은 필요 없었다. 손에 쥔 USB 메모리와 제호를 번갈아 바라보며 어이없다는 표정을 지어 보였다.

"그래서 지금, 권 실장을 한 방에 쓰러트릴 수 있는 패를 버리겠다는 건가? 율리를 위해서?"

"네. 정보야 다시 얻으면 되는 거니까요."

"이번 일로 권 실장 측에 심어놓은 정보원의 신분이 발각되기라도 하면 어쩌려고. 그거, 다 각오한 건가?"

안다. 그것 때문에 우결과 의견 차이가 생겼고, 브랜든 역시 난감해했었다. 하지만 제호는 율리를 위해서 힘든 결단을 내려야 했다.

"이미 빼냈습니다. 이 일로 그분이 잘못되는 걸 원하지 않으니까요."

"정보원을 빼버렸다고?"

채 의원이 믿을 수 없다는 얼굴로 되묻자, 제호는 말없이 고개를 끄덕였다. 채 의원은 기가 막힌다는 듯 고개를 내저었다.

"이런, 율리 하나 때문에 출혈이 컸겠군. 그 애가 그만큼 자네에게 중요한 존재인가?"

"그래서가 아닙니다. 제가 꼭 해야 할 일이어서였습니다."

의외의 말이 나오자, 채 의원은 혼란스럽다는 듯 미간을 찌푸렸다. 하지만 더는 묻지 않았다.

"그럼 전 이만 가보겠습니다."

제호는 자리에서 일어나 채 의원에게 깊이 고개를 숙였다. 그리고 그대로 등을 돌려 접견실을 걸어 나갔다.

율리의 존재가 중요한가, 중요하지 않은가를 떠나서, 지금 그에겐 그녀에게 갚아야 할 빚이 있었다. 복수를 위해서 그녀를 이용하려고 한 것에 대한 빚. 그녀의 아픔을 알면서도 모른 척 지나치려고 한 빚. 그 빚을 모두 갚아야만 진심으로 율리에게 다가갈 수 있다고 믿었다. 적잖은 희생이 따르겠지만 그에겐 선택권이 없었다. 아니, 선택권이 있다고 한들 결론은 같았을 것이다. 율리가 최우선이었다.

"제발 좀 받아라, 제발."

필리핀에 도착하자마자 민우는 제일 먼저 율리에게 전화를 걸었다. 인천 공항에서는 급히 비행기를 타느라 전화할 겨를이 없었다.

"에이씨, 진짜 안 받네."

몇 번이나 걸었지만, 율리는 끝내 전화를 받지 않았다. 진 과장이 적당한 구실을 내세웠을 테니까 큰일이야 없겠지만, 그래도 불안한 마음에 이번엔 나 여사에게 전화를 걸어보았다.

"엄마, 결혼식 어떻게 됐어요?"

[어떻게 되긴 뭐가 어떻게 돼? 그런가 보다, 하고 다들 집에 갔지. 회사를 위해서 본인 결혼식마저 미루고 달려갔다는데 누가 뭐라고 해.]

처음부터 결혼을 탐탁지 않게 여겼던 나 여사는 시큰둥한 목소리로 답해주었다.

"그렇지. 그래야지."

하지만 안도하는 건 잠시일 뿐, 나 여사가 불평과 함께 폭탄선언을 했다.

[율리, 걔, 정말 안 되겠더라. 너 안 온다고 하니까, 열받는다고 웨딩드레스 차림으로 그냥 식장을 걸어 나갔어. 자기가 뭔데, 성질을 부리면서 뛰쳐나가? 아예 이참에 이 결혼 없던 걸로 하자.]

"엄마, 미쳤어?"

민우는 사색이 된 얼굴로 빽 소리를 질렀다. 다 된 밥에 재를 뿌려도 유분수지! 하지만 호락호락 당하고만 있을 나 여사도 아니었다. 민우만큼 큰 소리로 되받아쳤다.

[닥쳐! 오늘 얼마나 가관이었는지 알아? 하여간 내가 채 의원님 만나서 따질 거야, 도대체 딸 교육을 어떻게 했냐고.]

나 여사 성질에 채 의원을 찾아갈 게 분명했다. 민우는 죽는소리로 애원할 수밖에 없었다.

"제발 그러지 마! 안 그러면 나 여기서 제대로 일 처리하지 못하고, 그러다 사고 날 거야."

[얘가 지금 제 엄마를 협박하네.]

"협박이 아니고 정말이야. 여긴 한국과 다르다고."

그제야 나 여사는 성질을 거두고, 돌아와서 다시 이야기하자며 전화를 끊었다. 우선 급한 불을 끈 민우는 분노를 삭이며 이를 갈았다.

"내가 박 사장 이 새끼, 가만히 두나 봐라."

하필 율리와 결혼하는 날에 행패를 부리다니! 절대로 용서할 수 없었다. 민우는 씩씩거리며 진 과장에게 전화를 걸었다. 그런데 신호음 한 번 만에 받던 사람이 웬일인지 전화를 받지 않았다.

"에이 씨X."

욕 한 사발을 문자로 남기려던 민우는 잠시 숨을 돌리고 흥분을 가라앉혔다. 바쁘게 일을 처리하느라 전화를 못 받는 것일 수도 있으니까 호텔에 도착해서 전화해봐야겠다고 생각하며 민우는 신속히 공항을 빠져나갔다.

잠에서 깬 율리는 멍하니 반쯤 감긴 눈을 깜빡거렸다. 서너 시간을 내리 잔 모양이다. 주위는 이미 어둑어둑해져 있었고, 제호는 온데간데 없었다. 현경만이 거실에서 그녀를 기다리고 있었다.

"이제야 깼구나. 괜찮아?"

걱정스러운 표정을 짓는 현경에게 율리는 가만히 고개를 끄덕였다.

현경은 제호의 셔츠를 입은 율리를 보고도 별말은 하지 않았다. 대신 서둘러 슈트 케이스를 열었다.
"너, 옷부터 갈아입어야겠다."
신혼여행을 위한 짐이었기에 비치웨어가 대부분이었다. 율리는 혹시 몰라 챙겼던 긴 소매 스웨터와 무릎까지 내려오는 플레어스커트를 집었다. 옷을 갈아입고 나오자 여기저기 찬장을 열어 보던 현경이 뒤돌아보았다.
"나 차 마실 건데 너도 마실래? 난 커피는 됐어. 벌써 네 잔이나 마셨거든."
드디어 찻주전자가 들어 있는 찬장을 발견한 현경이 휘파람을 불며 차와 찻주전자를 꺼내려는데 율리가 조심스럽게 말을 꺼냈다.
"……미안한데, 현경아, 여기 제호 씨 집 아니야. 클라이언트 집이거든. 살살 좀 다뤄줄래?"
"어?"
순간 현경의 표정이 미묘하게 변했다. 하지만 곧 아무렇지 않은 듯 웃으며 찬장 문을 닫았다.
"알았어."
왜 제호가 제집이라고 율리에게 밝히지 않았는지 모르겠지만, 제삼자인 현경이 이러쿵저러쿵할 일은 아니었다.
"아, 맞다. 네 휴대폰."
현경은 후다닥 가방을 집더니, 안에서 휴대폰을 꺼내 율리에게 내밀었다. 안 여사와 유리에게 여러 통 전화가 걸려 와 있었다. 아무래도 집에는 연락해봐야 할 것 같았다.
[율리야, 괜찮니?]

안 여사의 떨리는 목소리가 휴대폰 너머로 흘러나왔다. 오늘 같은 경우엔 그녀도 적잖이 놀랐을 것이다. 지금만큼은 연기가 아니라는 걸 느낄 수 있었다.

"네, 괜찮아요."

[너, 지금 현경이랑 같이 있니?]

"네, 어머니. 저 지금 같이 있어요."

현경이 안심하라는 듯 크게 말하자, 그제야 안 여사의 떨리던 목소리가 정상으로 돌아왔다.

[그래, 다행이다. 한동안 현경이랑 같이 있으렴. 아버지도 그렇게 하라고 하셨어.]

"아버지가요?"

[응, 나랑 통화되면 그렇게 전하라고 하시더라. 이번 일은 아버지 선에서 해결할 거니까, 걱정하지 말라고도 하셨고.]

다짜고짜 결혼식장을 뛰쳐나갔다고 뭐라고 할 줄 알았는데, 예상과는 다른 채 의원의 태도에 율리는 미간을 찌푸렸다.

"아버지 선에서 해결할 거라니, 그게 무슨 뜻이죠?"

[글쎄다. 나에겐 이렇게만 전하면 네가 알아들을 거라고 하시던데.]

"아버지, 지금 어디 계세요?"

[당사 사무실에 계실 거야.]

채 의원이 자신의 전화를 받을 리 없었지만, 율리는 혹시나 하는 희망에 걸어보았다. 놀랍게도 신호음 몇 번에 채 의원이 전화를 받았다.

[그래, 나다.]

"아버지, 저 방금 새엄마랑 통화했어요. 아버지 선에서 해결하신다니, 그게 무슨 뜻이죠?"

순간 무거운 침묵이 흘렀다. 채 의원이 대답해주기 전까지, 율리는 불안한 마음에 입술을 꽉 깨물었다.

[말 그대로다.]

이윽고 채 의원의 목소리가 휴대폰 너머로 흘러나왔다.

[권 실장 일주일 후쯤 돌아온다고 하니까, 그때까지 곰곰이 생각해 봐라. 결혼할 건지, 아니면 이대로 취소할 건지.]

율리는 채 의원 입에서 나온 말이 쉽게 믿어지지 않았다. 죽은 아내의 명예를 더럽히면서까지 자신의 이익만 챙기기에 급급한 채 의원이니까.

"그러면 그때 말씀하신 그건……."

[그걸 써먹지 않아도 될 만큼, 더 나은 패가 들어왔거든.]

"더 나은 패라고요?"

점점 더 이해하기 어려운 말이 흘러나오자, 휴대폰을 들고 있는 율리의 손에 힘이 들어갔다.

[널 권 실장과 결혼시키고 싶어 하지 않는 누군가가 자신을 희생하면서까지 그 좋은 패를 나에게 넘겨주더구나.]

"그게 누군데요?"

[그건 네가 스스로 알아내야지. 회의에 들어가야 하니까, 그만 끊자.]

채 의원과 전화를 끊고 율리는 곰곰이 생각에 잠겼다.

도대체 누굴까? 제호 씨일까? 아니면…….

율리는 옆에서 눈을 깜빡거리며 자신을 바라보는 현경에게로 고개를 돌렸다.

"현경아. 너 혹시 나랑 민우 결혼 못 하게 하려고 민우 뒷조사했니?"

순간 현경의 눈이 튀어나올 것처럼 커다래졌다.

"어? 너 내가 민우 약점 캐고 다닌 거, 어떻게 알았어?"
"현경아!"
율리는 감동한 얼굴로 현경을 와락 끌어안았다. 진한 우정에 눈물이 왈칵 쏟아졌다.
"현경아, 고마워. 그리고 사랑해. 나, 너 정말로 사랑해."
"야, 왜 울고 그래? 응. 나도 너 정말 미치도록 사랑해."
처음엔 당황하던 현경도 이내 눈물을 글썽거리며 율리를 꽉 끌어안았다. 두 사람은 서로를 부둥켜안고 감동의 눈물을 흘렸다.
짝, 짝, 짝―.
그때 어디선가 손뼉을 마주치는 소리가 들렸다. 율리와 현경은 소리가 나는 쪽으로 고개를 돌렸다. 제호가 벽에 어깨를 기댄 채로 서서 두 사람을 바라보고 있었다.
"이런, 몰랐는데……."
섬뜩하리만큼 아름다운 미소를 지으며 그가 말했다.
"둘, 취향이 그런 거였어요?"
율리와 현경은 화들짝 놀라며 서로 껴안은 팔을 놓았다.
"아니에요, 그런 거!"
동시에 두 여자의 입에서 토씨 하나 틀리지 않고 같은 말이 튀어나왔다.
"사랑하는 건 맞지만, 그런 거 아니라고요."
제호는 그것마저 못마땅하다는 듯 눈살을 찌푸렸다. 그가 벽에서 몸을 일으켜 가까이 걸어오기 시작하자, 율리는 얼굴을 붉히며 재빨리 현경의 뒤로 몸을 숨겼다.
현경과 단둘이 있을 땐 몰랐는데, 그를 본 순간 황홀감에 흐느꼈던 몇 시간 전 일이 떠올랐다. 자신도 몰랐던 모습을 그에게 보여준 것 같아서, 본능에 미쳐버린 적나라한 모습을 들킨 것 같아서 도저히 얼굴을 볼 수 없었다.

현경은 무슨 일이냐는 듯 고개를 돌리려 했지만, 율리는 양손으로 현경의 얼굴을 도로 앞쪽으로 돌려버렸다. 어느새 앞으로 다가온 제호가 무심한 눈빛으로 두 사람을 바라보았다.

"사랑하는 사람끼리 함께 있으면 되겠네요. 지금 현경 씨 집으로 갈 겁니까?"

제호는 뭔가 오해를 한 듯싶었다. 차마 얼굴을 볼 수 없을 정도로 부끄러운 건 맞지만, 그렇다고 그를 피하고 싶은 건 아니었다.

"가긴 어딜 가요!"

현경도 뭔가 분위기가 이상한 쪽으로 흘러간다는 걸 느꼈는지, 목청을 높였다.

"저도 제 사생활이라는 게 있는 사람이거든요. 밤에 애인도 오고 그래야 하는데. 아, 물론 남자죠. 그렇지, 율리야?"

"네, 맞아요. 현경이 애인 남자예요."

어느새 현경의 뒤에서 나온 율리가 격하게 동의했다. 그제야 제호는 부드럽게 웃으며 두 사람을 지나쳐 주방으로 걸어갔다. 아일랜드 식탁 위에 놓인 차와 찻주전자를 발견하곤 뒤로 고개를 돌렸다.

"차 마시려고 했어요?"

"네."

"이거 마시지 마요, 너무 쓰니까. 대신 커피 내려줄게요."

"네, 커피 좋죠."

조금 전만 해도 커피는 마시지 않을 거라던 현경이 큰 소리로 동의했다. 그리곤 어서 주방으로 가보란 듯, 율리의 옆구리를 팔꿈치로 쿡 찔렀다. 하지만 율리가 꿈쩍도 하지 않자, 이번엔 양팔을 잡아서 질질 끌 듯 주방으로 데려갔다.

"전 아주 중요한 전화가 있어서 잠시만……"

율리를 억지로 주방 안으로 밀어 넣은 현경은 전화하는 시늉을 해 보이곤 빠르게 정원으로 사라졌다. 다행히 제호는 커피 원두를 가느라 그녀로부터 등을 돌린 자세였다. 그런데도 자석을 만난 쇠붙이처럼 그녀의 감각은 온통 그에게로 쏠렸다.

그때 띵띵, 제호의 휴대폰에서 문자 알림이 울렸다. 문자를 확인한 제호는 '픽' 웃더니 휴대폰을 내려놓고 에스프레소 머신을 작동했다.

아일랜드 식탁 옆에 몸을 기댄 율리는 다시금 얼굴이 발개지려고 하자 아래로 고개를 숙였다. 몸은 후끈 달아올랐고, 머릿속은 복잡했다. 자꾸만 침실에서의 일이 눈앞에 떠올랐다. 끝까지 안 갔는데도 그 정도였으면 끝까지 가게 되면 정말 어떨지, 솔직히 무서울 정도였다.

골똘히 생각에 빠진 나머지 제호가 다가왔다는 사실을 깨닫지 못했다. 코끝에 시트러스 향이 흘러드는 순간, 커다란 손에 허리를 붙잡혀 번쩍, 아일랜드 식탁 위에 올려졌다.

율리를 내려놓은 그는 옆 싱크대에서 천천히 손을 씻기 시작했다. 거품이 가득한 손을 손톱 밑까지 아주 정성스럽게 씻으면서도 그녀에 게선 한순간도 시선을 떼지 않았다.

미치겠다. 손 씻는 모습까지 이리도 멋질 일인가?

손을 모두 씻은 그는 율리의 다리 사이에 자리를 잡았다. 자연스럽게 율리의 다리가 그의 허리를 휘감았다.

"나 없는 동안 뭐 했어요?"

스웨터 안으로 손을 밀어 넣으며 그가 낮게 속삭였다. 물기가 남은 차가운 손이 따뜻한 몸에 닿자 소름이 돋았다. 율리는 저도 모르게 그를 꽉 끌어안고 어깨에 얼굴을 묻었다. 등으로 자리를 옮긴 손이 툭, 브래지어 훅을 풀었다.

"이러지 마요. 현경이 곧 돌아와요."

깜짝 놀란 율리가 뒤로 물러나려 하자 강한 손이 잘록한 허리를 단단하게 휘감았다.

"아니, 현경 씬 안 돌아와요."

다른 손으론 율리의 턱을 들어 올린 제호가 가볍게 입을 맞추며 말했다.

"아까 문자 온 거, 현경 씨에게서 온 거예요. 급한 일이 있어서 가본다고."

어느새 스커트가 위로 올라갔는지 드러난 다리 위로 찬 공기가 내려앉았다.

"자, 이제……."

율리의 입술을 살며시 깨물며 그가 속삭이듯 물었다.

"어떻게 해줄까?"

마법과도 같은 한마디가 흘러나오는 순간, 율리는 더 이상 숨을 쉴 수가 없었다. 이미 금단의 열매를 맛본 몸이 뜨거운 순간을 떠올리며 여리게 떨리기 시작했다.

"말을 해줘야 알지, 정확히 뭘 원하는지."

나긋하게 중얼거린 제호는 더 대담한 곳으로 손길을 미끄러뜨렸다. '안 돼요.'라고 말하고 싶었지만 몸이 먼저 반응해버렸다. 터져 나오려는 신음을 참으며 율리는 제호의 목덜미에 얼굴을 묻었다. 어루만지는 손길이 노골적이게 될수록 숨도 서서히 가빠졌다.
"말 안 할 거예요?"
"……무슨 말을……요?"
열에 들뜬 그녀와 반대로 그는 너무나 평온했다. 손으론 그녀를 집요하게 괴롭히면서 목소리 톤조차 변화가 없었다.
"원하는 걸 말하라니까."
자신만 이러는 것 같아서 율리는 내심 억울했다. 그렇다고 끌려만 갈 수는 없기에 이를 악물고 제호의 가슴을 손바닥으로 밀어냈다.
"제호 씨도 벗어요."
미처 못 알아들었다는 듯 제호가 한쪽 눈썹을 끌어 올렸다.
"셔츠 벗으라고요. 방금 원하는 게 뭐냐고 물어봤잖아요."
율리는 새침한 표정을 지으며 턱을 치켜들었다.
"불공평하다고요. 맨날 나만……."
율리는 차마 말을 잇지 못하고 얼굴을 붉혔다. '나만 벗고.'라는 말을 하려니 왠지 민망스러웠다. 한편으론 '그 민망스러운 짓을 나 혼자만 하고 있었나?'라는 생각에 은근히 약이 올랐다. 저절로 하고 싶은 말이 쏟아져 나왔다.
"제호 씨는 지금껏 소매 단추 하나 풀지 않았잖아요. 그러니까 셔츠라도 벗으라고요."
말하는 와중에도 창피했는지, 처음엔 제호를 똑바로 바라보던 눈길이 말 끝머리에선 옆으로 살며시 비껴 있었다. 그런 율리의 모습이 너무나 귀여워 제호는 '큭' 웃음이 나왔다. 수줍은 듯 얼굴을 붉히며 시선을 피하는 행동이 얼마나 본능을 들끓게 하는지 그녀는 모르는 게 분명했다.

"알았어요. 원한다면 벗죠."

그게 뭐라고. 제호는 제일 먼저 왼쪽 소매 단추를 풀었다. 이어서 손목시계를 풀어 아일랜드 식탁 위에 올려놓았다. 이번엔 오른쪽 소매 단추를 풀었다. 도발하듯이 그녀를 빤히 쳐다보면서 느릿하게 긴 손가락을 움직였다. 하나씩 하나씩 단추가 열리어 셔츠 안에 숨겨진 탄탄한 근육이 드러났다.

벗으라고 말한 주제에 율리는 시선을 어디에 두어야 할지 난감했다. 빤히 보자니 빨개진 얼굴이 더더욱 빨개졌고, 고개를 돌리자니 괜히 내숭을 떠는 것만 같아서 불편했다. 정면과 측면, 그 중간쯤 어딘가에 시선을 고정할 수밖에 없었다. 사락사락, 바지 안에서 셔츠 자락을 꺼내는 소리마저 신경을 자극했다.

천천히 느린 동작으로 셔츠에서 팔을 빼낸 제호는 손목시계 옆에 벗은 셔츠를 내려놓았다. 율리의 허리 옆을 팔로 짚어 그녀를 품에 가두었다.

"자, 다음으로 이걸 원해요?"

제호가 바지 버클을 풀려 하자, 율리는 화들짝 놀라 손목을 잡았다.

"아뇨, 바지까지 벗을 필욘 없어요."

'가슴만으로 충분해요!'라는 말이 나오려는 걸 서둘러 입 속에 도로 집어넣었다.

"그러면 이젠 내가 원하는 걸 해도 될까요?"

그가 나른하게 웃으며 물었다. 율리는 아무 생각 없이 고개를 끄덕였다. 그러자 그는 눈 깜짝할 사이에 율리의 스웨터를 위로 끌어 올렸다. 동시에 훅이 풀린 브래지어도 손쉽게 제거했다.

"아!"

율리가 손으로 앞을 가리기도 전에 그가 먼저 팔을 뻗어 그녀를 품으로 끌어당겼다. 서로의 가슴과 가슴이 그대로 맞닿았다. 맨살끼리 닿는 감촉만으로도 눈앞이 아찔했다.

제호는 율리의 목덜미에 얼굴을 묻으며 달콤한 체취를 맘껏 들이마셨다. 그리고 다정하게 속삭였다.

"자, 이번엔 당신 차례. 하고 싶은 거 해요."

가만히 안고만 있어도 소름 돋게 좋은데 여기서 뭘 더 할 수 있을까 싶었지만, 율리는 손을 뻗어보았다. 널찍한 어깨와 등을 조심스레 쓰다듬었다. 손바닥에 닿는 감촉은 치료하며 만질 때와는 느낌이 달랐다. 더 뜨겁고, 더 단단하고, 더 진득하게 달라붙었다.

"하고 싶은 게 겨우 이거야?"

손길이 진도를 나가지 못하고 등에만 머물자, 제호는 실망한 듯 말하며 껴안은 팔을 풀었다. 그가 뒤로 물러서려고 하자 율리는 다급히 그를 끌어당겼다. 침실이라면 몰라도 조명이 훤하게 비치는 주방에서 벗은 몸을 드러낼 용기는 없었다.

"침실로 가요."

"왜 여기는 안 되고?"

"클라이언트 집이잖아요."

소파나 침대까진 그래도 받아들일 수 있었지만, 아일랜드 식탁 위에 서라니 안 될 말이었다. 민폐도 이런 민폐가 없었다.

"여기서 끝까지 갈 것도 아닌데."

"그래도 안 돼요."

"내 집이면 괜찮겠어요?"

"그건……."

대답에 집중하느라 제호가 움직이는 것을 눈치채지 못했다. 그가 앞으로 상체를 숙이는 순간, 몸이 뒤로 넘어가며 등 뒤에 차가운 대리석이 닿았다. 뒤늦게 깨달은 율리가 몸을 바둥거렸지만 이미 중심을 잃고 뒤로 넘어간 후였다.

"어쩌죠? 난 여기가 좋은데."

그가 한쪽 팔로 상체를 지탱한 채 그녀를 내려다보며 말했다.

"제호 씨, 제발······."

너무나도 당황한 나머지 율리의 눈가에 눈물이 맺혔다. 하지만 그는 놓아주기는커녕 한 손으로 그녀의 턱을 그러쥐고는 고개를 숙여 진하게 입을 맞췄다. 이어서 다른 손으론 하얀 가슴을 어루만지듯 부드럽게 움켜쥐었다.

한참 후에야 입술이 떨어지자, 율리는 숨을 헐떡이며 울 것 같은 얼굴로 항의했다.

"하아, 그만해요. 여긴 클라이언트······."

제호는 그런 율리를 내려다보는 장난기 어린 미소를 떠올렸다. 여기서 조금만 더 나가면 그녀는 당장에라도 울음을 터뜨릴 것 같았다.

슬퍼서 우는 모습은 보고 싶지 않지만, 이런 식으로는 가끔이라도 울게 하고 싶었다. 너무 예뻤다. 얼굴을 붉히며 눈물을 글썽거리는 모습이 목이 타들어 갈 만큼 달게 느껴졌다.

제호의 얼굴이 가까이 다가오자, 드디어 눈가에 맺혔던 눈물이 툭, 아래로 떨어졌다. 제호는 다정스럽게 율리의 눈물을 손으로 훔치고, 손가락을 입에 넣어 눈물을 맛보았다. 짠맛이 나야 하는데, 달게만 느껴졌다. 그가 생각하기에도 정상은 아니었다.

내가 이렇게 너에게 미쳐가고 있구나.

"쉬, 괜찮아. 여기 내 집이야."

제호는 달래듯 속삭이며 대리석 위에 흐트러진 율리의 머리카락 안으로 손을 밀어 넣었다. 무슨 뜻이냐는 듯 미간을 좁히는 그녀에게 그는 대답 대신 더는 말하지 못하게 입술로 율리의 입을 틀어막았다.

"에이, 씨X. 이 새끼, 도대체 어떻게 된 거야?"

호텔에 도착하고 나서도 진 과장은 통 전화를 받지 않았다. 비서를 통해서 알아보니 오늘 오후에 급히 사직서를 냈다는 대답이 돌아왔다. 그게 무슨 소리냐고 호통치자 진 과장이 사직서를 제출한 시각을 알려주었다. 민우가 탑승한 필리핀행 비행기가 이륙한 시각과 거의 일치했다.

진 과장이 증발해버린 지금, 상황을 파악해줄 수 있는 인물은 아무도 없었다. 그가 직접 박 사장과 연락하는 것밖에는 말이다.

워낙 여기저기, 곳곳에서 부정을 저지른 민우는 각 비리 건마다 한 명씩만 담당하게 했다. 나중에라도 일이 터졌을 때 한 명만 책임지게 하고 자르면 되니까. 박 사장과 얽힌 비리는 진 과장이 도맡아서 처리했다. 이번 차 검사에게 몰래 정보를 넘긴 것도 진 과장 이외엔 아무도 몰랐다. 권 전무조차 알지 못했다. 그랬는데 진 과장이 감쪽같이 사라져버렸다. 사라지기 전에 필리핀 공사에 문제가 생겼다면서 일 처리를 깔끔하게 해놓긴 했지만, 그래도 뭔가 찜찜했다.

혹시 박 사장 측에 쫓기게 돼서 연막을 치는 건가?

다시 전화를 걸어보았다. 드디어 전화가 연결되는 신호음이 들렸다.

민우의 얼굴에 화색이 돌기 시작했다. 하지만 뒤를 잇는 소리는 진 과장의 목소리가 아니었다.

[지금 전화는 없는 번호이오니 확인하시고 다시 걸어주시기를 바랍니다.]

참고 참았던 인내심이 터져버렸다.

"악!"

민우는 소리를 지르며 휴대폰을 벽에 내던졌다. 일이 어떻게 돌아가는 건지, 궁금해서 미쳐버릴 것 같았다.

삐삐―.

에스프레소 머신에서 에스프레소가 완성되었다는 알림이 울렸다.

제호는 율리를 껴안은 채로 몸을 일으키고 스웨터를 집어 율리에게 입혀주었다. 그리고 셔츠에 팔 한쪽을 꿰며 커피를 가지러 갔다.

셔츠를 벗으라고 하는 게 아니었는데…….

등을 돌린 채 에스프레소를 따르는 제호의 뒷모습을 바라보며 율리는 속으로 중얼거렸다. 괜히 도발한 것 같아 후회됐다. 율리는 옆에 놓인 속옷을 스커트 주머니에 넣고 재빨리 아일랜드 식탁에서 내려왔다. 그가 또다시 유혹하기 전에 헝클어진 머리와 옷매무시를 정리했다.

"아버지와 통화했어요."

제호가 커피 잔을 내밀자, 율리는 재빨리 말을 꺼냈다. 후끈 달아오른 분위기를 바꿀 필요가 있었다.

"제가 원하기만 하면 결혼 취소할 수 있다고 하셨어요. 이유가 뭐든,

민우가 일방적으로 식장에 나타나지 않은 거니까요."

"그래요? 잘됐네요."

그는 별로 놀라지 않은 것 같았다. 무덤덤한 얼굴로 고개를 끄덕거렸다. 율리는 이해를 돕기 위해 말을 조금 더 보탰다.

"현경이가 민우 뒷조사를 했나 봐요. 뭔지 모르겠지만, 결혼을 취소할 수 있을 정도로 치명적인 약점을 잡은 것 같아요."

제호는 지그시 미간을 찌푸렸지만, 잠자코 그녀의 말을 경청했다.

"민우가 돌아오면 이번엔 기다리지 않고 집안 어른끼리 만나서 확실하게 결혼 취소할 거예요."

이번에도 그는 고개만 끄덕일 뿐, 아무 말도 하지 않았다. 다시 커피잔을 들며 생각에 잠긴 듯한 표정을 지었다. 이윽고 그가 느릿하게 말을 꺼냈다.

"아까 그래서 현경 씨와 '사랑한다'고 고백한 겁니까?"

"그게 아니더라도 현경인 나에겐 그 누구보다 소중한 사람이에요."

"서로의 비밀을 전부 털어놓을 만큼?"

찰나, 율리의 표정에 균열이 생겼다. 살짝 시선을 내리까는 그녀의 행동을 제호는 놓치지 않았다. 머릿속에 채 의원이 한 말이 떠올랐다.

― 그걸 왜 나한테 물어보나? 자네가 직접 율리에게 물어봐야지. 그런데 과연 자네에게 털어놓을까? 절친인 현경이에게도 10년 동안 말하지 못하고 있는데?

율리는 끝내 제호의 물음에 대답하지 않았다. 시선을 돌린 채로 커피만 홀짝거렸다. 제호는 손목시계로 시간을 확인했다. 밤 8시가 조금 지나 있었다.

"집에 데려다줄까요?"

현경의 집으론 안 갈 거라고 했으니 그가 할 수 있는 자연스러운 질문이었다. 율리는 커피 잔을 꽉 움켜쥐며 제호에게로 시선을 돌렸다.

"오늘 밤, 여기서 자고 가도 될까요?"

짓궂게 나오는 그가 곤혹스럽긴 했지만 곁을 떠나고 싶진 않았다. 얼마 만에 그를 다시 보는 건데. 얼마 만에 그의 품에 안기는 건데. 함께 있는 이 순간에도 아직도 아쉽고 그리운데……

"오늘 하룻밤만?"

"괜찮다면 민우가 돌아올 때까지 여기서 지내고 싶어요."

"물론 괜찮죠. 민우 돌아온 후에도 계속 있어도 됩니다."

그가 커피 잔을 입에 가져가며 부드러운 목소리로 말했다. 율리는 방금 그가 했던 말을 떠올렸다. 그는 분명 이곳이 제집이라고 했다. 클라이언트 집이 어떻게 한순간에 그의 집으로 둔갑했는지는 모르겠지만 거짓말이었다고는 생각하지 않았다. 어떤 사연이 있는지는 모르겠으나 그건 차차 알아가면 될 것이다.

"단 침대가 하나뿐인데……"

커피 잔을 내려놓으며 제호가 말을 이었다. 공사가 마무리된 지 얼마 되지 않았으니, 게스트 룸이 준비되지 않은 건 어쩌면 당연했다.

"전 거실 소파에서 자면 돼요."

"그렇게는 못 합니다. 결정해요. 같이 침대를 사용하든지, 아니면 집에 가든지."

율리가 선뜻 대답하지 못하자, 그는 눈매를 휘며 웃었다.

"걱정하지 말아요. 원하지 않으면 손끝 하나 건드리지 않을 테니까. 잠만 자길 원한다면 잠만 잘 겁니다. 내가 인내심 하난 좋은 편이라."

인내심이라면 조금 전에도 이미 증명했다. 끝까지 밀어붙일 것처럼 뜨겁던 남자가 커피가 준비됐다는 알림 소리에 바로 몸을 일으키고 그녀를 놓아주었다. 어떻게 그게 가능한지 이해할 수 없었지만.

"그래요, 그럼."

대답이 마음에 드는 듯, 제호는 입가에 미소를 떠올렸다. 입구가 넓은 유리병의 뚜껑을 열더니 그 안에서 쿠키를 꺼냈다.

"미리 말해두겠는데, 나는 급한 걸 싫어해요."

율리의 입술에 쿠키를 대어주며 제호가 속삭였다.

"사탕이라면 한입에 씹어 먹지 않고, 아주 천천히 빨아 먹을 겁니다. 초콜릿이라면 혀로 핥으며 느릿하게 녹여 먹을 거고. 그래야 제대로 맛을 음미할 수 있으니까."

분명 디저트에 관한 이야기인데, 율리는 온몸에 전율이 일었다. 제호는 어서 먹으라는 듯 쿠키를 앞으로 내밀었다. 율리가 조심스레 쿠키를 한입 베어 물자 그가 빙그레 웃어 보였다.

"하나도 남김없이, 깔끔하고 탐욕스럽게 맛을 봐야죠."

고개를 숙인 제호는 쿠키 부스러기가 남은 율리의 입술을 깊게 머금었다. 그는 느릿하면서도 집요하게 그녀의 입술을 점령해 나갔다. 애를 태우는 듯 입술을 뗴었다 다시 포개기를 반복하다가 어느 순간, 머릿속이 하얗게 될 만큼 진득하게 파고들었다.

이러다 그의 입 속에서 형체도 없이 녹아버리는 건 아닐까?

율리는 마치 자신이 초콜릿이 된 것만 같았다.

혀로 핥으며 느릿하게 녹여 먹는 달콤한 초콜릿.

Chapter 11

나랑 할래요?

함께 침대를 쓰겠다고 동의했지만, 막상 잠잘 시간이 다가오자 율리는 초조해졌다. 낮엔 피곤해서 기절하듯 그의 침대에서 잠들었던 거고, 지금은 밤이라도 정신이 또렷하기만 했다. 소파에 앉아서 눈치만 보던 율리는 더는 참지 못하고 벌떡 일어났다.

"먼저 씻을게요."

말을 마친 그녀는 뒤도 돌아보지 않고 욕실로 향했다. 빨리 샤워를 끝낸 후, 옷을 갈아입고 이불 속으로 들어갈 계획이었다. 침대가 워낙 넓어서 가장자리에서 잔다면 그와 몸을 부딪치는 일은 없을 것이다.

이미 키스도 여러 번 한 사이고, 신체 접촉도 깊고 진하게 한 사이였지만, 끝까지 갈 각오도 했었지만, 한 침대에서 잠을 청하는 건 또 다른 이야기였다. 끝까지 갈 각오를 한 이유는 그때가 영영 마지막이라고 생각했기 때문이고, 지금은 상황이 바뀌었다. 조금은 천천히 진도를 나갈 필요가 있었다.

샤워를 마친 율리는 빛의 속도로 머리를 말리고 잠옷으로 갈아입었다. 그때까지도 제호는 침실로 오지 않고 있었다. 다행이라고 생각하며 율리는 침대 이불 속으로 들어갔다. 최대한 끄트머리에 자리를 잡고 몸을 웅크리며 눈을 감았다.

얼마쯤 지났을까? 덜컥, 침실 문이 열리는 소리가 들렸다. 두근두근, 심장이 입 밖으로 튀어나올 것 같았지만, 율리는 눈을 꼭 감은 채 미동도 하지 않았다. 욕실로 들어가는 소리가 들리더니 이어서 물이 쏟아지는 소리가 뒤를 따랐다. 그가 샤워를 마치고 오기 전에 잠들었으면 좋으련만, 정신은 오히려 아까보다 더 말똥말똥 뚜렷했다.

투둑, 물 잠그는 소리가 들리고 부스럭거리는 소리와 함께 그가 욕실에서 나왔다. 침대 속으로 들어오는지 반대쪽이 살며시 내려가며 이불이 옆으로 끌려갔다.

"혹시 놀랄까 봐, 말해두겠는데……"

그녀가 아직 잠들지 않았다는 걸 눈치챈 걸까? 제호가 말을 걸었다.

"난 잠잘 때 아무것도 걸치지 않아요."

뭐? 깜짝 놀란 율리는 눈을 번쩍 뜨며, 반사적으로 뒤돌아보았다. 탄탄한 상체가 그녀의 시야를 가득 채웠다. 이불을 덮고 있어서 아래 사정은 확인할 수 없었지만, 위는 확실히 아무것도 입지 않은 상태였다.

"아, 아무것도요?"

"속옷 빼곤 아무것도. 옷을 입고 자면 답답해서."

"……아……."

율리는 아무 말도 할 수 없었다. 자기 집에서, 자기 침대에서, 자기가 다 벗고 잔다는데, 신세 지는 사람이 뭐라 할 수 있을까. 그녀에게서 반응이 없자, 제호는 동의한 걸로 해석했는지 조명 리모컨을 들었다.

"불 꺼도 될까요?"

"네."

나랑 할래요?

율리는 짧게 대답하며 다시 그로부터 등을 돌렸다.

불이 꺼지자 질흙 같은 어둠이 침실을 뒤엎었다. 눈에 보이는 게 없으니까 다른 쪽으로 신경이 몰렸다. 희미하게 들리는 숨소리와 몸을 뒤척일 때마다 바삭바삭 소리를 내는 시트, 그리고 은은하게 흘러드는 버터크림 향기. 항상 맡았던 시트러스 향과는 또 다른 느낌이었다.

그러고 보니 그녀는 지금 그와 같은 향이 났다. 같은 샴푸와 보디 클렌저를 사용했기에 어쩌면 당연한 결과인데도 뭔가 기분이 이상했다. 부둥켜안고 뜨겁게 키스를 나눌 때와는 또 다른 설렘이었다.

애써 잠을 자려고 노력하는데, 옆에서 부스럭거리는 소리가 들렸다. 그가 그녀를 향해 몸을 돌려 눕는 소리 같았다. 다가오는 건 아니겠지? 율리는 흠칫 긴장하며 입술을 깨물었다. 만약에 그가 다가온다면 그보단 그녀 자신이 어떻게 나올지 알 수 없었다. 다행히 그는 다가오는 대신 질문을 던졌다.

"결혼식이 예정대로 진행됐다면 어땠을지, 생각해봤어요?"

"아뇨."

상상하기도 끔찍해서 일부러 떠올리지 않았다. 그저 민우가 식장으로 오지 않았다는 사실에 감사할 뿐이었다.

"지금 시간이면 아마도 비행기 안이겠네요."

"신혼여행, 유럽으로 간다고 그랬었나?"

"네. 오는 길엔 산토리니 섬도 들르고……."

정말 이상했다. 그녀 자신의 이야기인데 마치 다른 사람의 이야기를 하는 것처럼 담담하기만 했다. 오늘 오후에 있었던 결혼식이 마치 1년 전의 일처럼 느껴졌다.

"아직 산토리니 섬 안 가봤어요?"

"아뇨, 아직."

"나중에 나랑 같이 가요."

"그래요."

율리는 가볍게 대답하고 다시 눈을 감았다. 빈말이겠지만 따뜻한 위로가 되었다. 상상하는 것만으로도 기분이 좋아졌다. 눈처럼 새하얀 벽과 파란 지붕, 이름 모를 핑크빛 꽃들, 끝없이 이어진 계단과 그 위에서 일광욕을 즐기는 고양이들. 어느새 스르르 잠이 오기 시작했다.

고른 숨소리와 일정하게 오르락내리락하는 어깨를 보니, 율리는 어느덧 잠에 빠진 모양이었다.

"겁도 없이. 날 어떻게 믿고……."

제호는 희미하게 웃으며 혼잣말을 중얼거렸다. 손끝 하나 건드리지 않을 거란 남자의 말을 믿다니. 그러니까 룸메이트처럼 살 거란 민우의 말을 철석같이 믿고 결혼을 결심했었겠지만.

마음 같아선 손을 뻗어 그녀를 끌어안고 싶었다. 하지만 그랬다간 잠에 깨어날 테고, 소파에서 자겠다고 베개를 들고 침실을 나가버릴지도 모른다. 아니면 아까처럼 당황해서 눈물을 터뜨릴까?

오늘은 그녀에게 아주 힘든 하루였을 것이다. 오늘 밤만이라도 건드리지 말고 푹 자게 놔둬야겠지. 머리끝에서 발끝까지 키스를 퍼붓고 싶을 만큼 사랑스럽다고 해도 말이다. 오늘 밤만은…….

제호는 자신에게서 등 돌린 채 잠든 율리를 가만히 바라만 보았다.

"으응……."

머릿속 어딘가에 불안이 남아 있었던 모양이다. 기억은 나지 않았지만, 악몽을 꾼 것 같았다. 그때마다 따뜻한 손길이 그녀의 머리를 쓰다듬고 어깨를 어루만져주었다. 뭐라고 상냥하게 속삭여준 것도 같은데 눈을 뜨는 순간 연기처럼 기억에서 사라져버렸다.

율리는 느릿하게 눈을 깜박거렸다. 새벽의 푸른 기운이 커튼의 틈을 통해서 희미하게 흘러들어오고 있었다. 몇 시쯤 됐을까? 짐작건대 동트기 직전인 것 같았다.

그때 누군가의 손이 그녀를 뒤쪽으로 바짝 끌어당겼다. 그제야 율리는 단단한 가슴에 등을 댄 자세로 침대에 누워 있단 사실을 깨달았다. 제호의 한쪽 팔은 목 아래에 있었고, 다른 팔은 그녀의 허리를 감싸고 있었다. 등으로부터 따뜻한 체온이 전해졌다. 녹아들 것처럼 기분이 좋았다. 아까 침대에서 홀로 깨어났을 땐 뭔가 허전하고 슬펐는데, 지금은 너무나도 아늑하고 행복했다.

"흐응."

저절로 입에서 긴 숨이 흘러나왔다. 혼자가 아니라는 느낌이 이렇게 좋은 거구나. 그때 허리를 감싼 손에 힘이 들어가며 그녀를 뒤로 바짝 잡아당겼다.

"꽤 잘 자던데."

낮은 속삭임과 함께 더운 숨결이 훅, 귓속으로 흘러들었다.

"잠자리가 맞았나 봐."

율리는 뒤를 돌아보려고 했지만, 꽉 끌어안긴 탓에 꼼짝도 할 수 없었다. 그녀의 어깨에 턱을 올리며 제호가 낮게 중얼거렸다.

"아직 이르니까, 조금 더 자."

약속과는 다른데……. 손끝 하나 건드리지 않겠다고 해놓고선.

하지만 율리는 불평하는 대신 제호의 말대로 다시 눈을 감고 잠을 청했다. 그의 널찍하고 따뜻한 품이 너무 좋아서 다른 건 아무것도 생각나지 않았다.

제호는 그대로 다시 잠들었는지, 이내 고른 숨소리를 냈다. 율리는 허리에 놓인 제호의 손을 천천히 어루만졌다. 목덜미에 닿는 간지러운 숨결에 저도 모르게 한숨이 흘러나왔다.

조금은 두려웠다. 이러다 버릇되면 어쩌나. 혼자 잠들고 깨는 게 힘들어지면 어쩌나. 그와 함께 있는 것에 익숙해지면 안 되는데, 곧 일상으로 돌아가야 하는데 말이다. 그러면서도 제호의 품이 너무나도 아늑해서 꼼짝도 할 수 없었다.

눈을 뜨니 제호는 이미 출근한 후였다. 식탁에는 그녀를 위한 바삭한 아몬드 크루아상과 베이컨, 스크램블드에그 같은 간단한 아침이 차려져 있었다. 그 옆에는 자신의 차를 사용하라는 쪽지와 함께 차 키가 놓여 있었다.

율리는 채 의원의 보좌관에게 전화를 걸었다. 어렵사리 채 의원 일정 중 비는 시간을 알아내고는 곧장 당사 건물로 향했다. 민우가 돌아오고 난 후 그녀의 거처를 의논할 필요가 있었고, 그건 빠르면 빠를수록 좋았다.

도착하고서도 한 시간 넘게 기다리고서야 채 의원을 만날 수 있었다. 개인 사무실로 돌아온 채 의원은 손목시계로 시간을 확인하며 소파에 앉았다.

"다음 회의에 들어갈 때까지 10분 정도 시간이 빈다. 그래, 꼭 해야 할 이야기라는 게 뭐냐? 어제 통화하면서 대충, 할 이야기는 모두 한 것으로 아는데."

"민우 돌아오고 결혼이 완전히 취소되면 저, 독립할게요."

전혀 예상하지 못했다는 듯 채 의원이 인상을 찌푸렸다. 율리는 그가 뭐라고 하기 전에 빠르게 말을 이었다.

"이젠 아버지가 저를 감시하실 필요 없잖아요. 저, 이젠 아무한테도 말 못 해요."

채 의원의 불륜과 돌아가신 어머니의 과거가 복잡하게 뒤얽혀 있으니까. 채 의원이 자신의 치부가 드러날까 걱정하듯이, 이젠 율리도 돌아가신 어머니의 치부가 드러날까 걱정해야 한다.

"아버지, 매일 제 얼굴 보는 거 힘드시잖아요. 엄마가 생각나서."

"흠."

채 의원은 마른기침을 내뱉을 뿐, 침통한 표정으로 입을 다물었다. 왠지 모르게 슬퍼 보이기까지 했다. 물론 그럴 리야 없겠지만.

"저 이만 내보내고 새엄마와 유리랑 행복하게 사셔야죠. 제 눈치 보지 말고 가족 여행도 편하게 다니시고요. 올해는 한 번밖에 가족 여행 못 갔다면서요."

순간 채 의원의 눈빛이 흔들렸다. 율리가 가족 여행에 관해서 알고 있다는 사실에 조금 놀란 것 같았다. 하지만 그는 곧 평정을 되찾은 얼굴로 고개를 끄덕였다.

"알았다. 내가 괜찮은 곳에 오피스텔 얻어주마."

"아뇨. 회사 근처에 월세로 알아볼 거예요. 그 정도는 저 혼자서도 구할 수 있어요."

"안 된다. 내가 해줄 테니까 잠자코 있어. 괜히 이상한 소리 나온다."

역시 채 의원에게 가장 중요한 것은 유권자에게 보이는 이미지였다. 율리는 자신에겐 선택의 여지가 없다는 사실을 깨달았다.

"네. 그럴게요, 그럼."

"권 실장과는 확실히 결혼하지 않기로 한 거냐?"

율리는 대답하는 대신 그저 고개만 끄덕였다.

"권 실장은 아마도 일주일 후면 돌아올 거다. 아직 생각할 시간이 많다."

"민우와 결혼하지 않기로 마음먹은 건 이미 오래전이에요."

그때 보좌관이 노크하며 회의 시간이 거의 다 되었다고 알렸다. 채 의원은 알았다고 말하며 자리에서 일어났다. 방을 나가려던 그가 걸음을 멈추고 율리를 향해 뒤를 돌았다.

"권 실장과 이렇게 끝났다고 네가 제호와 어떻게 될 수 있다고는 생각하지 마라. 너희 둘은 이미 한 번 결혼하려다가 깨진 사이야. 게다가 넌 그 사촌 동생인 권 실장과 결혼 직전까지 갔고."

"……그러니까, 남들 눈에 안 좋게 보일 거란 말씀이네요."

정확하게는 유권자 눈이겠지. 또다시 시작이다. 그놈의 지긋지긋한 유권자, 표밭, 지지도, 여론. 하지만 구태여 채 의원의 심기를 건드릴 필요는 없었다. 율리는 양손을 움켜쥐며 길게 숨을 들이마셨다.

"걱정하지 마세요. 제호 씨, 언젠간 미국으로 돌아갈 사람이라는 거 잘 알아요."

"알면 됐다."

"그가 한국에 있을 때만이라도 안 될까요? 오래 있진 않을 거예요."

말도 안 되는 소리라고 단번에 거절할 줄 알았는데, 채 의원은 골똘히 생각에 잠겼다. 그리고 잠시 후, 건조한 목소리로 말했다.
"좋다. 불장난하는 것까지 말리진 않겠다. 해볼 수 있으면 어디 해봐라. 하지만 알아서 조절해."
그 말을 끝으로 채 의원은 방을 나갔다. 홀로 남겨진 율리는 가만히 자리에 앉아 채 의원이 한 말을 되짚어보았다.
결국 불장난으로만 끝나야 할 사이일까? 채 의원의 말이 틀린 것은 아니었다. 제호는 과거의 정혼자였고, 그의 사촌 동생인 민우와는 결혼식 당일에 깨져버렸다. 인연을 맺기엔 양가 모두 껄끄러울 것이다.
제호 역시 이 사실을 알고 있을 것이다. 그런데도 거침없이 다가온다는 건, 그도 불장난쯤으로 여기고 있는 걸까?
율리는 씁쓸하게 웃으며 천천히 자리에서 일어났다.
한 번 하는 불장난이라면 크게 해야지.
후회 따윈 남지 않게, 모든 걸 태워버릴 만큼.

"진 선생님, 싱가포르에 무사히 도착했다고 연락 왔어."
우결의 말에 제호는 태블릿 화면에 시선을 고정한 채 고개를 끄덕였다. 샐러드를 뒤적거리던 우결이 포크를 내려놓으며 말을 이었다.
"처음엔 네 결정이 이해되지 않았거든. 근데 다시 짚어보니까, 꼭 나쁜 것만은 아냐."
그제야 제호는 고개를 들어 우결을 바라보았다.
"민우 녀석 하도 교활한 놈이라, 진 선생님을 통해선 박 사장 건 말고는 팔 수 없겠더라고. 그런데 박 사장은 완전 국내파잖아. 부회장님을 그렇게 만든 건 일단 아닌 게 확실해. 그러니 진 선생님도 계속해서 민우 곁에 있을 필요 없었겠지."

잠시 뜸을 들인 우결은 다시 말을 이었다.

"그래도 채 의원에게 그 정보를 넘겨선 안 됐어. 민우를 치는 가장 강력한 무기가 될 수 있었다고."

"난 민우의 몰락보다는 누가 아버지를 해치려 했는지 알아내는 게 더 중요해."

"그럼 넌 지금 뭐 하는 거냐? 율리 씨와 사귀지 말라는 게 아니야. 하지만 의도를 가지고 접근한 건 사실이잖아."

뼈아픈 지적에 제호의 입가에 씁쓸한 웃음이 스쳤다.

"만에 하나 채 의원이 배후였다고 밝혀지면 너, 어떻게 할래?"

제호는 침묵을 지켰다. 차마 우결에겐 말할 수 없었다. 미친 짓이라는 것을 알지만, 이제는 율리를 놔줄 수 없었다. 10년 전 그대로 미국에 가버린 그 한 번의 실수로 충분했다. 지금 그녀를 향한 감정이 뭐냐고 묻는다면 그건 아직 모르겠다. 하지만 이제 그는 율리가 필요했다. 그것만은 확실했다.

"언니, 괜찮아?"

간단하게 짐을 챙기러 집에 들른 율리에게 유리가 걱정스러운 얼굴로 다가왔다.

"엄마는 모임 나가셨어."

율리가 주위를 둘러보자, 유리가 재빨리 알려주었다.

"어제 결혼식이 그렇게 돼서 이상한 말 돌기 전에 주위 사람 단속해야 한다고."

"그래."

"잘됐어, 언니. 민우 오빠처럼 나쁜 남자는 거기에 맞는 나쁜 여자가 어울려. 아니면 멀리서 지켜만 보거나. 안 그러면 다친다고."

가끔 보면 유리는 율리보다 민우에 관해 더 정확하게 본질을 꿰뚫고 있는 것 같았다. 툭툭 던지는 충고가 꽤 맞아떨어졌으니까.

"그래서 언니는 지금 어디 있어?"

어째서인지 오늘 유리는 기분이 좋아 보였다. 생글생글 웃으며 율리의 뒤를 따라다녔다.

"혹시 제호 오빠랑 같이 있어?"

율리는 대답하지 않고 묵묵히 슈트 케이스에 그동안 입고 지낼 옷을 집어넣었다. 현경이 커플 룩으로 마련했던 실버 원피스가 눈에 들어왔다. 율리는 마지막으로 원피스를 넣고 슈트 케이스를 닫았다.

"나 이만 갈게."

유리를 가볍게 안아준 율리는 슈트 케이스를 끌고 현관을 나섰다. 트렁크에 슈트 케이스를 넣은 후, 시동을 걸고 차를 출발했다. 짐까지 챙겨 제호에게 간다고 생각하니 뭔가 들뜬 기분이 들었다.

지금 뭐 하고 있어요?

두어 시간 전에 문자를 보냈는데 율리는 확인조차 하지 않고 있었다. 제호는 전화해보려다 혹시 자고 있는데 깨울까 봐 그만두었다.

"……저기……."

퇴근이 가까워졌을 무렵, 선영이 총대를 메고 다가왔다. 평일 결혼식이라 제호와 김 소장을 제외하곤 아무도 식장에 가진 않았지만, 취소되었다는 것을 아는 듯했다. 정략결혼이라도 직장 동료 모두 율리를 걱정하는 눈치였다.

"전화해 물어보기도 그래서……. 율리 씨, 괜찮죠?"

"네, 괜찮습니다. 걱정해줘서 고마워요."

그 말에 선영은 안도한 얼굴로 제자리로 돌아갔다. 제호는 선영의 뒷모습을 바라보며 다시 문자를 넣었다.

> 어때요? 괜찮아요? 뭐 좀 먹었어요?

이번에도 묵묵부답이었다.

선영에게는 괜찮다고 했지만 율리만 혼자 두고 나와 마음이 편치 않았다. 어제는 너무 놀라서 괜찮았을지 몰라도 다음 날 증상이 나타날 수도 있으니 어디에 쓰러져 있는 건 아닌지, 혼자 울고 있는 건 아닌지, 별별 생각으로 손에 일이 잡히지 않았다.

퇴근 시간이 되자 제호는 곧바로 자리에서 일어나 집으로 차를 몰았다. 오늘따라 집으로 가는 길이 멀게만 느껴졌고, 집에 가까워질수록 가슴이 두근거렸다.

차를 차고에 세우고 황급히 집 안에 들어선 제호는 놀란 표정을 지으며 제자리에 멈춰 섰다. 전혀 생각하지도 못한 풍경이 눈앞에 펼쳐져 있었다.

"……아……."

인기척에 율리가 깜짝 놀란 얼굴로 뒤를 돌아보았다. 율리는 전쟁이라도 난 것처럼 폭파된 주방 안에 서 있었다.

"왔어요?"

식탁 위에는 다양한 종류의 음식이 차려져 있었다. 호텔 연회 출장 서비스가 왔다 갔다고 해도 믿을 판이었다. '오늘이 내 생일이었던가?' 하는 생각이 들 정도였다.

"이게 다 뭡니까?"

율리는 대답 대신, 겸연쩍은 얼굴로 벽에 설치된 오븐을 가리켰다.

"오븐 좀 사용했는데, 괜찮죠?"

제호가 고개를 끄덕이자, 그제야 그녀는 환하게 웃으며 설명에 들어갔다.

"수산 시장에 들렀는데 싱싱한 해산물이 많더라고요. 은대구는 간장 베이스로 양념해서 구웠어요. 새우튀김이랑 해물파전도 하고."

그녀가 문자를 확인 못한 이유를 이제야 알겠다. 지금까지 전화받을 새도 없이 요리에 몰두하고 있었던 거다.

"밑반찬도 좀 하고, 뭐 이것저것 만들어봤어요. 여기서 신세 지는데 밥값은 해야죠."

율리는 앞치마를 벗으며 가스레인지의 불을 껐다. 뛰어난 요리 실력은 아니었지만, 봉사활동 다니며 틈틈이 배운 덕에 못 하는 요리는 없었다.

얼마나 요리에 열중했는지 율리는 앞머리에 밀가루가 묻어 있는 것도 모르고 있었다. 제호는 '픽' 웃으며 손끝으로 하얀 가루를 툭 털어냈다. 그녀가 '아?' 하고 놀라는 사이, 재빨리 입술을 겹쳤다.

"밥값은 이걸로 해줘도 되는데."

한참 후에야 입술을 떼며 그가 낮게 속삭였다.

"그리고 이건, 내 문자를 씹은 벌."

말을 마친 제호는 다시금 고개를 숙였다. 문자에 답하지 않은 벌은 조금 더 길었고, 조금 더 격렬했다. 숨이 막힌 율리가 더는 견디지 못하고 주먹으로 가슴을 때리고서야 마지못해 놓아주었다. 율리는 빨개진 얼굴로 가쁜 숨을 몰아쉬며 그를 올려다보았다.

"하아, 계산은 확실히 해야죠. 그래야만 내가 안 불편해요."

"마음대로. 하지만 나도 원하는 방식으로 받아낼 거라는 건 잊지 말아요."

그가 다시 고개를 숙이려고 하자 율리는 화들짝 놀라며 뒤로 물러섰다. 어제 아일랜드 식탁 위에서의 일이 생각났기 때문이다. 어제와 달리 지금은 온갖 음식 재료로 어지럽혀져 있었다.

"어서 옷 갈아입고 손 씻고 와요."

율리가 손으로 등을 떠밀자, 제호는 웃으며 순순히 침실로 걸어갔다. 집에 왔는데 누가 요리하며 자신을 기다리는 모습을 본 것은 꽤 오랜만이었다. 기분이 묘했다.

드레스 룸으로 들어서니 구석에 놓인 또 다른 율리의 슈트 케이스가 보였다. 오늘 집에 들렀다가 온 모양이었다. 그녀의 옷이 한쪽 구석에 다소곳하게 걸려 있었다.

율리의 옷이 함께 걸려 있다는 사실만으로 가슴이 두근거렸다. 아침에 일어났을 때 그녀가 눈앞에 있는 것만큼이나 설렜다. 마치 신혼부부가 된 느낌이랄까? 이러다 한시라도 옆에서 못 떨어지게 되면 어쩌나 겁이 날 정도였다.

편한 옷으로 갈아입고 손을 씻고 나오니, 어느새 주방은 설거짓거리만 제외하곤 깨끗하게 정리되어 있었다.

제호가 자리에 앉자, 율리는 오븐에서 꺼낸 은대구 간장구이를 앞에 내려놓았다. 옆에는 새우튀김과 해물파전, 해파리냉채 등, 여러 요리가 있었다.

"맛 어때요?"

제호가 한입 맛보길 기다렸던 율리가 조심스럽게 물었다.

"맛있어요."

"억지로 맛있다고 할 필욘 없어요."

"정말 맛있어요."

"매운 것만 못 먹는 거죠?"

제호의 얼굴에 그걸 어떻게 아느냐는 표정이 떠올랐다.

그가 지금까지 준비한 음식은 전복죽, 치킨 누들 수프, 크림 베이스의 파스타, 클램차우더 등, 맵지 않은 음식 위주였다. 거제에선 그녀를 위해 돌판 대구찜을 먹으러 갔지만, 그는 대구찜엔 거의 손을 대지 않았다. 대구찜은 딱 한 입만 맛보고 딸려 나온 밑반찬으로 주로 식사했던 것 같았다. 당시엔 별생각 없이 지나쳤던 사소한 일들이 선명하게 떠오르기 시작했다. 그에 관한 거라면 작은 것 하나라도 말이다.

율리는 자신이 만든 음식을 맛있게 먹어주는 제호를 말없이 바라보았다. 언뜻 눈이 마주치자, 그가 그녀를 향해 부드럽게 웃어주었다. 그 미소에 가슴 언저리에서 작은 통증이 일었다. 이상했다. 예전엔 그저 두근거리는 정도였는데 이젠 송곳에 찔린 것처럼 아팠다. 은근히 겁이 나려 했다. 첫사랑이었던 감정과는 비교도 할 수 없을 정도로 그에게 빠져든 것 같아서.

율리도 제호를 마주 보며 미소 지었지만, 편히 웃을 순 없었다. 쉽게 정리되지 않는 감정이 머리와 가슴속에서 복잡하게 뒤엉켰다.

후식으로 나온 블루베리와 민트 잎으로 장식된 바닐라 아이스크림까지, 모든 게 완벽했다.

"설거지는 내가 할게요."

식사가 모두 끝나자, 제호는 자리에서 일어나 그릇을 집어 들었다. 그러나 율리는 재빨리 그의 손에서 그릇을 빼앗았다.

"아니에요. 오늘은 내가 끝까지 하게 해줘요."

율리는 어깨로 제호를 밀어내고는 차곡차곡 식기를 쌓아 싱크대로 향했다. 그릇에 남은 음식을 음식물 쓰레기 건조기에 넣는데, 어느새 다가온 그가 그녀를 뒤에서 끌어안았다.

"그러면 함께 끝까지 하면 되겠네."

그녀의 등이 그의 가슴에 맞닿았다.

"소화 잘되게 운동도 할 겸."

제호는 율리를 등 뒤에서 껴안은 상태로 물로 그릇을 헹궈냈다. 그리고 식기세척기에 차곡차곡 집어넣기 시작했다. 율리는 싱크대와 제호 사이에 낀 채로 꼼짝달싹할 수 없었다. 그의 품에 폭 안긴 꼴이었다. 이러면 그녀가 설거지하겠다고 한 이유가 없는 건데…….

"이러지 말아요. 내가 할게요."

"거의 다 끝났어."

그는 그녀에게 주도권을 넘길 생각이 없는 듯했다. 마지막 접시까지 모두 식기세척기에 넣자, 이번엔 그의 커다란 손에 그녀의 손을 포갰다.

"자, 다 됐으니까 손 씻어야지."

계속해서 뒤에서 끌어안은 자세로 율리의 손에 물비누를 덜어 거품이 일게 했다. 손깍지를 낀 채로 구석구석 애무하듯 천천히 손을 씻었다. 어째서일까? 분명 손을 씻는 것뿐인데 손이 아니라 몸이 겹쳐진 것 같은 착각이 들었다.

그가 고개를 숙이자 더운 숨이 뺨 근처에 느껴졌다. 후식으로 먹은 바닐라 아이스크림 위 민트 향도 함께…….

블라우스 안으로 파고든 손이 자연스럽게 브래지어 훅을 풀었다.

"집에 있을 땐 하고 있지 마. 불편하니까."

율리의 귓불을 깨물며 그가 낮게 속삭였다. 순간 아찔한 느낌에 율리는 어깨를 움츠렸다. 물기 어린 손이 몸의 풍만한 곡선을 감쌌다. 어제는 아일랜드 식탁이었고, 오늘은 싱크대인가? 율리는 그에게서 벗어나려 살며시 몸을 비틀었다.

"저번에도 그렇고, 지금도 그렇고. 장소 가린다면서요?"

"내 집에선 안 가려."

그의 손이 그녀 허리를 더욱 단단히 휘감았다.

"그러는 게 어디 있어요?"

"왜, 싫어?"

싫긴. 더 화끈거려서 문제다. 그가 귓속으로 훅 더운 숨을 불어넣자 다리에 힘이 빠지며 무릎이 꺾였다. 허리를 감싼 그의 손이 없었다면 그대로 주저앉았을 것이다. 손길이 조금 더 노골적으로 변해서 율리는 그의 손목을 잡아 제지해야만 했다.

"그러지 말고, 우리 TV 봐요."

율리의 말에 제호는 순순히 놓아주고 뒤로 물러섰다. 그런데 이렇게 쉽게 물러나면 뭔가 아쉽다. 이거 혹시 길들이기를 하는 건 아니겠지?

나란히 소파에 앉아서 TV를 보는 건 겨우 10분 남짓, 제호는 팔을 뻗어 그녀를 자신의 앞에 앉게 했다. 아까처럼 그의 가슴에 그녀의 등을 댄 상태로 그녀를 꽉 끌어안았다. 숨도 쉴 수 없을 정도로 강도가 세자, 율리는 그에게서 벗어나려 몸을 바르작거렸다.

"지금 뭐 하는 거예요?"

"잠깐만 가만히 있어. 충전 중이니까."

그녀의 목덜미에 입술을 대며 그가 중얼거렸다. 온종일 이러고 싶은 걸 힘겹게 참았다. 일이고 뭐고 다 때려치우고 그녀가 있는 집으로 오고 싶었다. 우결에게 충고를 듣는 순간에도 마찬가지였다.

한마디로 돌아버린 거지. 내가 너에게.

"제호 씨."

그때 율리가 그를 불렀다. 가라앉은 그녀의 목소리가 마음에 걸린 제호가 팔을 풀자, 율리는 그를 향해 돌아앉았다.

그와 시선을 부딪치며 그녀가 조심스레 물었다.

"나랑 할래요?"

제호는 잠시 자신의 귀를 의심했다.

'나랑 할래요?'라니, 뭘?

그가 대답을 미룬 채 미간만 찌푸리자, 율리는 고개를 숙이며 그의 가슴에 얼굴을 기대었다.

"오늘 아버지 뵈었어요. 민우와의 결혼은 깨졌지만, 제호 씨와 어떻게 될 생각은 하지 말라고 하셨어요. 다른 사람들 눈에 어떻게 보이겠냐고."

"예상 못 했던 건 아닐 텐데."

"네, 당연히 반대하리란 건 알았죠. 그런데 또 이러시더라고요. 제호 씨가 미국으로 돌아가기 전까지, 불장난하는 것쯤은 눈감아주시겠다고."

할 말을 끝낸 율리는 다시 몸을 일으켜 그와 눈을 맞췄다.

"제호 씨, 한국에 오래 있지 않을 거 알아요. 떠날 때까지만 미래는 생각하지 말고 편하게 만나요. 사실, 우리 맺어지긴 힘든 관계잖아요."

그녀는 또 센 척을 하고 있었다. 지금 이 말을 하는 것 자체가 그녀에게는 상처가 될 텐데도 말이다.

도대체 넌…….

정체를 알 수 없는 짜증이 밀려와 제호는 저도 모르게 눈살을 찌푸렸다.

"그러니까 불장난하자는 말은, 서로 구속하지 않고 편하게 만나자는 말입니까?"

"비슷해요."

"하."

순간 제호의 입에서 짧은 웃음이 흘러나왔다. 속마음과는 다르게 거친 말이 나왔다.

"미래에 연연하지 말고, 구속하지 않고, 편하게 만나자는 말이 무슨 뜻인 줄 알아? 육체적 관계만 맺자는 거야."

"앞으로의 관계에 연연하지 말자는 거예요."

"그 말이 그 말이야. 'Friends with Benefits', 한마디로 '섹스 파트너'."

율리는 제호의 날 선 반응이 이해되지 않았다. 오히려 부담을 덜 수 있어 좋게 받아들이리라 생각했었다. 사이가 나쁘다고 해도 어찌 됐든 그와 민우는 같은 권씨 집안 핏줄이었다. 그녀와 제호가 서로 진지하게 만나기엔 양가 모두 껄끄러울 것이다.

"솔직히 말할게요. 저번에도 말했지만, 제호 씨는 내게 첫사랑이에요. 물론 지금도 끌리고 있지만 앞길이 험난할 게 뻔하잖아요. 하지만 그렇다고 시작도 하지 않고 제호 씨를 밀어내긴 싫어요. 그러니까……."

'바보야, 지금 이게 밀어내는 거야.'라고 되받아치고 싶은 걸 참으며 제호는 잠자코 그녀가 말을 끝맺기를 기다렸다.

"제호 씨, 미국으로 돌아가면 서로 차차 잊게 될 거예요. 장거리 연애에 들어가면 대부분 헤어지니까……."

"어차피 헤어질 거, 괜한 기대하지 말고 불장난하듯 즐기기만 하자?"

그런 뜻으로 말한 건 아니었는데, 듣고 보니 제호의 말도 맞았다. 미래가 없는 만남의 끝은 어차피 그거나 이거나 같을 테니까.

율리가 천천히 고개를 끄덕이자, 제호는 입 끝을 끌어 올렸다.

"그렇다면 우리 관계 역시 모두에게 비밀로 해야겠네요."

"네, 남들은 몰랐으면 좋겠어요. 싫으면 지금 싫다고 해도 좋아요."

고민되는지, 그녀를 바라보는 제호의 눈빛이 다소 흔들렸다. 그러나 곧 생각을 정리한 듯 어느새 그의 입가엔 부드러운 미소가 떠올랐다.

"싫을 리가 있나요? 스릴 있고 재밌겠네요."

화를 낼 수도 있었지만, 이런 관계 따위 흥미 없다고 거절해버릴 수도 있었지만, 그는 그러지 않았다. 이런 결론을 내릴 때까지 그녀 혼자 얼마나 고민했는지 알 수 있었기 때문이다. 그녀로서도 쉽지 않은 결정이었을 것이다. 이렇게까지 그녀 나름대로 방법을 찾아낸 걸 고맙다고 해야 하나? 물론 그 방법이 마음에 드는 것은 아니지만.

제호는 그녀의 눈을 가만히 들여다보았다.

"그 짧은 시간 동안 고민 많이 했나 봐요."

위로인지 비아냥거리는 건지 확실하진 않았지만, 적어도 그가 자신의 제안을 받아들였다는 사실에 율리는 속으로 안도의 숨을 내쉬었다.

"그리고 하나 더 있어요."

"말해요."

그게 뭐든지 지금보다 충격적인 제안을 아닐 것이기에 제호는 가볍게 고개를 끄덕였다.

"철저하게 피임했으면 해요. 콘돔 꼭 사용해주세요."

"우리는 미래가 없는 사이니까, 절대로 책임질 일은 하지 말자?"

"네."

율리가 단호한 표정으로 대답하자, 제호는 이번에도 부드럽게 미소 지었다.

"뜻하지 않은 임신으로 대부분 남자보단 여자가 고통받는 게 현실이니, 당연한 요구겠죠. 누구에게도 자신의 몸을 보호할 권리가 있는 거니까."

말을 하는 도중에 그의 손은 율리의 블라우스 단추를 하나씩 풀기 시작했다. 율리가 깨달았을 때는 이미 반쯤 풀려 앞섶이 크게 벌어진 상태였다.

"그런데 몸만 보호할 거예요? 마음은 어쩌고?"

그의 손끝이 심장이 있는 왼쪽 가슴을 툭 건드렸다.

"몸뿐만이 아니라 마음도 유혹할 건데. 몸은 라텍스 막으로 보호한다고 치고, 마음은 어떻게 보호할 겁니까?"

그는 정확히 심장이 있는 부분에 입을 맞췄다. 촉촉한 입술이 간지럽게 와닿으며, 뜨거운 숨결이 애를 태우듯 보드라운 살결을 어루만졌다. 만약 마음이 그곳에 있었다면 단번에 삼켜버릴 기세였다. 하지만 제호의 끈질긴 공략에도 율리는 아무 소리도 내지 않고 입을 꼭 다물었다. 신음이 새어 나오려고 할 때마다 이를 악물어 견디어냈다.

한참 후에야 그가 입술을 떼고 고개를 들어 올렸다. 열기로 짙어진 눈빛이 그녀를 향해 반뜩거렸다.

"……내 마음은……."

잠시 바라만 보던 율리는 조심스레 손을 뻗어 제호의 뺨을 감쌌다.

"크게 걱정하지 않아도 돼요. 그 부분에선 제법 단련됐거든요."

'가족에게 받은 상처 덕분에 가슴속에 단단한 굳은살이 박였거든요.'라고 말하는 대신 율리는 그의 입술에 살며시 입술을 포갰다가 떼어냈다. 그리고 입가에 잔잔한 미소를 떠올렸다.

"좋아. 대신……."

제호는 율리의 속마음을 읽는 것을 포기했다. 그녀가 왜 이렇게까지 나오는지 알기 위해선 조금 더 가까이 그녀에게 다가가야 한다. 우선은 그녀를 붙잡고 놓아주지 않을 명분이 필요했다.

"미국에 돌아간 후에도 서로에 대한 감정이 남는다면. 2년이 지나고, 5년이 지나고도 계속 그대로라면, 그땐 정식으로 사귈까? 맺어지기 어렵든, 양가 집안이든, 뭐든. 그딴 거 다 집어치우고."

달콤한 제안에 율리의 눈동자가 흔들렸다. 10년이 지나고도 그를 향한 감정에 변함이 없었는데 2년, 5년이 뭐라고.

"난 그러고 싶은데."

제호는 율리의 눈을 빤히 들여다보며 재차 확인했다. 눈빛으로만 본다면 그는 진심인 것만 같았다. 그러나 덧없는 희망에 기대다, 결국에 상처 받게 되는 건 싫었다. 처음부터 큰 기대가 없다면 마지막에도 큰 고통은 없을 것이다.

그래도 반대의 말을 꺼내기보단, 율리는 짧게 고개를 끄덕였다. 그녀가 동의했다고 생각한 제호는 환하게 웃으며 입술을 포갰다. 입술을 떼지 않은 채 율리를 가볍게 안아 올리고 침실로 향했다.

그날 밤, 그의 손길은 평소보다 거칠었다. 그러나 끝까지 밀어붙이지는 않았다. 가쁘게 숨을 몰아쉬는 그녀의 입술 위에서 그가 나른한 목소리로 속삭였다.

"콘돔이 없어서……."

그녀는 믿을 수 없다는 표정을 지었다. 그러자 제호는 율리의 잘록한 허리를 쓰다듬고 매끄러운 등으로 손바닥을 미끄러뜨렸다,

"왜? 내가 항상 그걸 준비해놓는 사람이라고 생각했어? 언제든지, 누구와도 할 준비가 돼 있는?"

율리가 아무 말도 하지 못하자, 제호는 눈매를 휘며 그녀를 품에 꽉 끌어안았다.

"나 생각보다 참 순수한 사람인데, 그걸 몰라주네."

약 올리려고 하는 말인지, 정말로 속상해서 하는 말인지 율리는 그의 정확한 의도를 알 수 없었다. 제호는 아이를 재우듯 율리의 머리와 등을 다독거리며 쓰다듬었다.

"……내가 분명 몸만 아니라 마음도 유혹할 거라고 했는데……."

녹아들 것처럼 달콤한 속삭임이 귓가에 파고들었다.

율리는 제호의 따뜻한 품과 포근한 손길을 느끼며 눈을 감았다. 쉽게 잠들지 못할 거라고 여겼는데 온종일 요리하느라 피곤했는지 얼마 지나지 않아, 스르르 잠들어버렸다.

"훗."

잠든 율리를 껴안은 제호의 입술을 비집고 웃음이 새어 나왔다. 또다시 그녀는 겁도 없이 무방비 상태로 잠들었다. 콘돔이 없다는 말을 철석같이 믿으면서. 사실은 아직 마음의 준비가 되지 않아서인데…….

이렇게까지 미래를 걱정하는데 덜컥 진도를 나갈 순 없었다. 미래에 연연하지 말고 편하게 지내자는 뜻에는 정말로 그 누구보다 두 사람의 미래를 걱정하는 속마음이 담겨 있었으므로.

그랬기에 더더욱 쉽게 관계를 맺을 수 없었다. 몸을 다치게 되면 당연히 마음도 다치게 되는 거니까. 그 단순한 걸 왜 몰라.

"난 네 솜털 하나 다치게 하고 싶지 않아."

제호는 율리를 안은 팔에 힘을 주었다.

그는 그녀를 다치게 하고 싶지 않았다. 그게 몸이든, 마음이든.

세상 모두가 그녀를 해친다 해도 자신만은 지켜주고 싶었다.

하지만 아이러니하게도 그 자신이 그녀에게 가장 큰 상처를 안겨줄 것이다. 원하든, 원하지 않든.

어제 그보다 늦게 일어난 게 미안해서 일찍 일어났음에도 침대 옆은 텅 비어 있었다. 일어난 지 오래됐는지 옆자리 시트를 짚어보니 차가운 기운이 느껴졌다.

율리는 침대에서 빠져나와 서둘러 샤워를 하고 밖으로 나갔다. 제호는 이미 아침 운동까지 마치고 출근 준비도 끝낸 모양이었다. 집을 나서려던 그가 침실에서 나오는 율리를 보며 걸음을 멈췄다.

"왜 벌써 일어났어요?"

"그러는 제호 씨는 왜 이렇게 일찍 일어났어요?"

벽시계의 숫자는 이제 겨우 7시를 가리키고 있었다.

"아침 일찍 현장에 들렀다 가야 해서. 내가 자는 거 깨웠어요?"

율리가 고개를 젓자, 그는 부드럽게 웃으며 그녀를 끌어안았다.

"오늘까지만 출근하면 돼요. 내일부턴 나도 휴가 냈으니까. 혹시 여행 가고 싶은 곳 있으면 생각해둬요."

"가고 싶은 곳은 딱히 없는데……."

"온종일 침대 속에만 있고 싶다면 그래도 되고."

놀리는 말이라는 걸 알면서도 율리는 살며시 얼굴을 붉혔다. 제호는 '큭' 짧게 웃고는 그녀를 순순히 놓아주었다.

그가 집을 나서고 율리는 주방으로 갔다. 그러자 그녀를 위해 그가 준비한 아침이 눈에 들어왔다. 직접 짜서 만든 오렌지 주스와 아보카도와 베이컨을 곁들인 오믈렛, 게살 샐러드 등이었다. 어제도 오늘도 그가 아침을 차려줬다고 생각하니 살며시 가슴이 울렁거렸다.

막 식탁에 앉았는데 모르는 번호로 전화가 걸려 왔다. 국제 번호라 혹시 이모한테 온 전화인가? 싶어 통화 버튼을 눌렀다.

[율리야!]

민우의 쩌렁쩌렁한 목소리가 흘러나왔다.

[내가 몇 번이나 전화했는지 알아? 왜 전활 안 받아? 왜!]

"소리 지르지 마. 귀 아프니까. 전화는 무슨 전화를 걸었다고 그래?"
율리는 휴대폰에 저장된 민우의 번호를 확인해보았다. 순간 그녀의 눈살이 찌푸려졌다. 어째서인지 수신 차단이 된 상태였다.
현경이인가? 아무래도 현경이 그녀의 휴대폰을 지니고 있을 때, 민우 번호를 차단했나 보다.
[아, 미안. 수신이 안 좋았나 보네.]
율리의 싸늘한 반응에 민우는 급히 목소리를 낮췄다.
"필리핀 현장에 급한 사고가 생겨서 간 거라며?"
거짓말이라는 걸 뻔히 알면서도 율리는 담담하게 말했다. 잘잘못은 민우가 돌아오고 나서 따져도 늦지 않을 테니까, 괜히 긁어 부스럼을 만들고 싶진 않았다.
"다친 사람은 없어?"
[있긴 있는데 심각한 부상은 아니야.]
"다행이네. 잘 처리하고 돌아와서 연락해."
[율리야, 이해해줘서 정말 고마워.]
민우와 전화를 끊은 율리는 잠시 고민에 빠졌다.
수신 차단을 해제할까, 이대로 놔둘까?
율리는 수신 차단을 풀기는커녕 방금 걸려 온 번호마저 수신 차단하고 휴대폰을 내려놓았다.
"음, 고소해."
제호가 만든 오믈렛을 포크로 베어 입에 넣자, 저절로 입가에 미소가 떠올랐다.

Chapter 12

밤까지 못 기다릴 것 같아

 아침 일찍 현장에 간 제호는 서너 시간쯤 일을 빨리 끝마치고 서둘러 집으로 차를 몰았다. 어제 율리는 숨긴다고 숨겼지만, 손가락 하나가 빨갛게 부어 있었다. 튀김 요리를 하다가 뜨거운 기름에 덴 게 분명했기에 오늘도 어제처럼 요리하겠다고 하면 말릴 생각이었다.
 그래서 곧바로 집에 왔는데 그를 맞이한 건 소리 죽여 우는 율리의 뒷모습이었다. 그것도 다른 남자의 사진 앞에서.
 "기분 나쁘네."
 서늘한 목소리에 율리가 흠칫 놀라며 뒤를 돌아보았다. 역시 예상한 대로 그녀의 뺨은 눈물로 범벅돼 있었다. 제호의 시선은 노트북 화면을 가득 채운 남자의 사진으로 향했다. 아주 잘생긴 남자가 이를 드러내며 웃고 있었다. 순간 주체할 수 없게 화가 치솟았다.
 "지금 다른 남자 때문에 우는 거야?"
 눈앞이 뿌연 탓에 율리는 제호가 어떤 표정을 짓고 있는지 확실히 알 수 없었다. 목소리만 들으면 꽤 화난 것 같았다.
 "이 자식이 누군데?"

"아무것도 아니에요."
"아무것도 아니긴. 남자 때문에 울지 않는다면서, 왜?"
율리는 대답하지 못하고 노트북 속의 남자를 바라보았다.
이걸 어떻게 설명해야 하지? 참으로 곤혹스러웠다.

한 시간 전.
율리는 현경에게 전화를 걸었다. 모두에게 비밀로 해도, 현경에겐 알려야 했다. 우려와는 달리 현경은 심각하지 않게 받아들였다.
— 당분간 비밀 연애를 하는 것도 나쁘지 않다고 생각해.
미래에 연연하지 않는다는 말은 하지 않았다. 걱정할 테니까. 이렇게 해서라도 제호 곁에 있고 싶은 자신이 구차하게 느껴졌지만, 어쩔 수 없었다.
현경과 전화를 끊고 얼마 지나지 않아 또다시 모르는 번호로 전화가 걸려 왔다. 이번에도 국제 전화였다.
[율리야? 너, 괜찮니?]
유럽에 있는 이모 미연이었다.
[오늘 네게 결혼 선물 보내려고 안미숙에게 전화했더니, 결혼 취소되었다고 하더라.]
미연은 안 여사를 존칭 없이 이름 석 자로 불렀다. 불륜 사실을 잘 아는 미연의 눈에 안 여사가 곱게 보일 리 없었다.
"네, 그렇게 됐어요. 걱정하지 마세요. 전 괜찮으니까."
[신랑이 결혼식장에 나타나지 않았다는데, 네 아빠는 항의도 하지

않다면서? 하여간 남들 시선 하난 엄청나게 의식하지.]

　소연이 사망하고 난 후, 미연은 채 의원을 '형부'라고 부르지 않았다. 율리에겐 '네 아빠'로, 다른 이 앞에선 '채 의원님'이라고 불렀다.

　"저, 이모?"

　순간 엄마와 정태혁 의원과의 관계를 알고 있었느냐고 묻고 싶은 충동이 일었다.

　[응? 왜?]

　"……한국에 언제 들어오세요?"

　하지만 차마 물어볼 수 없었다. 혹시 미연도 모를 수 있으니까. 직접 얼굴을 보면서 신중하게 물어봐야 할 것 같았다.

　[다음 달에 한국 들어갈 일 있어. 그때 보자꾸나.]

　"네, 이모."

　이모와의 짧은 통화는 어머니와 정 의원의 관계를 다시금 상기시켰다. '엄마는 사랑하는 사람과 헤어지고 다른 남자와 살면서 얼마나 가슴이 아팠을까? 사랑하지 않는 남자의 아이를 낳고서 얼마나 슬펐을까? 자신이 태어난 것 자체가 엄마에겐 짐이었을까?'라는 생각이 들었다. 물론 소연은 완벽한 어머니였다. 모자란 거 전혀 없이 진심으로 사랑해주었다. 하지만 힘들었을 것이다.

　율리는 목에 걸린 엄마의 목걸이를 만지작거리며 인터넷으로 정 의원을 검색하기 시작했다. 지금까지는 아버지의 경쟁자로만 여겼을 뿐이었다. 온라인에는 행복한 가족사진이 가득했다. 씁쓸한 마음이 들었다. 그는 어머니를 완벽히 잊고서 아내와 행복했던 것 같은데, 왜 뒤늦게 나타나서 어머니를 흔들어놓았을까? 원망스러웠다.

　어머니가 사랑한 남자의 젊은 시절을 보고 싶었다. 그래서 별생각

없이 사진을 검색했고, 그중 제일 잘 나온 사진을 확대해 보았다. 이십 대 청년 정태혁은 사진 속에서 해맑게 웃고 있었다.

사진을 바라보던 율리는 어느새 울고 있었다. 어머니의 불행이 느껴져서. 그런 어머니를 사랑해서 상처 받았던 아버지를 조금은 이해할 수도 있을 것 같아서. 그런데도 불륜은 절대로 용서되지 않아서. 사생아란 딱지를 평생 붙이고 살아야 할 율리가 걱정되어서. 그 모든 복잡한 마음에 눈물이 흘렀다.

그런데 그런 모습을 제호에게 들켜버렸다. 어떡하지? 숨기기엔 너무 늦어버렸다. 하지만 그렇다고 사실을 털어놓을 수도 없었다.

"정태혁 의원이에요. 다음 대선의 강력한 후보이기도 하고."

"저 남자가?"

제호는 믿을 수 없다는 듯 눈을 가늘게 모았다.

"옛날 사진이에요. 어쩌다 보니까 검색에 떠서……. 정말 아무것도 아니에요. 사진 보다가 예전에 선거 운동했을 때 일이 생각나서. 그때, 많이 힘들었거든요. 엄마가 돌아가시고 얼마 되지 않았던 시기라서."

어디까지가 진실이고 어디까지가 변명인지는 모르겠지만.

제호는 잠자코 사진 속의 남자를 바라보았다. 다시 보니 그녀 말대로 정태혁 의원이 맞았다. 젊은 시절 모습이어서 미처 알아보지 못했다. 율리가 눈물을 흘린 이유로는 부족했지만, 제호는 잠자코 받아들이기로 했다. 별거 아닌 일로 그녀와 충돌하고 싶진 않았다.

"미안해요. 화내서."

노트북을 닫고, 율리를 가만히 품에 끌어당기며 제호가 사과했다. 그녀는 잠시 머뭇거리다 그의 등에 팔을 둘렀다.

"……일찍 퇴근했네요."

"응. 걱정돼서."

그가 나직이 속삭이며 손바닥으로 율리의 뺨을 감쌌다.

"이렇게 나 없는 곳에서 몰래 울고 있을까 봐 손에 일이 잡혀야 말이죠."

"나 울보 아니거든요."

"항상 말로만 아니라고 하지."

그 말에 발끈한 듯, 율리가 고개 들어 그를 바라보았다.

"왜, 사실이 아닌 것 같아?"

"참지 말고 울라고 할 땐 언제고?"

"아."

제호는 잠시 멍한 표정을 지었다. 그녀는 차 안에서 끅끅거리며 울음을 참았던 때를 말하고 있었다.

"그건 내가 옆에 있을 때 울라고 한 거잖아. 이렇게 혼자서가 아니라."

"아무튼, 난……."

뭐라고 더 반박하기 전에 제호는 서둘러 입을 막았다. 미친 소리로 들릴지 모르겠지만, 아까 집 안에 들어서는 순간부터 이러고 싶었다. 소리 죽여 우는 모습에 더더욱 애가 탔다. 어차피 울 거라면 다른 방식으로 울게 하고 싶다는 충동도 들었다. 못 견디게 좋아서, 참을 수 없는 쾌감으로 울음을 터뜨리게 하고 싶었다.

그는 잠시 입술을 떼고 율리를 내려다보았다. 그녀의 붉은 입술이 거친 호흡을 고르느라 살며시 벌어져 있었다. 입술 틈으로 새어 나오는 숨결이 못 견디게 달게 느껴졌다.

"유혹하는 건 난데, 되레 내가 너에게 유혹당하는 것 같아."

그는 다시 고개를 숙이며 베어 물 듯 입술을 겹쳤다. 한 손으론 얼굴을 돌릴 수 없게 뺨을 감싸고, 다른 손은 허리를 감싸며 서서히 앞으로 나아갔다. 율리는 그에게 안긴 채 밀리는 것처럼 뒤로 걸음을 옮겼다. 쉴 틈도 주지 않고, 계속해서 각도를 바꿔가며 입을 겹치는 제호 때문에 아무것도 생각할 수 없었다. 뭔가에 홀려도 단단히 홀린 느낌이었다. 몽글몽글 피어오르는 쾌감에 이성을 빼앗기다 보니, 이미 드레스 룸 안에 와 있었다.

그는 입으론 키스하면서 양손으론 단추를 풀고 율리의 셔츠 자락을 바지에서 빼내고 있었다. 퍼뜩 정신을 차린 그녀가 황급히 뒤로 몸을 뺐다. 침대를 놔두고 왜 하필 드레스 룸에서?

"아무리 제호 씨 집이라지만……."

뭐라고 항의하려는데, 면 티셔츠가 목 위에서 아래로 쑥 내려왔다. 그녀가 어안이 벙벙한 표정을 짓는 사이, 제호는 티셔츠 소매에 율리의 팔을 꿰었다. 이어서 야구팀 로고가 새겨진 야구 점퍼를 티셔츠 위에 입히고 율리의 머리를 하나로 묶더니, 위에 무언가를 씌웠다.

"예상한 것보다 더 잘 어울리네."

율리를 바라보며 그가 흐뭇한 미소를 떠올렸다.

"이게 뭐예요?"

이해할 수 없다는 눈으로 바라보는 율리를 제호는 전신 거울 앞으로 끌고 갔다.

"비밀 연애를 하자며. 단둘이 여행 갈 건데, 남들 눈에 띄면 안 되잖아요? 그러면 변장이라도 해야지. 내가 여장할 순 없으니까."

"네?"

율리는 기가 막힌다는 얼굴로 거울에 비친 자신의 모습을 바라보았다. 놀랍게도 거울 속에는 미소년이 서 있었다. 의상뿐만 아니라, 컬이 들어간 쇼트커트 가발까지 완벽했다.

"이것까지 쓰면 완벽하겠어."

제호는 은테 안경을 꺼내더니, 조심스레 율리 얼굴에 씌웠다. 율리 자신의 눈으로 보기에도 소년인지 소녀인지 헷갈릴 정도였다.

"취향을 의심받긴 하겠지만, 그 누구도 채 의원 딸이라는 건 못 알아볼 겁니다."

도대체 이렇게까지 하고 어디를 가는 거냐고 물으려는데, 그가 먼저 알려주었다.

"강릉에 별장이 있어요. 거기서 며칠 지내다 와요. 어시장도 가고, 바다도 보고. 특히 대낮처럼 밝은 밤도 봐야죠."

"강릉이요?"

호응이 생각한 것보다 별로인 것 같아, 제호는 양손으로 율리의 뺨을 감싸 자신을 바라보게 했다.

"해외로 나가는 것도 생각해봤지만, 출입국 기록이 남아 혹시 나중에 문제가 될까 안 했는데 왜? 지금이라도 비행기 예약할까?"

"아니에요, 그런 게 아니라…… 제호 씨 피곤할 텐데, 굳이 여행까지 갈 필요 없을 것 같아서……."

그 말에 제호는 장난스러운 웃음을 지으며 율리의 입술을 가볍게 물었다가 놓아주었다.

"음, 내 걱정을 해주는 거라면, 난 여행 가는 게 덜 힘들어요. 집에 있으면 침대 속에서만 뒹굴려고 할 거고, 그러면 체력 소모가 클 테니까."

율리가 흠칫, 당황스러운 표정을 지었다. 제호는 고개를 숙여 그녀와 이마를 맞대며 부드럽게 미소 지었다.

"온종일 침대 속에서 날 감당할 수 있겠어요?"

"감당 못할 건 또 뭐예요?"

놀란다는 걸 알아챘는지, 그녀는 새침한 표정을 지었다.

"그렇겠네요. 어차피 체력 소모가 큰 쪽은 그쪽이 아니라 나니까. 어때, 지금이라도 시험해볼까요? 누가 더 힘든지?"

"아니요!"

율리의 입에서 다급하고도 큰 목소리가 흘러나왔다. 율리는 목덜미까지 빨개진 얼굴로 또박또박 한마디씩 끊어가며 강조하듯 말했다.

"저, 어시장 가는 거 정말 좋아해요. 가요, 강릉."

그런 그녀가 지나치게 예뻐서 제호는 웃음을 참으며 다시금 입술을 포갰다.

검은 마스크를 쓰고 화장 안 한 얼굴에 짧은 머리, 남자 옷을 입었다는 이유만으로 대부분 사람은 율리를 미소년으로 착각했다. 제호와는 단순한 동행이라고 여기며, 호기심 어린 눈으로 바라보지도 않았다. 저번 거제에서 겪었던 분위기와는 사뭇 달랐다.

강릉에 가까워졌을 때쯤, 휴게소에 차를 세우고 짧게 휴식을 취했다. 제호가 음료수를 사러 간 사이 입구에서 기다리는데 어디선가 수군대는 소리가 들렸다. 소리가 나는 쪽으로 고개를 돌리자, 서너 명 정도의 여중생들이 모여서 그녀를 쳐다보고 있었다. 여중생 중 한 명은 얼굴이 빨개져서 그대로 휙 고개를 돌려버렸다.

잠시 후, 그중 한 명이 대표 격으로 율리에게 다가와 물었다.

"혹시 투피움의 주노 오빠 아니세요?"

율리는 누구한테 하는 소리인가, 주위를 둘러보았다. 하지만 그녀밖에 없었다.

그렇다면 지금 나보고 '투피움의 주노 오빠'라고 물은 거야? 얼마 전에 데뷔한 중학생 아이돌?

말을 하면 여자라는 게 탄로 나서 아니라고 고개만 내젓는데, 주문한 음료수를 손에 들고 제호가 다가왔다.

"뭡니까?"

아주 키 큰 남자가 다가오자, 여중생들은 긴장한 얼굴로 뒷걸음쳤다. 그래도 이대로 물러설 순 없었는지 다시 다가왔다.

"저, 아저씨! 주노 오빠랑 사진 좀 찍으면 안 될까요?"

여중생들은 제호를 경호원이나 매니저쯤으로 오해한 것 같았다. 제호가 기가 막힌 얼굴로 거절하자, 여중생들은 잽싸게 휴대폰을 꺼내더니 율리를 배경으로 셀카를 찍었다. 그리고 나선 '꺅', 비명을 지르며 도망쳐버렸다.

"풉."

율리는 웃음을 참으려 했지만, 차 안에 타자마자 웃음이 터지고야 말았다. 너무 웃겨서 눈물이 나올 정도였다.

차가 출발하고 한참이 지나서도 율리가 계속해서 킥킥거리자, 제호는 어이없다는 눈으로 바라보았다.

"지금 상황이 웃깁니까?"

"그럼 안 웃겨요? 제호 씨보고…… 풉, 아저씨……라고 하는데."

그녀를 중학생 아이돌로 오해한 것보다 천연덕스러운 얼굴로 제호를 아저씨라고 부르던 상황이 너무나도 웃겼다. 순간, 장난기가 발동했다. 지금까지 놀림만 당했는데 이번만큼은 그녀가 놀려먹을 기회였다.

"아저씨, 저 핫바 먹고 싶은데, 하나만 사주실래요?"

아저씨란 호칭에 제호는 미간을 찌푸리며 못마땅한 시선으로 율리를 쳐다보았다.

"아저씨?"

"네, 아저씨. 저, 지금 여기서 핫바 먹고 싶어요."

"하."

율리가 장난으로 살짝 혀짧은 소리를 내자, 제호는 어처구니가 없는지 실소를 터뜨렸다.

정말 휴게소로 가려는지, 운전대를 틀어 고속도로를 빠져나왔다. 하지만 차는 휴게소가 아닌 인적 드문 도로로 향했다. 매우 한적한 곳에 차를 세운 제호는 달칵, 안전벨트를 풀었다.

뭔가 이상한 기분에 율리는 제호에게로 고개를 돌렸다. 그녀와 시선이 마주치자, 그가 이를 드러내며 환하게 웃어 보였다.

"내가 전에도 그랬지. 장소 꽤 까다롭게 가려서 행동한다고."

물론 기억한다. 율리는 빠르게 고개를 끄덕였다.

"그런데 내 집에선 안 가린다고도 했어."

이번에도 별생각 없이 고개를 끄덕거리던 율리의 머릿속에 '앗!' 경고등이 켜졌다. 위험스럽게 낮은 목소리로 제호가 말했다.

"지금 여기 내 차 안인데."

설마? 제호를 바라보는 율리의 눈이 튀어나올 것처럼 커다래졌다. 아니겠지. 아닐 거다. 아무리 한적한 곳이라고 해도, 서서히 어둠이 내리고 있다고 해도, 여기는 엄연히 밖이었다. 설마 차 안에서…….

밤까지 못 기다릴 것 같아 481

그때 자신의 안전벨트를 푼 제호가 상체를 기울여 이번에는 율리의 안전벨트를 풀었다. 율리는 흠칫 놀라며 뒤로 몸을 뺐다.

"왜 그런 눈으로 보는 겁니까?"

그가 의아하다는 듯 미간을 찌푸렸다. 율리는 아무 말도 하지 못하고 눈만 깜빡거렸다. 순수하게 안전벨트를 풀어주려고 몸을 기울인 건지, 다른 의도로 그런 건지 확신이 서지 않았다.

아, 맞다! 왜 갑자기 외딴곳에 차를 세우고 안전벨트를 풀어? 불순한 의도가 없다면 말이다.

그의 얼굴이 점점 더 가깝게 다가왔다. 조금만 더 고개를 숙이면 입술이 닿을 만큼, 숨결이 얽힐 만큼 가까이.

"저, 아무리 제호 씨 차라고 해도……."

당황한 탓에 목소리가 떨렸다. '설마 차 안에서 키스보다 진도가 더 나가겠어?'라는 생각이 들었지만, 불안한 건 어쩔 수 없었다. 가만히 그녀를 바라보던 그가 이윽고 입을 열었다.

"다른 건 몰라도 차 안에서 음식 냄새 나는 건 질색이라서."

응? 음식 냄새?

"음료수라면 몰라도 차 안에서 먹는 건 안 됩니다. 내려요. 다 왔어요."

말을 마친 제호는 문을 열고 차에서 내렸다. 차 앞쪽으로 돌아온 그가 차 문을 열어주자, 율리는 어리둥절한 표정으로 주위를 둘러보았다. 차 안에선 보이지 않았지만, 수풀 너머로 별장 건물이 보였다. 주위가 어두운 탓도 있었지만, 긴장해서 미처 알아차리지 못한 모양이었다. 그러니까 이곳에 차를 세운 이유는 단순히 별장에 도착했기 때문이다.

트렁크를 열고 슈트 케이스를 꺼낸 제호가 율리 앞으로 다가왔다. 허탈한 표정의 율리를 보며 눈을 가늘게 모았다.

"뭐지, 그 실망한 표정은? 왜? 차 안에서 하는 거 좋아해요?"

"아뇨! 차 안에서 하긴 뭘 해요?"

순간 당황한 율리는 저도 모르게 목청을 높였다.

"아, 미안. 말이 잘못 나갔어요. 차 안에서 먹는 거 좋아해요?"

눈매를 휘며 환하게 웃는 제호를 보며 율리는 확신했다.

이건 분명 다 알면서 일부러 놀리려고 이러는 거다. '아저씨'라고 불렀다고 복수하는 거네.

마음 같아선 확 흘겨보고 싶었지만, 그러면 그에게 말려드는 셈이 된다. 율리는 그와 똑같이 눈매를 휘며 환하게 웃어 보였다.

"그럼요. 차 안에서 먹는 거 좋아하죠. 먹을거리가 어디 핫바뿐이겠어요?"

"취향 참 독특하군."

제호는 재밌다는 표정으로 웃었다.

"알겠어요. 내 취향은 아니지만, 원한다면 나도 한번 노력해보죠."

정말로 헷갈리게 하는 태도였다.

그는 지금 순수하게 음식을 말하는 걸까? 아니면……?

또다시 불순한 상상이 떠오르려고 하자, 율리는 빠르게 고개를 흔들었다. '큭', 새어 나오는 웃음을 참으며 제호는 급히 율리로부터 등을 돌렸다. 당황해하는 율리의 모습이 못 견디게 귀여웠지만, 여기서 더 나아갔다간 토라질 게 분명했다. 처음으로 떠난 둘만의 여행인데, 시작부터 투덕거릴 순 없었다.

다행히 율리의 관심은 곧 수풀 너머 모습을 드러낸 별장으로 옮겨갔다. 모던 스타일로 지어진 건물은 이질감 없이 자연스럽게 주위 환경과 조화를 이루고 있었다. 산 중간 기슭에 지어져 앞으론 바다, 뒤론 숲이 우거진 산이 펼쳐져 있었다.

"와."

화려한 도시의 풍경과는 또 다른 자연의 아름다움에 율리는 연신 감탄사를 내뱉었다. 거실 창가에서 바깥을 내다보는 율리에게 제호가 다가갔다. 그는 뒤에서부터 그녀를 끌어안고 하얀 목덜미에 지그시 입술을 눌렀다.

"마음에 든 것 같아 다행이네."

"네, 여기 너무 멋져요."

율리는 자신이 이곳을 방문한 유일한 손님이라는 것을 모를 것이다. 이곳은 그가 충전이 필요할 때마다 들르는 곳으로, 그 혼자만 머물렀다. 혼자만의 시간을 누구에게도 방해받고 싶지 않아서였다. 지금은 율리와의 시간을 누구와도 나누고 싶지 않았다.

제호는 율리를 자신 쪽으로 돌아서게 한 다음, 가발과 안경을 벗겨냈다. 헝클어진 머리카락에 손가락을 넣어 빗질하듯 쓸어내리자, 율리는 미소년에서 여인의 모습으로 변했다.

"역시 내 취향은 이쪽이네. 주노 오빠가 아니라 채율리."

그가 다정하게 속이며 입술을 포갰다. 촉촉한 입술에서 다디단 향이 흘러나왔다. 부드럽고 따뜻했다. 입술만 살짝 맞추려고 했는데 키스는 어느새 그녀가 가쁜 숨을 몰아쉴 만큼 깊어졌다. 그게 문제였다. 율리 앞에선 언제나 이랬다. 너무 달콤한 탓에 자제하기가 쉽지 않았다.

"……제……호 씨, 저……."

숨을 쉬러 잠시 입술을 떨어진 찰나, 그녀가 뭐라고 중얼거렸다. 하지만 다시 입술이 겹쳐와 끝을 맺을 수 없었다. 한참 후에야 그가 입술을 떼며 나직이 속삭였다.

"아까 차 안에서 못 했던 거, 지금 하는 거예요. 다음엔 취향 고려해서 차 안에서 할 수도 있고."

"내가 언제 차 안……."

"먹을거리 많다면서."

역시 놀리는 거였네. 또 당했다고 생각하니, 율리의 경쟁의식이 발동했다. 이번에는 그녀가 바짝 그에게 다가갔다.

"그래요, 아까 차 안에서 하지 못했던 거 여기서 해요."

율리는 상냥하게 웃으며 제호의 셔츠 맨 윗단추를 풀었다. 아래 단추로 손을 옮기며 유혹하듯 천천히 눈꺼풀을 감았다 떴다.

"핫바 있죠?"

그녀 딴에는 맞받아친 것인데, 큰 실수가 되어버렸다. 겨우 자제하고 있던 욕망이 다시금 꿈틀거렸다. 제호는 단추를 푸는 율리의 손을 한 손으로 잡고, 다른 손은 허리를 휘감았다.

"당연히 있죠."

뭔가 잘못되어간다는 걸 느낀 듯, 율리의 눈꺼풀이 파르르 떨렸다. 그러면서도 아무렇지 않은 듯 턱을 치켜올리는 그녀가 제호는 깨물고 싶을 만큼 귀엽게 느껴졌다.

"왜, 지금 먹고 싶어?"

"아뇨!"

분하지만 율리는 곧바로 백기를 들었다. 다행히 그는 그녀의 항복을 받아들이는 것 같았다. 부드럽게 웃으며 그녀 콧등에 입술을 맞췄다.

"그러면 나중에 먹어요. 냉장고에 있으니까."

하지만 안도한 것은 잠시뿐, 콧등에 있던 입술이 미끄러지듯 내려와 그녀의 입술을 덮쳤다. 그다음부턴 그에게 완전히 주도권을 빼앗겨버렸다. 정신을 차렸을 땐 두 사람은 어느새 욕실 안에 서 있었다.

"진도 한 단계 나아갈 겸 같이 샤워해요."

왜 갑자기 차 안에서 욕실로 튀었지? 그리고 강의 듣는 것도 아니고 진도를 나간다니?

율리의 속마음을 읽은 것처럼, 제호가 다음 말을 이었다.

"이미 말한 것 같은데. 난 급한 거 싫어한다고. 끝까지 가기 전에 진도 나갈 단계는 많으니까."

"나, 연애 경험 전혀 없는 거 아니거든요."

모솔 취급당한 게 기분 나쁜 듯, 율리는 불쾌한 감정을 숨기지 않았다. 깊은 관계는 아니었지만, 그래도 지금까지 사귄 남자가 아예 없는 건 아니었다. 한두살 먹은 어린애도 아니고, 남녀 사이에서 어떤 일이 일어날 수 있는지 모를 리 없었다.

"알아요."

녹을 것처럼 부드러운 목소리로 그가 말했다. 제호는 두 손으로 율리의 뺨을 감싸 자신을 바라보게 했다. 그녀를 바라보는 눈빛이 순간 진해졌다.

"이렇게 예쁜데, 사귀자고 달려든 녀석들 많았겠지."

또다시 짓궂은 농담을 날릴 줄 알았는데 그는 순순히 인정했다.

"하지만 나와는 처음이니까."

율리는 아무 말도 못 하고 눈만 크게 떴다. 전혀 그답지 않은 다정한 말이었기 때문이다. 예상외의 말은 계속해서 흘러나왔다.

"너와 나, 우리, 서로에게는 처음이잖아. 서툴지도 몰라."

그가 고개를 숙여 다시금 입을 맞물렸다.

"그러니까 조심스럽게, 천천히 서로 알아 나가자. 몸도, 마음도."

숨결을 불어넣듯 나긋나긋하게 귓속말하며 자연스럽게 야구 점퍼를 벗겼다. 겉옷이 사라지자, 그는 한 손으로 율리의 뒤통수를 감싸며 가볍게 입을 맞췄다.

"네 모든 걸 보고 싶어."

이번엔 티셔츠를 위로 끌어 올렸다. 찬 공기에 드러난 하얀 속살을 혀로 훑어 내리며 그는 자연스럽게 율리의 몸에서 옷을 벗겨냈다. 어느새 마지막 속옷이 벗겨지고, 율리의 뺨이 발갛게 달아올랐다.

이미 깊은 관계를 맺었다고 해도 실오라기 하나 걸치지 않은 몸을 밝은 대낮에 보여준 적은 없었다. 하지만 부끄러운 감정보단 두근거리고 짜릿한 감각이 온몸에 퍼졌다. 미친 게 아니라면 홀린 게 분명했다.

나는 이 남자에게 홀린 거야.

율리는 눈을 감으며 가만히 다가올 손길을 기다렸다.

부스럭거리며 상대 옷이 바닥에 떨어지는 소리가 들리고 잠시 후, 단단한 가슴이 풍만한 가슴에 맞닿았다. 아! 그저 껴안기만 했는데도 미치도록 좋았다. 그도 그녀와 같은 느낌일까?

"후, 미쳐버리겠어……."

율리의 목덜미를 지분거리던 제호의 입에서 신음 섞인 말이 튀어나왔다. 입술에 닿는 살결이 크림처럼 부드러워, 할 수만 있다면 힘껏 빨아들이고만 싶었다. 그러나 남들 눈에 띄는 부분에 붉은 자국을 남길 순 없었다.

힘겹게 하얀 목덜미에서 입술을 뗀 제호는 좀 더 아래로 고개 숙여 꼿꼿이 선 핑크빛 정점을 머금었다. 망설임 없이 공략할 수 있는 곳이기에 이번엔 뺨이 움푹 팰 정도로 힘차게 빨아들였다.
 "흐윽……."
 강한 자극에 율리는 흐느끼는 소리를 내며 몸을 비틀었지만, 오히려 너 집요하게 공략했다. 한 손으로 잘록한 허리를 감싸며 다른 손으론 샤워기 수전을 비틀어 물을 틀었다.
 쏴아—.
 두 사람의 머리 위로 더운물이 쏟아져 내렸다. 그러나 서로를 탐하는 움직임은 멈추지 않았다. 후끈한 열기와 다디단 신음이 욕실을 가득 채우기 시작했다.

 결혼식이 갑자기 취소된 것을 사과하려 권 회장은 채 의원과 저녁 식사 자리를 따로 마련했다. 식사 중에는 누구도 이번 결혼식을 화제에 올리지 않았다. 차와 다과가 나오고서야, 권 회장은 시중들던 모든 고용원을 물리고 무겁게 입을 열었다.
 "내가 채 의원님을 볼 면목이 없습니다."
 "아닙니다, 회장님."
 "그래, 율리는 어떻게 하고 있습니까? 충격이 컸을 텐데……."
 "머리 좀 식히라고 어디 좀 보냈습니다."
 채 의원은 이곳에 오기 전, 보좌관을 통해 율리가 제호와 함께 여행을 떠났다는 보고를 받았다. 가는 곳은 어딘지 알 수 없었지만, 둘이 떠난 것만은 확실했다. 하지만 거기까진 언급하지 않았다. 권 회장도 이미 알고 있지 않을까 싶었지만 확인하고 싶진 않았다.

"이제부턴 내가 나서서 민우와의 결혼을 말릴 겁니다."

"회장님?"

"모두 내 탓입니다. 내가 채 의원 따님이 탐나서, 안 될 인연을 고집했던 것 같습니다. 제호와의 결혼이 무산됐을 때, 그때 깨끗이 포기해야 했는데……. 일이 이렇게 돼서 정말 유감입니다."

이상하다. 권 회장은 민우가 필리핀으로 간 진짜 이유를 알지 못했다. 그런데도 매우 실망한 표정이었다. 평소 권 회장이라면 회사 일이 먼저라며 민우의 처지를 이해해달라고 했을 텐데 말이다.

채 의원은 권 회장의 의중을 간파할 수 없었다. 또한 누구 손을 잡을지 결정하기엔 아직 시기가 일렀다.

"회장님, 잠시 지켜보는 게 어떨까요?"

노련한 정치인답게 채 의원은 우선 한발 물러나 지켜보기로 했다.

"권 실장, 필리핀에서 돌아오면 그때 직접 들어보고 결정을 내려도 늦지 않을 것 같습니다."

채 의원 쪽에서 이리 나오는데, 권 회장 혼자 고집을 부릴 순 없었다. 권 회장은 착잡한 표정으로 고개를 끄덕였다.

"그렇게 배려해주신다면야 감사할 따름입니다. 정말 미안하게 됐습니다, 채 의원님."

"회장님이 이렇게까지 사과하실 일은 아닙니다. 자녀 일이 어디 뜻대로 되겠습니까."

그 말에 권 회장은 씁쓸하게 웃으며 찻잔을 입으로 가져갔다.

"훈계를 제대로 시키려면 가끔은 회초리도 필요한 법입니다. 정말 필요하다면 그보다 더 심한 체벌을 할 수도 있고. 다 자식 잘되라는 부모의 깊은 뜻 아니겠습니까. 채 의원님은 생각은 어떠십니까?"

"지당하신 말씀입니다."

말로는 동의했지만, 권 회장을 바라보는 채 의원의 표정이 살며시 굳어졌다. 그와는 반대로 권 회장은 흡족한 미소를 떠올리며 천천히 차를 들이켰다.

아주 길고도 긴 샤워였다. 그도 그럴 것이 진도를 한 단계만 나갈 거라더니, 두 단계나 나가버렸다. 덕분에 율리는 완전 녹초가 되었다. 다리에 힘이 없어 제대로 서 있을 수도 없는 지경이었다.

제호는 비틀거리는 율리를 욕실 벤치에 앉히고 커다란 수건으로 머리의 물기를 닦아주었다. 힘들어서 눈도 제대로 못 뜨는 그녀의 머리를 말리려 그가 헤어드라이어를 손에 잡았다. 곧이어 위잉, 따뜻한 바람이 머리에 느껴졌다.

율리의 기억은 거기까지였다. 그 이후론 완전히 암전돼버렸다. 아무래도 그 상태에서 제호에게 안긴 채 잠들어버린 것 같았다. 잠든 그녀를 그가 안아 올려서 침대로 데려온 모양이었다.

얼마나 오래 잠들었던 걸까?

"……그만 일어나요."

부드러운 속삭임에 무거운 눈꺼풀을 들어 올렸다. '벌써 아침인가?' 하며 주위를 둘러보는데 아직도 캄캄한 밤이었다. 비몽사몽, 잠결에 율리는 느릿하게 몸을 일으켰다. 제호가 한 손으로 흘러내린 율리의 머리카락을 쓸어 넘겨주며 말했다.

"보여주고 싶은 게 있어."

반쯤 감겼던 율리의 눈이 어느새 떠졌다.

"피곤하면 더 자도 되고."

율리가 고개를 젓자, 그는 준비해온 담요로 그녀의 몸을 감싸며 침대에서 일으켰다. 거실 쪽을 통해 테라스로 나가자, 차가운 바람이 얼굴에 쏟아졌다. 하지만 율리는 눈앞에 펼쳐진 광경에 찬바람조차 느낄 수 없었다.

"와."

율리의 눈이 커다래졌다. 말로는 정확히 설명할 수 없는 풍경이었다. 검은 바다 위에 수많은 다이아몬드를 흩뿌려놓은 것처럼 환한 불빛이 수평선을 가득 메우고 있었다. 여기저기서 반짝이는 영롱한 불빛을 바라보며 율리는 제호가 말했던 '대낮처럼 밝은 밤'이라는 말을 이해했다.

"저게 다 뭐예요?"

"오징어잡이 어선들이 조명을 켜놓고 조업하는 거예요. 환한 불빛 아래로 오징어가 모여들거든."

"가까이 가면 정말 대낮처럼 환하겠어요."

"응, 맞아."

혹시라도 그녀가 추울까, 좀 더 단단히 담요를 둘러주며 제호가 말을 이었다.

"과장을 좀 보태자면 속이 들여다보일 정도로 밝아."

난, 가끔 이런 생각을 해. 저 환한 불빛으로 사람 속도 훤히 들여다볼 수 있으면 얼마나 좋을까 하고. 그러면 채율리는 속으로 무슨 생각을 하는지, 치유될 수 없는 상처가 뭔지, 내가 없는 동안 무슨 일이 있었는지 알 수 있을 테니까.

하지만 그 말들은 입 밖으로 나가지 못하고 목구멍에서만 맴돌았다.
"이런 광경, 처음 봐요."
율리는 밤바다에서 시선을 뗄 수 없었다.
제호의 말이 맞았다. 그와는 모든 게 처음이다. 지금까지 사귄 남자들은 화려한 야경이 보이는 레스토랑이나 스카이라운지 같은 호화로운 곳으로만 그녀를 데려갔다. 의례적인 의식을 치르듯 식사가 끝나면 술을 권했고, 자연스럽게 스킨십으로 넘어가길 원했다. 그때마다 율리는 싸늘하게 식곤 했었다.
교제가 쉽지 않았던 이유 중엔 아버지의 불륜도 있었지만, 그녀를 침대로 끌어들이지 못해 안달 났던 상대의 조급함도 있었다. 하지만 제호는 그들과는 다르게 느긋하게 나왔다. 부담 갖지 말자는 율리의 제안을 악용하지도 않았다. 그래서일까? 자신과는 모든 게 처음일 거라는 제호의 말에 가슴이 두근거렸다.
한참 동안 밤바다를 바라보던 율리는 기대에 찬 얼굴로 뒤를 돌아보았다.
"저기로 가볼 수 있을까요?"
"앞으로 한 시간 후면 조업을 마친 어선들이 서서히 부둣가로 들어올 거예요."
손목시계를 들여다보며 제호가 말했다.
"그럼 바로 경매가 시작될 건데. 구경하고 싶어요?"
"네."
잠은 어느새 저만치 달아나고 없었다. 율리는 서둘러 준비를 마치고 부둣가로 향했다. 도착했을 땐 서서히 동이 트며 조업을 끝낸 어선들이 들어오고 있었다.

경매가 시작되고, 부둣가는 삶의 활기로 가득 찼다.

"지금은 모르겠는데 예전엔 경매가 끝나면 일반인에게 팔기도 했어요."

율리가 '전에도 왔었나 봐요?'라는 눈으로 쳐다보자, 그는 가볍게 고개를 끄덕였다.

"여기 말고 속초. 어릴 때 아버지와 자주 왔었죠."

건물 그림자에 가로등 불빛이 가려진 탓일까? 제호의 얼굴에 어두운 그림자가 내려왔다. 하지만 찰나일 뿐, 그는 따뜻하게 웃으며 손을 올려 율리의 어깨를 끌어안았다. 갑작스러운 포옹에 율리는 당황스러운 얼굴로 주위를 둘러보았다.

그녀는 지금 쇼트커트 가발에 안경을 쓰고, 유니섹스 스타일의 가죽점퍼를 입고 있었다. 얼핏 보면 남자로 착각할 수 있는 복장이었다.

"걱정하지 않아도 돼."

율리가 불안해한다는 걸 눈치챘는지 그가 귓속말로 속삭였다.

"색다른 취향이라고 생각하기보단, 귀여운 막냇동생에게 세상 구경 시켜주는 중이라고 생각할 테니까. 아니면 주노 오빠와 경호원 아저씨라고 착각할까?"

어제였다면 놀리는 거냐고 발끈했겠지만, 지금은 아니었다. 약 올리는 듯한 말투마저 꿀처럼 달게 느껴졌다. 율리는 저도 모르게 양손으로 제호의 허리를 끌어안았다. 이상한 행동이란 건 타인들의 어색한 시선과 마주치고야 알아차렸다. 아, 맞다! 지금 자신의 모습을 뒤늦게 깨달은 율리가 재빨리 허리에서 팔을 풀었다. 하지만 제호의 손이 단단히 어깨를 감싸고 있어 옆으로 떨어질 수 없었다.

"남들 시선 신경 쓰지 마."

다행히 경매가 한창 무르익은 시점이라, 대부분 사람은 두 사람에게서 시선을 거두었다.

경매가 끝나고 제호의 말대로 일반인에게도 판매가 시작되었다. 살아 있는 오징어와 각종 해산물을 해수가 든 상자에 포장하고, 두 사람은 근처 식당가로 자리를 옮겼다.

"국밥 괜찮겠어요?"

세월의 흔적이 보이는 허름한 가게들로 채워진 거리에서 제호는 식당 하나를 골랐고, 율리는 가볍게 고개를 끄덕였다. 그가 함께여서일까? 반찬이라곤 달랑 깍두기와 오이고추뿐이었지만, 지금까지 먹어본 국밥 중에서 제일 맛있게 느껴졌다. 후식으로 나온 식혜마저 달콤하게 목구멍을 타고 내려갔다.

아침을 먹고 다시 차로 돌아가는데, 제호가 우뚝 걸음을 멈춰 섰다.

"잠시만요. 여기 있어요."

그는 율리를 기다리게 한 후, 약국 안으로 들어갔다.

왜 갑자기 약국에?

또다시 불순한 생각이 떠오르려고 하자, 율리는 얼굴을 붉히며 약국으로부터 등을 돌렸다.

소화제 사러는 아닐 것 같은데······.

잠시 후, 그는 약봉지를 손에 쥔 채 돌아왔다. 뭐냐고 물어보면 그만인데 차마 물어볼 수 없었다. 별장에 돌아가면 진도를 더 나아가려는 걸까? 어젯밤 두 단계를 나아갔으니까, 오늘은 어쩌면 마지막 단계일지도 모른다. 쿵쿵, 심장이 날뛰며 설레는 동시에 두려웠다. 무엇보다 이 율배반적인 마음에 갈팡질팡하는 자신에게 한숨이 나왔다.

"어떻게 할래요?"

차에 타자 제호가 물었다.

"피곤하면 지금 별장으로 돌아가고, 아니면……."

"저, 하나도 안 피곤해요."

율리는 제호의 말이 끝나기도 전에 재빨리 대답했다. 마음을 굳히기 전까진 되도록 별장으로 돌아가고 싶지 않았다.

사람 마음이란 게 참 간사하다고 이미 예전에 마음의 결정을 내리고선, 막상 눈앞에 닥치니 두려웠다. 그러면서 기대가 되었다. 이번 여행 안에 모든 단계를 마무리 지을 걸 뻔히 알면서.

"그래요, 그럼."

그녀의 속마음을 아는지 모르는지, 제호는 담담한 표정으로 차에 시동을 걸었다.

"실장님!"

갑작스러운 호출을 받은 남 비서가 놀란 얼굴로 민우에게 달려왔다. 어젯밤 민우는 아무에게도 연락하지 않고 몰래 귀국을 단행했다. 수행 비서에게만 공항에 도착 후 연락했다. 지금 민우가 믿을 수 있는 유일한 수하였다.

"채 의원님, 지금 어디 계셔?"

필리핀에서부터 연락을 시도했지만, 모두 실패했다. 채 의원은 민우의 전화를 받지 않았고, 보좌관을 통해서도 연결이 되지 않았다.

"지금 세종 사무실에 계신답니다."

남 비서가 모는 차 안에서 민우는 어젯밤 박 사장과 나눈 대화를 떠올렸다. 율리와 통화 후, 민우는 용기를 내어 박 사장에게 전화를 걸었다. 진 과장이 사라진 현 상황에서 정말로 박 사장이 자신을 급습하려고 했는지 확인이 필요해서였다.
　─ 신 과장은 만나셨습니까?
　─ 아, 그 친구? 알고 보니까 놈이 뒤에서 장난을 쳤더라고. 뭐 어쩌겠어? 시멘트 처발라서 인천 바다에 던졌지. 아무튼 여행 잘 마치고, 와서 보자고.
"제길."
민우는 욕설을 내뱉으며 손으로 얼굴을 쓸어내렸다.
뭐가 어떻게 돌아가는지 모르겠다. 진 과장이 알아서 처리한다고 하더니 죄다 뒤집어쓰고 뒈진 건지, 아니면 박 사장과 한통속이 되어 자신을 물 먹인 건지 알 수 없었다.
진 과장이 없는 지금, 차 검사 측과의 연락도 수월하지 않았다.
문전 박대를 당할지도 모른다고 생각했는데 예상외로 채 의원은 순순히 만나주었다.
"죄송합니다, 의원님. 너무 급작스러운 일이라 어쩔 수 없었습니다."
"이해하네."
채 의원은 깊이 고개를 숙인 민우 앞으로 서류 봉투를 내려놓았다.
"나 같았어도 먼저 피하고 봤을 거야. 조폭 애들이 워낙 거칠어야 말이지. 내 몸에도 검사 현역 시절, 녀석들에게 당해 생긴 훈장이 하나 있지."
서류를 훑어보는 민우의 얼굴이 창백하게 변해갔다.
"이걸 어떻게……?"
서류에는 민우가 차 검사에게 넘긴 자료뿐만 아니라, 박 사장과 얽힌 그의 악행이 모두 낱낱이 기록되어 있었다.
"나, 검사 출신이야. 차 검사는 자네가 넘겨준 정보까지만 알고 있으니까 걱정하진 말게."
민우는 아무 말도 하지 못했다. 서류에 있는 사항이 흘러나간다면 그는 끝장난 인생이나 다름없었다.
"일이 이렇게 돼서 유감이긴 한데, 그래도 결혼까진 가지 않아서 다행이라고 생각해. 다른 건 몰라도, 내 딸이 조폭과 연관된 남자와 결혼하게 할 순 없지. 아무리 자네가 재벌 3세라고 해도."
"장인어른."
"자네가 가진 그 패, 사용하고 싶으면 언제든지 사용하게. 그러면 이 자료는 바로 권 회장님과 차 검사, 그리고 언론에 뿌려질 테니까."
민우를 보기 전까진 채 의원은 결정을 내리지 못한 상태였다. 하지만 문을 열고 들어오는 초조한 표정의 민우를 본 순간 깨달았다. 위기에 몰렸을 때, 권민우는 너무나 쉽게 가면이 벗겨진다. KG그룹 차기 후계자라고 해도 언젠가는 큰 오점이 될 것이다. 대선 후보를 바라보는 지금 시점에서 아킬레스건이 될 수도 있는 민우와 애써 함께 갈 필요는 없다고 결정을 내렸다.
"결혼은 자네가 깨는 걸로 해. 물론 모든 귀책사유도 자네에게 있는 거고. 우선은 결혼식을 연기하는 걸로 하고, 세인의 관심에서 멀어졌을 때 결혼 취소를 발표하자고."
청천 하늘에 날벼락 같은 소리에 민우는 처참하게 무너졌다. 소파에서 일어나 채 의원 앞에 무릎을 꿇었다.
"장인어른, 안 됩니다. 저, 율리 정말 사랑합니다."
"율리는 자네 사랑 안 하네. 율리가 자네와 결혼하겠다고 해도 힘든 결혼이야. 정 결혼해야겠다면, 율리의 마음부터 먼저 얻던가."

"율리는 지금 어디에 있습니까?"

"나도 모르네. 머리 식힌다고 잠시 여행을 떠났어."

말을 끝낸 채 의원은 민우를 남겨두고 사무실을 걸어 나갔다.

민우는 떨리는 손으로 율리에게 전화를 걸었다. 수십 번을 걸어도 받지 않자, 이번엔 현경에게 전화를 걸었다. 율리가 함께 여행을 떠날 사람은 현경밖에 없으니까. 통화가 연결되자마자 민우는 인사를 생략한 채 빠르게 말했다.

"율리 바꿔."

[율리를 왜 나한테서 찾아?]

"씨X, 여행 갔다면서! 함께 여행 갈 사람, 너 말고 또 누가 있어?"

[또라이 새끼. 나, 지금 자선 행사로 발리에 와 있거든. 못 믿겠음 확인해봐.]

현경은 말할 가치도 없다는 듯 바로 통화를 종료했다. 사소한 일로 거짓말할 현경이 아니기에, 민우는 머리를 굴렸다.

율리 성격에 혼자 여행을 떠났을 리는 없었다.

설마, 그 새끼랑?

사무실을 나와 차에 올라타며 제호에게 전화를 걸어보았지만, 받지 않았다. 회사로 전화하니 '오늘부터 휴가 중이십니다.'라는 대답이 돌아왔다. 불현듯 불길한 예감이 뇌리를 스쳤다.

"씨X, 정말 이 새끼랑 간 거야?"

민우는 험악한 얼굴로 운전 중인 남 비서에게 소리쳤다.

"야, 지금 당장 두 사람 행방 찾아봐."

민우의 두 눈이 분노로 이글이글 타올랐다.

"꺅!"

상자를 열자마자, 싱싱한 대하 한 마리가 위로 튀어 올랐다. 이리도 싱싱할 거라곤 전혀 예상하지 못했기에 율리는 비명을 지르며 뒤로 물러섰다. 그녀의 비명에 침실로 갔던 제호가 놀란 얼굴로 달려 나왔다.

"왜 그래?"

"제호 오빠!"

율리는 울 것 같은 얼굴로 재빨리 제호의 등 뒤로 몸을 숨겼다. 이젠 한두 마리가 아니라 여러 마리가 팔딱거리며 동시에 상자 안에서 튀어나왔다. 탁, 타닥, 탁, 바닥에 떨어져 몸부림치는 소리가 기괴하게 느껴졌다.

하지만 제호에겐 방금 율리의 입에서 나온 '제호 오빠'라는 호칭만이 귓가에 맴돌았다. 지금껏 그녀가 자신을 '제호 오빠'라고 불러준 적은 딱 한 번 있었다. 수영장 안에서 목걸이를 찾은 그날, 아무것도 아닌 단순한 호칭에 그만 자제하지 못하고 그녀에게 키스하고 말았는데.

지금도 그랬다. 하지만 우선 처리해야 할 일이 있었다. 제호는 바닥에 떨어진 대하를 주워 다시 상자에 넣고 뚜껑을 닫았다. 그제야 멀찍이 떨어져 있던 율리가 가까이 다가왔다.

"새우 손질은 내가 할게요. 아직 손도 낫지 않았는데."

빨개진 율리의 손가락을 어루만지며 제호가 말했다.

"이거 새우튀김 하다가 데인 거잖아."

율리는 어떻게 알았냐는 듯 눈을 동그랗게 떴다. 제호는 묵묵히 재킷 주머니 안에서 약봉지를 꺼냈다. 봉지를 열자, 화상 연고가 안에서 나왔다.

"이거 사느라 약국에 갔던 거야?"

제호는 율리의 손을 잡고 조심스럽게 연고를 발라주었다. '이렇게나 날 아껴주는구나.'라는 생각에 순간 율리는 뭉클해지고 말았다.

감동과 함께 쌓였던 감정이 폭발했기 때문일까? 속에 꾹꾹 눌러두었던 질문이 거침없이 튀어나와버렸다.

"오늘 밤, 우리 끝까지 진도 나갈 거죠?"

분명 자신의 입으로 한 말임에도 율리는 머릿속으로 다시 한번 되짚어야 했다. 뒤늦게 혀끝을 깨물었지만, 이미 말은 밖으로 나간 후였다. 이왕 이렇게 된 이상 물러날 생각은 없었다. 얼굴은 새빨개졌지만, 율리는 시선을 피하지 않고 제호를 빤히 쳐다보았다.

잠시 어색한 침묵 뒤에 제호가 입을 열었다.

"느긋하게 나가려고 했는데. 다치지 않게, 천천히."

그 어떤 말보다 율리의 마음을 움직였다. '천천히'라는 말에 '급히' 가고 싶어졌고, '다치지 않게'라고 하니까, '다쳐도 상관없다.'라는 생각이 들었다. 어차피 고통과 환희는 한 끗 차이일 뿐이다.

"괜찮아요. 나, 이제 준비됐어요."

심각하게 율리를 쳐다보던 제호의 얼굴에 미소가 떠올랐다.

"의외네. 대놓고 유혹할 줄도 알고."

그녀도 이런 자신에게 깜짝 놀랐다. 하지만 결심한 이상 뒤로 미루긴 싫었다. 율리는 밝게 웃으며 제호의 허리에 팔을 둘렀다.

"그래서 내 유혹에 넘어왔어요?"

"음."

그가 대답을 미루자, 율리는 눈을 가늘게 뜨고 조금은 기분 상한 표정을 지어 보였다.

"당연히 넘어가야죠. 그래요, 오늘 밤."

동시에 제호는 자신의 허리를 감은 율리의 팔을 조심스럽게 떼어놓았다.

"오늘 밤은 오늘 밤이고, 우선 이것부터 처리해야 해서."

그는 소매를 걷어붙이며 대하가 담긴 상자로 다가갔다. 상자를 여는 동시에 탁, 타닥, 탁, 무서운 소리가 울려 퍼졌다. 율리는 다시금 겁먹은 표정을 지으며 저만치 물러났다.

"살아 있는 새우 처음 봐요?"

"그건 아니지만, 저렇게 팔팔한 애들은 처음 봐요."

"그렇긴 하겠네요. 택배로 받는 건 서울로 운송되면서 힘이 빠질 테니까."

제호는 능숙한 솜씨로 대하를 소쿠리에 건져내 주방 싱크대로 가져갔다. 율리는 2m쯤 떨어진 지점에서 제호가 새우 손질하는 것을 지켜보았다.

"수돗물로 씻는 도중에 대부분 죽고, 얼음물에 5~10분 담가놓으면 돼요."

"우리 엄마도 그렇게 하셨던 것 같아요. 오래전 일이라서 정확하게 기억나진 않지만."

제호가 의아한 표정으로 바라보자, 율리는 조금 가까이 싱크대로 다가섰다. 제호가 말한 것처럼 수돗물에 담그자, 새우끼리 부딪치며 탁탁 튀던 소리가 잦아들었다.

"아빠는 살아 있는 새우로 갓 튀긴 것만 드시거든요. 그래서 엄마 살아 계실 때, 항상 살아 있는 새우를 택배로 받아서 요리하곤 하셨어요."

 안 여사는 딱 두 번 살아 있는 새우로 집에서 튀김을 해보곤 두 손 들고 말았다. 그 이후로 채 의원이 집에서 새우튀김을 먹는 일은 없었나.

 "돌아가신 어머니가 채 의원님, 참 많이 사랑하셨나 봐요."
 얼음물에 대하를 담그며 제호가 말했다.
 "왜 그렇게 생각해요?"
 "살아 있는 새우를 하나하나 손질해서 튀기는 게 쉬운 일인 줄 알아요? 어쩌다 한두 번이라면 몰라도 항상 그랬다니. 그거, 사랑 없인 못 해요."
 "……아."
 새우튀김과 사랑이 어떻게 연관되는진 몰라도, 지금 제호가 한 말은 틀렸다. 분명 엄마는 아빠를 사랑한 적 없었다고 했다. 그런데도 살아 있는 새우를 사다가 사랑하지 않는 남편을 위해 요리했다. 어째서일까? 율리는 입을 다문 채, 얼음물에 담긴 대하를 내려다보았다.

 피가 바짝바짝 마르는 시간이 지나고, 드디어 휴대폰이 울렸다. 통화를 끝낸 남 비서가 운전석에서 민우에게로 고개를 돌렸다.
 "함께 있는 것까진 모르겠지만, 권제호 씨가 있는 곳은 알아냈습니다."
 "어디야?"
 "강릉 쪽에 있답니다. 지금 정확한 주소를 알아내고 있습니다."

"우선 그쪽으로 출발해."

"저, 그런데 회장님이 실장님 귀국하신 것을 아시는 것 같습니다. 먼저 회장님부터 뵈어야 하는 것 아닐까요?"

민우는 잠시 머뭇거렸다. 자신이 귀국한 사실이 할아버지 귀에 들어갔다면 바로 찾아뵙는 게 맞다. 하지만 그럴 경황이 없었다. 민우에겐 무엇보다 율리가 최우선이었다.

"내일 찾아뵈면 돼. 그냥 가."

"네."

남 비서는 다시 앞으로 고개를 돌리고 차를 출발했다. 창밖을 바라보는 민우의 얼굴이 시시각각 험악하게 변했다.

자신이 결혼식장에 나타나지 않았으니 무척 화가 난 건 이해하겠는데, 그래도 그새를 못 참고 제호와 여행을 떠났다니 도저히 용서할 수 없었다. 아무래도 결혼이고 뭐고, 우선 확실하게 율리를 자신의 여자로 만들어야겠다는 생각이 들었다. 하지만 신중하게 덫을 만들어야 한다. 채 의원을 적으로 돌릴 순 없으니까.

고속도로에 들어서고 30분쯤 지난 후, 다시 전화가 걸려 왔다.

"강릉 별장이라고 합니다."

통화를 마친 남 비서는 내비게이션에 별장의 주소를 찍었다. 목적지에 가까워질수록 부들부들 몸이 떨리자, 민우는 속으로 욕설을 내뱉었다.

하, 씨…….

흥분해서인지 머리가 제대로 돌아가지 않았다. 별장에 도착하기 전에 계획을 세워야 하는데……. 우선 율리만 안전하게 빼오고, 혼자 남은 제호를 습격해야겠지?

조폭 손까지 빌릴 필요도 없었다. 싸움 잘하는 양아치 몇 명 사서 패싸움이 난 것처럼 꾸미면 된다. CCTV가 없는 장소로 유인해 죽기 직전까지 구타하면 되겠지. 아예 영영 침대에서 일어나지 못하게 머리를 부숴버릴까?

권 회장이 알게 된다고 해도 제호가 완전히 망가져버린 상태라면 어쩔 수 없을 것이다. 그땐 자신이 권 회장의 유일한 손자가 될 테니까. 권 회장에겐 그 어느 것보다도 핏줄이 중요했다. 하자 있는 인간일지라도 제삼자보다는 제 핏줄에게 그룹의 운영권을 넘기려고 할 테니까. 눈엣가시 같은 존재라면, 더 커지기 전에 제거하는 것도 나쁘진 않을 것이다.

두고 보자고, 그 잘난 얼굴.

제호가 쓰러지는 모습을 상상하는 것만으로도 못 견디게 행복했다.

내 여자를 건드린 죄, 그 죗값을 치러야지.

어느새 민우의 입가엔 비열한 미소가 떠올라 있었다.

"와, 이쑤시개로 내장을 일일이 다 빼내야 하는 거였어요?"

율리는 정말로 몰랐다는 표정으로 물었다. 제호가 어떻게 그걸 모를 수가 있냐는 듯 미간을 찌푸렸다. '저번에 먹은 새우튀김은 그럼 내장도 제거하지 않고 튀긴 거였나?'라는 표정이었다.

"손질된 새우 사서 튀긴 거였어요. 머리랑 껍질, 다 까 있는 거."

말하고 보니 왠지 성의 없게 느껴져 율리는 재빨리 말을 보탰다.

"그래도 나머진 내가 직접 만들었다고요. 튀김옷도 녹말가루랑 밀가루, 후추, 마늘 가루 배합해서……."
 다음 말은 입 속으로 사라졌다. 그가 고개 숙여 입술을 포갰기 때문이다. 대하를 손질하느라 손은 쓸 수 없었지만, 그의 입술은 베어 물듯 정확히 율리의 입술을 머금었다. 상큼한 시트러스 향이 그녀를 휘감았다. 입술만 닿았기에 더욱더 짜릿하게 느껴지는 키스였다.
 마침내 입술이 멀어지고, 율리는 아쉬운 듯 숨을 들이마셨다. 그렇다고 요리 중인 남자를 끌어안고 조금 더 키스해달라고 조를 수는 없는 일이었다. 말없이 그를 바라보며 눈을 깜빡거릴 뿐이었다. 열기를 지핀 제호는 그녀와 달리 얄미울 정도로 평온한 얼굴이었다.
 "이제부터 집에선 튀김 요리는 하지 말아요. 어디 다칠까 봐, 내가 불안해."
 그녀가 요리했던 날을 상기시키며 제호가 짧게 웃었다. 앞머리에 튀김 가루가 묻은 것도 모르고 자신을 보며 해맑게 웃던 모습이 얼마나 예쁘던지. 그런 그녀가 만들어준 음식인데 내장이 들어 있으면 어떤가, 더한 게 들어 있어도 맛있게 먹어줄 수 있었다.
 "TMI이긴 한데, 어머니가 요리는 잘 못하세요. 아니, 요리하는 거 자체를 싫어해요. 그래서 난 어머니가 요리하는 모습을 본 적이 별로 없어요."
 손질을 끝낸 대하를 오븐에 넣으며 제호가 말했다.
 "시집와서 본가에 계실 때, 회장님께 한 소리 들었다고 하셨어요. 어떻게 요리 하나 제대로 하는 게 없냐고."
 처음으로 그에게서 듣는 어머니 이야기에 율리는 눈을 반짝였다.
 "그랬더니 어머닌 회장님께 난 권제웅이란 남자와 결혼한 거지, 레스토랑에 취직한 게 아니라고 하셨대요."

율리가 아는 바에 의하면 제호의 어머니는 미국 교포 2세였다. 권 부회장이 미국 유학 시절 대학교에서 만나 집안의 반대를 물리치고 결혼했다고 들었다. 결혼 후에도 권 회장과 크고 작은 부딪침이 있었다는 이야기를 지나가다 들었던 걸로 안다.

"아마도 우리 어머니는 권씨 집안에서 회장님과 언쟁할 수 있는 유일한 사람일 겁니다."

어머니를 떠올리는 것만으로 기분이 좋아졌는지 어느새 제호의 입가엔 은은한 미소가 떠올랐다. 이야기만 들어도 좋은 분 같았다. 하지만 미래가 없는 남녀 관계에서 상대방 부모에게까지 관심을 두어선 안 된다. 괜한 헛된 상상으로 나중에라도 상처 받게 되는 건 싫었다.

제호는 오븐 온도를 책정하고 타이머를 누른 율리를 향해 뒤돌았다.

"앞으로 30분쯤 시간이 남는데, 그동안 뭐 할까요?"

"뒷정리해야죠."

무슨 뜻인지 뻔히 알면서도 율리는 못 알아들은 척, 싱크대와 주변을 치우기 시작했다. 조금 전 키스로 지핀 열기가 아직도 몸에 남아 있었다. 지금 상태에서 그와 신체 접촉이 일어난다면, 아마 그녀가 먼저 그를 덮칠지도 모른다. 하지만 싱크대를 비우기도 전에 옆으로 다가온 제호에게 손을 잡혔다.

"치우는 건 내가 할 테니까, 손 더럽히지 마."

말을 마친 그는 율리의 손을 잡은 채 싱크대 안에서 손을 씻었다. 거품을 일어 손톱 끝까지 구석구석 씻은 후, 그대로 손을 잡은 채 소파로 걸어갔다. 뒤에서 율리를 안은 자세로 소파에 앉고는 정수리에 턱을 대었다.

아, 이제야 좀 살 것 같았다.

사실은 꽤 오래전부터 이러고 싶었다. 상자 안에서 팔딱거리는 새우고 뭐고 상관하지 않고, 그녀를 숨도 못 쉬게 꽉 끌어안은 채로 입을 맞추고 싶었다.

오늘 밤까지 어떻게 참을까. 시계를 보니 아직 앞으로 시간이 한참이나 남아 있었다.

"하아."

제호는 율리에게 키스하는 대신 길게 숨을 들이마셨다. 지금 입술을 대었다간 도저히 도중에 멈출 수 없을 것 같았다.

여행을 계획한 이유 중에 하나도 휴가 내내 침대 속에서만 뒹굴 것 같단 불길한 예감 때문이었다. 짐승도 아니면서, 짐승보다 더한 짓을 할까 봐 두려웠다. 이성으론 그러면 안 된다는 걸 알면서도 욕망을 통제할 자신이 없었다.

오늘도 그랬다. 조금이나마 신경을 분산시키려 해산물을 사 왔다. 하지만 해산물을 손질하는 와중에도 신경은 온통 율리를 향했다. 겁먹은 표정이나 짓지 말지. 새우가 팔딱거릴 때마다 그녀는 흠칫흠칫 놀랐고, 그때마다 단전에 열기가 몰렸다. 다른 짓으로 그녀를 흠칫흠칫 놀라게 하고 싶다는 충동, 당장이라도 침대로 끌고 가고 싶은 욕구를 억지로 억눌러야 했다.

"율리야."

가만히 껴안고만 있어도 가슴이 두근거리다 못해 심장이 터질 것만 같았다. 지금껏 어떤 유혹에도 흔들린 적 없었던 그다. 한밤중에 침대 속으로 뛰어든 여자도 있었고, 대놓고 호텔 키를 건네주는 여자도 있었다. 그러나 적극적으로 부딪쳐오는 수많은 여자에게 눈길 한 번 준 적 없었다. 그런데 지금은 율리를 그저 바라만 보고 있어도 등골이 서늘할 만큼 흥분이 그를 지배했다.

"어떡하지?"

"뭐가요?"

"밤까지 못 기다릴 것 같아."

순간 율리의 어깨가 살며시 떨렸다. 잠시 후, 그녀가 뒤를 돌아보았다. 두 사람의 눈길이 허공에서 마주쳤다. 율리는 아무 말도 하지 않고 얼굴을 붉히며 다시금 앞으로 고개를 돌렸다.

"밤까지 기다릴 필요 있을까?"

티셔츠 안으로 손을 집어넣으며 그가 부드럽게 속삭였다. 살결을 쓰다듬는 손길에 소름이 돋아 율리는 지그시 아랫입술을 깨물었다.

사실은 그녀도 '오늘 밤까지 어떻게 기다리지.' 하면서 힐끔힐끔 시계만 보았다. '괜히 오늘 밤이라고 그랬나. 지금 당장이라고 할걸.' 하고 후회도 하는 중이었다.

대답을 요구하는 것처럼 부드럽던 손길이 집요하게 그녀의 몸을 공략하기 시작했다. 결국 율리는 그를 향해 고개를 틀며 입술을 겹쳤다.

땡— 땡— 땡—.

서로의 숨결이 깊숙이 뒤엉키는 순간, 테이블 위에 놓인 제호의 휴대폰이 울렸다. 특정 상대에게 지정해놓은 듯한, 처음 듣는 벨 소리였다. 순간 제호의 얼굴이 눈에 띄게 굳어졌다. 그는 율리에게서 입술을 떼어내며 재빨리 휴대폰을 집어 통화 버튼을 눌렀다.

"여보세요? ……네, 말씀하세요."

전화를 받는 목소리가 평소와 다르게 무겁게 가라앉았다.

"……방금 뭐라고 하셨죠?"

한순간 돌변한 분위기에 율리는 가만히 숨을 들이마셨다. 그녀를 바라보는 제호의 얼굴이 곤혹스럽게 일그러졌다.

"지금 떠날게요. 최대한 빨리 가겠습니다."

전화를 끊는 제호의 얼굴이 너무나 심각해서 율리는 무슨 일이냐고 물어볼 수 없었다. 잠자코 기다려준 율리를 그가 팔을 벌려 품에 끌어안았다.

"정말 미안한데, 오늘은 안 될 것 같아. 지금 당장 미국으로 돌아가야 해. 아주 급한 일이야."

언제나 강하기만 하던 그가 어째서인지 희미하게 떨고 있었다. 하지만 율리는 무슨 일인지 묻지 않았다. 걱정됐지만, 그가 먼저 말할 때까지 기다려주는 게 더 도움이 될 테니까.

율리는 등 뒤로 손을 돌려 제호의 어깨를 도닥거려주었다.

"아직도 멀었어?"

"거의 다 왔습니다."

드디어 멀리서 별장이 있는 산기슭이 눈에 들어오기 시작했다. 사유지 도로에 들어서고 얼마 지나지 않아 더는 차로 진입할 수 없게 되었다. 게이트가 꼭 잠긴 채, 꿈적도 하지 않았다.

"여기부터는 걸어가셔야 할 것 같습니다."

민우는 욕설을 내뱉으며 차에서 내려 산길을 올랐다.

한 20분쯤 걸어 올라갔을까? 숨이 턱까지 찼을 때쯤 별장이 눈에 들어왔다. 하지만 뭔가 이상했다. 불이 모두 꺼진 별장은 인기척이 느껴지지 않고 고요하기만 했다.

"안에 아무도 없는데요."

건물 안을 살펴보고 돌아온 남 비서가 보고했다. 주위에 세워진 차가 한 대도 없는 것을 보면, 어디 외출이라도 한 것 같았다.

"우선 기다려보자고."

민우는 이글거리는 눈으로 어둠에 싸인 별장을 노려보았다.

서울로 돌아오는 내내 제호는 생각에 잠긴 얼굴로 입을 다물었다. 괜찮냐고 물어보고 싶었지만, 안색이 너무 좋지 않아서 차마 물어볼 수 없었다. 집에 율리를 내려준 제호는 곧장 공항으로 떠날 채비를 서둘렀다.

"보안 시스템에 지문이랑 안면 인식을 해놨으니까 언제든지 드나들 수 있어. 여기서 지내고 싶으면 계속 있어."

"내 걱정은 말아요."

얼마나 미국에 가 있을 건지 먼저 말해주길 기다렸지만, 제호는 아무 말도 하지 않았다. 율리의 이마에 상냥하게 입을 맞추고는 바로 집을 나섰다. 그가 없는 텅 빈 집에 혼자 있고 싶진 않았다. 율리도 슈트케이스에 짐을 챙겨 집으로 향했다.

"어? 언니, 왜 이렇게 빨리 돌아왔어?"

유리는 현관문을 열고 들어서는 율리를 깜짝 놀란 얼굴로 맞이했다.

"응. 그렇게 됐어."

그때 거실에 놓인 전화기가 울리기 시작했다. 아무 생각 없이 수화기를 든 유리가 이번에도 깜짝 놀란 표정을 지어 보였다.
"민우 오빠?"
민우라는 말에 계단으로 향하던 율리가 뒤를 돌아보았다.
"……율리 언니? 언니 지금 집에 있는데, 왜?"
유리는 율리와 시선을 맞추며 말을 이었다.
"언니가 여행을 갔든 말든, 결혼식장에서 줄행랑친 사람 입에서 나올 말은 아니지. ……못 믿겠음 직접 통화해."
유리는 못마땅한 얼굴로 눈살을 찌푸리며 율리에게 수화기를 건넸다. 지금 심정으론 민우의 목소리를 듣고 싶진 않았지만, 그녀가 거부한다고 순순히 물러날 민우도 아니었다. 율리는 한숨을 내쉬며 수화기를 건네받았다.
"일 처리하느라 바쁠 텐데, 왜? 귀국하면 그때 연락하자고 했잖아."
율리가 싸늘한 목소리로 말하자, 수화기 너머로 '하', 숨넘어가는 소리가 들렸다. 욱하고 치솟는 화를 참고 있는 게 분명했다. 잠시 후, 정상으로 돌아간 숨소리와 함께 민우의 목소리가 흘러나왔다.
[미안해, 율리야. 목소리 듣고 싶어서 전화했어. 알았어. 3일 후면 귀국하니까, 그때 연락하자.]
민우는 그대로 전화를 끊었다. 율리는 유리에게 수화기를 돌려주고, 슈트 케이스를 끌며 계단으로 향했다. 까닭 없이 몸도 마음도 피곤했다. 어서 씻고 침대에 눕고 싶다는 생각밖에 없었다.

Chapter 13

이건 미친 짓이야!

잘 도착했다는 문자가 오고 난 이후론 제호에게선 아무런 연락이 없었다. 잘 지내냐고 문자를 보냈지만, 그는 확인조차 하지 않았다. 전화도 받지 않았다. 음성 메시지를 남기려 해도, 음성 사서함이 꽉 찬 탓에 음성 메시지를 남길 수 없다는 안내만 흘러나왔다.
 혹시 나쁜 일이라도 생긴 건 아니겠지?
 초조하고 걱정됐지만, 그녀가 할 수 있는 일은 하나도 없었다. 돌이켜보니 그녀는 제호의 미국 연락처도 알지 못하고 있었다. 서부로 갔는지, 동부로 갔는지, 그 큰 땅덩어리에서 그는 어디에 있는지 몰랐다.
 월요일이 되자, 율리는 회사로 출근했다. 그녀는 아직 휴가 기간이 남았지만, 제호의 휴가 기간은 이번 주말까지였다.
 사무실로 들어가자, 텅 빈 옆자리가 그녀를 맞이했다.
 "율리 씨."
 직장 동료들은 걱정스러운 얼굴로 율리를 맞이했지만, 엉망이 돼버린 결혼식에 관해서 물어보는 이는 없었다. 동료들의 뜻깊은 배려에 감사하며 율리는 자리에 앉아 컴퓨터를 켰다.

율리의 결혼식에 관해 물어보는 이는 없었지만, 제호의 부재에는 끊임없는 질문이 날아들었다.

"오늘 출근하는 거 아니에요?"

"갑자기 급한 일이 생겨서 미국 들어가셨어요."

선영이 김 소장 대신 그들의 질문에 답을 주었다.

"무슨 급한 일이요?"

"그건 모르겠어요. 저도 소장님께 들은 거라서."

"얼마나 미국에 계실 거래요?"

"글쎄요? 지금 벌여놓은 프로젝트 때문에라도 곧 돌아오시긴 해야겠죠. 다음 주나 다다음 주엔 돌아오시겠죠."

율리는 대화에 귀를 기울이며 스케치업 프로그램을 켰다. 다음 주나 다다음 주나, 아주 먼 미래처럼 느껴졌다. 단 며칠뿐인데도 그가 없는 빈자리가 너무나도 크게 다가왔다.

로비에서 연락받은 담당 간호사가 제호를 위해 ICU 병동 문을 열어 주었다. 수십 개의 ICU 병실은 수시로 환자를 들여다볼 수 있게 전면 유리로 제작되어 있었다. 제호는 복도 맨 마지막에 있는 병실로 들어갔다. 문이 열리는 소리를 들었음에도 병상을 지키는 여인은 돌아보지 않았다. 제호는 여인의 뒤로 다가가 부드럽게 어깨를 끌어안았다.

"어머니, 그만 집에 들어가보세요. 제가 있을게요."

"아니다. 조금만 더 있다 갈게. 담당의가 아버지 괜찮다고 하면…… 그때 갈게."

제호의 어머니이자 권제웅 부회장의 아내인 윤지선 여사는 아들의 손을 토닥이며 가만히 고개를 저었다. 잠시라도 집에 갔다가 혹시라도 임종을 놓칠까 봐 불안해서였다.

며칠 전, 권 부회장에게 심장 마비가 왔고, 하필 다른 주를 방문해 있던 윤 여사는 급히 전용기를 타고 돌아와야 했다. 다행히 고비는 넘겼지만, 아직 백 프로 안전한 것은 아니었다. 언제라도 다시 심장 마비가 올 가능성이 있었고, 어쩌면 그게 마지막이 될 수도 있었다.

"……흑……."

강한 모습만 보여주던 그녀가 고개를 숙이며 어깨를 떨었다.

"죄송해요, 어머니. 제가 계속 옆에 있었어야 했는데……."

"아니야. 네가 죄송할 게 뭐가 있니? 그런 말은 하지 마라. 네 아버지 상태가 하루 이틀 이런 것도 아니잖니. 난 그저, 네 아버지 고통 없이 편히 가셨으면 해. 지금 내가 원하는 건 그것뿐이야."

제호는 침묵을 지킨 채 윤 여사를 안은 팔에 힘을 주었다. 그새 더 수척해진 어머니를 보자니 마음이 아팠다.

"난 여기 있을 테니까, 부탁 하나만 해도 되겠니? 내일 자선 파티, 나 대신 네가 진행할 수 있을까? 몇 달 전부터 준비하던 거라서 신경이 쓰이네."

"그렇게 할게요."

그리고 집에 돌아온 제호는 침실로 가는 대신, 권 부회장이 사용하던 서재로 갔다. 그가 사용하던 책상에 앉아 이제는 사라지고 없는 아버지의 체취를 기억해내려 노력했다.

처음 사고 소식을 들었을 땐 곧 회복할 거라고 믿었다. 하지만 혼수상태가 길어지면 길어질수록 희망의 두께도 점점 얇아지고 있었다. 그리고 며칠 전 불안함이 터져버렸다.

"후."

제호는 책상에 발꿈치를 대며 양손으로 얼굴을 감쌌다. 아버지는 죽음과 사투를 벌이고 있는데, 그는 율리를 위해 민우를 겁박할 기회를 포기했다. 그리고 이런 와중에도 율리가 보고 싶어서 미칠 것만 같았다. 그녀의 목소리를 들으면 견딜 수 없을 것 같아 아예 휴대폰 전원을 꺼버리고 슈트 케이스 안에 처박아두었다.

나란 녀석, 정말 쓰레기군.

그때 책상에 놓인 유선 전화기가 울렸다. 그럴 리야 없겠지만, 제호는 재빨리 수화기를 집어 들었다. 발신자를 확인한 제호의 얼굴에 실망의 빛이 떠올랐다.

"여보세요."

[Jay 오빠? 방금 엄마에게 들었어. 내일 자선 파티, 아줌마 대신 오빠가 진행한다며?]

어릴 때부터 알고 지내던 부모님 지인의 딸인 클레어였다.

[그럼 내일 앨범 좀 가져다줄래? 저번에 울 엄마, 아줌마 만나러 가셨다가 서재에 놓고 오셨대.]

초록색에 금테가 둘린 앨범이라고 했다. 클레어와 통화를 끝낸 제호는 책장에 꽂힌 책 사이에서 앨범을 발견했다. 앨범을 꺼내던 중, 실수로 옆에 놓인 책을 바닥에 떨어뜨렸다.

"이런……"

책을 줍고 몸을 일으키려는데, 책상 바닥 쪽에 미미하지만 다른 색으로 만들어진 부분이 보였다. 별생각 없이 손끝으로 살짝 건드렸는데, 끼익 소리가 나고 한쪽 면이 열려 5㎝ 정도 깊이의 비밀 공간이 나타났다. 안에는 성인 엄지손가락만 한 테디베어 인형이 들어 있었다.

혹시? 인형을 꺼내 배꼽 부분을 누르자, USB 연결 부분이 톡 튀어나왔다. 직감적으로 중요한 정보가 들어간 드라이버라는 걸 알 수 있었다. 아버지가 숨겨놓은 게 분명했다. 제호는 USB 메모리를 급히 컴퓨터에 연결했다. 안에는 여러 가지 파일이 담겨 있었다. 대부분은 음성 파일이었다. 그중 하나를 재생해보았다.

[어, 날세. 그동안 잘 지냈나?]

채 의원의 목소리가 흘러나왔다.

[여기서 그만둬. 더 파려고 하지 말게. 자네, 크게 다칠 거야. 난 분명 경고했어.]

이건? 음성 파일을 확인할수록 제호의 얼굴에 어두운 그림자가 길게 드리워졌다.

"언니, 민우 오빠 왔어."

노크 소리와 함께 문이 열리며 유리가 시큰둥한 얼굴을 들이밀었다. 전화해도 받지 않으니까 기어코 집으로 찾아온 모양이었다. 어차피 한 번은 만나야 하기에 율리는 아래층으로 내려갔다. 며칠 새 부쩍 초췌해진 모습으로 민우가 거실에 서 있었다.

"테라스에서 이야기하자."

두 사람이 자리를 옮기자 유리가 커피 잔을 들고 테라스로 나왔다. 그녀는 민우를 한번 쓱 째려보곤, 무슨 일이 있으면 자신을 부르라는 손짓을 해 보이곤 다시 집 안으로 들어갔다. 민우는 쉽게 말을 꺼내지 못하고 커피 잔만을 내려다보았다.
 채 의원은 얼마 전, 민우와 나눈 이야기를 율리에게 해주었다. 결혼하고 싶으면 마음을 먼저 얻으라고 했다니. 후, 그런 일은 절대로 일어나지 않을 것이다.
 "이렇게 돼서 유감이야."
 율리가 먼저 입을 열었다.
 "하지만 서로 사랑해서 결혼하려고 했던 것도 아니잖아. 이젠 양가에서 원하질 않아. 회장님이 먼저 결혼 반대하실 거라고 하셨다며."
 "그건 할아버지가 잠시 화가 나서 그런 거지, 진심은 아니셔."
 그러기엔 벌써 들리는 소리가 있었다.
 "태민그룹과 다시 혼담이 오간다고 들었어. 부모님 뜻대로 해."
 "씨, 난 그딴 여자 필요 없어. 내가 필요한 건 너, 채율리뿐이라고!"
 결국 화를 이기지 못하고 민우가 얼굴을 붉히며 소리를 질렀다. 하지만 율리는 전혀 동요하지 않고 커피 잔을 입에 가져갔다.
 "너, 나랑 깨지고 제호 형에게 가려고 이러는 거야? 정신 차려. 넌 이젠 형과도 안 돼. 도대체 어떤 집안에서 사촌끼리 여자를 나눠 가져?"
 "소리 지르지 마. 나도 잘 알고 있으니까."
 율리가 차갑게 노려보자, 민우는 움찔 입을 다물었다.
 "제호 씨와 어떻게 될 생각, 전혀 없어. 그러니까 거기에 관해선 걱정하지 않아도 돼."
 "진심이야? 너, 제호 형이랑 아무 관계도 아니야?"
 민우는 믿을 수 없다는 얼굴로 재차 물었다.
 "제호 씨, 지금 미국에 있다면서? 난 지금 제호 씨가 어느 주에 있는지도 몰라. 넌 아니?"

"……아."

물론 민우는 알고 있었다. 벌써 사람을 풀어 제호의 행적을 좇았다. 이런, 일이 재밌게 돌아가는걸?

생각하지도 못한 행운에 민우의 입가에 웃음이 걸렸다. 민우는 재킷에서 휴대폰을 꺼내 무언가를 찾더니 율리에게 내밀었다.

"형, 지금 팔로알토에 있어. 거기서 지금 큰 자선 파티가 있는데, 예전 여자 친구랑 같이 참석했더라고."

민우가 내민 휴대폰 화면 속에서 제호는 아름다운 여인과 마주 보며 웃고 있었다. 여자를 바라보는 눈길에는 애정이 듬뿍 담겨 있었다. 율리는 저도 모르게 손바닥으로 가슴을 꾹 눌렀다. 송곳으로 찔리는 것처럼 심장이 따끔거렸다. 그러나 곧 정신을 차렸다. 민우 앞에서 조금이라도 흐트러진 모습을 보일 순 없었다.

"그렇구나."

율리는 최대한 덤덤한 말투로 말하며 손가락으로 화면을 터치했다.

"여자 친구 예쁘네. 제호 씨와 잘 어울려."

거짓말은 아니었다. 사진 속의 여자는 보석처럼 반짝거렸다. 누가 봐도 사랑스럽게 느낄 만큼 예쁜 미소를 머금고 있었다. 옆에 선 제호와 함께 세인의 시선을 끌 만한 이미지였다.

"클레어라고, 제호 형이랑 꽤 오랫동안 사귀었던 여자 친구야. 헤어진 줄 알았는데 계속 연락하고 있었나 봐."

"응, 그런가 보네."

율리는 무표정으로 사진을 내려다보았다. 여러 장의 사진 속에서 클레어는 줄곧 제호 곁에 머물렀다. 급한 일이라더니 자선 파티에 참석하려고 갔던 걸까?

실리콘 밸리에 있는 세계적인 대기업들이 주최한 자선 파티로, 규모가 꽤 커 보였다. 사진을 모두 훑어본 율리는 한 손으론 민우에게 휴대폰을 건네주고, 다른 손으론 커피 잔을 들어 올렸다.

"용건 끝났으면 그만 가줄래?"

민우는 뚫어지게 율리의 얼굴을 바라보았다. 그녀가 흔들리고 있는지 살펴보는 낌새였다. 율리는 마른 눈동자를 깜박거리며 천천히 커피를 들이켰다. 그녀의 표정에선 혼돈을 찾으려야 찾을 수 없었다.

"좋아."

민우는 휴대폰을 재킷에 넣으며 자리에서 일어섰다. 다른 건 몰라도 아직은 제호와 깊은 관계가 아니라는 사실에 조금은 기분이 나아졌다. 강릉 별장에 동행했던 것도 율리가 아닌 정체불명의 남자라는 보고가 들어왔다.

"오늘은 이만 갈게. 하지만 이게 끝은 아니야."

민우는 다음을 기약하며 돌아갔다. 그가 떠나고 얼마 지나지 않아, 유리가 걱정스러운 얼굴로 테라스로 걸어 나왔다.

"언니, 괜찮아?"

"응. 괜찮지, 그럼."

율리는 아무렇지 않은 얼굴로 희미하게 웃어 보였다.

"……저……."

유리는 뭔가 말하려는 듯 제자리에 선 채 머뭇거렸다. 하지만 끝내 아무 말도 하지 못하고 다시 집 안으로 들어갔다. 율리는 말없이 정원을 바라보며 기계적으로 커피 잔을 입에 가져갔다.

─클레어라고, 제호 형이랑 꽤 오랫동안 사귀었던 여자 친구야. 헤어진 줄 알았는데 계속 연락하고 있었나 봐.

민우의 말이 자꾸만 귓속을 맴돌았다. 애써 붙잡고 있었던 마음의 평정이 서서히 무너지고 있었다.

율리는 아랫입술을 깨물며 두 눈을 감았다. 처음부터 편하게 만나자고 제의한 건 그녀 자신이었다. 한국을 떠난 그가 어느 곳에서 누구를 만나든 그녀와는 상관없는 일이었다. 그러니까 지금 그가 연락을 두절한 채 옛 연인과 재회하고 있다고 해도 그녀에겐 불평할 권리가 없었다. 그런데도 속이 쓰린 건 어쩔 수 없었다.

"훗."

허탈한 웃음이 흘러나왔다.

웃기지도 않아.

제호의 사진을 보는 순간, 질투심보다는 그가 무사하다는 사실에 안도의 숨부터 흘러나왔다. 정말 별거 아닌 일에 마음을 놓는 자신에게 웃음이 나왔다.

― 미래는 생각하지 말고 편하게 만나요. 사실, 우리 맺어지긴 힘든 관계잖아요.

그래, 분명 내가 한 말이니까, 본인이 한 말엔 본인이 책임을 져야지. 그런데 사진 좀 봤다고 그가 미친 듯이 보고 싶었다. 미래가 없는 사이인데, 그가 미국으로 돌아가면 끝날 사이인데, 잠깐의 이별에도 벌써 이렇게 흔들리면 어쩌라는 건지.

율리는 커피 잔을 입으로 가져가며, 휴대폰으로 그에게 보냈던 문자를 확인했다. 아직도 '읽지 않음'으로 떠 있었다. 식은 커피의 쓴맛이 입 안을 채웠다.

잠자코 휴대폰을 들여다보던 율리는 자리에서 일어나, 집 안으로 들어갔다.

몸이 떨리는 건, 테라스의 바깥 공기가 차갑기 때문일 것이다. 그뿐이다.

[정말이야? 확실해?]

제호가 모든 설명을 끝내자, 우결은 기가 막힌다는 듯 목소리를 키웠다.

"응. 내 손에 녹음 파일이 있어."

[하, 기가 막히네.]

제호는 발코니의 유리 난간에 몸을 기댄 채, 앞에 펼쳐진 화려한 조명을 내려다보았다. 파티는 어느새 끝을 향해 치닫고 있었다.

[그런데 또다시 생각해보면, 민우 혼자 꾸민 일이라고 하기엔 너무 규모가 크긴 했어. 녀석 같은 겁쟁이가.]

제호는 우결이 하는 말에 귀를 기울이며 와인이 든 잔을 입으로 가져갔다. 하지만 마시지 않고 도로 내려놓았다. 다음에 이어진 우결의 말 때문이었다.

[너, 상황이 이런데도 율리 씨와 계속 만날 거야?]

그 자신이 차마 하지 못했던 질문이 우결의 입을 통해 흘러나오고 있었다.

[만약에 정말로 채 의원이 배후의 인물이라면 어떻게 할 거야?]

아버지가 숨긴 녹음 파일을 검토해본 결과, 민우 뒤에 더 강한 누군가가 존재한다는 사실이 밝혀졌다. 우결이 말한 것처럼 민우 혼자 일을 이렇게까지 크게 벌이기는 역부족이었다. 어디 선까지인지는 모르겠으나, 채 의원도 연관되어 있었다.
― 난 이미 경고했네.
― 자네, 크게 다칠 거야. 난 분명 경고했어.
채 의원은 제호와 권 부회장, 각자에게 경고했다. 위협이라기보다는 뒷감당을 어떻게 할 거냐는 말투였다.
"율리는 이 일과 아무 상관이 없어."
[그거야 그렇지만, 나중에 율리 씨가 모든 걸 알게 되면 어떻게 나올 것 같아?]
제호는 손으로 이마를 짚으며 유리 난간으로부터 몸을 일으켰다.
어떻게 나오긴. 욕하겠지. 쓰레기라고 저주하겠지.
씁쓸한 웃음이 제호의 입가에 걸렸다.
끝이 어떨지 뻔히 보이는데도 아직은 그녀를 놓아줄 수 없었다. 아니, 영원히 놓아줄 수 없을 것이다.
[제호야, 내 말 듣고 있어? 당분간이라도 율리 씨 멀리해. 정확하게 배후가 누구인지 알아낼 때까지만. 응?]
제호는 한마디도 하지 않은 채, 휴대폰을 쥔 손에 힘을 주었다.
그게 문제였다. 우결에게는 말하지 않았지만, 배후의 인물이 누구인지 알 것도 같았다. 만약 의심하는 인물이 이 사건의 배후가 맞는다면 어떻게 대처해야 할지 감을 잡을 수 없었다.
기가 막힌 건, 그러는 와중에도 율리의 얼굴이 계속해서 떠오른다는 것이었다.
미친놈, 정신 나간 놈.
저 자신을 향해 욕을 퍼부으며 제호는 홀 방향으로 몸을 돌렸다. 파티를 마무리해야 할 시간이었다.

이 여자가 무슨 낯짝으로?

율리는 믿을 수 없다는 표정으로 인터폰 화면을 바라보았다. 신다희 대리가 보란 듯이 카메라를 향해 손을 흔들고 있었다.

얼굴 한번 정말 두껍네.

무슨 일로 집까지 찾아왔는지는 모르겠지만, 지금 그녀는 신 대리를 만날 마음의 여유가 없었다. 고작 반나절 전에 민우가 왔다 갔는데……

거절하려고 할 때, 신 대리 뒤로 누군가의 얼굴이 보였다.

"유리?"

율리는 재빨리 문을 열고 대문으로 달려갔다. 술에 취했는지 유리는 제대로 몸을 가누지 못하고 있었다. 오늘따라 안 여사와 채 의원은 지방에 내려가 집을 비웠고, 고용원도 모두 퇴근한 상태였다. 할 수 없이 율리는 신 대리의 도움을 받아 유리를 방에 데려가 눕혔다.

"아, 모르셨구나. 저, 유리 대학교 선배예요."

거실로 나오며 신 대리가 설명했다. 오늘 대학 동창 모임이 있었다고 말을 보탠 그녀는 거실 소파에 앉아 다리를 꼬았다.

"따뜻한 차 한 잔만 주시겠어요? 요새 날씨가 너무 쌀쌀해서."

신 대리가 마음에 들지 않았지만 술에 취한 동생을 데려다주었으니, 문전 박대를 할 순 없었다.

"어떤 차로 드릴까요?"

"쓴맛만 아니면 아무거나 괜찮아요."

주방으로 간 율리는 유자차를 만들어 거실로 돌아왔다. 신 대리는 두 손으로 찻잔을 받으며 생긋 웃어 보였다.

"고마워요."

그녀는 아주 천천히 차를 마셨다. 빨리 마시고 어서 가주었으면 했지만, 그럴 마음이 전혀 없는 것 같았다.

잔이 반쯤 비었을 때쯤, 신 대리가 말을 꺼냈다.

"유리에게 저에 관해서 한번 물어보세요. 아주 착한 선배라고 말해 줄 거예요. 오래 사귄 남친을 사랑하는 후배에게 빼앗기고도 가만히 있을 만큼, 바보처럼 착한 선배라고."

율리는 불쑥 신 대리의 입에서 나온 말이 이해되지 않았다. 남친을 뺏기고도 가만히 있는 착한 선배라니. 신 대리는 그녀와 민우의 관계를 율리가 까맣게 모른다고 생각하는 걸까?

"아, 맞다. 결혼식장에서 꼭 해주고 싶은 말이 있었어요."

신 대리는 율리에게 상체를 기울이며 귓속말로 중얼거리듯 작게 말했다.

"그런데 신부 대기실 앞에서 친구분이 못 들어가게 막더라고요. 그때 안에 누구 중요한 사람이라도 있었나 봐요?"

율리가 미간을 찌푸리자, 신 대리는 시선을 마주하며 환하게 웃었다.

"결혼, 어차피 깨질 거니까 너무 긴장할 필요 없다고 말해주려고 했는데……. 제호 씨, 너무했다. 미리 귀띔 좀 해주지."

말을 마친 신 대리는 탁 소리 나게 찻잔을 내려놓았다.

"참, 제호 씨 집에 있는 차, 너무 쓰지 않아요?"

"네?"

"소태 차라고 했던가? 아마 그럴 거예요."

커다래진 율리의 눈을 보며, 신 대리는 천천히 소파에서 일어났다.
"차, 잘 마셨어요."
말을 마친 그녀는 고개를 까닥거리고 곧장 현관으로 향했다. 율리는 그대로 소파에 앉은 채 떨리는 손을 움켜쥐었다.
방금 신 대리가 한 행동은 율리를 향한 도발이었다. 그리고 도발을 위해 이용된 인물은 뜻밖에도 권민우가 아닌 권제호였다.
어째서, 왜 저 여자 입에서 제호 씨 이름이 나온 거지?
율리는 뒤늦게 신 대리가 걸어 나간 현관으로 고개를 돌렸다. 신 대리를 따라 나가 무슨 말이냐고 묻고 싶었지만, 그러지 않았다. 동요하는 모습을 보일 순 없으니까. 슬그머니 싹트려는 불신의 씨앗을 내리누르며 율리는 소파에서 일어나 유리의 침실로 향했다. 동생을 돌보는 게 우선이니까.

"좋은 아침."
율리가 사무실로 들어서자, 모두가 웃는 얼굴로 그녀를 맞이했다. 율리는 자신의 책상으로 걸어가 가방을 내려놓았다. 여느 때처럼 텅 빈 옆자리가 눈에 들어왔다.
보름이 넘었지만 제호에게선 아무런 연락도 없었다. 어쩌면 돌아올 때까지 무소식일지도 모르겠다.
미국에 들어갈 때까지 편하게 만나자고 못 박았던 사람은 그녀였다. 그는 지금 미국에 있었고, 그녀에게 연락할 의무는 없었다. 어쩌면 두 사람의 관계는 한국에 있을 때만 유효한 건지도 모르겠다.

그렇다고 해도 서운한 감정을 말끔히 드러낼 순 없었다. 더불어 신 대리의 말 역시 계속해서 그녀를 따라다니며 괴롭혔다. 신 대리와 어떻게 아는 사이냐고 물어보고 싶었다. 도대체 어떤 사이기에 집에까지 불러들여서 차를 대접했냐고.

제호 집에 간 게 아니라면, 소태 차의 존재를 알 수 없을 테니까. 민우에게 들어서 아는 것 같진 않았다. 민우는 제호 집을 방문한 적은 있지만 차를 마시진 않았다.

띠리링— 띠리링—.

그때 책상 위에 놓인 휴대폰이 울렸다. 발신자를 확인하니 모르는 번호였다. 통화 버튼을 누르려던 율리는 마음을 바꾸고 혼자 울리게 내버려두었다. 국내 번호인 것으로 봐선 민우일 것이다.

민우의 휴대폰을 수신 차단한 이후, 그는 다른 번호를 이용해 그녀에게 전화를 걸곤 했다. 처음엔 번호 하나하나 모두 수신 차단했지만, 어차피 다른 번호를 사용할 것이기에 나중엔 포기하고 말았다.

며칠 뜸하더니 또다시 시작된 모양이다. 계속해서 울리던 벨이 끊기자, 율리는 휴대폰을 가방에 넣고 자리에서 일어섰다.

"저, 잠시 나갔다 올게요."

채 의원의 보좌관으로부터 오피스텔을 몇 개 구해놓았다고 연락이 왔다. 그중에서 하나를 고르라고 했는데, 사진으로만은 결정을 내릴 수 없어서 직접 가 보기로 했다. 회사에 양해를 구하고 오피스텔에 들른 율리는 보안 시스템을 가장 잘 갖춘 곳으로 결정했다.

계약을 끝내고 회사로 돌아오니, 거의 퇴근 시간에 가까워져 있었다. 무슨 일인지 복도에서부터 떠들썩한 분위기가 느껴졌다.

설마? 혹시나 하는 예감에 율리는 뛰듯이 발걸음을 빨리했다. 고작 몇 걸음 서둘렀다고 숨이 차올랐다. 급히 문을 열고 사무실 안으로 들어가니, 직원들 모두가 한곳에 모여 웅성거리고 있었다. 율리는 떨리는 마음을 진정시키며 천천히 앞으로 다가갔다.

무리 중앙에 선 넓은 어깨를 가진 남자의 뒷모습이 눈에 들어왔다. 그와 함께 은은하게 흘러드는 달콤하면서도 시원한 향이 느껴졌다. 남자가 천천히 뒤를 돌아보았다.

"아."

율리는 자리에 멈춰 서며 저도 모르게 한 손으로 입을 막았다. 그가 돌아왔다. 권제호, 그녀의 남자가 조금은 야윈 모습으로 눈앞에 서 있었다. 그런데 뭔가 예전과는 달라진 분위기였다. 감정이 담기지 않은 건조한 눈빛이 그녀를 향하고 있었다. 비밀 연애라서 티 내면 안 된다고 해도, 어딘지 모르게 싸늘한 기운이 서려 있었다.

잠시 눈을 마주친 제호는 곧 고개를 돌리고 공항에서 곧장 오는 길이냐고 물어보는 김 소장과 대화를 나누며 서서히 멀어져갔다.

율리는 제호의 뒷모습을 바라보며 씁쓸한 미소를 지었다. 돌아왔다고 문자라도 한 통 보내주지. 그가 귀국한 사실도 몰랐다고 생각하니 속이 쓰렸다.

자리로 돌아가는데 김 소장의 흥분된 목소리가 뒤에서 들렸다.

"시간 되는 사람, 오늘 회식 어때? 우리 제호 씨가 투 뿔 한우로 쏜다는데."

'그냥 한우'도 아니고, '투 뿔 한우'란 말에 직원 모두 이구동성으로 찬성했다. 율리는 다시 제호에게로 시선을 돌렸다. 그녀가 바라본다는 것을 알 텐데도 그는 김 소장에게서 시선을 떼지 않고 있었다.

직원 중 한 명이 도면을 들고 오자, 그를 향해 몸을 틀었다. 사실 제호의 태도는 평소와 다를 바 없었다. 업무 시간 중에는 그녀에게 다가오는 일이 거의 없었으니까.

책상으로 돌아간 율리는 가방 안에서 휴대폰을 꺼냈다. 아까 걸려왔던 정체불명의 전화를 제외하곤 문자도 전화도 한 통 온 적 없었다.

그와 대화를 나누려면 나중에 둘만 있을 때를 기다리면 된다. 초조하게 굴 필요 하나 없는데 왠지 모를 불안함에 율리는 아랫입술을 지그시 깨물었다.

한 시간 후, 회식 장소로 자리를 옮기고 율리는 일부러 제호와 멀리 떨어진 좌석에 앉았다. 그는 아닐지 모르겠지만, 그녀는 아무렇지 않은 척 마주 볼 자신이 없었다.

"율리 씨, 많이 먹어요."

옆자리에 앉은 선영은 아까부터 계속 구운 고기를 율리의 접시에 놓아주었다.

"요즘 살이 너무 빠진 것 같아요."

선영이 그냥 하는 말이 아니었다. 이것저것 마음고생으로 눈에 띄게 체중이 줄긴 했다. 그 말에 모두의 관심이 율리에게 쏠렸다.

"정말 율리 씨, 볼이 다 홀쭉해졌어요."

"아까 점심도 먹는 둥 마는 둥 하더라."

율리는 어색하게 웃으며 선영이 놓아준 고기를 입으로 가져갔다. 그때 멀리서 그녀를 향해 고개를 돌린 제호와 눈길이 마주쳤다. 순간 심장이 쿵, 내려앉으며 흠칫, 몸이 떨렸다. 제호의 미간이 살며시 좁아졌다. 아까와는 다르게 그는 시선을 고정한 채, 그녀로부터 고개를 돌리지 않았다. 현실은 수 초간이었지만, 율리에게는 영원처럼 길게 느껴졌다.

그때 김 소장이 제호에게 말을 걸었고, 그는 곧 율리에게서 관심을 거두었다. 하지만 율리는 그럴 수 없었다. 시선을 마주했을 뿐인데, 그와 함께 나누었던 뜨거웠던 순간이 떠오르기 시작했다. 촉촉하게 내려앉던 숨결, 부드럽게 어루만지지만 때론 거칠게 파고들던 손길이 느껴졌다. 머리끝에서 발끝까지 홧홧하게 달아오르는 것만 같았다.

미쳤나 보다. 겨우 눈 한 번 마주쳤다고 이런 반응을 보이다니.

입에 넣은 고기를 억지로 삼킨 율리는 앞에 놓인 맥주잔을 말끔히 비웠다. 그러나 차가운 맥주는 더욱더 후끈 달아오르게 했다. 뺨이 달아오르는 게 느껴지자, 율리는 자리에서 일어났다.

"나, 잠깐 찬 바람 좀 쐬고 올게요."

선영에게만 귓속말로 말하고 급히 고깃집을 나섰다. 열도 식히고 생각도 정리할 겸 조금 걸을 생각이었다.

얼마나 걸었을까? 회식 장소에서 꽤 멀리 온 것 같아 다시 왔던 길을 되돌아갔다. 그때 가방 안에서 휴대폰이 울렸다. 아까 걸려 왔던 낯선 번호였다. 민우일 거란 생각에 이번에도 받지 않았다.

휴대폰이 잠잠해지자 율리는 다시 가방 안에 집어넣었다. 그때 어디선가 익숙한 목소리가 들렸다.

"내가 전화받지 않았다고 그대로 복수하는 겁니까?"

고개를 돌리자 휴대폰을 손에 쥔 제호가 그녀에게로 걸어오고 있었다. 바로 앞으로 다가온 그는 손에 든 휴대폰을 율리에게 내밀었다. 화면에는 방금 건 통화 기록으로 율리의 번호가 찍혀 있었다.

"아까도 걸었는데……."

그제야 율리는 방금 걸려 온 낯선 번호의 주인이 제호라는 것을 깨달았다.

"몰랐어요."

"모르는 번호는 안 받나 보네요."

"네, 다음부턴 꼭 문자 남기세요."

2주 만에 만나서 하는 대화치곤 참으로 무미건조했다. 율리는 제자리에 선 채 말없이 제호를 바라만 보았다.

솔직히 어떻게 행동해야 할지 몰랐다. 비밀 연애니까 밖에서는 어떤 티도 낼 수 없었다. 게다가 회식 장소와도 얼마 떨어지지 않은 곳이었다. 어쩌면 지나가는 사람 중에 그녀나 제호를 알아볼 사람이 있을지도 모를 일이다.

그런데도 당장에라도 그를 끌어안고 싶었다. 보고 싶었다고, 아무리 바빠도 왜 연락하지 않았냐고 투정도 부리고 싶었다. 하지만 그건 모두 희망 사항일 뿐, 율리는 입술만 깨문 채 우두커니 서 있었다.

"회식 거의 끝나가는데, 율리 씨가 보이질 않아서 나와봤어요."

"아, 그랬군요. 미안해요."

"나한테 미안할 건 없고……."

제호는 바지 주머니에 손을 꽂으며 행인에게로 시선을 돌렸다. 그도 아무 사이 아닌 듯 연기하는 것 같았지만, 너무나 자연스러웠다. 그녀를 바라보는 눈빛은 직장 동료를 대하듯이 조금의 애정도 느껴지지 않았다.

율리는 민우의 휴대폰에서 보았던, 옛 여자 친구를 바라보던 애정 가득한 그의 눈빛을 떠올렸다. 여자 이름이 클레어라고 했던가? 질투까진 아니어도 그녀가 부럽다는 생각이 들었다.

제호가 천천히 입을 벌렸다.

"사실은 내가 더 미안하죠, 채율리 씨에게."

빈정거림이 아닌, 진심이 느껴지는 목소리였죠.

무슨 뜻이지? 율리는 이해할 수 없는 말에 미간을 찌푸렸다. 그때, 제호 손에 쥐어진 휴대폰이 '띵— 띵— 띵—' 울리기 시작했다. 특정 상대에게 지정해놓은 벨 소리, 별장에서 들었던 것과 같았다. 제호는 곧바로 전화를 받으며 그녀로부터 등을 돌렸다.

"네. ……지금 통화 괜찮습니다. ……네."

제호는 뒷모습을 보이며 빠르게 그녀에게서 멀어져갔다. 율리는 제호가 보이지 않을 때까지 제자리에 서 있었다. 시야에서 완전히 사라질 때까지 그는 한 번도 뒤를 돌아봐주지 않았다. 왠지 모를 거리감이 느껴졌다.

회식 장소로 돌아가니, 막 2차로 자리를 옮기려던 중이었다.

"자, 2차 갈 분? 계산은 이걸로 하면 돼요."

선영은 활짝 웃으며 제호가 두고 간 법인 카드를 흔들어 보였다.

"어디로 갈 건데요?"

"먹는 배를 채웠으니까, 이젠 술배를 채워야죠."

"그럼 요 앞에 새로 생긴 주점으로 가요. 3차는 와인 바로 가고."

율리가 자신은 먼저 가보겠다고 말하려는데, 선영이 다가와 팔짱을 끼며 말했다.

"율리 씨도 갈 거죠?"

"……아, 그게……."

"같이 가요. 어차피 내일은 주말이잖아요."

율리는 대답 대신 휴대폰을 만지작거렸다. 제호에게 어디냐고 물어봐야 할까? 그는 오늘 그녀를 따로 만날 생각이 있는 걸까? 막 공항에서 오는 길이라고 했으니까, 저녁만 먹고 집에 갈 생각이었는지도 모르겠다. 혼자 골똘히 고민하던 율리는 그가 먼저 연락하지 않는 이상 오늘은 서로 따로 보내는 게 나을 거라고 결정을 내렸다.

"그래요, 선영 씨."

율리는 선영을 향해 부드럽게 웃어 보였다.

"다른 일이 생기면 바로 연락해주세요. 네, 어머니."

통화를 끊은 제호는 안도의 숨을 내쉬었다. 어머니 윤 여사는 웬만한 일로는 전화하지 않기에 벨 소리를 듣는 순간 아버지 상태가 다시 나빠진 건 아닌지 긴장하고 말았다. 제호는 권 부회장 상태가 안정적이라는 담당 의사의 확답을 받고서야 서울행 비행기에 몸을 실었다.

통화에 열중하다 보니 율리와 만난 곳에서 꽤 먼 곳까지 걸어오고 말았다. 아마도 그녀는 회식 장소로 돌아갔을 것이다. 제호는 휴대폰을 바라보며 생각에 잠겼다.

법인 카드를 선영에게 맡겼으니까 그가 다시 회식 장소로 돌아갈 필요는 없었다. 그가 나타나면 모두 부담스러워할 테고……. 하지만 이대로 율리와 헤어지기엔 지난 2주 동안 너무나도 그녀를 그리워했었다.

율리는 눈치가 빨랐다. 그가 아무런 티도 내지 않자, 그녀 역시 티를 내지 않았다. 무슨 일이었냐고 다가와 몰래 물어볼 법한데 그러지 않았다. 먼저 다가오지 않고 지켜만 보았다. 어쩌면 채 의원의 말대로 율리와 관계를 지속하려면 그가 다가가고 매달려야 할지도 모르겠다.

만약에 지금 여기서 결단을 내린다면, 그래서 그녀에게 다가가는 것을 멈춘다면, 두 사람의 관계는 자연스럽게 끊길 것이다.

오늘만이라도 잠시 떨어져야겠다고 마음먹은 제호는 그대로 차를 몰고 집으로 향했다. 위스키라도 마시고 곧장 잠들어버릴 생각이었다.

집에 도착하고 한참 동안 차가운 물줄기 아래서 끓어오르는 열기를 잠재웠다. 젖은 머리를 수건으로 털며 욕실을 걸어 나오는데 휴대폰에서 카드 사용 알림이 울렸다.

어느새 2차를 마치고 3차로 옮겼는지, 주점에서 카드 사용을 승인한 문자에 이어서 와인 바에서 카드가 결제되었다는 문자가 떴다. 3차 장소인 와인 바는 집에서 가까운 곳이었다.

― 너, 상황이 이런데도 율리 씨와 계속 만날 거야?

― 당분간이라도 율리 씨 멀리해. 정확하게 배후가 누구인지 알아낼 때까지만. 응?

아직도 우결의 충고가 생생하게 귓가를 맴돌았다. 이성적으로 따진다면 우결의 말이 맞았다. 지금이라도 늦지 않았다. 물론 율리는 상처받겠지만, 앞으로 다가올 고통에 비한다면 아무것도 아닐 것이다. 하지만 감정이란 녀석은 이미 바른 판단을 내리는 이성을 삼켜버린 지 오래였다.

"하, 미쳤군……."

정신을 차렸을 때, 그는 이미 와인 바로 향하고 있었다. 율리가 그곳에 있는지 없는지도 모르면서 무작정 차를 몰았다.

만약에 그녀가 아직 그곳에 있다면 그저 멀리서 얼굴만 보면 된다. 와인 바는 고층 건물의 10층에 있었다. 제호는 곧바로 들어가지 못하고 잠시 건물 밖을 서성거렸다.

그러다 결국 '얼굴만 보자.'라는 생각으로 건물 안으로 들어섰다. 엘리베이터가 10층에 멈춰 서고 막 내리려는데, 문 앞에 서 있던 율리와 마주쳤다. 그녀와 이런 식으로 부딪치리란 예상을 하지 못한 탓에 제호의 표정이 딱딱하게 굳어버렸다.

잠시 서로를 바라만 보던 두 사람은 문이 닫히려 하자 제호는 재빨리 엘리베이터에서 내렸고, 동시에 율리는 엘리베이터에 올랐다.

"집에 가는 겁니까?"

"네, 저만 가는 거예요. 아직 모두 저 안에 있어요."

율리는 짧게 대답하고 닫힘 버튼을 눌렀다. 문이 스르르 닫히고, 엘리베이터 불빛이 아래로 향하기 시작했다.

이렇게라도 그녀를 봤으니까, 이대로 와인 바에 들어가서 직원들과 몇 마디 나누다 돌아가면 된다. 하지만 이성의 통제를 벗어난 몸은 제멋대로 움직이기 시작했다. 자석에 끌려가는 쇠붙이처럼 계단을 이용해 아래층으로 뛰어 내려갔다.

문을 열고 건물 밖으로 나가니, 저 멀리 걸어가는 율리의 모습이 보였다. 처음엔 그저 멀리서 바라만 볼 생각이었다. 그런데 울고 있는 것처럼 그녀의 어깨가 가늘게 떨리고 있었다. 아니, 정말로 울고 있었다. 눈물을 참으려고 양팔로 그녀 자신을 끌어안는 모습이 거제에서 보았던 모습과 겹쳐졌다. 계속해서 머리카락을 쓸어 넘기는 모습도, 눈물을 참으려 고개를 젖히고 하늘을 바라보는 모습도 눈에 익었다.

손바닥으로 뺨을 훔치는 걸 봤을 때, 더는 가만히 있을 수가 없었다.

어느새 그는 그녀를 향해 뛰어가고 있었다.

"하아……."

율리는 떨리는 몸을 진정시키려 양팔을 교차해 자신의 몸을 끌어안았다. 그녀가 먼저 미래 없는 관계 운운했으니까 뭐라고 불평할 순 없었다. 미국으로 돌아갔다 옛 연인을 만나서 마음이 바뀌었을 수도 있었고, 이유 없이 그냥 마음이 변했을 수도 있었다. 그래도 그녀를 보자마자 눈에 띄게 표정을 굳혔던 제호를 떠올리자 눈물이 핑 돌았다. 스스로 생각하기에도 꼴불견이었지만, 눈물을 멈출 수 없었다.
　그렇게 싸늘한 눈으로 바라볼 필요는 없잖아.
　누가 매달리기라도 한데?
　그때였다.
　"제길."
　뒤에서부터 짧은 욕설과 함께 강한 손에 이끌려 몸이 뒤로 돌아갔다. 그리고 그대로 넓은 품에 빨려 들어갔다.
　그리워하던 달콤하고 시원한 시트러스 향이 코끝에 훅, 파고들었다.
　"하, 이건 미친 짓이야!"
　탁한 목소리와 함께 거친 숨소리가 들렸다.
　잠시 후, 뜨거운 입술이 그녀의 입술을 삼키듯이 덮어버렸다.

〈2권에 계속〉

위대한 유혹 1

초판 1쇄 인쇄 2024년 8월 9일
초판 1쇄 발행 2024년 8월 16일

지은이 이지연 | 펴낸이 강성욱 | 책임 기획 전주예 | 기획 편집 김민지 김지수 손효은
일러스트 DELTA | 디자인 손효은 정송원 | 교정 손효은
펴낸곳 테라스북 | 등록 제 2022-000073호
주소 (04799) 서울특별시 성동구 아차산로 17길 26, 301호 (성수동2가, 규장각빌딩)
전화 070-4794-5826 | 팩스 0505-911-5826
블로그 https://blog.naver.com/terracebook | 전자우편 terracebook@naver.com
ISBN 979-11-6728-627-7 (04810)
ISBN 979-11-6728-626-0 (SET)

ⓒ이지연 2024 Printed in Korea

테라스북은 주식회사 스토리펀치의 임프린트 브랜드입니다.

잘못된 책은 구입하신 곳에서 바꾸어 드립니다.
이 책의 전부 또는 일부 내용을 재사용하려면 사전에 저작권자와 주식회사 스토리펀치의 동의를 받아야 합니다.

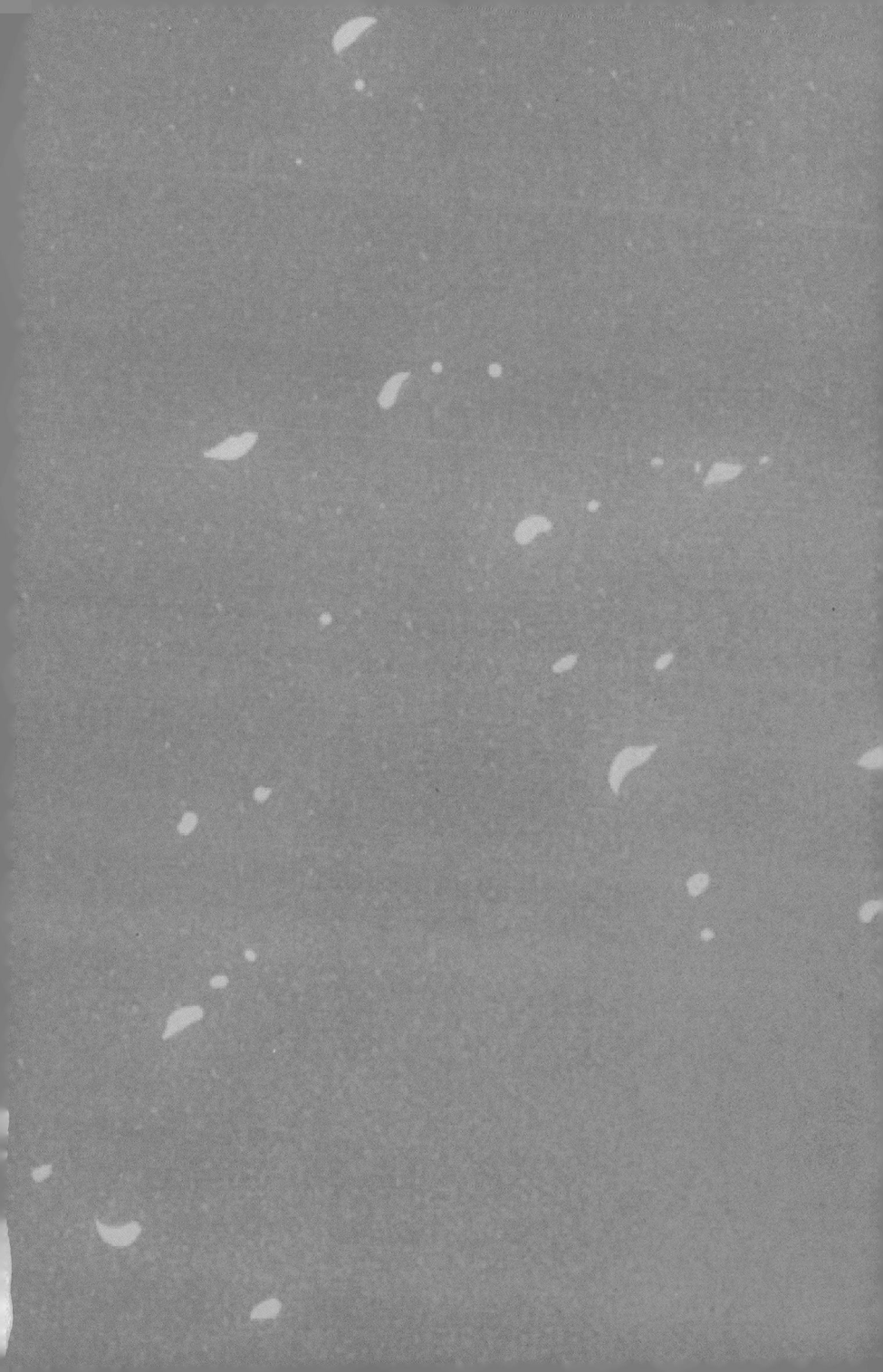

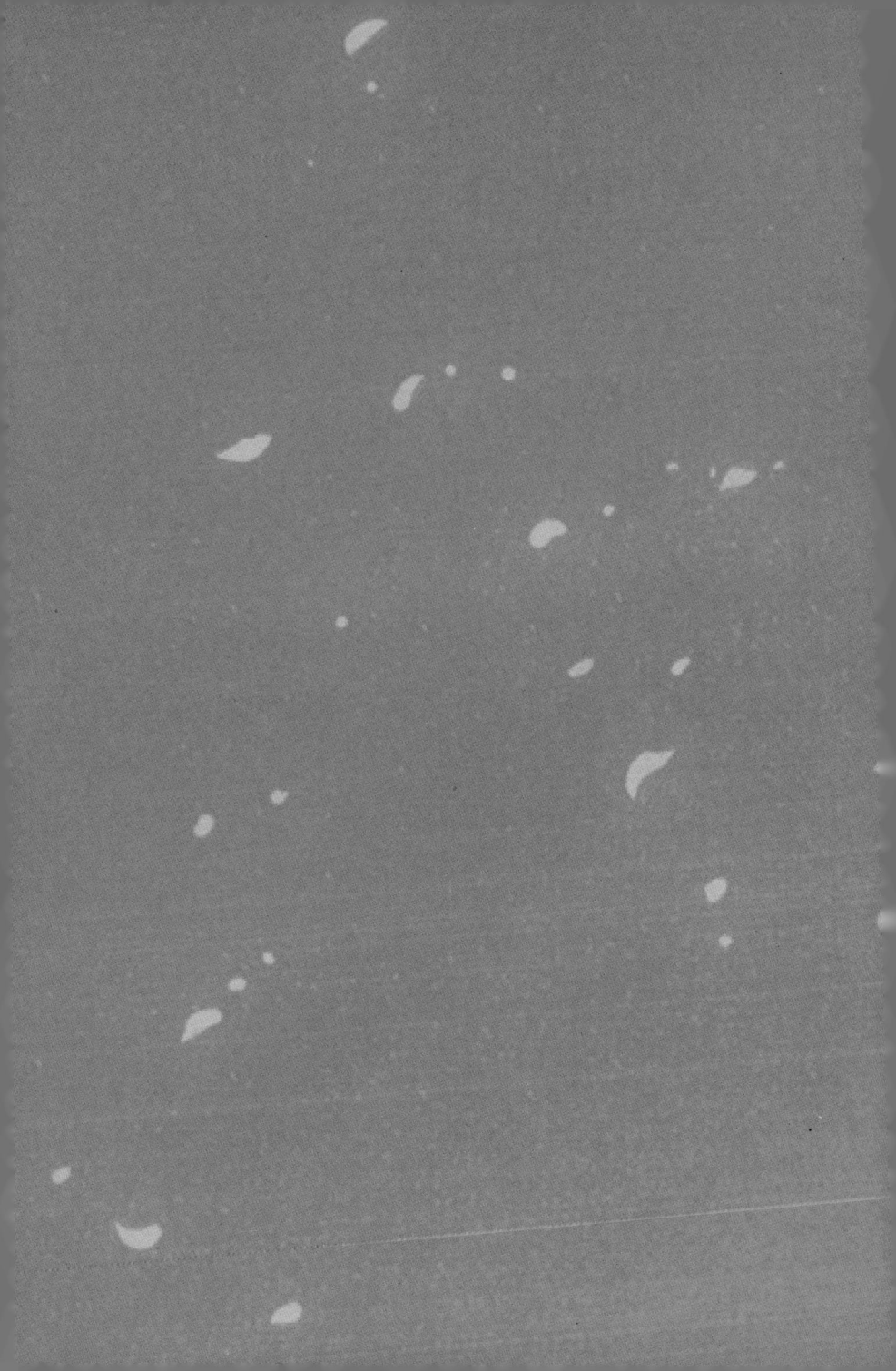